VI
XIII
Les Amoureux
La Mort
XIIII
La Tempérance
Le Diable

LE TAROT DES
SORCIERS
Gulf stream éditeur
© Maxime-Fontaine & Romain Watson - illustré par Anne-Clotilde Jammes - gulfstream.fr
LE TAROT DES
SORCIERS
Gulf stream éditeur
© Maxime-Fontaine & Romain Watson - illustré par Anne-Clotilde Jammes - gulfstream.fr
LE TAROT DES
SORCIERS
Gulf stream éditeur
© Maxime-Fontaine & Romain Watson - illustré par Anne-Clotilde Jammes - gulfstream.fr
LE TAROT DES
SORCIERS
Gulf stream éditeur
© Maxime-Fontaine & Romain Watson - illustré par Anne-Clotilde Jammes - gulfstream.fr

SORCIERS

Direction des publications : Stéphanie Baronchelli, Jérôme Bernez-Binder
Suivi éditorial et maquette : Romain Allais
Conception graphique : Tiphaine Rautureau
Correction : Maud Bataille

Couverture et cartes : Anne-Clotilde Jammes
Typographies : R Festival Budaya XXXI – Marsnev™ ; Roman Antique – Dieter Steffmann ; Josefin Sans – Santiago Orozco ; Titania – Dieter Steffmann ; Aka Posse – akaType

WWW.GULFSTREAM.FR

ISBN : 978-2-38349-025-8

II

Maxime Fontaine & Romain Watson

SORCIERS

Terres Oubliées

Gulf stream éditeur

Guide de l'Europe
Mystérieuse
et ses environs

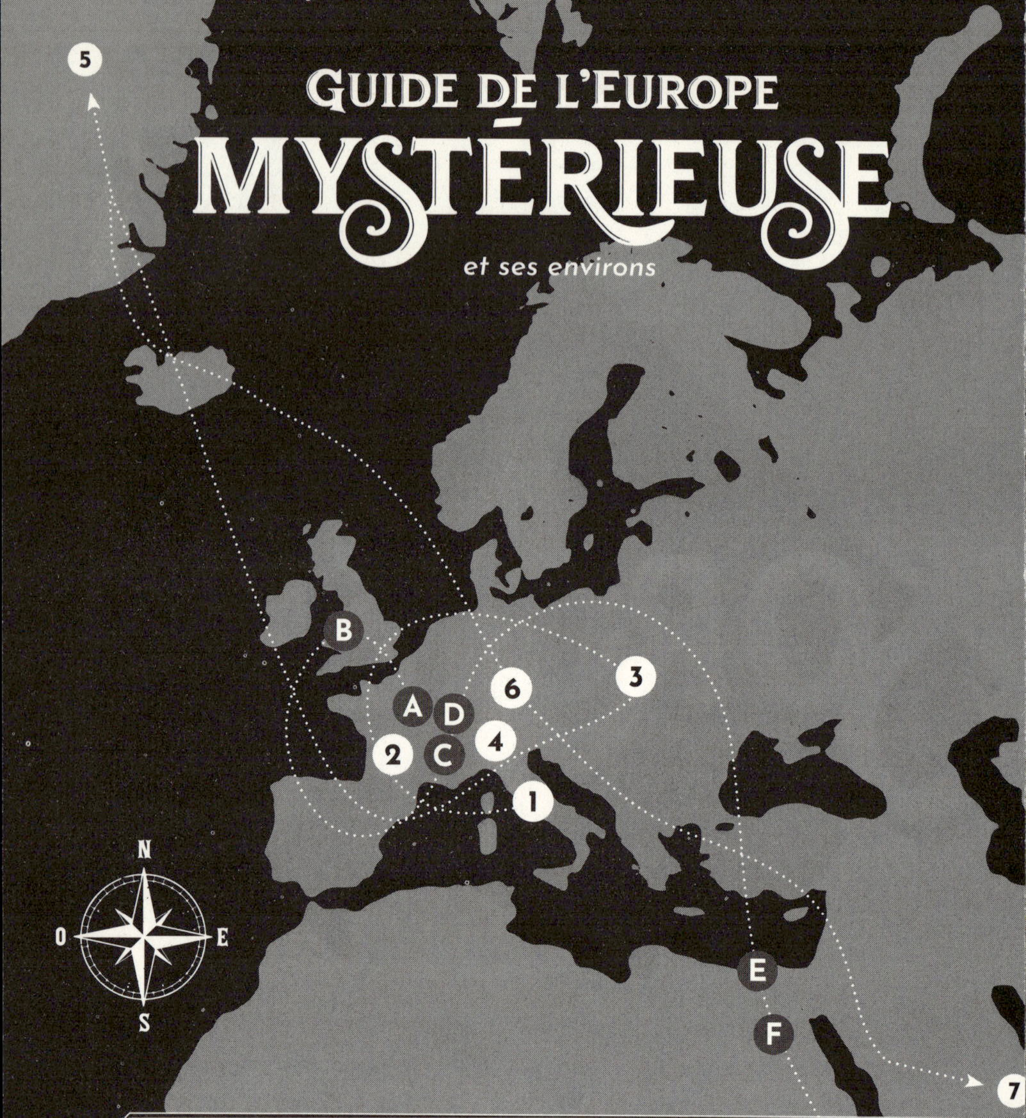

MISSIONS D'ERNEST VILLEMPRÉ

1. Repère de la Forge
(San Gimignano, Italie)
2. Castel du Prince
(Quelque part en France)
3. Mausolée de monsieur de Féronnelle
(Cracovie, Empire d'Autriche-Hongrie)
4. Lac volatile d'Inselbrünn
(Alpes suisses)
5. Accès aux royaumes souterrains d'Agartha
(Groenland)
6. Église de l'Antéchrist
(Vallée de la Kinzig, Empire allemand)
7. Vers Madurai
(Inde)

VOYAGES DE KÉTINÉE MOUNTABILA

A. Boutique dogon de Babadji
(Paris, France)
B. Repère démoniaque d'Horn Knot
(Llangrannog, pays de Galles)
C. Manoir secret d'Archibald Saisonnier
(Lyon, France)
D. Nid des Corbeaux
(Provins, France)
E. Passage sorcier d'Alexandrie
(Égypte)
F. Pyramide inversée de Saqqarah
(Égypte)

À Marie-Jyothi, prodigieuse Kétinée dont je suis l'Ernest,
et qui par son amour, sa perspicacité et sa patience
m'a permis de devenir sorcier.
À Lily, Misha, Méliès et Martha, Ambre et Arsène,
la nouvelle génération d'Atlantes.
À Mélanie, Michèle, Marc et Marie-Louise.
À Romain Allais et Anne-Clotilde Jammes.
Et à mon frère Romain Watson,
ce MJ machiavélique qui sait garder
des secrets pendant plus de vingt-cinq ans.
Maxime.

À mon frère,
À ma famille,
À toutes les personnes qui ont créé
avec moi lors de parties de jeu de rôle,
À tous les auteurs d'univers, musiques, livres, folklore
qui m'ont influencé,
À vous.
Merci de rêver avec nous.
Romain.

RÉSUMÉ DU TOME 1

....

Ernest Villempré est artiste de cirque itinérant et prestidigitateur. Il élève **Déa**, une jeune aveugle de sept ans, trouvée en rase campagne, à moitié enfouie dans la neige. Ses amis les plus proches sont deux artistes d'origine africaine : **Kétinée Mountabila** et son grand-oncle **Kilma**, respectivement prêtresse vaudoue et vieux marabout grincheux. Tous quatre partagent le même secret : ils pratiquent la véritable sorcellerie. Celle qui permet de changer les règles de la réalité.

Un soir d'octobre 1875, aux environs de Verdun, le cirque Palazzi prend feu. Des clowns surgis de nulle part enlèvent Déa ainsi que plusieurs jeunes spectateurs avant de disparaître dans la nuit. Ernest, Kétinée et Kilma rattrapent l'un des ravisseurs, visiblement fou à lier : celui-ci évoque une certaine **Linda**, pour le compte de qui il effectue « la Moisson » – c'est-à-dire l'enlèvement de jeunes enfants au fort potentiel sorcier, destinés à devenir ses sujets.

La piste des clowns mène le trio jusqu'à un passage magique. Aidé par **Ludwig**, un énigmatique personnage accompagné d'un loup et d'un corbeau, voilà le trio propulsé dans un autre monde. Séparés, Ernest, Kétinée et Kilma évoluent dans un environnement aussi surprenant qu'hostile, où règnent en maître le Mensonge, la Peur et la Folie. Ces fléaux sont incarnés par trois déités différentes : **Sacha**, **Isabelle** et **Linda**, elles-mêmes au service d'un dangereux **Roi Clochard**.

SORCIERS

Les « Fruits de la Moisson » (en fait, les enfants enlevés) sont réunis et présentés à la population par les trois déités. Ernest retrouve enfin Déa, qui lors de la cérémonie déploie des pouvoirs absolument terrifiants liés aux Enfers. Grâce à Déa (et peut-être au mystérieux **Ludwig**), les sorciers et les enfants enlevés sont expulsés du monde de Linda.

Ils atterrissent dans les Pyrénées espagnoles, à plus de mille kilomètres de Verdun, pile entre deux clans gitans ennemis. Doux et prévenant, **Vicente Rodriguez** et toute sa famille prennent ces naufragés sous leur aile. Ils les extraient des griffes de **Vasco Pueblo** et de son armada de lycanthropes.

Ernest, Kétinée, Kilma et les autres s'enfuient en compagnie des Rodriguez, qui leur expliquent que le monde est bien plus vaste et dangereux qu'ils ne le pensent. Au-delà de la réalité, il existe de nombreux territoires cachés aux humains, créés et dirigés par de puissants sorciers architectes. Qui tous possèdent leurs propres buts, à l'instar des terribles Linda, Sacha et Isabelle.

Grâce au clan gitan, Ernest, Kétinée et les autres sortent des Pyrénées. Il faut maintenant traverser la France du sud au nord, et restituer les enfants à leurs familles. À cette occasion, les sorciers se découvrent recherchés par la police. Bientôt, ils sont incarcérés, et seront vite jugés… pour enlèvement d'enfants. La sanction semble déjà prononcée : la peine de mort ou bien la prison à vie. Qui croirait en effet en l'innocence de deux Africains et d'un saltimbanque ? La réalité rattrape les trois détenus, qui s'attendent au pire.

Le trio ne doit son salut qu'à l'intervention d'un autre sorcier architecte, un homme qui se fait simplement appeler **le Prince**. Juste avant d'être condamné, Ernest est invité au **Castel**, le territoire magique sur lequel règne le nouveau venu.

Résumé du tome 1

Là, il doit prouver sa valeur guerrière. Ernest décroche un contrat : il devra servir « aux ordres du Prince » durant cinq années.

Le contrat est signé et, hors du Castel, tout s'arrange de façon inespérée. Un témoin de dernière minute est trouvé : l'un des clowns kidnappeurs, qui confesse tous les crimes. Ernest, Kétinée et Kilma sont innocentés, relâchés puis réunis avec Déa. Lâchés par leur cirque cependant, les trois artistes doivent s'inventer une nouvelle vie : celle-ci se déroulera à Paris, là où réside **Babadji**, le grand-père de Kétinée et frère aîné de Kilma.

Ernest et Kétinée tombent dans les bras l'un de l'autre. Cependant, chacun sait qu'Ernest devra bientôt partir au loin pour explorer de mystérieux et dangereux territoires sorciers, aux ordres du Prince…

En attendant, tous montent à la capitale. Arrivés chez le vieux Babadji, ils trouvent ce dernier très occupé. Après un crochet express (et magique !) par le pays dogon, Ernest, Kétinée, Kilma et Déa quittent cette ambiance africaine pour les catacombes de Paris.

Dans ce nouveau territoire sorcier constellé de tombes secrètes, le vieux Babadji invoque la Mort elle-même afin de ressusciter son fils **Ambala**, assassiné en cet endroit deux ans plus tôt par le maître des lieux, le Grand Taureau. Contre toute attente, l'opération est un succès.

Cependant le rituel, très ambitieux, attire les plus sombres sorciers architectes du secteur. D'un côté, **Vasco Pueblo**, qui a suivi Déa depuis les Pyrénées, et qui souhaite offrir la terrible puissance de la petite fille à son amante : la mystérieuse **Lucienne Arquenotte**. De l'autre, l'imprévisible **Ludwig**, accompagné des despotes du monde de Linda, de Sacha et d'Isabelle. On découvre à cette occasion que c'est Ludwig qui a tout orchestré depuis le début : l'enlèvement de Déa, l'arrivée dans les Pyrénées, la traque par Vasco, et même l'idée de ce rituel, soufflée à Babadji… : tout a été savamment mis en place pour piéger Vasco et Lucienne dans les catacombes. De fait, Ludwig savait que ses deux adversaires ne résisteraient ni à l'attrait d'un tel rituel, ni à l'aura ténébreuse émanant de Déa.

Pris entre ces deux feux, Ernest et Kétinée ne savent comment réagir. Sans vraiment le vouloir, ils privilégient Lucienne et Vasco, qui défont Ludwig et ses puissants alliés : le Roi Clochard et ses déités, ainsi qu'un énigmatique groupe de sorciers : **les Corbeaux**. Malgré leur réussite, Ernest, Kétinée et les Dogons ne savent s'ils ont fait le bon choix.

Les sorciers architectes partis, la crypte s'effondre tandis que le chaos se déchaîne. Pour sauver tout le monde, Kilma et Déa se sacrifient. Le premier, en donnant sa vie pour que revienne Ambala. La seconde, en ouvrant un passage vers les Enfers : un lieu où sont absorbées toutes les énergies hostiles déchaînées lors du rituel. Avant de disparaître, Déa révèle sa véritable nature : celle d'une âme errante qui remercie Ernest de lui avoir offert l'enfance qu'elle n'avait jamais connue avant lui.

Quelque temps plus tard, à Paris, débarque Helena Silène, ancien amour d'Ernest au cirque Palazzi, et qui se prétend enceinte de lui. Kétinée, révoltée, ne veut pas y croire. Mais Ernest disparaît bientôt : le voilà parti au service du Prince, pour cinq ans…

Playlist de lecture :

Playlist collaborative d'ambiance :

I

Dans le crépuscule du ciel de Toscane, aux abords de la ville de San Gimignano, cheminaient ensemble quatre silhouettes vêtues de noir. Leurs combinaisons de cuir, aux multiples ceintures, dissimulaient des armes aiguisées incrustées par endroits de sang séché. Indétectables et silencieuses, ces créatures glissaient entre les arbres, à la faveur d'une brume qui les escortait entre les collines.

Dans sa main droite, la silhouette qui menait le groupe tenait un globe de verre dans lequel dansaient quelques volutes de fumée. Elle s'arrêta au pied d'un amandier et pointa du doigt une bâtisse fortifiée du XIVe siècle, flanquée d'une longue tour carrée.

Sans échanger une parole, les quatre spectres poursuivirent leur chemin parmi les vignes et les champs, sans jamais sortir de la nappe vaporeuse qui progressait avec eux. Une bergère qui rentrait son troupeau à quelques mètres de ce groupe ne décela pas sa présence et se demanda pourquoi ses animaux étaient si nerveux. Plus loin, un vieux chien au poil ras remarqua ces odeurs sans identité précise qui s'aventuraient sur son territoire. Il grogna pour la forme, mais, comme son maître déjà assoupi dans son modeste lit de paille ne réagissait pas, il sombra lui aussi dans le sommeil.

Bientôt, les créatures noires et muettes rasèrent une série de haies. Plus légères qu'un souffle de vent, elles atteignirent les murailles de pierre épaisse repérées au loin, puis elles s'arrêtèrent, unies dans la pénombre.

Quelques dizaines de mètres plus haut, au sommet de la tour, personne n'avait deviné le danger qui sourdait.

Et Pietro Gioberti, encore moins que les autres.

Cet homme de près de quatre-vingts ans, le cheveu rare, l'œil fatigué, était déjà bien trop préoccupé par ses propres problèmes.

— Ça ne peut pas durer… Ça ne peut pas durer, répétait-il en se tordant les doigts

Propriétaire de la bâtisse, dernier représentant d'une lignée de marchands jadis fortunés, Pietro s'était trouvé criblé de dettes – la faute au train de vie qu'il avait mené. Contre une somme rondelette, il avait accepté de loger un groupe d'individus aux intentions troubles, aux manières cavalières. Combien étaient-ils, au juste ? Une trentaine en tout ? Et que faisaient-ils donc de leurs journées ? Pietro Gioberti eût bien été en peine de le dire. D'abord, parce qu'il ne comprenait rien à ces machines gigantesques et effrayantes que l'on avait récemment assemblées et soudées à quasiment tous les étages du domaine. Ensuite, parce qu'on ne lui avait rien révélé de leur utilité. Sous son nez, l'entreprise s'était développée, et bientôt l'on vit des jets de vapeur surgir de larges vannes,

Chapitre I

tandis que des éclairs parcouraient d'étranges tuyaux électriques alambiqués, percés dans les parois.

Le bâtiment n'avait désormais plus rien de commun avec l'élégante demeure qui avait longtemps signifié la belle prospérité de sa famille. Toute trace de ce faste avait disparu, comme s'étaient effacés les Gioberti. Entre ces murs, désormais, le vieux Pietro était devenu comme un étranger. À tel point que, depuis quelques semaines, on lui avait interdit l'accès à la plupart des salles. Ce qui ne l'empêchait pas d'aller et venir, de son nouveau logis situé à moins de cinq cents mètres jusqu'au grand hall de la propriété, afin de pester à n'importe quelle heure du jour ou de la nuit.

— Jusqu'à preuve du contraire, je suis encore le propriétaire ici, marmottait-il en claudiquant dans les escaliers à qui voulait bien l'entendre.

On l'entendait. Mais personne ne l'écoutait. D'autant plus que sa colère se dissipait bien vite à chaque nouvelle livraison de pièces sonnantes et trébuchantes.

Ce soir-là, cependant, il avait été pris d'un désir irrépressible : celui de jouir de la vue imprenable qu'offrait la tour bâtie par ses ancêtres sur les environs de San Gimignano.

— Je veux admirer le coucher de soleil de tout en haut ! s'égosillait-il à s'en fendre la voix. J'en ai le droit !

Le temps de convaincre ceux qui avaient investi le domaine et avaient d'abord refusé sa requête, avant de céder à ce caprice, le soleil s'était déjà évanoui à l'horizon. Mais qu'importait ! Pietro Gioberti avait gagné ce bras de fer, alors il contemplerait les étoiles !

Éreinté par la montée des marches qui, par centaines, le menèrent enfin à l'air libre, il s'adossa au premier mur qui vint pour reprendre son souffle. Les constellations du Cygne, du Dragon, commençaient à se dessiner dans l'éther. Pietro Gioberti fit semblant de ne pas entendre les cinq sentinelles postées à cet endroit et qui se moquaient de lui, sans vraiment s'en cacher.

— T'as vu ? V'la le vioque qui nous rend visite.

— Y va pas bien de s'infliger ça, à son âge ?

— J'ai l'impression d'entendre ses poumons grincer d'ici. Tu crois qu'il va nous claquer sous le nez, l'andouille ?

— Si ça arrive, c'est pas moi qui descendrai sa dépouille sur mes épaules, oh !

Pietro Gioberti sentit son sang battre dans ses tempes : il n'était pas encore sénile. Pour qui se prenaient-ils, ces freluquets ? Et que pouvaient-ils bien surveiller ainsi, perchés à plus de cinquante mètres de hauteur ? Les machines assemblées valaient-elles tout ce déploiement humain ? D'autant que ce soir-là, ces hommes payés pour monter la garde jouaient aux dés.

— Très chers morveux, commença-t-il en italien, apprenez d'abord à faire votre métier. Si vous croyez qu'un vieil homme comme moi n'est pas capable de vous clouer le bec, vous allez…

Il ne conclurait jamais cette phrase. Un nuage de brume surgit du ciel et envahit la terrasse en quelques secondes.

L'intrigant phénomène généra quelques cris de stupeur. Du nuage mobile naquirent quatre silhouettes armées. Elles se déployèrent, fondirent chacune sur les sentinelles.

Pietro Gioberti n'eut pas le temps de comprendre ce qui se passait. Il y eut des éclats lumineux, des bruits étouffés, des armes qui s'entrechoquèrent. L'une des sentinelles voulut donner l'alarme. Elle se trouva bientôt maîtrisée, une main gantée plaquée sur la bouche.

Chapitre I

Un autre garde fut littéralement soulevé de terre par une bourrasque. Il fut projeté contre un mur avant de perdre connaissance. Son voisin, moins chanceux, se débattait : autour de son cou s'étaient enroulées plusieurs lanières de cuir. Quant aux deux autres, ils tombèrent sur le sol en même temps. Deux longues lames avaient été plantées dans leur ventre, que leurs assaillants extirpèrent en un geste coordonné.

Plaqué contre le mur, Pietro Gioberti suffoquait d'horreur. Le nuage qui avait amené les intrus s'était dissipé. Dans la lumière dispensée par un braséro, il les vit : deux femmes et deux hommes, entraînés à tuer.

Tandis que le dernier garde conscient rendait l'âme, étranglé par une jeune personne aux cheveux châtains, aux yeux cernés, le regard de Pietro croisa celui d'une blonde aux larges épaules, au long nez, à la chevelure ondulée.

— Mais dites donc, murmura-t-elle avec un accent indéfinissable. Je t'avais pas vu, toi.

Sans cérémonie, elle se dirigea vers le vieux propriétaire, épée en avant.

Pietro Gioberti s'attendit à ce que cette lame le transperce de part en part. Cependant, un bras masculin stoppa la blonde aux allures de fauve.

— Laisse-le Zaphaïm, lui dit un jeune homme mal rasé. Tu vois bien qu'il est trop vieux pour être dangereux.

— Et ça va l'empêcher de donner l'alarme, peut-être ? Tu me fais bien rire, le nouveau !

D'un coup de hanches, la femme blonde dégagea son bras. Mais, au lieu d'embrocher Pietro Gioberti, elle écrasa les phalanges de sa main gauche sur le nez du vieillard. Assommé sur le coup, celui-ci s'étala de tout son long.

— Si à cause de lui on se fait repérer, la prochaine sera pour toi ! signifia l'assaillante à son coéquipier en levant le poing.

— Du calme, Zaphaïm, résonna la voix grave de l'individu le plus âgé du groupe. Je me range à l'avis de notre nouvelle recrue : ce vieux type n'est clairement pas l'un d'entre eux.

L'homme avança dans la lumière du braséro. Il possédait un visage rond mais sévère. Des rides de concentration avaient tracé au fil des décennies de profonds sillages dans sa peau hâlée.

— À ta guise, Felipe, soupira la lionne blonde. Après tout, c'est toi le chargé de mission…

Elle rangea son épée d'un air boudeur.

— Et maintenant ? demanda l'autre femme du groupe en enroulant son fouet autour de son bras. Tu sais te diriger dans cette forteresse ?

L'homme qui se faisait appeler Felipe acquiesça.

— Nous devons atteindre le premier étage. Vers le cœur de l'installation. Là où se trouve le Secret.

— Un Secret dont personne à part toi ne sait rien, l'aiguillonna la guerrière blonde. Tu parles si c'est commode !

— Crois-moi, Zaphaïm : moins tu en sauras sur ce sujet, mieux cela vaudra pour toi…

— Si tu le dis, chef vénéré, ironisa l'effrontée. Car tu ne veux que notre bien, n'est-ce pas ?

Le meneur ignora cette pique et dispensa ses instructions.

— Une fois à l'intérieur, restez sur vos gardes. Car les personnes que nous allons rencontrer ne se limitent pas à leurs fonctions de chercheurs. Toutes et tous sont des soldats, acquis à une cause. Vous savez donc comment vous comporter.

— À ce propos, réagit l'assaillante blonde, on fait quoi du type que le nouveau a assommé en le soulevant de terre ? Tout comme le vieillard, on le laisse survivre ?

Chapitre I

Le meneur considéra alternativement la nouvelle recrue du groupe, les trois gardes déjà occis, et le quatrième qui respirait encore. Puis il répondit d'une voix monocorde :

— Lui, non.

Alors, il dégaina un poignard caché dans sa manche et le planta dans la gorge de la sentinelle inconsciente.

Ernest Villempré, qui vivait ce soir-là sa première mission aux ordres du Prince, ne put rien faire pour empêcher ce meurtre.

II

On ne distinguait pas grand-chose dans l'escalier froid en colimaçon qui dégringolait de la tour. Quelques lanternes au mur permettaient à peine de deviner où poser le pied.

Ernest Villempré progressait en deuxième position, entre le chef de file et la jeunette aux yeux cernés. Zaphaïm, la guerrière blonde, fermait la marche. Mal à l'aise, l'ancien prestidigitateur affichait un air sombre. Depuis quelques semaines, on l'avait entraîné à ce genre d'expédition. Pour autant, il espérait se servir de ses dons de sorcier plutôt que des couteaux tranchants rangés dans leurs fourreaux. Car Ernest ne se considérait pas comme un assassin, et ne souhaitait guère le devenir. Cette volonté, il l'avait exprimée au Prince. Qui de son habituel air altier avait levé un sourcil noir, après avoir exhalé la fumée de son cigare, et avant de le gratifier d'un sourire de politicien.

— S'il vous déplaît d'ôter la vie, cher ami, je ne vois pas d'inconvénient à ce que vous empruntiez parfois des chemins de traverse. Si et seulement si cela n'entrave en rien vos missions. Et sans exiger de vos coéquipiers de tels scrupules, s'il vous plaît !

Ernest avait fait mine d'accepter, mais déjà il venait de désobéir à son employeur. Avec un succès tout relatif, cependant. Mentalement, il se prépara : il prendrait ses victoires là où il le pourrait…

Six mois plus tôt, pour échapper à l'échafaud, le magicien avait signé un contrat dont les implications le dépassaient encore. Durant cinq années, il deviendrait un sujet du Prince. L'un de ses bras armés, envoyé là où ses compétences serviraient le monarque.

Dans une salle secrète du Castel, il avait été passé au crible par une sorte de couturier aux longs cheveux qui avait pris ses mensurations. De la taille de ses épaules à la largeur de ses genoux… jusqu'à l'écartement entre ses cils ! Bien entendu, Ernest finit par juger ridicule cet interminable procédé trop méticuleux, effectué à l'aide de mille et un outils de mesure dont la plupart ressemblaient à des instruments de navigation.

— Vous croyez vraiment que la circonférence de mon gros orteil ou la forme précise de mon lobe d'oreille vous sont utiles ?

L'artisan pointilleux papillonna de ses sourcils outrés.

— Sachez, Monsieur Villempré, qu'ici aucun détail n'est laissé au hasard. Gageons que vous penserez à moi lorsqu'un projectile frôlera votre gorge de quelques millimètres, vous laissant la vie sauve. Alors, vous cesserez de dénigrer mon art !

Sur ces paroles, il avait dégainé une immense loupe graduée, avant d'entreprendre un comptage sommaire des poils de barbe d'Ernest. Ainsi était le Castel, domaine sorcier régi par le Prince : peuplé de personnages improbables et de tueurs implacables.

Le long des lumineuses allées du Castel, luxueux manoir perdu dans les bois et la brume, le magicien n'avait cependant jamais croisé les membres de l'escouade italienne. Il ne connaissait pas leur identité complète, tout comme eux ignoraient la sienne.

Ce genre de mystères, Ernest Villempré commençait à s'y habituer. Arriver sur l'échiquier des Sorciers, c'était accepter de se plonger au cœur des motivations nébuleuses de nombreux personnages d'envergure, qui ne révélaient leurs secrets que peu à peu. Plus le sorcier se trouvait haut placé dans l'étonnante lutte de pouvoirs, plus celui-ci se nimbait d'une aura d'énigmes insondables : cela faisait partie du jeu. Il fallait donc apprendre à lâcher prise, naviguer avec le courant, attraper au vol les réponses qui s'offraient parfois… et surtout, espérer survivre.

À son niveau – celui d'un pion sur l'échiquier – Ernest s'était renseigné discrètement auprès de la jeune personne à l'air fatigué qui jouait du fouet : celle qui, nouvelle recrue comme lui, se prénommait Shannon.

— D'où est-ce que tu viens ? lui avait-il murmuré, tandis que Zaphaïm et Felipe s'étaient assoupis. Tu fais partie de ce genre d'opérations depuis combien de temps ?

— Je suis bien incapable de te révéler ça, lui assura-t-elle en le dévisageant de ses yeux sombres. Ils ne t'ont rien dit avant de venir ? Essaie donc de prononcer ou même d'épeler ton nom de famille. Tu n'y parviendras pas. Même par des moyens détournés.

— Mon propre nom ? tiqua Ernest, incrédule.

Il retroussa les lèvres, plaça sa langue, tenta de parler : aucun son ne vint. Très étonné, il réitéra l'opération plusieurs fois. Sans davantage de succès. Alors, il voulut écrire. Sa main demeura immobile, fixée à sa plume, incapable de tracer les lettres auxquelles il songeait. *A contrario*, lorsqu'il se remémorait un détail anodin, non lié à un élément personnel, les pleins et les déliés s'affichaient sans peine.

Fasciné par le phénomène, il s'obstina. Si, dans son esprit affûté, le cirque Palazzi, son passé de saltimbanque, les gens auxquels il s'était attaché, s'animaient très clairement, partager leur existence et les sentiments qu'ils lui inspiraient était impossible.

Le seul être avec lequel il pouvait deviser sans retenue était le singe Noidkoko, un ouistiti pygmée de douze centimètres qui ne quittait que rarement sa poche. Il était le seul animal de son ancienne ménagerie à l'avoir suivi jusqu'ici. Peu à son aise au sein de l'inquiétant labyrinthe que représentait pour lui le Castel, le quadrumane préférait, au confort de leur luxueuse chambre, suivre son maître dans ses déplacements – même les plus dangereux.

— Noidkoko, Noidkoko, répéta Ernest en lui caressant le menton.

Puis il voulut citer Kétinée son amoureuse, Helena son ex-compagne, Déa sa fille adoptive. Ou ses autres animaux : l'épervier Rodriguez, le cheval Monsieur Dufoin, la souris Itsy… Peine perdue !

— C'est une mesure de sécurité, lui avait expliqué Shannon. Une façon de s'assurer le contrôle des informations. Pas de révélation impromptue, et par conséquent moins de trahisons. D'ailleurs, nous ne pouvons pas non plus évoquer la personne qui nous a recrutés. Même si on se fait pincer et que l'on nous force à parler sous la torture.

Chapitre II

Opiniâtre, Ernest tenta de discuter du Prince. Il voulut même ruser, user de mots comme « principal », « principe », « principalement ». À chaque fois, sa langue fourchait. Soit un autre mot lui venait, soit il ne disait rien.

— C'est complètement dingue, finit-il par admettre, époustouflé. Je me souviens de tout, mais je ne peux parler de rien… Ce type nous contrôle à ce point ?

— Ce qui est complètement dingue, avait résonné la voix de Zaphaïm du fond de la calèche, c'est que vous jacassez tous les deux quand les autres essaient de dormir. Vous avez oublié qu'une mission délicate nous attend ? S'agirait de s'y présenter en forme !

Ces récriminations avaient coupé court aux échanges entre Ernest et Shannon. Ce ne fut que sur le terrain, après un vol plané jusqu'au sommet de la tour de pierre, que le magicien découvrit les capacités meurtrières de sa coéquipière. Qui n'avait pas hésité une seconde à supprimer son adversaire par strangulation.

Ernest déglutit lentement, gratta son éternelle barbe de trois jours. Bientôt, au deuxième étage de la tour carrée, une porte voûtée se découpa dans la lumière. Felipe choisit d'y entrer, plutôt que de rejoindre l'étage inférieur, sans doute mieux gardé. Très vite, il fit un signe : deux hommes de dos discutaient dans une pièce rectangulaire dépourvue de meubles.

Zaphaïm et Felipe réitérèrent leur danse mortelle. Leurs mains couvrirent deux nouvelles bouches surprises tandis que leurs lames s'enfonçaient entre les omoplates de leurs victimes. En quelques secondes et sans le moindre bruit.

Felipe fouilla les deux cadavres. Il en extirpa un trousseau de clés, qui leur servit dès la porte suivante. Ernest tâcha de calmer les battements de son cœur, de taire le dégoût que lui inspirait ce nouvel assassinat. Il se contenta d'offrir une caresse au ouistiti qui couinait doucement depuis sa cachette.

L'un après l'autre, les agents du Prince s'engagèrent le long d'un corridor désert, puis dans une salle dépouillée qui formait un coude. Au loin, on percevait un vacarme mécanique indéfini.

— Ce bruit est notre allié, signifia Felipe dans un souffle. Il dissimule notre venue.

— Et c'est tant mieux, car il y a du monde dans le coin, indiqua Zaphaïm. Regardez ça !

Par deux ouvertures creusées dans la pierre, et d'où jaillissait un tuyau de cuivre, elle indiqua la scène qui se jouait en dessous.

La vue n'était pas optimale, mais l'on devinait de nombreuses personnes qui gravitaient autour d'un globe empli de gaz, de plusieurs mètres de diamètre. De celui-ci partait un réseau de câbles électriques. Un agencement complexe, avant-gardiste, comme Ernest n'en avait jamais rencontré.

— À quoi sert cette installation ? s'enquit Shannon sans obtenir de réponse.

De nombreux hommes et quelques femmes allaient et venaient en tous sens. Certains tournaient un volant. D'autres examinaient un cadran et notaient ce qu'ils y lisaient dans un petit carnet. D'autres encore serraient des boulons, ou soudaient certaines parties ensemble. Un symbole récurrent se retrouvait sur leurs accessoires et leurs vêtements : un petit marteau stylisé, symbole affiché de la Forge. Une organisation que l'on nommait aussi « Nouvelle Inquisition ».

Ernest se pencha un peu plus pour mieux appréhender la structure. À l'intérieur du globe percé de câbles, une forme indistincte remuait. Il était difficile d'y voir clair. Pourtant,

Chapitre II

Ernest finit par distinguer une main et un bras chétifs, quasiment squelettiques, plaqués sur la paroi. Autour de celui-ci crépitèrent des étincelles. Qui prirent ensuite la forme de runes flottantes, luisantes. L'imposante sphère fut parcourue d'éclairs.

— Il essaie de sortir ! lança une voix angoissée. Vannes 7 à 12… Vite !

Plusieurs volants furent tournés dans une coordination frénétique. Puis un gaz sombre emplit la sphère en volutes épaisses. L'instant suivant, les runes disparurent, comme des bougies que l'on souffle. La main plaquée sur la paroi s'évanouit dans ce brouillard. Les scientifiques assemblés se congratulèrent.

— On l'a échappé belle, lança l'un d'eux en s'épongeant le front. Joli travail, Mesdames, Messieurs… À quelques secondes près, il tentait quelque chose.

L'information provoqua en même temps un soupir de soulagement et un frisson global.

Ernest se tourna vers le chef de l'expédition.

— Ce Secret qu'on l'on est venus chercher… murmura-t-il, c'est cette créature, emprisonnée là-bas, dans le globe ?

Felipe ne lui répondit pas. Aussitôt, un groupe entra dans la pièce nue, repérant le quatuor vêtu de cuir.

— Alerte ! hurla un homme. Des intrus dans la Forge !

Mécontent de n'avoir su faire preuve de la plus élémentaire prudence, Felipe lâcha un juron. Il brandit son épée, aussitôt imité par Zaphaïm. Ernest fut plus rapide : il généra une bourrasque d'une telle violence qu'elle repoussa l'ensemble des arrivants.

— Quand tu le veux bien, tu es efficace ! le gratifia Zaphaïm en filant droit vers le danger.

La fauve blonde et leur meneur jouèrent ensemble de la lame. Des estafilades sanguinolentes se dessinèrent dans l'espace. Impossible de souffler cependant. Un œil sur l'étage inférieur, Shannon clama :

— Ça s'organise, au-dessous !

Partout, on vit apparaître des lames, des revolvers.

— Typique de la Forge, signifia Felipe. Mais rien de dramatique : nous ne sommes pas sans défenses.

Tout en prononçant ces paroles, il frappa du pied. Une onde de choc lumineuse partit de sa jambe, qui s'abattit sur l'un des accès donnant sur le premier étage. Une partie du sol s'affaissa, tombant en briques lourdes sur quelques ennemis.

Zaphaïm s'engouffra dans cette ouverture, désormais suffisamment large pour qu'elle lui serve de raccourci. En un bond prodigieux, la guerrière blonde disparut parmi la poussière, très vite imitée par le ténébreux Felipe.

— Suivez-nous ! aboya-t-il à l'adresse de ses subalternes.

Ernest et Shannon échangèrent un regard. Puis, ensemble, obéirent à l'ordre de leur meneur – même si cela signifiait se jeter dans la mêlée. Ils atterrirent l'un après l'autre au milieu des hostilités. Chacun se plaça dos aux autres : ainsi, nul danger ne pouvait surprendre le groupe.

Felipe martelait le sol de son pied, tandis que Zaphaïm faisait fuir les plus hardis par de très larges moulinets imprimés à son arme. Des balles furent tirées, qui volèrent au-dessus des têtes. Lorsque l'une d'elles parut se diriger vers Ernest, pour soudain bifurquer en plein vol et lui frôler l'oreille, le magicien songea à l'étrange tailleur du Prince. L'artisan, bien entendu, était aussi sorcier. Et la combinaison d'Ernest n'était pas seulement un uniforme, mais une protection magique.

Chapitre II

— Les nouveaux ! beugla Felipe. On n'a beau être bien équipés, on ne s'en sortira pas contre ces armes à feu si vous ne vous remuez pas les fesses !

Shannon fit tournoyer son fouet dans les airs. Ce geste généra un étrange bouclier d'air qui sécurisa leur flanc gauche. Pendant ce temps, Ernest fit s'envoler les adversaires les plus proches. Le magicien s'était attendu à ce que les hommes et les femmes de science se dispersent. Mais ils se comportaient comme des fantassins prêts à mourir sur place. Contrairement à ce que Felipe avait prédit, d'autres ennemis arrivaient encore : de toutes les issues que comportait la pièce où trônait le globe opaque.

— Ces monstres ne ruineront pas nos efforts ! vociférait un homme barbu à lunettes, probablement le chef de ce projet. Pour la Forge, pour l'Inquisition, tenez bon !

Comme les balles glissaient sur les étranges membres du quatuor vêtus de noir, on s'avança vers eux, en privilégiant l'arme blanche. Dans les yeux ennemis dansait une flamme haineuse comme Ernest en avait rarement vu brûler. On eût dit que ces scientifiques les détestaient de toute leur âme.

Si Zaphaïm, Felipe et Ernest repoussaient les assauts, Shannon se laissa surprendre. De la main d'un adversaire fusa un poignard, qui passa en dessous du mur de lumière. Blessée à la cuisse, la jeune femme lâcha son fouet dans un râle, puis tomba à genoux. Aux prises avec d'autres menaces, Ernest ne put lui venir en aide. À moins d'un mètre de Shannon, une femme pointa son arme à feu.

— Attention ! prévint Felipe.

Il voulut créer une onde de choc. Trop tard ! S'il parvint à neutraliser l'ennemie à distance, il fut bien incapable de stopper la balle que celle-ci venait de tirer.

Une détonation glaçante emplit la pièce. Touchée en pleine tête, Shannon s'écroula.

— Non ! hurla Ernest.

— Ah ben génial ! gronda Zaphaïm, tachée du sang ennemi qu'elle répandait avec son épée. Comme si on avait besoin de ça !

Leur formation était déséquilibrée maintenant. Vulnérables sur leur flanc gauche, les trois agents du Prince survivants voulurent surmonter leur état de choc, se réorganiser.

— Ceux que tu as projetés au loin se relèvent, le nouveau ! prévint Felipe. N'hésite pas à les liquider. Comme tu le vois, ce sont eux… ou bien nous !

Dans la poche d'Ernest, le ouistiti pygmée n'osait plus bouger d'un seul millimètre. Le magicien sentait tout contre lui le petit cœur battre à tout rompre.

— Mon pauvre Noidkoko, chuchota-t-il, dans quelle galère je t'ai encore embarqué ?

Cédant à la pression de son chef, Ernest libéra deux lames. Lesquelles, dirigées par le courant d'air qu'il engendrait, filèrent comme des missiles pour se loger dans deux épaules ennemies. Ce succès ne suffit pas à rééquilibrer les forces. Car à deux pas de là, Zaphaïm se trouvait encerclée. Malgré les coups reçus, elle continuait à mouliner l'air de son épée tout en provoquant des blessures létales.

— Vous m'aurez pas vivante ! tonna-t-elle.

Ce baroud d'honneur n'était pas forcément de bon augure. Car les événements s'enchaînaient mal, et Felipe le savait. Malgré ses recommandations, lui aussi avait mésestimé la ferveur des membres de la Forge, et en payait le prix.

— Pour s'en sortir, une seule solution ! s'exclama-t-il.

D'un coup de pied rageur, il déploya toute son énergie. L'onde lumineuse crépita, puis vint s'échouer sur la large sphère qui concentrait tant d'efforts et tant de passions. Celle-ci se fendilla de long en large. Malheureusement pour Felipe, elle tint bon. Aucun de ses jurons n'y changea rien.

Ernest vint donc en renfort : il concentra un violent courant d'air sur les craquelures. Son effort tourna court. Car sa combinaison, ensorcelée mais pas infaillible, ne lui permit pas d'éviter une lame dans l'omoplate. Sous la douleur, tous ses sens se brouillèrent. Ses ennemis en profitèrent pour s'approcher de lui.

Au même moment, l'un des adversaires survivants du deuxième étage, pourtant gravement blessé, surgit par l'ouverture élargie. Aucun des agents du Prince ne l'avait remarqué. L'homme ensanglanté dévala du plafond, un revolver dans son unique main valide. Ayant observé et compris que seuls les projectiles à courte distance pouvaient blesser les intrus, il fit feu juste avant de toucher le sol. Felipe ne vit même pas arriver le coup. Son existence prit fin dans une explosion d'incompréhension rouge vif.

— Ah mais non, pas ça ! vitupéra Zaphaïm. Vous commencez à me saouler, les crétins de la Forge !

La guerrière blonde décida de jouer le tout pour le tout.

Dans un élan rageur, et tandis que d'autres lames se rapprochaient du cou d'Ernest, elle se débarrassa du seul objet qui assurait leur survie : sa longue épée, qu'elle jeta de toutes ses forces vers la sphère. Ce coup désespéré provoqua ce que ses coéquipiers avaient souhaité : la structure ronde vola en éclats. La fumée qui s'y trouvait stockée se déversa alors dans toutes les directions. Des milliers de fragments de verre plurent sur les ennemis. Les membres de la Forge, blessés et horrifiés, portèrent un foulard à la bouche. Cette fois, ils prirent leurs jambes à leur cou. Mieux que les agents survivants du Prince, ils savaient ce qui venait de se libérer. À cause des volutes de gaz, Ernest et Zaphaïm suffoquèrent.

Déjà blessé, le magicien sentit un flot de sang lui piquer le nez, voiler ses yeux, brûler sa gorge. En quelques secondes, son corps se mit à gonfler. Sa peau enflée, boursouflée, paraissait se déchirer. Ses vaisseaux sanguins atteignirent leur point de rupture.

Il y eut cependant un souffle.

Un mouvement d'air qui en un soupir suspendit le chemin qui le menait droit vers la tombe.

À quelques centimètres d'Ernest, juste entre Zaphaïm et lui, un être rachitique, à la peau calcinée, venait de s'inviter. Il déploya ses membres de squelette, longs, maigres et repoussants. Dans un craquement, il tourna un regard incandescent vers le prestidigitateur. Il posa alors un genou à terre, puis plaça l'index sur ce qui lui restait de lèvres.

Sa façon à lui de signifier son nom : Secret.

Des runes lumineuses et dansantes se formèrent autour de son corps nu. Aussitôt, elles se dispersèrent dans un mouvement qui balaya le gaz toxique, expulsa celui-ci des corps d'Ernest et de Zaphaïm, le fit traverser les murs par les interstices, s'évaporer vers l'extérieur. Mais sans oublier de faucher, au passage, les scientifiques qui s'étaient constitués geôliers de Secret.

Les Inquisiteurs furent happés par le gaz, rattrapés sans espoir d'évasion, et ce, quels que soient le recoin, l'escalier, le mètre carré à l'air libre où ils avaient pensé se réfugier.

Secret laissa derrière lui une nuée de cadavres enflés et sanguinolents en quittant la ville de San Gimignano.

Des membres de la Forge assemblés dans ce coin de Toscane, de celles et ceux qui s'étaient ligués afin de l'emprisonner, pas un seul n'avait survécu.

Chapitre II

L'épisode, saisissant et lugubre, ne connut que quatre rescapés miraculeux : une femme blonde aux larges épaules, un ancien artiste de cirque, un singe minuscule et le propriétaire de ce domaine : le vieux Pietro Gioberti.

III

En ce mois de juillet, un vent de folie paraissait s'être emparé du 6e arrondissement de Paris, et plus particulièrement de la rue du Dragon. Malgré un ciel bleu dégagé, d'étranges nuées se formaient soudain dans les airs ou à quelques centimètres du sol, pour ensuite se condenser et disparaître dans une explosion sonore. Ce phénomène météorologique, inexplicable et inédit, provoqua autant de fous rires que de désagréments.

Les gamins des rues s'amusaient follement de ces apparitions. Excités, aux aguets, ils bondissaient de l'un vers l'autre, à l'affût de la nouvelle explosion lumineuse qui leur en mettrait plein la vue. Les plus hardis organisèrent des concours entre eux pour savoir qui plongerait jusqu'au cœur des nuées au moment où elles se mettraient à pétarader. Les enfants sortirent de ces défis décoiffés, la chemise noircie et le visage couvert de suie.

Du côté des appartements, les réactions furent moins enthousiastes. Devant le nuage explosif qui s'était invité à quelques centimètres de son visage, une dame de bonne famille bondit de son bain dans un hurlement, puis glissa sur les fesses le long du sol humide et carrelé. Un quinquagénaire en costume qui lisait son journal effectua un vol plané en arrière, renversa son café, brisa en deux sa chaise, anéantit un service de porcelaine de très grand prix. Un ramoneur faillit bien tomber d'un toit où il se tenait en équilibre, et ne dut son salut qu'à une cheminée providentielle à laquelle il s'accrocha tandis que ses jambes frétillaient dans le vide.

Deux gendarmes, enfin, persuadés que quelque malandrin les attaquait, effectuèrent plusieurs roulades disgracieuses sur le pavé. La moustache en bataille, ils pointèrent avec fébrilité leur arme de service dans toutes les directions possibles, à la recherche d'un ennemi illusoire qui plus jamais ne se manifesta.

Personne ne sut déterminer l'origine de ce bouleversement météorologique qui mit tout le voisinage en émoi. Personne ou presque : au deuxième étage d'une boutique poussiéreuse, au sein d'une chambre modeste, une famille aux origines métissées, dont l'ascendance allait de l'Inde jusqu'en Afrique occidentale, se trouvait au cœur du prodige. Au creux d'un lit vétuste, affublé d'un matelas fatigué, devant une sorcière vaudoue, un marabout ridé et un aventurier récemment revenu d'entre les morts, une trapéziste nommée Helena Silène était en train de mettre au monde son enfant. Ou tout du moins, elle essayait. Car autour d'elle se formaient et disparaissaient davantage de nuées noires que partout ailleurs.

Épuisée par le travail préparatoire de l'accouchement, dépassée par ces explosions, à bout de nerfs, l'artiste au ventre rond gémissait pour que cesse rapidement son calvaire.

Chapitre III

— S'il vous plaît… S'il vous plaît faites quelque chose ! J'en peux pluuus !

Une sage-femme, affolée, les cheveux en pétard, les bouts de doigts brûlés, s'éloigna soudain, en larmes et furibonde.

— Comment voulez-vous donc que je travaille dans ces conditions ? C'est l'enfant du démon !

Contre tous les principes qu'elle avait jusqu'alors suivis, elle délaissa sa patiente en claquant la porte.

— Ah ben bravo ! bouillonna Kétinée Mountabila, jeune mambo d'une vingtaine d'années, au regard sombre et aux épaisses boucles brunes. Belle conscience professionnelle, celle-là !

— Ça ne fera que la seconde qui nous file entre les doigts, constata avec philosophie son oncle trentenaire, un homme barbu aux cheveux ondulés, au visage harmonieux et aux yeux infiniment bleus, prénommé Ambala.

— On va devoir se débrouiller par nous-mêmes, acquiesça l'individu le plus voûté de la pièce, un vieillard du nom de Babadji, grand-père de Kétinée et père d'Ambala.

D'une démarche claudicante, il s'approcha du tabouret laissé vacant par la sage-femme enfuie. La future mère, voyant ce vieillard aux mains fripées s'approcher de son entrejambe, eut une réaction épidermique.

— Ah mais non ! protesta Helena. Je veux que mon bébé survive ! Je veux une vraie sage-femme, ou bien un médecin !

Babadji leva vers l'artiste en panique ses yeux délavés de vieux sage, puis lissa lentement sa barbe blanche et tressée.

— Ne vous en faites pas : j'ai mis au monde mes deux enfants moi-même, et dans des conditions plus délicates encore, révéla-t-il. Vous n'avez par conséquent rien à craindre.

Helena Silène repoussa une mèche de cheveux noirs, marqua un temps d'arrêt. Entre une contraction et deux déflagrations brumeuses, elle parvint à articuler :

— Et lors de ces accouchements… vous deviez faire face à ce même genre d'explosions ?

— Ce genre-là précisément, non, avoua Babadji. Mais il arrive fréquemment qu'une série de manifestations extraordinaires ait lieu lors de la mise au monde d'un sorcier. D'habitude elles sont juste moins… éclatantes et visibles.

Comme pour souligner ce constat, une nouvelle nuée se forma entre le rideau blanc et l'un des pieds du lit, à la gauche de Babadji. Celle-ci détona dans un flash, avec tant de puissance que le vieil homme fut projeté sur le côté. Prévenant et véloce, Ambala rattrapa son père, l'empêchant de se briser un os ou deux.

— Il va falloir de la patience et de la persévérance, prédit-il.

— Cela sera sans doute un peu plus compliqué que prévu, admit son père dans un soupir.

— Pourquoi vous parlez de sorcier ? se désola Helena. Je ne veux pas de bébé sorcier. Je veux un enfant normal. Un garçon ou une fille en bonne santé !

— Ah, la bonne santé, je crois déjà qu'il ou elle en fait preuve ! assura Babadji. Pas encore arrivé, et qui déjà chamboule le paysage !

Helena se mit à pleurer : ses nerfs lâchaient, c'en était trop.

Malgré les paroles rassurantes de Babadji, la situation actuelle, au-delà de sa tournure unique et spectaculaire, devenait préoccupante. Plus les minutes s'égrenaient, plus Helena Silène pâlissait. Les serviettes et les draps maculés en attestaient : elle perdait du sang. Beaucoup, beaucoup de sang.

Chapitre III

— Je vais quand même aller chercher un médecin, proposa Kétinée.

Au moment où elle posa sa main sur la poignée de porte, Helena se tordit. Au niveau de son entrejambe, une nouvelle tache rouge s'étendit, épaisse. Babadji cette fois ne dit rien. Il se contenta d'afficher une grimace. Les traits d'Ambala se durcirent.

Helena s'étranglait de bile et de sang. Elle fut prise d'impressionnantes convulsions.

Sans la regarder davantage, Kétinée emprunta le même chemin que la sage-femme et quitta la pièce. Mais elle n'osa plus bouger ensuite. Elle se souvint de ce que lui avait confié Ernest : lors de sa propre naissance, le prestidigitateur avait condamné sa mère. Qui était morte sur le coup.

Son futur enfant allait-il aujourd'hui en faire autant ?

Kétinée s'éloigna de trois pas. Elle vit le vieil escalier de bois de l'échoppe se dessiner vers le premier étage, vers l'extérieur, vers un ailleurs, loin de tout ça.

Ce docteur qu'elle s'en allait quérir, existait-il ? Allait-elle savoir le débusquer à temps ? Et puis surtout : en avait-elle envie ?

Elle eut la sensation très vive de se trouver à un croisement des chemins, un de ces moments de flottement où l'esprit prend le pas sur la matière. Comme à chaque événement vaudou de ce type, un homme élégant et spectral parut. Coiffé d'un chapeau haut-de-forme, le visage blanchi, vêtu d'un impeccable costume sombre et muni d'une canne, le lwa majeur adressa un signe discret à la mambo. Kétinée le reconnut aussitôt. Saisie par sa présence, par cette émanation qu'elle n'avait jamais perçue si nettement, elle lui demanda sans ambages :

— Qu'est-ce que vous faites ici, Papa Legba ?

Le lwa lui sourit. La salua de son chapeau.

— Nous savons bien, toi comme moi, combien certains moments sont importants, ma sœur, fredonna-t-il.

Devant son rictus entendu, Kétinée prit de la hauteur.

— Vous soulignez combien le choix d'une voie à la place d'une autre détermine ce que l'on est, au plus profond de soi, dit-elle.

— Te voilà bien formelle, se moqua Papa Legba. Je suis juste ravi de constater, ma sœur, qu'enfin te voilà prête à embrasser la part de ténèbres que nous possédons tous. Celle qui saura te rendre bien plus forte et indépendante.

D'un geste élégant, le lwa tentateur indiqua l'escalier qui menait en bas. Fidèle à sa nature trouble, il pointa de son autre main la porte que venait de refermer Kétinée. Celle derrière laquelle le tumulte, les râles, les cris de douleur, s'intensifiaient… Mais en quoi tout cela la regardait-elle ?

Résolument, Kétinée s'apprêta à partir. Elle posa même le pied sur la première marche.

Avant de pester. De jurer. D'effectuer une volte-face.

Oui, cette tentation était immense… Partir en ces circonstances, abandonner Helena à son sort, c'était s'offrir la possibilité d'arracher pour de bon l'homme qu'elle aimait à cette ancienne vie, à ces attaches qui ne voulaient pas se rompre.

Revenir, en revanche, c'était affronter la naissance. Parier sur l'incertain. Vouloir sauver l'enfant, et en même temps sa mère, de ses propres mains. Babadji comme Ambala avaient beau être de puissants sorciers, ni l'un ni l'autre ne se montraient aussi clairvoyants qu'elle lorsque l'aide de l'invisible était requis. Et aujourd'hui, très nettement, il fallait apporter une réponse surnaturelle à ce problème.

Chapitre III

Lorsqu'elle déboula dans la chambre, Kétinée constata que la quantité d'hémoglobine versée avait triplé. La tête du bébé se présentait à peine. Les mains de Babadji, les efforts d'Ambala ne suffisaient pas à le libérer. Pourtant, l'un comme l'autre usaient de leur sorcellerie afin de repousser les nuées récurrentes et perturbatrices.

— Tu as déjà trouvé quelqu'un ? demanda l'aïeul sidéré à sa petite-fille.

— Bien sûr que non, rétorqua Kétinée, s'installant en tailleur. Tu vois bien que si nous n'agissons pas ensemble, cette chère Helena va y passer. Et son bébé suivra peut-être.

D'une poche de sa combinaison, elle extirpa un vieux morceau de craie avec lequel elle traça des symboles à même le sol. Au creux du lit souillé, Helena, plus pâle encore qu'un vampire, n'était plus qu'un cri de souffrance.

Du ton posé et empathique qui le caractérisait, Ambala tint la main fiévreuse de l'artiste et lui parla en continu pour qu'elle ne perde pas connaissance.

— Tout va bien se passer, répétait-il, comme pour s'en convaincre lui-même. Vous allez tenir, Helena.

Le vieux Babadji demeurait concentré sur le crâne ensanglanté du bébé. Kétinée, quant à elle, se mit à psalmodier. S'entailla le poignet. Mélangea son propre sang avec celui de cette femme qu'elle ne pouvait aimer, mais qu'elle voulait sauver. Elle se lança dans quelques incantations vaudoues, priant Erzulie Freda, déesse de la féminité, et puis Mamy Wata, protectrice des femmes. À ces divinités, elle réclamait une seule chose : permettre au corps et à l'esprit d'Helena de tenir, de savoir traverser les épreuves sorcières, afin de mettre au monde son enfant.

Dans la petite chambre de la rue du Dragon, les objets trop légers, pris dans le flux des sortilèges conjugués, volèrent autour du lit. Peu à peu, les voix disparates d'Ambala, de Babadji et de Kétinée commencèrent à se mêler. Elles s'écoutèrent, se répondirent. Se mirent à scander les mêmes litanies, à quelques octaves d'écart, dans une sorte d'harmonie, au milieu du chaos.

Les explosions de fumée, de lumière, se firent alors plus lentes, comme domptées. Elles accompagnèrent les poussées d'Helena dont l'esprit, guidé par ce chœur africain, avait embrassé une forme de sérénité. Brosses, peignes et autres colifichets volants regagnèrent le sol.

Il y eut une ultime explosion silencieuse, juste au-dessus du lit. Un véritable déluge de couleurs vives, qui très étrangement n'effraya personne. Au contraire, chacun se sentit brusquement serein, soulagé, et même joyeux, comme en osmose totale avec l'univers. Et comme le chaînon essentiel, indissociable d'un tout. Bientôt, un silence fébrile et ténu précéda un cri éclatant.

Celui d'une petite fille qui gigotait, rose de vie et de santé.

Les nuées noires s'étaient évaporées. Annonciatrices de la naissance, elles venaient de céder la place au clou du spectacle.

Babadji tenait le petit être dans ses longues mains noueuses, assurées, qui tout le long de l'accouchement n'avaient pas tremblé.

— Elle est absolument magnifique, commenta-t-il.

Ambala esquissa un large sourire. Il se saisit des ciseaux tombés au sol, les nettoya, puis coupa le cordon.

La voix d'Helena Silène résonna à la suite de son enfant.

— Elle s'appellera Flavie… Je sais qu'Ernest aime énormément ce prénom, annonça-t-elle, exsangue, les larmes aux yeux, mais parfaitement vivante elle aussi.

Ambala, Babadji, Kétinée se regardèrent, soulagés, avec le sentiment du devoir accompli. Après tant de frayeurs, il y avait en cet instant apaisé, touché par la grâce, toutes les raisons de se réjouir.

Alors, pourquoi Kétinée songeait-elle encore à l'apparition au coin de l'escalier, et à ces marches de bois qu'elle n'avait pas empruntées ?

IIII

À la suite de cet accouchement peu commun, Kétinée, Ambala, Babadji se relayèrent pour surveiller Helena et Flavie. Ils nettoyèrent la mère comme la fille, puis changèrent les draps tout en veillant à leur bien-être. Helena demeurait très faible, incapable de se tenir assise. Au bout de quelques jours cependant, Babadji se montra formel : par leurs efforts conjugués, et surtout grâce à sa petite-fille, les jours de la trapéziste n'étaient plus en danger.

La jeune mère se répandit en remerciements.

— Je suis désolée de n'avoir pas cru en vous tous, vous qui êtes restés à mes côtés… J'ai eu si peur. J'ai eu si mal…

— Vous avez fait preuve de beaucoup de courage, la conforta Ambala. Il ne faut pas vous en vouloir. Et nous serions stupides si nous en concevions de la rancœur. Surtout avec à la clé un aussi joli résultat !

Monsieur Tan, le meilleur ami de Babadji, un Asiatique aussi âgé que lui, à la silhouette encore fine, fut le tout premier visiteur à s'extasier de la chevelure drue et ondulée de Flavie.

— Cette petite tient autant de son père que de sa mère, jugea-t-il dans un grand sourire.

Ce qui fit bouder Kétinée.

Durant les mois qui suivirent, Helena Silène scruta la fenêtre dans l'espoir fou que le père de son enfant se manifeste. On lui avait parlé d'un contrat, d'une obligation. D'un monarque particulier qu'Ernest était parti servir. Combien de temps allait-il être absent ? Au moins cinq ans, peut-être davantage.

— Et il ne va pas revenir de temps en temps ? avait insisté Helena, en sanglots.

Elle posa et reposa cette question. Malheureusement, personne ne savait, personne ne put la renseigner.

Kétinée ignorait si le Prince possédait un véritable nom en dehors de ce titre exagérément pompeux, apanage de certains sorciers architectes, maîtres en leur domaine. Sur une note plus personnelle, elle eût bien voulu revoir Ernest Villempré, elle aussi.

Elle désirait ardemment son retour, autant qu'elle l'appréhendait. Sa joie de vivre, son optimisme, lui manquaient terriblement. Elle se souvenait de ses mains sur elle, des courbes de son corps. De son éternelle barbe de trois jours, qu'elle aimait caresser juste après leurs étreintes. Elle n'avait qu'une seule envie : sentir le contact de sa peau lactée contre la sienne. Ce désir la faisait trembler même en plein soleil.

Comment leurs retrouvailles allaient-elles se dérouler ?

À ce sujet, Ambala, comme à son habitude, avait voulu se montrer rassurant. Mais en réalité il n'en savait rien. Si Ernest avait répété aimer Kétinée, il avait récemment perdu sa fille, Déa. Laquelle s'était – littéralement – évanouie vers les Enfers. Pourrait-il se permettre, sentimental comme il l'était, de tourner le dos à Helena, au risque de s'éloigner de Flavie, sa nouveau-née ?

Au fond d'elle-même, Kétinée pensait connaître la réponse à cette question. Elle l'avait aimé, bien avant que lui ne daigne la regarder. Il ne s'agissait pas vraiment d'un coup de foudre : plutôt d'une imprégnation de son univers, au fil des spectacles de magie improvisés, au cirque Palazzi. Car Ernest n'avait jamais vraiment préparé ses tours. Dilettante car naturellement doué, il improvisait ses séances, utilisant ses pouvoirs sorciers qui lui permettaient notamment de générer des illusions ou de parfaitement se faire comprendre des nombreux animaux qu'il adoptait. Sa personnalité empathique, sa maladresse occasionnelle, son charme naturel avaient peu à peu gagné leur chemin jusqu'au cœur de la jeune mambo, qui depuis ne voyait que lui. Mais lui s'était lié à une autre femme, dans une relation tumultueuse.

Maintenant que leurs roulottes avaient brûlé, que Palazzi les avait abandonnés, publiquement insultés, que restait-il de cette vie de spectacle et de tours en public ?

— Un mélodrame amoureux où je ne sais quel rôle je vais jouer, répondit Kétinée pour elle-même, en regardant par la fenêtre de sa chambre les gros nuages défiler dans le ciel parisien.

La vie itinérante, les applaudissements, le regard émerveillé des enfants manquaient à Kétinée. Mais pas autant qu'elle l'aurait cru. Elle ne s'était jamais imaginé rester artiste de cirque toute sa vie. Si elle avait rejoint la troupe, c'était surtout pour profiter des leçons sorcières prodiguées par son grand-oncle Kilma, un vieil individu bougon et roublard, mais qui s'était toujours montré très élogieux à son égard. Ce mentor, ce parent s'en était allé. Il s'était sacrifié pour que vive Ambala. Il s'agissait là d'une blessure encore vive et béante qui avait profondément impacté toute la famille Mountabila. Chaque membre tâchait de ne pas laisser le deuil l'emporter, mais pleurait en secret la perte de ce marabout à nul autre pareil.

Afin de se changer les idées, Kétinée se tourna vers la lecture. Songeant aux mondes sorciers qu'elle avait récemment visités, entre Verdun, les Pyrénées, les falaises de Bandiagara ou bien les catacombes, elle se replongea dans les notes de Raoul Villempré, le père d'Ernest.

Par hasard, son grand-père Babadji s'était trouvé en possession de l'un des carnets de ce grand voyageur, le troisième d'une série. Combien en existait-il en tout ? Et qu'étaient devenus les autres ? Personne ne le savait. Tout comme on ignorait si Raoul Villempré était encore vivant. Mais s'il avait survécu, pourquoi se serait-il séparé de ces précieux écrits, témoignages de ses explorations, de ses connaissances, de ses réflexions ?

D'après les rumeurs, Raoul s'était éclipsé à la naissance d'Ernest, rongé par le chagrin de la perte de sa compagne, Amélie Novotni. Tout comme la grand-mère de Kétinée, Likou, avait disparu elle aussi, plus de vingt ans plus tôt.

La mambo tourna délicatement les pages jaunies illustrées de nombreux croquis. Elle avait commencé à reporter, sur une mappemonde, les différents endroits jadis visités par Raoul, certains situés en France, en Écosse. La partie la plus imposante du document évoquait des sites issus du lointain Empire assyrien. Entre ces pages, Raoul reproduisait les traces de nombreux vestiges, frontons parcellaires, colonnes à moitié effondrées, statues saccagées lors du passage des religions monothéistes, et autres tombeaux profanés par d'inévitables pillages. Une succession de crayonnés évoquait des textes gravés en akkadien, en araméen, certains sur des piliers et des bas-reliefs qui avaient conduit Raoul à d'autres ruines, plus lointaines. Bien souvent, les informations récoltées n'étaient que des fragments, des pistes incomplètes. Un morceau de tablette constellé de symboles cunéiformes l'avait visiblement occupé un très long moment. On devinait ses hésitations, ses erreurs, tous ses essais de traduction. Et si des pistes esquissées durant plusieurs mois, principalement autour du tombeau de Gilgamesh, ne menaient nulle part, d'autres embranchements, aux départs plus confus, avaient fini par porter quelques fruits.

Aidé de personnes qu'il ne nommait pas, il avait fini par déterrer les tronçons d'une antique porte ensevelie, qu'il avait ensuite fallu reconstituer. À ce passage précis succédaient des pages arrachées. Ensuite, sur plusieurs paragraphes, Raoul décrivait, d'un ton un peu plus lyrique qu'à son habitude, « d'incroyables structures verdoyantes, organisées en terrasses », « de véritables merveilles architecturales, d'une luxuriance inouïe », où le minéral et le végétal « opéraient en symbiose, flottant sur une débauche d'esplanades, de torrents et de fontaines enchevêtrées, d'une exquise sophistication ».

Ces envolées contrastaient avec le style plutôt clinique de Raoul – preuve que l'endroit avait dû lui faire très forte impression.

Kétinée comprit vite qu'il s'agissait là d'un monde sorcier, dissimulé aux yeux du monde, effacé des cartes « depuis plusieurs milliers d'années ».

Raoul semblait formel : par quelque manipulation qui ne figurait pas dans le présent recueil, il était parvenu au cœur des célébrissimes « jardins de Babylone ».

On arrivait au moment le plus délirant de l'ouvrage. Au cœur de ces jardins, Raoul Villempré prétendait avoir rencontré « d'authentiques licornes », que l'explorateur aurait non seulement approchées... mais avec lesquelles il aurait même conversé. Celles-ci étaient décrites tels des êtres humains : douées de parole, de raison. Et même pourvues de certains dons.

Kétinée relut plusieurs fois le passage qui évoquait ces créatures. Celui-ci détonnait fortement au milieu des notes sérieuses, austères et richement documentées sur les dynasties éteintes de Mésopotamie et les vieilles pierres :

Des trois licornes, Lahnaé est la plus curieuse, la plus claire et la plus loquace. D'une très vive intelligence, elle s'est montrée excessivement bienveillante à mon égard. Je pense être le tout premier spécimen humain qu'elle rencontre – le passage entre son monde et le nôtre ayant été longtemps fermé.

Médiatus est son frère aîné. Sa robe bordeaux habille une silhouette puissante et farouche. Mais ses déplacements sont erratiques. D'après Lahnaé, Médiatus a été rendu fou, jadis, par son contact avec l'espèce humaine. Laquelle, par ses agissements, lui aurait enseigné le goût du meurtre. Depuis, il vit en solitaire, afin de ne pas céder à la tentation d'assassiner les siens. Dès que je m'approche de lui, il rue, hennit, puis galope vers une autre terrasse.

Quant à Kalion, il est le plus fascinant... et le plus flegmatique des trois. Âgé de plus de mille ans, il clopine davantage qu'il ne trotte. Il se dit devin, harassé par ce don, et prétend avoir anticipé ma venue en ces jardins. Si je me suis montré sceptique face à ses dires, Kalion m'a prouvé, en quelques phrases, qu'il connaissait mon âge, mon lieu de naissance, les grandes étapes de ma vie. Il m'a expressément demandé d'ôter de mon carnet tous les passages qui expliquent comment je me suis rendu en ces lieux. Car mes écrits, selon lui, passeront dans les décennies à venir par des mains et des esprits malintentionnés. Il m'a ensuite confié quelques secrets sur mon avenir, que je ne saurai répéter à quiconque.

Il m'a demandé de noter cette phrase :

L'eau deviendra de sang, et le sang sera eau.

Et puis, il a insisté pour que je retranscrive très précisément ces mots :

Akkeïlo Madiem Teï'A Nao

S'il s'agit d'une énigme, il va me falloir y réfléchir, car je n'y comprends rien.

Moins contaminé par le genre humain que Médiatus, Kalion conserve cependant à notre égard une intense méfiance. Il prétend que si des secrets, parmi les plus remarquables, n'avaient pas été dissimulés au cours des millénaires précédents, l'être humain aurait déjà provoqué la fin de toutes choses. Il affirma même qu'un cataclysme d'une ampleur inégalée et inégalable est inévitable. Selon lui, ce funeste compte à rebours entre dans sa toute dernière époque…

Le passage s'arrêtait là. Ensuite, il était question du retour de Raoul en Europe.

À chaque fois qu'elle parcourait ces lignes de mauvais augure, Kétinée Mountabila réprimait un frisson. Pas besoin de se demander pourquoi certaines pages du document manquaient : afin de respecter la volonté de Kalion, Raoul Villempré avait détruit les informations cruciales qui auraient permis à d'autres de fouler du pied les somptueux jardins de Babylone.

Les animaux mythiques qui les peuplaient désiraient visiblement vivre en paix, coupés le plus longtemps possible d'une sphère humaine au rayonnement délétère.

— Si le père Villempré n'a pas tout inventé et qu'il a réellement vécu cette rencontre, ça ne va pas décourager le côté misanthrope que j'ai hérité de Kilma ! commenta Kétinée avec une moue.

De nouveau, elle songea au marabout bougon. Comme sa compagnie et ses coups de sang lui manquaient, maintenant !

Kétinée rejeta une mèche de cheveux noire en arrière, puis tâcha de se reconcentrer sur le document qu'elle parcourait. Si plus rien n'évoquait les licornes, un mot que la mambo ne connaissait pas revenait souvent. Le terme « pancéum ». D'après le contexte, elle comprit qu'il s'agissait d'une sorte de maladie réservée aux sorciers. Mais difficile de savoir quels en étaient les symptômes. Que Raoul s'intéresse soudain à ce « pancéum » au milieu de ses fouilles archéologiques et de ses expéditions était assez étonnant…

Après avoir survolé un passage sur les rites celtes qui la passionnait moins, Kétinée s'attarda sur un croquis rapide d'un homme aux oreilles pointues, démesurément longues, doté d'une barbe fournie. Un symbole en forme de losange était imprimé sur son front.

Aujourd'hui, écrivait Raoul, *au fin fond d'une chapelle à moitié en ruine, je suis tombé sur une gravure représentant un membre d'une peuplade disparue : les Ombredunes. Selon les inscriptions gravées, ces Ombredunes auraient jadis foulé le sol de l'Écosse, où on les chassa et les massacra jusqu'au dernier. Outre leurs oreilles démesurées, certains d'entre eux possédaient des cornes semblables à celles des boucs.*

Chapitre IIII

Kétinée trouva ce court passage symptomatique de l'intérêt global des carnets de Raoul. Car en sept lignes à peine et quelques traits, le voyageur pouvait évoquer tout un pan caché de l'histoire sorcière – à moins bien entendu qu'il ne s'agisse que de légendes…

Il était aisé de passer à côté de ce genre d'anecdotes tant les pages compulsées regorgeaient d'informations diverses.

Avant de poursuivre sa lecture, Kétinée s'efforça de graver dans sa mémoire le visage du mystérieux « Ombredune » barbu, qui n'était pas nommé.

Elle en vint ensuite aux toutes dernières pages du carnet, consacrées à un domaine magique jadis flamboyant, mais qui était décrit comme malade et menacé d'un effondrement imminent : les Terres Oubliées – autrefois connues sous un autre nom : l'Atlantide.

Depuis peu, Babadji avait révélé à Kétinée qu'elle possédait une part de sang atlante dans les veines. Justement par Likou, sa grand-mère maternelle disparue, que très longtemps elle avait pensée originaire du nord de l'Inde. Tout comme Babadji avait voyagé d'une région d'Afrique à une autre, s'imprégnant de magie dogon autant que de culture vaudoue, Likou elle aussi s'était aventurée hors de son Atlantide natale, pour d'abord atterrir en Inde, et ensuite à Socotra, une île située dans la mer d'Arabie. C'est là-bas qu'ils s'étaient connus, en des circonstances que Babadji avaient décrites comme « plutôt explosives ».

— Elle a d'abord cherché à me tuer, avait-il affirmé. Heureusement, à cette époque, je courais vite…

Cette première rencontre volcanique avait été suivie d'autres confrontations. Peu à peu cependant, Likou s'attacha à ce jeune Dogon intrépide.

— Ta grand-mère était une très belle femme. La plus somptueuse que j'aie jamais rencontrée. Et moi, je suis immédiatement tombé amoureux d'elle, hé hé… Mais je n'étais pas du tout, pas du tout son type, ça non ! Trop petit, trop trapu. Trop laid aussi, sans doute. Ton grand-oncle Kilma, mon frère, s'est d'ailleurs sacrément moqué de mon obstination à lui courir après. Très souvent, en la suivant, je me blessais. Car je ne possédais ni son agilité ni ses capacités guerrières. Lors d'une échauffourée avec une peuplade qu'elle affrontait, j'ai même reçu deux flèches en plein corps. Par chance, je suis coriace. Ou alors tellement stupide et malhabile que, ce jour-là, ta grand-mère m'a pris en pitié. Elle a soigné mes blessures… et a enfin cédé à mes avances. Kilma n'en revenait pas. Et moi non plus, d'ailleurs !

À la suite de ce rapprochement peu conventionnel, Likou et Babadji avaient appris à se connaître. Si Babadji lui révéla assez vite ses talents vaudous et dogons, Likou demeura longtemps très secrète sur ses origines.

— Il lui a fallu dix ans pour m'avouer qu'elle avait débarqué de l'Atlantide. Et encore : je n'ai jamais connu tous les détails. Elle avait dû fuir la famine, la guerre, la maladie. Un quotidien devenu invivable. Elle a fait partie des quelques privilégiés, ces initiés, ces débrouillards, qui ont su ouvrir les passages, et s'échapper.

— Est-ce que grand-mère possédait un troisième œil, deux bras en plus ? avait candidement demandé Kétinée. Comme les statuettes atlantes que tu possèdes, grand-père ?

— D'autres bras, non. Mais un œil supplémentaire, en effet… En fait, le troisième œil atlante se ferme puis s'efface au fur et à mesure que l'on passe du temps hors des Terres Oubliées. Ainsi, quelques années à peine après son exil, celui de Likou a fini par disparaître.

Chapitre IIII

— Et elle n'est jamais retournée là-bas ? Elle n'a jamais voulu retrouver ses racines ?

— Pas à ma connaissance, soupira Babadji. Bien entendu, quand elle s'est évanouie brusquement sans laisser de traces, une nuit de septembre, il y a maintenant près de vingt-cinq ans, c'est cette piste que j'ai explorée. Sauf que je ne savais pas, à l'époque, comment me rendre là-bas. Ce sont les indices glanés dans les carnets de Raoul Villempré, entre autres, qui nous ont permis d'y aller, Ambala et moi. Nous n'avons trouvé là-bas aucune trace de Likou… Tout cela a mené au fiasco autour du Grand Taureau et de la fête du Bœuf Gras.

Babadji, ce soir-là, avait ensuite beaucoup parlé du décès d'Ambala, puis de Kilma, ressassant sa culpabilité dans cette sombre affaire. Aujourd'hui, Kétinée voulait à son tour s'approprier, à sa façon, la part atlante de son héritage. Elle se concentra de nouveau, prit le temps d'analyser chaque phrase de la partie – pour elle la plus intéressante – des carnets de Raoul qui y était consacrée.

D'après le sorcier, toute tentative d'expédition vers l'Atlantide s'avérait hasardeuse, voire suicidaire. Il y décrivait des varans à la peau hérissée de pointes, des fauves implacables capables de voler et de vous traquer sans relâche pour vous dévorer la moelle des os. Chaque chemin, chaque recoin, était traversé de vapeurs opaques véhiculant les pires maladies. Après des journées de marche, Raoul n'exprimait qu'une envie : celle de quitter cet environnement inhospitalier, desséché et hautement périlleux.

Il est bien dommage de n'avoir connu l'endroit du temps de sa splendeur, écrivait-il. *Car, s'il existe bien des cités désertées, prometteuses, vues de loin, s'y aventurer me fut impossible. Des ombres menaçantes, des personnages à peine vivants y évoluent. Mille fois j'ai dû fuir, ruser et me cacher derrière un pan de mur, à l'abri d'une cavité afin de rester en vie.*

Au milieu de croquis lugubres, sans doute tracés *a posteriori*, une entité masquée, particulièrement élégante, se détachait du reste de ce constat de désolation. Richement parée, vêtue d'une longue toge, d'un masque ouvragé doté d'un troisième œil placé à la verticale, cette silhouette avait été dessinée avec un soin particulier, davantage peut-être que toutes les ébauches du carnet. Pour autant, aucun détail n'était donné sur la signification de sa présence au milieu des racines mortes et des cadavres ambulants pourvus de deux paires de bras.

Un simple mot accompagnait ce personnage : *Tenngalidji*. Le nom de cette femme, sans doute. Par sa pose, elle évoquait peut-être une statue croisée par Raoul au milieu de ce monde éteint.

Tout autour du dessin, en groupements chaotiques, avaient été tracés des mots d'une langue inconnue de Kétinée. Certains d'entre eux commençaient de la même façon, avec différentes terminaisons. Un peu comme la déclinaison d'un mot grec ou latin. Raoul cherchait-il à apprendre un nouveau langage ? Mais pourquoi le faire, au beau milieu d'un paysage si dangereux ? Ensuite, le récit de son expédition reprenait, jusqu'à sa fuite pour quitter la défunte Atlantide.

Alors qu'elle s'apprêtait à fermer le carnet, Kétinée fut attirée par une succession de mots singuliers : *Akkeïan, Akkeïas, Akkeïot*.

Elle cligna des yeux, revint en arrière. Relut les étranges paroles prononcées par Kalion, la licorne grise.

« *Akkeïlo Madiem Teï'A Nao* »

Chapitre IIII

Le premier mot de cette formule correspondait à celui décliné plus loin. Pouvait-il s'agir de la même langue ? De la langue atlante ?

— Ah mais, ce que je suis bête ! s'exclama Kétinée.

Elle utilisa son pouce gauche en guise de marque-page, s'éloigna du bureau poussiéreux où elle s'était attablée, et descendit quatre à quatre les escaliers pour aller dénicher Babadji en train de frotter un linge blanc destiné à Flavie.

— Grand-père, grand-père ! répéta-t-elle. Est-ce que grand-mère t'a appris des rudiments d'atlante ? Ces mots, là, tracés autour de cette silhouette… Ils te disent quelque chose ?

— Ouh là, tu sais, Likou a bien essayé de m'enseigner deux ou trois trucs… mais je n'y ai jamais rien entendu. Adresse-toi plutôt à ton oncle. Il est devenu bien plus érudit que moi sur le sujet !

Dans la cuisine, Kétinée trouva Ambala, occupé à couper des navets et des carottes qu'il ajouterait au curry qu'il préparait. Il délaissa un instant ses légumes et ses épices pour analyser avec sa nièce ces écrits qu'il avait déjà étudiés, quelques années plus tôt.

Ses longs doigts bruns naviguèrent entre les paragraphes, qu'il traduisit comme il le put.

— La figure au centre de ces écritures s'appelle effectivement Tenngalidji, révéla-t-il. Il s'agit d'une prêtresse ou d'une déesse. Peut-être les deux à la fois. En tous les cas, elle appartient au panthéon atlante. D'après ce que j'ai compris au fil de mes années de recherches, elle est liée à l'eau, au courant de toutes les rivières. Ce courant est souvent mis en relation avec le temps qui passe et qui s'écoule, inexorable…

— Et concernant ces mots, là ? *Akkeïan*, *Akkeïas*…

Ambala se gratta l'interstice entre les sourcils.

— Jadis, j'avais tenté une traduction, en me basant sur de l'araméen, sur du sanskrit. Et sur des cartouches égyptiens, aussi. Il me semble qu'il s'agit d'un verbe évoquant le choix. Quelque chose comme « je choisis, tu choisis... » Tu vois l'idée ?

Kétinée revint quelques pages en arrière.

— Et *Akkeïlo* ? C'est le même verbe ? Ça voudrait dire quoi ?

— Cette forme correspond à un impératif. Et le *Nao*, en fin de phrase, est une négation. Il doit donc être écrit : « Ne choisis pas ».

— Les autres mots, tu les connais ?

Les lèvres d'Ambala s'étendirent en un sourire, et ses yeux scintillèrent.

— Moi aussi, j'ai essayé de traduire ce passage, jadis...

Son index se posa sur le mot *Madiem* et *Teï'A*.

— Par *Teï'A*, on évoque quelque chose de vivace et de brûlant. Comme une flamme, un feu. Quant à *Madiem*, c'est le chemin, la voie... Ce passage donnerait, en gros : « Ne choisis pas la voie de l'incendie », ou bien : « N'emprunte pas la voie dessinée par le feu ». Désolé, je ne puis être catégorique. Un des clients de Babadji, un certain Archibald Saisonnier, qui vit entre Paris et Lyon, s'y connaît plutôt bien. C'est un drôle de type, il parle sans cesse de malédictions, de commerce avec les démons, je ne lui ai jamais fait confiance... L'idéal serait plutôt de rencontrer un natif atlante qui pourrait nous aider. Mais ils sont loin d'être légion, crois-moi !

Une image pénible, en clair-obscur, surgit alors de la mémoire de Kétinée. Elle revit une salle qui s'écroulait. Un endroit où la Mort avait rôdé, entourée de sépultures fendues, d'ossements mobiles et d'ennemis assemblés. C'était en ce lieu que son oncle Kilma avait sombré. Là que la petite Déa avait disparu. Parmi les victimes tombées lui revint l'image d'un homme au turban défait.

— Et si… ? commença la mambo.

Un bruit sourd, au niveau de la porte d'entrée, l'empêcha de formuler sa pensée. Qui voulait entrer dans la boutique à cette heure tardive ?

Ambala, Kétinée, Babadji eurent le même réflexe : celui d'aller vérifier qui pouvait bien tambouriner à cette heure.

Ils s'attendirent à voir apparaître Monsieur Tan. Puis ils songèrent à Napoléon Boussangué ou même à Louise Balsia – deux amis de la famille qu'ils n'avaient pas vus depuis des semaines.

Il s'agissait d'Ernest.

Décoiffé, mal rasé, comme à son habitude. Vêtu d'une chemise, d'un pantalon noir, les traits tirés, des contusions sur le visage.

En le reconnaissant, tous s'agitèrent.

— Salut, esquissa Ernest dans un demi-sourire fatigué. J'ai eu une permission exceptionnelle. Mais ça ne va pas durer très longtemps. Parce que je suis entre deux déplacements… Il paraît que…

— Félicitations ! lui sourit Babadji en lui ouvrant grand la porte de sa boutique et en le prenant dans ses bras. Tu es le père d'une magnifique petite fille qui…

— Mais nous allons laisser le soin à la mère de t'annoncer cela en détail, le coupa Ambala, qui s'amusa de l'empressement de son père. Bienvenue chez nous, mon ami.

Il plaça une main chaleureuse sur l'épaule du nouveau venu.

Quelques mois plus tôt, une missive officielle avait été envoyée rue du Dragon pour informer les proches d'Ernest de son entrée au service du Prince.

— Comment vas-tu ? demanda Ambala. Comment cela se passe-t-il, pour toi ?

Le magicien grimaça.

— C'est… assez compliqué, résuma-t-il. Mais on va dire que je survis… Kétinée, je suis désolé d'avoir disparu sans rien pouvoir te dire, l'autre jour. Et je t'aurais bien écrit, mais cela nous est interdit, et…

Le magicien s'avança vers la mambo, qui le dévorait des yeux depuis son apparition inespérée. La jeune femme plaça deux doigts sur les lèvres d'Ernest. Puis elle lui dit :

— Va vite voir ta fille. On s'occupera l'un de l'autre juste après.

Ernest marqua un temps d'arrêt. Puis il acquiesça.

— J'espère juste en avoir le temps, exhala-t-il.

Alors, il lui tourna le dos et fila dans l'escalier.

Du rez-de-chaussée, on entendit la voix d'Helena partir dans les aigus, dans un grand élan de satisfaction et d'enthousiasme :

— Ernest !

L'homme qui revenait tout juste d'Italie s'assit au bord du lit, prononça quelques mots à la mère de son enfant, à voix basse. Puis il fit la connaissance de Flavie, qui le fixa de ses grands yeux clairs. Derrière lui, la porte entrebâillée se ferma.

Kétinée attendit. Tandis qu'Ambala et Babadji étaient retournés à leurs tâches ménagères, laissant aux parents un moment pour converser, la mambo fit mine de retourner dans le bureau de son grand-père, où elle logeait. En réalité, elle s'assit sur le palier du second étage, et fixa la porte close. Dix minutes. Trente minutes.

Bientôt une heure.

Chapitre IIII

L'odeur du curry qui mijotait se répandait entre les étages, mais le plat n'avait pas encore été servi. Ni Babadji ni Ambala n'avaient osé se manifester.

Alors Kétinée, n'y tenant plus, se leva nerveusement et fila tout droit vers la porte close. Elle toqua, et n'attendit pas qu'Helena lui dise « Entrez ».

Elle déboula dans la chambre. La mère et la fille étaient seules. Au milieu du lit, la trapéziste tenait son enfant. Des larmes coulaient sur ses joues.

— Il a soudainement disparu, annonça-t-elle. Comme la première fois… Le voilà reparti, Dieu seul sait où. En un endroit où il sera blessé, de nouveau. Ou bien pire… Oh, Ernest !

Ce « Oh, Ernest ! » murmuré résonna dans le cœur de Kétinée comme un coup de poignard.

Lui et Helena avaient passé près d'une heure ensemble. Une heure interminable durant laquelle Ernest n'avait pas quitté son chevet.

Pas même pour venir embrasser la mambo.

V

Autour de toi, noir incendie.
Ciel consumé, terrain maudit.
Les morts pullulent, le soufre afflue
Dans ce monde où tu évolues.

Un chaos de feu que baignèrent en vain
De leurs longues larmes les séraphins.
Hélas leurs efforts n'ont rien arrangé
Et ces champs roussis furent inchangés.

Autour de toi, des hurlements.
Des corps tordus, démembrement,
Jambes en feu, bustes sciés,
Le chant de sang des suppliciés.

Ces âmes liées aux tourments s'étiolent,
Se noient dans le soufre et le vitriol.

SORCIERS

Éternellement offertes au hachoir
Qui dans leur torture peint le désespoir

Ces plaintes-là encore hier
Ne savaient percer tes œillères.
Indifférente, tu laissais faire.
Mais aujourd'hui où prolifèrent
Ces pièges abjects, ces souricières
Tu te sens mal, tu manques d'air.

Autour de toi, tout est trop chaud.
Ce lieu si vaste reste un cachot.
Comme une impasse à tes envies
En ces pensées où tu dévies.

L'estomac noué, tu erres sans fin,
L'esprit lacéré d'infinis chagrins.
D'étranges rencontres ont déclenché
Cet élan du cœur qui te fait flancher.

Tes joies n'ont plus qu'un goût amer.
Source croupie, eau mortifère.
Tes vies passées sont ta clairière.
Et ton fardeau, et ton suaire.
Nul ici n'entend tes prières
Petite fille des Enfers.

VI

Comme souvent, il y eut un écran de fumée.

Un passage à travers un brouillard dense, qui vous enveloppe et puis qui vous happe. Ernest eut l'impression qu'on le lâchait soudain dans le vide, puis qu'on le rattrapait, *in extremis*.

Le magicien se matérialisa au Castel, face à deux soldats guindés en tenue d'apparat, un sorcier chauve qui suait à très grosses gouttes, et un immense sablier vide, de près de trois mètres de haut.

— *Tempus fugit !* annonça d'une voix de stentor l'un des soldats moustachus, droit dans ses bottes.

— Grands dieux ! s'exclama l'homme chauve qui tomba presque du tabouret où il était assis. C'est enfin fini !

Le second soldat lui tendit un foulard avec lequel l'individu, affublé d'une cape, s'épongea le front. Le tissu imbibé laissa s'échapper un chapelet de gouttes qui s'écrasèrent au sol. La scène se déroulait à l'air libre, devant un vaste bâtiment de pierre taillée, percé de très larges fenêtres : un manoir somptueux où allaient et venaient d'élégantes dames aux robes éclatantes, ainsi que d'impeccables généraux au torse couvert de médailles. Aujourd'hui, un nombre conséquent de ces galantes tirées à quatre épingles et de ces militaires à rouflaquettes profitaient de l'exhibition.

L'homme chauve prit une inspiration. Il se leva, clama son identité :

— Daniel Karade. Hypnotiseur et psychokinésiste !

Puis il salua le public, en s'inclinant. Une clameur s'éleva de la foule, qui se répandit en louanges.

— Prodigieux !

— Phénoménal !

— Époustouflant !

Au milieu d'eux, Ernest était désorienté. Une heure plus tôt, on l'avait planté là, face à ce sorcier chauve doté d'un regard magnétique, qui lui avait promis un voyage express à la capitale. Désormais de retour, il constata que l'herbe sous ses chaussures était entièrement brûlée. De la fumée s'échappait de ses jambes, de ses épaules et de son crâne. Contrairement aux gens de bonne société qui applaudissaient à tout rompre, lui ne se montrait pas vraiment enthousiaste.

— Ah mais non ! se plaignit-il. Je n'ai quand même pas déjà quitté Paris pour revenir au Castel ?

— La phase du déni, analysa Daniel Karade d'un mouvement de tête entendu, la bouche en coin, tout en profitant encore de la réaction enthousiaste de la foule. Tout à fait normal, après avoir vécu une expérience comme la vôtre.

— Non non non, insista Ernest en agrippant Daniel Karade par les poignets. Je dois retourner à Paris !

Chapitre VI

La foule commença à se questionner. Cette discussion animée faisait-elle partie du spectacle ?

— Vous m'excuserez, cher Monsieur, indiqua sèchement Daniel Karade à Ernest en se dégageant. Ce que vous me demandez là est bien au-delà de mes forces.

Pour souligner ses dires, il parut défaillir, ce qui provoqua une vive émotion parmi les spectateurs. Un soldat se précipita pour le soutenir. Ernest gesticula.

— Vous ne comprenez pas : je n'ai pas eu le temps de faire tout ce que je voulais, à Paris. Il faut…

Daniel Karade perdit patience. Il désigna du bras le sablier.

— Chaque grain de sable a roulé, Monsieur. Et maintenant, voilà l'instrument vidé, comme moi ! Grâce à mes dons, vous êtes parti d'ici, arrivé à la capitale, et puis vous êtes revenu. Comme convenu. Cette noble assemblée m'en est témoin ! Et si vous vous êtes correctement débrouillé, vous avez fait la connaissance de votre enfant. Ne me remerciez pas, surtout !

D'un mouvement de cape magistral, il clama de nouveau :

— Daniel Karade ! Hypnotiseur et psychokinésiste !

On l'applaudit encore. On s'extasia.

— Bravo, bravo, cher Maître !

— Vous êtes inégalé ! Inégalable !

— Épuisé, épuisé, maugréa Ernest dans sa barbe. Il n'est pas épuisé pour recevoir les louanges, en tout cas !

Toutes ces simagrées agacèrent le magicien. Il quitta donc la pantomime et les jardins pour se diriger d'un pas résolu vers l'intérieur du Castel. Dans l'une de ses poches de veste, il sentit quelque chose bouger. Bientôt émergea la tête minuscule et ensommeillée de Noidkoko, qui bâilla à s'en décrocher la mâchoire.

— Ah, te voilà réveillé, toi aussi ! Je crois que tu ne t'es même pas rendu compte de notre départ du Castel. Je me trompe ?

Pour toute réponse, le miniprimate lui renvoya un regard interrogateur et ensommeillé. Ernest gravit les quelques marches qui menaient au bâtiment principal. Comme à leur habitude, d'autres gardes postés à cette entrée le saluèrent et l'annoncèrent.

— Ernest Villempré ! cria-t-on.

— Ouais ouais, maugréa le magicien.

Il trottina le long du tapis rouge à travers les salles immenses aux canapés de cuir, aux lustres étincelants, aux tableaux fastueux, au large des salons de jeu, jusqu'à une imposante galerie de miroirs qu'il commençait à bien connaître. Les perpétuels invités qui peuplaient ce rez-de-chaussée s'écartèrent lorsqu'il passa à quelques centimètres d'eux. Les moins réactifs se firent bousculer.

— Un peu de savoir-vivre, bon sang ! s'indigna un général tapissé de médailles, quand Ernest faillit lui faire lâcher sa coupe de champagne.

Le prestidigitateur ignora sa remarque. Il garda le cap. Comme toujours quand on voulait que quelque chose soit résolu ici, il fallait s'adresser au Prince. Car ses très nombreux subalternes ne feraient rien sans son accord.

Ernest ouvrit une issue quasi invisible découpée dans l'un des miroirs, puis la franchit. Ce passage discret menait à un couloir convexe orné de marqueterie, percé de plusieurs autres portes. Ernest chercha des yeux celle qui, matelassée de cuir pourpre, donnait sur le bureau du Prince.

Enfin, en temps normal. Si le Prince ne souhaitait pas être dérangé, jamais cette issue-là n'apparaissait.

Chapitre VI

Ernest avait déjà parcouru ce couloir dans différents états d'énervement. Il lui était arrivé de marcher de longues minutes, d'un pas lourd, sans atteindre son but. À d'autres moments, il avait trouvé l'étude du Prince en quelques secondes. Cette disposition changeante des lieux l'avait fait réfléchir. Il avait fini par comprendre que son état d'esprit, en ce lieu sorcier, conditionnait l'agencement du corridor. Aussi s'efforça-t-il de prendre sur lui, de calmer ses ardeurs malgré ses très récentes frustrations. Il respira lentement, posément. Il ralentit la cadence.

Alors, au détour d'une circonvolution, la porte désirée apparut. Ernest prit même le temps de toquer sur le chambranle pour s'annoncer.

— Entrez donc ! tonna la voix très reconnaissable du Prince.

Le monarque se trouvait assis, seul, devant un somptueux bureau en acajou laqué, en train de compulser plusieurs dossiers, de trier des papiers. Comme souvent, il était vêtu d'une élégante veste bordeaux. Une lavallière noire ornait une chemise impeccablement repassée. Ses cheveux sombres, ramenés en arrière, encadraient un visage altier orné d'une courte barbe soignée. À sa bouche saillait un cigare dont les volutes dessinaient des entrelacs jusqu'au plafond. Lorsqu'il aperçut Ernest Villempré, son regard brun s'anima.

— Cher ami, quelle joie de vous voir ! J'espère que vous vous portez bien… Je remarque vos contusions. Mais vous voilà enfin remis de ce petit séjour en Italie, je l'espère.

Ernest tiqua sur l'euphémisme.

— J'en aurais bien des choses à dire, sur ce « petit séjour », grogna-t-il.

— Eh bien, exprimez-vous, très cher, et installez-vous, s'enthousiasma le Prince en lui désignant le fauteuil en face du sien. Cependant, n'en prenez pas trop ombrage : je continuerai à travailler tout en devisant avec vous. Vous n'êtes pas sans savoir que je suis un homme occupé.

Il posa un document sur une pile de paperasse, en examina aussitôt un autre.

— D'abord l'essentiel, annonça Ernest. Vous m'avez accordé une permission pour la naissance de ma fille…

— Où avais-je la tête ? l'interrompit le Prince en lui accordant un très bref regard. Mes félicitations, bien sûr ! J'espère que la mère et l'enfant se portent bien. Je ferai porter à la mère et à votre fille un cadeau du Castel, cela va de soi.

Décontenancé par ce mélange d'affairement et de courtoisie, Ernest secoua la tête, tâcha de rester poli.

— C'est… C'est aimable de votre part. Par contre… à quoi rime cet attroupement, dehors ? Pourquoi ne m'avoir accordé qu'une heure ? J'ai à peine vu ma Flavie, à peine eu le temps de la cajoler que, déjà, j'étais de retour.

Le Prince eut un haussement de sourcils.

— Oh, vous êtes déçu de la prestation de Daniel Karade ? Pourtant, il s'agit là d'un psychokinésiste très en vue. Il ne vous a pas conduit là où il fallait ?

— Ah ça, si ! s'agaça Ernest. Mais pourquoi en un moment si bref ? Le Castel, votre domaine, rayonne sur toute la France, non ? Si je ne me trompe, on peut en partir, y venir en un claquement de doigts. Alors pourquoi limiter mon temps de présence auprès de mon enfant ? Vous savez que j'ai perdu une fille, récemment ? Vous vous rendez compte de la cruauté de… ?

— Vous me faites bien trop d'honneur, l'interrompit le Prince. Le Castel possède un certain rayonnement dont je m'enorgueillis, il est vrai… Cependant, le préposé aux trajets longue distance du Castel – un sorcier nommé Brume – se trouve au loin, en ce moment. D'où le recours à monsieur Karade. Qui n'est pas quelqu'un que l'on convoque facilement et sans le dédommager de façon, hum… substantielle. Cadeau de la maison, bien sûr.

Là-dessus, le Prince lui adressa un clin d'œil.

— Bon, d'accord. Admettons. Et dans ce cas : merci. Mais j'aurais pu juste partir du Castel, sauter ensuite dans un train, et…

— Malheureusement, objecta le Prince dans une moue, je ne puis me permettre de me passer de vous.

— De moi ? Arrêtez un peu, je ne suis personne. Je ne suis qu'un sorcier parmi d'autres. D'ailleurs…

Le Prince lui sourit.

— Cher Monsieur Villempré. Vous ne vous rendez pas compte de votre potentiel !

— Pff, soupira Ernest, incrédule.

— Et puis détendez-vous un peu avant la prochaine mission. Car vous repartez dans moins de deux heures.

— Hein ? Quoi ? Ah mais non, pas possible ! Car je veux retourner à Paris. Et très vite. J'ai… J'ai là-bas certaines personnes que je dois encore voir, et qui…

— Autres que votre enfant et sa mère ? avança le Prince. Mais peut-être suis-je indiscret…

Le singe Noidkoko, dont la tête dépassait toujours de la poche d'Ernest, paraissait suivre cet échange comme on assiste à un match de jeu de paume.

— Euh… Eh bien c'est compliqué, reprit Ernest. Sans entrer dans les détails, tout à l'heure, assis sur le lit moelleux où se trouvait la mère de mon enfant, je me suis un peu assoupi. La fatigue du voyage, de la mission passée, a eu raison de moi. Et je n'ai pas pu…

— Comme j'essaie de vous le faire comprendre, je ne puis accéder à votre requête, le coupa le Prince. Et croyez bien que j'en suis désolé. Car une affaire de la plus haute importance requiert votre présence. Je vous dis donc : bon voyage, cher ami.

Là, Ernest se leva.

— *Bon voyage* ? Vous vous fichez de moi ? La dernière fois, en Italie, j'ai failli mourir vingt fois ! Et deux de vos agents ont été tués sous mes yeux ! Pourquoi vous nous avez envoyés au casse-pipe ? À quoi correspondait cette « Forge » qu'on a combattue ? Et puis d'ailleurs, c'était quoi ce… Secret ? Cette créature desséchée qu'on a libérée ? Celle qui a tout massacré ou presque sur son passage ? Un ami à vous, ce type-là ? Qu'est-ce qu'il est devenu ?

— Cela fait beaucoup de questions, mais je vais tâcher de répondre au mieux… Pourquoi vous ? Parce que, malgré quelques inévitables dommages collatéraux, vous possédiez toutes les chances de réussir… La preuve ! Qu'est-ce que la Forge ? Vous le savez, non ? L'une des émanations modernes de l'Inquisition. Des gens qui seraient prêts à tout pour s'assurer que la sorcellerie n'existe plus. S'ils attrapent un sorcier, une sorcière, ils l'emprisonnent, le torturent. Et feront tout ce qui est humainement possible pour lui ôter ses dons. Le meurtre pur et simple ne vient chez eux qu'une fois les autres options épuisées. Voilà pourquoi ils ne se considèrent pas comme des assassins. Mais plutôt comme des médecins, qui traitent les symptômes d'un mal.

En esprit, Ernest revit brièvement l'image de sa grand-mère, Mamy Beldani, marquée au front par ce genre d'extrémistes.

— En tant que sorcier architecte, il est impossible de ne pas croiser le fer avec eux de temps à autre, assura le Prince. Il faut donc s'y habituer… Quant à mon « ami », comme vous l'appelez, les soldats qui constituent la Forge ont su le surprendre. Ils lui sont tous tombés dessus tandis qu'il empruntait l'un de ses chemins habituels. Depuis, grâce à vous, il se porte bien mieux, merci. Il fait partie de ceux que l'on appelle les « moines de l'Obscur ». Un ordre prestigieux, ancestral, pilier des mondes souterrains, qui évoluent aux franges des Enfers. Secret est même l'un de leurs plus éminents représentants… Nous ne pouvions donc le laisser croupir aux mains de ces barbares, n'est-ce pas ?

— Hum… Cela vous rapporte forcément quelque chose, devina Ernest. Je commence à comprendre comment vous fonctionnez.

Le Prince se fendit d'un large sourire.

— Secret se trouve en effet extrêmement reconnaissant envers le Castel, ne nous le cachons pas.

— S'il s'appelle *vraiment* Secret, possède-t-il d'autres amis qui eux se nommeraient Mensonge, Mystère et Frousse bleue, par exemple ?

— Ha ha ha, vous ne manquez pas d'humour, mon cher ! Cela étant dit, vous n'êtes pas très loin de la vérité. Les moines de l'Obscur sont en effet spécialisés dans certains domaines où ils font autorité. Il est fort utile de les compter parmi ses alliés plutôt que parmi ses ennemis. Surtout qu'il est bien difficile de les approcher, ou d'entamer le dialogue avec eux.

— San Gimignano a donc été une opération fructueuse pour vous, analysa Ernest, qui sentait son sang s'échauffer. Mais nous ne voyons pas les choses de la même manière… Moi, ce qui m'intéresse plutôt, ce sont les répercussions *humaines* de ce genre de voyage. N'avez-vous pas honte d'avoir envoyé deux agents à l'abattoir ? Et vous voudriez que je rempile fissa ? Que j'assassine les gens pour votre compte ?

— Ah mais en effet ! enchaîna le Prince, qui avait lâché ses papiers, pris son cigare fumant en main et fixait patiemment Ernest depuis qu'il s'emportait. Je me souviens que ce point précis vous pose problème. Vous devriez en parler à mes philosophes.

— Vos… Vos philosophes ? répéta Ernest. Mais vous êtes hors sujet, là ! Je vous parle de vie, de mort, des gens dont vous disposez comme s'il s'agissait de pions, et qui crèvent tandis que vous triez votre paperasse !

— Eh bien justement, insista le Prince, mes philosophes sauront répondre à vos interrogations et à vos doutes. Si vous échangez avec eux, vous pourrez repartir serein.

— Ah mais non ! Pas question que je reparte, non ! Je veux aller à Paris. Profiter d'une permission digne de ce nom. Tenir contre moi ma fille Flavie. Et la femme que j'aime. Je veux…

— Mon ami, vous êtes sous contrat, lui signifia le Prince. Alors, pas question de batifoler. Je vous rappelle également que, sans moi, vos amis et vous-même seriez en train de croupir au fin fond d'une geôle. Ou même pire, vous l'oubliez. Alors, allez donc voir mes philosophes. Et laissez-moi travailler.

Le Prince se saisit d'un nouveau dossier. Ernest, dans un éclat de fureur, voulut générer un courant d'air afin de disperser d'un coup toute cette paperasse. Il leva la main. Se souvint qu'aucun pouvoir ne se manifestait au Castel si le Prince ne l'avait pas autorisé. Deux soldats armés entrèrent à cet instant. Ignorant ses plaintes, ses vociférations, ils l'emmenèrent. Un troisième homme dut se joindre à eux tant le prestidigitateur se débattait. Noidkoko lui-même fut bousculé et dut suivre le convoi à quatre pattes. On entraîna Ernest dans un escalier qui menait au sous-sol. On le fit asseoir sur un tabouret, face à une table massive. En face de lui débarquèrent trois personnages en toge d'un certain âge. Une dame ridée à la crinière grise et ondulée. Un homme chauve à l'air docte, à la très longue barbe. Et enfin un personnage trapu aux yeux plissés, au nez et au menton proéminents.

— On nous a signifié que vous vous interrogez sur la mort, débuta le barbu.

— Écoutez, je… tenta Ernest, qui avait été rejoint par son singe – lequel semblait lui reprocher son énervement passé.

— Tout d'abord, il est important de clarifier le postulat de départ, enchaîna la dame. Quelle est cette mort dont nous parlons ici ? Il faut pourfendre cette idée selon laquelle l'existence sans sa fin posséderait un sens.

— Tout à fait, opina le barbu, l'index en l'air. Et j'ajouterai que l'important n'est pas cette vie qui se replie d'effroi face à la mort, mais la vie portefaix de la mort, qui subsiste en elle, et que l'on nomme vie de l'esprit.

— Euh… vous êtes bien gentils, intervint Ernest. Ce n'est pas vraiment pour ça que je suis là. On me demande d'assassiner mon prochain. Or…

— Pourquoi toujours mesurer nos actes à l'aune de nos considérations morales ? reprit la dame, théâtrale, en levant les bras au ciel. De la poussière nous vînmes, poussière nous serons. À l'échelle du cosmos, nous qui ne sommes que des insectes.

— Un changement d'échelle est toujours pertinent, marmotta le barbu. Surtout lorsqu'il s'agit d'analyser ce moi ontologiquement reconstruit par la métempsychose.

Les deux philosophes se tournèrent alors, dans un même mouvement, vers le troisième qui n'avait pas encore prononcé un mot. Celui-ci se passa la main sur le front, sur le menton, aux commissures des lèvres avant de les fixer d'un air pénétré et de déclarer, à la suite d'un long silence :

— … Soit !

Ernest, qui n'avait pas vraiment compris la dernière phrase du barbu, ne se priva pas pour argumenter face à la dame grisonnante :

— Vous m'excuserez, on a beau être aussi importants que des insectes, tuer n'est pas anodin. Et nos actes en ce monde…

— Mais le monde existe-t-il en dehors de l'idée que je me fais de lui, ou nécessite-t-il ma conscience pour exister en tant qu'entité menant au sophisme du *cogito* ? s'anima le barbu, avant que sa voisine n'enchaîne :

— Car il faut oser poser cette idée que les êtres et les choses ne seraient que chaos dès lors que la conscience affectée développe un socle d'entropie censé révéler l'irrationnel rapport de leur permanence ambiguë au non-être de la gouvernance empirique.

À partir de là, Ernest ne chercha même plus à suivre.

L'un comme l'autre se taisaient parfois, l'espace de quelques exquises secondes, le temps de contempler le troisième philosophe, qui n'usa de rien d'autre que de cet unique monosyllabe : « … Soit ! »

Assommé, une heure plus tard, de « matérialisme métaphysique », de « principes anthropomorphiques post-euclidiens » et autres « phénoménologies dialectiquement transcendantales », Ernest fut emporté au loin. De toute façon, il n'aurait su tenir dans cette salle une seconde de plus.

La visite aux trois philosophes, si elle ne lui avait apporté aucun réconfort, avait au moins eu l'effet d'un puissant somnifère : sonné jusque dans ses doutes, Ernest quitta bientôt le Castel à bord d'un fiacre et s'y endormit profondément.

Lorsqu'il se réveilla, toujours en compagnie de Noidkoko, il avait changé de tenue – un phénomène courant lorsque

Chapitre VI

l'on quittait le Castel – et d'autres personnes l'avaient rejoint dans le véhicule. D'autres sorciers vêtus de cuir qui, avec lui, partaient pour une nouvelle mission secrète.

Ernest Villempré perdit de nouveau son nom de famille.

Cette fois-ci, il s'agissait d'entrer par effraction chez un noble personnage résidant du côté de Cracovie afin de lui dérober son trésor le plus précieux.

VII

Dans la calèche, ils étaient quatre. Un jeune homme aux cheveux blonds et raides mais au teint hâlé, au menton barré d'une courte cicatrice, salua Ernest. Il lui parut à peine majeur.

— Moi, c'est Serge, annonça-t-il en lui tendant la main d'un air décontracté. Nous voilà dans la même galère !

Assis en tailleur, il portait une épée, mais avait déjà défait plusieurs sangles de sa combinaison, et ses pieds étaient nus. Ernest le trouva immédiatement sympathique.

Le deuxième personnage possédait une peau extrêmement pâle, des yeux qui tiraient sur le rouge : il s'agissait d'un albinos au visage émacié, coiffé d'un extravagant chapeau à plumes. Il s'exprimait avec un léger accent russe. À son cou et à ses poignets pendaient des breloques. Surtout : il était accompagné d'une magnifique panthère, aussi blanche que ses cheveux. Grand ami des animaux, Ernest eut le réflexe de vouloir la caresser.

— Fais gaffe, bonhomme. Miss Meuh-Meuh n'est pas du style à copiner, grinça l'albinos. Plutôt à te gober le bras.

Pourtant, à la surprise de son maître, la panthère accepta la flatterie proposée. Noidkoko voulut renifler cet étrange animal. Aussitôt, Miss Meuh-Meuh se mit à grogner.

— Hé hé, ricana l'albinos. Tu sais peut-être y faire avec ma panthère, mais je te conseille de planquer ton singe de poche. Ce genre de casse-croûte, elle adore !

Le félin promena sa langue sur ses babines. Ernest cacha donc Noidkoko, lui interdisant de se promener trop près d'elle.

— Pour le moment, c'est moi le chef de cette expédition, révéla l'albinos. Appelez-moi Yuri… Quand on sera sur place, on sera pris en charge par l'une des huiles de l'organisation. Quelqu'un qui vient d'hériter du numéro Quatre.

— Ah, parce que maintenant on porte des numéros ? s'étonna le jeune Serge, placé face à Ernest.

— Seulement les gradés, rectifia Yuri l'albinos. Et j'espère bien en faire partie un jour.

— Mouaif, jugea Ernest dans une moue. On aura déjà de la veine si on survit…

La dernière occupante de leur habitacle était une jeune femme. Elle n'avait pas encore daigné quitter sa lecture. Une capuche rabattue sur son visage empêchait les autres de clairement cerner ses traits. Elle était plongée dans l'étude d'un épais volume sans titre, relié de cuir et frappé d'un pentacle renversé – un symbole souvent lié aux démonistes.

— Et toi c'est comment ? s'enquit Ernest.

— Tu le sauras bien assez tôt, dit-elle sans tourner le nez vers lui.

Sa réponse lapidaire entraîna une mimique de Serge qui voulait à peu près signifier : « Elle n'a pas l'air commode. »

Chapitre VII

— Bon, soyez tous attentifs, trancha l'albinos. Que je connaisse votre prénom ou pas ne fait aucune différence : je dois vous donner les détails qu'on m'a communiqués.

Ensemble, le quatuor devait traverser la Suisse pour rejoindre l'empire d'Autriche-Hongrie. Une fois arrivés à Cracovie, ils devaient s'orienter vers le sud-ouest, là où résidait une famille française exilée d'extraction noble qui, un siècle plus tôt, avait fui la Révolution.

— Les fils devraient être absents, à ce que nous savons. Ils effectuent actuellement leur apprentissage militaire. Le père, en revanche, quitte rarement son domaine. Il se prénomme Gürwald. Gürwald de Féronnelle. C'est un chevalier Rose-Croix.

— Les Rose-Croix, répéta Serge. Ce n'est pas un ordre ésotérique, ça ? Des sortes d'alchimistes ?

Tout en caressant sa panthère, l'albinos haussa les épaules.

— Ouais, un truc dans le genre. Des illuminés, quoi.

La jeune femme à capuche précisa :

— Officiellement, l'origine des chevaliers Rose-Croix remonte au début du XVIIe siècle. Il s'agit d'une doctrine philosophique et religieuse qui avait pour ambition de réformer l'Église. Leur pensée est en effet teintée d'alchimie. Certains pensent que les Rose-Croix existaient déjà du temps de l'Égypte antique.

Yuri l'albinos se mit à siffler.

— Eh bien ! Tu as l'air de t'y connaître, toi…

— J'ai juste compulsé quelques ouvrages sur la question, répondit-elle en retournant à sa lecture.

— Ce que je sais, c'est que le père de Féronnelle est du genre batailleur, reprit Yuri. Faudra éviter qu'il nous tombe dessus…

— On fera tout pour rester discrets, affirma le jeune Serge, avant d'ajouter d'un air satisfait : À ce propos, vous verrez, je maîtrise un sortilège qui devrait nous aider…

— Tu ne manques pas d'assurance, toi ! jugea Ernest dans un sourire. Mais est-ce que ça suffira pour ce qui nous attend ?

— Bah ! Autant y aller en imaginant le meilleur. Personnellement, je préfère ça plutôt que d'avoir les foies !

De nature enthousiaste lui aussi, Ernest se lia très vite avec Serge. Si le jeune homme ne pouvait évoquer les détails les plus personnels de son existence, il louait en revanche les grands espaces qu'il appréciait : forêts, montagnes, lacs ou dunes en bord de mer.

— J'ai toujours aimé voyager, avoua-t-il. Je crois que j'ai ça dans le sang. Par contre, je n'apprécie pas trop les villes. Trop de monde, là-bas… Et puis, rien ne vaut la caresse du soleil sur ton visage, au terme d'une nuit à la belle étoile, dans l'herbe tendre d'une colline ou bien sur une botte de paille. J'ai dormi dans tant d'endroits étonnants, si vous saviez…

Artiste itinérant avant d'être enrôlé par le Prince, Ernest se retrouvait dans cette vie nomade – même si lui fréquentait davantage les villes, là où les gens plus riches, plus enclins donc à se rendre au spectacle, résidaient.

Les deux collègues évoquèrent les spécialités culinaires simples mais savoureuses auxquelles ils avaient eu le plaisir de goûter, sur les routes de France et d'ailleurs.

— Arrêtez un peu avec votre boustifaille ! maugréa l'albinos. Vous me donnez grand faim, et on ne s'arrêtera pas avant ce soir.

Comme en écho à ses paroles, Miss Meuh-Meuh, la gueule à moitié ouverte, se mit à saliver.

Dans un geste cordial, Serge lui proposa de partager avec son fauve un large bout de viande séchée qu'il avait emporté avec lui. Ni l'un ni l'autre ne demandèrent leur reste : à belles dents, ils entamèrent l'aliment simultanément, sous le regard bienveillant et solaire de leur bienfaiteur.

Ernest se demanda comment un jeune type aussi sympathique avait atterri entre les griffes du Prince. Puis il le découvrit joueur. Lorsque Yuri proposa une partie de cartes, contrairement à la mystérieuse inconnue, qui fut la seule à décliner l'offre, il ne sut refuser, et dans ses yeux s'alluma un éclat particulier.

À partir de ce moment, Ernest lut entre les lignes. Il existait au Castel nombre de tables de jeu où les invités pouvaient tout perdre… jusqu'à leur jeunesse qui soudain s'évanouissait ! Une dette significative avait peut-être contraint l'homme aux pieds nus à signer un contrat. Débiteur du Prince, il avait sans doute offert quelques années d'existence à son service contre l'effacement de son ardoise. Sachant les risques encourus cependant, un tel marché en valait-il la peine ?

Yuri l'albinos s'exclama en raflant la mise :

— Brelan de valets… Par ici la monnaie !

L'individu au visage émacié se révéla beaucoup plus doué dans l'art de l'esbroufe et de la manipulation que Serge, qu'il plumait sans vergogne. Habitué grâce à la prestidigitation aux mouvements de mains trompeurs, Ernest devinait quand Yuri faussait le jeu.

— Attention, finit-il par indiquer à Serge. Il a une carte en plus dans sa manche. Sans doute un as.

Souvent, Yuri montrait les dents, et sa panthère aussi – de sorte que l'on ne savait jamais qui imitait l'autre.

— Et si tu te mêlais de tes oignons, hum ? gronda l'albinos. Est-ce que je décortique tes petites manipulations, moi ?

Miss Meuh-Meuh grogna à son tour. Ne quittant déjà quasiment plus la poche d'Ernest, Noidkoko s'y recroquevilla encore davantage.

Un peu tricheur lui-même par déformation professionnelle, Ernest s'était effectivement octroyé une meilleure main lors des coups précédents. Aussi ne broncha-t-il guère. Il crut entendre au creux de son oreille la voix de son défunt ami, Kilma Mountabila, frère de Babadji :

Tu as des dons, petit. Ce serait donc dommage de t'en priver. Et puis, c'est pas comme si la justice gouvernait le monde, hein ! Alors autant rééquilibrer la balance, quand on peut.

En imaginant ces paroles, Ernest ne peut s'empêcher de sourire.

La partie se joua principalement entre Yuri et lui, le pauvre Serge se contentant de perdre, inéluctablement. Mais toujours avec bonne humeur.

— Eh bien ! s'exclamait-il. Ce que vous êtes chanceux, tous les deux. C'est pas croyable.

« Chanceux » n'était pas vraiment un adjectif qui qualifiait Ernest. Il avait souvent bourlingué d'une mésaventure à l'autre, à son corps et son cœur défendants. Aux cartes, le sort ne lui était que rarement favorable. Il compensait donc ce manque de réussite par sa dextérité, ainsi que par un don sorcier très utile : celui de savoir créer, l'espace de quelques secondes, des illusions très convaincantes. Pour lui, transformer un sept de trèfle en une dame de carreau ne demandait pas un effort colossal. Il en usait donc sans trop de remords. D'autant plus qu'en face de lui l'albinos aux bijoux clinquants était doté de ses propres capacités surnaturelles. À plusieurs reprises, Ernest vit les cartes bouger seules. Et parfois se coller les unes aux autres.

Chapitre VII

De sa place, l'inconnue, qui ne s'était pas mêlée à leurs jeux d'argent, mais qui les observait par-dessus son livre, ne put s'empêcher de lancer :

— Entre ces deux escrocs, tu as des soucis à te faire, Serge. Ils finiront par te piquer ton pantalon, et tu ne t'en seras même pas rendu compte.

— Hé ! protesta Ernest. Moi, je le ménage.

— Voilà bien ton tort, ricana l'albinos. Tu serais un peu moins fauché si tu jouais avec ton cerveau plutôt qu'avec le morceau de viande qui bat dans ta poitrine. La devise « chacun pour soi », y'a rien de tel !

Le prestidigitateur haussa les épaules. Il observa l'inconnue à la dérobée. Depuis tout à l'heure, quelque chose chez elle l'interpellait. Mais il n'aurait osé abaisser sa capuche pour découvrir à quoi elle pouvait ressembler. Elle avait délaissé son traité démoniste pour se plonger dans une transcription du *Livre d'Hénoch*, un manuscrit apocryphe de la Bible. Elle ne le quitta que lorsque Serge et Yuri se furent endormis. Alors, au moment où Ernest s'y attendait le moins, elle révéla ses traits : ses cheveux blond platine, ses yeux sombres et son air sérieux.

Le prestidigitateur en demeura bouche bée : il la connaissait !

Plusieurs images lui vinrent successivement.

Un cirque en feu. La cour d'une prison. Et enfin une salle sur le point de s'écrouler, dans les catacombes.

Il s'agissait de la jeune femme au comportement trouble qui l'avait approché plusieurs fois, dans les moments où sa vie basculait. Kétinée lui avait révélé son nom, qui ressemblait à celui de son amie Louise, la vampire.

Dans son souvenir, elle s'appelait Lise. Et elle appartenait au groupe des Corbeaux.

Ernest tendit le bras, voulut dire quelque chose. Seulement, aucun son ne sortit de sa gorge. Très calmement, Lise déclara :

— Lorsque nous sommes en mission, nous vivons sous le joug d'un sortilège, tu t'en souviens ? Aussi nous est-il impossible d'évoquer les détails personnels de notre existence. Officiellement, de toute façon… nous ne nous connaissons pas.

— Attends… hésita Ernest. Il s'agit d'un avertissement, d'un souhait ou d'une menace déguisée, là ?

À cet instant, Miss Meuh-Meuh, qui paraissait assoupie, leva le museau. En parallèle, Yuri fronça les sourcils, remua dans son sommeil. Lise avait déjà disparu dans sa capuche, la transcription du *Livre d'Hénoch* devant elle. Miss Meuh-Meuh se mit à grogner. Yuri bâilla et la réprimanda.

— Hé, mais pourquoi tu me réveilles ? On n'est pas encore à l'auberge, à ce que je sache.

Ernest se posa un bon millier de questions. Il n'avait jamais saisi clairement les intentions de la sorcière aux cheveux blond platine. Elle l'avait plusieurs fois aidé, escortée des mystérieux Corbeaux. Mais elle l'avait aussi laissé tomber à des moments critiques. Entre la disparition de Déa, la mort de Kilma, la résurrection d'Ambala, son engagement chez le Prince et la naissance de Flavie, il avait complètement oublié cette Lise. Instinctivement, il décida de demeurer sur ses gardes. Se demanda s'il ne devait pas parler de cela à son chef d'équipe. Se ravisa presque aussitôt. Puis se rappela qu'il lui serait assez difficile de le faire.

Pourquoi était-elle là, parmi eux ? Pourquoi s'était-elle engagée aux ordres du Prince, elle aussi ? S'agissait-il d'une coïncidence… ou plutôt d'un coup préparé ? Était-elle une alliée ou une ennemie ? Difficile à dire, pour le moment. En tous les cas, avec cette personnalité instruite mais changeante, il fallait s'attendre à tout.

Chapitre VII

À la rapidité du chemin de fer, on avait préféré pour leur escouade la discrétion d'une calèche privée. Le voyage jusqu'à Cracovie s'étala donc sur plusieurs jours, durant lesquels les membres du petit groupe eurent l'occasion de contempler les paysages de la Suisse puis de l'empire d'Autriche-Hongrie. Serge et Yuri avaient fini par découvrir eux aussi le visage de leur coéquipière. Mais plus jamais Ernest ne se trouva en situation de parler à l'unique femme du quatuor.

Le reste du voyage se passa sans incident notable. Lise demeura plutôt solitaire et Yuri garda ses distances. Ernest et Serge, en revanche, finirent par se taper sur l'épaule et se donner du « mon ami ».

— Alors que vous ne savez rien l'un de l'autre et que nous allons peut-être tous crever au terme de cette mission, ironisa Yuri, en flattant Miss Meuh-Meuh. Vous me faites bien rire, tiens !

Après la traversée de plusieurs monts escarpés et autant de vallées verdoyantes, le quatuor arriva dans la région de Cracovie. Plus les agents du Prince s'approchaient du but, plus leurs visages se crispaient. Bientôt, la tension au sein de leur groupe devint palpable. Aucun d'entre eux ne vivrait ici son baptême du feu. Aussi imaginaient-ils sans peine à quel point leur expédition pouvait s'avérer périlleuse. Et pour certains d'entre eux, mortelle.

Lorsqu'ils voulurent savoir quel était plus précisément l'objet de leur larcin, Yuri demeura évasif.

— Par mesure de sécurité, j'ai pour ordre de ne rien révéler.

La calèche les déposa près du domaine qu'ils devaient visiter. Pour l'occasion, Serge avait daigné remettre ses bottes. Une forêt de feuillus, extrêmement dense, dépassait d'une interminable grille en fer forgé. Le domaine s'étendait dans un immense rectangle de verdure et, s'il existait un manoir quelque part là-dedans, il était impossible de le discerner depuis l'extérieur.

Dans la pénombre environnante, une voix les fit sursauter :

— Ça fait des plombes que je vous attends. Vous avez fait des pauses pipi toutes les heures, ou quoi ?

— Bonsoir, Quatre, prononça Yuri l'albinos. On m'avait bien dit que tu nous rejoindrais.

— Ouais ouais, pas de grade entre nous, hein ? On est bien d'accord, je donne les directives, mais pas de cirage de bottes, merci.

Ernest reconnut Zaphaïm, cette guerrière à la carrure impressionnante, au visage planté d'un long nez. Comme Yuri l'avait annoncé lors du voyage, elle portait effectivement le grade de Quatre – quel que soit ce à quoi cela correspondait. Ernest se douta qu'elle devait cette promotion à la libération de Secret.

Visiblement, dans le groupe, tout le monde la connaissait. Elle salua d'un signe de tête Lise, Ernest et Serge.

— Maintenant que j'ai profité d'un fiacre à moi toute seule – et que je me suis donc copieusement ennuyée – nous voilà au complet... On essaie tous de revenir vivants, d'accord ?

Prudente, Zaphaïm sortit de sa poche l'habituel globe que l'on confiait aux chefs de mission. Une simple pression sur l'objet, dans lequel évoluaient des volutes brumeuses, et le quintette vêtu de cuir fut nimbé d'un brouillard qui suivit chacun de leurs pas. Sous le ciel lugubre de ce début de nuit, en pleine campagne, ils parurent flotter, glisser aux abords du chemin.

Lorsqu'ils arrivèrent au pied de la grille, Zaphaïm proposa à Ernest :

Chapitre VII

— Tu nous refais le coup de San Gimignano ?

Ernest se concentra. En un instant, un courant d'air les enveloppa. Très vite, il devint si puissant que les cinq agents, le ouistiti et la panthère blanche décollèrent. Ils franchirent la grille pour atterrir en douceur de l'autre côté. Ernest esquissa un sourire satisfait. Depuis qu'il s'était entraîné pour le Prince, il réussissait ce genre de tour sans peine.

— Nous voilà à l'abri des regards grâce aux arbres, jugea Zaphaïm. Plus besoin d'utiliser le globe.

Joignant le geste à la parole, elle rangea l'artefact. Chacun fit silence, on tendit l'oreille. Le vent dans les arbres et de rares cris d'oiseaux furent les seuls échos qui troublaient la quiétude de ce bois sombre.

— Miss Meuh-Meuh ne sent aucune présence alentour, annonça Yuri sans avoir à la regarder.

Zaphaïm sortit une boussole pour se repérer. Les autres comprirent qu'elle avait probablement mémorisé la carte du lieu pour y localiser leur objectif.

— Direction sud, sud-est, annonça-t-elle. On reste groupés.

Elle prit la tête de la formation, qui se remit en mouvement.

— Et maintenant, est-ce qu'on peut savoir ce qu'on vient voler, ici ?

— Un coffret de bois, révéla Zaphaïm. D'après mes informations, Gürwald de Féronnelle le garde caché au fond d'un caveau.

— Il y a beaucoup de gardes, dans le coin ? s'enquit Lise.

— Je ne pense pas, non. Mais gardez à l'esprit qu'en plus d'appartenir à l'ordre des Rose-Croix, le propriétaire des lieux est sorcier. Son domaine nous réserve quelques surprises, c'est certain. Il paraît que le caveau fait partie de ces endroits où les lois humaines n'ont plus le droit de cité. Vous voyez ce que je veux dire…

Le regard d'Ernest s'alluma.

— On va dans un monde sorcier ?

— Ouais. Faut d'abord le trouver, tempéra Yuri.

Même s'il connaissait la dangerosité d'une telle entreprise, Ernest était fasciné. « Un peu comme un insecte est attiré vers le feu qui le dévore », songea-t-il lui-même, non sans ironie.

La marche dans le bois dura près de dix minutes. Ernest laissa Noidkoko se dégourdir les jambes et grimper aux arbres, mais en lui donnant la consigne de ne surtout faire aucun bruit. Le primate, ravi, disparut donc dans les hauteurs et suivit le groupe humain à distance.

Ernest jetait des coups d'œil en direction de Lise. Il se demandait si elle allait de temps en temps lui sauver la mise… ou au contraire le poignarder au moment où il s'y attendrait le moins.

La marche dans le bois dura plusieurs minutes, sans incident notable. Plus le groupe avançait, et moins il y voyait. Noidkoko bondissait d'un hêtre à l'autre sans trahir sa présence. Soudain, le silence religieux dans lequel les humains progressaient eux aussi fut interrompu par un cri étouffé.

— Aïe !

Chacun se retourna vers Yuri l'albinos, qui suçait son pouce.

— Vemefuipwiké.

— Hein ? demanda un peu tout le monde.

— Je me suis piqué, répéta-t-il en articulant.

Comme si elle avait subi la blessure elle-même, Miss Meuh-Meuh se lécha la patte.

Chapitre VII

Lise ouvrit la paume de sa main droite. Une flamme légère, en suspension, y naquit. Le sortilège permit au groupe d'y voir un peu plus clair.

— Pas étonnant que ça pique, jugea Serge, vu le nombre de ronces alentour.

— Pas seulement des ronces, indiqua Lise. On aurait pu deviner, à l'odeur…

Ils avaient atterri au milieu d'une roseraie. Dans la faible lumière, les élégantes fleurs aux mille pétales oscillaient, sombres et spectrales. Elles cernaient le groupe. À cause du feu mobile que Lise faisait danser, on eût dit que ces roses respiraient. Malgré leurs armes affûtées, chacun des agents du Prince frissonna.

— Miss Meuh-Meuh aimerait qu'on s'éloigne un peu, indiqua Yuri. Et franchement, hum… moi aussi.

— C'est un peu bête, non ? se moqua Ernest – mais sans trop de conviction dans la voix. Commencer à trembler à cause de fleurs qui ondulent dans le vent…

Lise parut beaucoup plus concernée que lui.

— Ce genre de fleurs, chez un chevalier Rose-Croix, ce ne peut être uniquement décoratif.

Une brise assez vive s'engouffra alors dans la roseraie. Et chaque fleur parut souffler. Siffler. Grincer. Gémir. Miss Meuh-Meuh se gratta aussitôt les oreilles de façon frénétique.

— Attention, ces trucs ensorcelés vont se mettre à hurler ! prévint Yuri.

— Et révéler notre présence ? comprit Zaphaïm. Bordel, il faut filer !

— J'ai mieux que ça, annonça Serge.

D'un geste véloce, il dégaina l'épée qu'il portait au flanc. Celle-ci se chargea d'une énergie bleutée. Il planta cette arme enchantée dans le sol. L'énergie crépita, forma une vaste bulle d'énergie autour du groupe et de ce coin de la roseraie. Au contact du phénomène, tous les sons, dans un rayon de cinquante mètres autour du jeune homme, furent absorbés. Impressionnée, Zaphaïm remua les lèvres, et lâcha un juron complètement muet.

Les agents du Prince virent distinctement les roses sombres remuer, se tordre comme si elles hurlaient. Sauf que le sortilège lancé par Serge neutralisait cette clameur.

Lise se concentra. Elle prépara un nouveau sort : une onde apaisante se répandit à l'intérieur de la bulle. Grâce à elle, peu à peu, les roses se calmèrent. Elles ne s'étirèrent plus que par intermittence. Jusqu'à ne plus bouger du tout. Alors, Serge retira l'épée du sol. Le son revint d'un coup.

— On fait une chouette équipe, non ? sourit-il.

— Eh ben, pfiou ! souffla Ernest. Sacré système d'alarme. On l'a échappé belle.

— Ne vous réjouissez pas trop vite, indiqua Zaphaïm.

Elle pointa de l'index une ombre massive, au loin, mangée par la végétation. Il s'agissait de l'imposant manoir de la famille de Féronnelle.

— Merde ! pesta Yuri.

Une lumière s'était allumée au premier étage.

Les cinq agents du Prince se dissimulèrent dans l'ombre, le regard rivé sur la lueur. Laquelle finit par s'éteindre.

— Là on peut le dire : ouf ! jugea la meneuse du groupe. Pas la peine de rester plantés là comme des radis, on décanille. Et on fait gaffe aux autres pièges.

Redoublant de prudence, ils s'aventurèrent plus avant dans les jardins de la propriété, là où les attendait une seconde roseraie. De hautes grilles constellées de gardiennes à pétales et épines barraient l'horizon. Serge usa de son don une nouvelle fois. Grâce à lui, les rôdeurs franchirent assez vite l'obstacle. Jusqu'à atteindre un mausolée de près de trois mètres de haut, paré de colonnades d'inspiration gothique.

— Le fameux caveau, souffla Zaphaïm.

Ernest sentit un léger poids sur son épaule, qui le fit sursauter. Lorsqu'il s'aperçut qu'il s'agissait juste de Noidkoko venu le rejoindre, il eut un soupir de soulagement.

Zaphaïm poussa la porte de bronze dans un grincement. Le mausolée paraissait vide. Cependant, Miss Meuh-Meuh se mit à gratter l'une des parois intérieures.

— Ta bestiole a du flair, Yuri, acquiesça Zaphaïm. D'après ma boussole, nous y sommes.

— L'entrée du monde magique ? comprit Ernest. Mais… il ne faut pas une clef ou un truc dans le genre pour y accéder ?

— Je n'y aurais jamais pensé toute seule, se moqua sa supérieure hiérarchique. Oh, mais que vois-je ? Par le plus grand des hasards, on m'a justement filé un passe-partout !

D'une sacoche, elle extirpa un tube à essai fermé d'un bouchon de liège, emballé de plusieurs épaisseurs de tissu. Ce flacon contenait quelques centilitres d'un liquide rouge.

— Du sang, devina Ernest.

— Appartenant à celui qui a créé le monde secret que nous allons explorer, révéla Zaphaïm. Ne me demandez pas comment notre employeur s'est procuré ça…

Précautionneusement, elle versa le liquide au sol. Dans un déchaînement de lumière sombre, le mur se délita. Une issue de forme rectangulaire apparut alors, qui donnait droit sur les ténèbres. Un souffle sépulcral s'en échappa, qui se déploya dans le mausolée en une nuée glaciale. Puis un grondement sourd monta de la terre.

— Mmmh, ça m'a l'air super accueillant comme endroit, se crispa Yuri tandis que sa panthère, prudente, reculait de deux pas.

— Pour tout te dire, ça m'inspire pas confiance à moi non plus, admit Zaphaïm. Et pourtant, faut y aller !

Elle dégaina son épée. S'apprêta à plonger au milieu de l'abîme.

— Je suis désolé, résonna une voix masculine, dans le dos du groupe. Mais il ne me semble pas vous avoir donné la permission de vous introduire en mon sanctuaire.

Brusquement, tous les agents du Prince décollèrent du sol. Ils furent happés, ensemble, jusqu'à l'extérieur du caveau, avant d'atterrir brusquement, en tourneboulant au milieu des fleurs et surtout des ronces qui leur griffèrent les bras, les jambes, le visage. Décoiffé, à moitié sonné, du sang jusque dans les yeux, Ernest se releva à demi. Une silhouette svelte, aux longs cheveux soignés, vêtue d'un costume élégant, s'était placée juste à côté de lui.

— Je suppose que vous n'êtes pas uniquement venus ici pour admirer mes roses au clair de lune ? avança monsieur de Féronnelle dans un sourire, avec une pointe d'accent hongrois.

VIII

Balancée par les mouvements du train à vapeur sur les rails, Kétinée contemplait la lande mobile, les mains jointes et la tête en ébullition.

Deux jours auparavant, elle avait quitté Paris et la boutique exiguë de son grand-père située rue du Dragon, en direction de la Grande-Bretagne. Elle avait beau trouver la petite Flavie extrêmement mignonne, ne pas rechigner à la laver, changer ses langes, la cajoler tandis qu'Helena se remettait difficilement d'un accouchement qui l'avait laissée sans forces, elle ne supportait plus de guetter le retour d'un homme également attendu avec ferveur par une jeune mère et son enfant. Lesquelles, sans le sou, n'auraient su être chassées immédiatement de sous le toit où elles avaient trouvé refuge. Pour sa santé mentale, elle devait prendre de la distance, penser à autre chose. Et, dans un premier temps, s'offrir une escapade hors de Paris. Babadji et son ami, Monsieur Tan, s'occuperaient d'Helena et de Flavie sans elle !

Elle n'avait pas eu le temps de se confier à son oncle. Ambala, en effet, venait de filer lui aussi.

— Je ne devrais pas être absent très longtemps, avait-il assuré sans en révéler davantage. Ne vous inquiétez pas.

Difficile de deviner, à le voir s'enfoncer dans les rues du 6e arrondissement de Paris, que ce trentenaire en pleine santé était revenu d'entre les morts quelques mois auparavant, après avoir séjourné deux ans dans un tombeau.

Malgré elle, Kétinée s'était attendue à ce qu'Ambala paie le prix de ce miracle. Défier les lois immuables et s'en sortir, était-ce possible ? Le monde sorcier en général, et le monde vaudou en particulier, regorgeait d'histoires rocambolesques de ce type, de divinités qui oscillaient aux portes de la vie et de la mort.

Kétinée chassa ces doutes de son esprit : pour le moment, elle avait déjà fort à faire avec ses propres interrogations.

Plus le train progressait, plus Kétinée réfléchissait.

Elle était en train de prendre de la distance, donc. Mais sans perdre de vue ses objectifs.

Oui, elle aimait Ernest. Non, elle n'était pas la seule. Il eût été plus malin de se désengager de ce nœud de vipères et de suivre un autre chemin. Cela supposait de tourner le dos au magicien et de le laisser à ses tourments. Peut-être les méritait-il, lui qui n'était même pas venu la voir, lors de sa courte permission…

Elle secoua la tête. Non. Elle n'allait pas l'abandonner.

Ce qu'il fallait faire, selon elle, c'était briser ce contrat insensé qui liait Ernest au Prince pour cinq ans. Dans un premier temps, elle avait eu très envie de solliciter une entrevue avec le monarque, au Castel. Plaider la cause de ce jeune père, qui n'avait pas à jouer les guerriers. Elle avait plusieurs fois imaginé la scène, elle brûlant de ferveur dans son plaidoyer, le Prince, superbe et condescendant, brandissant le contrat signé. Peine perdue, sans doute…

Ensuite s'était dessinée cette possibilité : et si elle s'engageait, elle aussi ? Et si elle demandait au Prince de monter au front ? Pour une vie guerrière, périlleuse sans doute. Pourquoi pas ? Le danger ne lui avait jamais fait peur. Et ainsi, elle se trouverait en compagnie d'Ernest.

L'idée lui avait paru beaucoup plus tentante que cette attente insupportable dans laquelle elle se morfondait.

Oui, mais se plier aux lois de ce Prince, c'était aussi accepter son autorité. Faire de lui le gagnant de l'affaire, le laisser disposer de leur vie comme bon lui semblait.

Contrairement à Ernest, Kétinée jouissait encore de sa liberté. Alors, autant en faire bon usage. Imaginer une autre solution. Échafauder une stratégie annexe qui lui permettrait de garder les cartes en main.

Cette stratégie, une lettre lui avait donné l'occasion de l'esquisser.

Très récemment, elle avait reçu un courrier de son ami, Napoléon Boussangué. Un colosse tout en muscles d'un mètre quatre-vingt-dix, disciple de Babadji, sorcier et musicien dogon, toujours très prévenant à son égard. Il s'était absenté quelques mois auparavant pour enquêter sur Ludwig et Lucienne Arquenotte, ces deux sorciers mystérieux qui, l'hiver dernier, avaient failli massacrer la famille Mountabila en l'affrontant dans une crypte.

Dans le train qui traversait la Grande-Bretagne, la mambo relut la missive, très courte et rédigée d'une écriture hâtive.

Chère Kétinée,

Après pas mal d'impasses, notamment à Verdun puis à Londres, j'ai enfin dégotté une piste sérieuse qui m'a mené à Llangrannog, au pays de Galles.

Ici, je pensais me débrouiller seul. Mais l'endroit est bien plus dangereux que prévu. Tes dons me seraient fort utiles pour obtenir de meilleurs résultats. Si jamais tu peux venir me prêter main-forte, voici l'adresse où je loge...

Kétinée devina que son ami, par prudence, n'avait pas donné davantage de détails quant au côté sorcier de son affaire. C'était la première fois qu'il lui demandait explicitement de l'aide. Sur quoi était-il tombé, au juste ?

La mambo songea de nouveau aux circonstances extraordinaires qui les avaient vus devenir des pions offerts sur un plateau au spectre de la Mort, au cours d'une partie d'échecs d'une complexité cauchemardesque, dont les implications et les enjeux lui échappaient encore. À ce qu'elle en avait compris, Ludwig, incarnation spectrale accompagnée d'un loup et d'un corbeau, avait été emprisonné jadis dans un monde sorcier par une femme bien plus âgée que son apparence ne le laissait deviner : la dénommée Lucienne Arquenotte, élégante brune adepte du fume-cigarette. Pourquoi ? Parce que, selon celle-ci, Ludwig semait le chaos partout où il avait la liberté d'agir.

Si Lucienne elle-même n'était clairement pas une sainte, et si ses motivations pour empêcher Ludwig de déchaîner ses capacités destructrices relevaient plutôt d'une soif de pouvoir personnelle que d'un simple altruisme, ses allégations sur la dangerosité de son adversaire semblaient exactes. Dans sa tentative d'évasion, l'homme avait en effet bien failli détruire une partie de Paris en amenant au même endroit sorciers, corbeaux, loups, émanations infernales et autres déités.

Son ennemie avait pourtant gagné. Ludwig, vaincu, avait été reconduit dans sa prison murée de folie, de mensonge et de peur. À sa suite, Lucienne avait disparu. Depuis, la famille Mountabila entendait découvrir qui étaient ces deux personnages, d'où ils venaient, ce qu'ils recherchaient, pour ne plus jamais tomber entre leurs griffes.

Enfin, si cela était possible, bien sûr.

Pour contrer le Prince, Kétinée commençait à croire qu'il faudrait solliciter l'aide d'une personne de son envergure.

Pourquoi pas Lucienne Arquenotte, justement ?

L'entreprise était aussi ambitieuse que hasardeuse. La mambo ne connaissait quasiment rien de la sorcière. Pourtant, qu'avait-elle à perdre ? La contacter, ce n'était pas se montrer plus inconsciente que se jeter aux pieds du Prince…

— Espérons juste que Napoléon se trouve, tout comme il le prétend, sur une véritable piste, murmura Kétinée pour elle-même.

Elle débarqua à Llangrannog en fin d'après-midi. Pour se remettre de l'assommant voyage en chemin de fer, elle longea le port de pêche et profita des embruns. On la regarda déambuler telle une bête curieuse. Peu lui importait, elle avait l'habitude de ce genre d'œillades. Elle poussait même sa singularité jusqu'à se promener, jambes partiellement nues, dans l'une des tenues qu'elle avait cousues elle-même. Les yeux parfois hostiles glissaient sur elle comme l'eau salée sur les falaises : Kétinée n'aurait renoncé à sa liberté pour rien au monde. La mambo pouvait se le permettre, elle qui savait se défendre sans l'aide de personne.

Tandis qu'elle progressait sur la grève, les marins amarraient leurs navires ou préparaient déjà leur bateau pour le lendemain. L'un d'eux, plutôt sympathique, parla à Kétinée en gallois. Elle tenta de lui répondre en anglais, mais ni l'un ni l'autre ne se comprirent vraiment.

Elle n'eut aucune peine à trouver le logement qu'occupait Napoléon Boussangué : une modeste pension en bord de mer. La logeuse lui indiqua, avec force gestes, que son ami n'était pas là, qu'elle ne savait pas où il était parti, qu'elle ne l'avait pas vu depuis une semaine entière et qu'il ne s'était pas acquitté de son loyer. On la mena à sa chambre, où Kétinée reconnut son sac, quelques vêtements, et l'instrument dont il se séparait rarement : un tambour appelé gomboy, accompagné de son archet recourbé. La mambo se permit de fouiller l'endroit afin de trouver une piste : un signe qui lui indique où Napoléon avait pu partir. Mais elle resta bredouille.

Elle retrouva l'encre, la plume et le papier qui avaient servi à lui écrire une lettre. Une feuille existait, barrée de quelques traces, sans lettres ni symboles identifiables. Par transparence, Kétinée essaya de voir si ces traits de plume ne formaient pas un autre message. Sans aucun résultat probant.

La mambo dormit là, dans le lit de Napoléon, après avoir réglé les nuits impayées à la logeuse.

De plus en plus intriguée, elle interrogea les villageois. Impossible de manquer un individu aussi reconnaissable et massif que son ami : on devait bien l'avoir vu emprunter une direction ou une autre…

Ces recherches-là n'aboutirent pas non plus. Oui, on avait aperçu Napoléon, mais où était-il parti ? Mystère… À cause de la barrière de la langue, mais aussi de l'apparence inhabituelle de Kétinée sans doute, les gens demeuraient peu loquaces.

Chapitre VIII

La jeune femme se souvint du vieux marin souriant croisé la veille : il avait clairement voulu lui dire quelque chose. Elle le guetta donc sur le port. Au loin, elle reconnut sa tenue jaunâtre : il faisait sécher un filet de pêche.

Kétinée s'embarqua sur le ponton de bois défraîchi et branlant. L'homme barbu, pipe fumante en bouche, chargeait maintenant son rafiot. Il la salua, d'un sourire édenté. Cette fois, Kétinée prit le temps de lui parler, de mieux communiquer. Il lui indiquait son visage à elle, mimait une haute stature. Kétinée devina qu'il parlait de Napoléon.

— Où est-il ? demanda-t-elle en joignant le geste à la parole. Vous l'avez vu partir ?

Le marin indiqua une haute falaise, qui se découpait au sud du village. Il n'en savait pas davantage. Avant qu'elle ne s'en aille, il lui conseilla cependant de ne pas trop s'approcher d'un « nœud à cornes ». La mambo lui fit répéter l'expression sans vraiment la comprendre. Remerciant le vieil homme, elle prit congé. Puis se dirigea vers la direction proposée.

Bientôt, elle obtint une vue imprenable sur Llangrannog et sur l'océan bleu foncé, sculpté par les vagues épaisses. Le chemin qu'elle suivait depuis déjà une vingtaine de minutes serpentait entre la lande et le vide. Elle aperçut une vieille dame qui paraissait hésiter, lançant des regards en tous sens, comme si elle avait perdu quelque chose. Dès que Kétinée se trouva à sa hauteur, l'inconnue lui demanda, en anglais :

— Excusez-moi… Est-ce que vous auriez vu par hasard une ancêtre aux yeux clairs, au teint hâlé, un anneau dans le nez, d'autres dans l'oreille, vêtue de haillons, avec de très longs cheveux blancs lui arrivant jusqu'aux hanches ? Ah, elle a peut-être des tatouages aussi : des formules en arabe tracées sur tout le corps.

Kétinée marqua un temps d'arrêt avant de lui répondre :

— Vous cherchez votre sœur jumelle ?

La vieille dame ouvrit de grands yeux étonnés.

— Euh… eh bien non… Pourquoi vous dites cela ?

— Vous venez de vous décrire vous-même, lui répondit la mambo dans un sourire.

L'inconnue cligna des yeux une fois, deux fois. Puis elle attrapa ses cheveux, les regarda, avant de contempler ses tatouages et de passer une main sur les différents anneaux qui la paraient.

— Ah mais oui, dites donc… Vous avez sans doute raison. C'est formidable ! Grâce à vous, je suppose que j'ai donc trouvé ce que je cherchais… Merci !

Elle opina plusieurs fois du menton. Kétinée comprit que cette ancêtre n'avait plus toute sa tête. Pourtant, elle lui demanda :

— Vous n'auriez pas vu un homme de près de deux mètres, à la peau plus foncée que la mienne ?

À la manière d'un hibou, la vieillarde tatouée inclina la tête de côté, demeura dans cette position un moment.

— Si je l'avais vu, je m'en souviendrais… peut-être. Ou peut-être pas, finit-elle par admettre, avant de brusquement tourner les talons et d'esquisser un signe de la main. Au plaisir !

D'un pas résolu, elle s'éloigna dans la lande.

— Euh… Vous ne voulez pas que je vous guide vers le village ? lui cria Kétinée.

— Certainement pas ! s'exclama l'inconnue. Je ne suis pas encore sénile, à ce que je sache !

À la fois intriguée et inquiète, Kétinée la vit ensuite disparaître parmi les buissons. La jeune sorcière finit par hausser les épaules et poursuivre son chemin le long de la falaise.

— Bien entendu, aucune trace de Napoléon ! soupira-t-elle.

Alors, elle profita de se trouver loin des regards et dénicha un endroit, en retrait du chemin. De sa sacoche de cuir, elle sortit des fioles, des poudres, des talismans. Elle traça un cercle agrémenté de signes cabalistiques, fit brûler de l'encens. Par la sorcellerie, elle voulut localiser son ami.

La mambo se servit d'un foulard lui appartenant et de l'archet recourbé du gomboy. Rien ne fonctionna comme prévu. Les gris-gris sélectionnés tournèrent sur eux-mêmes. L'instant d'après, ils fusèrent dans toutes les directions. Et le foulard prit feu.

— Hé ho, il se passe quoi, là ? s'alarma Kétinée.

Elle s'empara de l'étoffe, étouffa le foyer à grand-peine.

— Ce n'est pas normal. Pas normal du tout, maugréa-t-elle.

Bientôt, elle psalmodia des prières. Se concentra mieux. Lorsque les énergies magiques lui parurent ondoyer correctement sur sa peau, elle appela :

— Maîtresse Delai. Toi qui veilles depuis l'au-delà sur les joueurs de tambours, entends mon appel. Car un de tes sujets a disparu. Je dois le retrouver.

Le lwa invoqué se matérialisa sous la forme d'une silhouette féminine aux formes généreuses. Kétinée voulut communiquer paisiblement avec elle. Mais elle se trouva d'emblée confrontée à une entité hostile. Les yeux du lwa virèrent au rouge, sa chevelure devint hirsute, ses traits esquissés dans l'éther se crispèrent en un rictus mauvais.

— Ne cherche plus ton ami, cracha bientôt Maîtresse Delai d'une voix caverneuse qui ne lui était pas coutumière. Il est perdu pour moi !

Comme si elle avait reçu un coup de pied dans le plexus, Kétinée décolla. Elle fut propulsée contre un arbre tordu, rebondit, puis chuta lourdement sur les fesses. Son nez saignait abondamment. Elle finit par stopper l'hémorragie, mais n'en revenait pas. Jamais un lwa invoqué ne l'avait rejetée avec une telle violence !

Les mains sur les hanches, elle prit le temps de faire le point.

Quelque chose dans le secteur parasitait sa sorcellerie.

Qu'avait donc fait Napoléon ? Dans quels territoires s'était-il aventuré ? Avait-il affronté des forces qui le dépassaient, qui l'avaient consumé ? À cette idée, Kétinée se mit à trembler.

Malgré l'avertissement de Maîtresse Delai, elle n'allait certainement pas laisser tomber son ami. Ça non !

Une troisième et dernière fois, elle s'assit en tailleur, se concentra, se demandant au fond d'elle-même si elle se montrait persévérante ou irréfléchie. Elle ne sollicita plus l'aide des lwas, voulut uniquement se concentrer sur la présence de Napoléon, sur ce qu'elle ressentait en le cherchant.

Rien n'était clair. Les images roulaient, sombres et confuses tels des nuages noirs qui s'amoncellent, obscurcissent puis engloutissent un paysage. De nouveau, la mambo trembla. Un flot de sentiments déplaisants et très vifs la submergea.

Peur. Douleur. Abandon. Une souffrance vive. Un tourment éternel. Qui se grave dans l'âme comme au couteau. Cette fois, Kétinée s'arracha elle-même à sa transe. Sa tête bourdonnait.

La mambo toussa, s'essuya les lèvres, fit quelques pas. Le message reçu, s'il demeurait nébuleux, laissait peu de doute sur la difficile situation de Napoléon. Autour de lui gravitait la plus noire, la plus impénétrable, la plus cruelle des magies.

Chapitre VIII

Comme on se réveille d'un cauchemar saisissant, Kétinée mit plusieurs minutes à se remettre de cette expérience. Un peu perdue, gagnée par la migraine, elle rassembla ses affaires, quitta son poste, suivit le chemin qui s'enfonçait dans le paysage. Elle savait quelle direction prendre désormais. Pourtant, chaque pas qu'elle esquissait lui pesait. Elle n'avait qu'une envie : faire demi-tour. Tenir le cap lui demandait un effort constant.

À de nombreuses reprises, elle faillit céder. Effectuer brusquement une volte-face. Partir au loin, face à la mer, vers un environnement moins accablant.

— Un noir sortilège protège l'endroit où je vais, énonça-t-elle dans un souffle.

De simples humains, en s'approchant d'ici, auraient pris la tangente sans même s'en rendre compte. Quant aux sorcières et aux sorciers, ils auraient fui, tant l'endroit empestait le Mal.

Volontaire et déterminée, Kétinée tenait bon. Mais avait l'impression d'avancer dans un champ de ronces, la peau offerte aux meurtrissures. Jamais elle n'avait ressenti cela.

Là-bas, au loin, il y avait une forêt. Le chemin y menait. Il suffisait donc de le suivre. Chaque fibre de son être, pourtant, lui hurlait d'emprunter la direction opposée.

— Qu'est-ce que tu as été faire là-bas, Napoléon ? questionna-t-elle tout en se mordant la lèvre inférieure.

La pression contre son esprit devint si forte qu'elle plia le genou. Le posa à terre. Un filet de sueur coula le long de son dos, tandis que ses muscles se contractaient. Kétinée serra les dents. Se mordit l'intérieur des joues.

Non, la pression était trop forte. La douleur, accablante. Elle ne pouvait plus lutter. Elle devait…

— N'écoute pas ce maléfice, lui murmura alors en anglais une voix, très proche d'elle.

Il s'agissait de la vieille personne tatouée, croisée plus tôt.

D'autorité, l'inconnue saisit le poignet de Kétinée en la fixant de ses yeux clairs. Puis elle l'entraîna vers les bois.

— Je te comprends : les premières fois, on est abasourdi, commenta-t-elle. Mais avec l'expérience on s'y fait, crois-moi !

Kétinée était tellement épuisée, psychiquement, qu'elle se laissa emmener sans même protester.

— Mais qui êtes-vous ? parvint-elle à articuler.

— Une amie, assura celle qui la guidait. Tu m'excuseras : parfois, je perds les pédales. Mais au bout d'un moment mes souvenirs reviennent. Heureusement.

Kétinée ne savait pas trop ce qu'elle devait penser de cette vieillarde, soudain déterminée, qui la menait vers les bois. En elle s'imprima l'image que l'on se fait de la sorcière, qui vous happe au détour d'un chemin, qui vous emprisonne le bras et qui vous entraîne jusque dans son repaire. Pour vous dépecer ensuite, lentement, savamment.

Sous les bottes de Kétinée, la terre fila de plus en plus vite. Il lui sembla même flotter au-dessus du sol. Puis les noyers griffus se déformèrent. Ils mangèrent ce qui restait de ciel, et les ténèbres s'étendirent.

— Voilà. Tu y es, annonça la voix de la vieille. Est-ce que j'ose te dire : bienvenue ?

Elle avait pénétré dans la forêt.

De ce côté des arbres, tout était plus sombre, plus incertain. Des lucioles voletaient dans les airs. Une atmosphère épaisse, presque compacte, s'abattit sur les épaules de la mambo.

Kétinée se retint au tronc d'un chêne. Elle était prise de vertiges, la tête lui tournait.

— Ouais, ça fait toujours un peu ça au début, commenta

Chapitre VIII

sa vieille guide. Parce que c'est un sacré concentré d'énergies néfastes, dans le secteur.

Kétinée perdit l'équilibre. Dévala sans le vouloir une légère pente avant d'être arrêtée par une souche d'arbre.

Elle secoua la tête. Lutta encore contre la torpeur qui nimbait ses sens. Des bruits et des lueurs attirèrent son attention.

L'essentiel de la scène se jouait à une quarantaine de mètres, en contrebas, au beau milieu d'un cercle de châtaigniers tordus. Là avait été dressé un autel grossièrement sculpté dans la roche. Un jeune homme dévêtu y était allongé. Tout autour de lui, des personnes de tous âges, en toge, à genoux, psalmodiaient. Leurs prières mornes, gutturales, résonnaient en ces bois mangés d'ombre.

Un moine à la haute stature, aux contours perdus dans l'obscurité, progressait parmi eux. Il parlait en latin ou en gaélique.

Ce rituel était hypnotique. Malgré elle, Kétinée fixa l'autel, la peau diaphane du jeune homme, tous les fidèles. Et puis surtout ce moine, à l'aura magnétique.

L'individu était drapé d'une robe de bure. D'un pas assuré, il se plaça bientôt face à l'autel. Soudain, il produisit un long poignard. La foule exprima sa ferveur.

— Non. Non. Il ne va pas faire ça, murmura Kétinée.

D'un geste brusque, le moine abaissa sa capuche. On découvrit un visage animal, percé d'yeux jaunes frappés de croix. Au sommet de son crâne saillaient deux longues cornes entortillées. Kétinée se sentit horrifiée et fascinée en même temps. Incapable de se mouvoir, de détourner les yeux.

Sans une hésitation, le bouc qui aimantait tous les regards abattit son arme sur le corps masculin et nu, offert au sacrifice. Dans une gerbe écarlate, la lame qu'il brandissait se planta en plein cœur.

VIIII

Monsieur de Féronnelle réajusta sa veste. Une course impromptue, entre son habitation et la roseraie, en avait légèrement désorganisé la savante harmonie.

— Vous me voyez désolé de me présenter à vous dans une tenue si négligée, déclara le gentilhomme incroyablement élégant. J'ai dû enfiler le premier costume venu avant de vous rejoindre.

Les agents du Prince, qui gisaient à terre devant le mausolée profané, éprouvèrent toutes les peines du monde à se relever. Une main invisible semblait appuyer sur chacune des têtes afin de les maintenir au sol.

Lise, Serge, Ernest et Noidkoko, Yuri et sa panthère demeurèrent cloués sur place, parvenant simplement à redresser le buste. Plus combative que quiconque, Zaphaïm, dans un grognement, parvint à se hisser sur ses deux jambes. Elle tenta même de brandir son épée. En hommage à sa volonté, monsieur de Féronnelle esquissa un sourire.

— Oserais-je vous demander pourquoi vous vous êtes introduits dans ma propriété en pleine nuit ? Et puis surtout… qui vous envoie ?

Même s'il l'avait voulu, aucun des agents harnachés de cuir n'aurait pu répondre à cette seconde question. Quant à la première, Zaphaïm l'esquiva.

— Si on vous dit qu'il s'agit d'un malentendu, tenta-t-elle, et qu'on souhaitait juste visiter votre fameuse roseraie… ?

— Vous feriez en ce cas insulte à mon intelligence, finit le gentilhomme. Ce que je ne saurais tolérer.

Afin de souligner son propos, il concentra sa puissance psychique sur la femme qui lui tenait tête. Celle-ci eut soudain l'impression qu'on lui ouvrait le crâne en deux.

Elle lâcha un cri, faillit tomber. Au lieu de cela, elle tint bon. Courbée, tordue, la nuque basse. Mais toujours debout, et l'épée en main.

— Votre force d'esprit est admirable, lui concéda monsieur de Féronnelle. Je trouve presque dommage de devoir briser cette volonté.

Il fit un pas vers elle. Cette proximité physique décupla la douleur insoutenable qui étreignait Zaphaïm. Cette fois, ses genoux percutèrent le sol, et elle dut s'appuyer sur ses avant-bras.

Dans l'air, à cet instant, siffla un couteau. Monsieur de Féronnelle le saisit au vol, d'un geste vif et élégant. Intrigué, il considéra Ernest, toujours à terre, mais qui venait d'entrer en lice.

— Eh bien… nos voleurs seraient également des assassins en herbe ? Un conseil, mon ami : la prochaine fois que vous voulez tuer, visez un point vital.

Aussitôt, il rejeta l'arme blanche à son envoyeur. Celle-ci se planta au sol, à quelques millimètres de la jugulaire d'Ernest.

Chapitre VIIII

— Je vous offre cette passe d'armes. Mais je serai moins clément à l'avenir.

Ce fut au tour de Yuri de tenter une parade. Encore couché, il claqua des doigts. Ce simple geste provoqua une explosion retentissante. Si vaste qu'elle engloba le corps de monsieur de Féronnelle.

— Maintenant qu'on est découverts, plus question de subtilité, pas vrai ? grinça l'albinos.

À la suite de cette nouvelle attaque, Miss Meuh-Meuh parvint à bouger. Ce que son autre moitié avait commencé, elle comptait bien le finir. À savoir déchiqueter ce corps à moitié rôti par la déflagration.

Malheureusement, la panthère eut la désagréable surprise de découvrir que son morceau de viande bougeait encore. Même son costume n'avait pas brûlé.

D'un pas chassé, monsieur de Féronnelle sortit de la fumée, évita la panthère. Laquelle s'abîma dans un nouveau buisson d'épines. En réaction à sa douleur, Yuri se crispa, couina : il sentait jusque dans son être chacune des écorchures subies par le fauve.

— Je vous saurais gré de ne pas renouveler vos feux d'artifice, lui intima monsieur de Féronnelle. Vous n'imaginez pas mes efforts de concentration pour éviter qu'ils ne souillent ma veste et ma chemise.

Yuri, agacé, se remit d'aplomb. Le chapeau vissé sur le crâne, il pérora :

— Des clous si je vais m'arrêter en si bon chemin, le nobliau. Car je ne fais que m'échauffer, tu sais !

Cette fois, il claqua ses mains l'une contre l'autre. Une explosion trois fois plus vaste que la précédente s'étendit et fendilla le sol.

Remise de l'assaut précédent, Zaphaïm fit signe à Serge de la rejoindre et vint se poster aux côtés de Yuri.

— J'apprécie vos initiatives individuelles. Mais il serait temps d'agir en équipe. Sans un minimum de coordination, on est foutus.

— Attends, je lui ai réglé son compte, là, rectifia l'albinos.

— Vraiment ? Regarde mieux !

Elle indiqua le cœur de l'explosion. Dans un petit cratère était réapparue la silhouette fine et musculeuse de l'aristocrate. Seules quelques mèches de sa chevelure soignée avaient frisé.

— Votre incorrection prend des proportions regrettables, commenta-t-il en observant sa serre en désordre.

— Tu n'as rien vu ! lui promit Zaphaïm.

Sans attendre sa réaction, elle aboya ses ordres.

— Serge, ton attaque ! Yuri, tu connais le principe de la tenaille ? Quant à vous, Ernest et Lise... on a ouvert un passage, il me semble. Filez vite.

— Euh... hésita Ernest. Et de ce passage, on rapporte quoi ?

— Une sorte de coffret. Il doit être au centre de tout. Je n'en sais pas plus... Tiens, débrouille-toi avec ça.

Elle lui lança la boussole. Dans le même moment, monsieur de Féronnelle s'avança. Serge chargea son épée d'énergie bleutée. Yuri se concentra. Miss Meuh-Meuh émergea des ronces. Et Zaphaïm, déterminée, fit tournoyer sa lame.

Ernest ne vit rien de l'assaut suivant. Générant une bourrasque qui les emporta, Lise et lui, il disparut dans le monde sorcier.

Le prestidigitateur se souvint de la première fois où il avait traversé un portail de lumière. On pouvait arriver n'importe où. En un endroit rongé par la folie. Sur les terres brumeuses d'un monarque joueur. Ou au cœur d'une nécropole peuplée de créatures macabres. À la lumière de ce qu'il avait vu de l'élégant Gürwald de Féronnelle, il s'attendit à un endroit luxueux, paré de lustres étincelants, décoré de fleurs nimbées de rosée.

Raté : il débarqua dans un couloir humide, au plafond voûté, éclairé par des torches. Il roula dans la poussière et les toiles d'araignée.

— Lise… Lise ? appela-t-il.

Bizarrement, elle n'était pas apparue.

L'entrée par laquelle il était arrivé ressemblait à un rideau de lumière noire. Le couloir, en pente, se divisait en deux au bout d'une dizaine de mètres. Ernest jeta un œil à la boussole. L'aiguille oscilla. Indiqua le nord-ouest. Ce qui correspondait à la voie de droite.

— Je vous souhaite bonne chance, cher Monsieur Villempré.

Cette voix dans son dos le fit sursauter. Dans la pénombre, Ernest distingua une silhouette filiforme assise en hauteur, sur une corniche, aux cheveux couleur émeraude. Le prestidigitateur lui fit face.

— Vous me paraissez bien nerveux, poursuivit la présence dans un large sourire. Il y a de quoi, je suppose. Ne vous inquiétez pas : je ne suis pas ici pour interrompre votre progression. Juste vous saluer. Car nous nous sommes déjà rencontrés… Cela vous dit-il quelque chose ?

L'apparition se mit debout, fit mine de se déplacer sur la corniche, tel un acrobate. Ernest ne sut déterminer s'il s'agissait d'un homme ou d'une femme. Il se souvint :

— Dans les catacombes ! s'exclama-t-il.

Et très rapidement :

— C'est vous qui m'avez fait signe, en équilibre sur un fil, avant que le Roi Clochard et ses déités masquées ne me mettent en pièces ?

La présence acquiesça, puis prononça ces mots énigmatiques :

— Comme nous nous sommes vus et comme nous nous voyons, nous nous reverrons, soyez-en certain… De nouveau, je vous souhaite bonne chance en ce monde. Et de belles rencontres.

Un clignement d'yeux : voilà tout ce qu'il suffit pour qu'Ernest perde la trace de l'apparition.

Il eut beau scruter la pénombre, revenir sur ses pas, rien n'y fit. L'étrange acrobate s'en était allé.

« Aïe aïe aïe. Si je suis déjà repéré par un sorcier ou une sorcière, tout cela n'augure rien de bon », songea-t-il.

Il devait s'agir du gardien de l'endroit. Qui s'était rendu aux catacombes lors de la fête du Bœuf Gras pour demander audience au Grand Taureau, et renforcer la puissance du monde magique où il évoluait à présent. Lise surgit enfin. À son tour, elle roula dans la poussière.

— Tu en as mis, du temps ! se moqua Ernest en l'aidant à se relever.

— J'ai pourtant franchi le portail une demi-seconde après toi, révéla Lise. J'ai manqué quelque chose ?

— Juste une sorte de gardienne aux cheveux verts. Ou un gardien, je ne sais pas… En tout cas, il a disparu.

L'information provoqua chez Lise un froncement de sourcils à peine perceptible. Après un court silence, elle conseilla :

— On reste sur nos gardes, alors.

Puis elle voulut s'avancer dans le couloir en pente.

Chapitre VIIII

— Une minute ! la retint Ernest. Maintenant qu'on est seuls, on peut parler, non ? Alors, pourquoi tu es dans notre équipe, au juste ? Et pourquoi tu me suis depuis…

Il voulut dire « l'incendie du cirque et l'enlèvement des enfants, à Verdun ». Cependant, comme ces informations étaient trop personnelles, aucun de ces mots ne franchit le seuil de ses lèvres. Lise lui rappela cette règle simple :

— Bien sûr, nous voilà seuls. Mais ce n'est pas pour autant que l'on pourra s'expliquer. Et puis, je te rappelle qu'il y a un chevalier Rose-Croix, en surface, qui veut nous faire la peau. Alors ne traînons pas.

Le magicien soupira, puis dut se résoudre à suivre les règles.

— À une seule condition : cette fois, tu essaies de ne pas te défiler au moment le plus critique, d'accord ?

Par-dessus son épaule, Lise lui lança un regard lourd de sens.

— Contrairement aux apparences, je ne me défile *jamais*, Ernest… Et j'espère bien que l'on pourra en discuter un jour librement, toi et moi.

— Hum… Si tu le dis…

Une fois de plus, Ernest oublia toutes les questions qu'il aurait voulu poser à la jeune femme sur ses agissements, son lien avec Ludwig, et ses alliés Corbeaux.

Désormais réunis, les deux agents du Prince progressèrent. À chaque pas, Ernest s'attendit à ce que l'acrobate aux cheveux verts leur tombe dessus depuis les hauteurs. Il n'y avait personne. Mais il fallait composer avec une ambiance oppressante, un bruit diffus et sourd. Noidkoko, curieux, jeta des œillades en se promenant dans le cou d'Ernest.

— Hé, doucement, toi… Tu me chatouilles !

De nombreux embranchements successifs dessinaient ensemble un sombre labyrinthe. Si Ernest n'avait pas eu la boussole, lui et Lise s'y seraient perdus à coup sûr. À plusieurs reprises, ils passèrent à proximité de renfoncements sinistres, de pointes acérées, qu'ils identifièrent comme des pièges mortels. L'un d'eux consistait en une trappe en trompe-l'œil ouverte sur le vide. Un autre en quelques lianes mobiles, que Lise parvint à repousser par des attaques enflammées.

— Drôle de monde sorcier, commenta-t-elle. Il est très étrangement structuré.

Redoutant de faire un faux pas, le magicien scrutait alternativement ses pieds, la boussole et les parois. Bientôt, Lise discerna une espèce d'énorme bouche visqueuse dans un coin d'ombre. Celle-ci se mit à grogner.

— Heureusement… on va pas par là, commenta Ernest en empruntant le chemin opposé d'un pas vif.

Ils évoluaient déjà dans cette succession de corridors souterrains depuis de trop longues minutes.

Lorsqu'ils débouchèrent dans une salle rectangulaire, aux murs couverts de lierre, Ernest voulut savoir où était le piège.

— Deux silhouettes mouvantes. Sur notre droite, prévint Lise.

Elle généra une nouvelle boule de feu. Qui lui permit de révéler deux créatures musculeuses, plaquées au sol.

— C'est quoi encore, ces choses ? grimaça le magicien.

Ce qui rampa vers eux tenait autant du singe que du fauve. C'était velu, verdâtre. Les yeux rouges, le nez écrasé. Des crocs proéminents dépassant d'une large gueule. Ça grognait. On sentait ces bêtes prêtes à bondir. Comme à son habitude lorsque ça tournait mal, Noidkoko plongea dans la poche d'Ernest. Lise voulut les faire fuir. Le sorcier, lui, préféra s'accroupir.

Chapitre VIIII

— Attends un peu, dit-il.

Il regarda ces créatures dans les yeux, et joua de son empathie surnaturelle.

— Je ne vous veux aucun mal, assura-t-il. Nous souhaitons juste passer, ma collègue et moi. Ça ne vous dérange pas trop, j'espère ?

En guise de réponse, la plus farouche des deux bestioles découvrit trois rangées de crocs. Puis l'autre avança, le poil hérissé.

— Lise… prépare quand même ta boule de feu, conseilla Ernest.

— Je ne l'ai jamais étouffée, signifia la sorcière.

La main droite d'Ernest chercha l'un des couteaux rangés dans sa tunique. Il n'avait pas du tout envie de blesser ces deux animaux. Mais s'il s'agissait d'une question de survie…

Soudain, un tremblement secoua tout le paysage. Un fracas résonna dans les couloirs.

— J'ai l'impression que ça barde en surface, analysa Lise.

Le choc avait été si brusque que même les bestioles verdâtres prirent peur. Ernest profita de cette ouverture.

— En fait, vous êtes plus effrayées que féroces, tenta-t-il. Venez par ici…

Il prit le risque de caresser le pelage des fauves de garde, quitte à y perdre un bras. Contre toute attente, l'un comme l'autre se mirent… à ronronner.

— Bien joué, opina Lise. Trouver une alternative à la violence, c'est toujours appréciable !

— Allez, vous êtes sympas, vous deux, conclut le sorcier. Alors on passe, et puis on se revoit à notre retour, d'accord ?

Sans leur laisser le temps de changer d'attitude, ils quittèrent la salle couverte de lierre et les deux créatures prestement apprivoisées.

— Tu as vraiment un don avec les animaux, reconnut Lise. Jusqu'ici, on s'en tire plutôt bien.

— Mouais. On rira moins si nos alliés se font esquinter...

Cette fois, le duo s'engagea le long d'un escalier en colimaçon. De la végétation drue, anarchique et épineuse courait le long des pierres.

— Quel lieu étrange, torturé, reprit Lise. Parsemé d'éléments chaotiques... Si ce lieu sorcier reflète l'esprit de celui qui l'a conçu, qu'est-ce que cela dit de sa personnalité profonde ?

— Sous des dehors civilisés, il n'a pas l'air très équilibré, le Gürwald ! répondit Ernest.

Depuis son arrivée, il avait l'impression de descendre en spirale. De plus en plus profondément. Jusqu'aux tréfonds de la psyché de l'étrange chevalier Rose-Croix, peut-être ?

Sous sa main droite, soudain, il y eut un bruissement. Puis un pan de mur s'écarta. Comme une paupière qui s'ouvre. Dans la pierre, incrusté, Ernest Villempré découvrit un globe visqueux et immense. Un œil, une pupille, un iris le regardaient. Saisi par cette apparition, il faillit dégringoler dans l'escalier.

— Aaaah, beurk ! s'exclama-t-il.

Il voulut s'éloigner de l'œil. Peine perdue. Des dizaines d'yeux, à droite, à gauche, en hauteur ou en contrebas s'ouvrirent dans la pierre, entre les végétaux, qui fixèrent alternativement Ernest et Lise.

— Il y en a partout, frémit la sorcière.

Le long de l'escalier, plusieurs paupières immenses se fermaient, s'ouvraient, les suivaient. Comme on observe des voleurs venus dérober un trésor caché.

Si Ernest avait encore des doutes face au sentiment de culpabilité qu'on souhaitait leur instiller, ceux-ci s'évanouirent d'un seul coup. Bientôt, une voix accompagna les regards accusateurs.

« Je vois ce que tu fais », murmura une bouche, apparue elle aussi sur le mur.

Il fallait s'y attendre : ces lèvres minérales furent suivies de plusieurs autres. L'irruption maladive se propagea entre les yeux, la pierre et les épines. Jusqu'à certaines marches sous les pas d'Ernest, de Lise, qui se fendirent en deux, et répétèrent toutes :

« Je vois ce que tu fais. »

« JE VOIS CE QUE TU FAIS. »

« Je vois ce que tu fais. »

— Ah génial. Génial, vraiment ! maugréa Ernest, qui ne savait où poser son propre regard, désormais.

La tentation fut grande de courir dans les escaliers pour fuir le phénomène. Quitte à glisser, dégringoler, puis se rompre le cou.

« Je vois ce que tu fais. »

« Je vois ce que tu fais. »

« JE VOIS CE QUE TU FAIS. »

— J'en suis fort aise. Très bien pour vous. Mais moi je continue, rétorqua le magicien, davantage pour se rassurer que pour entamer un dialogue.

À l'extérieur du monde sorcier, monsieur de Féronnelle montra ses premiers signes d'agacement. Il plissa les paupières. Ce que ses extensions de lui-même avaient perçu, en sous-sol, il le voyait en même temps. Aussi estima-t-il qu'il fallait urgemment se débarrasser des trois intrus et de l'animal qui l'attaquaient. Pour ensuite s'occuper des pillards qui osaient s'approcher de ce qu'il avait enfoui, si profondément, au fin fond du monde secret qu'il s'était construit.

Malheureusement pour lui, neutraliser ses adversaires s'avérait plus facile à imaginer qu'à accomplir. Une fois envoyés au tapis, ceux-ci se relayaient, repartaient à l'assaut. La situation eût sans doute été gérable sans la présence de leur meneuse. Laquelle se montrait tenace, et plus résistante à mesure que la violence montait d'un cran. Monsieur de Féronnelle l'avait – littéralement – envoyée sur les roses quatre ou cinq fois de suite. Blessée, elle ressurgissait pourtant, plus aguerrie, plus revancharde. Le gentilhomme finit par comprendre que l'énergie sorcière qu'il lui expédiait la nourrissait. Pour la vaincre, il devrait en venir aux mains. Ce qui le contrariait prodigieusement. Car, ce qu'il abhorrait par-dessus tout, c'était la violence physique.

Autour de l'affrontement, domestiques, jardiniers et quelques membres de sa famille s'étaient assemblés. L'arrivée de ces témoins ne lui plaisait guère. Et il leur eût bien demandé de regagner fissa leurs appartements si cette SATANÉE guerrière ne lui avait pas de nouveau sauté à la gorge !

Comme peu de temps auparavant, dans la salle aux créatures verdâtres, une secousse ébranla le paysage sorcier. Chaque marche autour d'Ernest et de Lise ondoya, chaque pan de mur se creusa. La cohérence du paysage, poussé par tous ces yeux, toutes ces bouches, était en train de se disloquer.

Un grondement profond s'insinua dans l'escalier : il s'agissait de la frustration et de la colère de monsieur de Féronnelle, qui allaient crescendo.

— Hé, mais on va tomber, là ! finit par s'exclamer Ernest, qui éprouvait toutes les peines du monde à garder son équilibre au sein de ce monde sinistre et changeant.

— Surtout qu'on ne peut plus progresser, ajouta Lise.

Chapitre VIIII

La sorcière disait vrai. Désormais, il devenait impossible de descendre l'escalier, tant les marches s'éloignaient les unes des autres, ou se tordaient.

Au milieu de la roseraie, l'obstinée Zaphaïm surgit une nouvelle fois du fond du jardin. L'épée qu'elle brandit s'auréola de flammes, dont les reflets dansèrent sur son visage. L'arme magique en main, elle effectua un saut si rapide que monsieur de Féronnelle ne put esquiver son assaut. Du tranchant de sa lame, elle cisailla non seulement la manche de son costume… mais lui traça une estafilade sanguinolente sur la peau. Décontenancé, le seigneur des lieux poussa cette fois un RUGISSEMENT. Il décocha à Zaphaïm un coup de poing rageur au niveau de son estomac.

En résonance avec l'état d'esprit de son architecte, le monde sorcier perdit sa contenance. Les derniers repères stables se dérobèrent sous les pas des voleurs : Lise dégringola en même temps qu'Ernest. Ce fut la chute libre. Le plongeon droit vers les ténèbres. Ernest rattrapa Noidkoko qui s'envolait. Puis il joua de son pouvoir sorcier. Son corps et celui de Lise ralentirent, portés par un courant d'air ascendant. Le magicien effectua des cabrioles incontrôlées, rebondissant sur une bouche, un œil ou bien des ronces. Cependant il parvint à atterrir sur ses deux pieds.

— Eh ben, ça secoue ! s'exclama Lise, qui l'avait rejoint.

Noidkoko, la mine verdâtre, tituba et chuta sans grâce sur l'épaule d'Ernest. Ce genre de cabrioles, c'était trop pour son petit cœur !

Ernest n'était pas sûr de comprendre où il était arrivé ni ce qu'il se passait. Cette pièce ronde (la toute dernière ?)

se déformait, au rythme d'un mouvement respiratoire. Recouverts par des ronces, les murs reculaient, avançaient, poussés par un souffle intense qui ne venait de nulle part, mais qui était partout.

— Au moins, il n'y a plus de bouches ni d'yeux géants, ici, constata Lise. Par contre… je ne vois pas de coffret non plus.

De sa poche, Ernest tira la boussole dont l'aiguille, fébrile, indiquait un pan de mur recouvert de ronces.

— À mon avis… on n'en est plus très loin !

Il saisit un couteau, voulut couper les végétaux. Lise stoppa son geste.

— Attends, j'ai plus rapide.

Le feu né de ses mains s'attaqua à l'épais mur de ronces. Les plantes se mirent à crier, ce qui la fit sursauter. Tout se passait comme si chaque tige, chaque branchage, se trouvait relié à un nerf, à une bouche qui hurlait.

La manœuvre de Lise révéla une porte à double battant, malheureusement scellée.

— Ah ben non ! protesta Ernest. Encore un obstacle !

Tout autour d'eux, la respiration sourde qui animait le monde gagna en agressivité. Les autres ronces, assoiffées de vengeance, se mirent à fouetter l'espace en tous sens. Tels des serpents aux mille crocs, elles se réorganisèrent, se dressèrent contre leur bourreau. Ignorant Ernest, elles se concentrèrent sur Lise qui, surprise, se trouva balayée en un instant. Sans que le prestidigitateur ne puisse l'approcher, la sorcière se trouva fouettée, griffée, projetée contre le sol, assommée.

Quelques centaines de mètres plus haut, monsieur de Féronnelle, blessé, finit par attraper Zaphaïm en lui saisissant le bras. D'un geste hargneux, il l'envoya se fracasser contre une colonne de pierre qui se brisa net. La guerrière tomba ensuite à plat ventre, dans un râle.

Au milieu de sa roseraie défaite, parmi les ennemis malmenés, les fleurs découpées, les grilles abattues, les parterres ravagés, le chevalier Rose-Croix se mit à écumer :

— VOUS VOUS RENDEZ COMPTE DE CE QUE VOUS AVEZ FAIT À MES ROSES ? !

Le corps du gentilhomme fut saisi d'un spasme. Une énergie noire, compacte, se déversa de tous les pores de sa peau. Elle s'étala en vagues successives qui frappèrent le paysage. Miss Meuh-Meuh et Yuri plongèrent de manière synchronisée. Serge sauta en arrière, évitant de justesse de se faire traverser de part en part par l'une de ces ondes. Des arbres, en revanche, furent aussitôt fendus, leur feuillage pulvérisé.

— TOUT ÇA, C'EST VOTRE FAUTE ! vocifēra monsieur de Féronnelle, dont la voix caverneuse n'avait plus rien d'humain.

Au fin fond du monde sorcier, Ernest était parvenu à libérer Lise… mais pas à la ranimer. Au-dessus d'eux, tout tremblait tellement que le plafond menaçait de s'effondrer. De larges fissures se dessinèrent sur le sol, les murs, et toutes les parois. Coup de chance : la porte à double battant elle-même céda. La partie droite sortit de ses gonds, révélant à Ernest une sorte d'alcôve au centre de laquelle, sur un reposoir ouvragé, trônait un coffret. Une occasion pareille ne se représenterait pas ! Ernest s'apprêta à courir vers l'objet pour s'en emparer.

— Vous voilà proche du but, résonna alors une voix qui le fit sursauter. Mais attention aux éboulements.

SORCIERS

Le prestidigitateur tourna sur lui-même. Évita de justesse une pierre aussi large que lui qui venait de se détacher du plafond.

— Qui est… Qui est là ? entonna-t-il.

Pour toute réponse, une odeur âcre, qui le prit directement à la gorge, emplit l'air.

Ernest s'attendit à retrouver l'acrobate androgyne aux cheveux verts. À sa place parut la sorcière la plus élégante et la plus puissante qu'il ait jamais connue.

— Comme on se retrouve, lui murmura celle qu'il avait aussi rencontrée dans les catacombes de Paris.

Elle arborait un visage hautain et sans âge. Ses longs cheveux sombres encadraient des traits fins. Vêtue d'une robe bleutée, elle exhala en volutes légères la fumée que produisait son fume-cigarette.

— Bonsoir, cher Monsieur Villempré, murmura Lucienne Arquenotte. Je ne vous savais pas voleur…

X

Comme clouée au sol, Kétinée fixait, fascinée et horrifiée à la fois, le spectacle dérangeant qui se jouait devant elle. La bête cornue, courbée au-dessus du cadavre que celle-ci venait de sacrifier, avança ses pattes velues en direction de la poitrine sanguinolente. Elle écarta les pans de peau, découvrit les côtes rouges de la victime, puis enfonça son museau entre les muscles et dans la chair. Les fidèles assemblés, en transe, levèrent les mains au ciel. Ils ahanèrent des prières fébriles où fut prononcé le nom de Satan.

Kétinée eut un haut-le-cœur, elle sentait son estomac se contracter, remonter au bord de ses lèvres. Elle se rendit enfin compte que la vieille dame qui l'avait entraînée en ces lieux lui tirait le coude avec insistance.

— Allez, hop-là. Ne reste pas comme tous ces moucherons, vissés autour du pelage de leur Maître Bouc !

Tout comme elle avait éprouvé de lourdes difficultés à entrer dans les bois, la mambo dut puiser aux tréfonds d'elle-même pour s'arracher à ce spectacle morbide et magnétique. Dans cette forêt œuvraient des forces d'une noirceur absolue auxquelles elle n'était guère habituée. Son vaudou, s'il flirtait volontiers avec les ténèbres, possédait toujours une part de lumière. Jamais, malgré les tentations nombreuses, les appels insistants de divinités sombres qui avaient émaillé ses rituels, elle n'avait encore plongé au cœur de la nuit.

Tandis que la créature cornue relevait un museau ensanglanté, le cœur du jeune sacrifié dans sa gueule fumante, Kétinée détourna enfin les yeux, recouvra l'usage de ses longues jambes et suivit l'ancêtre qui la menait au loin.

Jetant des regards derrière son épaule, elle s'attendit à ce qu'on les prenne toutes deux en chasse.

— Ne t'inquiète pas pour nos amis démonistes, la renseigna sa guide. Ils sont tellement envoûtés par la présence de Galzéoc'h qu'ils n'entendent ni ne voient rien, à part ses bêlements. Et lui, du moment qu'il croque dans un corps jeune et qu'il se repaît d'une âme fraîche, on est tranquilles. Du moins, le temps qu'il dessaoule…

— Quelle horreur ! Quelle horreur ! répétait Kétinée. Ce jeune homme…

La vieille dame aux traits nord-africains tordit ses lèvres en une grimace. Sa voix douce et fluette contrastait avec son caractère déterminé.

— Oui. Bon, des sacrifices par ici, tu en verras sûrement d'autres… Et puis lui, je le connaissais… Le genre pas net du tout, ravi de finir en casse-croûte pour Galzéoc'h. Bah, au moins, il est mort heureux. Tout le monde ne peut pas en dire autant, hein ?

Ensemble, la métisse et l'ancêtre s'enfoncèrent parmi les frênes et les châtaigniers qui paraissaient avoir avalé le ciel. Leurs branches tordues s'étiraient en circonvolutions griffues, comme prêtes à vous lacérer le visage. Ici, la forêt s'était tellement étendue qu'elle ne prétendait pas partager la lumière.

Au bout de quelques centaines de mètres, la vieille dame indiqua un chêne rouvre qui avait poussé sur les vestiges d'un temple. Elle s'installa contre l'arbre, invitant Kétinée à l'imiter.

— On s'arrête là, le temps de souffler… Parce que ça grouille de gens encagoulés dans le secteur. Et certains un peu plus alertes que les gens hypnotisés dans la clairière, là-bas.

Kétinée vérifia au moins dix fois, entre les branches, que le bouc et ses apôtres ne les avaient pas suivies. En son esprit était imprimée la vision de l'animal humanoïde, aux naseaux souillés, qui furetait dans les entrailles du sacrifié.

Dans un frisson, elle demanda :

— On est où là, exactement ? Et puis… vous êtes qui ?

Au lieu de lui répondre, la vieille la fixa de ses yeux clairs tout en triturant ses nombreuses boucles d'oreilles.

— T'es une Mountabila, toi, pas vrai ?

— Hein ? Comment… ?

— Ha ! se mit-elle à sourire. J'ai vu juste, n'est-ce pas ? Impossible de vous rater, vous autres. Vous avez quelque chose de particulier. Un truc brillant en vous, comme de l'or sombre.

— Vous connaissez donc ma famille ?

— Et pas qu'un peu ! Mais ça remonte… On parlera de tout ça plus tard, va ! Pour répondre à ta première question : ici, c'est un repaire de démonistes. Y'a un peu de tout là-dedans, mais ne nous le cachons pas : tout ce qui se fait de plus malsain dans le secteur y ramène sa frimousse, tôt ou tard. Moi, j'ai du bol : ils me prennent pour une vieille folle, alors ils me laissent aller et venir un peu comme je le veux. C'est pratique, j'en profite pour leur piquer des potions, des artefacts… Par contre, si j'avais un demi-siècle de moins, ce serait plus chaud pour mes fesses, comme tu l'imagines aisément !

— Hum… Ça veut donc dire que mes fesses à moi ne sont pas en sécurité, c'est ça ?

— Ça dépend. Tu es encore vierge, ou bien… ?

— Plus vraiment, non.

— Je m'en doutais, opina la vieille. Sinon Galzéoc'h t'aurait quand même fait les yeux doux. Ah, je ne sais pas ce qu'ils ont tous, avec les vierges ! Comme si ça changeait vraiment quelque chose. Enfin bref… Je m'appelle Kali.

— Comme la déesse hindoue ? demanda Kétinée.

— J'aimerais partager avec elle une fraction de son pouvoir, s'excusa-t-elle presque. Malheureusement, je ne suis qu'une sorcière qui a pris de l'âge… Tout à l'heure, j'ai bien senti que tu voulais entrer, que tu luttais contre le sortilège qui protège ce lieu, alors je t'ai aidée.

— Vous l'avez deviné dès la première fois, quand vous m'avez parlé au bord de la falaise ?

Kali considéra la mambo avec des yeux ronds.

— La première fois ? Quelle première fois ? Non, je t'ai juste aperçue aux abords du bois. Et je t'ai pris la main.

Kétinée insista, lui narra en détail leur étrange rencontre. Kali ne voyait pas du tout de quoi elle voulait parler.

— Laissons cela, veux-tu ? Et revenons à ton arrivée dans les bois. Sans mon intervention, les gens d'ici t'auraient envoyé un chien de garde, tu sais. Et j'en connais bien trois ou quatre qui ne sont guère commodes.

— Eh bien ça, je m'en doute… Donc, cet endroit, c'est un monde sorcier réservé aux démonistes ?

Chapitre X

— Plutôt un endroit où se sont déroulés des événements importants, jadis. Je te montrerai, si tu veux… En gaélique, le nom du lieu est quasiment imprononçable. Mais les Anglais l'appellent *Horn Knot*.

— Le fameux « nœud à cornes » contre lequel le vieux marin m'avait mise en garde, se souvint Kétinée.

La vieille dame prit une posture coquette. Elle posa son menton dans la paume de sa main gauche.

— Alors dis-moi : pourquoi une chouette fille comme toi vient risquer sa peau dans le secteur ?

— Je recherche quelqu'un… Vraiment grand, musculeux. La peau brune. La trentaine. Je vous en ai déjà parlé, en fait…

Les yeux de l'ancêtre s'illuminèrent.

— Hummm, il a l'air appétissant, à ce que tu m'en dis. C'est ton petit ami ?

— Euh…

— L'homme que tu me décris ne m'est pas inconnu. Il ne s'appellerait pas… Charlemagne ou un truc comme ça ?

— Napoléon ! réagit Kétinée, pleine d'espoir. Napoléon Boussangué.

Kali esquissa un large geste.

— Napoléon. Charlemagne… Presque pareil. Bon, je pense savoir de qui tu parles. Et je vois même où le chercher… Espérons juste qu'entretemps ton ami n'aura pas rencontré Galzéoc'h ou d'autres créatures d'un peu trop près.

En esprit, Kétinée revit la dérangeante scène à l'orée du bois. Mais cette fois elle imagina que c'était son ami Napoléon, sur l'autel…

— Comment peut-on le retrouver ? insista-t-elle. Le secteur est très vaste ?

— Disons qu'il y a différents endroits, certaines salles souterraines. Plusieurs sectes s'y côtoient, s'y confrontent. L'endroit attire les convoitises.

— Pourquoi donc ? Qu'est-ce qu'il a de si spécial, ce lieu ?

— Comme tu l'as constaté, celui-ci fait naître des impressions particulièrement tourmentées. Chaque démon veut profiter des énergies résiduelles ici présentes, se les approprier… Écoute… Tu comprendras bien mieux quand je t'aurai montré !

Telle une adolescente, Kali se releva d'un bond et quitta leur cachette en trottinant, suivie par Kétinée.

Au détour d'un bosquet, la mambo découvrit une autre ruine. Entre quelques piliers incomplets, usés, couverts de mousse, une ouverture rectangulaire donnait accès à un escalier qui descendait dans les profondeurs de la terre. Plusieurs galeries s'y croisaient, fréquentées par des démonistes. Suivant les indications de Kali, Kétinée stoppa sa course, laissa passer au loin des personnes en toge, rebroussa chemin ou se hâta le long de couloirs lugubres. Parfois montaient des chants gutturaux, des cris ou des gémissements. Autant d'ambiances pesantes, desquelles la mambo n'avait pas envie de s'approcher. Pourtant, elle devait trouver Napoléon. Et si celui-ci se trouvait en danger, pris dans un rituel ou dans une geôle, entre la vie et la mort ? Elle eût voulu se concentrer, repérer sa présence comme elle savait parfois le faire. Cependant tout ici brouillait ses sens et secouait son cœur.

Elle déboucha bientôt sur un passage à plusieurs niveaux où filtrait un peu de lumière. Le long d'une corniche, elle assista à une seconde scène qui la mit mal à l'aise. Celle-ci se jouait en contrebas, au sein d'une longue cavité emplie de gens qui s'agitaient dans la pénombre. Leurs gestes, leurs prières, leurs râles se mêlaient dans une concorde à la fois festive et brutale de corps nus, de cornes et de sang. De ces présences assemblées, unies dans l'infâme, montait une aura corruptrice et envoûtante, quasi tangible, qui malgré la distance vous atteignait et vous frôlait presque la peau.

« Un sabbat », songea Kétinée. Et elle s'empressa d'oublier ce qu'elle y avait aperçu ou, pire, les zones d'ombre qu'elle n'avait pu qu'imaginer.

Elle sortit de ce passage à la fois captivée et révoltée. Devant elle, Kali galopait toujours.

— Stop, deux minutes, murmura la mambo en la retenant par l'épaule. Où m'emmenez-vous ? Je ne suis pas venue ici pour visiter ce lieu abject. Je veux juste trouver mon ami.

— Plus qu'une salle à traverser, et nous y sommes, lui promit sa guide.

— S'il s'agit du type de salle qu'on a passée tout à l'heure, la réponse est non !

— Pas la même ambiance, lui assura Kali. Ici, on arrive à un endroit gardé par les morts.

— Pardon ?

— Est-ce si étonnant ? L'Éros et le Thanatos sont intimement liés dans ces lieux, souffla Kali.

Dans les yeux de la vieille dame dansait une lueur jeune et farouche. Elle paraissait beaucoup s'amuser. Ce qui n'était guère le cas de la mambo.

— Si la compréhension de ce lieu ne me permet pas de libérer Napoléon, je ne vois pas l'intérêt de continuer, protesta-t-elle. Je préfère faire demi-tour et…

— Mais la compréhension n'est-elle pas la clé de tout ? Le savoir, une source d'évolution ? Vous, les Mountabila, avez toujours accordé une grande importance à cela. Toutes et tous, vous êtes des aventuriers. Mais surtout des êtres d'esprit, avides de connaissance.

Décontenancée par cette analyse soudaine, Kétinée demanda :

— Depuis combien de temps connaissez-vous ma famille ?

Le visage parcheminé de Kali se fendit d'un rire.

— Nous étions aussi jeunes que toi. Babadji, Monsieur Tan, Acacia… Kilma n'avait même pas de poil au menton, au début, on ne l'a pas emmené partout. Ah, c'est bien loin, tout ça !

— Acacia ? C'est qui celle-là ?

— Une amie qui, malheureusement, a le visage brûlé. Ça fait une éternité que je ne l'ai pas croisée, tiens !

Kétinée fronça les sourcils et réfléchit.

— Comment se fait-il que je sois tombée sur vous, ici ? Cela ne peut être un hasard…

Au lieu de lui répondre, Kali, fidèle à son habitude, s'intéressa à autre chose.

— Oh, écoute ! Ce vent, ces plaintes… Je pense qu'ils arrivent.

Kétinée prit conscience en effet d'un souffle diffus, glacé, qui courait depuis quelque temps sur ses épaules. Seconde après seconde, cette brise gagnait en ampleur. Le souffle froid, en résonnant dans chaque anfractuosité, devint semblable à un cri funèbre et mélancolique.

Les deux femmes s'étaient arrêtées au milieu d'un boyau qui se perdait dans la pénombre. Des arabesques évanescentes se formèrent à leurs pieds, parodies de corps distendus. Ces figures se dressèrent en silhouettes sinueuses. Elles discernèrent une tête, une bouche, des bras. Aux proportions fluctuantes, aux reflets changeants. Sous un certain angle apparaissaient leur peau, leur chair décomposée, ou bien leurs ossements.

Chapitre X

— Des spectres, résuma Kétinée, poings serrés.

Elle en avait déjà croisé. Pourtant aujourd'hui, face à ces manifestations, elle se sentait démunie. Car ses précieux lwas, aux abords du domaine, lui avaient dramatiquement tourné le dos.

— Ce sont les gardiens qu'il nous faut passer, précisa Kali. Ne les laisse pas t'approcher car ils sont imprégnés de magie noire. Et si leurs corps sont intangibles, leurs pouvoirs sont réels. Je les ai déjà vus griller le cerveau d'un certain nombre de visiteurs… Reste calme, surtout. Si tu paniques, ils gagneront en agressivité.

— Je ne paniquerai pas, signifia la mambo avec fierté.

— Alors, tant mieux, sourit Kali. Pour les éloigner, un peu de lumière suffit. Il y a ce qu'il faut, par ici.

Elle dégotta une lanterne entreposée dans un coin, craqua une allumette. Ainsi équipées, les deux femmes avancèrent parmi les spectres. Ils étaient cinq ou six désormais. Qui tous paraissaient les suivre à distance. Sur leur faciès tordu, plusieurs lambeaux de chair pendaient, putrides.

— Il est loin, l'Éros, là, commenta Kétinée avec une moue dégoûtée. Ces manifestations ont un lien avec les démonistes ?

— Ils viennent d'une lointaine époque, indiqua Kali. Et personne ici n'aime s'approcher d'eux.

Kétinée regrettait sa brouille avec les entités vaudoues. Dans de pareilles circonstances, l'aide du Baron Samedi eût été bienvenue ! D'après ce qu'elle percevait, ces créatures particulières tenaient autant du mort-vivant que du fantôme.

— On les nomme Okrys, poursuivit Kali. Ils ne sont plus vraiment ici et, pourtant, comme tu le constates, ils s'éternisent dans ces sous-sols.

— Je suis ravie de l'apprendre… Est-ce vraiment nécessaire de s'aventurer par ici ?

Kétinée s'en voulait de laisser quelqu'un d'autre, qu'elle connaissait à peine, guider ses pas. Réfléchie de nature, elle mit cette imprudence sur le compte des ondes contagieuses et nocives qui la cernaient.

— On devrait faire demi-tour, jugea-t-elle.

— Ce serait bien dommage : nous sommes arrivées.

D'un index tordu, la sorcière indiqua une source lumineuse diffuse. Autour d'elles, le nombre de créatures avait doublé. Une douzaine d'entre elles progressaient dans leur sillage en chuintant.

La galerie fit un coude et s'ouvrit sur l'extérieur. Soulagée de quitter les profondeurs de ces grottes lugubres, Kétinée déchanta. Elle n'avait pas rallié les bois, mais évoluait au fond d'une immense fosse circulaire, à ciel ouvert, au sol et aux parois de roche où ne poussaient que des arbustes frêles et des plantes difformes. Dans la forêt plantée des dizaines de mètres plus haut existait une trouée qui laissait passer la lumière du ciel. Laquelle se posait vers le fond de la fosse, où trônait une empreinte incrustée.

— Les Okrys continuent à nous suivre ! pesta Kétinée. Je pensais qu'ils resteraient dans les cavernes.

Elle en comptait une bonne trentaine, désormais. Venus d'un peu partout, ils demeuraient à la lisière de la pénombre, en fixant toujours les exploratrices.

— C'est normal s'ils pullulent par ici, indiqua Kali. Car nous nous trouvons à l'endroit où ils étaient les plus puissants, jadis.

Elle indiqua l'empreinte laissée dans la pierre. Kétinée y distingua la paume, les longs doigts d'une main féminine.

Chapitre X

— Il y a quatre cents ans se sont joués ici des événements qui ont profondément changé le monde, poursuivit Kali. Une invasion surnaturelle dont les détails ont été engloutis dans les profondeurs de l'Histoire…

Kétinée secoua la tête.

— Je ne comprends pas où vous voulez en venir, Kali. Je vous ai demandé de me mener à mon ami Napoléon. Pas jusqu'à ce vestige.

— C'est que ton ami est venu jusqu'ici, lui révéla sa vieille guide. Il m'a posé tout un tas de questions sur celle qui a laissé son empreinte dans la roche. Celle qui à une autre époque se faisait appeler Ludmilla.

Kétinée réfléchit.

— Pourrait-il s'agir… de Lucienne Arquenotte ? Napoléon enquêtait sur elle, en effet.

— Oh oui. Oui, c'est bien elle, opina la vieille Kali. Une sorcière très puissante… Comme tu le vois, les énergies sombres qu'elle déchaîna jadis ont de telles répercussions que, bien des siècles plus tard, certains parasites s'en nourrissent encore : démons, cultistes ou autres…

Dans le ciel du pays de Galles, à cet instant, un nuage voila le soleil. Au sol les ombres s'étendirent. Les Okrys assemblés glissèrent aussitôt en direction de Kétinée et de Kali. Seule la lanterne les empêchait d'avancer davantage.

— Ouste, vous tous ! les interpella Kali avec de grands gestes. Laissez-nous causer entre filles !

Kétinée, maintenant qu'elle était arrivée là, voulut en effet en savoir davantage.

— Que s'est-il passé, ici ?

— On raconte que ce jour-là, Ludmilla – ou Lucienne – invoqua de telles forces ténébreuses que le monde entier faillit basculer dans une nuit sans fin. Longtemps, j'ai voulu savoir, moi aussi… Mais plus on s'approche de ce lieu, plus il menace de vous ronger l'âme.

De l'index, elle caressa l'empreinte de main, si nette dans la roche que l'on pouvait observer les lignes de vie, de cœur, de tête et de destin. Kétinée eût voulu que son amie Louise Balsia soit présente à ses côtés, elle qui se piquait de chiromancie.

— Lucienne Arquenotte est donc vieille de quatre siècles au moins, résuma Kétinée. Davantage sans doute.

Le nuage qui avait obscurci le ciel était passé. Comme la lumière s'étendait de nouveau dans la fosse, les Okrys reculèrent, telles des vagues que rappelle l'océan.

— Bien davantage, répéta Kali. D'après moi, Ludmilla foulait déjà cette Terre il y a près de mille ans…

— Vous aussi, vous vous êtes intéressée à son passé ? Vous l'avez déjà rencontrée ?

La vieille dame pencha la tête de côté, dans un demi-sourire.

— Ludmilla est ma mère, murmura-t-elle. Alors, oui, en effet… je la connais un peu.

Le soleil s'était mis à briller plus fort. Pour la première fois, Kétinée remarqua des ossements humains dans un coin sombre de la fosse. Elle fut prise d'un doute affreux.

— Où est Napoléon ? demanda-t-elle encore. Qu'est-ce que vous en avez fait ?

— Lui aussi posait des tas de questions sur ma mère, se souvint Kali. Il était très curieux. Parfois, pourtant, je…

À cet instant, à trois mille mètres du sol, un cumulonimbus particulièrement dense vint occulter l'astre solaire.

Kali leva le nez. Le phénomène la troubla. Elle battit des paupières, son regard se vida. Sa main s'ouvrit : elle fit tomber sa lanterne, qui se brisa.

Chapitre X

Inéluctablement, les Okrys se massèrent. En quelques secondes, ils avalèrent la distance qui les séparait des deux femmes.

— Ah, c'est pas vrai ! pesta Kétinée. Je m'en doutais !

Elle voulut attraper le bras de Kali. Dans la lueur bleutée dispensée par les spectres, la vieille dame leva le menton puis la fixa soudain d'un regard sauvage.

— Lâchez-moi ! fit-elle dans une grimace.

Puis, avec une puissance insoupçonnée, la sorcière asséna un coup de pied à la mambo, qui roula au loin.

En un mouvement frénétique, la horde des Okrys affamés d'énergie vitale se jeta sur son jeune corps.

— Nooooon ! hurla Kétinée, qui vit les immondes créatures fondre sur elle.

À leur approche, elle sentit immédiatement sa tête bourdonner. Elle eut juste le temps de se relever, de reculer.

Kali s'éloigna de l'empreinte de main laissée dans la roche. Telle une démente, la vieillarde sautillait entre les Okrys en poussant de brefs petits cris épouvantés.

— Ne m'approchez pas, ouste ! Restez au loin !

La foule des visages spectraux et décomposés remplit l'espace, empêcha Kétinée de bouger, de penser.

La douleur au niveau de son crâne était insoutenable.

Allait-elle finir comme les cadavres aperçus près de l'empreinte ? Était-ce le sort qu'avait subi Napoléon, entraîné lui aussi dans ce piège mortel par Kali ?

…

Soudain, la mambo remarqua plusieurs traînées blanchâtres qui s'insinuaient entre les Okrys. En une poignée de secondes, ces traces évanescentes se rejoignirent et s'organisèrent en deux entités qui firent reculer les monstres. Kétinée contempla deux corps fantomatiques, tout aussi immatériels que ses ennemis, mais d'une teinte différente.

L'un était trapu, l'air débrouillard, barbu, borgne et vêtu de hardes. L'autre possédait un habit asiatique vaporeux, somptueux, de longs cheveux coiffés d'un chapeau majestueux frappé d'idéogrammes chinois.

— Qui... ?

Kétinée n'eut guère le temps de s'interroger davantage sur ces étonnantes apparitions. Elles s'activèrent soudain.

Le fantôme pauvrement vêtu maintint les Okrys à distance en effectuant de grands gestes. Dans ses mains dansaient des volutes qui les éloignèrent.

— Haro, faquins, prononça-t-il. Reculez donc, que diantre ! Laissez la damoiselle en paix.

Dos à lui, l'espèce de dignitaire chinois prononça lui aussi des paroles dans une langue chantante. Ses passes magiques eurent le même effet : elles forcèrent les Okrys à battre en retraite.

Le spectre borgne se tourna alors vers la mambo.

— Traverser notre corps ne saurait vous porter préjudice. Ne tardez donc point et partez d'ici, je vous en conjure !

Kétinée ne se le fit pas dire deux fois. Elle s'engouffra dans l'étroit passage aménagé par ces deux aides spectrales inattendues. Ce faisant, elle traversa effectivement leurs corps. Il en résulta un flot de pensées incohérentes qu'elle se contenta de remiser dans un recoin de son esprit. Puis elle courut, droit devant elle. La vieille Kali la héla et lui emboîta le pas.

— Attendez-moi... Désolée de vous avoir frappée, tout à l'heure... S'il vous plaît, ne me laissez pas seule avec ces horreurs !

— Du moment que vous ne me balancez pas de nouveau parmi eux, lui lança Kétinée en se précipitant dans un couloir moins peuplé que la grande fosse. Non mais, qu'est-ce qui vous a pris ?

— Mais j'en sais rien, moi ! se défendit l'ancêtre. Vous étiez là, à me secouer comme un vieux prunier ! Et puis d'abord, qui êtes-vous ? Pourquoi on est sous terre ?

Elle avait l'air sincère. Sincère et carrément perdue. Kétinée comprit qu'elle ne se souvenait de rien. Ni de Kétinée, ni des pièges traversés, ni même de la nature de ce lieu.

— Vous vous rappelez au moins votre identité, cette fois ?

— Euh… Attendez, ça va me revenir, réfléchit-elle. Attendez, je l'ai sur le bout de la langue…

D'autres Okrys voulurent barrer le passage aux deux sorcières. Heureusement, les spectres reparurent et les tinrent à distance.

Enfin, Kétinée sortit de cette partie hantée des cavernes.

Droit devant elle l'attendait Napoléon Boussangué, vêtu d'une longue toge sombre, portant une besace ainsi qu'une lanterne. Grand, athlétique et souriant, le sorcier dogon trentenaire présentait un crâne rasé. Et paraissait tout aussi sympathique que physiquement impressionnant. La main tendue, il commandait aux spectres.

— Je vois que Gibus et Fu-Hsi ont rempli leur office, s'enthousiasma-t-il. J'ai senti ta présence. C'est moi qui les ai envoyés… Quelle idée de s'aventurer dans cette partie hantée par les Okrys, franchement !

Ravie de le retrouver vivant, Kétinée répéta :

— Tu n'es pas mort ! Tu n'es pas mort ! J'ai vu des ossements. J'ai cru…

— C'est gentil de t'être inquiétée pour moi, sourit son ami. Par contre, il ne faut pas traîner ici : ce secteur est maudit… Mais je vois que tu as rencontré Kali ?

— Kali ? C'est qui ça, Kali ? interrogea l'intéressée en cherchant quelqu'un d'autre du regard.

— Et qu'elle a encore perdu la boule, comprit le sorcier africain.

— Laisse-moi deviner, rebondit Kétinée, ça lui arrive tout le temps ?

Napoléon hocha la tête.

— Tout le monde la connaît, dans le secteur. Si je suis à Horn Knot, c'est à cause d'elle. Bref, je te raconterai tout ça. Mais pas ici. Si les excentricités de Kali sont tolérées, ces couloirs nous sont interdits. La dernière personne surprise ici par un chef de secte a fini écorchée. Alors viens !

— Oh hé, hé, me laissez pas seule ! suppliait la vieille Kali qui sautillait à leur suite.

Tandis qu'ils empruntaient une galerie annexe où ne s'aventuraient pas les Okrys, Kétinée jeta un coup d'œil par-dessus son épaule. Les deux fantômes venus à son secours les suivaient en glissant. Si le plus riche des deux, mains dans les manches, conservait un air digne, celui qui n'était vêtu que de nippes tritura sa fine moustache et la gratifia d'un clin d'œil.

— Ravi de t'avoir prêté main-forte, la belle.

« Je rêve ou bien ce spectre cherche à me séduire ? » songea la mambo, mi-étonnée, mi-amusée.

Au fur et à mesure que le trio s'éloignait de la fosse, les contours des deux fantômes devenaient de plus en plus insaisissables. Puis leurs voix se perdirent dans les bruits de pas et les courants d'air.

— On est presque tirés d'affaire, murmura Napoléon en indiquant l'autre bout de la galerie. Si personne n'arrive…

Malheureusement, des ombres en mouvement trahirent la venue d'un groupe de sorciers en toge. Parmi eux, on discernait une tête de bouc. Napoléon jura entre ses dents et désigna un passage en pente, dont l'entrée était ornée d'une étrange peinture abstraite faite de volutes entremêlées. Kétinée eut la nette impression que ces peintures bougeaient, se réorganisaient.

— Par ici, insista Napoléon. Vite !

XI

Dans la roseraie dévastée, monsieur de Féronnelle se trouvait agité de soubresauts incontrôlés. Il éructait des cris furieux, tandis que s'échappaient de son corps des traînées d'énergie noire qui lacérèrent des parterres, trouèrent des grilles ou firent exploser des pots.

Luttant davantage contre lui-même que contre les intrus qui avaient envahi son domaine, il courba le corps, rejeta soudain la tête en arrière, sembla vouloir contenir une rage dont il n'était pas maître. Sa famille et ses domestiques ne s'y trompèrent pas : ayant déjà assisté à ce genre de crises, ils s'en tinrent éloignés.

Serge s'était précipité vers Zaphaïm : lors du dernier assaut, elle s'était tout de même écrasée contre un pilier, qui s'était brisé en divers fragments. Le jeune homme remarqua un détail sur lequel il ne s'attarda pas : le sang qui émanait des nombreuses blessures de la guerrière était plus sombre que le sien.

— Je vais… Je vais bien, voulut le rassurer Zaphaïm en se relevant.

Pourtant, la maladresse dont elle faisait preuve et surtout la vilaine tache qui s'étendait sur son flanc droit démentaient l'attitude résolue qu'elle tentait d'arborer.

— Des clous si tu vas bien ! intervint Yuri avec son franc-parler habituel. D'ailleurs, si tu veux mon avis, aucun de nous ne tiendra très longtemps face à ce monstre !

Sa panthère blanche, blessée elle aussi, léchait sa patte avant-droite endolorie. En face d'elle parut monsieur de Féronnelle. Plus effrayant que jamais.

Dépassée par les événements, l'escouade assista à la métamorphose du propriétaire : le corps de monsieur de Féronnelle, devenu difforme, afficha bientôt des proportions monstrueuses. Son visage se déforma. Ses jambes s'épaissirent. L'un de ses bras devint trois fois plus musculeux et plus massif que l'autre.

— VOUS AVEZ TOUCHÉ À MES ROOOSES ! écumait-il.

Ce hurlement résonna si fort que chaque arbre dans un rayon d'un kilomètre se mit à trembler.

La vibration se ressentit jusque dans le monde sorcier. Ernest Villempré, étonné par la véhémence de la secousse, quitta un instant le regard condescendant de Lucienne Arquenotte pour découvrir que les murs et le plafond étaient à deux doigts de s'effondrer sur lui.

— À ce que j'entends, ce cher Gürwald n'a pas su garder son calme, analysa Lucienne. Lui qui abhorre tant la violence…

Elle porta son fume-cigarette aux lèvres.

Ernest réfléchit. À part ce que Kétinée lui en avait raconté, il ne savait rien de cette sorcière ou presque. Cependant il se doutait qu'en combat singulier il ne possédait aucune chance contre elle. Pour gagner du temps, il lui dit :

— Je ne m'attendais pas à vous trouver ici… Ni à vous revoir si vite, d'ailleurs.

— Je vous retourne le compliment, jeune homme. Vous êtes plein de surprises.

Elle le scruta des pieds à la tête, paraissant s'amuser de ce face-à-face au milieu des murs qui tremblaient, des blocs de pierre qui chutaient à quelques centimètres d'eux parfois.

— On se croise toujours quand tout s'effondre. Sale habitude, plaisanta Ernest. Puis-je savoir… ce que vous faites dans ce monde sorcier ? Votre concierge aux cheveux verts vous a prévenue, peut-être ?

En même temps qu'il lui parlait, le magicien tira Noidkoko de sa poche, fit mine de le caresser. En réalité, il lui glissa des instructions au creux de l'oreille.

— Je ne vois pas de quel concierge vous parlez, lui affirma Lucienne en prélevant une nouvelle bouffée de tabac. Quand j'ai senti votre présence, je suis venue à votre rencontre, voilà tout. La dernière fois, nous nous sommes vus si brièvement…

— C'est trop d'honneur, et j'ai un peu de mal à vous croire, riposta Ernest en faisant glisser Noidkoko sur son épaule tout en continuant à le caresser. Parce qu'on n'est pas du même monde, vous et moi…

— Je réside en ces terres la plupart du temps, révéla-t-elle. Et rencontrer quelques invités de votre espèce est toujours intéressant.

— Ne me dites pas que ce domaine vous appartient…

— Oh, c'est tout comme, sourit Lucienne. Gürwald ne me refuse jamais rien.

— Monsieur de Féronnelle serait donc votre amant, avança Ernest. Vous n'étiez pas avec un roi gitan, récemment ? Et puis… n'auriez-vous pas un lien avec mon amie vampire Louise Balsia ? Elle vous ressemble, vous savez…

Il cherchait à la provoquer, à faire durer la conversation. Tout en prenant garde à ne pas se prendre un trop gros bloc de pierre sur le crâne.

— Je ne pense pas que tout cela vous regarde, lui répondit Lucienne. Par contre… vous croyez vraiment me berner avec un tour aussi rudimentaire ?

Ernest fit mine de ne pas comprendre.

— Le singe sur votre épaule. Il s'agit d'une illusion, avança la fumeuse. Vous avez fait glisser le véritable spécimen dans votre dos, tout à l'heure, tandis que vous génériez ce mirage. Malheureusement, votre petit compagnon velu ne sera ni assez robuste ni assez bon magicien pour subtiliser le coffret situé dans l'alcôve derrière vous.

À quelques mètres des deux sorciers en effet, le ouistiti pygmée, qui s'était glissé dans la pièce entrouverte, ne parvenait ni à déloger ni même à soulever l'objet que son maître lui avait demandé de dérober pour lui.

— Je… Hum… Je ne vois pas du tout de quoi vous parlez, mentit très mal Ernest en persistant à caresser l'illusion, qui commençait à perdre en précision et en volume.

— J'ai ma petite idée sur la personne qui vous a envoyé ici, annonça Lucienne. Oui, ce sont clairement ses méthodes… Ce que j'ignore, en revanche, c'est le *pourquoi*… Qu'est-ce qu'il peut bien chercher à accomplir encore, celui-là ?

Avec beaucoup plus de franchise qu'auparavant, Ernest répondit :

— Alors ça… Si j'en avais la moindre idée…

Chapitre XI

— Savez-vous au moins où vous vous trouvez ? Et ce que vous êtes venu voler aujourd'hui ? lui demanda Lucienne.

— Eh bien… Je suppose que vous n'allez pas pousser l'amabilité jusqu'à me le révéler ?

Contre toute attente, ce fut ce que son interlocutrice fit :

— Ce monde de poche est une prolongation de la psyché de Gürwald. Il y enferme ses peurs, ses doutes, ses errances. Tout ce dont il cherche à se débarrasser. D'où les tremblements que vous ressentez, et qui sont des échos directs à ses émotions déplaisantes.

Ernest ne cherchait même plus à donner le change quant au faux singe qui n'était plus qu'un amalgame de lumière informe. En revanche, il avança cette idée :

— Et le coffret est ce qu'il veut cacher par-dessus tout.

— Sans pouvoir jamais l'éliminer définitivement, termina Lucienne, en fumant de nouveau.

Une convulsion fit onduler les parois une fois de plus. Ernest effectua un bond de côté. À l'endroit où il se trouvait une demi-seconde auparavant, un pan entier de plafond dégringola, à quelques centimètres du corps de Lise. Au lieu de pierre et de ciment on vit apparaître un œil gigantesque. Rouge, furieux, injecté de sang.

— Savez-vous que vous possédez une double noirceur, Monsieur Villempré ? interrogea la sorcière, comme si l'irruption de cet iris démesuré était un phénomène tout à fait anodin.

— Euh… non. Pas vraiment. Mais… vous m'excuserez, ça devient un peu dur de se concentrer…

Autour de lui, tout s'était mis en mouvement. Les ronces qui s'animaient. Les blocs qui se détachaient des murs, du plafond. Le sol qui s'entrouvrait. L'œil gigantesque qui le scrutait. Le rouquin enchaîna quelques cabrioles pour ne pas finir blessé ou écrabouillé. Son interlocutrice, stoïque et superbe, n'avait en revanche pas bougé d'un centimètre.

D'un coin d'ombre pourtant s'éleva une rafale enflammée. Le phénomène suffit à faire s'écrouler la partie du plafond qui depuis tout à l'heure s'obstinait à ne pas tomber sur Lucienne. Surprise, la sorcière disparut dans un nuage de poussière et de débris.

— Ça devrait la calmer un peu ! résonna la voix de Lise, qui avait repris connaissance.

Sans même la remercier pour cette intervention inespérée, Ernest Villempré décolla vers l'endroit où était entreposé ce qu'ils étaient venus subtiliser. Il arracha la porte malmenée de ses gonds, se saisit de son singe épuisé, s'empara du coffret qui lui opposa une certaine résistance.

Alors, il dégaina l'un de ses couteaux et entreprit de taillader la drôle de membrane visqueuse qui cernait l'artefact. Celle-ci produisit un liquide sombre et épais : une sorte de sang. Un cri de douleur atroce emplit la salle minuscule. Ernest n'en tint pas compte. Il saisit le coffret.

— Génial, on n'a plus qu'à filer, indiqua Lise en désignant l'endroit d'où ils étaient arrivés. Comme il n'y a plus d'escaliers, tu vas devoir nous faire décoller !

Sur leur chemin, avant qu'ils ne s'envolent, était déjà réapparue Lucienne, à la robe à peine souillée. Cette fois, elle s'adressa à Lise :

— Si nous comptons notre altercation dans les catacombes, cela fait deux fois que vous portez la main sur moi, chère représentante des Corbeaux… Savez-vous que j'en ai écharpé pour moins que ça ?

Au-dessus d'eux s'agitait toujours l'œil colossal, rouge de fureur. Un grognement bestial emplit ce qui restait de la pièce. Le plafond avait peu à peu cédé la place à un paysage surréaliste constitué d'énormes mâchoires qui s'agitaient partout et qui paraissaient prêtes à gober les deux visiteurs.

Dans un tel environnement, avec une adversaire de la trempe de Lucienne sur son chemin, Ernest sentit ses chances de succès se réduire comme peau de chagrin.

L'élégante sorcière paraissait scruter quelque chose situé au-delà du prestidigitateur, et qui lui échappait. Lui secoua la tête.

— Vous n'allez jamais nous laisser partir avec ce coffret, n'est-ce pas ?

Au-dehors du monde souterrain, au milieu d'un autre chaos qui peu de temps auparavant ressemblait encore à un jardin entretenu, la solide Zaphaïm récupérait d'une énième blessure profonde qui eût terrassé n'importe quel autre guerrier moins vigoureux. Sa clavicule droite s'était brisée, elle l'avait senti. Son épaule gauche venait de se démettre. Et elle n'était plus certaine que toutes ses côtes soient encore intactes.

La créature difforme aussi large que haute qu'était devenu monsieur de Féronnelle avait non seulement terrassé le jeune Serge, mais aussi la panthère. Ils tenaient ces deux êtres assommés, l'un par la jambe et l'autre par la patte, dans sa main gauche. Yuri l'albinos avait beau s'agiter, il ne parvenait à les libérer.

— Lâche-les ! Lâche-les ! criait-il.

À plusieurs reprises, il provoqua une explosion en direction du visage boursouflé de son adversaire – qui ne s'en souciait guère. Monsieur de Féronnelle voulut d'abord se débarrasser de ses deux ennemis inconscients. D'un mouvement d'épaules, il les balança si haut et si loin que le félin et le jeune homme blond effectuèrent un vol plané au-dessus des arbres avant de disparaître pour de bon.

— Miss Meuh-Meuh, non ! hurla l'albinos qui cette fois sortit un poignard et se jeta sur le monstre.

Pour la quinzième fois peut-être, Zaphaïm reparut face à monsieur de Féronnelle, l'épée en main. Beaucoup moins bavard qu'à son habitude, celui-ci grommelait, éructait ou grognait. Il saisit l'albinos par le bras et chercha à neutraliser les deux adversaires restants d'un seul coup.

— Non non non ! paniqua Yuri, qui devina quel rôle il allait bientôt endosser.

Se servant de l'albinos comme d'une massue, monsieur de Féronnelle faucha Zaphaïm.

De nouveaux os furent brisés.

Aucun des deux agents ne se releva.

Satisfait, monsieur de Féronnelle lâcha sa massue humaine parmi les ronces. Il piétina celle qui l'avait tant défié, puis se rendit vers l'entrée du caveau profané. Malgré sa perte d'élocution et la vive colère qui brouillait ses facultés cognitives, le colosse n'avait pas oublié que deux autres intrus avaient osé pénétrer dans son monde magique. Ceux-là, il allait les pulvériser !

Lorsqu'il traversa le passage en sens inverse, Lise à ses côtés, Ernest Villempré aperçut un mastodonte nu comme un ver, couvert de blessures, de brûlures et surtout furieux. En ce Quasimodo musculeux, inintelligible et revanchard, il eut bien du mal à reconnaître l'élégant gentilhomme qui les avait assaillis tantôt.

Un rapide coup d'œil suffit à Ernest pour repérer les corps inconscients de Yuri et de Zaphaïm. Étaient-ils vivants ou morts ? Quant à Serge et à la panthère, ils avaient disparu.

— Oh là là là, je le sens mal, là, frémit Ernest, un coffret en chêne calé sous le bras.

Le singe Noidkoko, qui avait à peine eu le temps de risquer un œil en dehors de la poche d'Ernest, y replongea aussitôt.

De sa main libre, le prestidigitateur lança des couteaux. Ceux-ci se plantèrent ou rebondirent au niveau du torse de monsieur de Féronnelle, tout aussi efficaces que des piqûres d'insecte. Avec ses flammes, Lise n'eut guère plus de succès.

— Face à ce rouleau compresseur, il n'y a plus qu'une solution : fuir ! s'exclama la jeune sorcière.

Les deux agents du Prince encore conscients prirent donc leurs jambes à leur cou et se lancèrent droit devant eux en direction des arbres, ignorant un peu vite les vagues noires que générait leur adversaire.

Atteint par cette énergie dans le dos, Ernest Villempré chancela, tomba. Le précieux coffret dérobé roula dans la boue. Sonné, Ernest mit une bonne dizaine de secondes à le localiser. Ce laps de temps suffit à monsieur de Féronnelle pour le récupérer. Il le fit disparaître dans sa main démesurée. Puis, d'un lent mouvement de nuque, il se tourna vers le voleur et parvint à prononcer, entre ses mâchoires crispées :

— Vous… avez voulu voler… MON COFFRET !

Son regard haineux, injecté de sang, rappela à Ernest l'œil immense qu'il avait aperçu dans le monde sorcier. Il le vit bondir, préparer son poing gauche, s'apprêter à le réduire en bouillie.

C'était sans compter sur Lise, qui s'interposa. Elle aurait pu décamper, mais protégea Ernest. Cette fois, elle ne déchaîna pas le feu. De ses lèvres s'échappèrent de douces paroles, prononcées dans une langue oubliée.

Décontenancé, la tête et les membres lourds, monsieur de Féronnelle posa un genou à terre. Le sortilège empesait ses sens.

— Je ne sais pas ce que tu lui fais, murmura Ernest, mais ça a l'air de marcher.

— Je trouve une alternative à la violence, répondit Lise entre deux paroles ensorcelées.

— GRUMFFF, grogna monsieur de Féronnelle en posant un second genou à terre.

La main dans laquelle se trouvait le coffret était quasiment ouverte.

Face à lui, Lise redoubla d'efforts – preuve qu'elle maîtrisait autant cet enchantement que les flammes implacables qui avaient neutralisé Lucienne. Les gestes de monsieur de Féronnelle se firent de plus en plus lents. Ses yeux jusqu'alors injectés de sang s'ensommeillèrent. Le coffret tomba de la main gigantesque. Lise effectua un geste discret pour s'en emparer.

Pourtant, elle ne put jamais l'attraper. À quelques pas de là, Zaphaïm s'était relevée.

La vue de l'increvable guerrière, qui l'avait tant agacé, fit naître un sursaut de conscience dans l'esprit du chevalier Rose-Croix. Aussitôt il referma le poing.

Lise insista, relança son sortilège.

L'enchantement était brisé : au lieu de l'écouter, le chevalier devenu difforme la saisit, emprisonna sa bouche de sa main libre, l'entraîna vers lui. Ernest vola à son secours. D'un coup de pied rageur, monsieur de Féronnelle le projeta au loin. Alors, avant que Zaphaïm ne l'attaque de nouveau, le colosse claqua la tête de Lise contre son genou puissant.

Chapitre XI

— Nooon ! protesta Ernest, le nez en sang.

— Le coffret ! Il ne doit pas être uni avec le coffret ! cria Zaphaïm.

Elle se jeta sur le colosse. Mais il était trop tard : monsieur de Féronnelle avait arraché le couvercle du coffret… et avalé son contenu.

Une énergie noire, d'une puissance phénoménale, se dégagea du corps du chevalier Rose-Croix.

Englobées dans cette déflagration, les silhouettes de Lise et de Zaphaïm, bien trop proches, firent les frais de cette réunion. Un cratère se forma, d'une dizaine de mètres d'envergure. En un éclair, la peau des deux femmes se désagrégea. Leurs muscles s'embrasèrent. Leurs organes fondirent.

Médusé, horrifié, trop secoué pour même crier, Ernest ne put qu'assister au massacre.

De ses alliées, il ne demeura bientôt plus que deux cadavres. Deux squelettes carbonisés, fumant et gisant aux pieds de monsieur de Féronnelle, lui-même au centre du cratère.

Le chevalier Rose-Croix avait retrouvé une silhouette plus svelte désormais. Un torse parfaitement sculpté. Un visage harmonieux. Mais un regard entièrement voilé de noir. Deux cornes étaient apparues sur son front.

Devenue bien trop rapide pour Ernest, la créature fusa dans sa direction. Le prit au collet. Le souleva de terre.

— ***Toi, tu vas payer***, lui signifia-t-il d'une voix caverneuse, celle d'un sorcier devenu démon.

Le regard d'Ernest se posa sur Lucienne Arquenotte.

Elle était sortie du monde magique elle aussi. Debout au seuil du mausolée, elle assistait à sa mise à mort sans réagir.

Ernest n'avait pas compris pourquoi elle l'avait laissé partir. Maintenant, il avait deviné. Car elle savait le genre de créature que deviendrait son amant, une fois réuni avec cette partie secrète de lui-même. Celle dont il s'était dissocié par sorcellerie. La part la plus sombre et la plus destructrice de son âme.

Lucienne devait avoir jugé leur groupe dangereux. Ou alors, elle cherchait tout simplement à s'amuser. Car un sourire s'était dessiné sur ses lèvres.

— Et maintenant, tout cela va devenir extrêmement intéressant, murmura-t-elle.

En plus de la pression sur son cou, Ernest sentit l'énergie noire de son ennemi s'insinuer en lui, comme prête à lui dévorer les entrailles.

— ***Voici le sort que je réserve aux voleurs***, résonna encore la voix gutturale de monsieur de Féronnelle.

Il resserra son étreinte. Empêcha le prestidigitateur de respirer. Comprima sa trachée. S'apprêta à lui briser la nuque.

Une nouvelle énergie, couleur émeraude, se manifesta.

Cette fois, tout était fini.

Le magicien ne pouvait plus rien faire, plus rien tenter.

Sauf…

Lorsqu'il traversa le passage en sens inverse, Lise à ses côtés, Ernest Villempré aperçut un mastodonte nu comme un ver, couvert de blessures, de brûlures et surtout furieux. En ce Quasimodo musculeux, inintelligible et revanchard, il eut bien du mal à reconnaître l'élégant gentilhomme qui les avait assaillis tantôt.

Un rapide coup d'œil suffit à Ernest pour repérer les corps inconscients de Yuri et de Zaphaïm. Et s'étonner du bon état de la présence de la guerrière… N'avait-elle pas été réduite à l'état de squelette ?

Chapitre XI

— Euh… Deux minutes, qu'est-ce qu'il se passe, là ? frémit-il, un coffret en chêne calé sous le bras.

Le singe Noidkoko, qui avait à peine eu le temps de risquer un œil en dehors de la poche d'Ernest, y replongea aussitôt.

Le magicien n'en revenait pas.

Il avait déjà vécu cette scène.

Que s'était-il passé ? Que se passait-il ?

Sans qu'il sache comment, il était revenu au pied du mausolée. Auparavant, il avait lancé plusieurs couteaux vers son adversaire. Ceux-ci n'avaient eu absolument aucun effet sur lui. Alors, il ne chercha plus à le retarder et s'envola, avec Lise.

Plutôt que de fuir à toutes jambes, il utilisa son pouvoir pour accélérer, en suspension dans les airs et en direction des arbres.

Son cerveau fonctionna à toute vitesse. Quelques instants plus tôt, il avait vu deux de ses alliés périr.

Comment était-il revenu en arrière ? Qui avait fait cela ?

Alors, il se souvint. Il revit sa rencontre dans les catacombes avec le Roi Clochard, Linda, Sacha et Isabelle.

Ces quatre déités l'avaient littéralement mis en pièces. Par miracle, il avait survécu. Tout cela, il le devait à une amulette, un cadeau du Prince. Un artefact qui, depuis, s'était brisé en deux et dont il ne portait pas les morceaux sur lui.

Sans le recours à cet objet magique, pourquoi une seconde chance lui était-elle offerte ici ?

Il se rappela qu'au moment de mourir, à l'instant où la version démoniaque et quasi invincible de monsieur de Féronnelle allait lui briser la nuque, une étrange aura, de couleur émeraude, s'était brièvement manifestée.

La même aura qui l'avait sauvé dans les catacombes, quelques mois plus tôt. Mais aussi celle dont Lucienne

Arquenotte paraissait s'être servie, à son approche, pour se sortir du piège tendu par le mystérieux Ludwig.

Il songerait à tout cela plus tard. Pour l'heure, les vagues noires générées par monsieur de Féronnelle l'avaient rattrapé. Atteint par cette énergie dans le dos, Ernest Villempré chancela, tomba.

Par rapport à la dernière fois, il avait cependant progressé de quelques dizaines de mètres, aussi l'attaque ne l'étourdit pas. S'il dut regagner terre, il avait conservé son équilibre. Entre ses mains, il parvint à garder l'objet magique dérobé.

Monsieur de Féronnelle apparut au loin. Entre ses mâchoires crispées, il parvint à prononcer :

— Vous… avez voulu voler… MON COFFRET !

Moins craintif qu'auparavant, Ernest chercha Lise du regard. Tandis que son adversaire avançait d'un pas lourd, préparait son poing gauche, il la vit s'interposer de nouveau entre le mastodonte et lui. De ses lèvres s'échappèrent de douces paroles, prononcées dans une langue oubliée.

Au lieu de se contenter de regarder Lise agir, le magicien pivota. S'envola jusqu'à Zaphaïm et, avant qu'elle ne se relève, lui murmura :

— Surtout, ne bouge pas. Lise est en train de maîtriser Gürwald. Au moindre mouvement, tout peut basculer.

— Hum… D'accord, accepta la guerrière.

Elle attendit donc que monsieur de Féronnelle se trouve prostré, la tête entre les mains, pour oser bouger.

Lise s'adressa à ses coéquipiers sans lever le ton.

— Filez d'ici, intima-t-elle. Car, dès que je m'éloignerai de lui, il retrouvera toute sa colère… Sans compter que ses domestiques vont bien finir par se manifester…

Chapitre XI

Le regard d'Ernest se posa sur l'entrée du mausolée. Nulle trace de Lucienne Arquenotte, cette fois.

Il ne chercha pas sa présence à tout prix. Le coffret sous le bras, il suivit le conseil de Lise et décampa. Juste avant cela, Zaphaïm, à pas de loups, s'approcha du corps de Yuri. Malgré ses blessures, ses côtes cassées, la solide guerrière le hissa sur son épaule. Alors, Ernest Villempré généra une bourrasque qui les emmena tous les trois.

Ils volèrent ainsi quelque temps. Et puis, au détour d'un bosquet, Ernest perçut un couinement de détresse.

— Ce doit être la panthère de Yuri, expliqua Zaphaïm. Gürwald l'a balancée avec Serge au-dessus des arbres, tout à l'heure. D'ailleurs, je ne sais pas trop où il est, lui aussi.

— Je m'en occupe, prévint Ernest.

— Comme tu veux. Mais ne traîne pas trop. M'étonnerait que Lise parvienne à calmer Gürwald très longtemps… En tout cas, moi, j'avance avec Yuri jusqu'aux calèches.

Le prestidigitateur et la guerrière se séparèrent donc. Ernest n'eut aucun mal à repérer la silhouette de la panthère estropiée.

— Ma pauvre Miss Meuh-Meuh, tu es mal en point, observa-t-il. J'espère qu'ils ont des guérisseurs aussi efficaces que Raquel Giacomo, au Castel… Attends, je vais te sortir de là.

La panthère était bien trop faible pour protester. Au grand dam de Noidkoko, Ernest prit l'animal brisé entre ses bras.

— Vous êtes touchant, très cher, prononça une voix dans son dos.

Ernest Villempré sursauta. À quelques mètres de lui était réapparue Lucienne.

— Très jolie performance, tout à l'heure, poursuivit-elle. Prenez garde cependant : ce genre de sortilège pourrait faire naître en vous certains symptômes dangereux.

Ernest marqua un temps d'arrêt.

— Hein ? Des « symptômes » ? Euh… À ce qu'on m'a dit, c'est plutôt vous qui êtes atteinte d'une maladie, non ?

Il s'était souvenu des paroles de son amie vampire, Louise Balsia. Lors de la bataille des catacombes, celle-ci était parvenue à lire dans les pensées de la sorcière.

Une ombre passa sur le visage de Lucienne. Mais elle reprit très vite contenance.

— Je ne vois pas ce qui peut vous faire dire cela, nia-t-elle. Maintenant, nous avons assez discuté, vous et moi. J'ai pris plaisir à voir éclore un peu mieux votre don secret : celui dont je m'étais servie à votre insu afin d'échapper à Ludwig… Cependant je ne puis me permettre de vous laisser filer avec ce que vous avez dérobé. Alors… rendez-moi le coffret.

Elle tendit la main.

À cet instant, quelque chose dans la forêt attira son attention. Ses yeux s'écarquillèrent.

— Impossible… murmura Lucienne. Pourquoi n'ai-je pas senti…

Ernest ne comprenait pas ce dont il s'agissait. Mais il profita de cette distraction pour filer. Sur son chemin, Serge surgit soudain des fourrés et lui barra la route, sans le vouloir.

— Ernest ! s'exclama-t-il en l'apercevant. Je me suis réveillé dans les bois, j'ai la jambe cassée, je crois.

Le magicien voulut mettre en garde son coéquipier contre la présence de Lucienne Arquenotte. Pourtant, derrière eux, la sorcière n'était plus là.

— Décidément, elle est étrange ! jugea-t-il.

— Hein ? De quoi tu parles ?

— Laisse tomber, Serge. On s'en va !

Chapitre XI

Ils arrivèrent aux abords de la propriété et s'envolèrent au-dessus de la grille. Arrivés aux calèches, ils hissèrent la panthère aux côtés de Yuri. Puis furent bientôt rejoints par une Lise alarmée.

— Il ne faut vraiment pas traîner, indiqua-t-elle. Car Gürwald va forcément revenir…

— Et personne ne veut revivre ça, confirma Zaphaïm. Franchement, on s'en tire bien !

Elle ne croyait pas si bien dire.

Ernest songea à l'étrange aura verte, à cette sorcellerie qu'il n'appréhendait pas très bien. En se demandant s'il était bien celui qui la provoquait.

Mais qui d'autre, sinon ? À part lui, personne ne se souvenait avoir vécu deux fois la même scène.

Personne… à part Lucienne Arquenotte, peut-être.

Jusqu'à la dernière seconde, Ernest s'attendit à ce que l'élégante sorcière réapparaisse. Qu'elle leur saute dessus, qu'elle saisisse le coffret dérobé. Pourtant, Lucienne ne revint pas.

Derrière les fiacres en mouvement, au sein de la propriété boisée, plusieurs grognements résonnèrent et des arbres chutèrent, déracinés les uns après les autres par une espèce de bête en furie.

Les chevaux galopèrent, emmenant les voleurs loin, très loin de l'imprévisible chevalier Rose-Croix et de la verte région de Cracovie.

XII

Dans une crypte étroite à moitié plongée dans la pénombre, près d'un encadrement de bois qui renforçait la structure du lieu, Napoléon gardait un œil sur l'entrée du tunnel par lequel son groupe était entré, tandis que Kétinée retenait son souffle.

— Excusez-moi, résonna la voix de la vieille Kali qui, loin de se montrer discrète, toussait et se dandinait. On va encore attendre longtemps comme ça ? Parce qu'on s'ennuie, là !

— Baissez d'un ton, s'il vous plaît ! murmura Napoléon Boussangué. Je n'ai pas envie de finir sur un autel avec un couteau sacrificiel planté dans le corps. En général, c'est le sort qu'on réserve à ceux qui s'approchent des vestiges du pays de Rün.

— Le pays de quoi ?

— De Rün. C'est un monde sorcier, Kétinée. Jadis très puissant. Les fresques sur ces parois racontent son histoire. Il faut juste savoir les décoder.

— Il fait drôlement soif ! intervint soudain Kali. Je suppose qu'il n'y a pas moyen de se rincer le gosier, par ici ?

— Euh… Pas vraiment. En revanche, si vous voulez un peu de lecture…

De sa besace, Napoléon tira un rouleau qu'il confia à la sorcière.

— Puisqu'on doit faire halte, autant que je m'occupe, opina Kali en le dépliant.

Elle se saisit de la lanterne apportée par Napoléon, puis entreprit de déchiffrer d'étranges signes kabbalistiques qui parurent la passionner.

— Elle est fantasque, commenta Napoléon à voix basse. Je ne sais jamais trop comment m'y prendre avec elle…

— C'est grâce à elle si je suis entrée dans la forêt, répondit Kétinée sur le même ton. Tu sais qu'elle connaît ma famille ?

— Oh que oui. En fait, quand j'ai voulu effectuer des recherches sur Lucienne Arquenotte, c'est Babadji qui m'a aiguillé vers Kali. Il savait qu'il y avait un lien entre elles… Seulement, il ignorait si elle était encore en vie, ni même où elle résidait. Elle n'est pas vraiment stable, comme tu as pu t'en rendre compte. J'ai donc mis des mois pour remonter sa piste.

— C'est elle aussi qui t'a repéré quand tu es arrivé, qui t'a amené jusqu'ici ?

— Non, je ne l'ai retrouvée qu'ensuite, en parcourant ces galeries. Comme à son habitude, elle s'y était perdue… Mais je crois que la sorcellerie ambiante l'attire. Alors elle ne cesse de partir et de revenir, en oubliant ce qu'elle y fait vraiment.

Autour de Napoléon, une brise translucide rappelait la présence des deux fantômes à ses côtés. Kétinée s'étonnait de les avoir perçus aussi distinctement, d'avoir même entendu leurs voix.

— Dans certains lieux où la sorcellerie abonde, ils peuvent se révéler aux vivants, expliqua son ami. Pour moi, c'est différent : je les vois tout le temps. Fu-Hsi et Gibus sont encore parmi nous. Le premier, je l'invoque assez souvent… Quant au second, il m'a été très utile pour mieux comprendre Horn Knot. C'est un peu grâce à ses conseils si l'on m'a accepté ici. Il est décédé dans les environs, je pense. Il y a bien longtemps.

Napoléon tendit l'oreille. Il hocha plusieurs fois la tête.

— Tu converses avec ce… Gibus ? devina Kétinée.

— Il me précise qu'il est âgé de plus de quatre siècles. Que je suis l'une des personnes les plus fréquentables qu'il a croisées ici. Et il ajoute que tu es un sacré joli brin de fille. Ce en quoi je ne peux le contredire !

Napoléon offrit à Kétinée un très large sourire. Celle-ci, un peu gênée, ignora le compliment.

— Comment tu t'es fait accepter des démonistes ?

Cette fois, Napoléon abaissa un pan de sa toge noire et révéla, au niveau de sa clavicule, une marque que Kétinée n'avait jamais vue. Il s'agissait d'un entrelacs de runes. On y décelait une étoile à cinq branches, tatouée à l'envers.

— Babadji t'a-t-il déjà raconté que, jadis, il m'a arraché aux griffes d'une secte ? C'est un passage de ma vie dont je ne suis pas particulièrement fier… À l'époque, j'étais… hum… tombé amoureux d'une jeune femme qui pratiquait la sorcellerie sacrificielle. Certaines personnes cachent bien leur jeu, tu sais. On ne les imagine pas démonistes au premier abord… Bref, elle m'a entraîné là-dedans, et je suis devenu l'un des adorateurs d'Azélion. Je me suis rendu compte, bien trop tard, qu'elle voulait juste faire profiter ses collègues de mes capacités. Quand j'ai enfin ouvert les yeux, quand j'ai voulu m'enfuir, ils m'ont retenu, ils m'ont torturé…

— Oh, je suis désolée.

— Bah, c'est de l'histoire ancienne, tout ça… Heureusement pour moi, j'ai croisé le chemin de Babadji. Qui cherchait des sorciers dogons pour prendre part à ses rituels. Il avait entendu parler de moi, de mes talents de joueur de gomboy. Très vite, il a compris que j'étais retenu parmi les adorateurs d'Azélion contre mon gré. Alors, il est revenu avec du renfort : Monsieur Tan, Ambala. Je leur dois la vie, et ma liberté !

— Ce symbole sur toi, celui des adorateurs d'Azélion, t'a donc ouvert les portes de cet endroit ?

— Exactement. Pour eux, il s'agit d'une secte amie… Le reste, je le dois à Gibus. Qui m'a soufflé les paroles qu'il fallait, pour gagner le respect des sorciers d'ici.

Kétinée lui raconta que les lwas, contrairement à ses spectres, n'avaient pas voulu offrir leur aide. Le sorcier dogon ne s'en étonna pas.

— C'est une question de territoire, analysa-t-il. Mamy Wata, le Baron Samedi et les autres ne marchent pas sur ces plates-bandes-là, tout comme Galzéoc'h ne s'aventurerait pas dans leurs domaines. Tu vois ce que je veux dire ?

Kétinée hocha la tête.

— Ils m'ont induite en erreur, en tout cas. Je t'ai cru en danger imminent. Peut-être mort. Sans leur aide, mon intuition en a pris un coup…

— Ta sorcellerie est intimement liée à la leur. Sans leur concours, il y avait de quoi se tromper. Et puis, c'est vrai que ça n'a pas été une partie de plaisir, ici. Pour un rien, les gens se poignardent ou bien se trahissent… Certains sont à fleur de peau, atteints du pancéum.

Kétinée tiqua sur ce mot rencontré depuis peu dans les carnets de Raoul Villempré.

— Le pancéum ? répéta-t-elle. C'est une maladie ?

Chapitre XII

— Une belle saloperie, réservée aux sorciers. Un mal qui te ronge de l'intérieur, jusqu'à attaquer le cerveau.

— Et… c'est très contagieux ?

— C'est principalement héréditaire. Si tes ancêtres ont joué avec certaines puissances liées aux Enfers, ce truc peut te tomber dessus… Ça vient du sang, en fait. Les gens qui en sont atteints souffrent de pertes de conscience, de crises de démence…

— Comme Kali ?

— Oh, bien pire que ça : ils deviennent violents. Entièrement tournés vers la destruction. Et puis, des taches noires apparaissent sur la peau. Très vite, elles s'étendent. Bientôt tu perds complètement le contrôle de ton corps, de ton esprit.

— Quelle horreur…

— Il n'est pas rare que celles et ceux qui le contractent se tournent vers la magie la plus noire pour tenter de s'en sortir, ou pour oublier la douleur… Par certains rituels contre-nature, ils cherchent à retarder l'inéluctable. Voilà pourquoi ils sont nombreux par ici… Pourtant, tous leurs efforts ne servent à rien car, contre cette saleté de pancéum, il n'existe aucun remède connu.

Kétinée affecta une moue boudeuse.

— Eh bien merci, Napoléon ! Déjà que je n'étais pas rassurée par cet endroit…

— Ah oui, désolé, hum… J'ai découvert ça, aussi. C'était entreposé n'importe comment, laissé à l'abandon. Une honte !

Dans la lumière de la lanterne, il sortit un autre rouleau de sa besace, qu'il étendit avec d'infinies précautions. Il s'agissait d'un texte en latin qui évoquait le pays d'origine de Likou, la grand-mère de Kétinée : les Terres Oubliées. La gravure d'un lion majestueux, habillé d'une paire d'ailes, doté d'un troisième œil, trônait dans le coin supérieur gauche de ce vieux document. S'y trouvait également le dessin d'une fontaine placée au sommet d'une pyramide… et surplombée d'une seconde pyramide, inversée celle-ci.

— Rares sont les récits de voyage en Atlantide. Celui-ci me paraît véritable. Les jeunes démonistes ne se soucient pas de ce genre de merveilles. Ils ont bien tort !

— Et sinon, tu es allé jusqu'au bout de la fosse, toi ? Tu as vu l'empreinte gardée par les Okrys ?

— Oui, c'est Kali qui m'y a conduit. Comme toi, non ? J'ai même réalisé un grattage de l'empreinte, sur papier. Je dois l'avoir rangé par ici. Comme ça, Louise…

— … pourra peut-être lire dans les lignes de cette main, sourit Kétinée. On a eu la même idée.

Elle s'assura que la sorcière aux cheveux blancs ne les écoutait pas avant d'ajouter, en baissant sensiblement la voix :

— Kali prétend que Lucienne Arquenotte – ou bien Ludmilla – est sa mère. Tu la crois ?

— C'est possible en effet. Même si, avouons-le, Louise ressemble davantage à Lucienne que notre nouvelle amie.

— Il faut aussi dire que Kali a vieilli, elle… Tu as une idée de l'événement qui a eu lieu quatre cents ans plus tôt, dont m'a parlé Kali ? Les Okrys y seraient liés, et Lucienne Arquenotte y aurait pris part ? Est-ce que ça a un lien avec… le pays de Rün ?

— Figure-toi que ce territoire sorcier a voulu envahir notre monde, il y a quatre cents ans ! L'affaire était grave : à l'époque, les territoires humains ont même failli disparaître.

Sous le poids de l'information, Kétinée écarquilla les yeux.

— Tu es sérieux ?

Chapitre XII

— Lucienne aurait joué un rôle important là-dedans, en invoquant de puissantes forces mystiques, et provoqué l'arrivée du pays de Rün… en plein milieu du pays de Galles ! D'où l'empreinte de sa main dans la pierre.

— Mais pourquoi aurait-elle provoqué cela ? Pour le pouvoir ?

— D'après ce que j'ai lu dans les grimoires gardés ici, c'est exactement ça ! La chute du pays de Rün a provoqué un déchaînement mystique sans précédent, qu'elle a su absorber, ce qui l'a rendue plus puissante.

Kétinée frissonna :

— Je me souviens comment elle a guetté l'arrivée de la Mort, dans les catacombes, pour tenter de gagner une fraction de son aura…

— Lucienne a l'air d'être ce genre de personne : elle joue avec le feu, sans peur des conséquences, et pour son profit personnel. Un peu comme Ludwig, sans doute…

Napoléon déplaça sa lanterne – ce qui fit grogner Kali. Sans lui prêter trop attention, il indiqua un détail des fresques.

— Regarde bien, annonça-t-il.

Le sorcier dogon passa ses mains puissantes sur la peinture rupestre en effectuant des passes magiques. Puis il prononça quelques mots appris par cœur en gaélique ancien. Les peintures abstraites se mirent en mouvement pour former un tableau figuratif : une image aux mille personnages. On y voyait des gens en armure opposés à des créatures fantasmatiques et effrayantes.

— Woaw, c'est incroyable, ça !

— Comme tu l'as compris, ce n'est pas la première fois que je risque ma peau pour explorer cette incroyable galerie… Au XVe siècle, à la suite de ces expériences, plusieurs dizaines de sorciers se sont réunis puis se sont battus. Les monstres qui peuplaient le sinistre pays de Rün ont été repoussés, l'invasion a été stoppée… Cependant, le déchaînement mystique de ce cataclysme se fait ressentir… jusqu'à aujourd'hui.

Dès que Napoléon eut retiré ses mains de la paroi, la fresque retrouva sa forme initiale et abstraite.

— C'est passionnant, commenta Kétinée. Mais pourquoi, aujourd'hui, personne ne parle de cette invasion ?

— À mon avis, parce que tout s'est passé ici, loin du regard de ceux qui n'entendent rien à la sorcellerie. Et puis, il y a eu l'Inquisition. Qui a veillé à ce que ces événements ne soient pas divulgués, ou bien qu'on les oublie…

— Bon, je comprends pourquoi tu es resté là… Il y a de quoi perdre la notion du temps ici, lui sourit Kétinée.

— Surtout que j'ai glané d'autres informations sur Lucienne Arquenotte – ou Ludmilla. Figure-toi que c'est ici qu'elle aurait combattu Ludwig pour la première fois. À partir d'ici qu'elle l'aurait emprisonné avant de l'enfermer dans le monde du Roi Clochard… Malheureusement, je ne connais pas les détails. Selon le plus vieux démoniste du secteur, Ludwig est une sorte d'extrémiste. Un type très secret qui officiait ici en tant qu'alchimiste. Et qui appréciait l'énergie particulière de Horn Knot. Ça remonte bien à un demi-siècle… J'ai mené mon enquête : il ne reste rien de son matériel. Mais il paraît qu'il enchaînait les tests sur de jeunes personnes, sur des enfants…

— Charmant, commenta Kétinée. Si ces rumeurs sont vraies, je suis bien heureuse qu'il n'ait pas réussi à se libérer dans les catacombes…

— Un bien bel homme, ce Ludwig, réagit la vieille Kali.

— Ah ben, première nouvelle ! s'étonna Napoléon en se tournant vers l'ancêtre. Vous le connaissez ?

Chapitre XII

Elle le fixa brusquement avec des yeux ronds. Comme s'il venait de proférer une énormité.

— Hein ? Quoi ? Je connaîtrais qui, s'il vous plaît ?

Une fois de plus, ni Napoléon ni Kétinée ne parvinrent à en savoir plus. Kali finit même par s'impatienter.

— Par contre, si on bougeait d'ici ? proposa la Nord-Africaine. J'ai fini le rouleau que vous m'avez donné. Enfin, je ne l'ai pas vraiment lu parce que je n'y comprends rien, en fait... Mais les symboles étaient jolis. J'en ai d'ailleurs dessiné plusieurs sur ma peau avec l'une des plumes que j'avais en poche.

Elle releva ses manches, exhiba ses bras. Qui, en plus de ses tatouages habituels, se trouvaient désormais constellés d'encre, de salmigondis alchimique, et de nombreuses taches.

— Maintenant je m'ennuie vraiment, conclut-elle. Bon, on y va ?

Napoléon leva l'index.

— Une minute ! Je vais d'abord demander à Fu-Hsi ou à Gibus d'aller voir discrètement si la voie est libre.

Bientôt, il se mit à reparler à ces deux êtres invisibles. Ce qui valut une remarque de Kali à l'oreille de Kétinée.

— Ce type se parle tout seul... et c'est moi qu'on traite de foldingue ?

La mambo se retint de rire. Son regard s'arrêta sur d'autres peintures mouvantes, au fond de la galerie.

— Dis-moi, Napoléon... C'est normal si ces fresques-là bougent aussi ?

Elle avança vers le phénomène. Sur les murs en effet, tout s'était mis en mouvement. Les scènes de bataille, entraperçues auparavant, s'animaient. Les centaines de figurants peints, monstrueux ou humains, paraissaient s'affronter véritablement.

— Ce n'est pas moi qui ai fait ça, commenta le Dogon. Alors… qui ?

Kétinée brandit la lanterne, se dirigea sans bruit vers le fond de la galerie. Les peintures expressives lui révélèrent plusieurs scènes épiques : un seigneur barbu au front proéminent affrontait à l'épée une ombre en armure, une femme portant un coffret dont s'échappaient des volutes venteuses balayant une foule d'ennemis, un homme masqué au torse incrusté de pierres semait la désolation dans son sillage… Chacune de ces fresques aurait mérité une attention de plusieurs minutes.

— Incroyable… Incroyable, répétait Napoléon, les yeux exorbités. Je n'en avais vu qu'une partie jusque-là…

Kétinée, elle, voulut se concentrer sur l'origine du phénomène. Très vite, elle déboucha sur une crypte à plusieurs niveaux. En contrebas, elle repéra quatre personnes vêtues de noir qui psalmodiaient, installées dans un large cercle de bougies.

— Il y avait déjà des démonistes ici, découvrit Napoléon en la rejoignant. On est pris en tenailles !

— Ce sont eux qui font bouger toutes les peintures de la galerie, devina Kétinée. Incroyable.

L'une des silhouettes, un bâton de berger en main, dirigeait un globe lumineux qui permettait de mieux percevoir les impressions artistiques en mouvement. Un homme aussi chauve que Napoléon, mais beaucoup plus maigre, le seul à n'avoir pas dissimulé son visage, effectuait de larges gestes qui paraissaient en effet affecter l'ensemble des fresques. La paroi la plus vaste de la crypte représentait une scène difficile à comprendre, où deux continents paraissaient s'entrechoquer sous un alignement d'étoiles.

Chapitre XII

— C'est bien ce qu'il me semblait, dit ce sorcier chauve. Une conjonction astrale identique à celle dépeinte lors de la chute du pays de Rün est sur le point d'advenir... Les étoiles ne mentent pas.

Fascinés par l'ampleur du phénomène, par la virtuosité des quatre démonistes, par la splendeur et le fourmillement des images animées, Napoléon et Kétinée avaient presque oublié la présence de la vieille Kali, qui les rejoignit et qui entonna, de toute sa voix :

— Woaw ! Quelqu'un nous offre un spectacle de lanterne magique ? Ils ont mis les moyens, dis donc !

Aussitôt, les quatre silhouettes au centre du cercle se figèrent. Et toutes les peintures avec elles. L'une des deux femmes en noir s'exclama :

— Sève pourpre ! Des spectateurs !

— Et mince ! déplora Napoléon depuis le niveau supérieur.

L'une des invocatrices se ramassa sur elle-même. À sa place parut un volatile noir qui prit son envol et se dirigea vers les nouveaux venus.

Trois racines mouvantes percèrent une paroi terreuse, située à l'entrée de cette partie de la grotte. Pour ne pas être saisis par ces sentinelles, Kétinée, Napoléon et Kali furent obligés de reculer. Ce sortilège était l'œuvre de la seconde invocatrice encapuchonnée.

Au-dessus de leur tête fusa bientôt l'oiseau. D'un geste large, Napoléon voulut éloigner l'animal. Celui-ci reprit vite forme humaine, celle d'une jeune femme aux yeux vairons. Laquelle décocha un violent coup de pied au sorcier dogon, qui tomba en arrière.

— Mais laisse-nous tranquilles, sale volatile ! s'exclama Kali en se jetant sur la combattante tout en roulant avec elle au sol.

Malgré la différence d'années entre elles, la vieille dame se défendait telle une tigresse, griffant et mordant.

Derrière les racines, une paroi lumineuse de teinte dorée se matérialisa – barrage supplémentaire généré cette fois par le sorcier le plus âgé du groupe.

Ce sortilège, cette couleur très précise, provoquèrent un déclic dans l'esprit de Kétinée. Elle revit le cocon de lumière qui avait protégé sa famille quelques mois plus tôt. Alors, se tournant vers l'invocateur chauve demeuré dans le cercle magique, elle s'écria :

— Attendez deux minutes, on se connaît… Je suis de la famille Mountabila. Et vous… vous êtes les Corbeaux !

— Une Mountabila ? répéta l'homme, interloqué.

Aussi brusquement qu'elles étaient apparues, les racines qui déjà avaient enserré les chevilles de Napoléon cessèrent de croître. Le barrage doré se dissipa. Chacun reprit ses marques. Seule Kali continua à marteler la femme aux yeux vairons de ses poings.

— Non mais quelle furie celle-là ! commenta son adversaire à terre, tandis que Napoléon l'aidait à s'en dépêtrer.

Kétinée avait vu juste : les deux groupes s'étaient déjà rencontrés.

— Je ne sais plus comment vous vous appelez, toutes et tous, avoua Kétinée, perdue. Mais vous, impossible de l'oublier : vous vous nommez Ramsès… Le deux !

Du majeur et de l'index, elle imita le geste avec lequel le sorcier en face d'elle s'était présenté dans les catacombes, la nuit de la résurrection d'Ambala. Il s'agissait d'un Égyptien grand et sec, à la barbe postiche agrémentée d'or.

— Alors là, pour une surprise ! s'étonna-t-il. On m'avait pourtant assuré que vous ne seriez pas ici.

Chapitre XII

— Comment ça, « pas ici » ? releva Kétinée. Comment pouvez-vous savoir où nous serons… ou pas ? Est-ce que cela veut dire… que vous nous surveillez ?

Toutes ces questions lui vinrent pêle-mêle. Car les énigmatiques Corbeaux les suivaient depuis longtemps en effet.

— Oh là là, hum, grimaça Ramsès, visiblement gêné. Eh bien voilà, nous y sommes : la boîte de Pandore est ouverte…

— Il fallait bien que ça arrive, commenta la jeune invocatrice encapuchonnée – celle qui manipulait les racines. C'était inévitable.

— Oh, je le sais très bien, Aloÿs… Espérons juste… qu'il n'était pas trop tôt.

Maintenant, les Corbeaux étaient assez proches d'eux pour que Kétinée distingue un peu mieux leurs silhouettes respectives.

Outre l'énigmatique « Aloÿs » et Ramsès, il y avait un jeune homme au visage rond et jovial, au ventre rebondi, qui portait un bâton – une nouvelle recrue peut-être. La métamorphe aux yeux vairons essuya une marque de sang sur son visage et rejoignit ses compagnons pour compléter le quatuor.

— Nous ferions mieux de partir d'ici immédiatement, préconisa-t-elle.

— Tu as sans doute raison, Idonéïs, lui répondit Ramsès.

— Partir et nous laisser dans l'ignorance, encore ? Alors ça non ! protesta Kétinée. Vous semblez toujours avoir une longueur d'avance sur nous, sur les événements présents. Seriez-vous des devins ?

Contre toute attente, l'Égyptien malingre, mais au port altier, se fendit d'un rire.

— De toute évidence, Mademoiselle Mountabila, vous avez oublié d'être bête.

Kétinée profita de cette brèche.

— Il serait temps de nous dire ce que vous êtes pour nous. De véritables alliés ou des adversaires ? À plusieurs reprises, vous nous avez aidés… Mais vous trouvez-vous au service de Ludwig ?

Aloÿs comme le jeune inconnu n'osèrent piper mot. En revanche, Idonéïs la métamorphe s'exprima :

— Ramsès… Restons sur nos gardes, conseilla-t-elle. Nous ne devions pas les rencontrer aujourd'hui. Rien de tout ceci n'était prévu. Si nous parlons trop, et si nous agissons sans réfléchir…

L'Égyptien soupira.

— Oh là là, du diable la prudence et la méfiance. Tu n'en as pas assez, toi ? Puisque notre destin est lié au leur, nous devons apprendre à leur faire confiance.

— De toute façon, nous avons trouvé ce que nous cherchions ici, non ? intervint le jeune homme ventripotent. Alors au moins, filons ensemble. Mon petit doigt me dit que notre altercation n'est pas passée inaperçue.

Il indiqua l'entrée de la crypte, d'où commençaient à monter d'autres voix, des bruits de pas.

— On ne peut pas les laisser entre les pattes de *ce genre* de démonistes, ça c'est certain, jugea Ramsès.

— Dans ce cas… tout le monde autour de moi ! ordonna Idonéïs.

La femme aux yeux vairons esquissa un large geste. Napoléon et Kétinée se laissèrent guider. Contrairement à Kali, qu'il fallut traîner de force. Elle battit des pieds, faillit même assommer Napoléon.

— Où est-ce que vous m'emmenez ? Je veux pas aller avec ces drôles de types, non non non !

Chapitre XII

— Allez, on s'active ! s'exclama Ramsès. Je peux presque sentir l'haleine de ces jeunes bouquetins d'ici !

Au moment où les deux groupes se trouvèrent réunis, Idonéïs se concentra et laissa se déployer sa sorcellerie habituelle.

— Ça va secouer, prévint-elle.

Un certain nombre de démonistes et d'adorateurs de tous poils finirent par débarquer dans la grande salle des fresques. Ils trouvèrent les bougies encore allumées, les symboles du rituel fraîchement tracés. Mais pas d'intrus.

Une poignée de secondes plus tôt, tous s'étaient évaporés autour d'une femme transformée en corbeau, laquelle venait de prendre son envol vers la sortie la plus proche.

Sous sa forme animale, Idonéïs remonta le long d'un goulot trop étroit pour que quiconque de taille humaine puisse la suivre. Quelques minutes et battements d'ailes plus tard, au sommet d'une falaise, à l'air libre, elle se posa face à la mer. Alors, elle libéra les âmes véhiculées qui rejoignirent ce plan de l'existence tandis qu'elle tombait à genoux.

— Oh… J'ai pas l'habitude de porter tant de monde. Laissez-moi deux minutes pour récupérer !

Les passagers d'Idonéïs, transformés un moment en simple énergie, reprirent leur forme corporelle.

— Eh bien, voilà qui était… intense, analysa Napoléon, soudain en proie à une migraine sévère. Je ne pensais jamais quitter Horn Knot de cette drôle de façon !

— J'ai adoré ! J'ai adoré ! s'exclama Kali en sautillant. Oh dites, quand est-ce qu'on recommence ?

— Merci de nous avoir aidés, intervint Kétinée. Maintenant, j'aimerais comprendre… Qu'étiez-vous venus faire ici ?

— La même chose que vous, je suppose, indiqua Ramsès. Nous cherchions des réponses.

Agacée, la mambo plaça les mains sur les hanches.

— Ça vous arrive d'être moins cryptique ? J'imagine que vous enquêtiez sur Lucienne Arquenotte. Peut-être pour le compte de votre maître… Ludwig ?

— Au moins, qu'une chose soit claire, toussa Idonéïs. Ludwig possède peut-être un corbeau, mais en réalité nous n'avons rien à faire avec ce sale type. Si nous sommes venus, c'est pour un tout autre motif.

— La « convergence astrale », proposa la mambo. Celle que vous avez observée sur la fresque. Je vous ai entendus en parler. Il va bientôt se passer quelque chose… Un monde sorcier comme jadis le pays de Rün va nous tomber dessus, peut-être ?

Le silence soutenu et les œillades entre les Corbeaux persuadèrent Kétinée qu'elle avait visé juste.

— Pas forcément sur nous, finit par avouer Ramsès. Mais un pays particulier est menacé, en effet. Et notre rôle… ce serait plutôt d'empêcher sa chute.

— Parce que vous êtes… les protecteurs d'un monde sorcier ? supposa Napoléon.

Ramsès avait retrouvé sa posture altière. En ce moment de vérité, la voix grave et profonde de l'Égyptien résonna dans la lande.

— Nous sommes une force d'équilibre. Les représentants d'un idéal qui existait avant nous et qui, nous l'espérons, continuera bien après. Des sorciers qui ont à cœur de ne pas laisser les ténèbres occuper trop de place… Cependant, remplir cette mission n'est pas simple. Car la sorcellerie n'est souvent faite que de nuances d'ombres. Ensemble, nous tâchons d'aider les bonnes personnes. Vous et votre famille, Mademoiselle Mountabila, faites partie des forces positives de ce monde. Celles pour qui il est utile de se battre.

— Eh bien… voilà déjà un début de réponse, reconnut Kétinée. Mais pourquoi nous avez-vous abandonnés, dans la crypte ?

— Nous étions vulnérables, poursuivit Ramsès. Nous avions perdu l'un des nôtres : celui qui nous permettait de mieux cerner le futur. Sans son concours, nous ne savions plus comment agir efficacement. Nous avons préféré partir.

— Et nous laisser à notre sort. Bref… Votre ami, c'était un Atlante, non ? Ernest comme moi avons aperçu son troisième œil. Celui qu'il gardait caché sous son turban.

— Il se nommait Buraïli. Sa mort est une perte incommensurable. Mais nous sommes toutes et tous destinés à redevenir poussière, n'est-ce pas ?

— Hum, tu peux parler, Ramsès, toussa dans un sourire le jeune homme replet.

— D'accord, concéda l'Égyptien. Certains s'attardent un peu plus que d'autres, sans doute…

— Vous parlez d'avenir et d'équilibre, poursuivit Kétinée, tenace. Mais si vous nous considérez comme une « force positive », pourquoi ne pas partager notre savoir ? Et mieux unir nos forces ? Cela nous éviterait d'être les proies de gens comme Ludwig ou Lucienne.

Ramsès, Idonéïs, Aloÿs et l'inconnu échangèrent encore quelques regards. Comme s'ils avaient souvent eu cette conversation entre eux.

— L'une de nos interrogations, justement, est de déterminer quand exactement cette alliance doit se forger, poursuivit Ramsès. Car, dès que nous unirons nos volontés, d'autres puissances réagiront en conséquence. Elles ont déjà commencé à le faire.

La mambo secoua son abondante chevelure.

— Je ne suis pas certaine de comprendre…

— L'univers a toujours été tiraillé entre plusieurs forces contraires, exposa l'Égyptien. Ces forces qui s'affrontent présentent toutes un intérêt qui leur est propre. Certaines représentent un pays entier, qui cherche à prospérer. D'autres, plus individuelles, veulent simplement le pouvoir. Il ne s'agit pas simplement d'une lutte du Bien contre le Mal. Mais d'antagonismes complexes, chacun pensant détenir une vérité. Ainsi, ces individus se battent, se trahissent, s'allient, progressent ou tombent… Que vous le vouliez ou non, vous faites partie de cette vaste équation. Parce que vos dons de sorcellerie suscitent forcément l'attention d'autres mages, qui aimeraient user de ceux-ci à leurs propres fins… Je suis clair ?

— Je crois, oui… C'est ce qui s'est passé avec Lucienne et Ludwig, ou même avec Vasco Pueblo, qui ont voulu se servir de Déa ou du rituel de résurrection d'Ambala pour leurs intérêts propres. Mais c'est aussi le Prince, qui a su intervenir au bon moment pour mettre Ernest sous sa coupe.

— Exactement. Nous parlons là de sorciers importants. De bien plus gros poissons que nous. J'en connais d'autres, de cet acabit… En fait, plus ils sont puissants, plus le jeu se complexifie. À un haut niveau d'exercice, la sorcellerie se pique toujours de divination. Imaginez donc des joueurs d'échecs qui ont déjà prévu tous les prochains coups de leurs opposants. Cela donne des parties d'une très grande complexité.

— De quoi vous donner le vertige, commenta Napoléon en se grattant le crâne. Déjà que, depuis notre vol plané, j'ai mal à la tête…

Chapitre XII

— Pour autant, certaines ne semblent pas s'en formaliser, pouffa le jeune sorcier replet en désignant Kali.

À deux pas de lui, la vieille dame avait entrepris de tresser un collier de fleurs en chantonnant.

— Mais vous alors ? reprit Kétinée. Quel est votre intérêt ?

— Vous n'êtes pas stupide. Vous vous doutez bien que, si vous vous trouvez au centre de tant d'attentions, c'est que votre famille possède un rôle à jouer dans l'avenir des mondes sorciers. C'est ce que notre défunt Buraïli nous avait révélé…

— Et donc… c'est en rapport avec l'Atlantide ? Vous aussi, vous êtes une Atlante ?

La mambo indiqua le seul membre des Corbeaux dont elle ne connaissait pas le visage – la sorcière encapuchonnée.

— Votre rôle, nous nous efforçons de le laisser s'accomplir au mieux, assura Idonéïs. Sans trop interférer avec ce que vous souhaitez vraiment. Car ce choix doit venir de vous, et de vous seule.

— Mais la confiance, ça se gagne, bien sûr, conclut la femme à capuche, qui pour la première fois révéla son visage.

Au lieu du troisième œil auquel Kétinée s'était attendue, elle découvrit un visage fin aux yeux sans pupilles, entièrement verts, aux oreilles pointues, si longues qu'elles dépassaient d'une chevelure noire et raide, laquelle encadrait un symbole en losange imprimé sur le front. Kétinée se souvint immédiatement du croquis rencontré dans les carnets de Raoul Villempré.

— Je m'appelle Aloÿs. Je suis une Ombredune. Vestige d'un peuple à jamais disparu. Et si j'ai un seul souhait, c'est que d'autres ne subissent pas le même sort que mes ancêtres… Aujourd'hui, j'ai vu les peintures qui évoquent la bataille du pays de Rün. Et je m'interroge. Dans cette grotte, nous ne voyons que le point de vue des humains, qui ont jadis gagné une bataille, mais considéraient leurs adversaires comme des monstres… Et si la vérité était autre ? Si elle se situait dans un entre-deux ?

Kétinée fut troublée par cet argument. Combien de fois, en effet, avait-elle subi les préjugés dans le monde humain, simplement à cause d'une couleur de peau différente ?

— Ce qui ne se connaît pas se conçoit d'abord dans la peur. En tant que femme métissée en pays blanc, je le sais bien, énonça-t-elle dans un soupir. J'ai récemment appris l'existence puis la disparition de votre peuple. Et j'en suis désolée.

— Tout cela s'est passé il y a bien longtemps, et je ne peux plus rien y faire, murmura Aloÿs. Mais il existe d'autres causes auxquelles je veux encore prêter mon concours.

— Nous nous reverrons bientôt, indiqua Ramsès d'un geste de la main.

— Oui, je m'en doute, opina Kétinée, qui comprit que le groupe était sur le départ.

Idonéïs la métamorphe ayant enfin repris des forces, celle-ci réunit les sorciers Corbeaux autour d'elle pour les faire disparaître.

Un volatile noir prit bientôt son envol, puis fendit le ciel du pays de Galles.

En scrutant l'horizon, Kétinée songea de nouveau à Lucienne Arquenotte. Ce qu'elle avait découvert à Horn Knot avait apporté autant de réponses que de questions.

Pour autant, tout cela l'avait confortée dans ses convictions.

Si quelqu'un pouvait effectivement rivaliser avec le Prince et influer sur le destin d'Ernest, ce n'était pas vraiment le groupe des Corbeaux, mais bien Lucienne. La mambo se tourna donc vers sa fille, la vieille Kali. En priant pour que la mémoire incomplète de l'ancêtre lui révèle de précieuses informations.

XIII

Qu'est-ce que l'Enfer ?

Qu'est-ce que l'Enfer, sinon la solitude ?

Des regrets comme des lames fidèles. De celles qui viennent ponctuer tes nuits, tes jours, qui se plantent profondément en ton cœur.

Encore.

Destinées à te faire souffrir, à ce que tu ressentes la douleur.

Encore. Encore.

Tu sais ce que tu as perdu. Ce que tu n'éprouveras plus jamais. Ce que tu n'étais jamais destinée à connaître.

En ces lieux de feu, cependant, tu n'es pas complètement solitaire.

Qui te parle et qui te torture ? Est-ce la trace de ta conscience ? Ou bien ce guerrier et souverain infernal à qui tu as été liée pour l'éternité ?

Une créature entièrement composée de cendres, de colère, de rancœur.

SORCIERS

Son corps rongé par le Mal s'est jadis drapé d'ombre. Il s'est levé, terrifiant et superbe. Il a surgi des tréfonds du pandémonium, en ces cités maudites et oubliées, qui ne sont peuplées que de ses semblables.

Le peuple des damnés s'est agrandi, siècle après siècle, des victimes qu'il a fauchées, de celles qu'il a corrompues et exécutées.

Sa noirceur est inégalable. Sa cruauté est légendaire.

Et tu perçois sa silhouette, sa cape d'ombre, son casque sinistre, au regard incandescent qui abrite une âme bien plus terrifiante encore.

Sous cette armure, tu vois son corps. Frappé et vérolé des pactes de sang qu'il a contractés pour devenir cette pure entité de haine et de destruction.

Un parfait Seigneur des Ténèbres.

Sous sa cuirasse, et sous son crâne marqué du sceau des démons antédiluviens, tu comprends ses pensées délétères.

Chacune d'entre elles est vouée au carnage.

Pire : tu ressens ce que lui ressent.

Cette soif de massacre, tu la comprends et tu l'embrasses.

Tu as marché de longues heures, tes pieds nus sont blessés, meurtris, couverts de mille coupures.

L'horizon dévasté, dénué de vie où tu évolues, n'est qu'une désolation de plus le long de ce parcours infernal et sans fin.

Tu es arrivée en un endroit où une surface sombre, incrustée dans la roche, te renvoie son reflet.

Tu sais qu'il se trouve là, dans chaque atome de ton être, tu sens qu'il a toujours été présent.

Te voilà face à un miroir.

Tu me vois, mon enfant.

Tu te vois.

Toi.

XIIII

Lorsqu'au milieu de la soirée Kétinée et Napoléon poussèrent de nouveau la porte grinçante de la boutique de Babadji, rue du Dragon, ils eurent la bonne surprise d'y trouver Ambala, qui prenait le thé avec Monsieur Tan.

— Te voilà revenu, mon oncle, constata Kétinée. Qu'ont donné tes recherches ?

— Nous en parlerons tout à l'heure, esquiva le trentenaire à la longue chevelure. Car vous nous avez ramené une invitée, non ?

Babadji arriva, chargé d'un plateau cabossé sur lequel trônait un panier empli de biscuits au miel.

— Eh bien, j'ai eu du nez de cuisiner quelque chose cet après-midi ! s'égaya-t-il. Mais… Napoléon, Kétinée… derrière vous, ne serait-ce pas… ?

Le septuagénaire écarquilla de grands yeux, oublia bien vite gâteaux et tasses de thé pour se concentrer sur la présence de sa vieille amie : Kali, restée sur le pas de la porte. Monsieur Tan se leva assez vivement lui aussi.

— Le voyage a été plutôt agité, résuma Napoléon Boussangué. Notamment à cause de votre amie. Comme souvent, elle a eu des absences. Elle a carrément voulu sauter du paquebot en marche, en hurlant à qui voulait l'entendre que Kétinée et moi on l'avait enlevée !

— Ensuite, on a dû la poursuivre dans la campagne du côté d'Amiens, ajouta la mambo. On a mis plusieurs jours à la retrouver. J'ai dû avoir recours aux lwas, elle s'est défendue avec sa sorcellerie. On a été très discrets, tiens ! Heureusement que les fantômes de Napoléon nous ont prêté main-forte !

Babadji et Monsieur Tan s'avancèrent ensemble vers l'imprévisible sorcière au visage percé d'anneaux. Lorsqu'elle les vit, celle-ci ouvrit de grands yeux ronds, cligna plusieurs fois des paupières. Babadji la saisit par les épaules.

— Ça alors, qu'est-ce que ça fait plaisir de te retrouver après tout ce temps !

— Tu te souviens de nous, au moins ? l'interrogea Monsieur Tan, d'un air dubitatif.

On s'attendit à ce que la vieille dame se mette soudain à hurler avant de s'enfuir en courant, les bras levés. Au lieu de cela, Kali affecta un air désabusé.

— Évidemment que je me souviens de tout, bande de vieux croûtons ! Combien de fois j'ai fini nue à cause de vos foutus rituels, sales pervers !

— Eh ! C'est le truc de Babadji, ça, protesta le maître du temple Din, gêné. Ne nous mets pas dans le même panier.

— Comme vous y allez, protesta Babadji. Et je vous rappelle que moi aussi, quand on avait recours à la sorcellerie dogon, je finissais très souvent nu. La nudité, c'est important !

Kali protesta.

— Tu parles si voir ton asperge, ça me rassurait, tiens !

Chapitre XIIII

Une fois les voyageurs débarrassés de leurs bagages et installés sur des coussins, Kali entama un premier récit. Elle relata comment, dans le plus simple appareil, Babadji, Monsieur Tan et elle-même s'étaient trouvés au beau milieu d'une procession religieuse qui passait du côté de Notre-Dame. Les anciens amis partirent bientôt d'un fou rire, qui les empêcha de se montrer très cohérents dans le récit de leur histoire – on comprit que celle-ci impliquait quelques vols à l'étalage, pas mal d'alcool et l'abus de plusieurs substances hallucinogènes. L'occasion pour Kétinée de se rendre compte que sa propre jeunesse paraissait bien sage en comparaison de celle de ces trois compères.

Devant les détails croustillants assénés par Kali, confirmés parfois du bout des lèvres par les deux autres, Ambala, Kétinée et Napoléon furent bientôt gagnés par l'hilarité générale.

Un immense sourire ridé fendait le visage de Kali, qui pointa Monsieur Tan du doigt.

— Et la fois où on a dansé sur les toits, on en parle ? Sous tes pieds, la structure a cédé ! Et boum ! Te voilà sur le lit à baldaquin d'un couple qui était juste en train de…

— Hum… Heureusement que nous courions vite, à l'époque, se souvint l'intéressé. C'était avant ou après que Babadji a plongé dans la Seine, ça ?

— Après, je pense, réfléchit le boutiquier. Mais juste avant qu'on ne mette le feu à ce grand bâtiment, rue Hautefeuille.

— Vous avez provoqué un incendie ? releva Kétinée.

Son grand-père toussa.

— C'est un concours de circonstances…

— Il s'agissait d'un repaire de satanistes, compléta Monsieur Tan. Pour couvrir notre fuite, on a dû improviser une diversion.

— Encore une de vos brillantes idées, les gars ! se moqua Kali en se tapant le genou de sa main droite. Et la fois où vous avez voulu m'attacher à un pilier, hein ?

— Comme d'habitude, tu perdais la boule, et tu nous as confondus avec des ennemis ! se défendit Babadji face au regard interloqué de sa petite-fille. Figurez-vous, les jeunes, que les absences de Kali ne datent pas d'hier.

— Ce qui a créé nombre de situations cocasses, reprit Monsieur Tan. Lors de la soirée que tu évoques, d'ailleurs, c'est *nous* qui avons fini attachés !

— Eh ! Il fallait bien que je me défende ! Vous avoir maîtrisés, tous les quatre à la fois, j'en suis pas peu fière !

— Parfois, j'ai l'impression que tu ne te souviens que de ce qui t'arrange, grimaça Babadji.

— Vous avez dit « tous les quatre », intervint Kétinée. C'est-à-dire ?

— À l'époque, il y avait le jeune Kilma, bien sûr, précisa Monsieur Tan. Et puis notre amie Acacia, aussi.

— Toutes et tous, on s'est retrouvés nus à un moment donné, affirma Kali en riant. Avec Babadji dans les parages, impossible d'y échapper !

Ambala ne parvint pas à conserver son stoïcisme lorsque Kali en vint à évoquer les amours tumultueuses et compliquées de Babadji, avant que celui-ci ne rencontre sa femme Likou. Entre les lignes, il fallait comprendre que Kali et lui avaient vécu une aventure ensemble. Ce soir, ils s'asticotaient tel un vieux couple.

Il fut précisé que Kali avait pour nom de famille Mantegna, et qu'elle avait passé son enfance entre l'Afrique du Nord et Sorrente, en Italie.

— Excusez-moi, vous recevez des invités, Babadji ? s'enquit dans l'encadrement d'une porte un visage pâle aux yeux cernés, celui d'une jeune maman qui portait son enfant de trois mois, emmitouflé dans une grande couverture.

— Oh oui Helena, pardon, marmotta Babadji. Le bruit que nous faisons vous dérange, peut-être ? Nous allons essayer de baisser d'un ton.

— Hum, si on te dérange, il serait peut-être temps de te trouver un autre logement en ville, tu ne crois pas ?

Cette réplique incendiaire surprit tout le monde. Helena Silène fronça les sourcils.

— Ravi de te savoir de retour ici, Kétinée.

Sans un mot de plus, elle tourna les talons avec dignité, emmenant avec elle la petite Flavie qui babillait. Un silence de l'assistance, gênée, poussa Kétinée à avouer :

— Je ne voulais pas que ça se passe comme ça…

La mambo quitta précipitamment la pièce. On l'entendit gravir les escaliers qui la séparaient d'Helena.

Kali leva l'index en l'air.

— Au fait… Vous avez des nouvelles de Kilma ?

Cette fois, ce fut Babadji qui se mit à soupirer.

— Il faut qu'on te raconte…

Tandis que le vieux marabout expliquait la tragédie survenue quelques mois plus tôt, Kétinée toqua à la porte de la chambre occupée par Helena et par Flavie. Mère et fille étaient installées dans le lit, l'enfant tétant le sein gorgé de ce lait qui allait lui emplir le ventre et l'aider à se rendormir.

— Je… mmh, m'excuse, eut du mal à prononcer Kétinée. Bien entendu, il n'est pas question de te mettre à la porte.

— Mais cela te ferait sacrément plaisir, non ? rétorqua Helena.

— Non. Non, je…

— Ne me mens pas, Kétinée. T'as beau être une fille intelligente, compatissante… qui donc supporterait de vivre sous le même toit qu'une femme amoureuse du même homme qu'elle ? Surtout que j'élève en ce moment l'enfant qui nous lie, Ernest et moi. Malgré son absence, Flavie nous rapproche, tu le sais.

Face à cette provocation, Kétinée préféra demeurer silencieuse. Son regard s'attarda sur la frimousse surmontée de cheveux roux, sur ces bras minuscules, et ces pieds mobiles qui moulinaient l'air.

— Nous pouvons difficilement nous apprécier, Helena, finit-elle par admettre. Et la situation actuelle ne peut durer éternellement… Cependant, par respect pour Ernest et pour ce qu'il endure en ce moment, je suis prête à…

— Je sais ce que je te dois, Kétinée, l'interrompit Helena.

La mambo demeura interdite.

— Je ne suis pas sorcière comme vous tous ici, prononça encore la trapéziste. Mais lors de l'accouchement, j'ai tout senti, tout vécu… Et j'ai compris que sans toi, sans ce que tu as fait… je ne serais plus là. Flavie non plus, je pense.

Kétinée ne sut quoi répondre. Mal à l'aise, en proie à des sentiments vifs et contradictoires, elle se mordit la lèvre inférieure.

— N'importe qui aurait accompli ce que j'ai fait à ce moment-là, avança-t-elle.

Helena secoua très lentement la tête.

— Oh, non. Bien sûr que non. Je peux déjà te dire que je n'aurais pas aussi bien agi, à ta place.

Tandis qu'Helena la scrutait, Kétinée sentit son corps se crisper. En ce moment de sincérité, elle voulait poser une question que ses lèvres n'osaient formuler. Au prix d'une courte lutte intérieure, elle finit par demander :

Chapitre XIIII

— Est-ce que… Est-ce que tu aimes encore Ernest ? Est-ce que tu l'aimes vraiment ?

Helena la fixa, droit dans les yeux.

— Tout serait tellement plus simple pour toi si ce n'était pas le cas, n'est-ce pas ?

Entre les deux femmes s'installa un autre silence, bien plus long que les précédents.

— Il vaut mieux que je parte d'ici… Je l'ai bien compris, signifia Helena. Demain, je préparerai mes valises, et…

— Non. Non, tu restes avec nous, l'interrompit Kétinée. Nous avons peu d'argent, mais tu en as moins que nous, et il faut que tu élèves ton enfant correctement… Ernest va bien finir par revenir, par avoir une permission… Nous discuterons de tout cela ensemble. Afin de trouver la meilleure solution pour tous.

Helena Silène cligna des yeux. Elle réfléchissait.

— Je… Je ne suis pas bien sûre. Je…

— Moi non plus, Helena, je ne suis sûre de rien. Mais Flavie mérite la meilleure vie possible. Et, même si j'ai pu parfois penser le contraire, je ne veux pas te savoir à la rue.

Dans les yeux d'Helena luttaient plusieurs sentiments, du défi et de la fierté. Pourtant, ce fut bien la reconnaissance qui s'y montra la plus visible. Un moment passa de nouveau : personne n'osait plus rien dire, de peur de briser l'équilibre de cette entente si fragile. Puis Helena, épuisée, s'endormit en même temps que Flavie.

Kétinée quitta la chambre et demeura sur le palier, à l'endroit précis où lui était apparu Papa Legba. Instinctivement, elle tritura le pendentif qui ne la quittait jamais, et dans lequel était emprisonnée une mèche de cheveux d'Ernest.

L'espace d'un instant, elle eut juste envie d'arracher ce bijou et de le jeter par la fenêtre. Elle finit par le retirer, l'enfouit dans le tiroir d'une commode, sous une pile de ses vêtements. Il semblait peser des tonnes désormais.

Les voix mêlées qui montaient du rez-de-chaussée parurent l'appeler. Elle secoua la tête et rejoignit les autres. Qui faisaient deux fois plus de bruit que tout à l'heure, lorsqu'ils empêchaient Helena de dormir. Elle comprit pourquoi : sur un guéridon trônait une bouteille d'eau-de-vie de prune déjà bien entamée.

— Cette fille, dont… dont on parle, bégaya Babadji. Irina Quelque chose… ce serait pas celle, pou… pour laquelle vous vous êtes battus, Kilma et toi ?

— Oui, voilà… hic… c'est bien elle, avoua Monsieur Tan. Et je ne suis pas fier d'avoir cassé le nez de ton frère cette fois-là.

— Mais il s'est vengé, non ? se souvint Kali. Il t'a pas… fiouuuu… lancé une malédiction, ou quelque chose ?

— Rôôôh, ce n'était pas une malédiction, voyons, se défendit l'Asiatique. Juste un sortilège localisé qui… hum… m'a empêché de me servir de mon… a-hum… pendant quelque temps et…

— Mais oui ! Ce qui… ce qui lui a permis de s'occuper d'Irina Je-ne-sais-plus-qui à ta place !

De nouveau : un fou rire contagieux. Auquel Kétinée ne résista pas. Il fut ensuite question d'une excursion au pays dogon, d'autres péripéties rocambolesques. On s'esclaffa encore. Et l'on but beaucoup, à la mémoire de Kilma. À tel point que seuls les plus jeunes, beaucoup plus raisonnables que les anciens, gardèrent les yeux ouverts. Babadji et Kali finirent par somnoler sur les coussins entassés avant de se lancer, ensemble, dans un concert de ronflements. Le résistant Monsieur Tan, encore valide mais la mine défaite, avait insisté pour rentrer chez lui. On le trouva recroquevillé sur le sol, du côté de la porte d'entrée qu'il n'était jamais parvenu à atteindre. Ambala lui dénicha un oreiller, une couverture et le laissa entamer sa nuit comme les autres.

— Je me demandais où s'arrêteraient les révélations de ces trois phénomènes, se gaussa Kétinée. Vraiment, je les adore !

— Voilà nos vénérables adolescents à cheveux blancs en visite au monde sorcier des songes, analysa Napoléon, espiègle. Et très bientôt… vers celui de la migraine carabinée !

— Ils ont tellement parlé de leur jeunesse que nous n'avons pas même eu le temps de discuter entre nous, analysa Ambala. Juste avant que vous n'arriviez, Monsieur Tan et moi évoquions les incessants tremblements de terre qui ravagent la région de Cracovie en ce moment. Tout le monde ne parle que de ce phénomène.

— Première nouvelle ! Je n'ai même pas eu le temps de lire les journaux, avoua Kétinée. Il valait mieux garder un œil constant sur Kali. D'ailleurs, il faut que je t'explique…

Bientôt, Napoléon et elle relatèrent leur expédition mouvementée au pays de Galles, à Horn Knot, jusqu'à l'envol des Corbeaux. Fidèle à son caractère attentif et patient, Ambala écouta attentivement.

— Passionnante cette histoire autour du pays de Rün, commenta-t-il. J'en ai déjà entendu parler, en effet… Quant aux Corbeaux : je me suis renseigné sur eux. La façon dont ils se définissent – comme une « force d'équilibre » – ne m'étonne pas. D'après ce que j'en sais, ce groupe de sorciers, qui existe depuis longtemps, préfère rester dans l'ombre. Eh bien… hâte de voir où et quand ces gens-là ressurgiront. En espérant que nous pourrons nous entendre…

— Au fait, mon oncle... à quoi correspondaient ces cachotteries avant mon départ pour le pays de Galles ?

— Cela n'a pas été facile… mais regarde ce que j'ai récupéré du côté de La Rochelle.

De l'une des bibliothèques, il extirpa un volume relié de cuir assez abîmé. Kétinée reconnut aussitôt l'écriture : il s'agissait de l'un des carnets de Raoul Villempré. Celui-ci portait le numéro 5.

— Oooh, incroyable, ça !

Avec précaution, la mambo feuilleta l'ouvrage. Il avait pris l'eau à plusieurs endroits. Malgré ces imperfections, la majorité des croquis et des paragraphes demeuraient lisibles.

— Ces notes ont souffert des nombreux trajets de Raoul en bateau, estima Ambala. À moins, bien sûr, qu'il ne s'agisse d'un manque de soin de la part de celui qui a hérité du carnet.

— Comment tu l'as récupéré ?

— C'est un marin à la retraite qui me l'a vendu. Un peu sorcier, et qui a pas mal bourlingué. Il a tenté de visiter certaines des destinations exotiques dépeintes là-dedans. Avec plus ou moins de succès. Il ne connaissait pas Raoul. Lui-même tenait le carnet d'un de ses collègues, décédé depuis, et sans héritier.

Certains croquis, représentant des lieux fantasmatiques, des personnes intégralement tatouées ou des créatures enflammées, interpellèrent Kétinée. Elle avait hâte de s'y plonger, de compulser les pages encore déchiffrables.

— Je me demande s'il existe une encyclopédie, ou même un guide, à part ces carnets, sur les mondes magiques, leur localisation…

Selon Ambala, un tel ouvrage avait peut-être existé jadis. Sans pouvoir résister au passage de l'Inquisition, qui en avait sans doute brûlé les différentes copies. Le témoignage de Raoul n'en était que plus précieux.

— Même à notre époque, plusieurs extrémistes, comme la Forge par exemple, se réclament encore du *Malleus Maleficarum* : *Le Marteau des sorcières*, expliqua Ambala. Vous savez : cet ouvrage qui a catalysé l'hystérie vengeresse autour de nos semblables. À cause de ce courant haineux, sorcières et sorciers ont vécu cachés durant de nombreux siècles, avares de leurs secrets, peu enclins à révéler l'existence de leurs mondes cachés.

Ambala poursuivit, en déplorant l'hystérie catalysée autour de ses semblables, et plus particulièrement des femmes, sorcières véritables ou non, qui avaient pâti de cette traque continuelle, des procès et exécutions absurdes qui en avaient résulté.

— Du statut de guérisseuses respectées, de gardiennes d'un certain savoir, les sorcières sont devenues les victimes de toutes les outrances, ajouta-t-il dans une moue. Et des plus noirs penchants de l'âme humaine…

— J'ai lu plusieurs comptes rendus de procès, opina Kétinée. Il était question de ces filles qu'on a torturées avant de les brûler. Le pire, c'est que la grande majorité des victimes n'affichaient aucune accointance avec la véritable sorcellerie.

— Le passé est bâti de ces crimes quotidiens, loin des grandes guerres, que ne mentionnent que très peu les livres d'histoire, regretta Ambala. En cela, l'Atlantide était exemplaire. Car hommes et femmes y vivaient en parfaite égalité. Avant que tout ne dégénère et que la maladie ne s'y installe…

— Plus tu m'en parles, plus les Terres Oubliées paraissent uniques, s'anima Kétinée. Il va falloir que tu racontes tes expéditions dans le détail. Celles de grand-père, de Kilma… Tout ce savoir… ça ne doit pas se perdre.

— D'après ce que j'ai compris en lisant ce nouveau carnet de Raoul, celui-ci présentait une faculté fabuleuse : celle de se rendre en n'importe quel endroit magique avec une déconcertante facilité. Tu te souviens qu'il évoquait les jardins suspendus de Babylone ? Normalement, cet endroit est scellé. Voilà pourquoi les carnets de ce sorcier se révèlent si fabuleux. Raoul a su visiter nombre de lieux oubliés, difficiles d'accès ou bien carrément interdits. On pourrait le taxer d'illuminé, d'affabulateur, bien sûr… Cependant, si je compare avec ce que je sais, sur les Terres Oubliées par exemple, tout est exact.

— Pas étonnant qu'Ernest n'ait jamais rencontré son père, soupira Kétinée. Cet homme se trouvait perpétuellement en expédition…

Napoléon feuilleta à son tour le nouveau carnet, s'arrêta sur une page située au premier tiers de celui-ci.

— Qu'est-ce que c'est, cette liste, là ? On dirait que votre Raoul a voulu catégoriser les différents mondes magiques.

— C'est exactement ça, confirma Ambala. Il note ici les différents types d'endroits créés par des sorciers. Si je résume sa pensée, il y a les mondes repliés sur eux-mêmes, les lieux sacrés, les mondes malades ou brisés, ceux qui ont disparu, ceux qui sont juste des passages vers un ailleurs, ceux qui sont prospères, ceux qui cherchent à s'étendre et, enfin, les plus dangereux peut-être, ceux qui contaminent les autres… Tout dépend de la volonté de l'architecte à l'origine du monde.

— De l'architecte ou des architectes, compléta Napoléon. D'après ce que je sais, plusieurs volontés peuvent s'associer pour créer un monde.

Ambala hocha la tête.

— Certains peuvent même reprendre un monde délaissé, le revigorer, voire le réinventer selon leur propre personnalité.

Chapitre XIIII

— Un ami gitan nous a un jour dit que « nous sommes tous porteurs d'un monde », réfléchit Kétinée. Alors... ça veut dire que, potentiellement, il existe autant de mondes que de sorciers ?

— Potentiellement, oui, confirma Ambala. Cependant, construire un monde est une œuvre longue et complexe. Qui demande bon nombre d'éléments surnaturels, une mise en place soutenue par un rituel de grande envergure. Faire exister un monde nécessite non seulement de la volonté, mais aussi beaucoup de temps, une grande énergie... Et puis, les mondes peuvent se détériorer. C'est le cas des Terres Oubliées.

— Ou bien du monde du Roi Clochard, blessé par Déa lors de notre visite, se souvint Kétinée.

— D'où l'importance de la fête du Bœuf Gras dans les catacombes, compléta Napoléon. Là-bas, j'ai vu des dizaines de personnes vraiment étranges. Des filles guerrières, des sortes de grands lézards... Tous ces gens avaient besoin du sang du Grand Taureau pour que leur pays survive ou se renforce.

Ambala afficha un air distant.

— Fort heureusement, il existe d'autres moyens de réparer les mondes que de passer par cet hybride meurtrier et prétentieux. Surtout lorsque le mal est plus profond...

Mentalement, Kétinée voulut faire correspondre ses quelques visites avec les différentes catégories énoncées par Raoul.

— Le royaume du Roi Clochard et celui situé à Llangrannog, Horn Knot, seraient des mondes repliés sur eux-mêmes, énonça-t-elle. Le territoire du Yurugu et les catacombes de Paris : des lieux sacrés. En revanche, le souterrain qui permet d'accéder au pays dogon serait juste un passage. Quant au

Castel, je n'y suis jamais allée mais il doit s'agir… d'un monde prospère. Ou qui veut s'étendre, vu la personnalité du Prince.

Ambala, rêveur, se lissa la barbe en écoutant Kétinée.

— Je n'en sais pas assez sur lui pour te répondre… mais tu dois être dans le vrai, ma nièce.

— Il est tout de même dommage qu'une encyclopédie sorcière n'existe pas, regretta Kétinée. L'ignorance ne crée que la peur et l'incompréhension.

— Reste la tradition orale, intervint Napoléon. Telle que la pratiquent nos ancêtres dogons. Ces légendes qui passent d'un sage à un autre sont souvent porteuses de vérité. Même si elles se trouvent modifiées au fil des récits, en fonction du conteur…

La mambo réfléchit :

— Je reste sur mon idée d'encyclopédie : mieux comprendre la géographie secrète, c'est aussi cerner les conflits d'intérêts qui animent le monde sorcier. Vous voyez ce que je veux dire ? Qui veut quoi ? Et pourquoi ? Je pense notamment à Ludwig et Lucienne Arquenotte…

— Coucher tout cela sur papier, ce serait l'œuvre d'une vie, acquiesça Ambala. Et j'avoue que cette tâche m'intéresserait… Pour le moment, nous avons déjà les carnets de Raoul. Du moins, certains d'entre eux…

Sous les ronflements des anciens, Kétinée feuilleta encore le carnet numéro 5, peuplé de créatures esquissées avec minutie. Vers la fin de l'ouvrage, elle reconnut les personnages à trois yeux, emblématiques des Terres Oubliées.

— Il est souvent question de l'Atlantide, commenta-t-elle. On dirait bien que Raoul s'y est promené plusieurs fois.

— Ce qui est un exploit, facilité par ses capacités singulières, expliqua Ambala. Même pour les sorciers aguerris, tu n'as pas idée à quel point il est délicat de s'y rendre. D'y séjourner ensuite. Et puis d'en revenir. Chacune de ces trois étapes dépend d'un calendrier très précis, de circonstances favorables. Et d'une totale maîtrise de rituels anciens d'une grande complexité.

Napoléon fit une grimace.

— Tu as beau te préparer, cela ne suffit pas… J'en connais quelques-uns qui ont voulu rejoindre l'Atlantide à tout prix. On a retrouvé leur cadavre calciné, dévoré par des énergies volatiles et violentes qu'ils n'ont jamais su maîtriser.

— Et pourtant, vous y êtes arrivés vous deux, énonça Kétinée avec admiration.

— Parce que moi aussi j'ai un avantage, précisa Ambala, j'ai des origines atlantes. Comme très souvent en sorcellerie, le sang a son importance.

— Ce qui veut dire… que je pourrais aller jusqu'aux Terres Oubliées moi aussi ? comprit Kétinée. Découvrir le pays de grand-mère Likou…

— Malheureusement, de nos jours, l'endroit regorge de morts-vivants, de bêtes sauvages et de ce genre de joyeusetés, souffla Napoléon. Lorsqu'on y est allés, on a bien cru mourir au moins vingt fois par jour !

— Certes, convint Ambala. Cependant je reste persuadé que l'on pourrait réhabiliter ce grand continent perdu, qui jadis fit partie de la géographie humaine, avant de s'exiler dans les mondes invisibles… Il faudrait pour cela revitaliser certains points cruciaux, y faire revivre les rivières, la végétation… Bien entendu, il s'agit là d'un travail titanesque.

Napoléon lui lança un regard dubitatif.

— Ne me dis pas… que tu songes encore à ce genre de choses ? Si le Grand Taureau t'a tué, c'est à cause de ton obsession pour les Terres Oubliées, justement…

— Non seulement j'y songe, mon ami, avoua Ambala… mais je compte de nouveau agir.

Il saisit le carnet de Raoul Villempré et rechercha une page bien précise. Kétinée le fixa. Et se souvint des paroles prononcées par les Corbeaux, ces êtres qui eux aussi paraissaient concernés par la disparition des peuplades sorcières.

« Votre rôle, nous nous efforçons de le laisser s'accomplir au mieux, lui avait affirmé Idonéïs. Sans trop interférer avec ce que vous souhaitez vraiment. Car ce choix doit venir de vous, et de vous seuls. »

Bientôt, Ambala plaqua un croquis du carnet au beau milieu du guéridon en déclarant :

— Regardez ces multiples sources qui se joignent en un endroit somptueux…

Le dessin avait interpellé Kétinée quand elle l'avait rapidement vu, en feuilletant le carnet. Mais elle n'en avait pas saisi l'étonnante complexité. Des entrelacs sillonnaient un vaste paysage bordé de temples, et tout convergeait vers la partie la plus majestueuse du croquis, une vallée redessinée page suivante à plus grande échelle, richement annotée. On y trouvait deux pyramides. L'une d'elle, inversée, paraissait en suspension dans les airs.

— Tel est l'endroit que j'ai longtemps cherché, en vain. Mais voici la preuve de son existence : le point vital des Terres Oubliées. La fontaine sacrée de Tenngalidji !

Napoléon tressaillit.

— Oh, eh bien… figure-toi que j'ai trouvé récemment une enluminure qui y ressemble.

Il montra le rouleau découvert au pays de Galles. Placés l'un à côté de l'autre, les deux dessins offraient bien deux visions du même site, dans deux styles très différents.

Chapitre XIIII

— Voilà qui est extrêmement précieux ! s'exclama Ambala en se plongeant dans le texte en latin, puis en hochant la tête à de multiples reprises.

L'étude dura plusieurs dizaines de minutes, durant lesquelles Kétinée scruta Ambala. Dans les yeux de son oncle s'était allumée une flamme que la jeune femme avait reconnue : la même étincelle passionnée qui animait le regard de son grand-père lorsque celui-ci se lançait, corps et âme, au cœur d'une entreprise réputée impossible, émaillée de périls mortels.

— Je dois vous l'avouer : les notes de Raoul Villempré ont ranimé certaines théories que j'avais échafaudées au fil de mes découvertes, clama Ambala. Et ce rouleau que vous avez ramené de Horn Knot, quelle aubaine ! Si tout ce qui est développé ici est à peu près vrai, si l'explorateur et le copiste ne se sont pas trompés… je pense qu'il est possible de faire renaître l'Atlantide.

Tandis qu'il s'animait, qu'il étalait ses propres notes assemblées durant ses nombreuses recherches et ses voyages, Kétinée observa encore Ambala. Cette quête de renaissance paraissait guider tout son être. Éclairer son regard bleuté. Définir sa raison de vivre. Être mort puis ressuscité n'y avait rien changé.

La mambo possédait cette même détermination : un feu que rien au monde ne saurait éteindre. Au pays de Galles, elle avait pris elle aussi une décision. Elle faillit en parler à son oncle.

Pourtant, elle se ravisa. D'abord parce qu'Ambala était trop investi dans sa propre quête. Ensuite parce qu'il aurait sans doute voulu la stopper.

L'entreprise, en effet, pouvait sembler hasardeuse.

Dans un premier temps, donc, elle agirait sans son concours.

XV

Lettre datée du 9 décembre 1876, signée Kétinée Mountabila, adressée à Léopold Sabérian, chemin des Brouillards, Verdun.

Bonjour Léopold,

Quel plaisir de recevoir de tes nouvelles ! Je ne doute pas que, bientôt, tu sauras m'écrire « tout seul », comme tu le souhaites. En attendant, remercie ta grande sœur qui a su si bien t'aider à rédiger ta dernière lettre.

J'aimerais vraiment te rendre visite un de ces jours, à Verdun. Cependant l'affaire de votre disparition me semble encore très présente dans les mémoires. Et je doute que, malgré mon acquittement au procès, je sois la bienvenue dans la région…

Je suis heureuse que tu aies pu revoir certains des enfants avec lesquels nous avons voyagé : Agathe, Hugo, Pauline et les autres. Surtout, embrasse-les fort de ma part !

Itsy m'a l'air encore sacrément coquine malgré son grand âge de souris. J'ai beaucoup aimé le dessin que tu as fait d'elle. Tu as vraiment réussi sa frimousse… et ses moustaches !

Ici, à Paris, tout va plutôt bien. Je passe du temps avec ma famille, avec Flavie, la très jeune fille d'Ernest, et je voyage un peu.

Ce que tu me racontes concernant tes « dons secrets » ne m'étonne pas. Sois bien prudent en les utilisant, surtout.

Peut-être serait-il possible que l'on se retrouve à Paris, quand reviendront les beaux jours ? Surtout, dis à tes parents que tout le monde est bienvenu. La maison de mon grand-père a beau être assez exiguë, nous savons toujours pousser les meubles afin d'accueillir les amis.

À bientôt Léopold,
Je t'envoie mille baisers enchantés,
Ton amie,
Kétinée.

*

Lettre datée du 12 décembre 1876, signée Louise Balsia, adressée à Kétinée Mountabila, 15A, rue du Dragon, Paris.

Je dois avant tout te présenter mes excuses, Kétinée : cette lettre promise arrive plus tard que prévu. Je t'écris d'une chambre d'hôtel, bien entendu de nuit, au pied des Pyrénées. Les mois d'automne et d'hiver, même s'ils sont rudes, ont l'avantage de voir se déployer l'obscurité. Ces jours qui raccourcissent me permettent de passer davantage de temps hors de cette torpeur et cette peur viscérale que provoque chez mes semblables l'arrivée imminente du soleil. Je te passerai le détail de mes moments nécessaires de léthargie, et des ruses qu'il a fallu déployer pour s'assurer de ne pas me retrouver réduite en cendres sans même m'en rendre compte. Cela faisait un bon moment que je n'avais pas quitté Paris, le confort de mon domicile de la rue Séguier, et j'avais presque oublié combien les vicissitudes et les imprévus liés aux voyages pouvaient se montrer harassants.

Tous les soirs, je prends soin de tirer les cartes, histoire de ne jamais perdre la main.

Cela va te sembler étrange : ces derniers temps, j'ai l'impression que mes cartes m'appellent. Dans l'ombre de leur retraite, enfermées dans leur boîte, elles murmurent un message que je peine à comprendre. Explorer ces arcanes me demande une certaine concentration qui, à cause de la fatigue de mes déplacements répétés, me fait cruellement défaut.

Pourtant, je fus bohémienne en mes jeunes années, lancée à travers les routes les plus aventureuses, avant qu'une funeste rencontre ne fasse de moi cette orchidée qui ne fanera pas, mais que jamais plus un rayon de soleil ne saura caresser. Sauf lorsque celui-ci sera le tout dernier, bien entendu : mes semblables ne sont guère à l'abri des accidents, et encore moins de la très forte lassitude qui nous étreint parfois.

Lorsque je tire les cartes en pensant à toi – et cela m'arrive souvent – c'est toujours l'arcane numéro XVII, celui de l'Étoile qui m'apparaît. Je t'associe donc à l'espoir, cet astre qui brille plus que tout autre, et qui sait nous guider vers un avenir que j'ose imaginer plus épanoui.

Quant à moi, je parais condamnée à l'arcane voisin : la Lune, là où se déploient la divination et mon existence d'immortelle exilée, parfois mélancolique, pour toujours condamnée au crépuscule.

Nous avons beau être changeants, tour à tour Justice, Papesse ou Diable, certains arcanes nous définissent mieux que d'autres. Ils sont notre quintessence, et peut-être le résumé de notre existence.

Dans mes pérégrinations autour des Pyrénées, j'ai à mes côtés ma fidèle Létie, ainsi que deux solides gaillards, recrutés en chemin, qui s'avèrent fort utiles pour toutes les tâches physiques que je ne puis assurer durant mes siestes prolongées. Débrouillards et musculeux, quoiqu'un peu frustes, ils peuvent aussi me servir, très occasionnellement, à rassasier mes appétits.

Je vois d'ici le regard de reproche que tu pourrais m'adresser à cet égard, chère Kétinée, et je tiens à te rassurer : si j'abuse d'eux en effet, ce n'est pas davantage qu'il n'en est nécessaire. Car, s'ils se retrouvaient exsangues, cela compromettrait ma progression.

Les traitant avec un minimum de décence malgré leur rudesse, je déchaîne parfois mes côtés les plus sombres sur d'autres âmes moins simples : celles qui possèdent un vide béant là où devrait s'étendre leur conscience. J'ai ainsi rencontré quelques bandits de grands chemins, truands et autres détrousseurs qui avaient jusqu'ici échappé à la justice humaine. Leurs conceptions malsaines et leurs pulsions nauséabondes ont submergé un moment mes capacités télépathiques. Inutile de te préciser que j'ai sans remords mis un point final à leurs exactions répétées, très présentes dans leurs souvenirs et la constitution de leur être. De quoi me nourrir convenablement, et m'intéresser davantage à celles et ceux qui en valent vraiment la peine. En l'occurrence, à la famille Giacomo-Rodriguez, qu'il m'a fallu localiser après bien des errances.

Je n'étais pas revenue dans les Pyrénées depuis plus d'un demi-siècle. Et si je suis restée en contact avec ma chère amie

Chapitre XV

Remedios via une correspondance assez régulière, j'ai été saisie, lorsque je l'ai enfin trouvée, de découvrir ses cheveux blancs, son long faciès aux mille rides, et puis surtout sa descendance. Toutes ces jolies têtes brunes qui sautillent en tous sens, ces gitanes gracieuses, ces grands gaillards barbus, qui toutes et tous l'appellent désormais Mamà. Remedios m'a évidemment trouvée égale au souvenir qu'elle possédait de moi, bien que beaucoup trop pâle à son goût. Elle s'est enquise de ma santé, de mon régime alimentaire, de toutes ces choses sur lesquelles, pour ne pas te lasser, je ne m'étendrai point. Notre conversation s'est déroulée au sein d'une charmante vallée merveilleusement habillée de neige, et dont je ne saurai par lettre te dépeindre tous les attraits. Ensemble, nous avons évoqué bien des sujets, ravies de se retrouver après ces quelques décennies. Des gens que nous connaissions toutes deux, peu ont survécu – si l'on n'excepte le cas des Pueblo.

Remedios m'a fait rire, car elle n'a eu de cesse de me proposer un bout de pain, un breuvage chaud, une pâtisserie pour aussitôt se raviser. Hospitalière de nature, elle était peinée de ne rien savoir offrir qui puisse me satisfaire. Pourtant, elle m'a toujours connue vampire…

Toi et tes amis semblez lui avoir fait forte impression, car elle a très souvent vanté vos qualités et votre belle vitalité. J'ai eu le regret de lui annoncer le décès de ton grand-oncle Kilma, une nouvelle qui paraît avoir affecté la tribu entière. Pour ne rien te cacher, Remedios et moi nous connaissons si bien que j'en suis venue à évoquer les circonstances exactes de sa disparition, et le retour d'Ambala parmi les vivants. Toi qui l'as rencontrée, tu imagines sans nul doute la grimace tourmentée qui a tordu son visage. Comme ses descendants, Remedios se méfie de tout rituel susceptible de changer les lois immuables qui nous gouvernent. Le retour d'Ambala, par son ampleur, par la quantité de créatures et sorciers redoutables que cet événement a rassemblés, est pour elle le parfait exemple de ce que jamais il ne faut entreprendre.

— Regarde-toi, s'est-elle emportée en me désignant de son index. Même si tu ne vieillis plus, tout dans ta présence défie les dieux et porte les stigmates de ta malédiction ! Ne plus voir le jour se lever, voilà ton fardeau éternel. Et tu penses qu'un acte aussi particulier que la résurrection d'un sorcier dans les catacombes ne s'accompagne pas d'un plus lourd tribut ? Une seule disparition ne saurait équilibrer cela. Je te le dis en face : il ne faudra pas s'étonner si d'autres événements, plus profondément graves que la mort de Kilma, ne viennent bien vite émailler votre parcours. Car en ces catacombes vous avez, selon moi, puisé aux dangereuses sources de l'ombre.

Je te retranscris et te traduis ses paroles telles que je me les remémore. Son ton solennel et la certitude tremblante qui émanaient d'elle m'ont impressionnée. Elle m'a même traitée de gamine pour avoir accepté de participer, à vos côtés, aux « élucubrations de ce vieux fou de Babadji ».

Avec quelques semaines de recul, je me dis que tout cela est exagéré. Extrêmement pieuse, Remedios n'aime pas ce qui sort de l'ordinaire – ou tout du moins d'un extraordinaire dans lequel son propre code moral se coule sans trop de contorsions. Même si je dois reconnaître qu'entre la visite des mystérieux Corbeaux, des loups-garous, de Lucienne Arquenotte, de cet étrange Ludwig, des quatre déités venues de Verdun ou encore du Yurugu, il y avait de quoi se sentir bien à l'étroit, dans cette crypte…

À ce propos, j'en suis venue à discuter de cette ressemblance que tout le monde a remarquée, entre Lucienne et moi. J'ai donc posé cette question à Remedios :

Chapitre XV

— Sais-tu si cette Lucienne Arquenotte est ma mère ?

— Il me semble que oui, m'a-t-elle répondu.

Mais ce n'est pas tout, Kétinée : elle m'a révélé ce qu'elle n'avait jamais osé me dire. À savoir que mon père est sans doute l'ennemi juré du clan Giacomo-Rodriguez. Ce roi gitan cruel que tu as croisé à deux reprises déjà : Vasco Pueblo, qui selon elle aurait conclu de nombreux pactes contre-nature afin d'obtenir un plus grand pouvoir et allonger sa vie. Je crois bien avoir vu Remedios cracher dix fois par terre tandis qu'elle l'évoquait : voilà à quel point elle le déteste. Et pour cause : au cours de sa longue existence, Vasco a torturé ou assassiné de très nombreuses personnes chères aux yeux de mon amie. Me révéler cette filiation lui a été extrêmement pénible, et elle a scruté chacune de mes réactions avec une grande appréhension. Je me suis efforcée de demeurer stoïque, et à vrai dire je n'ai pas eu trop de mal à accepter cette possibilité à laquelle j'avais eu le temps de songer.

Ainsi, selon ses dires, j'ai eu mes deux parents en ma présence, la fameuse nuit où Ambala a ressuscité. Tu l'ignorais encore : j'ai été jadis élevée par un couple de gitans sans enfants, et décédés depuis. Victimes des vampires qui leur sont tombés dessus, mais qui m'ont épargnée. Pas par charité, tu t'en doutes. Mais à cause de mon talent de taromancienne, qui les avait intrigués. Après bien des péripéties que je t'épargne, j'ai tourné le dos à ces brutes-là. Sache juste que le petit monde des vampires s'étend, comme tu t'en doutes, en des zones absolument dépourvues de cette morale si chère à Remedios, et qu'elle peinerait même à imaginer. Des rencontres m'ont permis de ne pas mépriser ces êtres humains, sorciers compris, que la plupart de mes semblables ne considèrent pas autrement que comme des proies plus ou moins faciles. Être la fille d'un gitan lycanthrope sans scrupule et d'une manipulatrice sans âge ne me fait par conséquent ni chaud ni froid. J'ai connu bien des personnages abjects au cours de mes quelque cent vingt années de vie – un âge tout à fait ridicule, pour l'immortelle que je suis.

Pour autant, oui... j'aimerais rencontrer Vasco, Lucienne. Avoir l'occasion de parler avec eux sans qu'ils tentent de me tuer cette fois. Déjà qu'ils m'ont abandonnée...

La vieille Kali Mantegna, que tu as évoquée, m'intrigue. Si elle descend de Lucienne elle aussi, elle est donc ma demi-sœur cadette. Malgré ses soucis de mémoire, j'aimerais sonder son esprit et en apprendre davantage.

Remedios et moi, nous en sommes venues à parler de Déa. Par rapport à sa disparition, elle ne s'est pas montrée optimiste. De nouveau, je vais t'écrire ce qu'elle a déclaré – je te présente mes excuses si cela te paraît brutal.

— Pour moi, la petite fille que vous avez connue n'existe plus, m'a-t-elle annoncé sans ambages. Peut-être même n'a-t-elle jamais vraiment existé. Et si vous la recroisez... surtout méfiez-vous d'elle. Personne ne séjourne en Enfer sans être irrémédiablement corrompu.

J'espère que tu excuseras ma sincérité à te rapporter tout cela. Je me doute combien ces déclarations peuvent heurter les sentiments d'Ernest, lui qui a élevé Déa comme sa fille avant que tout ne se complique. Remedios s'est montrée bien plus alarmiste encore : selon elle, il vaudrait mieux qu'Ernest ne retrouve jamais Déa.

Depuis qu'elle vous a connus, il y a près d'un an, mon amie gitane s'est plongée dans ses souvenirs. Elle a voulu se rappeler, au mieux, sa rencontre avec cette petite fille qui lui ressemblait tant. Ce devait être dans la vallée de Besiberri. Remedios et sa famille vivaient comme le font les Giacomo-Rodriguez : ils s'installaient là où s'arrêtaient leurs chevaux. Ils stoppaient leur roulotte, et repartaient plus tard.

Ce jour-là, une jeune aveugle est sortie des bois devant Remedios. Du haut de ses sept ou huit ans, elle a été marquée par son regard voilé de blanc, par son assurance, par sa facilité à se déplacer malgré son handicap. Par endroits, sa robe était brûlée. Loin de pleurer, l'enfant demeurait calme. L'oncle et la tante de Remedios l'ont recueillie. Elle a ainsi passé plusieurs nuits en leur compagnie. Comme elle ne voulait pas évoquer son ancienne vie, les adultes se sont inquiétés de son passé. Ils ont voulu savoir d'où elle venait. Quand ils ont commencé à parler d'un village en particulier, et d'un incendie qui s'y était déclaré quelques journées auparavant, la fillette n'a plus parlé. Au matin, elle avait disparu, sans avoir même révélé son nom, et sans laisser la moindre trace.

À l'époque, Remedios n'a rien su de plus. Et n'a jamais revu cette inconnue. Pourtant, ses pouvoirs naissants de sorcière ont été durablement marqués par son aura, par la puissance psychique que celle-ci dégageait. Une signature particulière que Remedios prétend avoir immédiatement reconnue lorsque, devenue Mamà Giacomo, elle s'est approchée de Déa.

Après votre départ, plusieurs gitans ont proposé de retourner dans le Besiberri. Leurs recherches les ont menés dans le village de Senet, en Catalogne. Là-bas, des anciens se souvenaient encore du terrible incendie qui avait ravagé l'orphelinat, soixante-cinq ans plus tôt. À partir du bâtiment sinistré, le feu s'est propagé. Plusieurs maisons voisines ont été consumées, ainsi que quelques hectares de forêt, entraînant un grand nombre de victimes.

J'y suis moi-même allée. Il ne reste plus rien d'intéressant là-bas. Et très peu de témoins directs du phénomène. J'ai retrouvé de vieux journaux qui ont relaté l'affaire. Dont on n'a jamais découvert les causes.

Évidemment, je me suis par la suite intéressée à l'historique de l'orphelinat, à sa réputation. Les archives de l'endroit ont brûlé le soir de l'incendie, aussi n'ai-je jamais trouvé les noms de celles et ceux qui y avaient été admis. D'après ce que j'ai compris, la compassion n'était pas vraiment de mise en ce lieu. Mais qui se soucie des châtiments corporels endurés par de jeunes enfants abandonnés ?

J'ai des théories, à ce sujet.

Déa – ou la personne qu'était Déa, à l'époque – a dû mettre le feu là-bas quand on les a un peu trop bousculés, elle et ses camarades. Puis grâce à son pouvoir elle s'est enfuie.

Même en cherchant, pourtant, même en usant de ma télépathie afin d'exhumer des traces de souvenirs enfouis dans la mémoire des plus vieux habitants de Senet, je n'ai pas trouvé d'où venait la Déa de cette époque, ni même comment on la nommait. Tout au plus ai-je noté deux ou trois noms d'autres enfants, dont aucun n'a ensuite grandi dans le village. Le seul petit garçon de cette époque que je suis parvenue à localiser est devenu menuisier, du côté de Pampelune, et j'ai appris aujourd'hui même qu'il est mort emporté par la tuberculose, il y a près de quinze ans. La piste des Pyrénées est donc une impasse. Et j'en suis désolée.

Comme tu t'en doutes, j'ai maintenant d'autres soucis en tête. J'hésite encore à me lancer sur la trace des Pueblo. Avant cela, j'aimerais rencontrer mes semblables qui séjournent dans le secteur. Ils ou elles sauront peut-être me renseigner sur Vasco, sur Lucienne Arquenotte, et sur leur relation. Les éternels méprisent souvent les vivants à ce point qu'ils ne s'intéressent guère à leur destinée. Cependant ils possèdent parfois un recul qui fait défaut aux mortels.

Encore faut-il que ces grands anciens acceptent de partager leurs secrets avec une jeunette comme moi… Nombreux sont ceux qui démembrent ou dévorent celles et ceux qui osent troubler leur sommeil…

Je n'ai pas vraiment évoqué Ludwig, et pour cause : personne ne semble même au courant de son existence. Et ce n'est sans doute pas ici que j'en apprendrai davantage sur celui que même mes parents craignaient…

J'ai failli oublier de t'écrire que j'ai revu Monsieur Dufoin, le solide destrier dont tu m'as parlé. Tu t'en doutes : les gitans s'en occupent bien. L'un d'eux, le plus vieux parmi les hommes du campement, le brosse chaque jour. Il m'a d'ailleurs plusieurs fois demandé de vous transmettre ses amitiés. Ce que je fais ici : il se nomme Vicente Rodriguez et vous salue. Cet homme-là m'a fait grande impression, par sa faconde, par sa bienveillance. Très franchement, on en ferait bien son quatre-heures…

J'arrive désormais au terme de ma lettre. J'espère que toute la famille Mountabila se porte bien, que tu trouves ton équilibre dans la délicate position qui est la tienne – même si je me doute que la cohabitation avec Helena et sa jeune enfant ne doit pas être évidente. Même si je respecte les sentiments que tu as su exprimer envers notre ami magicien, qui lui-même doit subir son lot d'épreuves, tu as la chance d'être encore vivante et sans attache indéfectible, en réalité. Il existe des alternatives autrement plus réjouissantes que l'attente, une personne intelligente et charmante comme toi ne saurait l'ignorer. Tu n'as qu'une seule jeunesse. Et crois-moi, rien même cette immortalité contraignante qui est mon lot ne peut la remplacer.

Mes meilleures pensées t'accompagnent, j'espère pouvoir te réécrire bientôt.

Ton amie,
Louise Balsia.

*

Lettre datée du 26 décembre 1876, signée Helena Silène, et destinée à Ernest Villempré, Le Castel, Rue des Remparts-d'Ainay, boîte postale 1209, Lyon

Tu n'es donc pas venu pour Noël. Je ne sais pas pourquoi j'avais cru si fort à ton arrivée parmi nous.

Qu'avons-nous eu ensemble depuis la naissance de notre Flavie ? À peine une heure, survenue bien trop tard. À peine une heure, avant que tu ne me sois enlevé de nouveau. Tu m'avais alors donné cette adresse, pour que je puisse t'écrire. Mais correspond-elle à autre chose qu'à une boîte postale ?

Depuis l'attaque de notre cirque, à Verdun, tu évolues en un univers qui m'est totalement étranger. Mon ancienne vie s'est désintégrée à la suite de ce cauchemar aux multiples ramifications occultes, en lien avec d'étranges souverains qui règnent sur des pays inaccessibles. Toi-même, je te sais à la merci d'un mystérieux Prince sans nom, contraint à effectuer des voyages émaillés de périls, dont tu m'as avoué ignorer le but.

Comment suis-je censée rester saine d'esprit, en ne sachant presque rien, et si loin de tes bras ? Dis-moi.

Chapitre XV

Comme je n'entends rien à cette sorcellerie à laquelle tu t'adonnes, j'en suis venue à construire ma propre explication, celle à laquelle je me raccroche pour ne pas perdre pied.

Pour moi, tu es une sorte d'espion. Quelqu'un que l'on envoie aux quatre coins du monde pour accomplir les sales besognes qu'un souverain en vue comme ce Prince-de-je-ne-sais-quoi ne peut officiellement assumer.

En repensant à tout ce que tu m'as dit, je crois ne pas me trouver trop loin de la vérité. Et cela m'aide un peu à faire face. À accepter de vivre parmi les masques africains, les gris-gris, les statuettes à plusieurs bras, aux multiples visages, les vieux livres de sortilèges et autres étagères à potions.

Je m'en veux de profiter de l'hospitalité de la famille Mountabila, qui se montre si prévenante à mon égard. Très souvent, je l'avoue, j'aimerais prendre ma petite Flavie sous le bras et décamper, retrouver en un claquement de doigts la vie nomade que nous avions choisie, au milieu des autres artistes et de tous les vivats de la foule. Je ne suis pas faite pour rester enfermée, Ernest. J'aime la liberté, l'aventure, les voyages et la nouveauté.

Par respect pour toi, cependant, je ne m'en vais pas. Je reste ici avec, vissé au cœur, cet espoir fou que tout va s'arranger, qu'il ne va pas se passer plusieurs années avant que tu ne reparaisses, et que tu seras bientôt libéré de tes obligations pour voir grandir ta fille, cette enfant merveilleuse que nous élèverions ensemble.

Dans mes rêves les plus audacieux, nous rachetons une roulotte, et je pars de nouveau sur les routes, avec toi. Dans ces rêves-là, Flavie est dans mes bras, puis sur tes genoux. Nous lui apprenons ce que nous sommes : des saltimbanques. Tu lui transmets tes tours de cartes, le dressage des animaux, tandis que je lui confie mes secrets d'équilibriste, ma routine de trapéziste. J'imagine que Déa nous a rejoints. Qu'elle n'a pas disparu, qu'elle nous accompagne à chaque étape du chemin. J'imagine qu'elle s'amuse avec Flavie, et qu'ensemble nous sommes heureux.

Je sais, je sais…

Oh, je vois d'ici la tête que tu fais en parcourant ces mots.

Tu dois me trouver bien naïve. Ou alors, pire : tu dois me penser manipulatrice. Prompte à évoquer la possibilité d'une famille, le genre de cocon que tu as longtemps désiré, quand je ne m'en suis toujours tenue qu'en périphérie et que tu élevais Déa presque seul.

Mais je n'étais pas encore mère, Ernest. Ensemble, nous n'avions pas encore conçu Flavie. Je n'avais pas encore caressé ses doigts si petits, senti sa peau de lait sur la mienne, vibré à chaque sourire qu'elle esquisse, fondu à chaque regard qu'elle m'adresse.

Désormais, tout a changé, Ernest. Désormais, j'y vois plus clair dans ce que je veux.

Et ce que je voudrais, c'est un avenir avec toi.

Évidemment, je ne suis pas aveugle. Je sais comment tu regardes Kétinée maintenant. Et j'ai compris combien elle te désire, elle aussi.

Comme je m'en veux de m'être montrée jadis indécise, d'avoir donné l'impression de jouer avec tes sentiments, de ne pas avoir su te parler quand il le fallait, surtout !

Je n'ai que mes yeux pour pleurer ces erreurs de jeunesse. Et l'espérance imbécile que peut-être une partie de toi m'aime encore. Comme je t'aime, moi. Et comme j'aimerais qu'on se le dise, en se serrant très fort, l'un contre l'autre.

Tandis que je t'écris ces quelques lignes, ma gorge frémit sous l'émotion mal contenue, et sous le souvenir de tes mains en feu.

Chapitre XV

L'espace d'un instant, j'oublie cette situation impossible et je t'imagine à côté de moi, par-dessus mon épaule, soudain présent, ton souffle chaud sur mon cou et tes bras m'enserrant la taille.

Nos étreintes ont été si nombreuses, si fréquentes et si passionnées, qu'il ne m'est guère difficile de m'adonner à cette illusion en fermant les paupières, allongée sur le lit, et de presque la vivre.

Mais je dois te laisser : Flavie babille.

Notre fille m'a tirée de ce songe doux où plus rien ne posait problème, où tout était devenu simple.

Je me redresse, la prends entre mes bras et lui dévoile mon sein, qu'elle tète goulûment en me fixant une fois de plus, de ses très grands yeux clairs. Ses boucles rousses si semblables aux tiennes s'agitent. Oh, comme j'aime promener mes doigts dans cette chevelure, et entortiller encore davantage ses frisettes charmantes !

Notre enfant est si merveilleuse, j'aimerais tant te montrer à quel point elle a changé. Hier encore, elle me regardait en remuant les lèvres, et dans son gazouillis ininterrompu j'ai cru percevoir les syllabes du mot « maman ».

Si je parviens à faire quelques économies, j'irai chez un vieux photographe que j'ai repéré l'autre jour, rue des Saints-Pères, puis je t'enverrai un portrait d'elle et, pourquoi pas, un portrait de nous deux.

Tu pourras ainsi placer contre ton cœur celui que tu veux.

Car c'est bien toi qui devras faire ce choix, Ernest.

Entre l'attrait d'une amourette et la possibilité d'une famille.

Moi, je suis là, mon Amour.

Moi, je t'attends, avec Flavie.

Toutes mes pensées sont à toi.

Ta colombe à jamais : ton Helena.

*

Depuis de nombreuses semaines, Kétinée tentait d'écrire à Ernest.

À la lumière d'une chandelle vacillante, tandis que derrière la vitre de sa chambre du troisième étage une pluie torrentielle s'abattait sur Paris, la mambo reposa sa plume, puis chiffonna le morceau de papier sur lequel s'étendaient ces pleins et ces déliés qui ne lui convenaient guère.

Ces derniers temps, combien de fois avait-elle tenté de formuler ses pensées sans y parvenir ? Elle se mordit la lèvre inférieure. D'une pichenette, elle envoya la boule froissée depuis le vieux secrétaire d'acajou jusque dans la corbeille.

Elle se méfiait de ces écrits. Et surtout, des mains entre lesquelles ceux-ci pouvaient atterrir. Ces épanchements sur le papier pouvaient devenir une arme. Un moyen de pression du Prince à son encontre, une façon supplémentaire d'étendre son emprise, jusque dans leur intimité.

Alors, mieux valait le silence.

Ne pas lui écrire afin de ne pas lui nuire.

Mais en prenant le risque de tout perdre…

La mambo savait comment fonctionnait Ernest. À quel point la disparition de Déa, évanouie dans les Enfers, avait été éprouvante pour lui. Mû par un instinct paternel vigoureux, comment réagirait-il s'il devait se trouver séparé de Flavie, si Helena s'en allait à l'autre bout de la France avec leur fille ? Ernest avait connu un père absent, une mère décédée trop tôt. Devant Kétinée, il avait plusieurs fois émis le souhait de fonder une famille stable. Comment accomplir ce vœu s'il choisissait une autre compagne que la mère de Flavie ?

Chapitre XV

Tous ces paramètres compliquaient terriblement une relation encore jeune, un amour à la base passionné, mais pas assez vécu, désormais plombé par la distance, les yeux indiscrets, les obligations. La vie commune avec Helena, certes tumultueuse, s'était étendue sur six ans…

Kétinée rangea donc la plume et l'encrier dans le secrétaire, ainsi que tous les mots d'amour, un peu maladroits, qu'elle voulait lui envoyer. Non sans d'énormes regrets.

Enchaînant les voyages périlleux, le magicien aurait sans doute trouvé un certain réconfort dans l'expression d'une flamme patiente et partagée. Sans doute en avait-il besoin, pour mieux supporter les tourments qu'il endurait.

— Pardon, Ernest, lui murmura-t-elle à voix haute. J'essaie d'agir au mieux. Mais tout se révèle tellement compliqué, parfois… Je ne sais plus bien où j'en suis… et je ne veux pas te blesser, mais encore moins te mentir, car tu mérites mieux qu'une illusion, lui murmura-t-elle à voix haute.

Alors, plutôt que d'envoyer une lettre à Ernest, elle songea à quelqu'un d'autre. Elle ressortit la plume et l'encrier. Et puis traça sur le papier une adresse qu'elle n'avait que récemment notée.

XVI

Assis sur un banc du Castel, Ernest venait de terminer la lecture d'un courrier arrivé quelques semaines auparavant dans l'une des boîtes postales détenues par le Prince. Le prestidigitateur déposa en tremblant la lettre dépliée sur son enveloppe et la posa juste à côté de lui. Il se prit ensuite la tête entre les mains, une position qu'il conserva près d'une minute entière. Il frotta ses paupières, reprit la lettre, la relut, parcourut plusieurs fois les dernières lignes, puis entreprit de la replier, de la ranger en compagnie d'autres documents, et de fourrer le tout dans une poche.

L'instant suivant, il se leva, fit les cent pas devant le banc, juste avant de décrire plusieurs circonvolutions compliquées, et de malmener sa chevelure déjà en désordre. Ce manège-là attira l'attention de quelques courtisanes et courtisans du Prince, venus se promener dans les jardins, et qui voyaient parfois d'un mauvais œil les excentricités de ce jeune personnage dont ils cernaient mal la fonction, ses réactions qui manquaient fort de retenue.

La bienséance et l'étiquette commandaient cependant d'accepter toutes les bizarreries du Prince, et parmi elles l'invitation fréquente de roturiers mal éduqués, mais à qui il fallait sourire. À ce seul titre ils avaient droit, comme n'importe quelle duchesse poudrée, n'importe quel commandant cliquetant, à toute la déférence imaginable. Tandis qu'Ernest vitupérait, on le saluait tout de même, en faisant un pas de côté, et l'on continuait sa promenade – même si l'on ne se trouvait jamais à l'abri d'un incident. La comtesse de Muronova se fit ainsi bousculer au détour d'un buisson d'aubépine par cet énergumène qui s'excusa à peine, à l'aide d'un borborygme.

— Ça alors, quelle goujaterie ! s'indigna la comtesse. Par la faute de ce mufle, regardez où mon éventail peint par le très divin Salvatore a atterri, cher colonel !

Le colonel de Gillikin, un quinquagénaire aux épais sourcils et à la barbe tirant sur le mauve en fit choir son monocle : le précieux éventail avait volé jusqu'au milieu d'une vasque ouvragée, agrémentée d'une fontaine. Quasiment hors d'atteinte, l'éventail ciselé, livré en pâture aux jets d'eau, était en train de perdre toute sa superbe. La scène champêtre délicatement représentée sur le tissu, qui voyait de jeunes femmes en robe prendre une tasse de thé en plein air, dégoulinait en traînées informes et bariolées.

— Ne vous en faites pas, mon amie, je suis sur le coup ! s'empressa de déclarer le colonel de Gillikin en grimpant sur la vasque, puis en glissant avec maladresse et en finissant tout aussi détrempé qu'un lévrier qui se serait vautré dans une grosse flaque.

Ernest ignora l'incident, trop occupé par les pensées qui s'entrechoquaient sous sa chevelure. Au moment où il s'apprêtait à quitter le parc d'un pas décidé, il manqua de briser un vase très coûteux presque aussi haut que lui. Un soldat en faction rattrapa l'objet *in extremis*, au prix d'un plongeon héroïque.

On héla Ernest avant qu'il ne tourne au coin du Castel.

— Bah alors, l'empaffé ? On peut savoir ce qui t'arrive dans ta caboche d'ahuri ? Non mais, t'as vu le chambard que tu nous fiches encore ?

— Ah ben c'est toi, lui fit Ernest, qui reconnut le seul être en ces lieux qu'il considérait comme son ami – mais dont il ne connaissait même pas le nom : un grand type aux cheveux en brosse, qui ne savait s'exprimer qu'en insultant les autres, et qu'il avait surnommé « Amical ».

— Bien entendu que c'est moi, dugland ! Je ressemble à ta sœur, peut-être ? Je peux savoir ce qui t'arrive, gueule de merlan frit ?

— Pfff, trois fois rien, vraiment, euh… tronche d'anus, lui assura le magicien qui, lorsqu'il le voyait, adoptait un langage aussi fleuri que lui. Mais depuis la dernière fois que je t'ai vu, il y a eu du changement : je suis devenu papa, de nouveau.

— Ah ben mon couillon, félicitations ! Ça s'arrose dis donc, le félicita Amical en claquant l'une de ses larges paluches sur son épaule droite.

— C'est une excellente nouvelle en effet, reconnut Ernest. Seulement…

L'individu prit un air dégoûté.

— Ah, parce que tu fais la grimace malgré tout ? Hé, j'espère que tu n'es pas un de ces fils de catin qui délaissent leurs mômes au premier couac venu ? Pute borgne ! Ce genre d'enviandé, j'y peux rien : j'ai envie de leur crever les deux yeux ! Soit dit avec tout mon respect, si tu fais partie de ces types sans cœur, bien sûr.

— Ben non, ho ! Pour qui tu me prends, sac à vin ? Le truc, c'est que j'ai eu un enfant avec une femme que je pensais ne plus aimer. Mais ce n'est pas pour ça que je cherche à jouer les pères absents, loin de là ! Enfin bon, hum, même si en ce moment en effet, par la force des choses, je ne suis pas vraiment aux côtés d'Helena pour élever Flavie.

— Flavie ? Oh c'est mignon, bordel de merde ! s'extasia Amical. Je reconnais qu't'es toujours par monts et par vaux, saligaud ! Pas facile pour tes musaraignes. Mais pourquoi tu l'aimes plus, ta bourgeoise ?

— On peut difficilement définir Helena comme une bourgeoise... et puis, la vie est compliquée parfois : avant que je ne sache qu'Helena se trouvait enceinte, j'ai rencontré quelqu'un.

L'énergumène graveleux ouvrit de grands yeux étonnés.

— Oh là, sérieux ? Pas juste un coup d'un soir ? Vraiment quelqu'une qui pour toi est quelqu'un ?

— Ah ça oui, elle est formidable, soupira Ernest. Le pire, c'est que la mère de ma fille la connaît... En fait, elles sont toutes les deux superbes, intelligentes, uniques. Et puis...

— Mais bah alors, il est où le putain d'problème ? Et tu chouines, dugenou ? Franchement, si t'as ces deux femmes à tes pieds, profites-en ! Oâh, l'autre, hé ! Moi qui allais te plaindre !

Là-dessus, Amical lui flanqua plusieurs coups de coude et lui lança force clins d'œil.

— Deux filles rien que pour lui, quel cul bordé de nouilles ! Ah ben mon cochon, tiens ! Et ça ose pleurnicher ! Ha ha ha, tu caches bien ton jeu, face de pet !

Là-dessus, Amical s'éloigna le sourire aux lèvres, mimant en continu plusieurs gestes obscènes, qui sans nul doute s'apparentaient pour lui à des conseils très avisés.

Chapitre XVI

Moins de deux heures plus tôt, avant de découvrir son courrier, il était revenu de l'une de ses missions. Celle-ci l'avait vu parcourir les Alpes suisses de long en large. Des images saisissantes se bousculaient encore dans sa mémoire.

Là-bas, il avait connu tout un lot de nouveaux visages. D'autres agents du Prince entièrement vêtus de cuir.

Zaphaïm, Serge, Lise ou l'albinos flanqué de sa panthère n'avaient pas reparu. À leur place, Ernest rencontra une quinquagénaire au faciès barré d'une longue balafre, qui avait hérité du grade de Cinq, et qui ne daigna pas lui donner d'autre nom. Elle avait sous ses ordres une dame chauve sans sourcils, un barbu peu avenant, et une jeune fille pâle d'une quinzaine d'années, prénommée Camille, qui savait se changer en loup.

Ce groupe passa le plus clair de son temps à rechercher le lac d'Inselbrünn. Une étendue d'eau éminemment singulière car, d'après les rumeurs, elle « changeait d'endroit » si des indésirables s'en approchaient un peu trop.

— Un lac qui déménage ? avait résumé Ernest, intrigué. À quoi ça peut bien correspondre, au juste ?

Le prestidigitateur ne tarda guère à le découvrir. Et regretta même de ne pas être resté dans l'ignorance. Car la petite troupe gravit bien des cols, évita bien des avalanches, faillit mourir une demi-douzaine de fois en décrochant de la montagne, avant de tremper le bout d'une botte dans les eaux convoitées. Tel un animal sauvage en effet, le fameux lac, dès qu'on s'en approchait, s'évanouissait en une fraction de seconde. Il s'effaçait du paysage, comme s'il n'avait jamais existé, pour trouver refuge à un tout autre endroit des Alpes, en un lieu improbable qu'il était extrêmement délicat de localiser.

De défaite en déconvenue, leur groupe s'aguerrit peu à peu à cette traque singulière. Afin d'aborder ce lac volatile, il fallut vider son esprit. Effacer la trace de toute pensée hostile, de toute peur qui immanquablement le faisait fuir. Après nombre de tentatives infructueuses, ils parvinrent enfin à s'en approcher. Comme Camille, la plus jeune et la plus inexpérimentée des cinq recrues, parasitait la concentration du reste du groupe, celle-ci demeura sur l'une des berges. Au final, seuls quatre agents parvinrent à s'immerger dans cette eau qui les avait tant fait courir.

La femme qui portait le grade de Cinq avait généré plusieurs champs de force, qui enveloppaient les espions sous ses ordres. Cela permit à l'air emprisonné de circuler, et à ses coéquipiers de respirer normalement. Le quatuor évolua en nageant dans une eau étonnamment limpide jusqu'à des profondeurs insoupçonnées.

Ils étaient venus chercher une simple écaille… mais une écaille à détacher de la peau d'un monstre marin, appelé vouivre. D'après les rumeurs, cette créature mesurait près de trente mètres de long.

Le plan était assez simple : trouver la vouivre, attirer son attention, puis brouiller ses sens, tandis que l'un d'eux lui subtilisait l'élément précieux. Une fois entrés dans le lac, ils la localisèrent au bout d'une vingtaine de minutes.

À partir de là, rien ne se passa comme prévu. L'animal en effet, un mastodonte bleu nuit, aux yeux vifs, au long cou mobile, aux crocs acérés, se révéla particulièrement féroce.

Ernest reçut très vite un coup de patte qui le sonna et l'éloigna du groupe. Tournant sur lui-même au milieu des flots, il ne reprit conscience que trop tard : ses coéquipiers étaient en train de se faire massacrer.

Du barbu et de la sorcière chauve ne subsistaient déjà que quelques membres sanguinolents, qui flottaient parmi les poissons apeurés. Quant à Cinq, leur cheffe d'escouade, elle se faisait croquer, au loin, par le monstre furieux.

Paniqué, Ernest voulut utiliser ce pouvoir très utile, récemment découvert, qui lui permettait de remonter le temps.

Peine perdue : chacune de ses tentatives le ramenait au moment précis où il avait repris conscience sous l'eau – preuve que sa capacité, si extraordinaire qu'elle fût, connaissait ses limites.

Il lui fut donc impossible de sauver le barbu ou la femme chauve, dévorés quand il était inconscient. Même la destinée de Cinq s'avéra hors de son emprise. Trop loin d'elle, il la vit se faire broyer, encore et encore… avant qu'il ne se résigne, la mort dans l'âme : il ne saurait pas la sauver.

— Saloperie de pouvoir ! jura-t-il dans sa bulle. À quoi tu me sers, si je ne peux rien changer ?

Éreinté, dégoûté, il contourna la vouivre. Parvint dans une cabriole insensée à lui voler une écaille déjà à moitié détachée. Puis se mit à nager vers la surface, en jetant sans cesse des regards par-dessus son épaule. Avec, vissée au ventre, l'angoisse de voir l'énorme et cruelle vouivre l'engloutir à son tour.

Lorsque le sorcier roux émergea enfin de l'onde, ses deux poumons étaient en feu.

Sur la rive du lac volatil d'Inselbrünn, il retrouva Camille, l'adolescente brune qui avait attendu le groupe sur une berge. Celle-ci, le regard perdu, lui posa la question suivante :

— Alors, il s'est passé quoi ? Où est le reste de l'équipe ?

— Je *suis* le reste de l'équipe, lui répondit Ernest.

Il avait conservé l'écaille pour laquelle trois de ses semblables avaient sacrifié leur vie.

Durant le voyage de retour, il n'avait quasiment pas fermé l'œil. Sans cesse, il revoyait les entrailles flottantes de ses anciens compagnons d'armes, et la terrible dentition du monstre. Revenu enfin des Alpes suisses, Ernest avait alors passé vingt-quatre heures à dormir dans sa luxueuse chambre, située au deuxième étage du Castel.

Enfin reposé, mais guère serein, il avait éprouvé le besoin de se changer les idées. Il avait tenté un tour aux salles de jeu. Puis, quand il s'était souvenu qu'ici on pariait surtout des années de vie, il s'était rabattu sur son courrier.

Les sévères mesures de confidentialité en vigueur ne lui permettaient pas d'écrire depuis le Castel. En revanche, il pouvait recevoir des lettres.

Étonnamment, Kétinée Mountabila ne lui avait rien envoyé. En revanche, il avait lu plusieurs missives d'Helena Silène. L'une d'elles était accompagnée de deux clichés aux couleurs sépia, qu'il trouva splendides.

Sur la première se dessinait le visage de son enfant, cette bouille aux cheveux bouclés qu'il brûlait de mieux connaître et qu'il avait à peine tenue entre ses bras. Sur la seconde paraissait Helena, fatiguée mais gracieuse, et qui avait fixé l'objectif sans ciller, comme si elle le dévorait des yeux à des kilomètres de distance.

Ce regard ambré, ces cheveux bruns, cette pose, ces traits qui se retrouvaient chez Flavie firent naître un picotement dans son échine qui le surprit lui-même. Son cœur battit un peu plus fort. Des souvenirs qu'il pensait avoir enfouis revinrent s'inviter dans son esprit.

Et puis Ernest, soudain, sortit de sa torpeur et secoua la tête.

Chapitre XVI

Non, non… Il ne pouvait regarder Helena tel qu'il le faisait là. Pas depuis qu'il avait partagé tous ces instants intimes avec Kétinée, à Paris.

Troublé, perdu, il mit cette courte errance sur le compte de la fatigue, de la solitude. De la frustration accumulée, du cruel manque de sensualité dans ce parcours guerrier qui le voyait enchaîner les missions meurtrières sans vraiment comprendre leurs tenants et leurs aboutissants.

Le corps fourbu, l'esprit confus, le cœur en vrac, il avait fini par ranger ces écrits, ces images qui le perturbaient plus qu'il ne l'aurait cru, en tentant de se raisonner. Puis en se montrant indulgent envers lui-même : après tout, comment ne pas se sentir fragilisé par ce sentiment de paternité dont il était privé à cause de ses voyages incessants qui impactaient d'autres sentiments plus nébuleux ? Ces portraits charmants, liés aux phrases éloquentes tracées par la plume d'Helena, ne pouvaient que l'émouvoir et le troubler dans son exil. Et puis, pourquoi Kétinée ne lui avait-elle pas écrit, de son côté ? D'horribles doutes vinrent l'assaillir.

Dans ces moments de désarroi, ses blessures les plus profondes, les plus douloureuses, s'ouvraient : régulièrement, il songeait à Déa. Disparue depuis des mois dans un monde de flammes et de terreur. Effacée de cette réalité sans qu'il n'ait rien pu faire.

Comme il aurait aimé la revoir, lui offrir la sécurité d'un foyer, entouré de rires et d'une nuée d'animaux qui couinaient, bondissaient, galopaient.

Comme il aurait voulu que Flavie et Déa se connaissent ! Que tout s'apaise, qu'il parvienne à réunir cette famille dispersée, éclatée. Brisée à tout jamais, peut-être…

La rencontre avec « Amical » n'avait pas calmé son effervescence. Plutôt que de se morfondre, Ernest préférait s'agiter. En tentant de ne plus bousculer personne, il se dirigea cette fois vers les bois qui s'étendaient à perte de vue autour du domaine, et qui ne menaient nulle part. Nulle part… hormis au Castel.

Il marcha un moment ainsi. Sans but précis. Dans sa chemise, son petit singe s'agita. Puis pointa le bout du nez. Ernest culpabilisait de l'emmener en mission avec lui. Pourtant, Noidkoko était le seul être, ici présent, qui le rattachait encore à son ancienne vie. Si ce lien d'affection subsistait entre eux, celui établi avec Rodriguez, l'épervier offert par ses amis gitans, s'était malheureusement distendu. Le volatile nichait quelque part dans les bois du Prince : il avait repris le goût à la vie sauvage, loin de son maître.

Parfois, Ernest le voyait passer dans le ciel du domaine. Il lui était même arrivé de l'approcher. Malheureusement, Rodriguez ne cherchait plus son contact, et paraissait même l'éviter. Ernest en était assez contrarié, bien sûr. Mais résigné, aussi. Il ne pouvait pas se battre sur tous les fronts.

Il mettait cet éloignement sur le compte de ses absences répétées, mais aussi sur l'étrange ambiance qui régnait au Castel, et qui ici étouffait ses pouvoirs. Sauf autorisation spéciale – dont avait bénéficié par exemple le dénommé Daniel Karade –, les invités et employés du Prince ne pouvaient en effet user de leurs sortilèges. Tout simplement parce qu'ils en étaient incapables, même en se concentrant. Ce phénomène en disait long sur la puissance du souverain qui régnait ici, et que finalement Ernest croisait peu.

Ainsi, au Castel, le magicien ne pouvait pas revivre d'événements passés. Il ne savait pas s'envoler, générer d'illusions ou établir de relation empathique avec les animaux.

Chapitre XVI

Il croisa d'ailleurs une biche ce jour-là. Surpris, l'animal s'arrêta d'un coup, puis le fixa.

— Tout doux, toi, lui murmura-t-il en s'approchant d'elle.

Bien vite, le cervidé détala sans demander son reste.

— La voilà qui fuit, songea Ernest, à voix haute et les épaules tombantes. Comme fuit la femme que j'aime, sans doute, tandis que mon ex-compagne veut revenir dans ma vie. Avec un argument de poids…

Il soupira. Puis s'installa sur le tronc d'un grand noisetier tombé et se prit de nouveau la tête entre les mains.

— Tempête sous un crâne ? lui souffla, en citant Victor Hugo, une voix qu'il connaissait bien, mais qu'il ne s'attendait pas à entendre dans cette clairière.

Ernest leva le nez. Le Prince se trouvait devant lui. Pour une fois, il n'était pas tiré à quatre épingles. Au contraire, il portait une grande chemise informe, tachetée de couleurs diverses. Sur sa tête, un bonnet placé de côté, dans ses mains des pinceaux, une vaste palette sur laquelle s'étendait un dégradé de verts, et une dizaine de nuances d'ocre.

— Ça alors, mais… qu'est-ce que vous faites ici ?

— Ça se voit, non ? Je peins, lui répondit le Prince qui, en effectuant un pas de côté, lui indiqua son chevalet et une large toile au centre de laquelle s'étendait une esquisse indéfinissable. Pour tout vous avouer, vous avez même fait détaler mon sujet d'étude. Mais je suppose qu'Élisabeth finira par réapparaître.

— Élisabeth ? répéta Ernest, qui mit quelques secondes à comprendre que le Prince venait d'évoquer la biche enfuie. Mais heu… ça vous arrive souvent de venir peindre ainsi, seul dans les bois ?

— Je ne fais que suivre les instructions de ce cher Salvatore, précisa le monarque en indiquant sa toile. Mon peintre officiel, vous savez… Celui-ci m'a vivement conseillé de dessiner d'après nature… Je suppose cependant que je ne parviendrai à rien de meilleur, aujourd'hui.

D'un geste vif, il arracha la chemise qui lui couvrait le torse. En dessous apparut son élégante veste bordeaux, un pantalon sombre bien coupé qui tombait parfaitement sur ses chaussures luisantes. Il laissa choir sa palette et sortit un long cigare d'une poche, lequel, aussitôt allumé, produisit quelques arabesques.

— Ça ne vous dérange pas si je m'installe à vos côtés ?

— Ah mais… je vous en prie, répondit Ernest, qui se rassit pour l'occasion.

Le Prince porta le cigare aux lèvres.

— Il est plaisant, parfois, de fuir les devoirs inhérents à ma tâche et tous ces courtisans qui m'épuisent pour me réfugier en un lieu plus serein. Vraiment… Vous n'avez pas idée à quel point toutes les responsabilités que j'endosse peuvent se révéler harassantes ! La compagnie d'Élisabeth me remplit de joie. Elle est plutôt majestueuse, non ?

— Vous avez vraiment donné un nom à cette biche ?

Le Prince considéra Ernest et leva un sourcil.

— N'auriez-vous pas fait de même, à ma place ? Sachez, cher Monsieur Villempré, que je mets un point d'honneur à bien connaître chaque être vivant qui traverse – même brièvement – mon Castel. Vous en conclurez aisément que je porte une attention toute particulière à celles et ceux qui y résident.

— Hum. Vous parlez de votre biche… ou bien de moi, là ?

— Un peu des deux, bien sûr, sourit le Prince en tirant sur son cigare. Mais tenez ! Si je devais m'attarder sur vous, par exemple, je dirais que votre rencontre avec mes philosophes n'a que très peu apaisé vos tourments intérieurs. Je me trompe ?

Ernest le considéra avec des yeux ronds.

— Vous vous fichez clairement de moi, non ?

— Allons donc ! Et pourquoi ? s'exclama le Prince avec bonne humeur. Parce que vous risquez la mort par ma faute, peut-être ? Une situation peu enviable, je l'admets. Mais tels étaient les termes de notre contrat, à la conclusion de ce procès qui s'annonçait si mal engagé pour vos amis et vous.

— Disons que j'aurais mieux fait de lire attentivement ce fichu contrat, grommela Ernest.

— J'ai appris que vous reveniez tout juste d'une expédition particulièrement meurtrière, laquelle a succédé à d'autres non moins impressionnantes… Frôler la mort autant de fois, on serait chamboulé à moins ! Eh bien, comme mes philosophes ne vous suffisent pas, et puisqu'un heureux hasard nous a réunis ici, causons quelques minutes, vous et moi !

— Parce qu'il vous arrive d'accomplir certaines choses par hasard ? tiqua Ernest.

— Le hasard se provoque souvent, en effet, reconnut le Prince, une étincelle notable dans le regard. Vous siérait-il de me poser quelques questions auxquelles je répondrais en toute honnêteté ? Dans la mesure du raisonnable, cela s'entend.

Une bonne vingtaine d'interrogations se formèrent dans l'esprit d'Ernest. Il existait tant de mystères autour du Prince…

— Alors d'abord… À quoi ça rime toutes ces missions indécemment périlleuses ? Non mais, c'est vrai : en plus de risquer ma peau chaque fois, et de voir la plupart de mes coéquipiers passer l'arme à gauche, je ne comprends toujours rien à ce que je fais. J'ai saisi le côté secret, ces opérations dont personne ne peut parler car elles entacheraient les relations mondaines que vous entretenez… Mais pourquoi je fais tout ça, moi ? Contre qui je me bats ?

Le Prince lui offrit l'un de ses habituels sourires.

— Vous serez heureux d'apprendre que la libération de Secret, l'emprunt du coffre chez monsieur de Féronnelle et la récupération d'une écaille de vouivre servent en réalité le même but. Un but que vous n'allez guère tarder à découvrir.

— Vous êtes terrible ! s'écria Ernest. Décidément incapable de fournir une réponse directe.

— Pourtant, cette réponse directe, vous l'obtiendrez bientôt, promit le Prince. Si je vous en dis davantage aujourd'hui, je mets en péril tous mes plans. Cela serait assez stupide de ma part, vous ne trouvez pas ?

— Quel que soit ce mystérieux but que vous poursuivez… est-ce que ça vaut toutes les vies sacrifiées pour cela ?

— Tout est question de point de vue, convint le Prince. Sachez en tout cas que les personnes recrutées sont remarquables, triées sur le volet.

— Comme moi, vous leur avez fait signer un contrat qui les oblige à vous servir ?

Le Prince haussa les épaules.

— Tout contrat est différent. Et tout s'effectue en fonction de ce que mes employés désirent. Le vôtre est particulièrement contraignant, je l'avoue… Mais, lorsque j'ai vu se dessiner une possibilité de vous avoir à mon service, je n'ai pas hésité. L'une de mes spécialités est de déceler le plein potentiel de mes semblables. Et le vôtre est… fascinant, je dois dire.

— Ce qui vous intéresse en moi, c'est quoi, au juste ? tiqua Ernest.

— Vous l'avez deviné, non ? Ce qui m'intéresse, vous êtes en train de l'exploiter, très cher. Un pouvoir enfoui, que vous n'auriez peut-être même pas découvert sans l'amulette dont je vous fis don, à l'issue de votre procès.

— La tablette qui s'est brisée lorsque j'ai été attaqué par le Roi Clochard dans les catacombes, se souvint Ernest. Ce truc servait donc à…

— Stimuler votre potentiel s'il vous arrivait malheur. Cela a plutôt bien marché.

— Vous parlez donc… de cet étrange pouvoir, sur le temps. Mais d'où ça me vient, ça ?

Le Prince sourit dans sa barbe.

— Nous évoquerons tout cela plus tard, je suppose.

Et là-dessus, il se leva.

— Ravi de cette entrevue, Monsieur Villempré.

— Oh… Vous partez déjà ?

— Ce n'est pas moi qui m'en vais, cher ami…

D'un mouvement du menton, le monarque désigna deux soldats qu'Ernest n'avait pas entendus venir : ceux qui l'escortaient souvent lorsqu'il quittait le Castel et partait en expédition.

Le magicien, debout, tenta de remettre de l'ordre dans ses idées. Fallait-il encore évoquer cette étonnante capacité qui affectait l'ordre du temps ? Les autres agents recrutés, qu'il ne rencontrait jamais au Castel ? Mais peut-être valait-il mieux parler du passé du Prince ? De son identité véritable ? De sa vision des forces en place ? Ou alors, des étranges paroles et du comportement de Lucienne Arquenotte à Cracovie ? Échanger quelques phrases avec ce souverain sorcier, c'était comme deviner la silhouette d'un iceberg au milieu d'une violente tempête de neige : les zones invisibles s'avéraient plus complexes et étendues que celles perçues.

— Une minute ! insista Ernest. Je voudrais une permission. Quelques semaines de repos, à Paris. Je veux connaître ma petite Flavie. Et revoir Helena… Enfin, je voulais dire : Kétinée. Mince alors : bien évidemment que je voulais dire Kétinée !

Le Prince avait déjà ramassé son matériel de peinture et s'en retournait vers son tableau.

— Vous aurez tout cela, mon ami, assura-t-il dans un sourire. Mais encore faut-il que vous remplissiez pour moi une mission qui découle de toutes celles dans lesquelles vous avez été impliqué jusqu'ici.

— Une nouvelle mission ? Encore une ? se désespéra Ernest, éreinté d'avance. Où je dois partir ?

— Pour un endroit sorcier situé en plein Groenland, lui asséna le Prince. On vous a prévu des vêtements chauds. Mais pas seulement…

Que répondre à ce mélange de sollicitude, d'arrogance et d'autorité ? Ernest fut tenté par l'idée de singer « Amical », en laissant libre cours à sa propre verve ordurière. Au lieu de cela, il énonça son espoir le plus fou :

— Il y a aussi ma fille, Déa ! cria-t-il presque. Elle a disparu dans les Enfers ! Un sorcier tel que vous ne pourrait-il pas… la localiser, la retrouver, la sauver ?

Une lueur mystérieuse éclaira le regard du Prince, qui affecta une expression indéchiffrable. Par-dessus son épaule, il demanda :

— Qu'est-ce qui peut vous faire penser que l'entité que vous nommez Déa souhaite être sauvée ?

— Je… Je… Eh bien, c'est ma fille, et…

— Votre fille ? Vraiment ?

Là-dessus, le monarque s'éloigna, et Ernest ne tira plus rien de lui. On l'emmena au loin. Moins de vingt minutes plus tard, le prestidigitateur se retrouva de nouveau vêtu de cuir. De tous les voyages entrepris au service du Prince, celui-ci allait être le plus riche en émotions.

XVII

Sur l'une des plaines les plus glacées au monde, un vent d'une violence extrême hurlait aux oreilles d'un groupe de six voyageurs emmitouflés dans de longues capes en fourrure. Depuis plusieurs jours, ces hommes et ces femmes avançaient, livrés en pâture aux éléments déchaînés. On n'y voyait pas à deux mètres, et seule l'opiniâtreté de ceux qui menaient le groupe leur avait permis de ne pas sombrer au milieu de ce tableau où le ciel et le sol se confondaient. Le paysage, globalement invisible dans la tempête, n'existait que par le relief ressenti sur le chemin et par l'incroyable lourdeur des jambes qui s'enfouissaient l'une après l'autre dans la neige, peinant à progresser.

Les cristaux ciselés qui zébraient l'espace à très grande vitesse s'étaient transformés en diamants qui coupaient la peau. Aussi évitait-on d'exposer son visage à ce fléau gelé, lequel ne prétendait pas s'apaiser depuis l'aurore. Malgré les nombreuses épaisseurs qui couvraient le corps, ici, on ressentait le froid jusqu'au plus profond de ses os.

Fétus de paille fouettés sans relâche, les explorateurs avaient depuis bien longtemps pris conscience de leur insignifiance, de l'évidence de leur disparition prochaine en cas d'ouragan. Seul le plus musculeux d'entre eux, un mastodonte deux fois plus grand et plus large que n'importe quel autre membre du groupe, paraissait posséder de véritables chances de survie. Pourtant, lui-même savait combien il ne fallait guère présumer de ses chances en milieu hostile. Car il avait, au cours de sa vie bien remplie, perdu bien des compagnons de voyage tout aussi robustes que lui.

L'expédition paraissait durer une éternité. La plupart des voyageurs furent tentés par l'idée de s'asseoir sur le sol pour se reposer – tout en sachant qu'ils seraient vite recouverts par une pluie drue de flocons. Alors, ils sombreraient dans un sommeil sans fin : une alternative parfois séduisante au calvaire qui engourdissait inexorablement les volontés.

Arriva le moment que personne n'osait plus espérer : la tempête perdit peu à peu en intensité. Les nuages se dispersèrent, la neige cessa de tomber. On vit paraître le soleil, sous lequel se découpèrent les visages emmitouflés de la bande d'explorateurs frigorifiés aux épaisses lunettes, aux sourcils incrustés de cristaux de glace. Le chef d'expédition ôta son écharpe, abaissa sa capuche et invita les autres à l'imiter. Cet homme moustachu, grisonnant et sec, de type indien, considéra les cinq bonshommes de neige, et prononça les mots qui provoquèrent un soupir de soulagement général :

— Nous sommes arrivés.

— Eh ben dis donc, c'est pas trop tôt !

Une femme à la chevelure ondulée, au long nez et aux formes généreuses réagit aussitôt à cette annonce. Dans le groupe, on l'appelait Zaphaïm.

Chapitre XVII

— Si tu veux mon avis, Six, ajouta-t-elle, tu ne nous as pas fait emprunter le chemin le plus court.

— Le plus court, non, admit son supérieur. Néanmoins, j'ai opté pour celui qui nous permettrait à toutes et tous de survivre. Tu as quelque chose à objecter, peut-être ?

Pour toute réponse, elle émit un grognement indistinct, bientôt étouffé par le personnage le plus imposant du groupe, lequel portait une hache démesurée dans le dos.

— *Det er godt å se solen !* s'exclama en norvégien cette créature recouverte de fourrure, aux yeux jaunes et luisants, aux mains griffues, dotée de deux larges cornes noires et pointues qui saillaient de son crâne.

— T'as raison, Glörk, acquiesça Zaphaïm. Ça fait du bien de revoir la lumière du soleil, en effet. Et si nous sommes arrivés, autant célébrer cela dignement !

De l'une des poches de son épais manteau, la guerrière sortit une outre d'alcool fort qu'elle se versa directement dans le gosier, avant d'en proposer au dénommé Glörk.

— *Nå slapper vi virkelig av !* Ha ! Ha ! Ha !

— Hé, ho ! Tu nous en laisses un peu, quand même ! protesta Zaphaïm quand elle comprit que son compagnon d'armes s'apprêtait à vider l'outre.

— Hum, nous sommes en service, je vous le rappelle, grimaça le chef d'expédition en débarrassant sa moustache de la glace collante.

— Oh hé, décoince-toi un peu, Six ! signifia Zaphaïm. Arrête de jouer les rabat-joie, on l'a bien mérité !

Elle proposa l'outre à l'autre femme du groupe, qui la refusa poliment. En revanche, les deux jeunes hommes qui fermaient le cortège se partagèrent les gorgées restantes en les savourant.

— Sympa, estima Ernest Villempré. Même si, à cause de Glörk, ça a carrément un goût de trop peu…

— Sacrés Orgones ! s'amusa son ami Serge en frottant la courte cicatrice qui lui barrait le menton. Tous ceux que j'ai connus en visitant le monde des harponneurs du Nord possèdent une jolie descente.

— Si vous avez encore froid, proposa Lise, approchez-vous.

De sa main droite, la sorcière aux cheveux blond platine généra une boule de feu autour de laquelle chacun se rassembla. Glörk, le musculeux Orgone, approcha ses paluches de la source de chaleur et sourit de toutes ses dents.

— *Brann og alkohol ! Vinnerlaget !*

À son tour, Noidkoko profita de cette aubaine pour sortir de sa cachette habituelle et réchauffer ses membres frigorifiés. Alors chacun chacune contempla enfin en toute sérénité la pointe septentrionale du Groenland, que leur groupe venait d'atteindre.

Avant de se retrouver sous ces latitudes, Serge, Lise et Zaphaïm avaient de nouveau fait équipe ensemble, sous les ordres de Six. Tandis qu'Ernest avait cherché puis affronté la vouivre, ses collègues s'étaient frottés à un nid de vampires du côté de Saratov – une ville située à l'ouest de la Russie. Ils en avaient rapporté un aimant aux propriétés étonnantes, que leur chef d'escouade moustachu portait sur lui aujourd'hui.

— On l'appelle « aimant de Sangolth », avait expliqué Serge à Ernest. Du nom de son inventeur, Sangolth Saisonnier. Il s'agit d'un artefact qui agit sur les métaux et les mécanismes à distance. Les vampires avaient mis la main dessus et s'en servaient quand leurs dons ne suffisaient pas. Il a fallu leur arracher l'aimant… ce qui n'a pas été une partie de plaisir ! Les vampires sont quasiment tous télépathes. Ils nous ont vus venir de loin. On a dû affronter deux de nos coéquipiers transformés en goules. Bref, un carnage ! Je ne sais plus très bien comment on s'en est sortis, franchement !

— Tu t'en es sorti parce que Lise et moi, on a passé notre temps à sauver tes jolies miches ! était intervenue Zaphaïm.

Ce que Serge n'avait pas démenti. Grâce à ce nouveau succès – mais aussi à cause du décès du chef d'équipe d'Ernest face à la vouivre, la guerrière avait été promue au grade de Cinq. Ambitieuse, elle lorgnait déjà la place de Six. Aussi se montrait-elle légèrement indisciplinée face à son supérieur d'origine indienne prénommé Ishvara. Il avait hérité de son grade actuel bien avant qu'elle ne rentre au service du Prince. Habitué à gérer des personnalités guerrières comme celles de Glörk, Ishvara ne se laissait guère impressionner. Focalisé sur leur progression, il recadrait ses troupes avec régularité.

Profondément empathique, Ernest s'était peu à peu attaché à chacun de ses compagnons d'armes sans même s'en rendre compte. Bien entendu, le sortilège entre eux l'empêchait de connaître leur passé, leurs blessures secrètes. Cela ne l'empêchait guère de juger ces agents du Prince fascinants, chacun à leur manière.

En cette soirée de février où toutes et tous se retrouvaient autour du feu généré par Lise, le prestidigitateur se prit à détailler tous ces visages sur lesquels dansaient les reflets du brasier. Une ombre passa dans son cœur et dans son esprit. Depuis qu'il s'était engagé comme agent du Prince, rares avaient été les missions auxquelles tout le groupe avait survécu.

Parmi ces hommes, ces femmes, certains ne chemineraient sans doute pas en sa compagnie sur le chemin du retour. Peut-être appartenait-il lui-même au lot des futures victimes…

Un esprit cynique ou simplement pragmatique eût tenté de deviner qui parmi tous ces gens allait bientôt mourir, statistique incontournable d'une mission éprouvante qui devait être accomplie, coûte que coûte. Peut-être existait-il en ce moment, au milieu du Castel, quelques nobliaux informés, attablés autour d'un paquet d'argent, qui avec la bénédiction du Prince prenaient les paris sur la survie ou sur la mort prochaine de ces agents privés de nom de famille. Cette pensée, plus encore que le froid alentour, fit frémir Ernest.

Ishvara, *alias* Six, esquissa un large geste, en désignant la calotte glacière qui s'offrait à leurs yeux, sous le soleil déclinant. Au-delà de la terre gelée s'étendait un vaste paysage d'icebergs plantés dans l'océan Arctique.

— Comme vous vous en doutez, ceci n'est encore qu'une étape. Car maintenant, on entre dans le vif du sujet.

Serge affecta une grimace.

— Ne me dites pas que l'on va devoir progresser vers l'eau glaciale cette fois !

— Alors… je ne vais pas vous mentir : il y a de ça, avoua Ishvara. Seulement…

— Seulement, on ne va pas passer *sur* cette étendue glacée, l'interrompit Zaphaïm, qui elle aussi connaissait leur destination.

Elle posa les mains nues sur la glace et prononça des mots que la plupart des agents du Prince ne comprirent pas. Le sol se mit à trembler et, au niveau de l'iceberg le plus proche, les parois s'écartèrent : une cavité se forma.

— Woaw ! C'est quoi ce nouveau pouvoir ? s'étonna Ernest.

— Ceci est un passage vers un monde sorcier que je connais, révéla Zaphaïm.

Chapitre XVII

Sans un mot de plus, elle prit son élan. Et, au terme d'un bond prodigieux, s'engouffra dans la cavité.

— Oh là, on doit faire pareil ? demanda Serge.

L'Orgone cornu, facétieux, le cueillit au vol. Puis il décolla en sa compagnie, en direction du passage glacé.

— *La oss gå !* Ha ! Ha ! Ha ! proféra Glörk.

— C'est complètement diiiiiingue ! se perdit la voix de Serge.

— Très bien. On n'y échappera pas, comprit Ernest.

Grâce à son pouvoir sorcier, il généra une brise qui le fit s'envoler en compagnie de Lise. Tous deux empruntèrent ce qui se révéla être un tunnel creusé dans la glace. Celui-ci plongeait dans les profondeurs de l'iceberg, tel un grand toboggan.

Tenté d'abord de freiner sa chute en générant un vent contraire, Ernest finit par se laisser porter. Galvanisé par les cris enthousiastes de Serge et de Glörk qui le précédaient, il sourit même franchement. La sensation de chute lui parut terrifiante, interminable et terriblement grisante. En revanche, Noidkoko, terrifié, avait planté ses griffes dans sa peau.

Lorsqu'il sortit enfin du tunnel aménagé pour déboucher sur une étendue lisse, Ernest continua de glisser sur un sol gelé, bientôt suivi de Lise. Une poignée de secondes suffirent à réunir le groupe. On alluma des torches.

— Rien que pour ce passage-là, ça valait le coup de marcher un mois dans le froid, s'enthousiasma Serge.

Ernest ne put qu'acquiescer. Devant lui s'était dessiné un somptueux spectacle : une immense caverne de glace. Des stalactites et stalagmites gigantesques, encastrées les unes dans les autres, renvoyaient la lumière des torches en mille reflets scintillants. De la cavité principale, dont on ne percevait pas les limites, partaient plusieurs galeries naturelles.

— C'est celle-ci qui nous intéresse, indiqua Zaphaïm.

Elle guida ses collègues et se retourna malicieusement vers Ishvara.

— Alors, matamore… Pas trop difficile pour toi, de te laisser guider par une fille ?

Ishvara haussa les épaules.

— Cette fois, c'est logique. Nous voilà sur ton territoire.

— Et ce n'est pas près de changer, l'aiguillonna-t-elle dans un clin d'œil.

Le groupe déboucha bientôt sur un tunnel étroit. La tête d'Ernest touchait quasiment le plafond. Le gigantesque Orgone devait se plier en deux.

La progression en file indienne dura près de deux heures. Plus le groupe avançait, et plus il faisait chaud.

— *Det er varmt her !* s'indigna Glörk qui, depuis quelques secondes, suait à grosses gouttes.

— C'est vrai que c'est impressionnant, cette différence de température, s'étonna Ernest. La glace ne fond pas ?

— Ici, ce n'est plus que du roc, indiqua Lise.

Tout comme l'Orgone, Noidkoko souffrait énormément de la chaleur. Il devint apathique, et haletait sans cesse. Enfin, au terme de ce nouveau chemin de croix, le groupe aboutit à une impasse circulaire, aux parois plus hautes. Chacun put donc se redresser.

Zaphaïm invita bientôt tout le groupe à former un cercle. Toutes et tous placèrent leur paume sur le sol. Une nouvelle formule fut prononcée. Entre les mains unies se dessina un cercle de lumière. Celui-ci fit disparaître une portion du sol, au profit d'un puits très profond. Au fond s'agitait une substance couleur feu : de la roche en fusion.

La température augmenta d'un coup de plusieurs dizaines de degrés. Ernest sentit des bouffées de chaleur le gagner, sa tête lui tournait.

— Le passage ne va pas rester ouvert très longtemps, indiqua Zaphaïm. Six… Je suppose que tu as ce qu'il faut sur toi.

— Bien entendu. Tout est prévu.

D'une petite bourse, le chef de l'expédition extirpa sept petites boules pâteuses et sombres.

— Et maintenant, il va falloir sauter, parut s'amuser Zaphaïm.

— Mais euh… il vous manque une case ou quoi ? s'indigna Ernest. On ne va quand même pas plonger dans la lave ?

Sans se préoccuper de lui répondre, Ishvara tendit à chacun une boule de matière sombre.

— Nos équipements ensorcelés nous permettent de supporter la température ambiante. Mais, pour résister à la lave, il va nous falloir ingérer du moqoa, indiqua-t-il. Un élément extrêmement précieux. Pour la qualifier, « dangereux » est un euphémisme. Il s'agit d'un concentré de puissance pure qui peut vous consumer en un instant. Et des effets secondaires existent. Du genre permanent. Vous voilà prévenus !

Pour la première fois, Lise ouvrit de grands yeux effarés.

— Ingérer du moqoa ? Vous êtes sérieux ? Non non non, attendez, je veux bien me lancer dans n'importe quelle folie. Mais là, tout de même, c'est abusé ! Ce serait comme ingérer un bâton de dynamite. On va finir pulvérisés !

Ce genre de réaction, qui ne ressemblait pas du tout à la stoïque Lise, interpella Ernest. Qui du coup hésita.

— Alors, euh… en effet, ça demande réflexion avant utilisation. Si je peux éviter de me désintégrer, hein !

— Libre à vous, répéta Ishvara. Je vous laisse le choix, si vous le souhaitez, de rebrousser chemin. Mais si tu y vas tout de même, Ernest, n'oublie pas ton singe.

De l'index, il indiqua une portion minuscule : celle qu'il avait réservée à Noidkoko. L'Indien tendit ensuite sa part à Zaphaïm, la seule à ne l'avoir pas encore saisie.

— Voilà pour toi, Cinq. Je ne sais pas si…

— Non merci, refusa-t-elle. Par chance, je n'ai pas besoin de risquer ma vie, sur ce coup-là !

Devant les yeux éberlués d'Ernest, Zaphaïm se métamorphosa. Son corps se consuma. Sa peau prit une teinte couleur feu. Puis, sans la moindre hésitation, elle plongea au fond du puits. Pour y disparaître d'un coup.

— Ça alors ! s'exclama Serge, stupéfait lui aussi. Zaphaïm est donc une Ardante !

— Une… Une quoi ? tenta de comprendre Ernest.

— Une Ardante, lui répéta Ishvara. Autrement dit : l'un des membres du peuple que nous allons bientôt croiser… Pour elle en effet, le moqoa est superflu. Tandis que pour nous tous…

— *La oss gå ! La oss gå !* s'exclama Glörk, qui venait d'avaler tout rond la substance offerte.

La seconde suivante, une vibration émana de son corps. Lequel devint à peine perceptible. Avec une rapidité phénoménale, l'Orgone kamikaze plongea à son tour dans le magma.

— Eh bien… Faut bien mourir un jour, jugea Serge.

À la surprise d'Ernest, qui le pensait plus hésitant, le jeune soldat ingéra le produit lui aussi et emprunta le même chemin que Glörk et Zaphaïm.

Chapitre XVII

Son ami s'étant décidé, Ernest faillit se laisser emporter par le mouvement sans davantage de réflexion. Sauf que Lise lui saisit le bras.

— Ernest ! l'interpella-t-elle, le regard concerné. Je connais cette substance. Elle est la quintessence de la sorcellerie. On l'utilise pour les sortilèges les plus puissants, les opérations alchimiques les plus délicates. En aucun cas il ne faut soumettre son organisme à ce genre de folie. En aucun cas tu ne dois céder à ce genre de tentation.

Venant d'une personne qui l'avait aidé par le passé… mais qui l'avait également laissé à l'article de la mort sans même lever le petit doigt, l'avertissement avait de quoi déstabiliser Ernest.

Lise prétendait avoir toujours voulu le protéger. Mais comment séparer la vérité du mensonge ?

En y réfléchissant, Ernest comprit vite qu'il était plus prudent d'écouter l'agent double des Corbeaux plutôt que de jouer les moutons de Panurge. Il était inutile de risquer sa vie s'il pouvait l'éviter. Il s'apprêta donc à se dissocier du groupe. À renoncer.

À cet instant, un événement inattendu fit pencher la balance en sens inverse. Noidkoko, en effet, avait saisi la minuscule boule de moqoa qui lui était destinée.

— Attends un peu, toi, le prévint Ernest, une goutte de sueur sur la tempe. Noidkoko ! Stop ! Pose cette noisette de…

— Gloups ! fit la glotte du ouistiti, qui avait avalé le moqoa.

— Non ! s'écria Ernest au moment où son singe prenait feu.

— Ne fais pas ça ! insista Lise, quand Ernest imita son singe… qu'il ne voulait pas abandonner.

Alors, au moment de sauter, il se souvint de son pouvoir : celui qui lui aurait permis de remonter le temps pour empêcher le drame.

Malheureusement, il était trop tard : il ne contrôlait plus son corps et son esprit. En dessous de lui, malgré les gestes épouvantés de Lise, la lave l'appelait. Elle ne lui parut guère plus dangereuse que de l'eau tiède.

En suspension dans l'air, il ne plongea pas tout de suite. Le monde entier se mit à vibrer. Toutes les âmes qui l'environnaient tressaillirent à l'unisson. Et toutes celles qu'il perçut simultanément, à l'intérieur puis en dehors de ce glacier. Jusqu'à des milliers de kilomètres à la ronde. Jusqu'à l'intérieur de mondes sorciers plus ou moins enclavés dans la réalité humaine. Ernest entrevit toutes celles, tous ceux qui, de près ou de loin, se trouvaient liés à son chemin.

Ses proches : Kétinée, Déa, Babadji, Louise Balsia, Napoléon, Ambala, Vicente Rodriguez, et même Noidkoko. Mais aussi le défunt Kilma.

Ses alliés, passés et futurs : certains membres des Corbeaux, Zaphaïm, Kali Mantegna et puis Serge, accompagné d'une gitane – à leur propos, une évidence lui échappait.

Ceux dont il se méfiait le plus : l'acrobate aux cheveux verts, le Prince, le mystérieux Secret, Archibald Saisonnier, Vasco Pueblo, Lucienne Arquenotte et Ludwig.

Et puis celles qu'il ne connaissait pas encore, mais dont le nom lui vint : Acacia et l'étrange Julie. Deux femmes extrêmement différentes destinées à croiser sa route.

Parmi ce groupe évoluaient celles et ceux qui possédaient une vision à long terme des choses, qui ne pouvaient pas tout lui dire, qui devaient lui taire l'essentiel : le destin, les tragédies, les inévitables sacrifices, les décisions, la mort et les séparations. Et l'émeraude. Une émeraude cachée qui avait toujours coloré sa sorcellerie…

En cet instant, Ernest comprit qu'il ne faisait qu'un avec l'univers. Pourtant, ce moment ne dura guère plus qu'un clignement de paupières. Trop de sensations, trop d'éléments esquissés, ressentis sans être compris : son esprit atteignait son plein potentiel… mais son corps explosait.

— Un magnifique instant d'éternité, résonna une voix juste au-dessus de lui.

Le regard d'Ernest s'arrêta sur une anomalie dans le paysage. Un personnage équilibriste assis sur l'un des piliers de la vaste salle souterraine. Il s'agissait d'un être aux cheveux verts déjà entraperçu dans les catacombes, puis à l'entrée du monde de monsieur de Féronnelle. Visiblement, personne ne voyait cette silhouette à part Ernest. Autour d'eux, tout paraissait figé.

— Vous venez d'avaler quelque chose qui vous confère une lucidité quasi parfaite, annonça l'équilibriste. Malheureusement, ceux qui l'ingèrent ne se rendent pas compte de cet instant sublime, Monsieur Villempré. Car il fane aussitôt qu'il a éclos.

Ernest eût voulu intervenir. Interroger l'apparition à voix haute sur sa présence ici. Lui demander si il ou elle le suivait partout où il allait. Cependant l'ingestion du moqoa jouait grandement sur ses facultés physiques et mentales. Aussi se trouva-t-il incapable de s'exprimer.

En face de lui, l'acrobate se déplia dans un geste théâtral.

— Pour vous, rien que pour vous, je fais durer un peu plus ce moment grandiose. Oh non, surtout, ne me remerciez pas !

L'apparition effectua alors une élégante révérence avant de conclure par ces mots inquiétants :

— Je ne vous suivrai pas vers la prochaine étape, et je m'en excuse. Désormais, vous vous en doutez, vous naviguez inéluctablement vers le pire.

L'être aux cheveux verts lui adressa encore un sourire, un regard émeraude où flambait la folie. Puis il ou elle disparut, en même temps que s'évanouirent les sentiments, que s'effacèrent les connexions, que se perdirent les secrets entraperçus sans être révélés.

Que s'était-il passé au juste ? Quel était le sens de cet instant suspendu ? S'agissait-il d'une simple hallucination, effet secondaire du morceau de pâte noire et vibrante ?

Bientôt demeura seule la loi de la gravité, qui attira Ernest vers le cours logique des événements.

Et jusqu'au fond du puits de lave où il sombra.

XVIII

Comme souvent, la famille Mountabila avait attiré l'attention des badauds dès son arrivée en gare et lors de ses déambulations en ville. Après avoir écumé plusieurs hôtels où on les refusa dès qu'on les vit, Kétinée, Ambala, Babadji et Napoléon finirent par trouver une chambre bon marché, non loin de la basilique Saint-Martin d'Ainay. Le mois de février battait son plein, et la neige tombait à gros flocons sur les voies pavées que le quatuor empruntait.

— Es-tu bien certaine que ce type voudra nous aider, papa ? commença Ambala. D'après ce qu'on m'a dit de lui, nous avons plutôt toutes les raisons de nous en méfier…

Tout en claudiquant, Babadji haussa les épaules.

— Il s'agit d'un client fidèle. Versé dans les arts sombres, je te le concède. Mais d'une grande érudition. Ce qui peut s'avérer diablement utile.

— *Diablement*, c'est le mot ! grimaça Napoléon. Même les démonistes que j'ai fréquentés en avaient peur !

Ambala se gratta la nuque.

— J'aurais préféré ne pas avoir recours à ses services... Mais s'il possède effectivement la plus grande collection d'ouvrages sur l'Atlantide jamais réunie, je ne peux en faire abstraction.

— En ce qui me concerne, j'ignorais complètement ce fait, avoua Babadji, qui se tourna vers Kétinée. Qui te l'a révélé, d'ailleurs, ma petite-fille ?

La mambo prit un air détaché.

— Je te l'ai déjà dit : plusieurs clients de ta boutique, grand-père, déclara-t-elle. Victor Hugo, entre autres.

Il s'agissait là d'un mensonge. Cependant la mambo le formula avec tant de naturel que personne ne mit en doute sa parole. De toutes les personnes présentes, elle était celle qui désirait le plus se rendre chez Archibald Saisonnier. Pour des raisons bien différentes et bien plus secrètes que son intérêt pour l'Atlantide. Ces dernières semaines, elle avait intrigué, influencé ses aînés pour rendre cette visite lyonnaise possible. Car il eût été bien trop dangereux de s'y aventurer seule.

Ce qu'elle cherchait là-bas, elle n'aurait su l'avouer. Et tout en gardant le silence, elle espérait qu'un élément décisif de son plan n'allait pas tarder à se mettre en place.

Ambala, quant à lui, demeurait focalisé sur cet objectif qui lui tenait à cœur : restaurer la grandeur des Terres Oubliées. Une entreprise folle, démesurée, pour laquelle il était déjà mort, et qui pourtant occupait toutes ses pensées.

Le groupe de sorciers dogons arpentait la rue Tramassac, bordée d'édifices tout en hauteur, aux fenêtres longues et aux portes voûtées. Kétinée considéra brièvement les unes des journaux placardées un peu partout. On parlait encore des tremblements de terre du côté de l'Empire allemand. Ils avaient commencé en Autriche-Hongrie, à Cracovie, pour s'étendre vers le nord-ouest. Certains éditorialistes s'en réjouissaient plutôt, voyant dans ces catastrophes à répétition un châtiment divin contre l'oppresseur qui avait privé la France de deux territoires : l'Alsace et la Lorraine.

Ces analyses fantaisistes et ces étranges phénomènes se trouvaient à dix mille lieues des préoccupations actuelles des Mountabila. D'un air concerné, Babadji s'intéressait bien davantage aux passages et ruelles qui s'ouvraient un peu partout.

— Bon… Où donc se situe cette traboule ? Il me semblait pourtant que je l'avais repérée dans le secteur.

Depuis quelques dizaines de mètres, le vieil homme hésitait, cherchait sa route.

— Excusez mon ignorance, mais… c'est quoi, une traboule, au juste ? interrogea Napoléon.

— Un passage qui permet de se rendre d'une rue à une autre en traversant une cour d'immeuble, lui expliqua Ambala. Ce sont des raccourcis, si tu préfères. Certains sont très connus à Lyon.

— Ce n'était peut-être pas rue Tramassac, tenta de se souvenir Babadji. Peut-être rue Ferrachat ? À vrai dire, je ne suis venu chez monsieur Saisonnier qu'une seule fois, il y a environ quinze ans, afin de lui livrer deux ouvrages d'alchimie datant du XVIe siècle. Vous m'excuserez donc si mes souvenirs à ce sujet ne sont plus de première fraîcheur.

Arrivé rue Saint-Georges, le vieux marabout tourna sur lui-même tandis que Kétinée scrutait les différentes sculptures qui représentaient des animaux, et notamment un petit singe sur lequel elle ne s'attarda guère. Elle repoussait tout ce qui pouvait lui rappeler Ernest, car elle s'en voulait beaucoup de ne pas lui avoir écrit. Lorsqu'elle songeait au prestidigitateur, à son entrain, à ses yeux noisette, son cœur s'emballait. Puis venaient le questionnement, les hésitations et les doutes… La mambo secoua la tête.

— Non, non, ce n'est pas encore là, pesta Babadji. Ah mais, ce que je suis bête ! Ce doit être dans la montée du Gourguillon…

Il rebroussa chemin et s'engagea dans une ruelle étroite, aux maisons décorées de lierre. Kétinée, Ambala et Napoléon le suivirent. Après s'être engagé dans une impasse, le marabout à la barbe tressée balbutia de nouveau.

— Ce n'était pas si loin, non. C'est à n'y rien comprendre !

À force d'hésiter et de revenir sur leurs pas, la nuit était tombée.

— Il doit s'agir d'un sortilège, proposa Ambala. Saisonnier n'est pas le genre d'homme à apprécier une visite impromptue. Alors il se cache, sans doute… La dernière fois, papa, il attendait ta livraison. Mais aujourd'hui tu ne t'es pas annoncé.

— Attendez voir, j'ai une idée, réfléchit Napoléon.

L'endroit était désert. Il sortit son gomboy. Ce petit instrument l'aidait à se concentrer lorsqu'il voulait communiquer avec le monde des esprits. Il en joua très doucement, effleurant à peine la peau de son archet. Bientôt, quelqu'un répondit à l'appel.

— Bonjour, toi, fit-il dans un sourire à une forme évanescente que les autres ne percevaient pas. Oui… Oui je viens de loin. Je m'appelle Napoléon.

Kétinée se glissa derrière l'épaule de son ami.

— Avec qui converses-tu ?

— C'est un jeune garçon. À peine plus âgé que celui avec qui tu corresponds : Léopold. Sauf que, bien entendu, hum… celui-ci est mort. Il s'appelle Simon.

Chapitre XVIII

Le musicien dogon fixa son interlocuteur de l'au-delà. Sa sorcellerie affûtée lui permettait de cerner ses traits fins, sa chevelure ondulée, sa silhouette replète. Il pouvait entendre distinctement sa jeune voix, qui le questionnait :

— Si tu n'es pas du coin, qu'est-ce que tu fais ici ? Tu t'es perdu, c'est ça ?

— Oui et non, lui répondit Napoléon. Nous cherchons une maison, en particulier. Celle d'Archibald Saisonnier. Ce nom te dit-il quelque chose ? Il paraît que l'endroit est bien caché.

Les yeux translucides du petit Simon s'écarquillèrent.

— Ooooh… Tu parles de Tonton Méchant !

Napoléon fit bientôt son compte rendu aux Mountabila.

— Nous ne sommes pas loin du but. Tu avais raison, Ambala : cet endroit est non seulement invisible… mais protégé. Le petit Simon m'a proposé de traverser un mur ou deux pour m'y rendre. J'ai dû lui expliquer que cela me sera un peu difficile.

Ils revinrent dans la traboule originellement empruntée par Babadji, puis s'arrêtèrent dans cette cour à ciel ouvert.

— D'après Simon, c'est bien ici, annonça Napoléon. Un endroit secret dans un endroit secret…

— Comme quoi, je ne suis pas sénile, estima Babadji. Mes souvenirs étaient donc justes.

Ambala plissa les yeux et se concentra. Habitué à la méditation, il vida son esprit tout en aiguisant ses sens à l'écoute du monde. Il chercha chaque perturbation, chaque soubresaut d'énergie, même infime. Spécialiste de l'analyse des rituels et des protections magiques, il était aguerri en la matière.

— Je sens l'énergie diffuse d'un sortilège bien préparé. Il me paraît difficile à décortiquer.

Kétinée s'avança.

— S'il s'agit de briser un sortilège, mes lwas devraient se montrer utiles. Et ils n'ont pas intérêt à me faire faux bond, cette fois.

— Travaillons donc ensemble, ma nièce, proposa Ambala.

Tandis que le vieux Babadji s'installait sur les marches d'un perron voisin, Ambala resta debout. Kétinée, assise en tailleur devant lui, sortit de sa besace plusieurs artefacts qu'elle emmenait souvent avec elle afin d'accroître la portée de ses sortilèges. Pendant qu'elle traçait les symboles dogons et les vévés vaudous de sa sorcellerie métissée, Napoléon s'assura que personne n'observait la scène ou s'approchait d'eux.

— Ouvre-moi ton esprit, demanda Ambala. Perçois-tu ces fluctuations dans l'atmosphère ? Ces ronds concentriques qui enserrent une forme qui nous est interdite et qui se dérobe à nos sens…

— Tout est très clair, assura Kétinée.

Elle psalmodia des paroles sacrées que même son grand-père ne connaissait pas. Quelques instants plus tard et malgré la température hivernale, la mambo était en nage. Tout en poursuivant ses prières, elle oscilla le buste d'avant en arrière, utilisa un peu de son sang prélevé avec une aiguille, puis fit couler ce liquide sur le sol.

Les secondes suivantes furent les plus impressionnantes. Des coupures apparurent le long de ses bras. Comme si quelqu'un, à distance, y insérait la lame d'un couteau.

— Oh là ! s'alarma Ambala. Faisons marche arrière et…

— Il s'agit d'un système qui se veut dissuasif, tempéra la mambo. Je ne lâcherai pas.

Une autre griffure, sous sa robe, lui lacéra le dos. Babadji poussa un glapissement. La mambo releva le nez.

Chapitre XVIII

— Rien de très grave. J'y suis habituée.

Brusquement, la maison se manifesta. Elle apparut simplement aux sorciers, comme si elle avait toujours été là.

Ambala, Babadji et Napoléon se pressèrent autour de Kétinée pour lui offrir de quoi couvrir les quelques estafilades sur sa peau.

— Tous ces coups ne sont que superficiels, précisa-t-elle.

Elle refusa donc fièrement leur aide, préféra panser elle-même ses plaies, et s'intéresser au bâtiment révélé.

Le domicile d'Archibald Saisonnier s'élevait sur trois étages, coiffés d'un toit percé de multiples frontons. Architraves à motifs, colonnades fines, balustres ciselés conféraient à l'édifice un cachet indéniable. L'endroit contrastait avec les structures environnantes, collées les unes aux autres, bien plus massives. Devant la façade s'étendait un petit jardin auquel on accédait par une grille basse en fer forgé. Tout un tas de ronces et de mauvaises herbes émergeait de la neige et du sol bosselé.

— L'endroit est totalement à l'abandon, scruta Napoléon.

— Le jardin, peut-être. Pas la maison, rectifia Babadji.

Ignorant ses blessures, Kétinée poussa la grille. Napoléon regarda tout autour de lui.

— Tu as perdu quelque chose ? lui demanda Ambala.

— Plutôt quelqu'un : le fantôme du petit Simon. Depuis qu'il nous a indiqué l'adresse exacte, je ne le vois plus.

— Hum, toussa Babadji sous le porche. Je suppose qu'on doit frapper ?

Soudain, devant lui, la porte de chêne s'ouvrit à la volée.

— Sauf si on nous invite, bien sûr, ajouta quelqu'un.

Les sorciers sursautèrent. La voix qui venait de prononcer ces paroles n'appartenait à aucun d'entre eux.

Kétinée, Ambala, Babadji et Napoléon se tournèrent d'un bloc. Derrière eux se tenait une ombre pâle et longiligne.

— N'ayez pas peur. Ce n'est que moi, dit leur amie vampire.

— Ça alors, Louise ! s'exclama Kétinée.

La taromancienne brune à la peau diaphane les salua. Malgré la saison hivernale, elle portait l'une de ses habituelles robes décolletées, à la fois élégantes et provocantes. Sur ses épaules, elle avait posé un manteau. Plus expansive qu'elle, Kétinée la prit dans ses bras. Elle paraissait à la fois ravie et soulagée.

— Pour une fois que ce n'est pas moi qui saute au cou de quelqu'un, plaisanta la vampire.

— Je suis heureuse que tu aies pu venir. Je ne savais même pas si tu recevrais ma lettre à temps.

— Vous vous êtes donné rendez-vous ici ? comprit Ambala. Ma nièce, tu es une sacrée cachottière…

« Si tu savais, mon oncle… » songea Kétinée. Qui bientôt regarda Louise. Laquelle fit mine de ne pas avoir lu ses pensées et poursuivit avec naturel :

— Les tarots m'ont révélé que vous seriez tous là, à la tombée de la nuit. Et ils ne se sont pas trompés. Ces derniers temps, ils ne cessent de me surprendre… Mais nous aurons l'occasion de parler de tout cela à l'intérieur, sans doute. Même si, je l'avoue… ça empeste le satanisme, ici.

D'un mouvement de poignet raffiné, elle désigna la porte ouverte. Ensemble, les cinq visiteurs pénétrèrent dans le vestibule. Ils cherchèrent autour d'eux, toussèrent et appelèrent. Personne ne leur répondit. Une musique diffuse se fit alors entendre, qui enchaînait les doubles croches avec une certaine virtuosité.

— Quelqu'un joue du violon, comprit Ambala.

Chapitre XVIII

Louise, Napoléon et les Mountabila s'engagèrent dans cet endroit désert, en suivant cette mélodie.

Au fur et à mesure de leur progression, des bougies s'allumaient d'elles-mêmes. Ils passèrent devant des tapisseries, quelques peintures, de grands coffres de bois. Au mur, on pouvait discerner plusieurs gravures anatomiques. Des squelettes difformes trônaient, emprisonnés dans des cages de verre. La lumière, faible et vacillante, donnait l'impression que parfois ces ornements bougeaient.

Kétinée s'arrêta devant un large cadre ouvragé : le sombre portrait d'un homme au regard pénétrant, daté XVIIIe siècle. Les cheveux longs, l'homme portait à son cou un médaillon cuivré de forme ronde, très imposant, rehaussé de dorures et de nombreux entrelacs lumineux. Autour de lui se dessinait un paysage de flammes, parcouru de silhouettes malingres qui paraissaient souffrir. Sur le cadre lui-même était inscrit ce nom : Anthelme Saisonnier.

— L'ancêtre du sulfureux Archibald sans doute, souffla Napoléon.

Prise d'une impulsion, Kétinée effleura la peinture de ses doigts. Une vibration lui fit aussitôt retirer la main. Alors, elle préféra s'éloigner de ce portrait, qui paraissait la fixer un peu trop intensément.

— Quelque chose te perturbe, ma nièce ? s'enquit Ambala.

— Non, non. Rien du tout, mentit Kétinée.

En réalité, son cœur battait très fort dans sa poitrine. Cette peinture si troublante venait de lui confirmer l'existence de l'objet qu'elle était venue chercher en ces lieux.

Il fallut passer un petit couloir aux voûtes ciselées. Bientôt arrivés au pied d'un somptueux escalier, les visiteurs rencontrèrent un stradivarius. L'archet animé par une force invisible faisait vibrer les cordes en une mélodie profonde. L'instrument de musique se trouvait en suspension dans les airs.

— Voilà qui pose une ambiance, estima Babadji.

Seul Napoléon remarqua l'être qui se tenait sur le palier le plus proche, juste à côté du violon ensorcelé.

— Ah ben te voilà ! s'exclama le spectre du jeune Simon en apercevant l'imposant joueur de gomboy. Tu en as mis, du temps !

Napoléon s'approcha de Simon.

— Laisse-moi deviner : c'est toi qui viens de nous ouvrir la porte ?

— Bien entendu, affirma l'enfant spectral avec fierté. Sinon, Tonton Méchant ne vous aurait jamais laissés entrer.

— Et… où est-il donc, celui que tu appelles « Tonton » ?

— Je te présente déjà Catherine, lui répondit l'enfant.

En se concentrant davantage, Napoléon vit une forme féminine se dessiner autour du violon aérien.

— Catherine est ma tante, lui révéla Simon. La sœur de Tonton Méchant.

Sur le ton de la confidence, il ajouta :

— Ils ne s'apprécient pas beaucoup, tu sais.

— Bien le bonjour, Mademoiselle Saisonnier, tenta Napoléon en s'inclinant.

Plus sauvage que son neveu, ce spectre-là s'évapora à son approche. Et le violon tomba au sol.

— T'es trop marrant, Napoléon ! s'esclaffa le petit Simon.

— Pourquoi dis-tu cela ? demanda le sorcier dogon en ramassant le stradivarius, puis en le plaçant sur un tabouret.

— Oh, parce que d'habitude ce sont les gens qui ont peur des fantômes. Et là c'est un fantôme qui a eu peur de toi !

Chapitre XVIII

Tandis que Napoléon conversait avec l'invisible, Ambala s'était laissé tenter par un tout autre spectacle, auquel il ne put résister : une somptueuse bibliothèque lambrissée, emplie d'ouvrages reliés de cuir.

— Incroyable ! Quelle collection fabuleuse ! Les mémoires de Simon de Phares, un traité d'alchimie, et les expériences spirites d'Allan Kardec…

Sa bonne éducation l'empêcha de saisir l'un de ces ouvrages pour aussitôt le feuilleter. Toujours planté avec les autres au beau milieu du hall, le vieux Babadji parla à Louise :

— Je n'en reviens pas que vos tarots vous aient indiqué si précisément quand nous rejoindre.

— Nous entretenons une relation privilégiée, eux et moi… Même si je ne comprends pas toujours ce qu'ils m'indiquent. J'en ai parlé à Kétinée, par lettre : en ce moment, lorsque j'effectue certains tirages en me concentrant sur une personne que je connais, la même carte revient tout le temps. Vous, Babadji, par exemple : vous paraissez éternellement lié à la Maison Dieu. La source des bouleversements… Et Napoléon, le Soleil. Un arcane très positif, porteur de vie… D'habitude, en fonction du moment, chacun d'entre nous est changeant, tour à tour Fou, Amoureux ou Pendu par exemple. Mais ces dernières semaines, plus rien ne bouge. Très franchement, malgré tous mes efforts, je ne comprends pas pourquoi.

— Voilà un phénomène fascinant, réfléchit Babadji, perplexe.

— Et sinon, comment se sont conclues tes recherches ? s'enquit Kétinée. Tu ne me l'as pas raconté.

— En résumé : rien de plus sur Déa. Grâce à un vampire espagnol bien plus ancien que moi, j'ai suivi une tout autre piste : celle de Lucienne Arquenotte. Cela m'a mené jusqu'en

Italie, dans les régions du sud. En arpentant les rues de Pompéi, ce site préservé depuis l'Antiquité, j'ai constaté de mes yeux ce que le vampire avait évoqué : il existe là-bas une fresque représentant Lucienne. Ou plutôt Ludmilla, comme elle se faisait appeler à l'époque. Elle était entourée de sa famille.

— De sa famille – qui est la tienne.

— Si l'on veut, oui… Toutes et tous sont morts il y a bien longtemps. Seule Lucienne a survécu.

Ambala, fasciné, ne s'était pas encore éloigné des rayonnages de la bibliothèque quand Napoléon se manifesta.

— Eh bien… c'est plutôt embêtant. D'après ce que j'ai compris, le propriétaire des lieux n'est pas ici.

— Ah non ? Et la porte qui s'ouvre ? demanda Kétinée. Et le violon, alors ?

— Juste une histoire de fantômes, résuma le sorcier dogon. La maison est hantée.

— Alors… nous ne devrions pas être là, entonna Babadji. Si Archibald Saisonnier se rend compte que nous avons pénétré chez lui, il sera furieux.

— Je confirme, opina Napoléon. Simon ne semble pas trop l'apprécier. Il l'appelle « Tonton Méchant ».

— Simon ? répéta Louise.

— Le jeune spectre qui nous a ouvert la porte.

— Et, sans être indiscrète, de quoi est-il mort, ce Simon ?

— Pardon ?

— Eh bien, s'il s'agit d'une âme évanescente, il existe forcément une raison pour laquelle il hante encore ce lieu.

Napoléon haussa ses larges épaules cuivrées.

— Il ne me l'a pas révélé. Pour le moment, tout ce qu'il voudrait, c'est jouer à cache-cache avec moi. Il vient d'entrer dans un mur en me demandant de le retrouver.

Chapitre XVIII

— On va éviter ça, coupa Babadji. Et d'ailleurs, on va s'en aller… Tu as tout entendu, mon fils ?

— Une minute ! Une minute ! s'exclama Ambala, l'index en l'air, tout en poursuivant son inventaire mental.

Kétinée non plus ne voulait pas partir. Pas avant d'avoir trouvé ce qu'elle était venue chercher…

Elle n'eut guère besoin, cependant, d'inventer un prétexte. À cet instant, son front lui parut sur le point d'exploser. Aussitôt, Louise la télépathe réagit.

— Kétinée… quelque chose est en train de t'appeler, comprit-elle.

Passant une main sur son front douloureux, la mambo avança soudain au pas de course, laissant tout le monde surpris. Elle traversa la bibliothèque, déboucha sur une salle carrelée de blanc et de noir, au milieu de laquelle trônait une cheminée de granit. Dessus était posé un chandelier composé de cierges noirs, tous allumés. Première arrivée en ces lieux, Kétinée fut la seule à entrevoir la silhouette qui s'y manifesta.

Ses cheveux châtains, sa robe claire, ses yeux dépourvus de pupilles… tout correspondait au souvenir que Kétinée gardait d'elle : Déa.

Interloquée, la mambo demeura sur place tandis que l'apparition marcha jusqu'à une paroi boisée au travers de laquelle elle disparut.

— Qu'est-ce qui t'arrive ? Pourquoi es-tu venue ici ? demanda Babadji à sa petite-fille aussitôt qu'il l'eut rejointe.

Sur ses talons déboulèrent Napoléon, Louise et Ambala.

— Moi aussi, je viens d'apercevoir une revenante, trembla-t-elle. Déa.

— Quoi ? La fille disparue d'Ernest ? s'étonna Babadji.

— Elle est… Elle est passée par cette cloison.

— Ça alors ! s'étonna Napoléon. Pourquoi je n'ai pas senti sa présence, moi ?

— Sans doute parce que le lien entre elle et Kétinée est plus fort, avança Louise.

La vampire palpa la cloison, tenta de mettre la main sur un mécanisme ou un sceau magique.

— Je ne comprends pas ce qu'elle fait ici, répétait Kétinée. Mais ça ne va pas. Je la sens qui m'appelle encore.

— Attention, il s'agit peut-être d'un leurre, la prévint Babadji, méfiant. Une force qui a pris l'apparence de cette enfant disparue pour t'attirer dans un piège !

— Je vais tenter d'y voir plus clair en sondant ton esprit, proposa Louise Balsia. Si cela ne te dérange pas, bien sûr.

Pour n'importe qui d'autre que Louise, Kétinée aurait refusé. Elle avait trop de choses à cacher, ces derniers temps.

Louise Balsia, cependant, conservait sa propre part d'ombre. La mambo savait que là où sa famille aurait freiné des quatre fers, son amie vampire, elle, la comprendrait. Ou tout du moins l'espérait-elle…

Dans l'esprit de Louise, tout se dévoila donc.

Des lettres envoyées et reçues. Un pacte secret. Une monnaie d'échange. Un médaillon caché. Ce même médaillon aperçu sur la peinture observée, à l'entrée.

Dans son esprit, Kétinée s'était imaginé chercher l'artefact tandis que son oncle, son grand-père et Napoléon occuperaient Archibald Saisonnier en lui parlant de l'Atlantide.

On avait confié certains éléments à la mambo pour qu'elle mène à bien cette quête en toute discrétion. Coup de chance : le propriétaire des lieux était absent.

Mais comment prévoir que Déa se manifesterait ?

Chapitre XVIII

Alors que tout le monde s'agitait autour de la cloison, Simon Saisonnier sortit d'un tout autre mur, avec un air de reproche à l'adresse de Napoléon.

— Ah bah alors, tu ne joues plus ? J'avais trouvé une bonne cachette, moi !

Le joueur de gomboy saisit cette occasion.

— Désolé, Simon… Pourtant, je suis sûr que tu peux en trouver une meilleure encore. Par là-bas, ça a l'air très chouette.

De l'index, il indiqua la paroi où l'apparition qui ressemblait à Déa venait de s'évanouir.

— Oh là non, je vais pas par là, moi, se récria Simon. Ça fait peur ! Et puis, Tonton Méchant serait très très fâché.

— Il y a donc un passage ?

— Un passage vers un endroit pas amusant du tout. Non non, elle est nulle, ta cachette !

Napoléon réfléchit en se massant le crâne.

— Et ta tante Catherine… Elle ne pourrait pas… ?

Louise sortit de sa torpeur. Elle et Kétinée échangèrent un regard entendu.

— Évidemment, je garde ce que j'ai vu pour moi, lui sourit la vampire dans un murmure à peine audible. Mais tu es un peu folle, tu le sais ?

À voix plus haute, elle ajouta :

— C'est bien la signature de Déa. Diffuse, distante, mais bien présente… À vous de comprendre ce qu'elle fiche chez ce sataniste.

— La dernière fois, elle a tout de même disparu dans les Enfers, se rappela Napoléon.

— Comme autour de cette maison, je sens ici une protection magique particulièrement robuste, nota Ambala.

— Laissez-moi unir nos esprits, proposa Louise. Ensemble, nous serons plus forts.

Babadji toussa.

— Hum… Vous vous rendez compte que non seulement on est entrés chez monsieur Saisonnier sans son accord, mais maintenant on fouille dans ses petits secrets ?

— S'il s'agit vraiment de Déa, je suis prête à en porter le blâme, assuma Kétinée. Car ton client, il n'est pas net du tout.

— Ah ça non, confirma Napoléon en frissonnant. Je crois… Je crois bien que c'est lui qui a assassiné le jeune Simon. Et sa propre sœur, une certaine Catherine.

L'information saisit l'assistance. Autour des sorciers réunis, la lumière des chandelles enchantées vacilla, les plongeant presque dans l'obscurité.

— Dans la cave, Tonton Méchant fait des expériences, murmura le petit fantôme à l'oreille du spirite dogon. Tata Catherine aussi le sait très bien… Je veux pas y aller !

Malgré son habitude de l'au-delà, Napoléon déglutit :

— Nous ne sommes pas chez un type bien.

— Le système magique est sacrément complexe, reprit Ambala. Pourtant…

Associés par l'esprit, Louise et Kétinée perçurent ce qu'il devinait : comme un enchevêtrement de fils composés chacun de symboles magiques luminescents.

— Si nous parvenions à démêler ces fils…

Brusquement, quelqu'un frappa à la cloison. Ce qui fit sursauter tout le monde.

— Il doit… Il doit s'agir de Catherine, balbutia Napoléon. Elle veut nous aider.

Babadji réajusta son boubou.

Chapitre XVIII

— Bon, je sens qu'on va le regretter, mais puisque tout le monde s'y met… Louise, permettez-moi de vous rejoindre, en esprit.

Cet ajout dans le rapport de force entre la protection magique et les volontés unies fit la différence. Personne ne fut blessé cette fois. Louise vit les fameux fils composés de symboles se tendre puis se rompre. Dans une pluie d'étincelles invisibles, la porte finit par s'ouvrir.

Un bruit sourd, comme un gémissement lugubre venant des tréfonds de la terre, fit vibrer le sol et chacun des corps.

— *Kétinée*… résonna au loin un soupir, comme un souffle de vent qui aussitôt s'étiole.

— C'est la voix de Déa, comprit la mambo.

Ils hésitèrent tous devant cette porte entrouverte sur l'obscurité. Kétinée prit une inspiration. La première, elle s'empara du chandelier et descendit l'escalier de pierre qui menait au sous-sol. L'un après l'autre, les cinq sorciers s'engagèrent dans le passage humide, duquel se dégageait une ambiance oppressante. Ambala s'était saisi d'un autre bougeoir.

— Ce que nous faisons là n'est pas la chose la plus intelligente au monde, maugréa Babadji. Explorer les pièces souterraines d'un sataniste…

— Et c'est la personne qui a failli détruire une partie de Paris pour ressusciter son fils qui nous dit ça ? répliqua Kétinée. S'il existe une chance, même infime, de trouver Déa chez ce type, je n'ai aucun scrupule.

« Mais il y a le médaillon, aussi… » songea Louise.

Ils passèrent une issue taillée dans le roc qui les mena à une grande pièce aménagée, où toute trace d'humidité paraissait avoir disparu. Dans la lumière des bougies se découpa un agencement qui fit de nouveau briller les yeux d'Ambala.

— D'autres livres… Des rayonnages entiers.

— La bibliothèque secrète d'Archibald Saisonnier, comprit Babadji.

Sur des étagères en effet, parmi des crânes, des outils sculptés et des talismans, était rangé un nombre impressionnant d'ouvrages aux couvertures sombres, souvent munis de symboles ésotériques et de pentacles renversés.

— Celui-ci est en araméen, analysa Ambala qui, cette fois, n'hésita pas à prendre les volumes en main. Et celui-là traite de la pierre philosophale… C'est tout bonnement prodigieux !

— Il y a aussi énormément de traités interdits, intervint Babadji, réprobateur. *Les Enseignements de Baal*, *Les Secrets de Satan*, … Bigre !

— Voici qui n'a rien à envier à certaines bibliothèques vampiriques – et parmi les plus sordides, jugea Louise.

— Ce livre-là, poursuivit Ambala. Ne serait-il pas rédigé… en atlante ? Oui, voilà donc les ouvrages dont nous soupçonnions l'existence !

Tandis que père et fils compulsaient les trésors de Saisonnier, le regard de Napoléon glissa sur une table de granit bordée de chaînes, et quelques instruments qui n'eussent pas choqué dans un cabinet de torture. La forme spectrale et féminine qui accompagnait désormais le groupe et que seul percevait le sorcier dogon annonça à celui-ci, du bout de ses lèvres :

— C'est ici qu'Archibald procède à ses petites expériences… Voyez-vous ce baquet d'eau, là-bas, juste entre les longues pinces alignées ? C'est là qu'il a noyé Simon. Oh, il a longtemps gesticulé, le pauvre.

Le joueur de gomboy imagina l'horrible scène : le tortionnaire penché sur l'instrument, le garçon qui suffoquait, qui se débattait…

Chapitre XVIII

— Quant à moi, poursuivit la voix flûtée de Catherine, il est parvenu à emprisonner mon âme dans le ventre même de notre mère… J'ai grandi, en esprit. Mais il m'a refusé le droit de naître. Oh oui… Il aime bien les expériences, mon cher frère.

— Par Amma… frissonna Napoléon, terrifié.

Kétinée, elle, avait dépassé cette salle où chacun s'affairait. Elle suivait ce murmure qui l'avait appelée, qui l'appelait encore.

— *Kétinée…*

Passant une arche, elle déboucha sur un couloir, puis dans une autre pièce. Celle-ci était construite en pente et plongeait plus profondément encore dans l'obscurité.

Malgré le chandelier qu'elle portait, impossible d'y voir clair au sein de ces ténèbres. On eût dit que celles-ci refusaient d'être dissipées par la lumière. Ce qui contraria la mambo.

— Où mène ce passage, au juste ?

Kétinée sentit le souffle de Louise sur sa nuque.

— Tu devrais pouvoir deviner, non ? L'air est si malsain et vicié ici que même mes yeux de vampire n'y voient pas…

— Eh bien, hum… ma nouvelle amie, Catherine, a une théorie assez intéressante là-dessus, avança la voix mal assurée de Napoléon.

Le spectre féminin frôla la peau du sorcier dogon. Celui-ci sentit chaque poil de ses bras se hérisser et un froid glacial l'envahir. La voix de Catherine lui murmurait :

— Au fond de cette pièce, là-bas, tout en bas, se trouve une dernière porte. Une porte incrustée de crânes, taillée jadis dans un bois maudit, ornée d'un pentacle de sang séché. Cette porte mène aux Enfers.

XVIIII

Juste après une étrange pause, Ernest s'était immergé dans le puits de lave. La substance caoutchouteuse qu'il venait d'ingérer ne l'avait pas seulement rendu insensible à la chaleur : elle l'avait transformé en un inépuisable boulet de canon qui filait à vitesse supersonique sous la croûte terrestre. Instinctivement, Ernest cherchait à rejoindre Serge et les autres. L'ingestion de la même substance avait fait résonner leurs corps à l'unisson. Chacun savait précisément où l'autre se trouvait. De même, Ernest sentait qu'Ishvara et Lise venaient d'entamer le même voyage. Une traversée qui défiait toutes les lois de la nature.

Seize mois plus tôt, il avait frôlé la folie dès son premier monde magique visité : celui d'une déité prénommée Linda. Avec le recul, cette démence-là lui parut presque sage, tant ce qu'il était en train d'accomplir était insensé.

Il se déplaçait dans le magma, venait de percer la croûte terrestre et se dirigeait vers le manteau, pour une destination qui lui était inconnue.

Qu'est-ce qui pouvait bien se cacher au creux de la Terre, qui justifiait cette transformation improbable, ce périple incroyable ?

Le « moqoa » qui lui avait permis d'entrevoir tellement de choses avant son plongeon faisait désormais vibrer chaque parcelle de son être. Instinctivement, il suivait une volonté autre : celle de Zaphaïm, qui leur ouvrait la voie.

Rationaliser ce qu'il était en train d'accomplir n'était pas à l'ordre du jour : son être se contentait de vivre cette expérience peu commune. Aussi les visions apparues juste avant le plongeon avaient déserté son esprit.

Bien plus impressionnante qu'une glissade dans la glace, sa vitesse lui permit d'avaler un nombre phénoménal de kilomètres en un clin d'œil.

Après avoir perçu le monde si distinctement, après avoir évolué en des lieux où son corps ne pouvait survivre, il lui fallait maintenant payer pour cette clairvoyance et cette résistance extrêmes.

Bientôt toutes ses sensations s'émoussèrent, ses sens s'embrouillèrent. Le magicien devenu obus souterrain perdit conscience.

*

— Ernest ! Ernest ! Tu es réveillé ?

Le prestidigitateur secoua la tête. Il se trouvait au beau milieu d'une ville. Autour de lui, des bâtiments massifs, des ruelles sculptées. En guise de ciel, une immense voûte rocheuse. Un peu partout, de larges cristaux translucides, plantés à intervalles réguliers dans le sol, laissaient filtrer une lumière chaude et tamisée. Ernest reconnut Lise, ses cheveux blond platine, ses yeux noirs. Et l'habituel brasier au-dessus de sa main.

— Ernest, réponds-moi, vite ! insista-t-elle.

Lise semblait méfiante. Elle tenait Ernest en respect, une boule de feu entre eux. Lui regarda ses mains. Sa combinaison noire était couverte de sang. À ses pieds : trois créatures à la peau granuleuse décédées. Plusieurs lames se trouvaient plantées dans leur corps. Ernest reconnut ses couteaux.

— Qu'est-ce qui s'est passé ? Je crois… que j'ai eu une absence.

— Non, sans blague ? se moqua Lise en mouchant sa flamme. Pour ta gouverne : nous sommes en plein cœur du monde souterrain d'Agartha. Un territoire sorcier extrêmement vaste, aux nombreuses cités séparées par des flots de lave.

— Agartha ? répéta Ernest, hébété. Mais ces types par terre… Qui… ?

— Tu viens de les assassiner, asséna sa collègue.

Médusé, Ernest resta fixé sur les êtres sans vie.

D'autorité, Lise le prit par le bras et l'entraîna au loin.

— On ne reste pas là !

Ensemble, ils bifurquèrent dans plusieurs venelles adjacentes. Ils passèrent des bâtiments de toutes tailles, dont la plupart épousaient la forme des parois rocheuses. Ils longèrent une petite place ronde, une statue représentant des ouvriers à l'œuvre, plusieurs inscriptions gravées dans un alphabet inconnu. Au loin, quelques badauds, personnages enflammés, les regardèrent filer d'un air mi-étonné mi-indifférent. Enfin, ils gravirent un escalier vaguement droit.

Lorsque Lise jugea qu'ils se trouvaient dans un endroit un peu plus sûr, une artère située en surplomb, derrière une immense stalagmite de cristal, ils reprirent leur souffle. D'ici ils apercevaient une bonne partie de la ville, qui ressemblait un peu à une cité du Moyen-Orient. Mais située sous terre.

— Qu'est-ce qui s'est passé ? insista Ernest, incrédule. Ce n'est pas vraiment moi qui ai tué ces types !

— Ces types, on les appelle les Ardantes, l'informa Lise. Notre collègue Zaphaïm en fait d'ailleurs partie… Et si ! Désolée ! Je t'ai vu liquider deux de ces gardes sous mes yeux. Quant au troisième, je l'ai assommé au moment où il allait t'embrocher.

Devenir un assassin sans même s'en rendre compte ne plaisait pas du tout à Ernest.

Cette fois, il fit ce qu'il n'avait pas eu le réflexe d'accomplir juste avant d'ingérer le moqoa : il voulut se tirer de ce cauchemar en remontant le cours du temps.

Comme il aurait dû s'y attendre, cela le mena pile au moment où il avait repris conscience au milieu de la cité ardante. Au terme d'une nouvelle course similaire, il se trouva bientôt au milieu d'une artère située en surplomb, derrière une immense stalagmite de cristal, là où furent prononcés les mêmes mots.

Alors, le cœur au bord des lèvres, il se souvint de sa première visite chez le Prince, de ces gens qu'il avait failli supprimer pour survivre. Assassiner son prochain faisait-il partie de sa nature profonde ? Était-ce pour cet immonde trait de caractère que le Prince l'avait recruté ?

Lise comprit son trouble et chercha à le rassurer.

— L'absence dont tu as été victime doit être liée au moqoa. L'ingestion de cette substance surpuissante s'accompagne d'effets secondaires imprévisibles… Personnellement, je n'ai rien ressenti. Mais je sais que Serge a reçu des révélations sur nous tous… Quant à Glörk, l'opération lui a cramé un œil ! Et je ne te parle pas d'Ishvara, dont tout le bras droit est brûlé… Bref, tu comprends pourquoi je ne voulais pas que tu en avales ?

— Mais… il s'est passé quoi, exactement ? Avant que je n'assassine ces gens, je veux dire.

— Depuis dix bonnes heures que nous sommes sortis de la lave, et que nous évoluons dans les galeries souterraines d'Agartha, tu nous suis tel un zombie privé de parole… Au détour d'un boyau, des gardes ardantes nous ont repérés. Tu t'es alors mis dans une rage folle. Tu as quitté la galerie et notre groupe, tu les as coursés jusque dans la ville. Ishvara m'a sommée de te laisser filer. Mais j'ai désobéi, je ne voulais pas te laisser tomber. Serge a voulu m'aider, mais Zaphaïm l'a arrêté, lui.

— Si tu ne m'avais pas suivi…

— Si je ne t'avais pas suivi, l'Ardante que j'ai assommé aurait mis fin à ton existence, c'est une certitude… Alors, tu te méfies toujours de moi, ou bien maintenant tu me crois quand je te dis que, si je suis ici, c'est avant tout pour te protéger ?

Ernest se passa les mains sur le visage. Visiblement, il ne se réveillerait pas de ce cauchemar-là.

— Je ne peux que te remercier, évidemment. Et je suis désolé d'avoir douté de toi. Ce que j'espère, c'est pouvoir discuter de tout cela, avec toi, en un endroit où le sortilège du Prince ne nous entravera plus.

Lise acquiesça lentement.

— En attendant, crois-moi, ça va chauffer pour mon matricule. Les agents du Prince désobéissants sont souvent punis, sans pitié.

— Tu pourrais peut-être... plaider la folie passagère, comme moi ? Au fait... il est où, Noidkoko ?

— Pas de panique : ton ouistiti pygmée a vite retrouvé ses esprits, lui. Il a préféré se réfugier sur Serge, parce que tu ne lui prêtais aucune attention.

Des cris proches, suivis de paroles affolées, empêchèrent Ernest et Lise de poursuivre leur conversation.

— Nous ne sommes pas tirés d'affaire, commenta Lise.

Plusieurs soldats s'étaient lancés à leur recherche. Ernest se servit de son sortilège aérien. D'un courant d'air, il s'éleva avec Lise jusqu'au sommet d'un toit où ils se cachèrent tous deux.

La traque dura ainsi quelques instants. Au sol, les Ardantes armés étaient une dizaine. Ernest et Lise durent ruser. Devenir parfaitement silencieux. Choisir le bon moment : celui où ils pouvaient passer d'un toit à l'autre sans se faire repérer.

Petit à petit, ils quittèrent la zone à risque. Parvinrent, au terme de plusieurs vols contrôlés, à se fondre dans le paysage urbain. Sous les indications de Lise, ils rejoignirent bientôt la galerie où ils avaient été séparés du reste du groupe. Un boyau situé en bordure de ville, le long d'un fleuve de lave sinueux.

— Et maintenant, quel est le plan ? s'enquit Ernest. Personnellement, j'aurais bien envie de me carapater.

— Même si on risque gros, l'idée de déserter est tentante, en effet... Pourtant, à mon humble avis, notre meilleure chance de survie est de rejoindre le groupe... Pour ton information, et comme tu as raté quelques épisodes : nous devons rallier la tour sacrée du centre d'Agartha. Qui doit être l'endroit le mieux gardé sous terre.

— Rien que ça, bien entendu... Et pour y faire quoi ?

Chapitre XVIIII

— Sur ce coup-là, tu m'en demandes trop : je ne suis pas dans le secret des dieux.

Ernest et Lise pressèrent le pas. Avec l'espoir de rejoindre le groupe… et d'avoir semé tous leurs ennemis. Lise se souvenait de la direction énoncée par Zaphaïm. Malheureusement, elle n'avait aucune certitude.

Les deux agents du Prince s'éloignèrent de la cité souterraine dont ils ignoreraient pour toujours le nom. Bientôt résonna le tumulte d'une échauffourée.

— *Det blir varmt her !* tonna une voix à nulle autre pareille.

— Nous ne sommes pas les seuls à avoir eu des ennuis, constata Lise.

Au beau milieu d'une caverne, leurs coéquipiers, en effet, étaient aux prises avec une dizaine d'hommes et de femmes de feu qui prononçaient des paroles incompréhensibles. Armés de longs bâtons incandescents, ils paraissaient capables de provoquer d'abominables brûlures.

Serge, Zaphaïm, Ishvara et Glörk, devenu borgne, peinaient à maîtriser cette menace. L'arrivée d'Ernest et Lise, dans le dos de leurs ennemis, permit de changer la donne.

En un rien de temps, les Ardantes, pris en tenaille, furent déstabilisés, et finirent embrochés par les épées d'Ishvara, de Serge et de Zaphaïm, laquelle ne quittait plus sa forme enflammée. Quant à l'imposant Glörk, armé de sa hache démesurée, il distribuait les coups meurtriers avec bien moins de scrupules qu'Ernest.

Bientôt, il ne resta plus de leurs ennemis qu'un amas de cadavres, que les plus hardis s'empressèrent de déplacer dans un coin d'ombre.

Lorsque Ernest s'approcha de Noidkoko, celui-ci quitta le giron de Serge et se lova tout contre son cou. Apparemment ravi de retrouver son maître, au lieu du zombie insensible qui en avait pris la place. Comme prévu, Lise se fit vertement réprimander par ses supérieurs.

— Je vous ai tout de même ramené Ernest, et il va mieux, se défendit la renégate d'un ton posé.

— Quand on te donne des ordres, tu obéis, gronda l'Indien, dont le bras droit avait effectivement brûlé. C'est le groupe qui compte, et pas les éléments instables.

— Une fois, mais pas deux ! la prévint Zaphaïm en agitant sa lame très près de son cou.

Tandis que Lise recevait un savon, Serge s'excusa à mi-voix auprès d'Ernest.

— Je suis désolé de n'avoir pu venir à ton secours moi aussi.

Le jeune homme fixait Ernest avec une intensité teintée de gravité, comme il ne l'avait jamais fait. Entre les lignes, le prestidigitateur comprit que son ami souhaitait lui révéler quelque chose que le sortilège du Prince l'empêchait de formuler.

— À la suite de l'ingestion de ce fichu moqoa, j'ai eu une révélation, murmura-t-il. Une fois la mission accomplie, nous devrons absolument trouver un moyen d'en parler, toi et moi.

Ernest Villempré acquiesça. En se demandant quelle pouvait être la nature de ce secret…

On resserra les rangs. On oublia les très récents écarts. Et Ishvara prévint le groupe :

— Le détachement que nous avons vaincu n'était pas préparé à nous rencontrer. Aux environs de la tour sacrée, ce ne sera pas la même histoire. Là-bas, nous aurons affaire à des gardes d'élite, bien plus résistants et bien plus nombreux.

— En temps normal, il serait même impossible de s'approcher de cette satanée tour tant elle est bien gardée !

complèta Zaphaïm. Heureusement, nous avons un rendez-vous, pas loin d'ici…

— À ce propos, il serait temps de s'activer ! s'exclama Ishvara en regardant sa montre de gousset. Non seulement il ne fait pas très bon traîner ici, mais si nous loupons le coche, tous nos efforts auront été vains.

Tout le monde progressa au pas de course.

— Dites, hum… C'est quoi cette histoire de rendez-vous ? s'enquit Ernest.

— Quelqu'un que tu connais, et qui garde une dette envers nous, se contenta de lui répondre Zaphaïm. Il va nous permettre d'emprunter un raccourci, normalement interdit aux Ardantes comme aux humains. C'est pour ça qu'il y a des gardes, par ici : l'endroit est surveillé.

Le prestidigitateur n'en apprit pas davantage. Préoccupé par ce qui venait de lui arriver, il n'insista pas. Malgré la sollicitude de Lise et de Serge, sans cesse ses pensées le ramenaient à son très inquiétant moment d'absence.

Il n'osait évoquer son nouveau pouvoir, mais se souvint des paroles de Lucienne à ce sujet : cette « double noirceur » qu'elle avait décelée en lui. Et si le moqoa n'était pas le seul à blâmer ? Et si manipuler le temps, comme il commençait à le faire, provoquait sur son corps et sur son esprit d'autres effets indésirables, bien plus sombres ? Si tel était le cas, il ne pouvait décemment user de ces capacités sans y réfléchir au préalable…

On atteignit bientôt le bout du tunnel, qui se divisait en de multiples galeries. Zaphaïm indiqua celle qu'il fallait suivre. Ishvara n'était pas d'accord. Comme souvent, ils se chamaillèrent. Mais finirent par trouver un compromis : le groupe repartit.

Sans vouloir en révéler les raisons, Zaphaïm ne faisait pas grand mystère de son animosité envers son propre peuple. Une question précise taraudait Ernest, qu'il finit par lui poser :

— Pourquoi tu ne t'es pas métamorphosée quand on a combattu à San Gimignano, ou bien à Cracovie ? Sous ta forme ardante, tu as l'air bien plus résistante.

— Plus résistante, peut-être. Mais moins vive, aussi. Par expérience, j'ai plutôt tendance à changer d'apparence en fonction de mon environnement. La majorité des Ardantes peuvent le faire…

Dans le couloir apparut bientôt une voûte frappée de symboles anguleux, dont certains brillaient.

— Nous y sommes presque, révéla Ishvara. Encore un effort.

— Ces symboles… Que disent-ils ? se renseigna Serge.

— Ils signifient que nous nous engageons chez nos voisins les moines de l'Obscur, expliqua Zaphaïm. Nos territoires sont frontaliers à plusieurs endroits. La plus élémentaire des prudences nous commanderait d'effectuer rapidement un demi-tour car, si nous sommes surpris, c'est la mort assurée… Évidemment, nous n'en ferons rien.

Ils marchèrent encore quelques minutes, à pas soutenus. L'endroit était plus sombre que les galeries voisines : les cristaux de lumière avaient tous disparu. Au détour d'un passage particulièrement sinistre avança une créature famélique, à moitié mangée d'ombre, très différente des musculeux Ardantes rencontrés précédemment.

— Un moine de l'Obscur ! s'exclama Lise, impressionnée. Ces types-là sont redoutables !

L'être malingre portait une longue robe de bure extrêmement usée. Son visage à moitié dissimulé dans l'ombre laissait deviner un menton ravagé par de très profondes brûlures. Malgré sa silhouette frêle, il émanait de tout son être une aura tellement puissante que Serge plaça automatiquement la main sur le pommeau de son épée. Ernest sentit sa gorge s'assécher, son cœur se mettre à battre un peu plus vite. Lorsque le puissant Glörk brandit sa hache, Ishvara posa sa main sur la sienne.

— N'ayez crainte : ce moine est celui que nous attendions.

Le nouveau venu releva la tête afin d'examiner l'ensemble du groupe. Deux pupilles brillantes se révélèrent, aussi flamboyantes que des billes de lave.

Les agents du Prince sentirent une présence s'insinuer dans leur esprit, comme si quelqu'un fouillait leur âme. Ernest se souvint du détenu famélique torturé par les membres de la Forge, dans la haute tour de San Gimignano. Il comprit alors que l'être qu'il avait sauvé quelques mois plus tôt et l'impressionnante créature devant lui ne faisaient qu'un. Il devina l'accord entre son employeur et cette créature. Si les agents du Prince l'avaient effectivement libéré de ses tortionnaires, il était normal que celui-ci s'acquitte de cette dette et leur rende service.

— Revoilà Secret… murmura Ernest.

Aussitôt, le moine de l'Obscur le fixa. Et plaça un index sur ses lèvres calcinées. Puis il pivota avec grâce.

— Je crois que nous pouvons le suivre, indiqua Ishvara.

À mesure qu'ils s'éloignaient du territoire ardante, l'ambiance se gâtait. On sentit monter une odeur de mort, de peur, de pourriture.

Après quelques circonvolutions dans des couloirs où la pénombre régnait en maître, l'escouade parvint au fond d'une impasse. Le moine de l'Obscur attendit que chacun s'approche. Sans un mot, il balaya l'air de sa main. La paroi compacte qui barrait le fond de la galerie s'évanouit, comme si elle n'avait jamais existé.

Le prolongement du tunnel apparut : il présentait une forme moins organisée que précédemment, plus étroite et lugubre. Il y régnait une odeur âcre, comparable à celle du soufre. Alentour, chaque paroi vibrait, changeait légèrement de forme. Un peu comme si la roche se réorganisait.

Une file indienne se forma pour suivre Secret.

Dans les couloirs ardantes, tous étaient écrasés de chaleur. Ici, ils suffoquaient. Chacun de leurs sens était agressé. Des plaintes répétées, venues d'on ne savait quel recoin d'ombre, s'insinuaient dans leurs oreilles. La texture du sol changeait sans cesse, celui-ci paraissait même disparaître à intervalles irréguliers. Au coin de leurs yeux s'esquissaient des formes spectrales, incandescentes, qui les éblouissaient. L'odeur incommodante saturait un air qui pesait jusque sur la langue.

Les agents du Prince s'observèrent et s'aperçurent qu'à part Secret, qui n'avait guère changé d'attitude, tout le monde luttait afin de demeurer conscient.

Venues d'un peu partout, les plaintes s'intensifièrent. Se muèrent en cris déchirants, en hurlements de détresse et de douleur qui se répondaient, échos intolérables dont on ne savait pas, dont on ne voulait pas savoir d'où ils pouvaient venir.

— Pas possible, c'est quoi cet endroit ? réagit Ernest. Tu parles d'un raccourci ! On est où, là, en fait ?

Secret se tourna vers le groupe, plus vivement cette fois. Son expression impérieuse et ses yeux écarquillés provoquèrent un soubresaut chez celles et ceux qui le suivaient. En même temps qu'il leur fit signe de se plaquer contre la paroi, toutes et tous reculèrent, même s'ils n'avaient pas encore commandé à leurs muscles une telle action.

Si leur peau était entrée en contact avec la paroi vibrante et brûlante, aucun d'entre eux ne fut capable de s'en détacher ni même de crier. Tels six pantins dociles, ils comprirent qu'ils se trouvaient à la merci de leur guide.

Trente mètres en contrebas, d'autres silhouettes vêtues d'une robe de bure se manifestèrent. Ces sinistres créatures encadraient un détachement de prisonniers enchaînés qui progressaient en traînant leurs pieds endoloris et leurs membres empesés d'entraves. Vers quel sort horrible les menait-on ? Mieux valait-il l'ignorer. Et mieux valait ne pas chercher à les secourir. Si Secret, à lui seul, savait manipuler six sorciers sans effort, que pouvaient donc accomplir trois autres moines tout aussi dangereux que lui ?

Lorsque ce détachement se trouva suffisamment loin, Secret permit aux voyageurs de bouger de nouveau. Ils bondirent de la paroi. Même la solide Zaphaïm avait l'impression que sa peau avait fondu. Même le robuste Glörk avait eu envie de pleurer.

Pourtant, lorsqu'ils inspectèrent leurs mains, leur cou, qu'ils pensèrent calcinés, leur combinaison qu'ils crurent fondue, aucun dommage ne fut détecté. Peu à peu s'évanouit l'horrible sensation qui les avait tenaillés et trompés. Ne demeura que l'immense pesanteur qui lestait cet endroit malsain.

Il fallut progresser à pas de loup. Ils durent encore se taire. Passer devant de larges instruments de torture entreposés dans des salles macabres. Sur l'un des murs se projetèrent les ombres distordues qui gémissaient atrocement : jamais les cris n'avaient paru si proches.

Le groupe entier avait compris que Secret, en les guidant par ici, enfreignait les lois édictées par ses semblables. Nulle créature mortelle, hormis eux, ne paraissait déambuler dans ces boyaux en liberté.

Lise se pencha vers Ernest pour lui murmurer au creux de l'oreille :

— Maintenant, tu devrais avoir deviné de quelle autre contrée souterraine qu'Agartha tous ces couloirs sont l'antichambre, non ? Car tous ces endroits souterrains sont liés.

« Les Enfers, évidemment », songea Ernest.

Les ombres sur les murs évoquaient des corps enchaînés qui se tordaient de douleur, des suppliciés dont on prolongeait le tourment par jeu morbide. Une sorte de guillotine parut soudain s'abattre sur un corps, dont la tête roula au loin.

Chacun luttait comme il le pouvait contre la pression ambiante. Au fin fond d'une poche, Noidkoko demeurait recroquevillé, comme souvent. Ernest le caressa. Lui-même ne se sentait pas bien. Sous son crâne tournaient des idées sombres. Des sensations désagréables, que son habituel optimisme ne parvenait pas à effacer. Il repensait sans cesse à son absence. Aux paroles de Lucienne. À la noirceur en lui. Sans doute ce lieu contaminait-il son esprit.

Secret leur adressa un nouveau signe. Il leur indiqua une arche semblable à celle franchie une éternité plus tôt : la progression en ce passage ténébreux touchait donc à sa fin, et l'on revenait en pays ardante. Sans un mot, leur guide morbide plaqua une main calcinée sur la pierre. Comme auparavant, cette paroi se volatilisa. Chacun se pressa, trop heureux de quitter le territoire des moines de l'Obscur. Cette fois cependant, le groupe ne débarqua pas dans n'importe quelle galerie. Mais au centre d'une immense pièce circulaire, incroyablement somptueuse, décorée de mille pierreries et métaux précieux, organisés en mosaïque. Au milieu de l'endroit trônait un colossal pilier gravé.

— Ça alors, nous y sommes ! s'exclama Zaphaïm.

Elle se précipita vers une trouée du mur afin de vérifier ce qu'elle soupçonnait. En dessous d'elle : un gouffre de cent cinquante étages. Au-dessus, la même distance, cyclopéenne. Tout autour : plusieurs milliers d'habitations troglodytes agencées autour d'un immense lac de lave qui bouillonnait en contrebas, et qui s'écoulait en cascades brûlantes.

— J'avais beau m'y attendre, c'est impressionnant ! répétait la guerrière. Nous voici au milieu de la tour sacrée d'Agartha, réservée à l'élite ardante ! Ce passage n'existait pas, j'en suis certaine. Ce diable de moine vient de le créer !

— Remets-toi de tes émotions, Cinq, l'enjoignit Ishvara. Nous avons une mission. Et peu de temps pour l'accomplir.

Il désigna leur guide. De l'une de ses poches, l'inquiétant Secret, resté au seuil du passage ouvert, venait de tirer un grand sablier, qu'il retourna. Chacun comprit que leur groupe ne disposait que de quelques minutes avant qu'il ne les abandonne. Ishvara prit ce message énoncé en silence très au sérieux. D'un ton empressé, il expliqua :

— Mesdames, Messieurs, d'après ce que je sais, au creux de ce pilier décoré qui soutient cette tour sacrée, se trouve un sceptre. Ce sceptre, nous allons nous en emparer. Et pour cela, il nous faut ouvrir le pilier en deux.

Devant lui, Ishvara produisit quelques artefacts obtenus par les agents du Prince dans la douleur : une écaille de vouivre, un aimant enchanté, un coffret scellé. Et une kyrielle d'objets précieux, gardés parfois depuis des années pour cette occasion. Le sorcier indien traça un grand cercle magique tout autour du pilier.

— Il faut se dépêcher, signifia Zaphaïm. Parce que ça s'active déjà, à l'extérieur. Bien entendu, les prêtres du secteur ont ressenti notre intrusion : les gardes ardantes se rassemblent.

— Préparez-vous donc à les accueillir, indiqua Ishvara tout en traçant des symboles sur le sol.

Le message était suffisamment clair : autour de lui, chacun chacune dégaina son arme ou fit jaillir le feu. Seul Ernest Villempré demeura bras ballants et le regard fixé sur le pilier. Devant tout le groupe venait de se manifester une fillette.

— Ça alors ! s'exclama Serge, surpris lui aussi. Qu'est-ce qu'elle fiche là, cette môme ?

— Euh… On dirait bien un fantôme, analysa Zaphaïm en fronçant les sourcils.

— C'est pas possible ! s'exclama Ernest, face à l'apparition.

— Je t'attendais, papa, lui répondit Déa.

XX

À son arrivée dans la bibliothèque secrète d'Archibald Saisonnier, Ambala Mountabila s'était retenu de trop déranger les rayonnages. La situation avait évolué depuis, et l'on trouvait désormais de nombreux grimoires ouverts sur le bureau attenant aux longues armoires. Tant d'ouvrages avaient attiré son attention qu'il les avait empilés en prenant des notes.

La grande majorité des écrits sélectionnés concernait l'Atlantide. Il avait déniché nombre de rituels, de récits de voyage, de légendes oubliées, lesquelles évoquaient des divinités qu'il connaissait très peu. Et puis, surtout, il y avait ce calendrier atlante qui le fascinait par ses implications, lui arrachant de régulières interjections.

Le vieux Babadji, lui, n'entretenait plus le même rapport que son fils avec les livres. Des ouvrages, il en avait compulsé des milliers. Il en vendait encore un certain nombre. Pourtant, même pourvus de lunettes, ses yeux cernés se fatiguaient vite et distinguaient mal les petits caractères. Il acceptait sa perte d'acuité visuelle avec philosophie : d'ascendance africaine, son côté marabout se reposait davantage sur la tradition orale désormais. Si le monde évoluait trop vite pour lui ces derniers temps, l'essentiel de ce qu'il fallait savoir lui paraissait gravé dans l'esprit de chacun. Aussi observait-il la fièvre d'Ambala sautant d'une découverte à une autre avec détachement. Calé dans un confortable fauteuil, il sentait ses paupières de plus en plus lourdes. Malgré les noms de démons alignés sur les tranches de cuir, le matériel pour des expériences condamnables, et même la présence d'authentiques fantômes dans le secteur, il se savait tout à fait capable de s'endormir. D'ailleurs, c'est ce qu'il fit.

Lorsqu'il émergea, dix minutes ou deux heures plus tard – difficile à évaluer – Ambala lui secouait doucement le bras.

— J'ai été absorbé par mes découvertes. Tu ne sais pas où sont partis Kétinée, Napoléon et Louise ?

Babadji haussa les épaules.

— Ils ont parlé d'une porte, tu t'en souviens ? Un passage que les amis spectraux de Napoléon prétendait relié… hum… aux Enfers. Mais ils n'ont quand même pas commis la bêtise de… ?

Le père comme le fils furent pris d'un doute affreux. Le second saisit un chandelier. Ensemble, ils appelèrent les trois disparus dans la pénombre. Faute de réponse, ils progressèrent le long d'une pente glissante. Dans cette partie de la cave, l'obscurité s'avérait tellement dense que les quatre bougies n'éclairaient quasiment pas. Les ténèbres imprégnées d'humidité collaient atrocement aux habits, embrumaient les pensées.

Bientôt se dessina une porte macabre. Dans la lumière des bougies se détachèrent des crânes enchâssés dans le bois sombre. Ceux-ci encadraient un pentacle pourpre, tracé la pointe en bas. L'issue était entrouverte.

— Tu sens comme moi les ondes néfastes qui émanent de ce passage ? demanda Ambala à son père. Chacun de mes sens me dit de ne surtout pas m'engager là-dedans.

— Tu me parles de réflexion, et cela te ressemble, mon fils… Cependant, Kétinée suivait la trace de Déa, non ? Si elle l'a effectivement aperçue, si elle a entendu sa voix, elle aura plutôt écouté son cœur. Qui nous transporte au-delà du possible, mais qui nous rend responsables de bien des excès. Je suis bien placé pour le savoir…

Babadji posa une main ridée sur l'épaule d'Ambala. Lui demeurait sur le seuil, soucieux. Un vent tiède serpentait, qui fit voler les barbes et les cheveux.

— Reste ici, papa, indiqua Ambala. Je vais juste…

À peine avait-il posé la main sur l'encadrement de la porte qu'une déflagration d'énergie lui traversa le corps. Il comprit que l'issue était ensorcelée. L'endroit où il apparut, s'il évoluait sous terre, ne ressemblait absolument pas à celui qu'il avait aperçu depuis le seuil. Une lueur bleutée, diaphane, émanait de torches sculptées dans des os, accrochées à des parois irrégulières, tapissées de squelettes imbriqués les uns dans les autres, entrecoupées de bas-reliefs qui évoquaient des gueules bardées de crocs. Un ciel noir, impénétrable, complétait le tableau. Lorsqu'il pivota sur lui-même, Ambala dut se rendre à l'évidence : l'endroit d'où il venait avait bel et bien disparu.

Il comprit que sa nièce et ses amis s'étaient fait duper eux aussi. Par chance, Babadji, plus avisé, n'apparut pas à ses côtés.

— Bon, pas la peine de se morigéner, estima Ambala. Ce qui est fait est fait.

Maintenant, comment sortir d'ici ? Et où étaient les autres ? S'ils avaient vécu le même phénomène, par où étaient-ils donc partis ? En esprit, il tenta de contacter Louise Balsia, la télépathe du groupe. Mais personne ne lui répondit.

La présence de ce passage sorcier en sous-sol n'était pas le fruit du hasard. Tout comme Babadji avait choisi son lieu de résidence en fonction d'un pilier souterrain qui menait au pays dogon, la famille Saisonnier avait dû bâtir sa demeure lyonnaise à l'endroit précis où avait été découvert ce portail.

La nature des deux mondes auxquels ces passages mystiques conduisaient reflétait bien d'un côté l'attachement de Babadji à ses racines, de l'autre le caractère sulfureux d'Archibald.

Comme il n'avait pu parler à Louise, Ambala voulut retrouver les esprits qui guidaient Napoléon. Paupières closes, il chercha une trace psychique de leur passage.

Au lieu de localiser le petit Simon ou l'intrigante Catherine Saisonnier, il trouva bientôt une, puis dix, puis vingt, puis près d'une cinquantaine de personnes tourmentées ayant hanté l'endroit. Apparut alors un complet cortège de défunts, perdus dans ce paysage de désolation. Ces émanations flottaient ou traînaient la jambe. Leurs faciès grimaçants, déformés par la douleur et la mort, produisaient un concert de râles abominables. En croisant leurs yeux caves, leurs visages amaigris, déformés, Ambala ressentit leur peine. Il souffrait avec eux. Comme il les avait aidés à se matérialiser, certains le frôlèrent de leurs mains sépulcrales. Chacun de ces contacts lui fit l'effet d'une brûlure glacée.

Posé, réfléchi, Ambala n'était pas le genre de personne à s'affoler dans la tempête. Mais plutôt à agir avec sérénité face aux éléments déchaînés. Fidèle à lui-même, plutôt que de sombrer, il se leva et repoussa mentalement les présences chaotiques invoquées.

L'endroit, songea-t-il, appartenait aux damnés.

Tout en gardant son calme, il progressa, les yeux mi-clos et les mains jointes. Peu à peu, les émanations torturées susceptibles d'entamer sa raison s'écartèrent, finirent par poursuivre leur chemin en l'évitant. Il aurait voulu qu'elles disparaissent toutes, mais cela était impossible : maintenant qu'il les avait vues, qu'il avait enduré leurs peines, il ne pouvait les ignorer. Aussi avança-t-il un long moment sans relâcher sa garde, telle une barque qui résiste aux vagues funestes et successives qui menacent de la faire chavirer.

Au sein de ce tumulte, il tentait régulièrement de discerner Simon et Catherine. S'il pouvait les percevoir, même de façon diffuse, ils seraient sa bouée. Le maigre espoir qui lui permettrait de ne pas perdre pied. Car Ambala était éminemment lucide : en cet endroit maudit, impossible de survivre très longtemps. S'il ne trouvait aucune issue, il serait balayé.

Il soupçonna un commerce régulier entre Archibald et ces puissances occultes. Au regard de ce qu'il avait découvert dans les ouvrages de la seconde bibliothèque, le mage noir devait, de temps à autre, livrer des êtres vivants en pâture aux créatures qui peuplaient ce lieu. En échange, elles lui révélaient leurs sombres secrets, normalement inaccessibles à la connaissance humaine. Il avait eu l'impression, avec son père, Kétinée et les autres, d'entrer dans cette demeure lyonnaise sans y avoir été véritablement invités. N'étaient-ils pas purement et simplement tombés dans une embuscade destinée aux sorciers avides ?

Les mains toujours jointes, la démarche régulière, Ambala répéta un mantra qui l'avait souvent aidé sur la voie de l'apaisement. Il se souvint de son entraînement en Inde, mais également de son séjour au temple Din. Parmi ses instructeurs, Monsieur Tan était sans conteste celui dont il avait le plus appris. Il se remémora ses méditations au milieu de la neige, dans des conditions extrêmes. Il revécut ces exercices précieux durant lesquels il avait fallu trouver le juste équilibre entre le laisser-aller et la résistance. Entre la lutte contre les forces de la nature et leur acceptation, dans un souci constant d'équilibre et d'harmonie.

Au sein de la cacophonie ambiante, il chercha de nouveau Simon et Catherine. La lande désolée, incrustée de milliers de cadavres décomposés, paraissait s'étendre devant lui, à l'infini. Et les cohortes de présences hostiles se densifiaient.

Combien d'heures Ambala demeura-t-il ainsi, s'opposant aux agressions des damnés, cherchant une aiguille insaisissable perdue dans un océan d'afflictions ? Chaque seconde l'éloignait un peu plus encore de son intégrité mentale. Pourtant, il n'était pas question de céder. S'il pliait le genou, même une seule fois, il savait au plus profond de lui-même qu'il finirait désintégré par tant de volontés dissonantes et néfastes.

Au moment où il s'y attendait le moins, il perçut l'aura recherchée. Celle du petit Simon Saisonnier. De façon inespérée, surprenante, le fantôme à visage d'enfant se tenait devant lui.

— Hé, salut, c'est toi qui m'appelles depuis tout à l'heure ?

Ambala avala sa salive. Tâcha de réfréner son enthousiasme.

— Oui… Oui, je te cherchais, Simon. Et pour la première fois, je te vois. Comme tu peux sans doute le deviner, je me trouve dans une fâcheuse posture.

Chapitre XX

— Il y a bien trop de monde ici, avoua l'enfant. Je n'aime pas du tout cet endroit. Et d'ailleurs je n'y vais jamais. Enfin, sauf quand Tonton Méchant m'y oblige. Catherine ne nous a pas suivis quand Napoléon a voulu continuer.

— Napoléon est donc dans les parages, releva Ambala, ravi. Que s'est-il passé ? Pourquoi avez-vous franchi le passage ?

— Je ne voulais pas. Pourtant, tout le monde a été aspiré d'un coup. D'après ce que j'ai compris, c'est une drôle de fille qui nous a amenés ici. Je crois qu'elle ne va pas très bien… Un peu comme tous les gens du coin, tu vas me dire.

La conversation avait lieu au milieu du flot continu des âmes. Par sa force psychique, Ambala était parvenu à créer un rempart de sérénité tandis que de toutes parts glissaient les damnés.

— Tu parles sans doute de la petite Déa… Pourrais-tu… me guider jusqu'à elle et à Napoléon ?

Simon Saisonnier prit un air gêné.

— Ben, pas facile, tout ça. Parce qu'en fait, moi, j'ai pris peur avant de rencontrer cette fille. Je me suis enfui, tu vois. Et je crois bien que, sans tes appels, je me serais perdu.

— Heureux de pouvoir t'aider, assura Ambala. Tu sais au moins dans quelle direction aller pour rejoindre les autres ?

— Je ne veux pas y retourner ! C'est horrible, là-bas !

— Horrible, tu veux dire… pire qu'ici ?

— Rhô là là, rien à voir… Pas question d'y aller !

— À vrai dire, je n'ai pas très envie d'y aller, moi non plus. Mais si je veux retrouver mes amis, je n'ai pas trop le choix.

Simon finit par se laisser convaincre. Tout en tremblant, il remonta le fil de son calvaire, Ambala sur ses pas.

Il y eut encore quelques murs tapissés de dépouilles, et des dizaines de circonvolutions sinistres parmi les ruines. Avec cette rivière incessante d'âmes à la dérive qu'inlassablement Ambala repoussait.

Soudain, un coin de paysage trancha avec l'ambiance funèbre : il s'agissait d'une brèche qui menait à un autre endroit, entièrement composé d'ombre. Un brouillard noir paraissait y régner en maître.

— C'est par là qu'ils ont disparu, indiqua Simon. Mais je ne te suivrai pas jusque-là. Non, non, non !

Ambala Mountabila songea aux différents cercles infernaux, tels que les décrivaient Dante dans *La Divine Comédie*. Allait-il devoir franchir tous ces niveaux l'un après l'autre ? En était-il seulement capable ? Et comment Kétinée et ses amis avaient-ils pu résister à cela ? Le souffle continu qui brassait la brume noire sifflait atrocement. Aucun des spectres n'osait y plonger. Au contraire, ils évitaient ce phénomène avec tant d'ardeur qu'Ambala se trouva enfin libéré du flot qu'il rejetait vaillamment depuis des heures. Cela lui permit de souffler, de rassembler ses forces. Avant de se préparer à un tout nouveau supplice.

— Si tu le veux, attends-moi là, murmura-t-il à son compagnon fantôme. Je te promets de tout faire pour revenir.

— Mais pas trop longtemps, hein ? trembla Simon. Fais attention, c'est vraiment, vraiment effrayant là-dedans.

— Oh, je n'en doute pas…

Les mains de nouveau jointes, Ambala recomposa son armure mentale. Il inspira, exhala, repoussa la peur et le doute. Ensuite, lorsqu'il se sentit prêt, il s'engagea dans le brouillard de suie.

Comme auparavant, une décharge parcourut son corps, marque de l'énergie ténébreuse qui avait dessiné ces raccourcis dans l'air. Le sorcier pourtant aguerri faillit s'évanouir d'emblée. La pression lui parut si forte qu'il crut suffoquer. Il n'y voyait pas à dix centimètres. Répétant son mantra, il tâcha là encore d'instaurer tout autour de lui une poche de sérénité. La brume cherchait à s'insinuer dans sa bouche, son nez, ses oreilles, sous chaque pore de sa peau. Et surtout dans ses pensées. Peut-être aurait-il fait mieux si une silhouette n'avait pas fendu à cet instant le brouillard sombre.

Cette silhouette lui ressemblait trait pour trait.

— *Tu es mort*, lui dit cet être qui était lui-même.

Ambala le fixa. Il ne préféra rien répondre.

— *Tu es mort et pourtant tu vis. Tu ne penses pas t'en tirer ainsi sans conséquences, n'est-ce pas ?*

L'apparition mimait non seulement son apparence, mais aussi sa voix et sa façon de se mouvoir. Seuls ses yeux étaient différents : entièrement voilés de noir. Le sorcier avança : son double recula en même temps. Et continua de parler.

— *Tu le sais au fond de toi-même : ton retour a engendré une source d'ombre. Plus tu respireras, plus tu entraîneras le chaos avec toi. C'est inévitable. Tu ne devrais pas être là. Tu perturbes l'équilibre du monde. Tu le rends bancal.*

Décidé à ignorer ces mots délétères, Ambala poursuivit sa marche à l'aveuglette. Le double ne le lâcha pas. Au contraire, il devint de plus en plus menaçant. Il répétait :

— *Tu devrais mourir. Mourir pour de bon... Il me semble que tu as un couteau, quelque part sur toi. Et si tu l'utilisais maintenant ? Si tu t'en servais pour te tailler les veines et mettre fin à cette pantomime ? Tu devrais le faire pour ceux que tu aimes. Car à cause de toi ils finiront par disparaître. En souffrant mille morts... Souviens-toi bien de mes paroles. Cela a déjà commencé.*

Comme ces mots assassins ne suffisaient pas, il y eut des images. Le sol, seul élément constant de cette absence de décor, se déroba sous Ambala. Il vit la terre s'entrouvrir, il découvrit le feu, le sang. Un paysage d'apocalypse, un empire de désolation. Des villes entières ravagées par la maladie et la destruction. Et des corps inconscients, putrides, qui jonchaient une terre ravagée.

— *Tout cela est ta faute. Tout découle de ta présence.*

Après les images s'étendirent les sensations. Il endura chaque blessure éprouvée par les autres. Alors, malgré sa force et son abnégation, il perdit pied. Submergés par cette avalanche de douleurs additionnées, son corps et son âme explosèrent. Il eut l'impression de se désagréger. De se consumer instantanément. Toutes ces sensations surgies en même temps le foudroyèrent.

Il sentit à cet instant, dans un frôlement d'ailes, des oiseaux charognards venus abréger ses souffrances. Ces silhouettes surgies du néant le saisirent, le tirèrent en tous sens. D'abord aussi éthérées que les prolongements d'un cauchemar, elles se firent de plumes, de sang et de peau.

S'ils se métamorphosèrent en humains, ces sorciers demeurèrent des Corbeaux. Un trio d'oiseaux de nuit, qui ensemble savait naviguer aux frontières de l'indicible.

Il ne s'agissait pas d'exécuteurs. Mais au contraire de sentinelles qui avaient toujours veillé sur les familles Mountabila et Villempré en se tenant à distance. Sauf quand la situation exigeait leur intervention. Comme maintenant.

Ambala distingua un Égyptien chauve et glabre, à la peau desséchée, à la silhouette rachitique. Une brunette exagérément pâle, aux oreilles pointues, démesurées, aux yeux verts sans pupilles. Enfin, une jeune femme aux yeux vairons.

Chapitre XX

— C'est bon, on le tient, murmura celle-ci. Maintenant, repoussons la suie ensemble, Ramsès.

— Comme si je n'y avais pas pensé, Idonéïs, la taquina l'Égyptien orné d'une barbiche en or et lapis-lazuli.

Joignant le geste à la parole, ils dissipèrent le brouillard autour d'eux à l'aide de larges passes magiques. La brunette elfique, quant à elle, s'employa à extirper la fumée qui s'était insinuée dans les narines, la bouche et les oreilles d'Ambala.

— Allez ouste, cochonnerie ! s'exclama-t-elle en chassant le corps étranger.

— Bien joué, Aloÿs, la félicita Ramsès.

Lequel bâtit autour du quatuor un parallélépipède de lumière dorée, comme un grand sarcophage en suspension dans les airs. Bientôt, ce navire de fortune glissa au milieu de la brume.

Ambala, hébété, toussa. Dans ce maelström, on distingua des yeux luisants, des griffes et des gueules béantes.

— Sève pourpre ! Saleté de démons mineurs ! s'exclama encore Aloÿs. Dès que ça peut croquer de l'âme fraîche, ça n'hésite pas une seconde !

— Et pourquoi s'en priveraient-ils ? lui répondit Idonéïs. Ce n'est pas tous les jours qu'un vivant vient fouler leur territoire. Difficile pour eux d'y résister.

Encore à moitié sonné, Ambala se tint la tête à deux mains et répéta quelques phrases qui l'avaient particulièrement perturbé.

— Le déséquilibre, les calamités… Tout serait ma faute… Je ne devrais pas être vivant… Je devrais mourir.

Ramsès considéra le ressuscité, posa la main sur son épaule.

— Combien de fois je l'ai entendue de la bouche d'autres démons, celle-là ! Ne vous inquiétez pas, Ambala : ces créatures sont capables de raconter n'importe quoi juste pour se délecter du doute qu'elles insinuent en vous.

— Des démons ? répéta le sorcier secoué. Alors, nous sommes... ?

— Dans l'ante-Enfer, lui indiqua Idonéïs. Au milieu des tout premiers cercles.

— On m'a... On m'a parlé de vous. Vous êtes les Corbeaux, devina Ambala, qui peu à peu rassemblait ses pensées. Vous étiez présents lors de mon retour dans les catacombes... Pourquoi êtes-vous là ?

— Parce que vous protéger est ce que nous sommes censés faire, annonça Ramsès. Nous croyons en ce que vous devez accomplir, Ambala.

Avant que le sorcier dogon n'ait pu réagir à ces déclarations, Aloÿs l'Ombredune alerta l'Égyptien :

— Ton mur de lumière se craquelle, Ramsès. S'il cède, ces sales démons vont se jeter sur nous.

— Alors aidez-moi à le renforcer, toutes les deux. C'est pour ça que vous êtes venues, non ?

Dos à dos, les deux femmes à la tenue sombre puisèrent dans leur énergie mystique respective pour réparer le cocon malmené. Entre elles, à même le sarcophage de lumière, s'était dessiné un cercle enchanté, marque de l'union de leurs sorcelleries et de la préparation de leur rituel.

Le sarcophage en suspension se mit à tanguer. À l'extérieur se débattait un essaim de créatures affamées, parfois cornues, aux contours demeurant flous.

Une sorte de patte plus robuste que les autres s'abattit si violemment sur le sarcophage que celui-ci faillit bien voler en éclats. De profondes lézardes se dessinèrent sur les côtés.

— Sève pourpre ! jura Aloÿs. Les démons nous en veulent sacrément de leur avoir piqué leur goûter.

— Nos efforts ne suffiront pas à maintenir longtemps la protection, compléta Ramsès. Il faut donc rebrousser chemin. Idonéïs, prépare-toi…

— Non, attendez ! intervint Ambala. Si je suis venu jusqu'ici, c'est pour trouver d'autres personnes.

— C'est aussi pour elles que nous sommes là, assura Ramsès. Mais il faut d'abord vous mettre à l'abri.

— Non, je reste avec vous ! Si vous partez et que vous revenez ensuite, vous ne les retrouverez sans doute pas.

Ramsès, Aloÿs et Idonéïs se regardèrent. Ils paraissaient évaluer le risque que représentait une telle opération.

— Très bien, à votre guise, trancha Ramsès. Dans ce cas, aidez-nous… Nous voulions tenter quelque chose. Établir un lien renforcé avec eux. Vous savez, une sorte de fil d'Ariane, qu'ensuite nous pourrions suivre. Notre amie Lise sait très bien faire cela. Malheureusement, elle est retenue ailleurs…

— Je comprends tout à fait l'idée, opina Ambala. Et vous avez raison, car j'ai bien peur que Kétinée et les autres ne s'enfoncent peu à peu au cœur des ténèbres…

Concentré, il joignit les mains et voulut se mettre aussitôt à l'ouvrage.

C'était sans compter un nouveau flot hostile.

Une colère pure, venue du fin fond du néant, qui s'abattit violemment sur leur sarcophage, en vagues successives.

Telles les prémices d'une tempête plus profonde et plus chaotique, capable de faire trembler jusqu'aux fondations des Enfers.

*

Plus loin, au-delà du brouillard toxique, trois autres âmes au supplice étaient arrivées à destination.

Si elles avaient survécu jusqu'alors, c'était au prix de luttes incessantes, de sortilèges conjugués, d'efforts coordonnés. Napoléon et Kétinée le savaient : sans l'aide de Louise Balsia, ils n'auraient jamais su atteindre les franges de ce lieu maudit, interdit aux vivants. La vampire, dépourvue d'âme, avait su mieux que quiconque discerner le vrai du faux, hiérarchiser les menaces pour mieux les écarter.

Ce périple ne s'était pourtant pas accompli sans cicatrices : blessés physiquement, atteints mentalement, ce fut éreintés qu'ils débarquèrent aux dernières limites de l'ante-Enfer.

Tenant à peine debout, ils contemplaient une nouvelle trouée dans le paysage, grande ouverte sur un océan de feu et de vagues d'énergie chaotique.

Au milieu de cette tempête se tenait une petite fille. La robe brûlée par endroits, les yeux blancs, elle fixait ces adultes qu'elle avait appelés dans un élan désespéré d'humanité.

— Déa, prononcèrent les lèvres ourlées de Kétinée.

Elle était le seul membre du petit groupe à pouvoir encore s'exprimer. À ses côtés, Napoléon et même Louise venaient de s'écrouler. Épuisé, le grand sorcier dogon sombra dans l'inconscience. Quant à la vampire, oppressée par tant de chaleur, elle luttait de toutes ses forces surnaturelles pour ne pas se mettre à flamber. Si la mambo agissait encore, c'était grâce à la volonté de Déa, qui à distance éloignait d'elle la plupart des énergies néfastes.

— Mon père arrive, indiqua-t-elle. Je l'ai appelé, lui aussi… Helena n'aurait pas survécu, elle. Alors j'ai pensé à toi, Kétinée.

Chapitre XX

Parce que sans vous, j'ai beau ouvrir quelques passages, je ne parviens même pas à quitter cet endroit maudit. Tu as toujours été si prévenante avec moi… Mais peut-être que je te faisais peur, en fait ?

D'un mouvement de tête, Kétinée voulut lui faire comprendre que non. Depuis des heures, elle luttait contre une terreur indicible, qui à chacun de ses pas prenait davantage d'ampleur. Son corps tremblait de tous ses membres, tant la pression sous ces latitudes infernales l'étreignait. Pourtant, elle tenait bon.

— Tu as bien fait de m'appeler, parvint-elle à lui signifier. Et non : je n'ai pas peur de toi.

Comme au pays de Galles, elle se sentit incapable d'invoquer les puissances vaudoues – une situation qui commençait à lui peser. À quoi donc lui servait sa sorcellerie, si celle-ci se dérobait dans les moments où elle en avait le plus besoin ?

Déa paraissait la scruter d'un air condescendant. Tout autour crépitaient des dizaines de brasiers différents.

— Ce n'est pas très beau de mentir, finit par déclarer la fillette d'une voix cassante.

En face d'elle, Kétinée tomba à genoux. Elle sentit son corps et son esprit la trahir. Chacun de ses organes se contracter. Malgré sa souffrance, elle poursuivit :

— Tu ne dois pas rester ici, Déa. Cet horrible endroit te corrompt, je le sens. Il fait ressortir le plus mauvais en toi.

— J'ai été égoïste, avoua la fillette qui trônait en Enfer. J'ai voulu revoir avec toi, avec mon père, ma part d'humanité… Pourtant, je m'en rends compte maintenant : ma vie d'enfant n'est pas la vérité.

D'un geste théâtral, elle leva le bras. Une entité spectrale, quasi insaisissable mais de haute stature, la surplombait. Les multiples foyers qui l'environnaient gagnèrent en intensité.

Kétinée lui tendit la main. Elle puisa aux tréfonds d'elle-même pour la convaincre encore :

— Nous devrions partir ensemble. Reviens avec nous, Déa.

Ignorant sa supplique, l'entité en face d'elle s'exprima cette fois en une voix double, aux accents profonds et lugubres.

— Il est temps de montrer ce que j'ai fait, annonça-t-elle.

Des brasiers émergèrent des cadavres. Des gens à la peau calcinée, qui hurlaient de douleur, apparurent. Des corps hideux, tremblants, déformés par la pourriture. Des individus démembrés, ou au visage parcellaire. Ces victimes résonnaient en chœur d'un même tourment sans fin. Partout autour de la fillette fleurissait la souffrance et s'étalait la mort.

— Ces gens-là, tous ces gens, sont morts à cause de moi, énonça Déa d'une voix dissonante. Jamais aucun d'entre eux ne trouvera le repos. Je les ai parfois torturés. Et puis j'ai dévoré leur âme en les assassinant… Voilà ce que je suis. Voilà ce que j'ai fait.

Son corps de jeune enfant prit alors une teinte rouge. Des griffes et des dents pointues surgirent. Au-dessus d'elle se dessina plus distinctement une très longue silhouette, drapée dans une cape composée d'ombre et dotée d'un regard luisant, capable d'engendrer une terreur si intense qu'elle savait vous consumer sur place : la véritable nature de Déa.

XXI

Des milliers d'habitations troglodytes, organisées en spirales, s'étendaient autour du monument gigantesque qui trônait au milieu d'un abîme dont on ne percevait ni le fond ni le sommet : la plus impressionnante caverne de tout le royaume souterrain d'Agartha. La tour sacrée du centre, aux parois robustes, aux reliefs ciselés par des générations d'artisans, devait compter un peu plus de trois cents étages. Depuis ce chef-d'œuvre architectural, tout paraissait minuscule et insignifiant, et l'on contemplait les Ardantes tel un peuple de fourmis qui allait et venait, exploitant entre les strates empilées les mines labyrinthiques qui s'ouvraient en tous sens.

Même si elle était née ici, Zaphaïm n'avait jamais pénétré dans la tour sacrée. Ce lieu saint était réservé aux prêtres, aux militaires de noble ascendance et aux monarques : à tous ceux qui étaient bien nés.

— Saleté de société ardante, avait-elle souvent grommelé.

Elle ne se faisait aucune illusion : sur ce point, le monde sous la terre n'était ni meilleur ni pire que celui du dessus. Pourtant cette organisation-là était celle qui l'avait marquée à jamais, celle qui avait brisé sa famille. Son père, mineur de fond, sa mère, qui étayait les galeries, s'étaient tués l'un après l'autre à la tâche en creusant la roche. Entre ces deux disparitions, il y avait eu le décès de ses frères, écrasés ensemble dans un éboulement, avec quelques dizaines de leurs semblables. Et pour quoi faire, tout ça ? Servir une société de privilégiés qui ne vous considéraient guère mieux qu'une nuée de moucherons.

Selon elle, cette tour titanesque, décorée des plus belles trouvailles en sous-sol, nourrie des souffrances alentour, incarnait les plus abominables penchants de son peuple. Génération après génération, on engraissait ce monstre d'orgueil et d'égoïsme qui s'élevait toujours plus haut, et descendait toujours plus bas, double tour de Babel qui visait en même temps les cieux et le noyau terrestre, dans une volonté d'embrasser l'origine et de viser l'éternité. Une entreprise démesurée, déraisonnable : tout ceci ne pouvait que mal finir.

Seule au monde dès ses dix ans, Zaphaïm avait vite appris à se battre, à rendre les coups. Car c'était résister ou finir écrabouillée, elle aussi. Par chance, elle se trouvait dotée d'une constitution robuste. Chaque fois qu'on souhaitait la clouer au sol, elle se relevait. Cela lui avait valu deux fois plus de brimades de la part de ceux qui ne supportaient pas ce regard où ne s'éteignait jamais la lueur de la rébellion.

Était-ce cette simple volonté qui l'avait rendue plus solide, ou bien possédait-elle déjà cette force en elle dès l'origine ? Sur cette question, Zaphaïm n'aurait pas su trancher. En tous les cas, malgré les tragédies, malgré les coups répétés du sort et de ses semblables, elle avait survécu. Elle s'était relevée, encore et encore. Jusqu'à comprendre que rien ici ne pouvait lui permettre d'évoluer davantage. Alors, dès qu'elle avait été en âge de le faire, elle était partie s'élever ailleurs. Elle s'en était allée à travers la lave et la pierre afin de percer la croûte terrestre. L'occasion pour elle de naître à nouveau. S'ouvrir à un monde de lumière, de chaos, de disparités. Mais aussi un monde de grands espaces, de ciel et de nouveaux défis. La terre humaine, si souvent décriée par ses semblables, constellée d'imperfections elle aussi, signifiait pour l'adolescente l'ailleurs et la liberté.

Cachant ses racines souterraines en utilisant des noms d'emprunt, elle parcourut ensuite les steppes gelées, la taïga, s'endurcit au contact des vents violents, progressa en plongeant dans ses tout premiers livres. L'instruction, telle qu'elle la connut ensuite, lui avait été interdite dans sa région natale. Au centre d'Agartha, il y avait d'un côté ceux qui étudiaient, de l'autre ceux qui étaient destinés à manier la pioche sans poser de questions. En effet, qui s'interrogeait trop refusait souvent le labeur. En surface, de telles injustices existaient : elle les éprouva ensuite. Pourtant, elle les ressentit moins vivement car elle se fit nomade, exploratrice solitaire de coutumes nouvelles.

De la Russie, elle garda le goût de la littérature qu'elle s'obstina à comprendre jusque dans ses étonnantes subtilités. Plus tard, les auteurs et autrices d'autres pays vinrent enrichir son paysage intellectuel. Car la voyageuse aguerrie se découvrit douée en langues. Capable de retenir nombre de structures grammaticales avec une aisance qui n'avait d'égale que sa solidité de combattante.

La terre d'Agartha était cosmopolite. Constituée de peuplades qui se déchiraient puis se retrouvaient. En cela aussi, la surface lui ressemblait. La différence majeure se situait dans les dialectes. Au centre de la Terre, on parlait souvent un langage composite, et il était courant qu'une phrase débutée en vatan du nord se poursuive en sisgalien des tréfonds, ponctuée de mots empruntés aux peuplades du centre et des strates supérieures. Cette gymnastique intellectuelle développée au quotidien permit à Zaphaïm de naviguer avec aisance de la Russie à l'Empire austro-hongrois, jusqu'en France et aux pays scandinaves. Elle passa plus de quinze ans à cultiver son besoin d'évasion et sa soif de lecture, sur les routes d'Europe comme entre les pages des grands écrivains.

Lorsqu'un beau jour un monarque brun et barbu, particulièrement élégant et le cigare en bouche, l'invita en son domaine sorcier, elle saisit l'opportunité qu'il lui offrit : celle de visiter de nouveaux lieux, la plupart inaccessibles aux non-initiés. Une proposition tentante pour celle qui avait grandi à l'ombre d'une tour gigantesque dont on lui avait toujours interdit l'accès.

Belle revanche sur le sort : grâce au Prince, elle contemplait aujourd'hui les spirales populaires d'Agartha depuis la tour sacrée, et non l'inverse.

Ce genre de privilège avait un prix : celui de devoir servir le maître du Castel, quels que soient ses desiderata. Au moins, ce souverain-là payait un bon prix, à la mesure des risques que Zaphaïm prenait. Encore fallait-il survivre jusqu'à la date fixée par contrat…

L'une des conditions de Zaphaïm, lorsqu'elle avait rejoint les autres agents du Prince, avait été formulée en ces termes :

Chapitre XXI

— Je veux bien travailler pour vous, mais ne m'interdisez aucun lieu. Même en votre domaine. Sinon notre conversation s'arrête là.

— Eh bien, voilà une demande bien particulière. Mais si tel est votre désir, pourquoi pas ? avait accepté le Prince, amusé.

En échange, elle avait signé une clause de confidentialité absolue, qui lui interdisait de divulguer tout ce qu'elle pourrait observer. Aussi avait-elle pu arpenter le Castel de long en large, depuis les forêts profondes qui l'environnaient jusqu'aux appartements réservés aux invités les plus prestigieux. Elle explora les couloirs qui s'organisaient différemment selon les humeurs du monarque. Les salons dédiés aux cartes, aux billards, à tous ces jeux plus ou moins truqués où s'additionnaient les enjeux insensés. Les bureaux où se concluaient des tractations occultes. Les geôles où croupissaient des prisonniers que tout le monde ou presque avait oubliés. Les cellules souterraines aux escaliers interminables, peuplées de philosophes, d'artisans fantasques, parés de nombreux artefacts dont elle ignorait l'utilité. Et puis, les salles de réunion où devisaient les êtres influents venus parfois de contrées très lointaines, et que l'on ne pensait jamais voir un jour réunis autour d'une même table.

Pour les agents du Prince, il existait d'autres endroits cachés, baignés de sortilèges, où les meilleurs maîtres d'armes s'assuraient de la bonne forme physique de celles et ceux qui ne pouvaient dévoiler leur identité, et qui par conséquent ne se montraient pas en public. Du fait de son accord particulier, Zaphaïm faisait partie des rares éléments à pouvoir sortir de cette retraite pour frayer avec les nobliaux qui peuplaient les sphères mondaines. Elle y avait croisé Ernest. Le prestidigitateur, qui ressemblait à un poussin tombé du nid, souvent noyé dans ses pensées, ne l'avait sans doute pas remarquée. À l'inverse, la native Ardante avait engrangé bien des informations à son sujet – sans en faire étalage.

Zaphaïm connaissait l'endroit où le Prince rangeait ses contrats précieux. Celui d'Ernest Villempré y figurait en bonne place. Si la guerrière n'en saisissait pas tous les termes, elle savait combien le monarque tenait à ce document, rédigé bien avant qu'il ne prenne contact avec ce sorcier d'apparence commune, mais qu'il avait observé de loin un long moment. D'après ses dires, il n'était d'ailleurs pas le seul à se soucier de lui.

Zaphaïm savait comment le Prince fonctionnait : en tant que sorcier architecte, s'il voulait peser dans le jeu et tirer son épingle des incessantes luttes de pouvoir, il devait toujours posséder quelques coups d'avance sur ses semblables. Chaque être qui évoluait à son niveau ne pouvait y demeurer qu'en observant les autres, avec un œil sur l'ensemble de l'échiquier, sans se laisser surprendre. Sous peine de finir manipulé, brisé, voire éliminé par les autres. De statut de pièce majeure, on passait très vite à celui de pion.

L'une des exigences pour se maintenir dans une position privilégiée résidait dans la vision du futur. Tout sorcier architecte d'envergure devait savoir interpréter les signes, tenter de cerner l'avenir. Cette particularité divinatoire conférait aux affrontements un caractère hautement cérébral, une attention de chaque instant.

Ambitieux et joueur, le Prince aimait évoluer au centre de ces intrigues complexes et exigeantes. Il s'y trouvait comme dans son élément. Son caractère hâbleur lui permettait aisément d'approcher ses adversaires afin de tisser les alliances les plus utiles. Ces derniers temps, il en avait conclu tant que

Chapitre XXI

Zaphaïm avait perdu le compte. Le Prince préparait donc un coup magistral…

Aujourd'hui, ses agents étaient arrivés dans le saint des saints. L'endroit sacré par excellence pour les Ardantes, qu'aucun étranger n'aurait jamais dû fouler. Libérer Secret de ses tortionnaires à San Gimignano s'était avéré payant. Sans le concours du moine de l'Obscur, l'expédition aurait été inutile. Une fois de plus, le Prince avait agi avec intelligence et prévoyance, et toujours dans son intérêt…

Désormais, tout se bousculait. Les artefacts, jadis éparpillés, récoltés par ses agents secrets se trouvaient réunis, prêts à jouer leur rôle : s'emparer de l'objet le plus puissant de tout Agartha, le Sceptre d'Harmonie – une merveille millénaire, que Zaphaïm ne pensait jamais voir un jour.

En guise d'écrin protecteur, un imposant pilier sculpté entourait ce trésor. On y découvrait une mosaïque sublime qui évoquait l'histoire du peuple ardante. Sur cette colonne ouvragée, les tout premiers êtres de feu paraissaient sortir du noyau de la Terre. Guidés par leurs divinités, ils colonisaient ensuite les niveaux supérieurs pour y construire les premières traces de civilisation.

D'après la légende, ce pilier dans la tour contenait lui-même un autre pilier. À l'intérieur de cette double épaisseur bouillonnait le feu liquide et sacré qui assurait la vitalité toujours croissante d'Agartha. Cette lave pure, immaculée, représentait la matrice prestigieuse, sève et avenir de ce pays sorcier, celle qui avait permis l'émergence de la vie dans le manteau incandescent de la planète, celle qui un beau jour permettrait aux tribus unies du sous-sol de tutoyer les dieux. Au milieu de ce flux miraculeux, en suspension, intact, protégé du brasier par les énergies magiques phénoménales qui en émanaient, flottait le Sceptre d'Harmonie, jadis forgé par les plus grands sorciers des tribus ardantes.

Seul un membre émérite de ce peuple affichait suffisamment de vigueur et de résistance pour plonger la main au cœur même de la fournaise et en extirper le Sceptre : un rôle qui, aujourd'hui, échoirait à Zaphaïm.

Autour d'elle, une petite armée robuste était censée contenir les inévitables assauts des gardiens de la tour tandis qu'elle officierait juste avant de s'enfuir dans le domaine des moines de l'Obscur, grâce au puissant Secret. Et si les événements tournaient mal, on pourrait toujours compter sur la sorcellerie d'Ernest Villempré, ce magicien qui manipulait le temps et qui permettrait à chacun de rejouer son rôle, un peu mieux que la fois précédente.

Tel était le plan imaginé par le Prince. Mais il fallait d'abord détruire le pilier en un temps limité, à l'aide d'autres artefacts. Car Secret n'attendrait pas éternellement le groupe d'intrus assemblés.

Au cœur de cette opération méticuleusement planifiée, cependant, avait surgi Déa.

Face au pilier gravé qui représentait l'histoire des Ardantes, les agents du Prince demeuraient en pause. La petite fille qui s'était manifestée devant eux venait de disparaître. Et Ernest Villempré avec elle.

— Il se passe quoi, là ? Où est parti Ernest ? s'écria le jeune Serge, qui paraissait le plus affecté de tous.

— C'était qui, cette fille ? enchaîna Zaphaïm. D'où est-ce qu'elle sort ?

— Nous devrions peut-être rechercher Ernest, tenta Lise.

— *Djevelskap !* s'exclama Glörk, qui cracha par terre de dépit.

Chapitre XXI

Ishvara, *alias* Six, couvrit le brouhaha de ses propres cris.

— Du calme, silence ! Reprenez vos esprits !

D'un geste vif, il indiqua le sablier que tenait Secret.

— Nous avons une mission, je vous le rappelle. Et très peu de temps pour l'accomplir. L'un des nôtres est parti : du diable si j'y comprends quelque chose, et nous n'y pouvons rien. Mais des guerriers ardantes arrivent, et moi je dois me concentrer. Zaphaïm, poste-toi à mes côtés, vite ! Les autres, entrez dans le cercle que j'ai tracé au sol et protégez-nous ! Serge, tu seras le second à lancer l'assaut. Mais laisse-moi utiliser l'écaille de vouivre d'abord. À partir de maintenant, tout va aller très vite.

Et tout se déroula très vite en effet. Quelques instants plus tard, une porte céda. Une escouade entière d'Ardantes alarmés entra : le service de sécurité de la tour. Armés de lances ou de haches incandescentes, leurs chevelures de flamme exprimant leur colère et leur énergie, ils attaquèrent.

Ishvara plaça ses deux mains sur l'écaille de vouivre. Aussitôt, un flot sauvage naquit, de véritables torrents d'eau qui emplirent l'espace en prenant la forme d'une énorme bulle. À travers l'écaille, l'Indien manipula cette bulle. Il la fit rouler vers les Ardantes surpris. Ils se trouvèrent prisonniers de ce sortilège, en suspension dans l'eau mouvante. Les plus réactifs voulurent nager à l'extérieur du piège.

— Serge, c'est à toi ! lui cria Six.

À cet ordre, le jeune guerrier blond planta son épée dans le sol. Une décharge d'énergie emplit l'air, le priva de son, et surtout vint frapper les Ardantes déjà empêtrés dans la bulle d'eau. Ils furent électrocutés. Aucun d'entre eux n'en réchappa. Leurs corps inconscients flottaient. Ishvara secoua la bulle à distance, qui rejeta les corps dans l'escalier.

Le seul endroit sonore de la pièce se situait à l'intérieur du cercle. Malgré le sortilège lancé par le jeune Serge, la voix de Six résonna.

— Nous avons la protection parfaite contre eux. S'ils sont malins, ils éviteront maintenant de passer par la porte. Attendez-vous donc à ce qu'ils escaladent les fenêtres. Lise et Glörk, tandis que je fixe la bulle à cet endroit… repoussez-les ! Par contre, Cinq, tu restes avec moi ! Ton combat est ailleurs.

Zaphaïm protesta pour la forme, mais obéit. Lise et Glörk prirent position hors du cercle. Six s'adressa à Cinq.

— Les différents artefacts assemblés accroissent la puissance du sortilège. Mais pour détruire le pilier, il faut encore accomplir deux étapes. Tu vas d'abord utiliser l'aimant de Sangolth, que nous avons arraché aux vampires, en Russie. Pendant ce temps, je prépare le coffret. Les derniers symboles que je trace devraient en décupler la puissance.

Zaphaïm se saisit du petit cylindre de métal. Vu ainsi, il paraissait inoffensif.

— D'accord… Et j'en fais quoi ?

Tout en effectuant des passes magiques au-dessus du coffret de monsieur de Féronnelle, Six indiqua le pilier décoré.

— Promène-le dessus. Il doit exister un mécanisme secret que l'aimant devrait perturber.

Face à toute cette agitation, l'impassible Secret demeurait au seuil du raccourci magique qu'il avait créé et dont il maintenait l'existence par sa simple présence. Mais il n'attendrait certainement pas ses alliés d'un jour en cas de retard. Ses yeux luisants observèrent le sable qui s'égrenait : on approchait de la moitié du temps imparti.

Zaphaïm promenait l'aimant sur le pilier qui contait la légende de ses ancêtres. Soudain, elle sentit une vibration.

Chapitre XXI

— Nous y voilà, comprit-elle.

Le pilier se mit à frémir. Au-dessus des têtes, plusieurs parois basculèrent, déséquilibrées. Un antique mécanisme jusque-là caché par un faux plafond émergea. Trois serrures distinctes indiquaient un système de verrous qu'il fallait actionner avec les clés adéquates. Zaphaïm brandit encore l'aimant de Sangolth et le promena le long des rouages. La fabuleuse invention fit aussitôt pivoter les roues dentées à distance, rendant inutile l'usage des clés. Un levier tomba du plafond.

— Prodigieux et un peu effrayant ! commenta Zaphaïm. Voici comment, en quelques secondes, est balayé un système de protection sophistiqué conçu il y a bien longtemps… L'inventeur de l'aimant, ce Sangolth, il est toujours vivant ?

— Je n'en ai pas la moindre idée, avoua Ishvara. Maintenant, il nous faut ta force de guerrière. Agrippe le levier, Cinq.

Aux abords du cercle magique, d'autres guerriers surgirent, que Serge repoussa à coups d'énergie magique. Comme Six l'avait prévu, certains tentèrent de débarquer par les fenêtres. Ils y trouvèrent la hache de Glörk. Mais aussi les projectiles de Lise, qui s'acquittait de cette tâche sans enthousiasme – ce qu'Ishvara remarqua du coin de l'œil.

En même temps, Zaphaïm suait à grosses gouttes. Sa robustesse permit de faire pivoter peu à peu la gangue massive qui contait l'histoire ardante originelle. Alors se révéla l'ultime rempart de ces poupées gigognes : la paroi derrière laquelle bouillonnait effectivement la matrice en fusion qui entourait le sceptre.

— Tenez vos positions ! insista Ishvara – surtout à l'adresse de Lise, dont il se méfiait de plus en plus. Je vais maintenant ouvrir le coffret. La puissance destructrice phénoménale qu'il contient, décuplée par le rituel mis en place, devrait vite briser l'ultime protection. Ce sera encore à toi d'agir, Zaphaïm : comme tu es la seule Ardante de notre groupe, tu plongeras la tête la première au sein du pilier éventré. Pour en ramener ce que nous sommes tous venus chercher… Voilà… tu es prête ?

— Évidemment, répondit Zaphaïm, impatiente. Tu attends quoi ?

L'Indien respira un grand coup, puis s'apprêta à libérer la puissance phénoménale qui dormait au fond du coffret. Chacun s'attendit à une explosion saisissante.

À cet instant, une tête d'apparence humaine parut par l'une des fenêtres.

— Attendez un moment, s'il vous plaît, résonna une voix flûtée.

Une femme d'une grande élégance parvint à accomplir l'exploit que Lise et le vaillant Glörk refusaient à de solides guerriers ardantes : celui de se hisser sur le rebord, puis de pénétrer au centre de la tour. Au lieu de planter son impressionnante hache dans le ventre de l'inconnue, l'Orgone cornu accepta en couinant une caresse sur sa joue velue. Quant à Lise, elle recula.

— Eh bien tout de même, je vous trouve enfin ! poursuivit la nouvelle venue. Vous étiez sacrément bien cachés, dites-moi.

Vêtue de bottines, d'une longue robe à la dernière mode parisienne sur laquelle était brodée une discrète croix fleurie, et coiffée d'un chapeau, cette apparition aurait fait sensation dans n'importe quelle soirée mondaine. Elle progressa tranquillement en direction des agents noirs habillés de cuir qui avaient bravé mille tourments – et qui s'étaient plutôt attendus à l'arrivée de guerriers à la peau rocailleuse, à la chevelure enflammée.

Chapitre XXI

Zaphaïm papillonna des yeux. Cette entrée en scène lui paraissait parfaitement incongrue.

Ishvara l'identifia aussitôt : Lucienne Arquenotte, cette sorcière millénaire à l'aura phénoménale qui, il le savait, traînait ces derniers temps du côté de Cracovie. Il l'avait déjà croisée lors de dîners dansants organisés par le Prince. Il savait cette femme suffisamment puissante pour entreprendre le voyage jusqu'en Agartha, en déjouer les pièges, et pourquoi pas arriver seule jusqu'à la tour sacrée.

— Lucienne ? Vous ici ? hoqueta Ishvara.

Prononcer ce prénom demanda un certain effort de la part de l'Indien. Car ces mots se trouvaient aux franges du sortilège de confidentialité dont chaque agent du Prince était imprégné et dont il était le garant. La dame au chapeau pencha la tête de côté, puis fixa Six dans un demi-sourire.

— Oh, bien le bonjour, très cher. Oui, il est tout à fait normal que vous pensiez à Lucienne en me voyant. Mais regardez mieux, je vous prie.

Six considéra de nouveau ce visage qu'il pensait connaître. Puis il s'arrêta sur cette chevelure blonde. Sur ces yeux aussi clairs que ceux de Lucienne étaient sombres. Le style vestimentaire ne collait pas non plus à celui bien plus sobre de la sorcière brune. Enfin, il y avait ce symbole brodé : celui des chevaliers Rose-Croix.

— Si vous n'êtes pas Lucienne, alors…

— Je suis sa sœur : Julie, coupa l'apparition. Et si je suis venue ici, c'est pour chercher ceci. Vous permettez ?

Elle tendit les mains puis, sans forcer, s'empara du coffret qui appartenait à monsieur de Féronnelle.

— Oh mais… je vous en prie, lui répondit Six qui, loin de lutter pour cet artefact si précieux, se laissa complètement faire.

— J'espère que mon intervention ne vous dérange pas.

Au milieu de cette salle sous terre, de l'Ardante à l'Orgone, du jeune guerrier blond à l'espionne des Corbeaux, et jusqu'au chef d'escadrille moustachu, chacun des agents présents souhaita se montrer aimable envers cette personne si douce et si distinguée. Alors, qu'ils eussent supporté un poids colossal ou eussent revêtu leur forme de combat, toutes et tous répondirent d'une même voix, et dans leur langue :

— À votre guise.

— Lucienne s'est montrée bien imprudente en vous permettant d'emporter le coffret. Je suppose qu'elle a voulu se venger de Gürwald, qui l'agace ces derniers temps… Vous savez combien les querelles de couple peuvent aller loin, parfois.

Un bref instant, son regard se posa sur Serge. Elle lui adressa un clin d'œil, puis ajouta :

— Bien entendu, je peux tout à fait me tromper.

Depuis qu'elle était apparue, Serge était sans doute celui qui la fixait le plus intensément. Car il la connaissait déjà. Contrairement à Six, il ne sut en parler. Et se contenta de la suivre du regard, tandis qu'elle pivotait en évoquant encore monsieur de Féronnelle.

— Depuis qu'il a été séparé d'une partie de son âme, ce brave Gürwald n'est plus que l'ombre de lui-même. Et je crains fort que si vous vous servez du coffret, il ne retrouvera jamais son intégrité physique et mentale. Avez-vous entendu parler des terribles tremblements de terre qui ravagent Cracovie et ses environs, ces derniers temps ?

Certains répondirent par l'affirmative, cependant l'ensemble du groupe écouta poliment Julie conclure :

Chapitre XXI

— Eh bien, tout ceci est l'œuvre de Gürwald. Le pauvre est au supplice, complètement perdu. Il recherche sa partie d'âme en mettant le pays sens dessus dessous. Ça ne peut pas durer : il va finir pas massacrer quelqu'un. Alors je prends ceci, et je vous remercie.

Les « je vous en prie ! » fusèrent en français, en norvégien, en ardante. Comme elle était venue, Julie repartit prestement : par la fenêtre. Lise et Glörk la virent ensuite disparaître à un autre étage, tandis que des dizaines d'Ardantes armés s'écartaient devant elle en un geste qui, pour eux, relevait de la plus élémentaire galanterie.

Il fallut un moment aux agents du Prince pour se défaire du charme et pour se rendre compte que, désormais, il leur était impossible de mener leur mission à bien.

Bientôt, les Ardantes assemblés vinrent se masser aux fenêtres. Lise recula, Glörk quitta son poste, la gangue protectrice du pilier reparut, et Secret éleva son sablier : les tout derniers grains s'écoulaient.

*

Pendant ce temps, en un endroit plus brûlant encore, Ernest Villempré était apparu devant sa fille.

— Grâce au lien si particulier qui nous unit, j'ai réussi à te faire directement venir jusqu'ici, papa.

Tout autour de lui, l'ombre, le feu, les énergies hostiles menaçaient de désintégrer son corps. Seule la volonté de Déa l'empêchait de sombrer. Il distingua des formes, au loin. Plusieurs corps allongés, inconscients ou bien morts, dont il ne cernait pas bien les contours dans cette obscurité oppressante et balayée par les feux spectraux.

— Déa… Déa, j'y crois pas ! s'exclama Ernest, qui comme Kétinée avant lui luttait de toutes ses forces contre la tempête qui le cernait.

Malgré la terreur galopante et irraisonnée qui grandissait en son for intérieur inéluctablement, il avait lui aussi fait le choix d'écouter son cœur plutôt que ses sens, qui lui hurlaient de fuir dans la direction opposée. Tout contre lui, en revanche, le pauvre Noidkoko demeurait prostré.

Ernest ne s'attendait pas à revoir sa fille, ici et si soudainement. Afin de la récupérer, il se sentait prêt à tout.

— Déa, on est où, là ? Viens vers moi, s'il te plaît !

Lui voulut avancer. Sa jambe droite lui donna l'impression de flamber. Dans un cri, il recula.

La fillette immobile, à la physionomie de monstre, s'adressa de nouveau à lui.

— Tu m'as souvent dit que tu m'aimerais malgré tout ce que tu ignorais encore sur moi, malgré tout ce que j'étais avant que je ne te rencontre. Pourtant, d'autres que toi l'ont cru aussi. D'autres que toi n'ont su faire face à cette vérité.

— Je n'ai pas peur de la vérité ! insista Ernest. Je te l'ai déjà dit, non ? Tu es ma fille, quelle que soit ton apparence. Allez, viens s'il te plaît, et filons vite ailleurs. C'est juste insupportable, ici !

Déa cligna des yeux. Elle trembla. Attendait quelque chose d'Ernest. Mais en même temps le redoutait. Dans son regard dansait un espoir qu'elle s'efforçait d'étouffer afin de se préparer à l'inéluctable.

— D'accord, très bien, concéda-t-elle dans un murmure. Mais juste avant : tu dois tout savoir, toi aussi.

Elle invoqua les âmes de celles et ceux qui ne la quittaient jamais vraiment, en ce lieu. Toutes ces souffrances infligées, pour toujours liées à son existence.

Chapitre XXI

Des brasiers qui l'environnaient reparurent des silhouettes difformes. Certaines déchiquetées, aux membres broyés, aux corps incomplets, aux visages si répugnants que l'on ne pouvait les fixer. Si certaines victimes portaient des vêtements de ce siècle, d'autres semblaient issues d'époques plus lointaines, datant du Moyen Âge, et même avant, sans doute.

Des paroles d'enfants résonnèrent. De toutes celles qui s'exprimaient, elles étaient les plus déchirantes.

— Je m'appelle Léandre, résonna la voix d'un des nombreux cadavres au cou tordu. J'ai été étranglé dans mon sommeil alors que je n'avais rien fait.

— Je suis Isolde, entonna une jeune femme dont le ventre présentait un trou béant où pendaient des entrailles. J'ai juste voulu nourrir une enfant que je croyais perdue. C'est elle qui s'est nourrie de moi.

— Mon nom c'est Claudine, enchaîna une autre enfant. J'ai été brûlée vive dans l'incendie de l'orphelinat où je résidais, en Catalogne. Comme dix-neuf autres personnes avec moi.

Profitant toutes de cette parodie de vie, du flot de la parole soudain libérée, ces apparitions d'outre-tombe s'exprimèrent bientôt ensemble. En un concert de lamentations, de drames et de témoignages de cruauté. Certaines étaient tellement estropiées que leur voix s'étranglait au fond de ce qui leur restait de gorge. Chez d'autres victimes, on n'entendait plus qu'une plainte rauque et coupante, qui nourrissait le chœur dissonant des damnés.

Alors, comme Kétinée avant lui, Ernest recula. L'horreur brute et insurmontable des victimes assemblées s'avérait un tableau trop difficile à supporter malgré son évident courage. Et malgré tout l'amour qu'il portait à Déa.

Liée à chacune de leurs réactions, la créature infernale à visage d'enfant sentit cette terreur, ce choc, ce dégoût qui résonnaient et s'amplifiaient dans l'esprit malmené du prestidigitateur. Au-dessus d'elle, la longue silhouette d'ombre qui grandissait dans son sillage tendit les bras. En même temps, Déa poussa un très profond soupir :

— Je les ai tous tués… Sans beaucoup de remords. Je suis effroyable, bien sûr. Impossible à aimer, désormais.

Elle le savait, évidemment. Comme elle le savait !

Ces promesses imbéciles faites par des mortels.

Ces « tu es ma fille, je t'aime », ces « à mes yeux, tu es quelqu'un de merveilleux ». Et ce « Je t'ai trouvé, toi », si stupide, prononcé par ses propres lèvres, un matin dans la neige.

Du vent, des mirages.

Rien de tout ceci n'avait vraiment existé. Tout était truqué, falsifié, parce que personne n'avait appréhendé jusqu'ici l'intégralité du tableau. Qu'est-ce qu'un magnifique paysage maritime, si au fin fond de l'eau rôde un monstre marin ? Qu'est-ce qu'une paisible scène de déjeuner sur l'herbe, si à quelques mètres d'elle se consument des corps dans un incendie ? Partout où l'horreur se déploie, elle contamine, occulte, corrompt sans distinction le peu de lumière qui s'invite lors d'un instant fugace, illusoire et très vite évanoui.

Pauvre Kétinée. Pauvre Ernest. Pauvres mortels écartelés par leurs sentiments et définis par leurs limites. Maintenant qu'il et elle savaient ce que Déa pouvait faire, jamais plus ils ne sauraient la regarder telle qu'ils l'avaient imaginée.

Pas la peine qu'ils s'en défendent, pas besoin qu'ils lui mentent ensuite : tout dans leur regard et leurs réactions suait l'épouvante et la déception. Si faibles, ces sorciers. De tels pantins, que l'on brise irrémédiablement en les secouant à peine.

Derrière la fillette, la silhouette compacte s'étendait tellement qu'elle mangeait une partie du paysage. Cette entité possédait un nom : Gaïa – dont Déa n'était que la dernière incarnation.

— Comme j'ai été stupide, prononça la voix à la fois rauque, délicate et déterminée de Déa. Comme il était absurde de croire en vous, de croire en moi.

Ernest n'eut même pas le loisir de protester, de surmonter les émotions si vives contre lesquelles il devait lutter, ni même de trouver les mots. Le temps qu'il entrouvre les lèvres pour revenir sur sa réaction première, sur son recul, et qu'il domestique sa peur, tout était décidé.

— Non, voulut-il prononcer.

— Le rêve est fini, annonça Déa.

Elle écarta les bras : deux nouveaux portails s'ouvrirent, l'un derrière la mambo et ses compagnons tombés à terre, l'autre derrière celui qu'elle avait eu la faiblesse et la bêtise d'appeler « père » – comme si elle n'était pas plus ancienne, plus lucide et plus instruite que lui ! Davantage en colère contre elle-même que contre ces poupées désarticulées et sans envergure, elle les renvoya d'où elles venaient.

Elle ne voulait plus jamais les revoir : cela était bien trop pénible. Pénible et terriblement agaçant. Décevant. Suffocant.

Ainsi Ernest regagna-t-il la tour centrale d'Agartha, au moment où les agents du Prince la désertaient. Ainsi Kétinée, Napoléon et Louise rejoignirent-ils les méandres non de l'ante-Enfer, mais des tout premiers cercles infernaux. Ce qu'il adviendrait d'eux, ce qu'ils devraient sacrifier pour survivre, cela ne la regardait pas. Ils resteraient ce qu'ils avaient été aujourd'hui : des êtres faibles, ineptes, et qui jamais ne sauraient contempler l'œil de la vérité sans se trouver carbonisés sur place.

Tant de déconvenues, tant de ténèbres étourdissantes, en cet instant maudit… La silhouette sombre de Gaïa, derrière Déa, enserra son incarnation la plus jeune de ses bras. De cette présence d'Enfer et de nuit, la fillette se fit un long manteau, une seconde peau. Une parfaite armure de ténèbres.

À bien y réfléchir, Déa se dit qu'elle les reverrait quand même. Une toute dernière fois, oui…

Lorsqu'elle se sentirait prête à les faire souffrir à la mesure de ce qu'elle souffrait.

XXII

Depuis quelque temps, d'imposants cumulonimbus se succédaient, déversant une pluie fine et continue sur le Castel. Les invités du Prince, habitués à arpenter les jardins où rayonnait un soleil sans partage, s'étaient donc réfugiés dans les salons, où ils devisaient devant les grandes baies vitrées. Pourtant, même les somptueux lustres de cristal brillant de mille feux peinaient à dissiper la grisaille extérieure qui ternissait l'éclat du lieu.

— Ce fichu temps ne prétend guère se lever, pesta le colonel de Gillikin en se lissant les moustaches. Ce n'est pas encore aujourd'hui que nous pourrons reprendre nos flâneries dans les allées, j'en ai bien peur, très chère.

— Voilà qui est parfaitement déprimant, estima la comtesse de Muronova en agitant son éventail dans une moue boudeuse. Et tout à fait inopportun. Quelle déception !

Le climat morose contaminait jusqu'aux salles de jeu où les cartes glissaient, les dés chutaient par terre, les roulettes ne cessaient de coincer. Très souvent, il y avait maldonne, qui entraînait un concert de protestations. Des courtisans décelèrent de la peinture qui s'écaillait, ou une doublure de rideau qui s'effilochait : autant d'imperfections qui jadis n'auraient jamais eu leur place au Castel. Les domestiques ne pouvaient en être tenus responsables, eux qui couraient en tous sens pour masquer ces défectuosités aux yeux des prestigieux invités. On les vit manier le pinceau, la truelle, se piquer de couture tandis que ces dommages se multipliaient, tels les symptômes d'un malaise plus profond.

Les interrogations fleurissaient, et les murmures se propageaient. Tout le monde paraissait si soucieux qu'on remarqua à peine la venue d'un étonnant trio : un albinos trentenaire à breloques et chapeau flanqué d'une panthère blanche ainsi qu'un jeune homme dépenaillé, vêtu d'une chemise à moitié ouverte, déambulant sur les tapis, pieds nus. Ces inconnus s'engagèrent vers la galerie des miroirs, puis jusqu'au bureau du Prince, qu'ils localisèrent sans la moindre difficulté. Par politesse, ils toquèrent à la porte. Une voix empreinte d'une lassitude tangible leur lança :

— Entrez !

Pour qui avait déjà visité l'impeccable bureau du Prince, le spectacle avait de quoi dérouter. Une paperasse s'accumulait en monticules chancelants venus coloniser le sol, telle une vague incontrôlée. Pour s'approcher du Prince, il fallait enjamber un certain nombre de documents éparpillés. Derrière les plus hautes mottes, on trouvait un individu mal rasé, aux mèches brunes hirsutes, la lavallière de travers et le cigare en berne.

À ses côtés se tenait un jeune moustachu fringant, qui portait une longue trompe cuivrée. Dès que le trio s'approcha, l'employé se cambra, porta l'instrument à sa bouche et souffla dedans à pleins poumons. Son intervention fit voler des feuilles et sursauter tout le monde. Une fois ces notes terminées, l'énergumène s'écria, d'une voix nasillarde :

— Des invités surprises pour le Priiiince !

Le souverain décoiffé se tourna vers le musicien moustachu d'un air agacé.

— Râh, tenez-vous plus loin de moi, je vous en prie ! Vous me donnez mal à la tête.

Tandis que le subordonné reculait, le Prince s'adressa à ses visiteurs sans lever le nez de ses contrats en désordre.

— Vous m'excuserez, mais je suis un peu débordé. Tant de travail, tant d'imprimés qui s'accumulent… et si peu de résultats probants en retour… Il est tellement délicat d'anticiper. Tellement difficile d'interpréter correctement les signes. Chacun d'entre nous cherche un moyen de briller et de faire entrer son nom dans l'Histoire, pas vrai ? Pourtant, parfois, tous nos efforts s'échouent, telles des vagues à jamais brisées dans leur élan contre l'impitoyable grève des certitudes… Et dans ces moments-là, on se demande : à quoi bon tout ça, franchement ?

Il poussa un très long et très profond soupir. Jamais personne n'avait vu le Prince ainsi.

— C'est nouveau ce type à la trompe, non ? remarqua l'albinos.

— J'ai voulu ajouter un peu de prestance, soupira le Prince, les épaules tombantes. Je ne sais pas si vous l'avez remarqué, mais ces derniers temps le Castel en manque cruellement.

Cherchant un document, il quitta brièvement sa chaise, se dirigea vers l'un des monticules. Aussitôt, le moustachu fit tourner sa trompe, souffla dedans et s'écria :

— Le Prince s'en vaaaaa !

— Non mais, ne sonnez pas tout le temps ! Je me suis déplacé, certes, mais là je me rassois, voyons !

Pour la première fois, il daigna lever les yeux sur ses visiteurs.

— Vous faites partie de mes services spéciaux, je vous reconnais. Hum, je n'aime pas trop vous voir côtoyer mes invités. Mais tout part tellement à vau-l'eau, ces derniers temps… Puis-je savoir quel est l'objet de votre visite ?

Le jeune homme aux pieds nus frotta sa cicatrice.

— En fait, nous ne venons pas pour la même chose. Ma démarche est personnelle tandis que mon collègue…

— Je viens de la part de tous vos agents, coupa l'albinos. Plusieurs mois qu'on poireaute, à attendre vos ordres. Mais rien ne vient, plus rien… Pas qu'on se plaigne, ça non ! Plutôt les miches au chaud qu'à risquer notre peau aux quatre coins de l'Europe. Mais on veut être sûrs qu'on sera tous payés quand même.

Simultanément, la panthère blanche découvrit les crocs.

— S'il s'agit d'argent, n'ayez crainte, Monsieur Iegerov : un marché est un marché, assura le Prince avant de baisser le ton et d'ajouter, d'une voix à peine audible : même si, depuis le fiasco d'Agartha, tout est plus compliqué. Et moi qui pensais posséder une vision précise du jeu et des adversaires en place…

L'albinos, le sourire aux lèvres, ignora ces dernières remarques et se frotta les mains.

— Eh bien parfait. Puisqu'il n'y a plus rien à faire, je vais informer les collègues de tout cela et…

— Cependant, comme vous vous rappelez à mon bon souvenir, je vais me sentir obligé de vous dénicher une nouvelle tâche, Monsieur Iegerov.

Chapitre XXII

— Ah, euh… Ce n'est pas obligé, voyons.

Le Prince considéra cette fois le jeune homme aux pieds nus.

— Et pour vous, ce sera ?

— Oh, moi, j'aimerais une permission. Comme je n'en ai jamais pris, je sais que vous ne me la refuserez pas. Vous n'êtes pas sans savoir que ma compagne m'attend, et…

— Ah oui, se souvint le Prince. Une gitane, c'est cela ? Qui réside en ce moment du côté de la Forêt-Noire… Eh bien, allez la rejoindre, bien entendu. Quant à vous…

De l'index, il pointa l'albinos. Sa panthère comme lui se tinrent sur leurs gardes.

— Vous allez accompagner notre ami du côté de la Forêt-Noire pour me chercher un joli papillon des montagnes, indiqua le Prince.

— Euh… Un… Un papillon ? répéta l'albinos, incrédule.

— Tout à fait. Vous devriez trouver un filet du côté des jardins. Allez, ouste !

L'albinos affecta une moue de travers et se leva à son tour. Immédiatement, la trompe du jeune moustachu résonna.

— Les invités surprises du Prince paaaartent ! hurla-t-il.

— Définitivement, cet annonceur n'était pas une bonne idée, déplora le monarque, le visage dans les mains.

— Hum, toussa le jeune homme à la cicatrice, gêné. Ce n'est pas tout, en ce qui me concerne. Avant de me rendre dans la Forêt-Noire…

— Avant cela, quoi ? s'agaça le Prince. Ne profiteriez-vous pas de ma faiblesse, mon ami ?

— Avant cela, répéta son interlocuteur sans ciller, je souhaiterais rendre visite à l'un de mes collègues déjà en permission. Lui et moi avons beaucoup de choses à nous dire, que nous n'avons pu partager.

— Ah. Je vois. Une affaire de famille, c'est cela ?

Le Prince baissa les yeux, se remit à classer ses papiers d'un air absent.

— Très bien, cette faveur vous est accordée, Monsieur Villempré.

*

On approchait du mois de juin et le soleil baignait Paris. Devant la petite boutique toute en hauteur du 15A, rue du Dragon, on percevait des bruits répétés de vaisselle cassée. Une voix masculine s'éleva pour protester :

— Helena, je comprends que tu sois en colère, mais tu veux bien stopper ça ? Que dira le vieux Babadji, à son retour ? Il va falloir les lui remplacer, ces assiettes !

Trois personnes venaient de pousser la porte, suivies d'une panthère. Ernest Villempré, les cheveux en bataille et le col de chemise relevé, arriva depuis l'arrière-boutique, un enfant à houppette rousse de moins d'un an dans les bras.

— Veuillez nous excuser, dit-il d'un air gêné aux visiteurs. J'ai oublié de mettre le verrou, mais le magasin est fermé.

Lorsqu'il reconnut certains des visages présents, il s'écria :

— Ça alors ! Serge ! Et euh… Yuri, c'est ça ?

— Yuri Iegerov, précisa l'albinos à chapeau avec un accent russe. En ce moment, le Prince lève le pied sur le protocole, alors nous pouvons utiliser nos véritables noms. D'ailleurs, nous ne sommes pas en mission. Enfin, pas vraiment… Nous arrivons en pleine scène de ménage, dis-moi ?

— Euh… Ben oui. C'est un peu compliqué, en ce moment…

L'albinos posa ses bagages parmi lesquels trônait un grand filet à papillon. Sa panthère blanche repéra aussitôt le petit singe qu'elle avait voulu croquer quelques mois plus tôt. Noidkoko grimpa au sommet de la plus haute des étagères. Dans un mouvement contraire, Ernest s'approcha du félin et lui caressa le museau.

— Heureux de te revoir d'aplomb, Miss Meuh-Meuh, sourit-il tandis que le fauve ronronnait. La dernière fois qu'on s'est croisés, tu étais beaucoup moins vaillante.

Parmi les visiteurs se trouvait un artiste moustachu très mince, coiffé d'un béret, qui déposa lui aussi son barda : grandes toiles, chevalet pliant, palettes et pinceaux.

— *Mi chiamo Salvatore*, se présenta l'artiste.

Sans même prendre le temps de se poser, Salvatore tomba en extase devant le capharnaüm qui régnait dans les étagères de Babadji.

— *Ispirazione* ! s'exclama-t-il, l'œil vif. *Molta ispirazione* !

Il entreprit alors de peindre tous les vieux livres, les fioles et les masques africains qu'il arrangea à sa manière, en une savante nature morte.

— C'est le Prince qui l'envoie, expliqua le plus jeune des visiteurs. Il veut qu'il lui rapporte des souvenirs peints de notre voyage pour lui remonter le moral… Tu sais, depuis l'échec d'Agartha, c'est un peu compliqué aussi, au Castel.

Helena Silène débarqua à cet instant. Les pommettes roses, les poings fermés, ses traits s'adoucirent d'un coup lorsqu'elle aperçut celui qui venait de s'exprimer.

— Ça alors ! s'exclama-t-elle. Mais… c'est quoi cette histoire ? Tu ne m'avais jamais présenté ton cousin, Ernest… Ou bien ton frère, peut-être ?

— Un frère ? ! répéta le prestidigitateur, interloqué.

— Oh, je t'en prie, vous vous êtes regardés dans un miroir, l'un à côté de l'autre ? Au premier abord, on peut être abusé.

Mais quand on te connaît bien, impossible de rater cette ligne de mâchoire, cette implantation de cheveux, ce profil…

— Ah mais ouais ! s'exclama Yuri l'albinos. Maintenant que vous le dites…

— Enchanté, madame, sourit le jeune homme à cicatrice, qui pour sa part connaissait la vérité depuis sa plongée dans la lave du Groenland. Je m'appelle Serge. Serge Villempré.

*

En cette fin mai, la soirée au 15A, rue du Dragon se déroula en l'absence des propriétaires des lieux. Fidèle à son habitude nomade, Babadji était parti en emmenant Ambala, Kétinée et leur ami Napoléon avec lui. D'après Helena, ils s'étaient tous rendus dans le sud-est de la France, quatre mois auparavant, pour une destination qu'elle ignorait. Depuis, aucun d'entre eux n'était revenu. L'ex-trapéziste voulut tenir la boutique avec Monsieur Tan et l'ancienne amie de la famille récemment réapparue : Kali Mantegna. Malheureusement, la vieille femme, qui souffrait de démence sénile, cassait la plupart des objets précieux, oubliait tout et se promenait parfois dans le magasin en plein jour uniquement vêtue de ses culottes. Aussi Helena fut-elle soulagée lorsque Monsieur Tan et la sorcière tatouée s'évanouirent à leur tour, ne laissant qu'une note succincte lui indiquant qu'ils seraient partis quelques semaines sans doute.

Ernest arriva à ce moment-là et aida naturellement Helena avec la boutique. Du temps du cirque Palazzi, la situation entre eux avait toujours été plus ou moins électrique. Aujourd'hui, c'était encore pire. Dès qu'il était revenu, Ernest avait éclairci la situation : s'il avait véritablement aimé Helena jadis, il se considérait aujourd'hui lié à Kétinée. Mais sans se défiler quant à son rôle de père. Sur ce dernier point, Helena, profondément blessée, ne se privait pas de l'asticoter :

— Tu parles d'un père, tiens ! Qui n'a quasiment pas tenu sa fille entre ses bras avant ses neuf mois. Et qui repartira bientôt, dès que son employeur le sifflera !

— Comme si j'avais le choix ! objectait régulièrement Ernest, soumis à un contrat de cinq années au service du Prince.

Plus d'une fois, Helena menaça de claquer la porte pour s'en aller à l'autre bout de la France avec Flavie. Jusqu'alors, en partie par reconnaissance envers Babadji, ce vieillard adorable qui l'avait hébergée et secourue, elle n'en avait rien fait. Ernest, de son côté, vivait avec cette épée de Damoclès au-dessus du crâne : la possibilité que sa seconde fille lui soit enlevée.

Il avait été délicat pour lui de se remettre de l'horrible confrontation au milieu des flammes et des âmes suppliciées. Face à ce qu'était devenue Déa, qui l'avait pourtant appelé jusqu'aux franges de l'Enfer, il s'était senti en dessous de tout. Avait-il eu une chance de ramener sa fille adoptive ? L'avait-il irrémédiablement gâchée ? Depuis cette expérience traumatisante, ces questions revenaient en boucle dans son esprit et ses cauchemars le réveillant en nage et contrit. Qu'allait devenir Déa, désormais fille des Enfers ? Cet endroit l'avait corrompue, et la métamorphosait encore davantage à chaque instant passé. À moins que la fillette ait toujours possédé cette nature malsaine ? Lorsqu'il fermait les yeux, Ernest revoyait sans cesse ces victimes défigurées qui s'étaient adressées à lui pour dénoncer les actes passés de son enfant adoptif.

Le naturel optimiste du prestidigitateur fut mis à rude épreuve. Comment, en effet, imaginer un avenir meilleur, maintenant qu'il avait vu et ressenti tant d'ignominies ? D'autant qu'il gardait à l'esprit l'étrange assassinat dont il s'était rendu responsable lui-même, sans même s'en rendre compte, en Agartha.

Une partie de lui songeait à replonger dans les Enfers. Retrouver un passage qui le mènerait de nouveau vers Déa. Oserait-il demander au Prince, puis à l'étrange moine de l'Obscur nommé Secret, de l'y guider ? Aurait-il le courage – ou l'inconscience – d'y retourner ?

En attendant, il devait s'occuper de Flavie. Qui ne saurait se substituer à Déa. Comme celle-ci ne pouvait la remplacer. Dans ses moments de tourment silencieux, Ernest s'efforçait, comme toujours, d'aller vers la lumière. Il choisissait de tout oublier pour se concentrer non sur ce qui lui échappait, mais sur ce qu'il voyait, sentait, serrait contre son cœur : la bouille ronde, les sourires innocents et le regard immensément brillant de sa plus jeune fille. Un rayon de soleil qui lui redonna le goût à la vie. Ce qu'il souhaitait, maintenant, c'était retrouver Kétinée et essayer d'établir un compromis avec Helena. Et ça, ce n'était pas gagné !

Au milieu de ce tumulte de sentiments exacerbés, de pertes immenses, d'absences cruelles, de joie profonde et d'incertitudes tenaces, le destin lui offrit un présent auquel il ne s'était pas attendu : un frère. Un demi-frère, pour être exact. Prénommé Serge, avec lequel il partageait un même père : le fameux Raoul Villempré, auteur de nombreux carnets de voyage, disséminés depuis sa mort aux quatre vents.

On installa Salvatore le peintre dans la chambre de Babadji et Yuri sur un canapé. Ernest et Serge attendirent de se trouver seuls pour évoquer tranquillement le passé.

Chapitre XXII

Pour Ernest, Raoul avait été un père qui l'avait abandonné lorsque sa mère, Amélie Novotni, était morte en couches. Serge, lui, l'avait un peu mieux connu. Il dressa pour Ernest le portrait d'un homme torturé, un grand voyageur, archéologue passionné, versé dans l'étude et l'exploration des mondes sorciers – un penchant facilité par son don particulier : celui de se rendre dans n'importe quel lieu secret, même ceux interdits aux humains, avec une facilité déconcertante.

Serge se souvenait de lointaines expéditions en Mésopotamie, en Inde ou en Afrique lorsqu'il était enfant.

— Maman et moi, on l'accompagnait parfois. Il passait son temps à chercher des passages, des portes. Il finissait par les franchir, en revenait l'esprit chargé de nouveautés et de merveilles, qu'il couchait sur papier. Il y avait d'autres endroits moins attirants : des lieux sombres, liés aux Enfers. Il ne s'y attardait guère !

Ernest exprima sa jalousie sans détour :

— Quelle chance tu as eue de le connaître, de partager ces moments avec lui ! Je lui en veux de m'avoir abandonné. Je ne comprends pas…

— Je ne veux pas l'absoudre, assura Serge, je lui en veux aussi de m'avoir caché ton existence, que je n'ai découverte que grâce au moqoa… Il a très mal géré tout ça… Mais peut-être qu'il a voulu te protéger ? Tu sais, nous avons eu un autre frère, plus âgé que nous deux, il s'appelait François.

— Non, sérieusement ? Encore un Villempré ?

Serge fit la grimace.

— Malheureusement, il est mort lors d'une expédition. Papa était alors malade. Atteint d'un mal sorcier : le pancéum. Il avait des crises, des absences où il devenait très violent. Notre frère François en a fait les frais. On m'a parlé d'un premier incident, où il l'aurait blessé sans faire exprès. Papa s'en voulait beaucoup : François était encore enfant... Des années plus tard, ils sont partis en expédition tous les deux. Je m'en souviens un peu... Mais tout ça a très mal tourné. Apparemment, François est mort dans un monde magique, tandis que lui et papa étaient pourchassés par des ennemis. À cause d'une énième absence, papa n'a pu le sauver. Et plus tard, il a retrouvé son cadavre.

— Oh, quelle horreur !

Tout en écoutant ce récit, Ernest songeait à son propre mal. Venait-il de subir, en Agartha, sa toute première crise de pancéum ?

— Au fur et à mesure des années, poursuivit Serge, l'état de papa n'a fait qu'empirer. Il a assassiné quelques personnes qui l'avaient provoqué... C'est pour ça qu'il a sans doute voulu te protéger en t'abandonnant, même si ce n'était pas la meilleure des solutions, on est d'accord... Ma mère l'a beaucoup aidé. Elle seule savait supporter ses manifestations de démence, puis le calmer par sa puissante sorcellerie.

— Et ta mère, ce ne serait pas... Lucienne Arquenotte, par hasard ?

— Tu as deviné cela à Cracovie, n'est-ce pas ? avança Serge. Elle et moi, nous sommes en froid, nous nous évitons. Tu sais, je me doutais qu'elle apparaîtrait dans le giron de Gürwald de Féronnelle... Je lui en veux encore d'avoir quitté papa pour ce type. Sans elle, il n'a plus été capable de se contrôler.

Ernest comprit mieux les réactions de Lucienne. Non seulement envers Serge, dont elle n'avait su percevoir la présence, mais également envers lui-même. Intriguée par l'enfant de son ancien compagnon rapidement croisé dans les catacombes, elle avait voulu discuter plutôt que le neutraliser d'emblée.

Chapitre XXII

— J'ai eu comme l'impression… que Lucienne t'évitait, analysa Ernest en regardant Serge. Elle s'est enfuie juste avant que tu n'apparaisses, en nous laissant dérober le coffret.

— Elle a voulu en effet éviter la confrontation, avança Serge. Et puis, je la connais : dès qu'elle se lasse d'un amant, elle passe au suivant. Comme elle a abandonné papa à son pancéum, elle a dû juger que monsieur de Féronnelle se débrouillerait avec ses propres problèmes, après tout.

Les deux frères convinrent que le Prince, fin stratège, n'avait bien entendu pas choisi de les recruter par hasard. Particulièrement pour cette mission. Car peu de gens auraient su ainsi intriguer ou attendrir Lucienne.

Serge dressa le portrait d'une mère concernée par son bien-être, mais plutôt distante, occupée par ses affaires mondaines.

L'éducation du jeune homme avait été prodiguée par bon nombre de domestiques et servantes dévoués. Lorsqu'il fut plus âgé, Lucienne chercha à intéresser Serge aux jeux de pouvoir sorciers. Ce qui ne le passionnait guère. Épris de liberté, Serge préféra partir. Il avait souvent utilisé ses facultés pour s'enfuir.

Ernest évoqua son pouvoir récemment découvert. Serge s'en trouva impressionné : jamais il n'avait entendu parler d'un sorcier capable de plier les lois du temps.

— Je sais qu'il existe des sortilèges d'une complexité extrême qui permettent d'atteindre des mondes sorciers enclavés dans des époques lointaines… Mais ce que tu peux faire, mon frère… Waow ! C'est dingue ! Très franchement, je me demande d'où ça te vient.

— Alors là, si je le savais…

Ils en vinrent à parler de l'acrobate aux cheveux verts : un personnage qui était conscient de ce don chez Ernest.

La facilité avec laquelle ils évoquaient tous ces sujets, même les plus délicats, rappelait au prestidigitateur la complicité qu'il partageait avec Kétinée. Cette relation de confiance, nouvelle et déjà si profonde, lui apporta en ces temps troublés un grand réconfort.

— Drôle d'oiseau que cet acrobate ! réfléchit Serge. Cette personne t'a repéré. Si elle sait se manifester n'importe où et n'importe quand, tu la reverras. À coup sûr, elle fait partie des surdoués qui se piquent de divination. Prends bien garde, surtout…

— À propos de personne qui arrive n'importe quand… Qui est cette Julie qui a fait échouer la dernière mission du Prince ? Il paraît qu'elle est le portrait craché de ta mère ?

— Sa sœur jumelle, précisa Serge. Je l'ai croisée à plusieurs reprises avant Agartha. Et jamais très longtemps. Maman et elle s'entendent très mal. Mais elle a dû estimer que les ravages que Gürwald causait étaient insupportables. Alors elle a voulu corriger tout ça… Les rares fois où je l'ai vue, elle se targuait de réparer toutes les errances de maman. Et franchement, hum… c'est bien possible.

D'après Serge, Julie, qui appartenait comme Gürwald à l'ordre des chevaliers Rose-Croix, avait la fâcheuse tendance de surgir de nulle part, pour ensuite disparaître sans laisser de traces durant plusieurs années. Même sa propre sœur ignorait où elle résidait.

Tandis que la nuit entrait dans sa toute dernière phase, que la cafetière bouillonnait pour la dixième fois peut-être, Ernest questionna longuement Serge sur leur père : ses manies, ses goûts, son caractère hors des crises. Ils parlèrent de Lucienne Arquenotte aussi, de ses autres enfants. Étrangement, même s'il ne l'avait pas croisée sous ce toit, le prestidigitateur connaissait déjà Kali Mantegna. Il se souvenait d'elle comme d'une amie de sa grand-mère, Mamy Beldani. Une coïncidence qui lui fit comprendre que le monde sorcier, s'il paraissait très vaste, rassemblait souvent les gens de même nature.

— Je sais depuis longtemps que ma mère a eu d'autres enfants, avoua Serge, mais je crois n'en avoir rencontré aucun avant toi. C'est te dire si Lucienne est secrète et volage… Elle passe d'un type à l'autre, et si parfois elle engendre une fille ou un garçon, elle paraît s'en lasser aussi, pfff…

Ernest songea à l'un des autres amants de Lucienne : le terrifiant Vasco Pueblo, chef d'une meute d'hybrides aux crocs acérés, et rival de son ami gitan, Vicente Rodriguez. Il faillit l'évoquer… quand Helena déboula en nuisette, la chevelure en bataille, les yeux cernés et une Flavie très réveillée dans les bras.

— Elle refuse de dormir. Comme d'habitude à cette heure-là… Tiens, c'est ton tour !

Sans un regard pour Serge, elle pivota sur elle-même et repartit se coucher. Flavie fixa son père de ses yeux bleus tout ronds. Ernest changea les langes de sa fille. Puis il passa la demi-heure suivante à lui faire des sourires et des grimaces, en entortillant sa mèche de cheveux roux avec son index.

— Avoue qu'elle est trop mignonne ! ne cessa de répéter le prestidigitateur à son frère. Franchement, je ferai tout pour être un meilleur père que le nôtre. Même si… hum… ça commence plutôt mal avec mon engagement chez le Prince. Tant qu'il ne m'appelle pas, je reste ici. Tout en imaginant comment revoir Déa… Et toi, au fait, t'as pas encore d'enfant ?

— Pas à ce que je sache, éluda Serge.

Tandis qu'il faisait sauter une Flavie hilare sur ses genoux, Ernest demanda encore :

— Connaîtrais-tu par hasard un sorcier tout aussi puissant que ta mère, et qui se prénomme Ludwig ?

— Oh là là ! s'exclama Serge. Encore une histoire de famille. Mais encore un sujet que je ne maîtrise pas bien, désolé !

Ernest raconta en quelques phrases l'affrontement entre Ludwig et Lucienne dans les catacombes, tel qu'il l'avait compris.

— Pas étonnant qu'il ait voulu piéger Lucienne si elle le retient prisonnier, estima Serge. Je n'ai jamais croisé Ludwig, mais j'ai déjà entendu ma mère et sa sœur Julie l'évoquer en se disputant. Il s'agit d'un alchimiste, plus vieux qu'il n'y paraît. De sinistre réputation.

— Un autre ancien amant de ta mère, peut-être ?

— C'est plutôt Julie qui se trouvait liée à ce drôle de type. Enfin, si j'ai saisi leurs allusions… Clairement, Julie en veut encore à sa sœur. Elle estime qu'il méritait mieux qu'un emprisonnement à vie.

— Elle retenait Ludwig captif d'un monde magique, résuma Ernest : celui du Roi Clochard et de ses déités.

— D'après ce que je sais, Ludwig est une pure force de chaos qui ne doit pas être libérée. Cet aspect-là, même Julie semble le reconnaître… Mais peut-être que je me trompe, hein ? Peut-être qu'il faudrait aller le voir et lui parler, à ce Ludwig, afin de connaître sa version des faits…

Flavie enfin endormie sur son épaule, Ernest s'imagina de retour dans les mondes de Linda, Sacha et Isabelle, en compagnie de son demi-frère retrouvé. Cette idée lui parut presque tentante – davantage que de replonger dans les Enfers.

— Tu connais l'âge de ta mère ? demanda-t-il encore à Serge. Ce n'est pas une vampire mais, bizarrement, elle ne vieillit pas.

Chapitre XXII

Serge reposa la tasse de café qu'il sirotait.

— Alors là, pfff, aucune idée. Je ne le lui pardonnerai pas d'avoir laissé papa, en tout cas… Les derniers temps, il était devenu incontrôlable. Il a fini par se cacher et mourir seul, rongé par son mal… Sa tombe se situe du côté de Toulouse, au fait. Nous nous y rendrons ensemble, si tu le veux.

Ernest accepta, en songeant de nouveau à sa propre condition. Ses jeunes traits se crispèrent.

— Toi, tu songes à ta crise en Agartha, et tu crains pour ton avenir, devina Serge.

Le jeune homme avoua à son frère qu'il subissait lui-même ce genre de troubles depuis l'adolescence. Lesquels s'accompagnaient effectivement de pulsions violentes, récurrentes.

— C'est bien notre veine ! s'exclama Ernest, dépité. Les bonheurs de l'hérédité, génial ! À cause de ça, je n'ose même plus utiliser mes pouvoirs.

— Je ne suis pas certain que ça change quoi que ce soit, assura Serge. Depuis que j'ai quitté le giron familial, d'ailleurs, j'ai rencontré des gens très bien. Des nomades qui m'ont appris à me contrôler. Et un ecclésiastique, aussi. Grâce à eux, je me sens tellement mieux… Ces gens, tu devrais les connaître aussi. Ils t'aideraient sans doute.

— Ce serait inespéré ! Parce que, pour le moment, j'angoisse…

— Je vais soulager ton tourment, mon frère… Avant de devenir un agent du Prince, j'ai beaucoup voyagé avec ces gitans. D'ailleurs, c'est pour les aider que j'ai signé un contrat au Castel. L'argent que je gagne chaque semaine nous assure une vie plus facile… Nous pouvons remercier le Prince de nous avoir réunis… Certes, cela a arrangé ses affaires. Mais je lui en suis reconnaissant.

— Je peux en dire autant, affirma Ernest, fatigué mais ravi. Tu as eu tellement raison de venir me voir !

Ensemble, Ernest et Serge planifièrent donc un séjour imminent du côté de la Forêt-Noire. Du côté de ces gitans qui peut-être sauraient aider Ernest face à sa lourde hérédité.

Le prestidigitateur se demanda comment Helena allait réagir à ce départ inattendu. Il songea à la convier au voyage, ou bien juste à emmener Flavie, si cela lui convenait mieux.

La discussion entre les deux jeunes gens, si heureux de s'être trouvés, avait duré toute la nuit. À l'heure où le ciel habillait le 6e arrondissement parisien de teintes roses, Yuri Iegerov, escorté de sa panthère et déjà parfaitement réveillé, alpagua les frères Villempré.

— Alors, Messieurs, toujours en forme ? Quand est-ce qu'on décarre d'ici, au juste ? C'est que j'ai un papillon à attraper, moi !

XXIII

Helena Silène n'était pas venue. La trapéziste avait trouvé l'idée déraisonnable d'emmener une jeune enfant pour un si long voyage dans un pays étranger. Tout en comprenant que les troubles comportementaux d'Ernest constituaient un problème pressant, auquel seule la sorcellerie pouvait apporter une réponse, elle reprocha au magicien son départ.

— Tout ce pan secret que j'ai bien du mal à appréhender, parce que je ne possède pas les dons adéquats, pour toi, c'est bien commode ! Ça te permet de t'éloigner de toutes tes responsabilités.

Ernest Villempré ne sut rien répondre à ces paroles, qu'il ne pouvait s'empêcher de trouver teintées de vérité. À contrecœur, il laissa donc Flavie. Mais si cette nouvelle absence pouvait l'alléger du fardeau de l'hérédité, et faire de lui un meilleur père plutôt qu'un futur meurtrier, il fallait saisir cette chance – c'est du moins ce qu'il se disait pour soulager sa conscience.

Au fond de lui, il avait l'impression d'abandonner Flavie une fois de plus. Comme il avait déjà abandonné Déa.

Durant tout le voyage, son frère Serge parla de Maria, la femme dont il était tombé amoureux : une gitane libre et fière. Ernest se souvint avec émotion de son séjour parmi la famille Giacomo-Rodriguez : des gens qu'il appréciait beaucoup et qu'il espérait bien revoir. L'un de ses grands regrets était d'avoir laissé l'épervier offert par ces amis-là au Castel. Il espérait juste qu'il s'y sentait mieux qu'en plein Paris. Tandis que Serge ne tarissait pas d'éloges sur sa Maria, lui ne se priva pas d'évoquer Kétinée. En enjolivant un peu la situation. Comme la belle métisse ne lui écrivait pas, Ernest en était venu à se demander si elle songeait encore à lui, si ses sentiments ne s'étaient pas fanés depuis son départ. Si seulement il avait pu remonter le temps jusqu'au moment de sa première et courte permission, quand il s'était bêtement endormi, Flavie entre les bras, et auprès d'Helena ! Avant de repartir pour la Forêt-Noire, il avait écrit plusieurs courriers enflammés qu'il lui avait laissés chez Babadji. Allait-elle seulement les lire ? Et comment lui présenter ses excuses en actes, plutôt que par écrit ? Allait-elle seulement les accepter ? Quand reviendrait-elle à Paris ? Pourquoi n'était-elle pas revenue, d'ailleurs ? Où était-elle partie ? Pourquoi Ambala et Babadji n'étaient-ils reparus, eux non plus ? Plus le magicien y songeait, plus il s'inquiétait. Mais il escamotait tout ça, préférant sourire et bluffer. Et prétendre une fois de plus que tout allait très bien.

Durant le trajet en train, béret enfoncé sur les yeux, le peintre Salvatore dormit et ronfla à en faire trembler le wagon. Il avait passé la nuit précédente à veiller lui aussi, en prétendant peindre depuis le toit une vue nocturne de Paris.

Chapitre XXIII

Le résultat était tout sauf impressionnant : au milieu de sa toile s'étendait un immonde gribouillis noir. La faute au manque de luminosité, pensa-t-on. Cependant, lorsqu'on vit également les patouillis informes censés représenter l'intérieur de la boutique de Babadji, chacun s'interrogea sur le style peu commun de l'artiste.

À l'opposé de l'Italien désormais serein et assoupi, Yuri Iegerov, nerveux, consultait sa montre de gousset : être séparé de sa panthère plusieurs heures le mettait horriblement mal à l'aise. L'animal, en effet, avait dû être enfermé dans une caisse. Un inconfort qui gênait tout autant l'animal que l'albinos – mais qui en revanche arrangeait beaucoup Noidkoko, tranquillement assoupi en boule entre deux accoudoirs.

— La prochaine fois, m'en cogne, promit Yuri, je voyage parmi les marchandises. Et dans la caisse s'il le faut !

Il fallut passer la frontière, montrer les bonnes autorisations, les bons papiers : rien qu'un peu de sorcellerie ne sache régler sans trop de difficultés.

Le lendemain, le petit groupe au complet arpentait déjà la vallée de la Kinzig, petit paradis de verdure vallonné entouré de la Forêt-Noire. Serge savait que ses amis gitans séjournaient dans les environs. Heureux de pouvoir enfin enlever ses chaussures, il partagea avec Ernest le plaisir de sentir l'herbe sous ses pieds nus. Noidkoko caracola en tête du groupe, trop heureux de s'éloigner de Miss Meuh-Meuh et de sauter d'un hêtre à l'autre.

Au milieu des épinettes, des sapins et des fleurs colorées, qui visiblement émoustillaient sa fibre créative, Salvatore sautillait tel un cabri. La palette et le pinceau prêts à l'emploi, il répétait sans cesse :

— *Molto bene ! Ispirazione !… Molta ispirazione !*

Il effectuait trois pas, posait son chevalet, y posait un nouveau gribouillis avant de réitérer l'opération un peu plus loin. Yuri Iegerov finit par proposer à Serge, qui n'en pouvait plus d'attendre l'artiste :

— Écoutez, avancez jusqu'au camp gitan. Moi, je vais rester avec monsieur « Ispirazione » ! Ça ne me dérange pas, et on finira bien par se retrouver. De toute façon, je compte prendre tout mon temps pour attraper ce fichu papillon des montagnes. Pour une fois qu'une mission est informelle et agréable, autant la faire durer !

Ernest prit un air terriblement concerné.

— Prends garde à toi. Cette mission… c'est sans doute la plus dangereuse de toute ton existence.

Les trois agents se dévisagèrent en silence… puis ils éclatèrent de rire.

Le peintre fantasque, la panthère, l'albinos et le filet à papillon furent donc abandonnés parmi la flore allemande par les frères Villempré qui, après quelques heures de marche, rallièrent une modeste église gothique du XIIIe siècle. C'était dans son sillage que s'était établi le camp gitan.

Serge n'eut même pas à chercher Maria. Elle vint au-devant de lui, vêtue d'une longue robe rouge, pieds nus elle aussi.

— J'ai rêvé de toi cette nuit, avoua la brunette avec un accent espagnol. Je savais déjà que tu viendrais me rejoindre aujourd'hui.

Sans un mot de plus, elle se jeta à son cou et tous deux s'embrassèrent passionnément. Leurs mèches blondes et brunes s'emmêlèrent dans cette étreinte qui dura plus que de raison.

— Hum hum, toussa Ernest, malicieux. Si je vous dérange, je peux m'éloigner un peu, vous savez.

Chapitre XXIII

— Allons, bien entendu que tu ne nous déranges pas, mon frère ! s'exclama Serge avec joie. Je te présente la femme de ma vie, Maria !

— C'est un plaisir de faire ta connaissance, assura la belle gitane dans un parfait sourire… avant de tomber en adoration devant Noidkoko. Oh, mais ce qu'il est amusant, lui !

Cabotin pour lui plaire, le singe pygmée effectua plusieurs roues sur les épaules d'Ernest, et des mimiques qui la firent éclater de rire. Puis il vint se nicher dans son giron.

— Eh ben dites donc ! Dès qu'une fille passe, on est vite oubliés, plaisanta Ernest.

Serge prit son frère par l'épaule.

— Il faut que je te présente tout le monde… Viens !

Les roulottes des gitans dessinaient un village sur roues, prolongement du hameau où Ernest arriva. Aussitôt lui revint son séjour dans les Pyrénées, un très bon souvenir d'amitiés spontanées et profondes. Ces maisons de bois mobiles, ces chevaux lui rappelèrent également sa vie d'avant, celle du cirque Palazzi, heureuse malgré un patron tyrannique. Si Ernest appréciait le point de chute parisien que lui offrait la boutique de Babadji, il ne se voyait pas, à long terme, se sédentariser. Mais plutôt embrasser la vie nomade qui avait également charmé son frère.

Il lui suffit de quelques heures en compagnie de ces hommes et femmes épris de liberté pour se sentir à son aise et se mettre à plaisanter avec celles et ceux qui n'étaient déjà plus des inconnus. Ses dons de sorcier lui permirent de faire marcher une volaille de côté, de singer une conversation avec un âne ou de faire mine de se disputer avec Noidkoko – un spectacle improvisé qui provoqua de très nombreux rires. Il eût aimé emmener Flavie ici, parmi ces autres enfants qui gambadaient en tous sens parmi les chèvres, les poules et les chevaux. Il eût voulu voir valser Kétinée autour du feu de camp dans les notes des guitares, comme Serge faisait tourner le jupon de Maria qui jouait du tambourin. Il eût souhaité aussi ramener Déa de ce côté de la réalité pour lui faire percevoir le goût disparu des joies simples.

— On dirait que vous avez un peu de mal à totalement vous détendre, *nein* ?

Ernest se tourna vers l'homme qui venait de prononcer ces paroles avec un fort accent allemand. Il s'agissait du prêtre local, au visage sec, au crâne tonsuré.

— Sigmund Hohentall, se présenta-t-il. Enchanté. *Ach !* Ces gens du voyage savent vivre. Quel bonheur de voir cette jeunesse folle s'esbaudir ainsi !

Le terme qu'il employa résonna si bien avec les pensées d'Ernest qu'il trouva l'homme d'église immédiatement sympathique malgré son apparence austère. Sigmund lui tendit une outre emplie d'alcool.

— Un peu de schnaps que je fabrique moi-même ? Nous n'en abuserons pas, mais cela vous aidera à vous dérider, expliqua-t-il dans un clin d'œil. Car si je peux voir vos pieds suivre la cadence des guitares, je devine à votre air que votre esprit est empesé de tracas, *nicht wahr* ?

— Je reconnais que j'ai été plus insouciant dans ma vie, répondit Ernest. Mais sans façon, merci.

— Oh allez, mon frère, intervint Serge, amusé. Je le sens moi aussi : tu dois lâcher du lest. Et profiter avec nous de cette magnifique soirée de printemps.

Le prestidigitateur finit par accepter cet alcool transparent, si fort qu'il lui brûla la gorge et lui monta très vite au cerveau. Les inhibitions causées par ses déconvenues récentes fondirent comme neige au soleil, et bientôt le prestidigitateur se déhancha devant les flammes au milieu des mains qui battaient en rythme.

S'il sentit le vent printanier tourner, ce fut confusément, en arrière-plan de son hébétude grandissante, telles ces voix gitanes lui annonçant avec insistance que la soirée évoluait étrangement. La plupart des nomades s'évanouirent, fermèrent portes et volets. Certains tirèrent Ernest par le bras, l'enjoignant à partir ou même les rejoindre. Car des personnes s'étaient invitées à la fête.

Son frère le rassura :

— Nous ne sommes qu'entre amis, ici, déclara-t-il en désignant le prêtre entouré de nouveaux gitans vêtus de chemises sombres.

Parmi ces gens se trouvait une silhouette connue. Un homme barbu, borgne, le visage lacéré de trois griffures profondes. On avait raconté à Ernest, dans les Pyrénées, comment cet individu avait perdu l'usage de son œil : par un coup porté par son rival, le pourtant très affable Vicente Rodriguez.

— Vasco Pueblo ! s'exclama Ernest, complètement saoul, mais encore assez lucide pour reconnaître le tortueux maître des hybrides lupins, ancien amant de Lucienne Arquenotte, dont il avait affronté le clan dans les Pyrénées.

Serge prit un air étonné.

— Tu connais le père de Maria ? Ça alors, le monde est petit… Figure-toi que c'est grâce à ses bons conseils, et à ceux de Sigmund Hohentall, que j'ai su vaincre le pancéum. Ou plus précisément : le faire mien… Ne t'inquiète pas, mon frère : tu es entre de bonnes mains.

Le jeune homme retourna danser avec Maria. Les Pueblo venaient de faire fuir leurs semblables, mais devisaient tranquillement avec le prêtre.

Ernest vit encore Vasco Pueblo sourire et le fixer, tandis que Sigmund Hohentall le pointait du doigt. Noidkoko, tardivement intuitif, lui mordillait l'oreille pour qu'il s'éloigne.

La vue d'Ernest Villempré se troubla. À partir de ce moment-là, il ne se souvint plus du reste de cette soirée.

*

Une poignée d'heures plus tard, à plusieurs kilomètres de là, Yuri Iegerov se fit réveiller par la langue râpeuse de sa panthère blanche, qui avait entrepris de lui nettoyer la joue droite.

— Oh là, hé ! Doucement, Miss Meuh-Meuh ! finit-il par s'écrier, dégoûté. Si tu pouvais garder ta bave pour toi, ça m'arrangerait !

La nuit avait été si clémente, si agréable, qu'il s'était assoupi à la belle étoile. Il se leva, s'étira tel un grand félin, puis fit claquer ses breloques au vent. Miss Meuh-Meuh grogna, parvint à lui faire comprendre que quelque chose l'embêtait.

— Tu voudrais qu'on rejoigne les autres, c'est ça ? Ne me dis pas que c'est pour croquer ce tout petit singe appétissant ?

Miss Meuh-Meuh insista, geignit encore. Ce qui mit la puce à l'oreille de Yuri.

— C'est plutôt en rapport avec notre collègue, alors ? Celui que tu laisses te caresser. Eh bien quoi ? Tu penses qu'il a des problèmes ? Mais est-ce que ça nous regarde, franchement ?

Miss Meuh-Meuh parut adresser à Yuri un air de reproche.

— Bon, ça va, d'accord, on va aller voir ça d'un peu plus près… Oh mais… Mince alors !

Yuri avait placé son filet tressé contre un arbre. En ce petit matin de juin, il constata qu'un grand papillon s'était pris dans les mailles. Grand, sombre, majestueux, l'insecte se débattait.

Chapitre XXIII

— Une minute, toi, je vais te relâcher, lui promit Yuri. On ne va tout de même pas mener cette agréable mission à bien dès maintenant !

Sur ces entrefaites, Salvatore reparut au bas de la colline.

— *Muy ispirazione !* s'exclama-t-il, triomphant, avant de traduire avec un accent italien à couper au couteau : beaucoup d'inspiration !

Il brandit plusieurs toiles gigantesques, qui parurent à Yuri plus vastes que celles qu'il avait transportées. Il s'agissait de paysages somptueux en camaïeu de verts, rehaussés d'impeccables jeux de lumière, de savants clairs-obscurs, d'écureuils et de marmottes à l'œil vif, si saisissants de réalité qu'on eût pu les penser capables de bondir de l'image pour envahir la réalité. Leur succédèrent une évocation matinale, d'une poésie folle des toits de Paris, une scène comique de poursuite et d'escalade entre Miss Meuh-Meuh et Noidkoko, le capharnaüm africain de Babadji, et enfin un portrait des frères Villempré digne des photographies les plus nettes.

— Bon Dieu ! Comment cet énergumène a pu peindre autant en pleine nuit ? hallucina Yuri.

Il n'était pas au bout de ses surprises. Une brume s'insinua sur la colline, si soudaine, si véloce et si ample qu'elle enveloppa l'albinos, son animal et le peintre prolifique dans un même mouvement.

L'instant d'après, la Forêt-Noire et la vallée de la Kinzig disparurent au profit d'un bois qui cernait un fastueux bâtiment ciselé sur lequel tombait encore la pluie : le Castel que les employés du Prince n'avaient que très récemment quitté.

Un être vaporeux, aux yeux lumineux, aux longs cheveux noirs, à l'expression neutre, les fixait. Ce personnage muet se nommait Brume. D'après ce que Yuri savait, il était un allié puissant – celui qui s'occupait des transports urgents du Prince.

— Ah ben non, hé ! C'est bien trop tôt, là ! se rebiffa Yuri. Je n'ai même pas fini ma mission. Je n'ai même pas…

Mais ses yeux se posèrent sur le filet à papillon à l'intérieur duquel le locataire ailé se débattait encore.

— *Bella farfalla !* s'exclama Salvatore, admiratif.

L'artiste reprit sa palette, ses pinceaux, et entreprit d'immortaliser la prise involontaire de son compère albinos. Lequel grommela, dépassa Brume et finit par se rendre dans le bureau du Prince, tandis que Salvatore peignait en marchant.

Les employés trouvèrent le monarque dans son bureau. Encore plus décoiffé, mal rasé que la fois dernière. Les monticules de paperasse atteignaient des hauteurs impressionnantes, à quelques centimètres du plafond. Il fut bien difficile d'attirer l'attention du Prince aux yeux vitreux, au regard méchamment cerné.

— Grumff, c'est pour quoi ? grogna-t-il d'un air hautement agacé, le teint cireux, des taches de nourriture sur le veston.

— Eh bien, hum… il semblerait que je vous ai trouvé un papillon, Prince, soupira l'albinos en s'affalant dans un fauteuil… Pas comme si j'avais fait exprès, ajouta-t-il à voix basse.

— *Molta ispirazione !* se réjouit Salvatore en produisant une nouvelle merveille : un portrait verni et géant du grand papillon noir, œuvre qu'il était impossible de fignoler en si peu de temps – ce qui n'avait guère empêché l'artiste de le faire.

Lorsque ses yeux tombèrent sur la toile, puis sur les autres tableaux, et enfin sur la proie encore vivante dans le filet, le Prince ouvrit des yeux ronds comme des soucoupes.

Chapitre XXIII

— Ooooooh ! s'enthousiasma-t-il. Oooooh, mais c'est merveilleux, dites-moi !

Aussitôt qu'il s'intéressa aux toiles de Salvatore, il regagna en aplomb et en élégance. Chaque fois que Yuri clignait des yeux, un nouveau détail changeait : les cernes sous les yeux du monarque s'effacèrent. Sa barbe en bataille regagna sa régularité d'antan. Ses cheveux furent impeccablement peignés, ramenés en arrière. Sa chemise débraillée se reboutonna. Son veston à la teinte bordeaux redevint propre. Et son cigare commença à produire d'épaisses volutes de fumée.

Bientôt, il s'empara du filet à papillon, attrapa la bestiole d'un geste vif dans le creux de sa main droite et se dirigea vers un mur. Celui-ci ne comportait aucune fenêtre. Jusqu'à ce que le Prince en ait décidé autrement. Par cette lucarne qu'il venait d'imaginer, on vit se dégager une trouée azurée dans le ciel jusqu'alors gris du Castel.

Le Prince fit jouer les battants de bois. Cérémonieusement, et très lentement, il déplia ses doigts, puis déclara :

— Vole, papillon !

Dans un battement d'ailes harmonieux et cadencé, le lépidoptère noir s'éleva vers le ciel qui, à chaque instant, retrouvait toute sa luminosité. Lorsqu'il eut disparu dans l'éther, le Prince fit volte-face. Plus aucun doute possible : les signes de sa dépression passagère s'étaient évanouis.

Il fit sonner ses domestiques, les somma d'accrocher les nouveaux chefs-d'œuvre de Salvatore dans les galeries. Puis il demanda qu'on le débarrasse de la paperasse envahissante qui encombrait son bureau.

— Allez ouste, du balai tout ça ! s'exclama-t-il en attrapant des piles entières et en les fourrant lui-même dans d'immenses sacs qu'emportaient ses nombreux valets.

— Hum, eh bien, si vous n'avez plus besoin de moi, intervint Yuri, je vais…

Le Prince leva l'index et le fixa d'un air impérieux.

— Surtout pas, mon ami, surtout pas ! Que rien ne bouge, pas un geste. Je dois me concentrer, et fissa ! Ah ! Comment n'ai-je pu anticiper cela ?

Il s'assit à son bureau, tira sur son cigare. Lequel produisit des arabesques de plus en plus larges, jusqu'à faire quasiment disparaître le plafond.

— J'entrevois de nouvelles et fascinantes possibilités, commença-t-il. Oh, certes, il nous faudra accomplir quelques sacrifices… Mais les liens du sang sont si forts. Et le jeu en vaut la chandelle, n'est-ce pas ? Il est tout de même question de laisser son nom dans le grand ordre des choses. Oui… On ne fait pas d'omelette sans casser d'œufs.

— Oh, euh… sans doute ? tenta l'albinos, qui ne savait pas du tout ce dont il était question.

Miss Meuh-Meuh et lui arboraient à cet instant le même regard dubitatif.

Le Prince ne tenait pas en place. Tandis qu'on le débarrassait des tout derniers papiers, il fit les cent pas autour du bureau en tirant sur son inépuisable cigare et en réfléchissant à haute voix.

— Il me faut prévoir tous les coups possibles… Si *elle* réagit ainsi, *lui* prendra ce chemin-là… Et si *celui-ci* évolue de la sorte, *celle-là* accomplira sans nul doute *ceci*… Oui, à n'en pas douter. Je l'avais déjà entrevu, bien sûr… Cependant, maintenant, ces éventualités deviennent quasi-certitudes.

Sur un ton de conspirateur, Yuri Iegerov se pencha vers Salvatore et lui demanda :

— Tu comprends quelque chose à ce qu'il raconte, toi ?

Chapitre XXIII

— *Il Principe ha molta ispirazione !* lui signifia Salvatore, le pouce en l'air.

*

La lumière du petit matin qui filtrait à travers les larges vitraux colorés réveilla Ernest. Jusqu'à présent, il dormait à même le sol.

— Mais… qu'est-ce que je fiche dans une église, moi ? Oh là là, cette gueule de bois !

Luttant contre un abominable mal de crâne, il tâcha de rassembler ses souvenirs. La fête aux abords de la Forêt-Noire. Les sympathiques gitans chassés par d'autres, moins fréquentables. Le curé qui l'avait fait boire. Et puis les visages des Pueblo. Le sourire de Vasco.

— Noidkoko ? T'es où ? demanda-t-il.

Un cri étouffé lui parvint. Ernest aperçut bientôt son ami, incarcéré à l'intérieur d'une cloche de verre. Ce mouvement de tête esquissé trop vite raviva sa migraine.

— Saleté de schnaps, jura-t-il. À tous les coups, j'ai été drogué…

— Comme je vous l'ai signifié hier, il fallait bien cela pour neutraliser vos inhibitions, résonna une voix dans son dos. Sinon, seriez-vous venu de vous-même jusque dans mon église ? *Ach !* J'en doute.

La tête lourde, Ernest contempla un peu mieux le décor. Il avait été traîné à l'intérieur du temple, éclairé de nombreux cierges plantés dans de hauts candélabres. L'endroit, solennel mais lugubre, comportait un haut plafond décoré d'une fresque qui représentait autant d'anges que de démons, lesquels livraient bataille dans un paysage d'apocalypse. Une figure centrale, les cheveux blonds, auréolée de dorures et d'une paire d'ailes, dominait la lutte dans un demi-sourire. S'agissait-il vraiment d'un ange ? Ses ailes paraissaient s'assombrir lorsqu'on les fixait un peu trop longtemps.

Dans la sacristie, on distinguait aussi une grande croix de bois à l'envers. À deux pas du magicien, un jeune garçon au regard simplet balayait le sol de la nef et lui jetait quelques coups d'œil en coin.

— Ne vous en faites pas pour Günther, il ne jugera pas ce que nous allons accomplir ici. C'est une âme simple, vous savez. *Ach* ! Qu'elles sont belles, ces âmes simples…

Ernest voulut effectuer quelques pas. Il en fut incapable. Tout simplement parce que des chaînes lui entravaient les chevilles.

— Eh ! C'est quoi cette histoire ! Vous me retenez prisonnier ?

— Prisonnier... En voilà un bien grand mot, parut s'amuser une seconde voix à l'accent totalement différent. Je dirais plutôt : invité.

Sur un promontoire, dans le cœur de la sacristie, se tenaient côte à côte Sigmund Hohentall et Vasco Pueblo. Tous deux considéraient le sorcier captif, le premier avec sérieux et rigueur, le second avec son habituel sourire. Celui-ci avoua :

— La dernière fois que l'on s'est croisés et malgré mes blessures, vous m'avez fait forte impression, Monsieur Villempré. Un pouvoir tel que le vôtre mérite d'être correctement guidé.

— Ah mais non ! Laissez-moi tranquille ! Qu'est-ce que vous me voulez ?

Sans hésitation, Ernest usa de son nouveau don et remonta le temps. Il ne parvint malheureusement qu'à rejouer cette même scène. Une fois de plus. Agacé, le prestidigitateur appela :

— Serge ! Serge, où t'as filé, toi ? Tu vas quand même pas me laisser entre les griffes de ces deux salauds !

D'un coin d'ombre parut la silhouette décontractée de son frère.

— N'aie crainte, je suis là, assura celui-ci. Je n'allais pas t'abandonner, tu penses bien.

— Mais enfin, c'est quoi cette mascarade ? s'emporta Ernest. C'est ça, tes amis ? Un prêtre défroqué et un roi gitan sadique ? Dis-moi que c'est une blague ! Quand on a combattu ensemble, aux ordres du Prince, tu n'avais pas du tout l'air d'un taré démoniste !

— C'est que j'attendais patiemment ce moment, avoua Serge. Entre deux rituels, il faut savoir mettre son potentiel en veille et s'armer de patience… J'ai gardé mes forces pour le Grand Moment, si tu préfères.

Ernest n'en revenait pas. Il avait l'impression de cauchemarder.

— Le Grand Moment ? Quel Grand Moment ?

— Celui qui fera de nous des hommes qui ne connaissent plus la peur… Tu comprendras bientôt. Tu sais, Vasco et Sigmund ont certes des méthodes peu conventionnelles. Mais en m'associant à eux, ils m'ont libéré de tous mes démons. Non pas en les chassant, comme je le pensais. Mais en me permettant d'embrasser ce sombre pouvoir pour devenir un être d'exception.

— Ah ouais, je vois, nom de Dieu ! Tu t'es fait laver le cerveau.

Sigmund Hohentall leva les yeux au ciel et effectua un étrange signe de croix.

— Ne prenez pas offense, *Herr Gott*. Il ne sait pas ce qu'il raconte…

— À qui est-ce que vous vous adressez, là ? s'enquit Ernest en tirant sur ses chaînes. À Lucifer ? Ou à Satan ?

— Et pourquoi pas aux deux ensemble ? lui sourit Vasco.

— Tu aurais tort de rejeter les ténèbres, intervint Serge. Tu sais forcément que tout pouvoir sorcier naît de l'ombre. Par conséquent il serait hypocrite de se servir de ses dons sans complètement embrasser sa noirceur. Telle est la clé de notre évolution. Celle que j'ai tant attendue…

— Paroles pleines de bon sens, jugea Vasco, fier de son jeune disciple.

— Toi et moi, nous avons hérité d'une maladie à laquelle nous ne pouvons nous soustraire, poursuivit Serge. Papa n'a jamais compris cela. Il a lutté, toute sa vie, et s'est fait ronger par le pancéum qu'il considérait comme un ennemi. Mais j'y vois plus clair, moi… Et je voudrais que tu prennes cette voie, mon frère.

Ernest remarqua cet autre détail : des lames avaient été placées un peu partout à même le sol, équidistantes les unes des autres. Impressionné, il réprima un frisson et réfléchit. Pour se tirer de ce mauvais pas, il décida de mentir.

— D'accord, très bien. Je… Je me suis peut-être un peu emporté, concernant tes amis. Peut-être qu'on est partis du mauvais pied. Peut-être que je devrais écouter ce qu'ils ont à me proposer en gardant un esprit ouvert. Alors, libérez-moi. En fait, en y réfléchissant, tout cela me paraît très tentant.

— Pour un artiste habitué à se donner en spectacle, vous mentez bien mal, Monsieur Villempré, ricana Sigmund Hohentall.

Chapitre XXIII

Démasqué, Ernest jura. Il tira sur ses chaînes. Décolla même du sol. Mais sans parvenir à se libérer. Sous sa cloche de verre, Noidkoko chercha à griffer, frapper, renverser cette prison scellée. Sans plus de succès qu'Ernest.

— Les invités peuvent-ils entrer maintenant ? demanda Vasco Pueblo à Sigmund.

— *Jawohl*, approuva le prêtre dans un sourire. Maintenant que tout est en place, ils sont les bienvenus. *Günther, bitte !*

Le jeune balayeur ouvrit les portes d'une crypte. En sortit une meute entière de loups, qui trottinèrent en silence et se placèrent chacun à proximité d'un des nombreux couteaux posés en cercle dans la croisée du transept. De leurs yeux fauves qui se détachaient de la pénombre, ces animaux fixaient Ernest. Lequel ne comprit qu'à cet instant qu'il se trouvait au centre d'un pentacle.

— Nous allons te guider, indiqua Serge sous le regard des loups. Tu sais, moi aussi je me suis trouvé à ta place. Moi aussi, j'ai voulu lutter… Mais je suis bien plus rongé par la maladie que toi… J'ai tué tant de gens sans m'en rendre compte, si tu savais. Des dizaines et des dizaines, dont j'ai laissé le cadavre pourrir au soleil… Alors, je veux avoir le contrôle… L'heure approche de nous unir aux ténèbres. Ni toi ni moi ne devons rater ce précieux rendez-vous.

— Mais tu es complètement timbré, en fait ! se désespéra Ernest. Au secours ! Et moi qui croyais…

— Je suis sûr que tu me remercieras plus tard, conclut son frère. Cela va t'ouvrir tant de perspectives…

Le jeune homme ôta sa chemise. Pour la première fois, Ernest aperçut le torse nu et sculpté de son frère. Ainsi que tous les tatouages satanistes imprimés sur sa peau.

L'air confiant, Serge entra dans le cercle.

— Vasco, Sigmund, vous tous… Je crois que nous sommes prêts, assura-t-il.

— Parfait, jeune loup ! salua Vasco.

Puis il se tourna vers sa meute pour ordonner :

— Vous savez tous ce qu'il vous reste à faire.

Alors, chaque loup revêtit son aspect le plus effrayant : celui d'hommes et de femmes tatoués, nus, qui s'emparèrent d'un couteau sacrificiel et qui, sans une once d'hésitation, s'entaillèrent les poignets pour faire couler le sang sur le pentacle. Placé face à l'une des pointes, Vasco Pueblo fit de même.

Du symbole tracé commencèrent à monter quelques vagues d'énergie sombre. Ernest voulut faire voler un candélabre à distance pour le jeter sur Vasco, pour que s'enflamme la chasuble de Sigmund Hohentall. Le roi gitan attrapa l'objet en plein vol. Puis demanda à son complice :

— Active le rituel, mon père. Cet oiseau-là serait bien capable de s'envoler.

— Qu'il en soit ainsi, opina le prêtre en effectuant de grands gestes.

Ernest chercha désespérément une aide du regard. Günther croisa ses yeux, mais les détourna vivement.

Dans la sacristie, pas de Prince, pas d'acrobate : cette fois, personne pour le guider ou le sauver.

Un peu comme si sa destinée l'avait toujours mené vers ces ténèbres qu'un cercle entier de démonistes lui promettait.

Au niveau des chaînes qui l'entravaient, le prestidigitateur sentit un feu spectral si intense qu'il le fit tomber à genoux. Avant même qu'il ne puisse revenir en arrière, ce brasier se propagea, gagna son corps, son esprit, son âme. Et consuma le tout.

Chapitre XXIII

À deux pas de lui, pour ne pas entendre ses cris de souffrance, Günther avait laissé choir son balai au sol et se couvrit les oreilles et les yeux.

XXIIII

Dans les ruines d'un temple, sous la voûte étoilée, un cercle de sorciers vêtus de noir répétait des incantations. Depuis plusieurs dizaines de jours, au cœur de ce lieu oublié du monde, ces femmes, ces hommes, se relayaient, brûlaient des bougies, de la sauge, traçaient des symboles complexes et tentaient de plier les lois immuables afin de secourir trois âmes perdues, précipitées depuis plusieurs mois au cœur des Enfers.

Au milieu de ces ombres, Babadji Mountabila veillait, de jour comme de nuit, et ne partait se reposer que lorsque son vieux corps le lui exigeait. Résistant et tenace malgré son grand âge, il faisait partie de celles et ceux qui passaient le plus de temps à l'intérieur du cercle d'invocation. À ses côtés se tenait son fils Ambala, aux traits tirés, qu'une longue transe avait amaigri. Lui aussi cherchait à rester le plus longtemps possible dans le cercle car, dès qu'un changement survenait, il fallait réaligner les énergies présentes comme on accorde les violons d'un ensemble symphonique.

Parmi ces violons se succédaient également une pyrokinésiste, une Ombredune, une momie vivante, une métamorphe, une vieille sorcière tatouée, un sage asiatique et un jeune démoniste.

En cet instant, ils étaient tous réunis.

— Ramsès ! Ramsès ! s'exclama soudain la métamorphe en secouant la momie qui se tenait assise en tailleur, les yeux fermés, les bras croisés sur la poitrine. Ne me dis pas que tu t'es endormi en pleine phase finale du rituel ? La seule où on doit tous agir de concert !

— Mmmmgn... Mais non, voyons, Idonéïs, je ne dormais pas... Hum, je... Je me concentrais juste très fort.

En même temps qu'il mentait, l'Égyptien réprima un bâillement.

— Cela étant dit, quand on reste assis sans bouger, ça joue sur les paupières. N'oubliez pas que j'ai passé des dizaines de siècles à dormir, moi. Chassez le naturel...

Lise la pyrokinésiste – revenue depuis quelque temps d'une longue mission – vint à son aide. Elle était vêtue d'une toge sombre.

— La vérité, c'est que nous sommes tous exténués, estima-t-elle. Mais nous voyons enfin le bout du tunnel. Un tout dernier effort, ensemble !

Ces dernières heures, le paysage autour d'eux s'était obscurci. Des volutes sombres s'étaient manifestées, gagnant peu à peu en consistance. Jusqu'à complètement engloutir le paysage.

— La pleine lune est visible ce soir, confirma Aloÿs. Son énergie porte nos efforts. Nous allons pouvoir...

— ... entrer ensemble dans les Limbes ! termina un jeune homme en toge au visage affable, aux cheveux bouclés, le ventre rond et qui portait un long bâton. Tenez-vous prêts !

Il fut le tout premier à se lever, bientôt imité par les autres Corbeaux. Lise, Ramsès, Aloÿs et Idonéïs enchaînèrent bientôt les passes magiques avec lui. Autour d'eux, tout devint plus net. La brume laissa apparaître plusieurs spectres, qui voletèrent autour du cercle, mais sans y pénétrer. Un paysage ténébreux et accidenté se dessina. Au milieu de cette rocaille parcourue de feux follets, trois silhouettes s'esquissèrent.

— Ce sont eux, j'en suis sûre, s'enthousiasma Idonéïs. Nous les tenons enfin !

— Pas tout à fait, tempéra Lise. Renforçons l'appel en utilisant leur point d'ancrage de ce côté du réel. Car le sang doit appeler le sang.

Ambala et Babadji savaient que cette phrase leur était destinée. À leur tour, ils redoublèrent d'efforts. Puis formulèrent leur appel :

— Kétinée, viens à nous… Napoléon… Louise… Kétinée…

Leur carré dogon se trouvait enchâssé dans le pentacle lui-même tracé dans le cercle. Aux deux Mountabila avaient été associés un Monsieur Tan extrêmement concentré et une Kali Mantegna en revanche un peu distraite. Un œil fermé, l'autre ouvert, elle prenait la pause pour la forme, mais demandait :

— Quelqu'un peut m'expliquer qui sont ces personnes que l'on invoque ?

Idonéïs soupira :

— Pour la millième fois, cher poisson rouge, nous tentons d'arracher trois âmes perdues aux Enfers. On y est depuis quatre mois, quand même !

— En espérant qu'ils ne soient pas trop méconnaissables, grimaça Ramsès d'une voix lugubre. Personne ne saurait sortir intact d'un séjour prolongé à cet endroit. Attendez-vous donc à découvrir trois créatures cornues. Ou, au mieux, trois morts-vivants.

— Sève pourpre ! Arrête un peu ! intervint Aloÿs l'Ombredune. Je sais bien qu'on est des Corbeaux, mais est-ce que ça t'oblige à jouer les oiseaux de mauvais augure ?

L'Égyptien haussa les épaules.

— Eh bien quoi ? On ne va pas se mentir ! Se transformer en vampires grâce à Louise Balsia a sans doute été leur unique chance de subsister dans cet environnement privé de vie.

— On se concentre, s'il vous plaît, coupa doucement Lise. Car je sens encore une résistance. Comme une membrane invisible...

— Quatre mois qu'on y est et qu'on avance sur la pointe des pieds ! pesta Idonéïs. Ça va bien finir par fonctionner, non ?

— Nos appels ont été entendus, estima Ambala. Ils ne sont plus qu'à quelques pas de nous.

— Kétinée, répéta Babadji, fébrile. Reviens-nous, ma petite-fille...

Lise se tourna vers le démoniste bouclé.

— Simon. Peut-être que...

Le jeune homme ventripotent se campa sur ses deux jambes et brandit son bâton.

— Vous m'excuserez, sur cette dernière ligne droite, nous aurons besoin d'un petit coup de pouce des ténèbres. Pas très reluisant, je sais, mais faut ce qu'il faut !

De son bâton, le dénommé Simon frappa la pointe du pentacle au-dessus de laquelle il stationnait. Une vague d'énergie sombre se forma, avant de s'envoler devant lui et de prendre la forme d'une créature cornue aux pieds de bouc.

— Ouvre-nous mieux ce passage, ordonna Simon à la créature. Et disparais !

Dans un râle, le démon mineur invoqué galopa dans l'air et fonça, tête baissée. De ses cornes de bouc, il déchira la membrane invisible qui empêchait le paysage de parfaitement se matérialiser.

Ce fut comme une poche d'eau que l'on perce : la déchirure dans le ciel aspira les ombres entraperçues. Celles-ci firent une entrée fracassante en percutant le sol entre les invocateurs.

Il y eut un moment de tension extrême. Chacun pria pour avoir amené les sorciers perdus, et non trois autres résidents des Enfers propres à semer le chaos sur Terre.

— Ce sont bien eux, confirma Lise, très concentrée. Aucun autre esprit ne les accompagne.

— On referme la brèche ! s'exclama Simon. Vite !

En un mouvement parfaitement coordonné, les Corbeaux, les Dogons et leurs alliés rompirent le cercle, en effaçant la partie la plus proche. Seule Kali traîna un peu, mais finit par imiter les autres.

— C'est bien comme ça qu'il fallait faire, hein ? demanda-t-elle. Parce que j'ai pas révisé, les amis… Hum. Je suppose que vous êtes bien mes amis et non des satanistes qui veulent provoquer l'Apocalypse ? Rassurez-moi.

Corbeaux comme Dogons avaient rempli leur rôle.

Le paysage ténébreux s'effaça d'un coup. Aussitôt réapparurent le ciel étoilé et le temple en ruine, là où les sorciers avaient entamé leur long rituel.

— Retour à la réalité ! annonça Simon, qui exhala, soulagé. Ce n'est jamais une promenade de santé, ce genre de sortilège !

Tous se penchèrent ensuite vers les trois silhouettes inconscientes. Ils les trouvèrent plus épuisées que Babadji, plus maigres qu'Ambala.

Monsieur Tan et Ramsès auscultèrent les corps. Ils passèrent les signes vitaux, les profondeurs de l'âme, de Kétinée, de Napoléon, et même de Louise, au crible de leur sorcellerie experte. Attendant leur diagnostic, les autres retinrent leur souffle.

— C'est à peine concevable ! formula Ramsès. À part un état d'épuisement général, une malnutrition fort avancée, de très nombreuses lésions et blessures, je crois bien…

— … qu'ils sont parvenus à survivre au cœur de l'Enfer sans céder une part de leur âme, termina Monsieur Tan. Comment cela est-il possible ?

— Heureusement pour eux, ils ne se trouvaient pas très avancés dans les Enfers, corrigea Lise. Juste au niveau des Limbes, territoire des âmes errantes. Sinon, ils auraient été corrompus.

Une fois cette phrase énoncée, la sorcière blonde relâcha la pression exercée depuis plusieurs mois. Elle faillit en perdre connaissance. Comme elle le révélerait plus tard aux trois rescapés, elle avait quitté le service du Prince pour s'investir plus que quiconque dans leur rituel de retour.

*

Il fallut plusieurs semaines à Kétinée, Napoléon et Louise pour recouvrer toute leur vigueur. Aloÿs Vallée, l'Ombredune aux longues oreilles, apothicaire des Corbeaux, leur concocta nombre de pommades, de potions curatives, qui permirent peu à peu d'effacer les profondes cicatrices sur leur peau. Lise

Chapitre XXIIII

et Monsieur Tan se chargèrent de leur esprit, des afflictions consécutives à leur séjour prolongé aux abords des Enfers. Si le long rituel avait été entamé au beau milieu d'un temple à l'abandon, l'intégralité de leur convalescence se déroula en revanche dans le monde magique des Corbeaux, en cet endroit protégé que chacun ici appelait le Nid.

L'accès de ce monde s'effectuait par une auberge située au centre de la ville fortifiée de Provins. D'apparence, il s'agissait d'un commerce tout à fait commun, tenu ces derniers temps par un jeune homme bon vivant, aux cheveux ondulés, prénommé Simon. Malgré sa bonhomie affichée, le trentenaire gardait en lui de nombreux secrets. Et notamment celui d'un accès très particulier, situé dans l'arrière-boutique. Si l'on possédait la clé adéquate, cette issue permettait de basculer vers l'intérieur du Nid.

En ce lieu étonnant, on trouvait une réplique beaucoup plus vaste de l'auberge : son envers sorcier. Le bâtiment isolé, doté de nombreuses chambres et flanqué d'une serre, s'étendait jusque sous terre en une succession de pièces creusées dans la roche, certaines à flanc de mont. L'envers de l'auberge se trouvait placé au sommet d'une butte verdoyante qui dominait une petite jungle. Une rivière serpentait, qui s'écoulait en une succession de superbes cascades. Cet océan de verdure idyllique était étrangement coupé d'une savane un peu plus lointaine où paissaient de paisibles girafes. Ambala jugeait ce monde sorcier particulièrement apaisant, proche de ce que lui-même aurait imaginé s'il en avait créé un. Quant à Babadji, il appréciait particulièrement les extensions troglodytes qui dans son cœur résonnaient avec ses racines dogons.

À l'intérieur du Nid, on ne cessa de s'étonner du bon état général des trois rescapés des Limbes. Lorsqu'ils furent en mesure de communiquer, on découvrit que le secret de leur survie avait résidé dans leur entraide et la complémentarité de leurs dons. Durant ces mois d'exil, chacun avait joué son rôle sans s'occuper uniquement de sa propre survie, mais en agissant pour les autres. Louise leur avait servi de garde du corps et de l'esprit, en anticipant puis en repoussant sans cesse les attaques extérieures des âmes damnées, démons tentateurs et autres mirages toxiques. Napoléon s'était occupé des inévitables fantômes, s'attirant les faveurs des plus fréquentables et repoussant ceux qui cherchaient à leur faire perdre la raison. Quant à Kétinée, à force d'opiniâtreté, elle était parvenue à faire résonner la voix des lwas dans les Limbes. Si ceux-ci avaient d'abord joué la sourde oreille, elle avait fini par les obliger à se plier à ses suppliques. Cela commença par des élémentaux mineurs, ceux qu'elle invoquait fréquemment chez les vivants. Des êtres de terre, de vent, d'électricité leur permirent de repousser mille et une embûches délétères et monstres ignobles. Se sentant sur la bonne voie, elle en vint à déranger des entités plus influentes. Si les exilés devaient constamment repousser les dangers et les tentations morbides, il leur fallait se nourrir afin de survivre. Le corps peint de vévés et de symboles pour incruster sa sorcellerie jusque dans sa chair, Kétinée multiplia les rituels d'invocation des hautes instances vaudoues, seules divinités capables d'assurer leur subsistance.

Par sa connaissance poussée de sa religion, elle obligea Guédé-Linto, grand pourvoyeur de miracles, à lui accorder ses faveurs. Dont celle d'être exaucée par Adjassou-Linguetor, gardienne des sources, qui fit surgir une eau douce et potable dans cet environnement qui n'en abritait pas. Des efforts supplémentaires et répétés permirent à la mambo d'obtenir de véritables poissons de la part d'Agwé, protecteur de la faune sous-marine : pas assez pour manger selon ses besoins, mais suffisamment pour ne pas mourir de faim. Elle fut même entendue par Ayida-Waddo, vaste serpent cosmique qui rend toute création possible et qui, associé à Grand Bois, permit de faire pousser quelques fruits rabougris en ces terres stériles. Un véritable tour de force dont tout le groupe ne pouvait que se féliciter.

Quant à Louise, qui n'avait besoin que d'hémoglobine pour survivre, elle la préleva sur ses compagnons d'infortune. Lesquels acceptèrent ces saignées récurrentes au nom de leur subsistance commune. Sujette à la soif, à la malnutrition elle aussi, Louise lutta pour ne pas vider complètement le sang de Kétinée ou Napoléon dans une pulsion meurtrière. En pensée, elle le fit d'innombrables fois.

La créature qu'était devenue (ou qu'avait toujours été) Déa les avait laissés dans les Limbes. Chaque fois que Kétinée demandait son chemin aux esprits vaudous, tel ou tel lwa lui avouait : « Tu es bien trop loin de tout, tu es perdue. » Ce qui ne l'empêcha guère de persévérer, toujours aidée de Louise et de Napoléon. Si la première usait de ses dons télépathiques et divinatoires pour s'orienter, le second utilisait ses informateurs spectraux pour éviter toute déviation malvenue. Grâce à Boli Shah, divinité mineure mais très utile, Kétinée perçut mieux les appels de sa famille, et par extension ceux des Corbeaux, ces guides spirituels prompts à ramener les âmes égarées, et qui les avaient toujours protégés, à leur manière. Parmi ces voix, elle entendit distinctement celle d'Ambala, mais aussi de Lise – ce qui la surprit beaucoup car elle la connaissait peu.

Ensemble, le trio exsangue, épuisé, maladif mais toujours volontaire, chemina vers un cercle doublé d'un carré, qui finit par se matérialiser devant leurs yeux ternes. Jusqu'à assurer enfin leur délivrance commune, au bout de ce calvaire qui leur avait semblé durer une éternité.

Ce qu'Ambala avait vécu, dans l'ante-Enfer pendant quelques heures, eux l'avaient expérimenté bien plus longtemps, bien plus intensément. Et s'ils avaient lutté jusqu'à leur expulsion, chacun de leurs sauveurs estima qu'ils auraient difficilement tenu quelques jours de plus. Lorsqu'on les récupéra, on les découvrit noués, secoués de spasmes, pétris d'envies suicidaires : autant de stigmates visibles ou invisibles, traces des horreurs aperçues et des tourments subis – mais qu'aucun des trois ne voulut vraiment évoquer.

Un tremblement de terre diffus intervint alors que chacun se trouvait en convalescence au Nid. Mais on oublia vite ce phénomène, tant les blessés nécessitaient des soins, et leurs sauveurs éreintés, du repos.

Lorsque les rescapés ne furent plus soumis à des convulsions intempestives et se trouvèrent en état de tenir une conversation plus longue, la blonde Lise fut celle qui, par sa douceur et sa capacité d'écoute, sut le mieux les apaiser.

Un soir, alors que le soleil se couchait à l'horizon, elle trouva Kétinée assise au pied d'un palmier et s'assit à ses côtés.

— Comment te sens-tu ce matin ?

— Chaque jour mieux que le précédent, avoua la mambo. Et c'est grâce au dévouement des Corbeaux.

— À celui de tes proches aussi, lui sourit Lise. Nous n'aurions pu vous ramener sans eux. Vous revenez de tellement loin… Ce retour est un vrai miracle.

— Un miracle que chacun ici a provoqué, estima Kétinée.

— « Aide-toi, le ciel t'aidera » cita Lise… Au fait, si tu as besoin d'évoquer ton épreuve un jour, sache que tu peux compter sur moi. Jadis, j'ai été forcée de me rendre dans les

Enfers, moi aussi. Il s'agissait d'une zone différente de celle que tu as explorée. Mais non moins effrayante, je te prie de le croire…

Kétinée hocha la tête.

— C'est très gentil, et j'apprécie. Même si je dois t'avouer que, pour le moment, je souhaite parler de tout sauf de ça.

— Je comprends… Moi-même, je ne saurais discuter de tout ce que j'ai vécu ni de tout ce que j'ai perdu, là-bas…

Lise félicita Kétinée pour sa persévérance et son inventivité, qui avaient grandement aidé son groupe à survivre.

— Tu es une sorcière talentueuse, et pleine de ressources, murmura-t-elle.

— Je te retourne le compliment… Je me souviens notamment de la façon dont tu as tenu tête à Lucienne Arquenotte dans les catacombes. Et puis, dès que tu t'es jointe au rituel pour notre retour, j'ai senti ta présence.

Les yeux plissés, Lise déclara :

— J'ai connu un entraînement assez rude, qui m'a demandé bien des sacrifices, mais qui porte ses fruits.

À son expression hermétique, Kétinée devina qu'elle n'en révélerait pas davantage sur le sujet. « Chacun ses secrets », songea-t-elle. La mambo apprit cependant le nom complet de la sorcière blonde : Lise Belmont. Laquelle n'était autre que la nièce du sinistre Archibald Saisonnier.

— N'aie crainte ! Je ne possède pas du tout les mêmes visions que mon parent sur la sorcellerie, ni sur l'usage qui doit en être fait… En toutes choses, j'opte pour la mesure. Et n'use de mes pouvoirs que si je ne peux agir autrement. Archibald, lui, n'a pas peur d'expérimenter l'innommable. La branche Saisonnier de ma famille est malheureusement connue pour cela.

Lise regarda Kétinée bien en face avant de poursuivre :

— Avant de te venir en aide, j'ai voulu protéger Ernest en entrant aux ordres du Prince.

La mambo tressaillit. Son regard s'anima :

— Alors, tu l'as donc vu ? Tu as pu lui parler ? Comment va-t-il ? Il n'a pas trop changé ? Je veux dire…

— J'ai dû, très récemment, abandonner ce poste avant de me faire repérer, ajouta Lise. Je n'ai pas vraiment déserté… Disons que, après quelques hésitations, je n'ai pas renouvelé ce contrat, qui pouvait pousser le Prince à s'intéresser à mes alliés Corbeaux d'un peu trop près… Et puis, il a fallu vous aider à sortir des Limbes : je ne pouvais me trouver à deux endroits en même temps. Mais voici ce que je sais, ce que j'ai vu…

La pyrokinésiste relata donc, dans le détail, ce qu'elle avait vécu en tant qu'agente du Prince. En omettant toutefois de parler de la crise meurtrière d'Ernest pour la ménager.

La mambo était tiraillée entre l'envie de lui demander mille et un détails… et le besoin de ne pas trop en savoir, parfois. Elle joua un peu sur ces deux tableaux, en emmagasinant les diverses informations.

— Ainsi, Déa l'a appelé lui aussi, conclut Kétinée. Il m'avait bien semblé entendre sa voix, dans les Enfers. Mais j'ai cru à une illusion… Oh, je n'imagine même pas combien ce face-à-face a pu le remuer…

Elle serra les poings, tâcha de refouler son trouble. Concernant Déa, il y avait peut-être quelque chose à tenter…

— Depuis, je n'ai aucune nouvelle, répéta Lise. Désolée…

La sorcière blonde n'était pas la seule à cacher certains éléments. La mambo aussi conservait ses petits secrets. Comment avouer à celle qui avait passé tant de temps à la ramener que ses compagnons et elle n'avaient pas choisi le chemin le plus court pour sortir des Limbes ? Mais qu'au contraire elle avait agi pour Ernest, indirectement. En cherchant là-bas un objet très précis, caché et enterré depuis des siècles.

Plus que quiconque, Lise Belmont et son cousin, Simon Saisonnier, ne devaient savoir de quoi il était question : Kétinée avait été mise en garde à ce sujet. Aussi la mambo garda-t-elle la véritable raison de leur si longue errance dans les Limbes, entre appréhension, remords et fébrilité. Mais sans rien laisser transparaître.

Elle changea complètement de sujet, et désigna la somptueuse jungle où résonnaient les pépiements de nombreux oiseaux exotiques.

— Superbe endroit que vous avez ici. À cause de votre animal totem, de vos tenues sombres, j'imaginais plutôt une sorte de crypte sordide où l'on n'y voit rien, alors que tout ici respire l'harmonie. Au temps pour les préjugés, hein ? Et moi qui passe mon temps à les combattre…

— Les apparences sont souvent trompeuses, avoua Lise avec calme. On s'y laisse prendre, tous autant que nous sommes… Maintenant que le contact a été mieux établi, je pense m'exprimer au nom de tous les Corbeaux en vous disant que vous êtes les bienvenus ici, aussi longtemps que vous le souhaitez.

— C'est qu'on s'y sentirait facilement chez soi, oui, jugea Kétinée, se sentant plus coupable que jamais. Votre maison est incroyable.

— Chacun y possède son domaine, indiqua Lise. Un endroit où peut s'exprimer sa personnalité.

La mambo rescapée avait déjà eu le loisir de visiter les pièces les plus marquantes de la grande et élégante bâtisse de bois : le sanctuaire de Lise, de facture très simple, dépouillée, presque monacale ; la serre où Aloÿs l'Ombredune faisait pousser ses plantes et préparait ses remèdes ; la pièce de Simon, qui ressemblait à une chambre d'adolescent en parfait désordre ; le local au plafond très haut, entre volière et salle de gymnastique, où Idonéïs prenait parfois son envol et répétait ses acrobaties ; le caveau de Ramsès, enfin, décoré d'antiquités, de bas-reliefs, fac-similés d'ancienne Égypte, et au centre duquel trônait le sarcophage (agrémenté d'un confortable matelas) où il se reposait.

— Ramsès, c'est vraiment… celui que je crois ? Je veux dire…

Lise lui adressa un regard espiègle.

— Le mieux, c'est sans doute de le lui demander, tu ne penses pas ?

Il existait d'autres pièces, désormais vides. Les appartements de Buraïli le devin, Atlante qui avait fui son pays. Mais aussi ceux d'André, le père d'Idonéïs. À cette occasion, les Corbeaux eurent confirmation, par Kétinée, que leur ancien coéquipier disparu était décédé. Buraïli en avait eu la prémonition, Idonéïs s'était faite à cette douloureuse idée. Mais l'imaginer et le vivre s'avéraient deux expériences bien distinctes. Depuis, la fille du défunt André ravalait ses larmes.

Lise et Kétinée levèrent le nez car quelqu'un approchait. La nuit était tombée. Sans se presser, Lise Belmont prit congé. Si bien que, lorsque Louise Balsia lui succéda auprès de Kétinée, la vampire et la mambo étaient seules.

— Louise a chassé Lise, résuma Kétinée.

— Tu ne crois pas si bien dire, confirma la vampire : j'ai comme l'impression que notre nouvelle amie me fuit. Les vivants ont ainsi tendance à s'éloigner des gens de mon espèce…

Chapitre XXIIII

Je ne peux vraiment les blâmer : nombre de mes semblables se comportent tels des prédateurs. Et je dois moi-même lutter constamment pour ne pas succomber à mes instincts…

La mambo se tordit les doigts.

— Nous n'avons pas tout dit aux Corbeaux, concernant notre voyage dans les Limbes…

— Et que voudrais-tu que nous leur révélions ? répliqua Louise en la fixant de ses yeux profonds. À mon avis, eux aussi gardent certains secrets… Sais-tu que je vois apparaître des Corbeaux, dans les tarots que je tire ? Suivant la même logique qui paraît nous lier toi et moi à un arcane en particulier, Lise Belmont, malgré ses pouvoirs incendiaires, serait la Tempérance.

— Je ne la connais pas encore bien, mais cela paraît lui correspondre, réfléchit Kétinée. Sa chambre dépouillée est celle d'une ascète. Je la trouve mesurée dans ses actes et dans ses propos. Ce qui ne l'empêche pas de prendre des décisions importantes quand il faut agir.

— La tempérance exige une volonté infaillible. Et je crois que cette femme n'en manque pas. D'un certain côté, même si elle m'évite, je me sens proche d'elle. Car elle se trouve elle aussi en lutte constante contre ses démons intérieurs, je le sens…

— Mon oncle Ambala apparaît-il dans tes cartes ?

— Oui, il est la Justice. Un arcane empreint de sagesse. J'ai d'ailleurs croisé peu de monde aussi droit que lui, dans ma vie. Ambala et un homme exceptionnel, il force le respect…

— Singulier tout de même, ce phénomène qui te fait lier chaque arcane à une personne en particulier, réfléchit Kétinée. Aurions-nous tous un rôle précis à jouer ensemble, autour de toi ?

— Avec ou sans moi, je ne sais pas : je ne suis qu'un vaisseau servant la divination… J'ai surtout l'impression qu'un phénomène d'une certaine envergure se dessine, dont je ne saisis pas encore la portée…

Un bruissement attira l'attention de Kétinée.

— Oh, ne t'en fais pas, c'est Kali, indiqua Louise. Elle s'est encore perdue, elle ne sait plus où elle se trouve, elle va vouloir quitter le Nid, ne trouvera pas la sortie, puis finira par s'endormir dans un coin pour se réveiller et se souvenir un peu mieux de sa situation, sans doute.

La télépathe avait vu juste. La vieille sorcière tatouée aux nombreux piercings sortit d'un fourré, des feuilles et des branchages accrochés aux cheveux.

— Bonjour, Mesdames, salua-t-elle, l'air perdu. Je ne suis pas d'ici. Enfin, je crois… Auriez-vous l'obligeance de m'indiquer l'endroit où paissent les girafes ? Il me semble en avoir aperçu depuis le flanc du mont.

Sans demander pourquoi la sorcière cherchait tant à rejoindre ces animaux, Louise et Kétinée indiquèrent toutes deux du doigt la direction du morceau de savane qui coupait la jungle.

— Ah, parfait, grand merci, sourit Kali. J'ai toujours rêvé de caresser une vraie girafe. Enfin, j'imagine… Au plaisir de vous recroiser, Mesdames.

Aussitôt arrivée, elle disparut entre les fougères.

— J'ai tenté de sonder son esprit, impossible d'y comprendre quoi que ce soit, déplora Louise. Tout cela est beaucoup trop chaotique. On dirait presque qu'un sortilège est responsable de ce désordre-là… Quel dommage ! Car elle a dû connaître des gens intéressants, lors de sa longue vie humaine.

Chapitre XXIIII

— Je suppose que vous n'avez pas creusé le sujet de votre famille.

— Il n'en persiste que des bribes, rapporta la vampire. Des images délavées, quasi effacées. C'est extrêmement frustrant !

— Et Ramsès… Tu saurais si par hasard il est bien celui qu'il prétend ?

— Ah, toi aussi il te fascine ?

— Oui, mais, est-ce qu'il est réellement…

— … Ousirmaâtrê Setepenrê, Ramessou Meryamon, *alias* Ramsès II, compléta l'intéressé, lorsque Kétinée se trouva de nouveau face à lui. Très ancien souverain de la XIXe dynastie, pour vous scrvir.

Toutes et tous se trouvaient à cet instant réunis dans la grande salle commune du Nid, hôtes comme invités, assis sur des fauteuils, des chaises, des tabourets ou même sur le rebord d'une table. L'heure était aux réponses : celles qui brûlaient les lèvres du clan Mountabila, placé face aux Corbeaux.

Les yeux du musculeux Napoléon s'enflammèrent lorsqu'il demanda à Ramsès :

— Jouissez-vous encore de vos privilèges, de vos richesses ? D'une autorité sur le monde occulte, ou de sujets fidèles qui…

L'ancien monarque leva sa longue main aux doigts squelettiques.

— Revenez sur Terre, mon ami. Ces derniers temps, je ne suis plus grand-chose. Mes contemporains sont morts depuis si longtemps que personne ne saurait accepter les divagations d'une antiquité ambulante, coupée des arcanes du pouvoir depuis trop de siècles pour y rechercher une quelconque légitimité en ces époques que je comprends mal… Même si j'ai été splendidement conservé par les soins de mes magiciens et autres embaumeurs, cela je l'admets… Ah, ces psychopompes-là ! Ils étaient sacrément doués. Tellement proches des secrets de l'immortalité que mon âme n'a jamais vraiment quitté mon corps, malgré la décrépitude de celui-ci et mon si long sommeil.

— Quand a eu lieu votre réveil ? s'enquit Ambala, intéressé.

— Oh, c'est plutôt récent à l'échelle de mon absence du monde des vivants. Il y a eu bien des visites dans ma tombe entretemps, d'ailleurs… Des générations et des générations de brigands de tous bords. Tant et tant qu'il ne reste plus une pierre, même semi-précieuse, de mon véritable trésor… Par contre, certains de mes sujets, ceux qui me ressemblaient le plus, m'ont servi de doublure par-delà la tombe. Vous savez ce que c'est : les gens qui détiennent de hautes responsabilités possèdent parfois des sosies que l'on promène, et même que l'on enterre non loin d'eux, histoire de tromper les pillards… Vous allez rire : en réalité, j'ai été découvert avant mes doublures, placé dans le sarcophage d'un vassal, pris ensuite pour un obscur vizir de la XXe dynastie… Bref. Toute une série d'aventures rocambolesques, qui m'ont enfin tiré de ma torpeur une belle nuit au milieu d'un chantier de fouilles. C'était sinistre. Je me suis enfui. J'ai voyagé tel un mendiant. En provoquant souvent la frayeur de celles et ceux qui croisaient mon chemin. C'était assez cocasse. Je suis ensuite arrivé à Paris, où j'ai vécu un temps parmi les gens du peuple qui m'ont initié à l'argot, qui m'ont permis de comprendre les mœurs de ce siècle… Franchement, j'ai beaucoup appris. Je me suis mangé quelques coups, j'ai dormi dans des endroits pas très propres, mais je me suis bien amusé…

— J'ose à peine imaginer tout ça, avoua Kétinée, en souriant franchement.

Ramsès effectua un large geste du poignet.

Chapitre XXIIII

— Pour résumer une histoire bien longue, j'ai fini par croiser les Corbeaux, je suis vite devenu l'un des leurs. Et j'aime plutôt cette nouvelle vie, loin des vanités de l'ancienne. Je travaille désormais pour le bien commun, loin des ambitions personnelles. À croire que les années m'ont rendu un peu plus sage !

— Tout cela est absolument prodigieux, remarqua Babadji en croisant les mains. Et moi qui me pensais âgé…

— On pourrait vous écouter parler de tout cela durant des heures, avoua Kétinée.

— Certes, mais vous avez sans doute des questions plus pressantes, plus essentielles, jugea Ramsès. Alors, il serait temps d'entrer dans le vif du sujet, non ?

— Une minute, demanda Napoléon en fixant cette fois le démoniste replet aux cheveux bouclés. Quelque chose en vous m'est familier, Simon… Je ne sais pas pourquoi, mais vous me faites penser à ce jeune spectre, chez les Saisonnier…

— Ah. Je vois de qui vous parlez, signifia le Corbeau dans un sourire crispé. Figurez-vous que je *suis* Simon Saisonnier. Ce jeune spectre et moi… nous ne faisons qu'un.

— Sérieusement ? s'étonna le sorcier dogon. Mais… ce n'est pas logique.

— Tonton Archie a toujours aimé repousser les limites du possible. Ce sale type a tenté de me noyer lorsque j'étais enfant… Je suis donc mort… quelques instants. De cette expérience, il a extrait…

— … votre forme spectrale, devina Louise, surprise elle aussi. Une forme qu'il serait parvenu… à garder intacte ?

— Intacte, et liée à sa satanée maison, confirma Simon Saisonnier. Brrr, je n'y ficherai plus les pieds, ça c'est certain !

— Un homme bien vivant qui possède son double à l'état de jeune fantôme, résuma Napoléon. Jamais entendu parler d'une histoire pareille… Vraiment, Tonton Archie a l'esprit bien tordu !

— Et encore : vous ne savez rien de lui, jugea Lise. Sur ce sujet précis, nous pourrions y passer la nuit…

Kétinée intervint :

— Je préfère d'abord m'intéresser à votre groupe, déclara-t-elle. D'abord… que représentent les Corbeaux ? Vous nous avez aidés, parfois laissés au bord du chemin sans vous retourner… Pourquoi ?

Lise, Ramsès, Aloÿs, Idonéïs et Simon échangèrent un regard silencieux. Louise Balsia les détailla de ses yeux bleus.

— Voilà bien le genre d'interrogations que je me pose moi aussi, avoua la vampire. Car vos pensées résistent à ma télépathie.

— Question d'entraînement, révéla Aloÿs. En devenant Corbeaux, nous devons apprendre à cacher au mieux ce que nous sommes. C'est un processus long et progressif. Mais plutôt efficace, et très utile, face à nos antagonistes.

Lise poursuivit :

— Les Corbeaux existent depuis longtemps. Plusieurs incarnations de notre groupe, de nombreuses générations, se sont succédé… Les fondateurs de notre ordre étaient celtes. Certains prétendent même que nous avons aidé à la fondation de Paris.

— Paris qui fut Lutèce, rappela Ramsès. Et avant même cela, Leucotetia. Quelque chose qui peut se traduire par « l'île aux corbeaux ».

— Quant à nos convictions, reprit Idonéïs, je répéterai ce que Ramsès t'a dit au pays de Galles, Kétinée : nous sommes une force d'équilibre. Contrairement aux ambitieux qui n'agissent que par profit, nous veillons à ce que les débordements ne provoquent pas de catastrophes aux fâcheuses répercussions, et ne nuisent pas aux plus faibles. Le réveil de Ludwig, la volonté de Lucienne Arquenotte de jouer avec la Mort, le déchaînement de Yurugu font partie des phénomènes contre lesquels nous agissons. Pour autant, nous acceptons le recours aux forces infernales lorsque c'est nécessaire. Notre ami Simon, par exemple, est démoniste.

— Démoniste mais fréquentable, j'espère, signifia l'intéressé, dans un sourire affable.

— Il y en a de toutes sortes, en effet, convint Napoléon.

— Vous savez maintenant comment cela fonctionne à un haut niveau de sorcellerie, avança Ramsès. Afin de ne pas se laisser surprendre, il faut savoir anticiper. La course des étoiles, l'étude des forces secrètes, l'écoute des mouvements du monde nous aident à mieux nous préparer… Difficile de savoir si notre intervention a fait pencher la balance de manière significative. Mais nous voulons éviter le chaos.

— Et pour y parvenir, il nous faut agir non seulement aux moments clés, mais aussi en amont, compléta Lise Belmont. D'où l'intervention de notre groupe lors de l'incendie du cirque. Il fallait que vous y surviviez pour que tout se mette correctement en place autour de vous.

— Cette façon d'agir nous a donné l'impression que vous étiez des agents de Ludwig, avoua Napoléon. Même si… hum… il ne vous a pas épargnés ensuite.

— Avant, parmi vous, marchait donc un Atlante, énonça Kétinée. Buraïli, c'est cela ?

— Tu mets le doigt sur un point sensible, affirma Lise. Dans tous les sens du terme… Sans notre devin disparu, nous naviguons comme nous le pouvons : dans un brouillard épais. Au terme d'une transe extrêmement longue, il a eu la vision de votre groupe, de votre importance dans la destinée de son pays d'origine auquel il tenait tant. C'est lui qui nous a convaincus de vous aider. Mais sans trop infléchir votre course, pour ne pas tout gâcher… Tout ceci menait à votre résurrection, Ambala. Un événement capital que nous avons voulu faciliter car, selon Buraïli, vous incarnez l'avenir des Terres Oubliées.

— L'Atlantide qu'il nous faut guérir, acquiesça l'intéressé, qui prit toute la mesure de la foi des Corbeaux à son égard.

Ce qu'il trouva exagéré.

Idonéïs haussa les épaules.

— Parfois, les révélations arrivaient en plusieurs fois à Buraïli, nuança-t-elle. Mon père, André, trop impatient sans doute, a filé à Verdun avant même que vous n'y arriviez. Notre ami atlante lui avait pourtant dit d'attendre. Mais mon père était si têtu… Il a donc disparu, piégé par les sbires de Linda.

— Il est tout de même mort en héros, précisa Kétinée.

Elle lui décrivit la scène, la façon dont André avait fini, percé de dizaines de poignards, tel un rempart face à leurs agresseurs.

— C'était bien lui, ça, reconnut la fille aux yeux vairons en écrasant une larme.

Le vieux Babadji voulut éclairer les dernières zones d'ombre. Tout en jouant avec les tresses de sa barbe, il demanda :

— Et donc, Buraïli avait même prévu… notre venue chez Archibald Saisonnier, c'est cela ?

— Exactement, confirma Lise. Avant de succomber dans les catacombes, il avait tout anticipé, jusqu'à ce point du temps. À la suite de votre résurrection, Ambala, vous deviez encore rassembler tous les documents adéquats : ceux que vous avez glanés au cours de ces derniers mois. Nous devions nous tenir prêts à vous secourir, une fois de plus. Nous avons préparé tous nos sorts dans ce but. Et maintenant… c'est l'inconnu.

— Plus que jamais, nous nourrissons l'espoir de sauver l'Atlantide, conclut Ramsès d'un ton solennel. Comme vous, Ambala. Mais tout reste indécis. Et tout est à construire, ensemble…

Kétinée, Ambala, Babadji, Napoléon, Louise, Monsieur Tan et même Kali furent parcourus d'un même frisson de solennité. Celui qui les voyait conclure en ce jour un accord, non signé par contrat, mais tacite : une alliance de deux clans amis qui visaient le même idéal. Un but encore lointain, mais ambitieux et noble.

Vint à Kétinée l'image du monolithe millénaire, savamment décoré, miraculeusement conservé au fin fond de la cave de Babadji : une force africaine et une force celte, unies autour d'un même rêve. Une entente gravée dans le roc, ayant résisté à l'épreuve du temps. Comme destinée à se renouveler, encore et encore, au fil des différentes ères de la sorcellerie.

Un rayon de lune s'invita opportunément, comme un trait d'union entre les deux groupes, et les deux civilisations. Durant un court instant, personne n'osa rien ajouter.

Chacun s'attendit à ce que Kali brise la magie du moment en proférant une énormité. Mais ce fut Simon Saisonnier qui le premier remua.

— Veuillez m'excuser, je ressens la présence de quelqu'un à l'entrée du Nid… Pourtant, du côté de Provins, l'auberge est close, c'est bizarre…

Le démoniste se remit d'aplomb, disparut aussitôt par la porte d'entrée.

— Il arrive donc à des sorciers de vouloir pénétrer en votre domaine secret ? s'enquit Monsieur Tan. Cela m'est arrivé, parfois, du côté du temple Din…

— N'ayez crainte, intervint Ramsès. Comme nombre de mondes sorciers, et comme le vôtre je suppose, notre Nid est protégé par les sortilèges adéquats. Quiconque ne possède pas de clef ne saurait forcer le passage seul, se retrouver soudain parmi nous et…

— Loin de moi cette idée, bien sûr, l'interrompit une voix moqueuse, nouvelle venue dans la conversation. Je n'aurai jamais l'idée d'arriver en un endroit où l'on ne m'attend pas, voyons !

D'Ambala à Ramsès, de Lise à Babadji, d'Aloÿs à Napoléon, tous se mirent debout, secoués par cette visite impromptue au sein du Nid.

Même la vieille Kali Mantegna se leva, avant de s'exclamer :

— Ça alors… maman ?

— Comment ça, « maman » ? répéta Louise Balsia en écho.

Une sorcière brune, élégante et sans âge, un fume-cigarette négligemment tenu dans sa main droite, avança au milieu des Corbeaux et du clan dogon.

— Bonsoir tout le monde, prononça Lucienne Arquenotte. On m'a ouvert la porte. Je ne vous dérange pas, j'espère ?

Dans la salle commune, chaque Corbeau encore présent adopta par réflexe une posture de combat. Idonéïs dégaina un couteau. Aloÿs Vallée fit naître une racine qui perça le sol. Au creux de la main de Lise Belmont dansa une flamme. Quant à Ramsès, il dressa un mur de lumière dorée.

Lucienne exhala stoïquement la fumée de son fume-cigarette.

— Eh bien, on peut dire que vous savez recevoir les invités, chers Corbeaux. Déjà qu'il m'a fallu passer votre cerbère…

Chapitre XXIIII

D'un mouvement de menton, elle désigna Simon qui se tenait, le regard vide, dans l'encadrement d'une porte.

— Elle l'a envoûté ! comprit Idonéïs.

— Uniquement parce qu'il refusait de me laisser passer, minauda Lucienne. Malheureusement pour lui, il en faut davantage, pour m'arrêter…

Tandis que les Corbeaux et la plupart des Dogons faisaient bloc, la sorcière millénaire prit un air amusé :

— Vous souhaitez *vraiment* vous mesurer à moi ?

Kétinée donna alors de la voix :

— Attendez !

À la surprise générale, la mambo traversa la salle d'un pas décidé, puis s'interposa entre Lucienne et tous les autres. Face à tous ses alliés, elle avoua :

— Ça fait un moment que j'attends de la rencontrer. En réalité… c'est moi qui l'ai invitée ici.

XXV

Entre Lucienne Arquenotte, Kétinée Mountabila et la majorité du groupe, il y eut un moment d'incompréhension, de tension. Même Ambala et Babadji tombaient des nues.

— Sérieusement ? s'étonna le vieil homme. Mais depuis quand fréquentes-tu cette sorcière, ma petite-fille ?

— Nous ne nous sommes jamais revues depuis les catacombes, commença Kétinée. Mais nous avons correspondu. Lors d'un moment de lucidité, Kali m'a parlé d'une adresse à Cracovie où l'on pouvait contacter sa mère.

— Ah bon ? s'étonna l'intéressée, qui avait totalement oublié cet épisode. J'ai fait ça, moi ?

— Mais… pourquoi ? demanda encore Babadji.

— Parce que votre petite-fille commence à comprendre les rouages du pouvoir, cher Monsieur Mountabila, répliqua Lucienne, un sourire aux lèvres. Si l'on veut se faire une place parmi les pièces maîtresses du jeu, il faut savoir forger quelques alliances de poids, tout simplement.

— Plutôt pour cesser de se laisser manipuler, rectifia la mambo. Je ne veux plus que les autres décident à ma place.

— Elle ira loin… sourit Lucienne.

— Je ne peux croire à un acte gratuit de votre part, intervint Ambala, dubitatif. Jamais une sorcière de votre envergure ne viendrait jusqu'ici sans une idée en tête. Qu'attendez-vous de nous ?

— Disons que nous possédons un intérêt commun.

Pour souligner sa bonne volonté, Lucienne relâcha l'étreinte mentale qu'elle exerçait depuis son arrivée sur Simon. Le jeune démoniste retrouva ses esprits, secoua la tête, s'excusa platement auprès des autres Corbeaux.

— Désolé, les amis, je n'ai rien vu venir.

Kali s'approcha de la visiteuse d'un pas débonnaire.

— Je me souviens de toi, maman, indiqua-t-elle. C'est un peu loin, c'est un peu flou, car tu n'as pas toujours été très attentionnée ni très présente.

Lucienne considéra la vieille dame d'un air presque attendri.

— Si j'admets que je ne puis être qualifiée de *mère modèle*, nous nous sommes pourtant côtoyées bien des fois, Kali. Dommage qu'il n'en subsiste quasiment rien dans ta mémoire…

— Allez-vous également prétendre que vous avez veillé sur moi à distance, mère ? demanda Louise Balsia. Moi qui fus abandonnée dès mon plus jeune âge à des parents adoptifs, puis métamorphosée par des vampires… Ce n'est que récemment que j'ai découvert mes liens avec vous, avec Vasco.

Cette fois, Lucienne fixa Louise.

— À cause de ton passé, des tragédies que tu as subies loin de moi, tu trouveras ma réponse bien facile, j'imagine…

Chapitre XXV

Pourtant, telle est la vérité : lorsque tu es venue en ce monde, je n'étais pas au meilleur de moi-même. J'avais connu trop de déconvenues successives, trop de pertes marquantes… J'ai vécu tant d'années que seul vous, Ramsès, pourriez me comprendre. Si vous êtes bien celui que vous prétendez être, bien sûr.

— Bien évidemment que je suis qui je suis ! s'offusqua l'ancien monarque égyptien. Il est vrai que… hum… il existe peu de témoins qui peuvent en attester.

— Je vous taquine, minauda Lucienne. Malgré votre… amaigrissement, je vous assure que les siècles écoulés n'ont en rien diminué votre prestance.

— Hum, vous êtes trop aimable…

— Comme vous, cher Ramsès, je fus parente de très nombreuses fois. J'ai dû parfois prendre mes distances pour ne pas m'adonner à la douleur du deuil. Peu de monde connaît la souffrance de voir ses enfants successifs vieillir, se flétrir, tandis que l'on persiste.

Louise ne se laissa guère impressionner :

— Et pourtant, grâce à votre négligence à mon égard, je puis goûter aussi à la disparition des gens à qui l'on s'attache, asséna-t-elle. Tels sont les vampires, qui persistent eux aussi.

— *Touché* ! admit Lucienne en portant son fume-cigarette aux lèvres. Sache pourtant que le couple que j'avais choisi pour t'élever devait te mener sur la voie de la sorcellerie. Leur rencontre avec des vampires n'a été qu'un malencontreux accident, que je m'en veux de n'avoir su prévoir. À l'époque, je l'avoue, je m'étais infatuée de Vasco Pueblo, et de sa séduisante promesse de ténèbres. Je vous rassure : j'en suis revenue, depuis.

— Pourtant, cette relation, vous la cultivez encore, insista Louise. Le clan Giacomo-Rodriguez m'en a récemment parlé. Et tout le monde l'a remarqué dans les catacombes.

— Ma fille, sache que, si Vasco et moi divergeons sur plusieurs points, il reste un homme plein de ressources, qui parfois me permet d'effectuer des rencontres marquantes. Dont la majorité d'entre vous, aujourd'hui… Il est un ambitieux perpétuel, riche en surprises. Certaines plus plaisantes que d'autres, je l'admets… Tu me vois par exemple assez contrariée de ce qu'il accomplit sans moi, ces derniers temps.

— En arriverions-nous au véritable but de votre visite ? reprit Ambala, toujours sur ses gardes. Vous n'êtes pas venue pour vos deux filles. Que nous voulez-vous ? De quoi as-tu convenu avec elle, Kétinée ?

Brusquement, Lucienne se mit à tousser. Tellement fort, tellement longtemps, que personne ne crut à une manœuvre d'apitoiement de sa part. Lorsqu'elle regagna une contenance, on lui trouva les traits tirés, la mine pâle.

Ramsès, Lise et les Corbeaux s'interrogèrent en silence. Simon, peu rancunier, lui servit même quelque chose à boire.

— Eh bien voilà, comme vous le constatez, je suis malade, avoua la sorcière. Atteinte d'un mal qui me ronge depuis un moment déjà… Certains d'entre vous l'avaient déjà perçu.

Parmi l'assistance, elle fixa Louise.

— Ce qui me détruit se nomme pancéum. Vous en avez déjà entendu parler, je suppose…

— Je connais cette affection réservée aux sorciers, avoua Lise, l'air grave. J'ai vu plusieurs personnes y succomber. D'après ce que je sais…

— … il n'existe aucun remède à ce fléau. Oui, je suis au courant. Mon compagnon actuel en souffre. Quant au père de mon plus jeune fils… il en est mort.

Louise comme Kali notèrent mentalement cette dernière information. Et si Louise se promit de creuser la question de ce frère qu'elle ne connaissait pas, Kali, quant à elle, oublia tout ceci la seconde suivante.

— D'après ce que je sais, entonna Aloÿs l'Ombredune, les malades du pancéum sont victimes d'absences, ils deviennent violents.

— Cela dépend des cas, la corrigea Lucienne. Moi-même, je reste pleinement consciente. Mais passons…

— Est-ce à cause de votre maladie que vous avez voulu défier la Mort dans les catacombes ? avança Babadji. Voir si vous pouviez la soumettre grâce à notre rituel ?

Lucienne fixa un moment le marabout à longue barbe.

— Pour un vieux décrépit, votre cerveau se trouve encore bien affûté, dites-moi.

— Le… « vieux décrépit » vous remercie, répondit l'ancêtre.

— Si je suis ici, donc, reprit Lucienne, c'est que, vu mon état, il m'est désormais difficile d'agir seule. Bien entendu, vous êtes au courant de ce qui se déroule dans les mondes sorciers, ces dernières semaines ?

Les Corbeaux se regardèrent.

— En réalité, nous nous sommes dernièrement concentrés sur une tâche qui a demandé toute notre attention, expliqua Ramsès.

— Comme je le craignais, soupira Lucienne. Depuis la disparition de votre devin, vous avez perdu votre avance. Mon aide arrive donc à point nommé. Car nous avons le même adversaire. Vous connaissez le Prince, je suppose ? Ce monarque qui règne sur le Castel.

— Cela se peut, minimisa Lise.

— Personne ici ne lui fait confiance, énonça clairement Idonéïs. Il est le genre de sorcier manipulateur qui se soucie peu des conséquences de ses actes.

— Oh, je crois au contraire qu'il sait *parfaitement* ce qu'il fait, corrigea Lucienne.

Depuis son tabouret, Ambala observait successivement sa nièce et la visiteuse : il venait de comprendre quelque chose. Il interrompit donc le déroulé de la conversation :

— J'étais tellement préoccupé par mes propres histoires que je ne l'ai pas vu venir, Kétinée… Mais tu n'allais pas rester sans rien tenter pour l'homme que tu aimes, évidemment.

— Évidemment ! confirma la mambo, la tête haute.

Napoléon et Louise échangèrent un regard lourd de sens. Ils avaient récemment éprouvé l'opiniâtreté de Kétinée dans les Limbes. Si une partie d'eux, la plus intime, s'en désolait, ils respectaient ses sentiments si forts, et qui renforçaient encore l'intense admiration qu'ils lui portaient. Pour elle, la vampire comme le spirite gardaient d'ailleurs leurs lèvres closes. Ils le lui avaient promis récemment et honoreraient cet engagement, quoi qu'il en coûte.

— Pour contrer le Prince, et pour veiller sur Ernest à distance, tu as donc songé à contacter la personne la plus influente que nous avons croisée, résuma Ambala en s'adressant à sa nièce.

— Un choix éminemment tactique, commenta Ramsès. Et terriblement audacieux. Même si, hum… Soyons honnêtes, rien ne nous garantit que prendre le parti de quelqu'un comme vous, Lucienne, est une meilleure idée que de suivre le Prince. Sans vous offenser, bien sûr…

— Je connais le Prince depuis longtemps. Avant même qu'il ne se nomme ainsi : il a toujours été plus ambitieux que moi, rétorqua Lucienne.

Chapitre XXV

— Vous avez tout de même voulu défier la Mort dans les catacombes. Ou, il y a quelques siècles, invoquer les créatures menaçantes du défunt pays de Rün.

— L'affaire du pays de Rün est plus compliquée que vous ne le pensez. Et c'est bien vieux, tout ça… Ce que vous devez retenir, c'est que je ne souhaite pas un Prince omnipotent. Sinon, il me faudra lui obéir. Et franchement, il n'en est pas question !

— D'où notre entente, souligna Kétinée en regardant ses amis. Nous souhaitons la même chose : stopper son ascension.

— Exactement. Le Prince a noué des alliances fructueuses et entretenu de solides relations avec de nombreux autres sorciers architectes. Tant et si bien qu'il se trouve actuellement en situation de puissance vis-à-vis de pays bien plus anciens que son Castel… Vous connaissez les domaines coalisés d'Agartha, je suppose ?

— De très vastes territoires souterrains, énonça Ambala. L'un des plus vieux pays sorciers au monde. L'endroit est difficilement accessible aux humains : les conditions y sont extrêmes.

— Le Prince a lancé une offensive secrète sur Agartha, révéla Lucienne. Laquelle fut un échec assez cuisant… jusqu'à ce que…

La sorcière tira plus que de coutume sur son fume-cigarette. Les secondes suivantes, dans un souffle élégant et continu, elle couvrit la salle entière de fumée. Les Corbeaux et leurs invités, surpris, crurent un moment à un envoûtement massif. Mais bientôt des images apparurent un peu partout dans la fumée : celles d'un monde troglodyte peuplé d'êtres de feu, situé sous la Terre. La vision s'anima avec tant de précision que chacun pensa se trouver au cœur de cette reconstitution.

Au milieu d'une fosse cyclopéenne, une tour gigantesque se dressa. Elle paraissait prendre ses racines au cœur de la Terre et vouloir percer la croûte terrestre pour s'épanouir à l'air libre.

— La tour sacrée du centre d'Agartha vient de recevoir une seconde visite des agents secrets du Prince. Et voici comment tout cela s'est terminé.

De ses doigts, Lucienne déforma l'illusion. Le panorama se mua en une vaste scène de destruction. Sous les yeux des Corbeaux et du clan dogon, l'immense édifice se fissura depuis son centre. Les lézardes gagnèrent en même temps les étages inférieurs et supérieurs, bientôt veinés de traînées lumineuses.

— Oh là là, quel chantier ! constata Babadji.

— Attendez un peu, vous n'avez rien vu.

Au lieu de s'effondrer, la tour commença à tournoyer, telle une gigantesque toupie. Alors, des sortes de fourmis enflammées coururent en tous sens, fuyant le centre du phénomène destructeur. Les habitations basculèrent peu à peu à l'horizontale, au-dessus, en dessous de la tour qui se ramassait sur elle-même, gagnant en densité et en amplitude ce qu'elle perdait en hauteur.

— Sève pourpre ! On dirait… que le monde autour de la construction se recroqueville, tandis que les habitations s'éloignent du centre, analysa Aloÿs l'Ombredune.

— En s'emparant du sceptre sacré qui dormait au cœur de la tour, les agents du Prince ont mis en danger l'intégrité de tout Agartha, expliqua Lucienne. Les tremblements de terre qui en ont résulté ont secoué l'Islande, la Norvège, la Suède, l'Irlande, le Royaume-Uni… et un nombre conséquent de pays sorciers situés entre ces territoires humains.

Chapitre XXV

— Voilà qui explique les récents séismes ressentis jusqu'ici, comprit Ramsès. Et nous qui n'avons pas enquêté sur le phénomène ! Quel manque de clairvoyance !

— Nous avons été trop occupés, trop épuisés pour nous concentrer là-dessus, jugea Lise. Tous repliés au Nid, pour soigner nos blessures.

Peu à peu, l'illusion se dissipa dans la fumée, qui elle aussi commença à se disperser. Lucienne poursuivit :

— L'ampleur du désastre est telle que le sang du Grand Taureau ne suffira pas à réparer Agartha. Le monde souterrain est désormais instable. Sale coup pour les Ardantes…

— Quand je vais les contacter, tous les démons du coin ne me parleront que de ça, anticipa Simon Saisonnier. Ça a dû faire un sacré tapage, en sous-sol…

— Et ce n'est pas fini. Consécutivement à cette opération de grande envergure, d'autres mondes sorciers ont été récemment pris d'assaut. Vous voyez où je veux en venir ?

— Le Prince continue sur sa lancée, comprit Kétinée. Il agresse d'autres territoires plus ouvertement.

— Les hommes de pouvoir en souhaitent toujours davantage, résonna la voix du vénérable Monsieur Tan. Malheureusement, cette loi paraît immuable…

Lucienne fixa le vieil Asiatique, semblant percevoir quelque chose au-delà de son apparence parcheminée.

— Je vois que vous parlez en connaissance de cause, sourit-elle, vous qui êtes l'un des représentants du fameux temple Din.

Pour toute réponse, Monsieur Tan s'inclina légèrement.

— Et si vous osez y mettre un jour les pieds, je me ferai un honneur de vous botter les fesses, Madame. Car, malgré vos belles paroles et vos bonnes manières, je me méfie de vous.

Tout cela fut prononcé avec une expression sereine et un visage avenant. Pour la première fois, Lucienne Arquenotte se fendit d'un rire.

— Ha ha ha ! Voici qui est direct. J'apprécie votre franchise, maître du temple Din, et ne m'étendrai plus sur le sujet… Concernant le Prince, je me permettrai de préciser. Il n'est pas simplement un monarque assoiffé de pouvoir. Non : il se pense investi d'une mission sacrée. Certaines personnes qui le côtoient régulièrement m'ont avoué qu'il se considérait – et c'est son expression – comme « le Vaisseau des Dieux ».

— Rien que cela ? releva Napoléon, sourcils levés. Ouh là, ça en dit long sur la mégalomanie de cet homme.

— Vous n'avez pas idée, très cher… Selon lui, la sorcellerie ne doit se pratiquer qu'avec modération. Il est du genre à vouloir couper les branches superflues d'un arbre. Ou plutôt : celles que *lui* a jugées superflues.

— Empêcher d'autres puissances de prendre trop d'ampleur est une stratégie classique des jeux de pouvoir, fit remarquer Ramsès, qui songea à son lointain passé de pharaon.

Depuis quelques instants, Ambala s'agitait sur son tabouret, en proie à des questions pressantes. Il finit par demander :

— Tout à l'heure, vous parliez des autres mondes sorciers que le Prince voudrait frapper ou mettre en sommeil. Est-ce que par hasard… ?

— Je vous attendais sur ce sujet-là, sourit Lucienne. Oui, ce que vous craignez est fondé : une personne comme moi possède évidemment certaines relations haut placées. Et je sais, de source sûre, que les Terres Oubliées sont l'une des toutes prochaines cibles du Castel. Nombre d'ennemis de ce territoire en friche et alliés du Prince attendent sa disparition totale, et ce depuis des siècles. J'ai déjà entendu plusieurs sorciers architectes déclarer à voix haute que l'énergie qui soutient l'endroit serait bien mieux utilisée, répartie entre des domaines plus neufs et plus ambitieux. Un plan est depuis longtemps à l'étude pour régler définitivement le problème. Tout ce qu'il manquait, c'était la conjonction astrale adéquate. Or…

— … celle-ci aura bientôt lieu, frissonna Aloÿs. Nous en avons eu la confirmation, à Horn Knot. Comme à l'époque où le pays de Rün est tombé… il y a plus de quatre cents ans.

— On ne peut rien vous cacher, chers Corbeaux, confirma Lucienne.

Visiblement contrarié, Ambala fit craquer ses phalanges sans y prendre garde.

— Cela fait un moment que je veux agir pour l'Atlantide. Face à l'adversité, et cet assaut qui se prépare, je ne peux rester les bras croisés… J'ai commencé à imaginer un rituel de grande envergure. Le temps est donc venu de le mettre en place… Mais je ne suis pas vraiment prêt…

— Je vous propose de reprendre avec vous ce rituel, offrit Lucienne. Pour en corriger les erreurs inévitables. Vous faire profiter de mon expérience.

— Mais sans que celui-ci ne vous profite directement, nuança Ramsès. Nous serons très attentifs sur ce point !

Lucienne haussa les épaules.

— Je ne saurai profiter de l'énergie colossale libérée par la chute de l'Atlantide, estima-t-elle. Mon état actuel ne me le permet plus…

— Et concernant Ernest, auriez-vous quelques nouvelles ? vibra la voix de Kétinée. Je vous en avais expressément demandé, par lettre.

— Eh bien, nous y voilà, soupira Lucienne Arquenotte pour elle-même, avant de poursuivre, à haute et intelligible voix : Il se murmure que la destruction de la tour du centre d'Agartha est l'œuvre de deux frères voués aux ténèbres. Ces deux frères sont un cadeau récent de Vasco Pueblo à l'adresse du Prince. Un marché fructueux pour les deux parties. D'un côté, cela permet à Vasco de s'approcher des arcanes du pouvoir et des pièces maîtresses de l'échiquier sorcier. De l'autre, cela conforte le jeu du Prince, à qui il manquait une arme puissante de destruction depuis qu'on lui a volé un certain coffret… Bref…

Un frisson parcourut l'échine de Kétinée, qui avait bien peur de comprendre.

— Attendez… Ces deux frères…

— … se nomment tous les deux Villempré, révéla Lucienne d'un air grave.

— Comment ? s'exclama Babadji, qui pensait avoir mal entendu.

Le visage de Kétinée se décomposa :

— Mais… ce n'est pas possible ! Depuis quand Ernest a un frère ?

Lise faillit parler de ce qu'elle avait compris elle aussi, à l'issue de son service en tant qu'agente du Prince. Mais Lucienne fut la plus rapide et agença les pièces du puzzle :

— Je n'ai pu me résoudre à vous l'annoncer par lettre, Kétinée, confessa-t-elle. Ernest est donc le premier des deux frères. Quant au second, ce n'est autre que… mon fils, le demi-frère d'Ernest : Serge Villempré.

Napoléon, interloqué, établit alors des connexions.

— Ça alors ! Donc, si je comprends bien, vous avez été… l'amante de Raoul Villempré, le célèbre explorateur de mondes sorciers ?

Chapitre XXV

— Lequel est décédé du pancéum il y a quelques années. Ce qui fait que notre enfant se trouvait prédestiné à la maladie dont je souffre aussi, le pauvre. Un mal qui ronge son esprit depuis qu'il est tout jeune et qui le tourne vers les ténèbres. Irrémédiablement.

Kétinée secoua la tête. Elle ne voulait pas accepter cette information.

— Mais… Ernest. Ernest n'est pas… ?

— Le pancéum possède un facteur héréditaire, compléta Lucienne. Je suis désolée… Il y a quelques mois, Vasco et Serge se sont associés pour contaminer le corps et l'esprit d'Ernest. J'ai eu l'occasion de ressentir leur potentiel, à tous deux… Séparés, les frères Villempré se révèlent déjà menaçants. Ensemble… ils sont beaucoup plus redoutables. Ainsi en va-t-il de certaines associations sorcières comme de l'alchimie : les composantes peuvent s'avérer explosives ! Vous en savez quelque chose, vous les Mountabila. Vous qui, ensemble, avez réussi le prodige d'arracher Ambala à Sa Majesté la Mort.

Kétinée encaissait ces révélations successives comme autant de coups de poignards. Elle sentit son cœur se serrer.

— D'accord… Le pancéum, les ténèbres, d'accord…

Elle demanda encore à Lucienne :

— Est-ce que selon vous on peut y faire quelque chose ? Est-ce qu'on pourrait… purger ce mal hors d'Ernest ?

— S'il s'agit du pancéum, le mal ne vient pas *juste* de se manifester, Kétinée, soupira-t-elle. Il a toujours été en lui, à l'état latent. Il a juste flambé, s'est emparé de tout son être, par la plus noire des sorcelleries. Contre le pancéum… même les plus puissants sorciers ne peuvent rien.

Les mains ouvertes, elle désigna son propre corps, son visage si pâle, ses yeux cernés. Kétinée serra tellement les poings soudain qu'elle sentit chacun de ses ongles rentrer dans sa chair.

— Si cela est possible, j'aimerais que vous stoppiez mon fils, demanda Lucienne. Mais sans le tuer, s'il vous plaît.

À cet instant, la sorcière brune se mit à tousser si fort qu'elle se trouva bientôt pliée en deux. Elle finit par cracher une bile noire qui macula le parquet. La glaire acide se mit même à entamer le bois du sol en fumant.

Simon Saisonnier s'occupa de nouveau de la sorcière, lui tapota le dos. On découvrit alors ce que Lucienne avait caché jusqu'ici : certaines de ses veines, sous sa robe, étaient devenues noires.

— Un des symptômes avancés du pancéum, murmura Ramsès à Lise. Quand le sang est contaminé, rien ne va plus…

— Ce qui se passe dans les mondes sorciers est terrible, observa Babadji. Toute cette destruction…

— Il faut clairement arrêter le Prince, estima Ambala. Nous devons agir maintenant, nous rendre en Atlantide. Nous pourrions passer par la nécropole de Saqqarah, en Égypte.

— Nous viendrons avec vous, annonça Ramsès. Tous les Corbeaux seront présents !

— Quant à Ernest… commença Lise.

— Quant à Ernest, je m'en occuperai, la coupa Kétinée, fébrile. Par toutes les forces de vaudou, je m'en occuperai, promit-elle. J'invoquerai les puissances obscures, je dérangerai les dieux endormis, je remuerai littéralement ciel et terre. Et même si c'est inconcevable, je le ramènerai à la raison ! Il ne sera plus ce jouet du Prince, qui détruit tout sur son passage. Parce que c'est ce que nous faisons, nous les Mountabila : nous plions les lois immuables, et puis nous renversons toutes les certitudes, pour écrire notre loi !

Chapitre XXV

Dans les yeux noirs de la mambo dansait une lueur si forte, si vivace, que personne, même pas Lucienne Arquenotte, n'osa la contredire.

XXVI

Dans l'éther d'un sortilège distant venait de se dessiner un paysage de dunes. Un campement planté de tentes, secoué par des tempêtes, ravagé par de puissants éclairs. Des étoffes, des morceaux de bois s'envolaient. Des particules saturaient un air vicié par la cendre et le feu. Les composantes des habitations nomades se dispersaient ou se désagrégeaient dans l'ouragan qui déstructurait le paysage. Des dizaines d'hommes-lézards en panique fuyaient devant une escouade vêtue de cuir. Leur équipement bardé de sangles avait semé la terreur, plusieurs jours durant. Leur cape claquait au vent. Aux premières loges avançaient deux hommes qui se ressemblaient.

— Ne trouves-tu pas, mon frère, combien il est plaisant de pouvoir laisser libre cours à sa colère, sans peur des conséquences ? demanda le premier d'entre eux avant de générer une onde d'énergie qui absorba l'ensemble des sons, et qui explosa ensuite en un fracas retentissant. Les dunes assiégées, pulvérisées, s'effondrèrent et ensevelirent tout ce qu'elles rencontraient : tentes, chariots, animaux et lézards bipèdes incapables de fuir à temps. Le second personnage ne répondit pas à l'enthousiasme meurtrier du premier. Son visage demeurait fermé. Et son regard, entièrement voilé de noir. Autour de lui, un vent phénoménal arracha au paysage les dernières traces d'occupation humanoïdes pour les semer aux quatre vents.

Dans cette ambiance de fin du monde, où se mêlaient la violence et les larmes, Kétinée le reconnut : il s'agissait d'Ernest.

Ernest, qui avait perdu toute étincelle d'humanité et qui, flanqué de son frère aux pieds nus, semait la mort et la désolation.

Sous le choc de cette vision, de ce visage méconnaissable qu'elle n'avait pas vu depuis des mois, la mambo se sentit balayée à son tour. Arrachée à la scène, comme prise dans les bourrasques. Elle tomba à la renverse. Revint à la réalité. Percuta violemment le sol. En brisant au passage une idole vaudoue, et un pot où brûlait l'encens.

En combinant les pouvoirs de plusieurs lwas, la mambo avait voulu voir. Elle avait vu. Désormais les éléments de son envoûtement se trouvaient désorganisés.

Ambala s'empressa auprès d'elle, puis l'aida à se relever.

— Il y a du verre brisé partout. Tu n'es pas blessée ?

Tandis qu'elle voyageait en esprit, son oncle, Louise et Napoléon s'étaient assuré que personne ne viendrait troubler la quiétude de son rituel. Kétinée remua ses larges boucles d'oreilles et ses mèches brunes en cascade.

— J'ai retrouvé Ernest… dans un monde sorcier que son frère et lui sont en train de mettre à sac. Je ne le pensais pas capable de ce genre d'horreurs…

Chapitre XXVI

— Par tes yeux, j'ai vu cela aussi, signifia son amie vampire. Voilà donc à quel point le pancéum transforme les êtres…

— À vous entendre, ça avait l'air terrible, analysa Ambala.

Louise se souvenait des hommes-lézards aperçus.

— Je les connais un peu : ce sont des Hengrins, révéla-t-elle. Napoléon et moi, nous leur avons volé le sang récolté auprès du Grand Taureau, lors de la fête du Bœuf Gras.

— Alors, c'est un peu à cause de nous qu'ils disparaissent maintenant ? avança le musicien dogon, mal à l'aise. Parce qu'on leur a dérobé de quoi réparer leur monde ?

— Nous ne pouvions pas deviner ce qu'il adviendrait d'eux, se dédouana Louise. Mon décryptage de l'avenir ne s'étend pas dans toutes les directions…

Ils s'étaient installés sur le toit d'une large habitation située au nord-est d'Alexandrie. À quelques kilomètres des côtes et de la mer Méditerranée sur laquelle planaient les constellations d'un vaste ciel de printemps. Pour se rendre en Égypte, il avait fallu voyager. Mais à la mode des sorciers : en empruntant quelques raccourcis.

L'un de ces passages, connu de Lucienne, les avait fait directement passer d'une ville française aux quartiers marchands de la ville d'Égypte. Un passeur les y attendait, que Lucienne n'avait pas vu depuis plus de vingt ans. Très prévenant, l'homme ridé, barbu, qui portait un turban, lui demanda des nouvelles de Raoul Villempré. La sorcière éluda.

La nuit, le groupe logea dans une luxueuse villa de pierre blanche, dotée de jardins luxuriants. De somptueuses fontaines s'épanouissaient au centre de larges cours pavées de faïence, aux motifs délicats et bleutés. Ce bel endroit, l'une des nombreuses adresses acquises par Lucienne, comptait assez de chambres pour loger celles et ceux qui l'avaient accompagnée.

Outre le clan Mountabila, on y trouvait tous les Corbeaux. Babadji, Monsieur Tan et Kali Mantegna ne s'étaient pas joints à l'expédition cette fois car elle s'avérait périlleuse : outre les dangers du voyage, il allait peut-être falloir se battre contre les agents du Prince.

Kétinée revit en pensée les visions qu'elle venait de provoquer.

— Les pauvres Hengrins, trembla-t-elle. Ils fuyaient, ils couraient partout… Et au milieu de ça, il y avait Ernest et son frère. Totalement privés de compassion. Rongés par le Mal qui exsudait d'eux… Lucienne Arquenotte ne nous a pas menti : Ernest avait complètement changé, je ne le reconnaissais plus…

— Et pourquoi donc vous mentirais-je ?

Même Louise n'avait pas senti sa mère arriver. Preuve que la sorcière, malgré son affaiblissement, les surclassait encore.

— Vous voulez retrouver l'homme que vous aimez et faire remonter son humanité à la surface, Kétinée, poursuivit-elle. Je trouve cela admirable et touchant. Bien entendu, vous allez au-devant de lourdes déceptions.

— Hum… toussa Napoléon. Vous n'êtes pas censée nous donner envie de combattre les agents du Prince, plutôt que de nous saper le moral ?

Lucienne s'assit sur un rebord, jouant avec son éternel fume-cigarette.

— Il y a quelques années, j'ai voulu soulager la peine de Raoul. Cependant son destin était scellé depuis le départ… comme celui de ses fils aujourd'hui. Et si par miracle vous parveniez à ramener le jeune homme de vos souvenirs… sachez qu'un tel état de grâce ne saurait durer, sur le long terme. Il me paraît honnête de vous en avertir : Ambala a davantage de chances de sauver l'Atlantide – opération hasardeuse s'il en est – que vous de retrouver celui que vous avez aimé.

Face à cette déclaration accablante, personne ne sut quoi répondre. Kétinée réprima les tremblements de froid, de peur, d'incertitude. Pour se concentrer sur l'espoir. Cet espoir fou qu'elle imaginait capable de déplacer des montagnes.

— Je veux y croire, martela-t-elle. Et ce que vous pourrez dire n'entamera pas ma décision de le retrouver.

— Laissez-la donc espérer, mère, intervint Louise. Personne, pas même les sorciers architectes les plus haut placés, ne saurait tout prévoir de l'avenir.

— Nous en reparlerons en temps utile, ma fille... Quant à vous, Kétinée, vous me faites penser à ce que je fus, lui avoua-t-elle. Énergique, obstinée, pleine de belles illusions. Ce reflet de moi-même me paraît tellement loin désormais...

— Que cela ne vous empêche pas de tenir votre promesse, répliqua fièrement la mambo. Ce dont nous avons toutes les deux convenu, par lettre.

— Cette promesse, pour l'honorer, nécessite ce que vous êtes allée me chercher dans les Limbes. Et que je n'ai toujours pas reçu.

— Parce que nous n'avons pas encore été seuls, vous et nous...

Par réflexe, Napoléon jeta un coup d'œil par-dessus son épaule.

— N'ayez crainte, Monsieur Boussangué, signifia Lucienne, les Corbeaux dorment et resteront pour quelques heures au doux pays des songes. Je m'en suis assurée. Aussi n'auront-ils pas conscience de notre commerce secret...

— Ah ! Je me disais bien que vous nous cachiez quelque chose, tous les trois ! s'exclama Ambala. Je vous connais trop pour ne pas l'avoir remarqué... Que s'est-il donc passé, dans les Limbes ?

— Je suis désolée si nous t'avons menti par omission, mon oncle... En fait, lorsque Déa nous a chassés au loin, plutôt que de revenir, nous nous sommes enfoncés dans les Limbes. Vers cette zone pour laquelle j'avais voulu visiter la demeure d'Archibald, à l'origine. Aiguillée en secret par Lucienne, qui connaissait l'existence du passage dans la cave des Saisonnier.

— Je ne t'imaginais pas si cachottière, ma nièce, avoua Ambala, soufflé. Peux-tu me dire pour quelle raison tu as... ?

— Vous permettez ? l'interrompit Lucienne.

Brusquement, la sorcière avança la main vers Kétinée et abaissa sa robe, révélant sa poitrine.

— Hé ! s'écria la mambo, surprise.

— Ne m'en veuillez donc pas : j'ai assez attendu.

Alors, la sorcière plongea la main *à l'intérieur* de son plexus, à travers ses organes et sa peau. Dans un déchaînement de lumière qui se déploya dans la nuit, elle tira quelque chose des entrailles de Kétinée. Un objet qui traversa tout sans rien endommager.

Il s'agissait d'un médaillon cuivré de forme ronde, très imposant, rehaussé de dorures et de nombreux entrelacs lumineux. Lucienne le contempla d'un air ravi.

— Eh bien voilà ! Depuis plusieurs jours, j'avais deviné qu'il était en vous.

Ambala réfléchit en considérant alternativement Napoléon, Louise et Kétinée.

— Attendez, je ne suis pas sûr de comprendre. Vous vous êtes rendus tous les trois jusqu'aux tréfonds des Limbes à la recherche d'un artefact pour Lucienne ?

Chapitre XXVI

— Hum… Moi au début, je n'étais pas au courant, précisa Napoléon.

— Pas n'importe quel artefact, précisa Lucienne. Voici le plus formidable trésor d'Anthelme Saisonnier, défunt patriarche de cette large branche de démonistes. Je suis heureuse d'enfin le contempler…

— Malgré vos directives, nous avons eu beaucoup de mal à le récupérer, avoua Kétinée en se rhabillant. Car le royaume des Limbes est bien vaste. Vous pouvez remercier Napoléon : c'est lui qui a repéré précisément l'endroit où l'objet avait été enterré.

— Comme toujours, les défunts m'ont guidé, avoua le sorcier dogon. Comme nous ont aussi secondés tes lwas, Kétinée.

— Anthelme aurait été furieux que l'on égare cet artefact, s'amusa Lucienne. Or, c'est ce qui s'est passé, après sa mort… Il est décédé depuis quelque temps, je le connaissais bien. Il était sans doute le représentant le plus dangereux de la famille Saisonnier.

— Croyez-moi : avec son petit-fils Archibald, la relève paraît assurée, jugea Napoléon. Ce sataniste-là n'a pas peur d'expérimenter sur sa propre famille. D'après sa sœur décédée et le… euh… demi-fantôme de son neveu, il multiplie les expériences contre-nature et se rend fréquemment dans les Enfers, lui aussi… Bref, un type tout à fait charmant !

— J'ai entendu parler du sulfureux Archibald, révéla Lucienne. S'il vous avait rencontrés, il vous aurait arraché ce médaillon. Il le cherche depuis très longtemps. Mais il lui manquait encore quelques indices que, de mon côté, j'avais récoltés… Et puis, Archibald est un solitaire. Alors que votre combinaison de capacités faisait de vous des candidats parfaits, pour ce genre d'expédition. Bref, grand merci à vous tous car, dans mon état actuel, je n'aurais pu me rendre jusque-là. Le pancéum est particulièrement sensible aux Enfers. Si je peux éviter que mon état s'aggrave encore…

— En tant qu'héritiers du défunt Anthelme, Simon Saisonnier et Lise Belmont verraient d'un mauvais œil votre appropriation de leur bien, c'est sûr, réfléchit Ambala. Si j'ai bien compris certains ouvrages que j'ai compulsés dans la bibliothèque secrète d'Archibald, ce jouet-là permet d'explorer n'importe quelle zone des Enfers, tout en protégeant son porteur.

— Il nous a été bien utile sur la fin de notre périple, reconnut Louise. Et nous a ensuite permis de répondre à l'appel des Corbeaux.

— Une chance que vous l'ayez soustrait aux sens de tout le clan Saisonnier, se félicita Lucienne. Lise et Simon, tout prévenants qu'ils paraissent à votre égard, ne vous auraient pas laissé disposer si facilement de leur héritage.

— Ce n'est pas comme si je l'avais fait exprès, maugréa Kétinée. Quand on était encore dans les Limbes, cette saloperie a disparu en moi.

— Il a tendance à faire ça, oui, s'il se sent convoité. De la belle ouvrage, vraiment.

Lucienne fit disparaître l'artefact à l'intérieur d'un petit sac qui se referma aussitôt dans un cliquetis argenté.

— D'ici moins de deux heures, l'aube va se lever, indiqua-t-elle. Vos amis Corbeaux dormiront toujours. Quant à moi, j'aurai déjà franchi le passage sorcier situé dans le souk d'Alexandrie.

Elle se tourna vers le quatuor dans un demi-sourire de connivence.

Chapitre XXVI

— Alors, qu'est-ce que cela vous fait, de manipuler des alliés à votre tour ? On y prendrait goût, n'est-ce pas ?

— Ce n'est pas comme si vous nous aviez laissé le choix, estima Louise.

— On a toujours le choix, ma fille, répliqua Lucienne. Mais du choix que l'on fait, il faut savoir assumer les conséquences. Aujourd'hui, vous m'avez délivré une arme très puissante.

— Qui servira pour ce que nous avons décidé ensemble, lui rappela fermement Kétinée.

— Sur ce point-là, vous pouvez me faire confiance. Vous savez maintenant que nos intérêts sont liés.

— Hum, vous m'expliquerez « ce point-là ? » chuchota Ambala à Napoléon, qui s'empressa de hocher la tête.

Kétinée plongea son regard dans celui de l'alliée dont elle se méfiait encore, et lui déclara avec solennité :

— Si vous n'honorez pas votre promesse, je vous retrouverai, Lucienne. Et vous découvrirez alors quelle peut être l'ampleur d'une vengeance vaudoue.

Après avoir prélevé une dernière bouffée de tabac, son interlocutrice rétorqua, amusée :

— Je dois vous avouer quelque chose, Kétinée : si pour l'heure ce genre de menace me prête à sourire, je suis bien certaine que, d'ici quelques années, il en sera tout autrement… Oui, vraiment, vous et moi, nous nous ressemblons plus que vous ne le pensez…

*

Après s'être réveillés d'un très lourd sommeil, les Corbeaux s'étonnèrent du départ soudain de Lucienne et devinèrent que la sorcière leur avait jeté un sort. Kétinée,

Ambala et Napoléon firent mine d'avoir été les victimes du même envoûtement.

La sorcière de plus de mille ans n'avait pas caché qu'elle ne les accompagnerait pas jusqu'à Saqqarah. En revanche, on s'interrogea sur son abrupte disparition. Quant à Louise, l'arrivée du soleil l'avait forcée à s'endormir dans le sous-sol de la propriété.

— Peut-être Lucienne avait-elle rendez-vous ici avec un de ses anciens compagnons qu'elle ne souhaitait pas nous présenter ? imagina Ramsès. Allez savoir.

— Bah, en ce qui me concerne, je préfère ne plus trop l'avoir dans les pattes, estima Simon Saisonnier. Elle est efficace, c'est sûr. Mais j'ai autant confiance en elle que dans les membres de ma famille, c'est dire ! Euh… exception faite de toi, cousine Lise.

— Mouaif, opina Idonéïs. Finalement, bon débarras !

— Soyons justes, modéra Ambala. Lucienne nous a indiqué où aller, quels raccourcis utiliser. Elle m'a aussi permis d'améliorer mon rituel, j'en suis certain.

— Si tu le dis, bougonna la sorcière aux yeux vairons. Au final, c'est quand même nous qui allons accomplir le sale boulot…

On ne creusa pas le sujet de son soudain départ. Comme il en avait été convenu, Corbeaux et Dogons partirent ensemble à dos de chameau pour rejoindre le Nil. Là-bas, ils attendirent Louise Balsia, qui voyageait de nuit, et ensemble entreprirent la descente du fleuve nourricier à bord de deux felouques jumelles.

Ils étaient neuf voyageurs, neuf idéalistes qui avaient décidé d'unir leurs forces, pour sauver un pays entier.

Chaque jour, chaque nuit, Ambala révisait ses notes, en prenait de nouvelles, compulsait les carnets de Raoul qu'il possédait, analysait les écrits que Lucienne avait su traduire. Outre les ajouts de Lucienne, le sorcier ressuscité trouva en Ramsès et Lise Belmont deux regards précieux qui lui permirent de peaufiner les derniers détails.

— Vous m'impressionnez, vous savez, avoua-t-il à Lise. Nombre d'érudits ne possèdent pas votre savoir. Pourtant, vous n'avez pas vingt-cinq ans…

— Appartenir à la branche Saisonnier nous destine à explorer les arcanes les plus secrets et les plus sombres de l'occultisme… Même si j'ai découvert mes dons assez tardivement, j'ai beaucoup étudié.

— Vous paraissez apaisée vis-à-vis de votre sulfureux héritage. C'est admirable !

— Il faut croire que je cache bien mon jeu, sourit Lise. Mais surtout : j'ai pris mes distances. Les Corbeaux correspondent à ce que je souhaite, ce que je vise : une meilleure utilisation de la sorcellerie à des fins altruistes.

Ces paroles mesurées plurent à Ambala, qui s'entendait de mieux en mieux avec la studieuse sorcière. Ensemble, ils entreprirent de déchiffrer des passages encore abscons parmi les notes accumulées. Cette étude commune déborda souvent sur leurs heures de sommeil, et parfois même jusqu'au lever du jour. Bien qu'érudits dans leurs domaines respectifs, Napoléon ou Kétinée avaient du mal à tenir la cadence. Lorsqu'Ambala et Lise passaient de l'araméen à la langue égyptienne antique, et du sanscrit au grec ancien, même Ramsès finissait par s'éloigner d'eux en soufflant :

— Popopooo ! Ça va trop vite pour moi. Ils m'ont perdu au troisième paragraphe, et tandis que je sue à grosses gouttes sur le suivant, eux sont déjà passés sur un tout autre texte, autrement plus hermétique et dont ils discutent les interprétations. Heureusement que mes vizirs et mes instructeurs ne sont plus de ce monde, je leur ferais honte !

Dans ces moments-là, Simon Saisonnier, aussi détendu et dilettante que sa cousine se montrait zélée, s'écriait :

— Allez Ramsès, détends-toi ! Et si tu venais plutôt attraper des perches avec moi ? Ça mord pas mal, dans le secteur.

— Pourquoi pas, Simon, accepta le souverain déchu en saisissant une canne à pêche. À côté de ces deux surdoués, j'ai bien l'impression que je ne suis bon qu'à taquiner la poiscaille, en effet !

Si le pharaon triplement millénaire portait une amulette qui lui permettait d'afficher une apparence plus jeune et plus vigoureuse que celle qu'il possédait vraiment, l'effet de ce sortilège avait tendance à se dissiper en plein soleil. Plusieurs marins de la felouque s'émurent de ces transformations répétées au cours desquelles un homme dans la force de l'âge paraissait peu à peu céder la place à un vieillard particulièrement racorni, au teint cireux. Les membres d'équipage s'enquirent ainsi de l'état de santé de cet individu, qu'ils crurent même mort à plusieurs reprises, séché tel un esturgeon au soleil.

— Vous inquiétez donc pas ! les rassurait Simon. Bras croisés comme ça, droit comme un « i », c'est juste qu'il fait la sieste. Faut penser à le réveiller, d'ailleurs, sinon il serait capable de continuer comme ça un petit siècle ou deux.

Les marins faisaient mine de rire de cette plaisanterie. Non moins étrange à leurs yeux était le comportement de Louise Balsia, enfermée dans sa cabine tout le jour, et qui ne sortait que de nuit. Ou bien même celui d'Aloÿs l'Ombredune, qui n'ôtait jamais la capuche lui servant à dissimuler ses oreilles pointues et démesurées.

Chapitre XXVI

— Entre une vampire, une momie et une fille aux traits elfiques, on ne peut pas dire qu'on soit très discrets, avoua un beau jour Idonéïs, dont les yeux vairons paraissaient en comparaison de ces multiples traits distinctifs une marque bienvenue de normalité.

Lorsque les membres d'équipage, sur les nerfs, en arrivèrent à vouloir débarquer ces clients trop excentriques à leur goût, Louise Balsia agit. Des quatre marins dont elle suça le sang, elle fit ses nouveaux esclaves. Lesquels suivraient désormais ses ordres mentaux sans s'émouvoir ni poser de questions.

— Ne vous en faites pas. Une fois arrivés à destination, je les libérerai de mon emprise, assura-t-elle à Ambala et Kétinée, qui s'offusquèrent de son initiative. En attendant, le voyage sera plus tranquille, et nous n'aurons plus à nous justifier… Cela me permettra en outre de ne plus mourir de faim. Parce que s'abreuver uniquement de sang de poisson, ça a assez duré, merci !

Malgré quelques protestations, on finit par céder à Louise et lui passer ce caprice – qui en réalité arrangeait tout le monde.

Dans les derniers jours de voyage, les felouques jumelles désormais dotées de quatre goules dociles s'engagèrent dans la zone du Caire, cité tentaculaire à deux visages, l'un archaïque, l'autre moderne, où des boyaux alambiqués et labyrinthiques débouchaient parfois sur de très larges avenues verdoyantes, d'inspiration haussmannienne.

Durant cette étape-là, Ramsès se mit à radoter, enchaînant sans discontinuer les « Oh là là, que ça a changé ! », les « Par les miches d'Isis ! Je ne reconnais plus rien » ou encore les « Mais qu'est-ce qu'ils m'ont fait, ces sagouins-là ? Où donc est passée l'Égypte de mon enfance ? » Heureusement, la portion suivante du paysage trouva grâce à ses yeux. Le long d'innombrables palmiers, et sous un soleil souverain, on passa des temples en ruine pour rallier Memphis et la célèbre nécropole de Saqqarah. Au centre de ce site majestueux trônait une pyramide à degrés, plus ancienne que les immenses tombeaux de Gizeh. En dessous de ce monument millénaire, dans une chambre inaccessible aux non-initiés se trouvait, selon Ramsès et Ambala, l'un des points d'accès les plus sûrs pour qui voulait se rendre en Atlantide.

*

La déesse Nout venait comme chaque soir d'avaler le soleil. Trois larges corbeaux noirs profitèrent de ce crépuscule pour entamer un vol plané au-dessus de l'esplanade et des ruines de Saqqarah. Autour de l'imposante pyramide couleur sable, demeure éternelle du pharaon Djéser, les volatiles tournoyèrent, à la recherche d'un endroit précis. Il s'agissait de l'entrée d'un tombeau secret, situé à quelque distance de la pyramide, du côté de sa paroi orientale.

Les deux premiers corbeaux se posèrent sans difficulté, bientôt suivis par un troisième, qui libéra ses voyageurs. Six formes humaines naquirent ensemble, à ses côtés. Et le corbeau, devenu femme, s'adressa à ses congénères.

— On devient trop nombreux ! se lamenta Idonéïs, en nage. Il va falloir travailler votre sortilège de transport, les amis. Parce que je ne peux plus porter tout le monde !

Les deux autres corbeaux croassèrent avant de revêtir à leur tour des habits humains. Aloÿs l'Ombredune et Simon Saisonnier firent mine de s'excuser.

— Je tenterai le coup du transport la prochaine fois, promit la première.

Chapitre XXVI

— Moi aussi je veux bien, mais ça risque de secouer dans les virages, enchaîna le second. On n'a pas ton aisance en vol, Idonéïs.

— Je pourrais m'y mettre aussi, avoua Ramsès. On m'a tant transporté de mon vivant… Il serait temps que je rende la pareille en maîtrisant enfin ce satané sortilège. Pour le moment, je ne parviens qu'à faire pousser des plumes au niveau de mon ventre et de mes épaules…

De tous les voyageurs, Napoléon était celui qui supportait le plus mal ce genre de voyage. Absorbés comme tous ses amis à l'intérieur du sortilège d'Idonéïs, son corps et son esprit se trouvaient alors au supplice.

— Si vous pouviez m'oublier lors du prochain trajet, ça m'arrangerait bien, avoua-t-il. Je préfère encore marcher dans le sable durant des kilomètres plutôt que de ressentir ce sacré mal de crâne quand on voyage ensemble…

Lise intervint.

— Moins de bruit, s'il vous plaît… Je sais qu'à cette heure-ci le site est quasiment désert, mais évitons d'attirer l'attention vers l'entrée secrète que nous nous apprêtons à emprunter…

— Nous allons faire vite, lui promit Ramsès. Laissez-moi donc passer.

L'ancien pharaon apposa ses mains au sol, selon un ordre bien précis de gestes magiques appris trois millénaires plus tôt. Comme il ne se passait rien, Ambala réitéra l'opération à sa façon. En moins de dix secondes, un trou tout en longueur se creusa dans le sol. Au milieu d'une fosse parut un escalier ensablé qui menait à une voûte sculptée.

— Oui, bon, se vexa Ramsès… Je suis un peu rouillé, peut-être.

— Après vous, s'amusa Ambala le surdoué.

Sous la voûte se distinguait une porte frappée d'un symbole égyptien à moitié effacé : l'œil du dieu Râ, placé au milieu d'un étonnant hexagone. L'érudit et le pharaon combinèrent d'autres mouvements. Un filet de lumière doré émana du symbole, puis ils poussèrent la porte, qui s'avéra fort lourde. Se dessina un haut couloir plongé dans la pénombre.

Aloÿs fit tomber sa capuche, révélant ses longues oreilles dans un soupir de satisfaction.

— Sève pourpre ! Je commençais à en avoir tellement assez de me cacher, avoua-t-elle. S'en aller vers un monde sorcier a ceci de bon qu'on ne me jugera pas *trop étrange*, là-bas…

Le groupe progressa en file indienne. Les parois, entièrement nues, se dirigeaient vers la pyramide tout en s'enfonçant dans la terre.

— En réalité, la pyramide de Saqqarah est double, révéla Ramsès. Sa seconde partie, symétriquement inversée, est souterraine. C'est vers celle-ci que nous nous dirigeons.

— Est-ce le pharaon Djéser, celui à qui est dédiée la pyramide à degrés, qui a commandité la construction de ce passage sorcier ? s'enquit Kétinée, curieuse.

— D'après ce que l'on m'a appris, l'initiative en revient plutôt à Ihmotep, vizir du pharaon, architecte de Saqqarah.

Ambala intervint :

— La légende raconte que le savant Ihmotep, grisé par la culture atlante, a voulu ménager un point d'accès éternel à son souverain, car il pensait que les enseignements des Terres Oubliées pourraient se révéler utiles dans l'au-delà.

— C'est ce qui se dit en effet, concéda Ramsès. Mais si vous voulez mon avis, le célèbre vizir avait surtout pris goût au luxe de la vie atlante, à ses mets délicieux, et à ses femmes… Sacré Ihmotep !

Chapitre XXVI

Au bout d'une longue marche sous la terre, le petit groupe déboucha au point le plus profond de la pyramide à l'envers : une étrange salle que l'on pouvait penser rectangulaire, mais qui s'élargissait ensuite pour épouser une forme plus arrondie. Contrairement au couloir nu, l'endroit se trouvait doté de somptueuses sculptures couvertes de hiéroglyphes. D'étranges hexagones habituellement absents des constructions égyptiennes colonisaient une partie du sol et constellaient les murs. La salle était ainsi conçue que l'on opérait un glissement : du style architectural de la IIIe dynastie égyptienne jusqu'à l'art atlante. Les représentations des divinités Anubis, Isis, Râ, Horus ou bien Toth côtoyaient d'autres personnages anthropomorphes, que l'on eût crus issus de l'hindouisme. Ces figures féminines et masculines possédaient toutes et tous un troisième œil, souvent mis en valeur par un halo schématisé ou des traits rayonnants.

Kétinée songea de nouveau à l'antique pilier planté dans la cave de son grand-père, orné de Celtes et de Dogons. Il s'agissait là aussi d'une rencontre entre deux civilisations.

— Excusez-moi, intervint Louise Balsia. Je ne suis pas aussi savante que vous tous. J'ai entendu parler du fameux continent évanoui de l'Atlantide évoqué par Platon. Une civilisation qui aurait précédé les plus anciennes – dont la vôtre, Ramsès. Mais que s'est-il passé, au juste ? Au lieu de disparaître, les Terres Oubliées se sont… déplacées, c'est cela ?

— C'est expliqué ici, indiqua Lise Belmont en parcourant du doigt un bas-relief. Regardez cette terre luxuriante, ces palais somptueux…

— On dirait qu'ils sont frappés par des boules de feu, remarqua Kétinée. Comme des comètes qui tomberaient du ciel.

— Il y a fort longtemps, l'Atlantide pouvait s'enorgueillir d'héberger la civilisation la plus avancée, la plus dynamique du monde entier, énonça Ambala. Cette suprématie dans le domaine des arts, de l'architecture et des sciences a malheureusement rendu ses dirigeants incroyablement orgueilleux. Au fur et à mesure que croissait leur dédain des autres, les ennemis de l'Atlantide se sont multipliés… Tout ceci est tellement ancien que l'on en ignore les détails. Cependant tu as vu juste, Louise : l'Atlantide alors menacée s'en est allée. Les plus grands mages se sont unis. Pour éviter que le continent assiégé ne finisse ravagé, englouti par les flots, il a été décidé de le faire disparaître. En le déplaçant non seulement dans l'espace… mais aussi dans le temps. Très loin dans le passé.

— Très loin dans le passé ? répéta Simon Saisonnier. C'est complètement fou, ça !

— La science des Atlantes rendait un tel miracle possible, affirma Ambala.

Lise Belmont développa :

— Parmi les sages d'Atlantide évoluaient, entre autres, les représentants de N'déwi, de Gõthem, de Tenngalidji, respectivement déesse de l'espace, dieu de la Terre et déesse du temps… Autant de divinités dont d'éminents sorciers ont été les vaisseaux. Ces gens sélectionnés, dépositaires d'un immense pouvoir, ont hérité des plus impressionnantes découvertes accumulées au fil des siècles. Par les dieux invoqués, ils sont devenus capables d'embrasser l'univers et de plier ses lois. Un exploit fabuleux, à peine concevable.

— Le rituel sorcier ultime, fantasma Kétinée.

— On ne peut qu'être impressionné devant tant de maîtrise, concéda Ramsès.

Chapitre XXVI

— Voilà pourquoi il est si difficile de se rendre en Atlantide, conclut Ambala. Pour rejoindre les Terres Oubliées, il faut emprunter cette même voie, hors du temps, de l'espace, telle que tracée par les dieux sauveteurs. Nous nous accrochons à leur sortilège initial, tellement puissant que nous en profitons encore. Mais il en reste très peu de traces. Heureusement pour nous, ce sanctuaire imaginé par l'un des plus grands savants de l'ancienne Égypte, qui voulait conserver un lien entre les peuples, en fait partie.

Ambala posa sur le sol le sac imposant qu'il portait, en déversa le contenu : des tablettes, des notes, des urnes, différents calepins et carnets, dont ceux de Raoul Villempré.

— J'ai déjà effectué plusieurs fois ce voyage, rappela le sorcier ressuscité. Mais, à cause de l'état actuel, dramatique, de l'Atlantide, chaque nouveau saut est un peu plus dangereux que le précédent.

— Je sais qu'il existe d'autres accès, intervint Lise. En Inde du Sud notamment, du côté du temple Mînâkshî. Sans compter quelques sites situés sous l'océan.

Aux côtés d'Ambala, Kétinée déploya son propre matériel vaudou.

— J'espère que mes sortilèges te seront utiles, mon oncle.

— Je n'en doute pas, ma nièce. Comme je suis bien certain de l'efficacité de votre sorcellerie, chère Lise.

À voix très basse, Simon, moqueur, murmura à l'oreille d'Idonéïs :

— Et la nôtre en revanche, il a l'air de s'en ficher un peu plus. On se demande bien pourquoi !

— Moi, ce que je peux apporter, c'est l'aide de ceux qui hantent encore ce lieu, annonça Napoléon dans un sourire tout en s'asseyant en tailleur. Dès que l'on a fait le tri entre le bon grain et l'ivraie – c'est-à-dire entre les architectes et les pilleurs de tombes –, cela peut s'avérer utile.

À partir de ce moment-là, tout le monde s'affaira. Pour se concentrer sur l'invocation, Napoléon joua de son gomboy. Ramsès, Ambala, Lise et Kétinée joignirent leurs connaissances. Simon, Aloÿs et Idonéïs apportèrent leur grain de sel. Quant à Louise, à la lumière d'une bougie, elle s'était mise à tirer les tarots. À sa propre surprise, elle parvint à un résultat qui lui sembla correct.

— Fabuleux ! s'exclama-t-elle. Enfin, j'ai l'impression d'y voir un peu plus clair… Parce que ces derniers temps je crois que je n'aurais rien vu venir, même ma propre mort !

— Que donne ton tirage ? s'enquit Kétinée.

— La première carte, celle de gauche, c'est la Justice. La vôtre, Ambala… Rien d'étonnant, puisque vous êtes incontestablement le cœur de cette expédition… Maintenant passons à la carte de droite, celle des circonstances extérieures… Aujourd'hui, c'est la Force. Qui doit sans doute représenter ce que nous allons subir de la part de nos ennemis. Quant au problème à régler – la carte du haut… sans surprise, c'est le Pendu.

— L'arcane selon toi lié à Ernest, se souvint Kétinée, tendue.

— Ernest, tel qu'il est devenu, représente bien le summum de nos difficultés, estima la vampire. Il ne s'agit pas uniquement de le contrer, mais de le ramener avec nous… Cela étant dit, la carte du Pendu peut également représenter symboliquement l'Atlantide, mise sens dessus dessous, et dont on cherche à rétablir l'équilibre.

— Et la résolution, alors ?

— La résolution c'est… une figure qui dans mes récents tirages se manifeste très souvent.

Chapitre XXVI

Entre ses doigts, elle fit tourner l'arcane, et indiqua à son amie un dessin qui représentait la lame numéro 4 des tarots : celui de l'Empereur.

— En manipulant cette carte, je ne perçois que des sentiments contradictoires. Une façade impeccable, mais qui cache son lot de tragédies. Des secrets enfouis, profondément… Il s'agit du Prince, bien sûr. L'employeur de ce pauvre Ernest, et le centre de cette affaire.

— Son centre et sa résolution, reprit Kétinée, songeuse. Tôt ou tard, il faudra donc le rencontrer physiquement…

Pensive elle aussi, Louise finit par rassembler ses cartes. Au même instant, le rituel prit de l'ampleur. Les hexagones sur le sol et sur les murs s'illuminèrent. Ils étaient constitués d'une matière changeante, tantôt opaque, tantôt transparente. Au fil des prières, des litanies, des passes magiques et des mots atlantes énoncés à voix haute, chaque hexagone vibrait, s'enfonçait ou s'élevait, selon une suite de sons différents.

— Ouvrir le passage vers l'Atlantide, c'est comme retrouver une mélodie, expliqua Napoléon à Kétinée tout en continuant à jouer du gomboy. Une oreille mélomane est donc de rigueur…

Si les notes paraissaient encore dissonantes, peu à peu elles s'ajustaient sous les efforts conjugués des Corbeaux et des Dogons. Seul Simon Saisonnier paraissait moins attentif que le reste du groupe

— Reste concentré, veux-tu ? le réprimanda sa cousine Lise.

— C'est juste que… quelqu'un arrive, expliqua Simon. Quelqu'un qui risque fort de nous enquiquiner.

— Tu veux dire… ?

— Oui oui, ça sent le soufre. Aucun doute là-dessus.

— Que se passe-t-il ? s'enquit Kétinée.

— Une présence démoniaque, révéla Lise, consternée.

— Un démon ? Ici ? s'étonna Ramsès. Ça alors ! Pourquoi ?

— Le moment où nous allons basculer approche, indiqua Ambala. Je ne peux pas revenir en arrière. Il va falloir…

— … que l'un de nous se dévoue pour aller voir ce qui se passe, comprit Simon en se levant. C'est moi le démoniste : je m'en occupe.

— Je viens avec vous, indiqua Louise. Il se peut que… hum… ce soit un peu ma faute si quelqu'un vient.

— Comment ? s'étonna Kétinée, qu'Ambala rappela aussitôt à l'ordre.

— Reste focalisée sur la mélodie, s'il te plaît. Il ne faudrait pas que nous nous retrouvions séparés, en Atlantide. Tu dois, quoi qu'il arrive, demeurer dans un état de quiétude…

— Ne t'en fais pas pour moi, indiqua la vampire à la mambo. J'y vais et je reviens.

Prestement, Louise la vampire et Simon le démoniste quittèrent la chambre secrète au sein de laquelle les bougies étaient devenues inutiles : la lueur blanche qui s'y diffusait, en effet, éclairait désormais comme en plein jour.

Tandis qu'elle avançait vers la présence de plus en plus décelable, Louise échangea avec Simon :

— Savez-vous comment cela fonctionne, pour nous autres vampires ? Connaissez-vous le prix que nous devons payer ?

— Un prix, outre le fait de ne plus jamais voir la lumière du jour… Ah oui, j'en ai entendu parler par… des collègues de travail, dirons-nous. Chaque mois, vous devez… rendre des comptes à un démon, il me semble ?

Chapitre XXVI

— C'est exactement ça. Chaque mois, un démon vient ponctionner un peu du sang que nous prélevons sur les humains. C'est une sorte d'impôt, si vous voulez. Une façon de nous rappeler qu'en réalité nous ne sommes rien d'autre, nous les vampires, qu'une émanation des Enfers. Et que notre âme est damnée pour l'éternité…

— Ah oui, je vois… Eh bien, du moment que vous le vivez bien…

— Personne ne le vit bien, Simon, soupira Louise. Mais je m'efforce de le vivre le moins mal possible…

— Et donc, ce démon qui serait venu vous voir… serait lié à… l'impôt du sang ?

— Oui, forcément… À cause de ma disparition dans les Limbes, je ne l'ai pas revu depuis presque six mois. Et sur ce sujet-là, croyez-moi, les démons sont assez susceptibles.

Quelques dizaines de mètres plus loin, Louise fut prise d'un frisson.

— Il n'y a pas qu'une seule présence qui vient vers nous, analysa-t-elle, perturbée. Est-ce que vous ressentez… ?

Ce fut au tour de Simon de trembler.

— Non non non, ce n'est pas possible… Certainement… Pas lui ? !

D'un geste nerveux, le jeune démoniste saisit son long bâton de berger. Son visage habituellement jovial était devenu livide.

Au milieu d'un couloir, un homme d'une bonne cinquantaine d'années venait d'apparaître, un flambeau à la main. Vêtu d'un costume élégant et pourpre, il était accompagné d'une silhouette dissimulée dans l'ombre. Lorsqu'elle croisa le regard d'acier cerclé de lunettes du visiteur, Louise sut immédiatement de qui il s'agissait. Derrière cet homme marchait un démon. Mais cet homme, c'était le Diable. L'arcane maléfique de ses tarots. Son représentant dans le jeu.

— Archibald Saisonnier, murmura-t-elle.

Si elle n'avait jamais rencontré le sataniste, elle connaissait déjà son aura pesante et néfaste qui imprégnait chaque centimètre carré de sa demeure lyonnaise, rongée par ses excès.

— Mon cher neveu… et l'une des récentes visiteuses de mon domaine, prononça Archibald d'une voix suave. Après votre visite, chez nous, mon nouvel ami et moi-même sommes positivement *ravis* de vous trouver… *enfin* !

Derrière Archibald Saisonnier, la silhouette sombre au regard noir émit un grognement. Un nuage de soufre s'échappa de sa bouche. Dans le couloir, les parois s'écartèrent. Tout se passa très vite. Une suite de mouvements brusques, précis et meurtriers se dessina.

Sur les murs s'étala le sang. En plusieurs projections violentes. Accompagnées d'horribles cris.

Pendant ce temps, au centre de la chambre secrète de Saqqarah, le clan Mountabila et les Corbeaux entamaient leur voyage. Kétinée sentit son cœur se contracter. Elle releva la tête, écarquilla les yeux :

— Louise ! s'écria-t-elle… Ça ne va pas ! Elle est…

— Il est trop tard, la pressa Ambala. Les hexagones sont ordonnés. Notre départ est imminent.

Kétinée ne put rien tenter pour son amie vampire. Comme les Corbeaux réunis ne purent secourir Simon.

Au moment où un éclat d'une blancheur totale effaça chaque détail de la chambre secrète et avala les sept silhouettes unies, Kétinée sentit son corps et son esprit tourbillonner sans fin.

Chapitre XXVI

Telle une sculpture de sable qu'un vent mauvais disperse, son lien télépathique avec Louise se désagrégea en un millier de particules déchirantes, qui glissèrent et s'évanouirent entre ses doigts noués.

XXVII

Lorsque la lumière blanche se dissipa, elle donna naissance à une seconde chambre ornée de gravures. Un genou touchant terre, l'autre plié, Kétinée vit, sentit, entendit les éléments du paysage se constituer, s'imbriquer, exister. Elle venait d'apparaître dans un autre temple, non pas souterrain celui-ci, mais baigné de lumière. Au milieu d'une grande salle hexagonale parée de symboles et de hautes statues. Ces figures sculptées possédaient un troisième œil, vertical, dessiné au milieu du front.

Des rayons filtraient par de larges ouvertures, esquissant sur le sol des symboles géométriques. Lesquels se combinaient pour cerner les voyageurs. Qui étaient surtout voyageuses, puisque des sept silhouettes qui avaient entrepris le voyage depuis la pyramide secrète de Saqqarah, seules trois femmes étaient parvenues à destination.

— Nous avons réussi, je crois, indiqua Lise Belmont. Cette salle… je l'ai déjà vue représentée dans plusieurs manuscrits.

— Nous serions donc en Atlantide ? formula Aloÿs l'Ombredune. Mais… où sont passés nos amis ?

Les trois sorcières se rendirent à l'évidence : Ambala, Napoléon, Ramsès et Idonéïs ne s'étaient pas matérialisés à leurs côtés. Étaient-ils restés à Saqqarah ? Avaient-ils atterri à un autre endroit, dans un autre temple ? Avaient-ils été attaqués, eux aussi ?

— Tandis qu'on était arrachées à la terre d'Égypte, j'ai senti que mon amie Louise se faisait agresser. J'ai senti…

— … la présence de mon oncle Archibald, compléta Lise. Accompagné d'une créature qui paraissait sortie des Enfers.

— Archibald ? Ce vieux sataniste effrayant ? comprit Aloÿs. Mais qu'est-ce qu'il fichait en Égypte ?

Les voyageuses en furent réduites à des suppositions. Archibald Saisonnier avait dû faire parler les fantômes de sa demeure, qui lui avaient révélé l'identité des intrus chez lui. Visiblement, il s'était montré ensuite assez obstiné pour remonter leur piste jusque sur le continent africain.

— Archibald connaît plusieurs raccourcis sorciers comme ceux de Lucienne, révéla Lise. Aussi un tel voyage n'est-il pas inenvisageable pour lui. Eh oui : il est du genre revanchard. Si Ambala lui a piqué un ou deux grimoires, par exemple – et je crois bien que c'est le cas – il peut nous avoir poursuivis.

« Ou alors il a senti que j'avais retrouvé le médaillon de son ancêtre », songea Kétinée, l'esprit coupable – mais sans l'énoncer à voix haute.

— Il connaît le passage de la pyramide de Saqqarah, non ? avança Aloÿs. Tu m'as dit qu'il était un très grand spécialiste des Terres Oubliées…

Chapitre XXVII

— On ne peut pas laisser Louise et Simon aux prises avec ce malade, estima Kétinée. Comment peut-on retourner en Égypte ?

— Malheureusement, il est impossible de faire demi-tour. Du moins, pas tout de suite.

Lise expliqua aux autres que l'énergie invoquée pour un tel voyage ne pouvait être redéployée immédiatement.

— C'est comme une ruche dont on récolte le miel, précisa-t-elle. Tout doit se mettre en place, il faut du temps. Au moins l'équivalent d'un cycle lunaire… Nous resterons donc indécis quant au sort de Louise et de Simon. Sans compter celui de nos autres amis, dont le voyage paraît avoir été perturbé… Le bon côté, c'est qu'Archibald Saisonnier ne pourra pas débarquer ici.

À regret, les sorcières décidèrent de quitter le temple. Jamais elles ne s'étaient imaginé évoluer en Atlantide sans Ambala.

La mambo dans son habituelle tenue courte, la pyrokinésiste en pantalon noir et chemisier pourpre, enfin l'Ombredune vêtue d'une longue robe sombre et de bottes de cuir poussèrent ensemble la lourde porte de pierre dotée d'un hexagone et d'un œil. Pour toutes les trois, ce voyage était un baptême du feu. On leur avait parlé de l'Atlantide comme d'un endroit dévasté, en proie à la maladie et aux larmes. Aussi furent-elles frappées par le spectacle éblouissant qui les accueillit.

Elles sortirent sur les marches de pierre d'une pyramide à degrés. Là où le monument de Saqqarah culminait à soixante mètres, celui-ci, de forme hexagonale, se révéla trois fois plus imposant. Mais surtout, extrêmement bien entretenu. Aux blocs polis, décorés de symboles, ornés de gravures travaillées. Des silhouettes peintes, en relief, accompagnèrent les sorcières vers les splendeurs du monde extérieur. Leurs longs bras élégants, leurs mains aux doigts fins, étaient une invitation au départ, une mise en valeur du paysage fastueux qui depuis ces hauteurs se déployait.

Sous un ciel sans soleil, pourtant très lumineux et parfaitement bleu, Kétinée, Lise et Aloÿs découvrirent une fabuleuse cité constellée de palais et regorgeant de vie. Un complexe circuit de cascades grandioses et de fontaines à étages serpentait entre les bâtiments, habillait les quartiers, vitalisait un océan de constructions. Des arbres, des buissons ornaient la pierre, les racines et les branches se coulaient dans les étages, du minéral paraissaient naître les fleurs les plus magnifiques.

— C'est à peine croyable ! s'enthousiasma Aloÿs. Moi qui suis herboriste… je ne reconnais aucune plante présente ici.

Toutes les trois secondes, elle s'arrêtait pour contempler un nouvel arbuste, pour caresser les nervures d'une feuille inédite. À chacun de ces contacts, ses yeux verts, sans pupille, scintillaient d'un éclat particulier. Kétinée, elle, observait les milliers de personnes qui déambulaient au pied de l'imposante pyramide, entre les palais et parmi les artères qui se dessinaient. Des gens à la peau brune côtoyaient d'autres personnes au corps bleuté, souvent peu vêtues, aux pieds nus. Jamais elle n'avait contemplé pareille diversité ni si vaste cité, à l'eau limpide et abondante, à la végétation omniprésente, parfaitement intégrée aux constructions. Elle revit les jardins suspendus de Babylone, tels qu'ils étaient décrits dans les carnets de Raoul Villempré. Mais même ceux-ci lui parurent faire pâle figure face à la réalité somptueuse, à l'imposante majesté de ce panorama.

— Je croyais… Je croyais l'Atlantide exsangue et dépeuplée, bredouilla la mambo, estomaquée. Je ne m'attendais pas du tout à ce genre de merveilles.

Chapitre XXVII

— Moi non plus, confirma Lise. Tout ce que j'ai lu, tout ce qu'on m'a dit ces dernières années sur les Terres Oubliées, ne laissait guère planer le doute : ce monde sorcier, l'un des plus fabuleux sans doute, était mourant…

— Mon oncle a évoqué une autre temporalité, non ? Si l'Atlantide a été déplacée dans le temps, peut-être avons-nous été transportées à l'époque de sa grandeur ?

— À moins qu'il ne s'agisse… d'une oasis ? proposa Aloÿs. Un endroit miraculeusement préservé, au milieu de la mort et des calamités ?

Lise porta une main songeuse à ses lèvres.

— D'après mes souvenirs de lecture chez mon oncle Archibald, cet endroit se nommerait « Akkouraï ». La présence de la pyramide à degrés, l'orientation des plus grands palais, la disposition des cascades… Nous voici donc… au cœur de la capitale de l'Atlantide !

— Rien que ça ! siffla Kétinée. Il n'y a pas à dire. C'est juste… phénoménal !

— Si nous avons atterri à un autre moment du temps… pourquoi celui-là ? interrogea Lise. J'ai pas mal étudié le rituel qui mène jusqu'ici, et franchement ça me dépasse : rien de ce que nous avait révélé Buraïli ne m'avait préparée à cela… Lui s'est battu toute sa vie, il a vu sa famille succomber sous ses yeux, dévorée par les bêtes sauvages, ou gangrenée par les maladies… S'il était encore là, lui non plus n'en croirait pas ses yeux.

Au fur et à mesure qu'elles descendaient les degrés, les trois sorcières observèrent mieux la population et entendirent les conversations qui montaient. On parlait d'elles, on les dévisageait. Une délégation de femmes et d'hommes s'avança, tandis qu'elles s'approchaient de la base de la pyramide. Chez chacune de ces personnes scintillait un troisième œil, souvent de couleur vive, du vert au bleu, du jaune à l'orangé. Aloÿs avait pris sur elle de ne pas cacher son apparence et ses longues oreilles. Cette liberté ne parut guère gêner les Atlantes, qui acceptèrent chacune des visiteuses avec leur particularité : absence de troisième œil, regard sombre ou symbole tatoué ne les gênaient guère.

Un jeune personnage, aux cheveux blancs, aux oreilles légèrement pointues, à la peau pâle et bleue, s'adressa au trio dans une langue chantante et d'un ton apaisant :

— *Kalaïnélo Atama bé. Bėssélia Elgëath.*

— Ça va être un peu compliqué, estima Kétinée.

— Pas tant que ça : Buraïli nous a appris quelques rudiments d'atlante, l'informa Aloÿs.

— Et j'ai suffisamment étudié ce langage pour le comprendre et le parler, compléta Lise.

Les deux membres des Corbeaux se lancèrent donc dans une conversation avec le jeune homme et ses compagnons. Peu à peu se massèrent plusieurs Atlantes, qui les pressèrent de questions.

— Le porte-parole du groupe s'appelle Elgëath, résuma Aloÿs à Kétinée. D'après ce que j'ai compris, il travaille pour le souverain. Il nous dit que les visiteurs étrangers sont rares. Lui-même n'en avait jamais vu.

— Nous sommes bien à Akkouraï, confirma Lise. En l'an 63 de l'ère Bëruhn. Buraïli venait de cette époque, lui aussi. Cela n'a aucun sens puisqu'il m'avait décrit la capitale en ruine… Ces gens ne semblent pas savoir que l'Atlantide est censée mourir. C'est fou !

Elgëath et les autres Atlantes proposèrent aux trois sorcières de les accompagner pour un tour dans la capitale. On parla même d'une audience, auprès du roi Bëruhn, qui d'après tous serait ravi de rencontrer des gens en provenance de Saqqarah. Une jeune femme de la même couleur qu'Elgëath, à la robe couleur pastel, à la chevelure blanche, loua la vie tranquille à Akkouraï.

— Tout de même, insista Lise, vous n'avez pas entendu parler de troubles, d'animaux sauvages, de tempêtes qui ravagent tout ?

Ses questions répétées ne lui valurent que des regards d'incompréhension et des sourires gênés.

— Je vais finir par croire en effet que tout n'arrive chronologiquement qu'après le moment que nous sommes en train de vivre, que les agents du Prince sont peut-être responsables des fléaux à venir…

— Et que le compte des ères a été interrompu ensuite, puis a repris ? proposa Aloÿs. D'où notre confusion, sur la date à laquelle nous avons atterri ?

Cette explication ne put satisfaire Kétinée. Qui ne voulait pas voir Ernest responsable de la déliquescence d'un pays entier.

Pour le moment cependant, tout paraissait éclatant, idyllique. Les différents quartiers d'Akkouraï étaient parfois séparés de larges étendues d'eau. Certains y évoluaient à la nage. D'autres utilisaient des barques ou de longs bateaux élancés. Pour que gonflent les voiles, les Atlantes se concentraient. En plongeant simplement une de leurs mains dans l'eau, ils généraient une poussée qui leur permettait d'évoluer dans la direction qu'ils avaient choisie.

— Notre peuple se trouve en harmonie avec l'élément aquatique et nourricier, expliqua l'amie d'Elgëath, qui avait pour nom Nelja. C'est comme un prolongement de nos capacités motrices. Car nous sommes principalement constitués d'eau. Il suffit de s'ouvrir au monde, de ressentir le flux au-delà de nos corps. Cela nous permet d'influer sur ce liquide qui nous entoure.

— La sorcellerie, et pour moi le vaudou, fonctionne un peu ainsi, répondit Kétinée, dont les propos étaient traduits par Lise. En cherchant à influer sur les sphères voisines…

— Tout est ensuite question de mesure, acquiesça Elgëath. Il serait préjudiciable à l'équilibre du monde que ces manipulations dépassent notre zone d'influence proche.

Kétinée soupira :

— Si seulement certains sorciers suivaient ce simple conseil, nous cesserions alors d'être les pions d'une partie mortelle dont les règles changent sans cesse…

Les voyageuses prirent place dans une embarcation élégante et fuselée, menée par leurs guides improvisés. Elles naviguèrent un moment à hauteur de vergers aménagés, dont chaque citoyen était libre de cueillir les bienfaits. Des rires d'enfants faisaient écho aux cabrioles d'adolescents intrépides. Kétinée observa un vieil homme qui guidait une petite fille dans ses premiers pas, tandis qu'un Atlante barbu jouait d'une sorte de harpe. La mambo aperçut des caprins aux cornes entortillées, des volatiles dodus au long cou, et toutes sortes d'oiseaux colorés qui voletaient. L'un d'eux vint se poser à quelques centimètres d'elle, en dodelinant de sa tête duveteuse.

— Eh bien, murmura Kétinée, si cet endroit n'est pas le paradis sur Terre, ça y ressemble fort.

— Ce que j'aimerais vraiment, commenta Aloÿs, c'est récupérer quelques graines atlantes. Je les imagine déjà dans ma serre au milieu du Nid…

Chapitre XXVII

— Cela devrait pouvoir se faire, promit Nelja. Car nous approchons du grand marché aux plantes et aux épices.

Une lueur ravie illumina le regard d'Aloÿs et ne le quitta plus. De retour sur terre, elle déambula entre les étals colorés, plus tentants les uns que les autres. Des montagnes d'aromates, de graines, de branchages séchés chargés d'odeurs extraordinaires chatouillaient ses narines, affolaient ses sens. Peu à peu, le sac d'Aloÿs se remplit des cadeaux qu'on lui offrait par très larges poignées. Un peu partout, les sorcières ne reçurent que sourires, regards bienveillants et gestes cordiaux de la part de ce peuple qui ne jugeait personne, et qui les accueillait à bras ouverts.

— Entre cet endroit inouï et les Limbes que j'ai récemment arpentés, voilà toute l'étendue et la diversité des mondes sorciers, jugea Kétinée. J'aimerais que davantage de lieux ressemblent à celui-ci.

Tandis qu'elle s'enivrait à son tour de parfums et de bruits joyeux, elle observa Lise Belmont, qui elle frissonnait.

— Ça ne va pas ? s'enquit-elle discrètement. Tu as l'air… un peu distante.

— Je ne sais pas trop, avoua la sorcière blonde en s'enserrant de ses propres bras. C'est juste que je me sens un peu étrangère à tout ça… Il faut croire que j'ai passé trop de temps dans des endroits comme la maison de mon oncle. Si bien que j'ai parfois du mal à goûter aux joies simples. La sorcellerie et les épreuves traversées peuvent durablement nous marquer, dans certains cas…

Kétinée s'en doutait : Lise avait vécu nombre d'expériences traumatisantes, que par discrétion elle ne détaillerait pas. Ayant elle-même subi les tourments des Limbes, ayant possédé un aperçu des Enfers face à Déa, elle ne put qu'imaginer les cicatrices mentales que pouvait laisser l'exploration de ces zones maudites.

— Donne-toi un peu de temps, lui conseilla la mambo dans un sourire. Tu as surmonté de rudes épreuves et en es sortie plus forte. Tu devrais donc pouvoir survivre à la visite d'un monde sorcier idyllique, non ?

À deux pas d'elle, Aloÿs suivait les conseils de Nelja et d'Elgëath, mais dut se restreindre, sous peine de voir son sac de toile déborder.

— J'adore cet endroit ! avoua-t-elle. C'est l'une des premières fois où je me promène en toute insouciance, sans cette satanée capuche qui me mange le visage… Je m'en veux de ne pas être venue ici plus tôt !

Kétinée ne put que souscrire à ce sentiment.

Les sorcières quittèrent l'effervescence du marché aux plantes et aux épices. On les attendait du côté du palais central.

Elles empruntèrent une allée pavée majestueuse, aux arches de pierre blanche, aux guirlandes fleuries d'espèces inédites, entre hibiscus et lilas. Des arbres vigoureux alternaient avec des dizaines de statues prestigieuses, représentations de chimères élégantes comparables aux sphinx ou aux griffons.

Bientôt parut l'édifice royal. Si l'allée évoquait l'élégance organisée de la civilisation égyptienne antique, ce bâtiment foisonnant aux multiples gravures, aux toits superposés rappelait quant à lui les plus impressionnants palais indiens. Les voûtes ciselées, les piliers décorés, les fenêtres innombrables furent pour Kétinée une nouvelle source d'enchantement. Comme partout en ville, la façade était dotée de jeux d'eaux, de fontaines et cascades qui vivifiaient la pierre et nourrissaient une végétation splendide. De nouveaux volatiles évoluaient dans un étonnant ballet aérien autour de l'immense structure. Mais il ne s'agissait pas d'oiseaux. Plutôt de fauves trapus, pourvus d'ailes de chauve-souris.

— Woah ! Regardez ces bestiaux-là ! s'exclama Aloÿs. Comment s'appellent ces créatures ?

— Ce sont des manticores, révéla Elgëath. Des animaux rares mais très fidèles. Ils appartiennent au roi Bëruhn.

Bientôt, les sorcières pénétrèrent dans le bâtiment recouvert d'un tapis moelleux. On les invita à se déchausser. Puis on indiqua à Aloÿs que le roi Bëruhn, passionné de jardinage, prendrait sans doute plaisir à détailler avec elle ses trouvailles du marché.

— J'en serais ravie et très honorée, affirma l'Ombredune.

Ici, les murs étaient ornés de fresques colorées, riches en détails, rehaussées d'or. Parmi la multitude de personnages, Kétinée reconnut des déités rencontrées dans les notes de son oncle ou dans les carnets de Raoul.

— Là-bas, c'est Gõthem, non ? demanda-t-elle à Lise. Dieu de la terre et des cultivateurs ?

— Il y a aussi N'déwi, déesse voyageuse. Et puis Tenngalidji.

— Déesse du temps celle-là. Oui, j'ai reconnu cette figure masquée, souvent accompagnée d'un sablier.

— Les dieux et les déesses atlantes ont réellement existé, intervint Nelja. Il y a très longtemps, ce sont eux qui ont apporté la connaissance, qui ont permis à notre civilisation de bourgeonner, puis de s'épanouir.

— Ce sont eux aussi qui, bien des siècles plus tard, ont assuré notre subsistance quand notre civilisation s'est trouvée en danger, compléta Elgëath. En nous transportant au-delà du temps et de l'espace, ils nous ont sauvés. Nous leur devons tout.

Kétinée fut tentée de se lancer dans une conversation plus approfondie sur le sujet. N'déwi, Tenngalidji, Gõthem faisaient-ils uniquement partie de l'histoire et des mythes, ou bien ces divinités-là existaient-elles encore quelque part, dans l'éther, comme les figures vaudoues avec lesquelles elle-même conversait parfois ? Elle n'approfondit pas la question car ils arrivaient en vue de la salle du trône. Il s'agissait d'une cour intérieure aux dimensions colossales, réplique de la grande pyramide où les voyageuses du XIXe siècle étaient apparues. Celle-ci, cependant, était couverte d'or. De l'or mobile qui coulait en cascades et ruisseaux le long d'entrelacs creusés dans la pierre. Des bassins ondulants et des tapis moelleux accompagnèrent les pas et l'ascension de Kétinée, Lise et Aloÿs, qui durent franchir ces nouvelles marches pour accéder à l'esplanade où se tenait la cour royale.

Alors qu'Aloÿs et Kétinée progressaient, menton haut, Lise se mit à frissonner. Bien plus intensément qu'auparavant.

— Qu'est-ce que tu as ? remarqua Kétinée.

— Je ne sais toujours pas. Mais plus j'avance, plus le malaise s'intensifie.

Encadrées d'Elgëath et de Nelja, et tandis que les imposants manticores voletaient autour d'elles, les sorcières gravirent les tout derniers degrés. Une estrade dorée parut alors. Là, assis sur un trône étincelant, se tenait le roi de l'Atlantide. Qui était tout ce que l'on pouvait attendre d'un pareil souverain : le regard franc, la barbe vénérable posée sur une tunique éclatante, finement brodée. Ses longs cheveux ondulés, roux tirant sur le gris, et coiffés d'une tiare encadraient son visage à la peau bleue et son regard triplement orangé. Au moment où ses yeux se posèrent sur les voyageuses, les deux manticores atterrirent chacune leur tour à ses côtés. L'une d'elles s'approcha même du trône et courba l'échine. Le roi atlante en profita pour lui caresser la crinière.

Chapitre XXVII

Sa voix grave, bienveillante, entonna des paroles chantantes de bienvenue, traduites immédiatement à Kétinée.

— Ainsi, voici les trois voyageuses dont on me parle depuis tout à l'heure. Celles qui se sont manifestées dans la pyramide sacrée, centre spirituel de notre ville et joyau de notre beau continent.

Les trois sorcières posèrent un genou à terre.

— Pas de cela, voyons : venez à moi. Et devisons ensemble. Soyez les bienvenues.

Le roi Bëruhn se montra remarquablement bienveillant à l'égard des sorcières. Il leur posa de nombreuses questions sur leur arrivée, sur leurs sentiments quant à la capitale atlante, sur le but de leur long voyage jusqu'à lui.

Ce fut principalement Aloÿs qui conversa avec le roi, car Lise ne parvenait pas à dominer ses tremblements. Si les servants du roi parurent s'interroger, Bëruhn lui-même ne sembla guère en prendre ombrage.

— Qu'est-ce qui se passe ? demanda encore Kétinée, qui commençait à s'alarmer. Vraiment, tu ne vas pas bien…

Le visage de Lise avait changé. Soudain, elle planta ses yeux dans ceux de la mambo.

— La… La sorcellerie utilisée ici est puissante, capable d'inhiber nos sens. Ainsi, vous ne pouvez rien voir. Pourtant…

— Qu'est-ce que tu racontes ? s'étonna Aloÿs.

— Pourtant, on m'a appris à voir au-delà des apparences… Surtout n'ayez pas peur, les filles.

Brusquement, les mains de Lise s'enflammèrent. Elle plaqua l'une sur le front d'Aloÿs, et l'autre sur celui de Kétinée.

— Hé ! s'écria la mambo, surprise.

Au lieu de ressentir une douleur, elle vit le paysage s'effacer. Un rideau de feu s'abattit sur le palais idyllique d'Akkouraï et sur les terres atlantes. Les couleurs vives cédèrent la place à un paysage entièrement gris et dévasté. Les cascades se tarirent d'un coup. Tous les végétaux se flétrirent. Tapis et entrelacs dorés s'évanouirent. La pyramide se fendit de lézardes profondes, certaines marches s'effondrèrent.

La ville aux pieds de Kétinée venait de se métamorphoser en un océan de ruines, de cratères, de bâtiments éventrés, désertés depuis bien longtemps.

— Voici pourquoi je ne me sentais pas bien : nous sommes toutes trois victimes d'une illusion entretenue par un puissant sorcier, révéla Lise. Mais désormais, vous voyez comme moi ce qui est vrai. Et non ce que l'on voulait nous faire croire.

— Quoi ?? s'exclama Aloÿs, déstabilisée.

Un rapide coup d'œil à l'intérieur de son bagage lui indiqua que celui-ci grouillait de vers occupés à digérer des résidus de pourriture. Dans un cri strident, elle lâcha le sac.

Kétinée effectua un vif demi-tour. Elgëath, Nelja, tous les suivants de la cour se dessinèrent sous un jour crépusculaire : faméliques, en hardes, les traits creusés et le regard absent.

Sur un trône délabré, une silhouette squelettique abominablement maigre et ridée, aux dents rares et gâtées, plongea son regard féroce dans celui de la mambo.

Dans un râle, le roi hirsute et déchu s'exprima en atlante :

— Quel dommage que vous n'ayez pas voulu rêver un peu plus longtemps avec moi… Si vous continuez ainsi, vous demanderez à mes fidèles sujets de quitter leurs songes… Et ça, je ne puis le permettre.

D'un geste sec, Bëruhn indiqua aux créatures à ses côtés d'agir. Dans un mouvement véloce et coordonné, les deux fauves squelettiques sous ses ordres se jetèrent sur les trois sorcières.

XXVIII

Le rêve avait basculé vers le cauchemar. Une manticore squelettique s'était élancée sur Kétinée. La mambo pirouetta, évita de justesse la gueule aux crocs acérés. Puis elle se plaça face au fauve. Comme si elle allait l'affronter à mains nues.

— Tu me rappelles les tigres du Roi Clochard, souffla-t-elle. En plus effrayant, peut-être…

Pour toute réponse, elle n'eut droit qu'à un grognement. Et la promesse d'une nouvelle attaque. Elle eut donc le réflexe d'invoquer un lwa, ne sachant si cette manœuvre était possible au sein des Terres Oubliées. À son grand soulagement, le serviteur de l'ombre se manifesta immédiatement. En quelques secondes naquit de la pierre un colosse de deux mètres, rempart animé entre la belle satisfaite et la bête qui recula.

Dans le même moment, Lise lança une onde enflammée, déviant la course de l'autre animal qui avait pris Aloÿs pour cible. La manticore déséquilibrée chuta dans le vide. Mais très vite battit à nouveau des ailes : elle reviendrait.

Aloÿs se concentra à son tour. À partir des racines desséchées et emprisonnées dans la pierre, elle fit naître trois branches bien vivaces, prêtes à fouetter l'animal dès son retour.

— Allez, viens ici, je t'attends ! le défia-t-elle.

— Ces pauvres bestioles sont sous influence, comprit Kétinée. Et ce ne sont pas les seules…

Lise jeta une œillade en direction du roi. Autour de lui se massaient les suivants. Qui désormais progressaient tels des morts-vivants, d'une démarche saccadée.

— Ne détruisez pas le rêve ! lâcha dans un râle le cadavre ambulant qu'était devenu Elgëath.

— Nous avons le droit de rêver, compléta Nelja, ses bras décharnés et tordus prêts à saisir les sorcières.

Lise plaqua ses mains enflammées sur les deux Atlantes. Qui se mirent à hurler simultanément. Pendant ce temps, les manticores utilisèrent la voie des airs pour contourner les obstacles qui les séparaient de leurs proies. Pour éviter un nouveau coup de dents, Aloÿs réorienta ses racines, et Kétinée se contorsionna encore, derrière son lwa cette fois.

À côté d'elles, Lise pesta. Nelja comme Elgëath étaient demeurés rétifs à son sortilège. Tandis que la première se trouvait à terre, prostrée, le second s'agita encore davantage.

— Le rêve ! Laisse-nous le rêve ! écuma-t-il en cherchant à agripper Lise pour l'entraîner dans sa folie.

— Ils sont bien trop atteints pour que je puisse les sauver, estima Lise. Et trop nombreux !

— Il y en a d'autres qui arrivent ! signifia Kétinée en indiquant une cohorte de morts-vivants qui grimpaient le long de la pyramide pour venir en aide au roi.

— Même si on éliminait Bëruhn, on les aurait encore tous sur le dos, prédit Lise.

Chapitre XXVIII

— Sève pourpre ! Qu'est-ce qu'on fait, alors ? demanda Aloÿs. J'ai déjà bien du mal à tenir un fauve en respect. Alors, une armée entière de zombies…

La situation se dégradait inévitablement. Des centaines de silhouettes émaciées rampaient, sautaient, se précipitaient en direction des voyageuses devenues ennemies. Dans leurs yeux caves brillait la haine qu'ils réservaient à ceux qui voulaient les tirer de leur mirage confortable.

— Par là ! Vite ! indiqua Kétinée.

Ensemble, les trois sorcières filèrent vers la seule portion de la pyramide de laquelle aucun ennemi n'arrivait.

Depuis son trône décrépit, le roi atlante s'égosilla :

— Attrapez-les ! Tuez-les ! Elles veulent détruire notre rêve !

Si Aloÿs avait abandonné ses racines mobiles, le lwa de pierre accompagna les trois femmes en battant des bras pour maintenir les fauves volants à distance.

— Je peux tenter le sortilège de transformation en corbeau et nous emmener toutes au loin, indiqua l'Ombredune. Mais laissez-moi quelques instants, car je le maîtrise moins bien qu'Idonéïs !

— C'est toujours mieux que moi, qui ne le maîtrise pas du tout, regretta Lise.

— Avec un peu de chance, je devrais pouvoir invoquer un second lwa, proposa Kétinée. En attendant…

Elle se tourna vers le lwa de pierre, lui demanda de passer à l'assaut :

— Pas de détail ! Fonce dans le tas !

Ce que le colosse accomplit sans se faire prier. Bientôt, les Atlantes les plus proches reçurent cette masse de roc de plein fouet. Plusieurs d'entre eux voltigèrent au loin, chutèrent, puis rebondirent sur les degrés.

Libérées des gesticulations du colosse, les manticores s'enhardirent. Lise les attendait. Elle généra deux nouvelles traînées enflammées. Si sa première cible évita élégamment son assaut, la seconde en revanche vit ses ailes s'embraser. Dans un cri suraigu, elle s'éloigna en tournoyant piteusement sur elle-même.

— J'espère que tu trouveras de quoi apaiser ce feu, s'excusa la sorcière, qui n'aimait pas frapper les animaux – fussent-ils morts-vivants.

Kétinée fit appel à un autre lwa, invisible celui-ci. Une énergie chaotique se déploya aussitôt sur les niveaux inférieurs, qui dispersa provisoirement la menace.

— Mes deux serviteurs sont en place, mais je ne pourrai pas faire davantage. Ni même tenir très longtemps, avoua la mambo.

— Laissez-moi encore quelques dizaines de secondes, quémanda Aloÿs. Sinon je ne pourrai que m'envoler seule. Ce serait dommage, non ?

L'Ombredune tendit les bras. Peu à peu, son corps se ramassait sur lui-même. Sa peau comme ses habits se paraient de plumes multiples.

Kétinée tenta de contenir la menace qui débordait de tous côtés. La foule des opposants grossissait à vue d'œil. Elle voyait des centaines et des centaines de personnes affluer des quatre coins de la cité. Ses deux lwas balayèrent la majorité de ceux qui présentaient une menace directe. Mais certains individus parvinrent à éviter les ondes et les poings. Kétinée s'écria :

— Attention ! Il y en a plusieurs qui m'échappent !

— Je suis sur le coup, indiqua Lise en envoyant des rafales enflammées au niveau du sol.

Chapitre XXVIII

L'unique manticore encore valide, rusée, profita de cette ouverture. Il fonça dans le dos de Lise et, avant que Kétinée, débordée, ne puisse lui venir en aide, il la saisit dans sa gueule.

— Lise ! cria Kétinée en voyant décoller le monstre et la sorcière blonde.

L'espace d'un horrible instant, elle crut que la bête avait enfoncé ses crocs dans le crâne de son alliée. Lorsqu'elle pivota cependant, ce fut pour révéler une prise au niveau du col.

Désormais seule au sol pour assurer la sécurité de l'Ombredune, Kétinée dirigeait ses deux lwas en suant à grosses gouttes.

— Aloÿs, il serait temps d'aboutir ! s'impatienta-t-elle.

— Crôa ! lui répondit un volatile sombre, presque entièrement formé.

Cinq mètres au-dessus de la mambo, Lise tentait de se défaire de la manticore. Elle finit par plaquer l'une de ses mains sur l'animal qui, brûlé, fut obligé de lâcher prise. Lise atterrit entre la mambo et le corbeau sans trop de mal.

Le lwa de terre était désormais recouvert de dizaines de morts-vivants qui l'escaladaient. Quant au serviteur invisible, il était en train de s'évaporer.

— Là, vraiment, hurla Kétinée, faut y aller !

— Crôa ! répondit l'Ombredune de nouveau.

Cette fois, le corbeau déploya ses ailes. Une énergie sombre s'abattit sur Kétinée et Lise, qui effaça leur enveloppe corporelle.

À l'instant même où la mambo s'évanouit, les lwas se désagrégèrent. Tel un barrage qui cède, des torrents d'Atlantes pétris de colère se déversèrent vers l'angle de la pyramide où s'était formé un oiseau noir. Dans un battement d'ailes, il s'éleva vers le ciel et passa à quelques millimètres des mains faméliques, des ongles pointus, des dents noircies.

— Piaf de malheur ! grommela le roi Bëruhn depuis le trône qu'il n'aurait quitté pour rien au monde. Si je recroise ta route, je t'écrase !

Cette promesse fut tout ce que le tyran put encore tenter. Ses yeux suivirent un moment ce petit point sombre qui lui échappait et filait dans la grisaille du ciel. Ses manticores étaient parties soigner leurs brûlures. Et ses sujets, qui dans leur état d'hébétude avaient oublié la magie ancienne, ne savaient pas voler.

Parfois, Bëruhn se demandait s'il avait bien fait de garder son peuple auprès de lui tandis que son monde tombait en ruine. Peut-être ces femmes, ces hommes, eussent-ils préféré posséder la liberté de s'envoler, de déserter eux aussi Akkouraï, plutôt que de vivre dans l'illusion qu'il entretenait.

Ces doutes-là ne duraient jamais très longtemps. En lissant les poils longs et rêches de sa barbe, Bëruhn se persuada une fois de plus d'avoir fait le bon choix. S'il avait déserté la capitale lui aussi, et s'il n'avait pas forcé ses sujets à entretenir un semblant d'apparat, le cœur des Terres Oubliées eût selon lui cessé de battre.

À ses yeux fatigués, mieux valait un vieux cœur malade et sec que pas de cœur du tout.

— Oui, j'ai raison, finit-il par entonner à haute et intelligible voix. Bien sûr que j'ai raison… Que serait l'Atlantide, sans moi ?

Alors, le roi sorcier fit taire la colère, le ressentiment qu'il avait déployé envers ces étrangers qui ne comprenaient rien à son peuple ni rien à ses aspirations.

Régulant sa respiration, il ferma ses trois yeux et replongea de tout son esprit dans le rêve. En entraînant ses sujets à sa suite.

Chapitre XXVIII

Le ciel était si bleu, si uni. Les fleurs si magnifiques, dont les odeurs entremêlées embaumaient l'air, tandis que leurs pétales volaient au vent. Aux pieds du roi Bëruhn prospérait une cité à l'imposante majesté, conçue avec autant de sensibilité que d'intelligence. On entendit de nouveau les chants, les rires, les clameurs résonner des bâtiments ouvragés et des somptueux jardins en terrasse. Autant de manifestations d'un peuple fier de ses racines, de cette vie parfaite digne d'un jardin d'Éden, où toutes et tous vivaient en harmonie.

Quel monde merveilleux…

*

Le corbeau qu'était devenu Aloÿs Vallée plana un moment au-dessus des Terres Oubliées, portant en son plumage ses deux passagères.

Akkouraï lui parut si étendue qu'il lui fallut puiser dans ses réserves pour dépasser le foisonnement de bâtiments dévastés. Lorsque le corbeau finit par quitter ces ruines, ce fut pour en retrouver d'autres : une campagne aux arbres chétifs, où des cours d'eau grisâtres charriaient de la cendre, de la boue et des miasmes qui infectaient quiconque s'en abreuvait. Des sauriens-araignées, aussi sombres que les nuages, rôdaient en ces lieux de terre craquelée quasi stérile.

Au terme de ce long vol qui l'éreinta, Aloÿs choisit les restes d'une colonnade pour enfin se poser, reprendre forme humaine, puis libérer Lise Belmont et Kétinée Mountabila. Elle avait l'impression d'avoir couru un marathon.

— Je ne sais pas comment Idonéïs tient le coup, haleta-t-elle. Si je peux l'éviter, je ne recommencerai pas de sitôt !

Les deux autres sorcières la remercièrent pour cet effort qui venait de sauver leur existence. Ensuite, elles réfléchirent à la suite des événements. Elles ne pouvaient retourner en haut de la grande pyramide hexagonale pour repartir. Pas encore.

Originellement, elles étaient venues rencontrer les agents du Prince – absents du paysage, comme leurs compagnons –, et surtout sauver l'Atlantide. Sans Ambala, leur tâche s'avérait délicate. Si chacune d'elles avait étudié la question, aucune ne s'était autant imprégnée que lui d'histoire atlante, et surtout des étapes qu'il aurait fallu suivre pour entamer le rituel que le sorcier avait imaginé, et récemment perfectionné avec Lucienne Arquenotte. Kétinée déclara :

— Je pense me souvenir d'une grande partie du rituel. Je crois même avoir suffisamment étudié la géographie atlante, du moins en théorie, pour nous guider. Il y a les gorges de Cialnad, les monts de Nalönda, le delta de Siekh… L'idée directrice d'Ambala était de planter dans chacune de ces zones, source de vie de l'Atlantide, les graines d'un sortilège bien plus vaste. Mais il nous manque les précieux artefacts qu'il avait emmenés avec lui.

— Durant son séjour au Nid, il m'a parlé de tout ça, confia Lise. Ces « graines » dont tu parles, il les concevait comme différents relais, c'est ça ? Il comptait se rendre à un endroit, puis à un autre, les imprégner de sa sorcellerie. Puis une fois toutes ces semences préparées, contrôler leur croissance à distance, accélérer leur floraison depuis le centre de la capitale.

— À ce sujet, il m'a posé beaucoup de questions, intervint Aloÿs, qui commençait à retrouver son souffle. Je devais même l'assister, trouver avec lui les meilleurs endroits pour s'assurer de l'essor des semences. Son entreprise, je l'ai trouvée très ambitieuse, mais plutôt logique. Redévelopper les zones les plus fertiles des Terres Oubliées, ça paraît être la chose à faire.

— Mais il faut pour cela chasser les maladies, éradiquer d'un coup les mille et un fléaux qui gangrènent ce monde magique, reprit Kétinée. Une tâche colossale… car le Mal est profond.

Les sorcières s'accordèrent. Ce qu'elles pouvaient déjà entreprendre, c'était localiser les endroits où planter les semences, vérifier si tous ces lieux étaient encore accessibles, et si la réalité géographique correspondait à la théorie. Ensuite, au terme d'un cycle lunaire, elles prendraient le risque de retourner au sommet de la grande pyramide, pour voir si Ambala et les autres finiraient par apparaître.

— En espérant que les agents du Prince, ou même Archibald Saisonnier, ne débarquent pas avant eux, avança Kétinée.

— Sans compter tous ces zombies furieux et ce roi dingue que nous ne devons surtout plus croiser, compléta Aloÿs.

Les trois sorcières s'employèrent à dresser une carte de l'Atlantide, telle qu'elles s'en souvenaient. Elles demanderaient toutes rectifications et précisions utiles à des Atlantes plus fréquentables que ceux massés à Akkouraï et soumis aux illusions du roi Bëruhn, si elles en croisaient. Mais, d'après Buraïli, rares étaient ceux qui se trouvaient encore sains d'esprit.

— Nous allons d'abord rallier les cascades de Tialmoun, proposa Kétinée. Qui dans mon souvenir sont le point le plus proche d'Akkouraï. Puis nous irons faire un tour du côté du delta de Siekh.

Les sorcières ne s'aventureraient pas beaucoup plus loin, car elles comptaient revenir vers la pyramide, pour voir si d'autres Corbeaux débarquaient. Si leurs amis n'apparaissaient pas, il faudrait réfléchir : soit se consacrer au rituel de résurrection des terres atlantes sans Ambala, soit retourner vers Saqqarah.

Comme dans les Limbes, Kétinée se montra pleine de ressources et invoqua les esprits vaudous adéquats pour leur survie.

— Ô, grande Adjassou-Linguetor, pria-t-elle à genoux sur la terre atlante. Sois clémente envers la mambo égarée que je suis. Je loue une fois de plus tes bienfaits pour qu'en ces lieux perdus résonne la sagesse vaudoue.

Grâce à ses prières répétées, une source plus pure que toutes celles rencontrées jusqu'alors perça la terre flétrie. Ce miracle permit au trio de ne pas ingérer de l'eau croupie et contaminée, et donc de garder l'esprit vif.

— Dommage que ton sortilège disparaisse une fois que tu es partie, commenta Aloÿs. Cet endroit aurait bien besoin de cette eau en quantité. J'ai le même problème, avec mes plantes…

Leur parcours ne fut pas jalonné de miracles, mais d'affrontements contre des animaux malades et hagards. Kétinée, Lise et Aloÿs traversèrent des villages en ruine infestés de vers, de rongeurs, d'insectes géants. Elles croisèrent quelques fauves, des sauriens-araignées, des serpents hérissés de pointes. Et nombre d'Atlantes morts-vivants qui erraient, le regard éteint et le ventre vide, prêts à tout pour s'emparer d'un morceau de viande dans lequel planter leurs dents. Vaillantes, sur leurs gardes, veillant l'une sur l'autre, les trois sorcières usèrent d'autant de malice que de sortilèges, et l'on vit souvent surgir le feu, les plantes et les lwas.

Elles traversèrent des paysages dont elles imaginèrent la splendeur passée – en cela, le sortilège du roi Bëruhn les avait aidées. Ensemble, elles passèrent les monolithes alignés de

Chapitre XXVIII

Vliddi, ces immenses pierres aux nervures brillantes, hautes de vingt mètres chacune – la plupart ébréchées désormais, couchées sur le flanc. Quelques jours de marche plus tard, elles traversèrent les terrasses aménagées de Mõt'lao, de forme hexagonale, percées de trois temples voisins, chacun dédié à l'une des figures de la trinité atlante. Les sorcières reconnurent les divinités aperçues sur les fresques colorées d'Akkaïlo : Gõthem associé à la terre, N'déwi déesse de l'espace, et Tenngalidji maîtresse du temps.

Ce fut à cet endroit qu'elles croisèrent le plus d'Atlantes. Lesquels malheureusement possédaient autant de conversation que les zombies de la capitale. À cette occasion, elles se battirent encore, mêlèrent leurs sorcelleries avant de rallier des zones moins dangereuses.

Les soirées de repos, au coin d'un feu revigorant après ces épreuves, leur permirent de s'épancher. Surtout pour Kétinée et Aloÿs, moins secrètes que Lise. Loin de chez elle, Kétinée évoqua son enfance, sa relation tumultueuse avec ses parents au moment de l'adolescence, son étude secrète du vaudou, et puis l'immense vide causé par le récent décès de son grand-oncle Kilma, qui avait été son mentor. Toutes ces histoires lui valurent les confidences d'Aloÿs en retour. Qui avoua avoir vécu une enfance particulière, mais heureuse elle aussi. À la fois cachée, et en pleine lumière. Sa mère, l'humaine du couple, avait eu l'intelligence de rejoindre un cirque, où elle l'éleva.

— Grâce à ses ruses, les personnes extérieures à notre troupe qui me croisaient songeaient à un maquillage sophistiqué. Ou bien m'assimilaient aux gens de petite taille, femmes à barbe et autres phénomènes de foire. Mon côté ombredune vient de mon père. Mais je ne l'ai jamais connu.

— Tu es donc foraine, toi aussi ? Souvent, cette vie me manque…

— Ma mère travaille encore pour le célèbre cirque Caravelle.

— Je n'en ai entendu que le plus grand bien, avoua Kétinée. À un moment, Kilma et moi, on rêvait de rejoindre cette troupe…

— Si j'avais grandi ailleurs, je serais sans doute devenue quelqu'un d'autre, beaucoup plus introvertie… Les gens là-bas étaient incroyables. Ouverts d'esprit, bienveillants. Ma différence, en fait, je l'ai surtout ressentie quand j'ai voulu devenir apothicaire. Ma mère m'avait mise en garde. Bien entendu, je ne l'ai pas écoutée… Lors de mon apprentissage, confrontée à une réalité plus terre à terre, j'ai croisé pas mal de crétins… Une majorité, en fait !

— Je peux tout à fait imaginer cela, soupira Kétinée. Les réactions de certaines personnes, lorsqu'on n'a pas la « bonne » couleur de peau, sont déjà dingues. Alors, avec une apparence comme la tienne, je n'ose même pas imaginer…

— Bah, je ne compte plus celles qui ont décampé ou bien pire… qui ont craché sur moi.

Aloÿs détailla son apprentissage d'apothicaire, passé dans l'arrière-boutique d'un couple tolérant.

— Et de ton peuple, qu'est-ce que tu sais ?

— Au début, juste ce que mon père avait confié à ma mère avant de nous abandonner. C'est-à-dire, quasiment rien… Et puis, un sorcier très instruit, du nom d'Édouard Békello, m'a parlé de mes origines. Il est venu me voir à la boutique, à Rennes. Il avait entendu parler de moi par une cliente horrifiée, qui m'avait repérée dans la cour… Édouard m'a dit que j'étais la descendante d'un peuple jadis pourchassé, exilé d'un monde sorcier peu influent, mais qui a eu le malheur de déplaire aux mauvaises personnes : des gens tout aussi illuminés et prétentieux que le Prince, sans doute. En tout cas, des gens capables de perpétrer un génocide. Seule une poignée d'Ombredunes a survécu en fuyant à temps… Les ancêtres de mon père en faisaient sans doute partie. Du coup, je ne pouvais que m'émouvoir de la quête et des visions de Buraïli. S'il a vu en Ambala, en votre groupe, la sauvegarde de son peuple menacé, je suis prête à donner ma vie pour que se réalise son rêve…

— Sa cause est devenue la nôtre, confirma Lise une fois de plus. Encore davantage, peut-être, depuis qu'il a disparu.

— Pas question qu'il soit mort en vain, renchérit Aloÿs d'un air déterminé. Le pire, c'est qu'il n'a pas senti sa fin arriver. Lui, le devin, ne voyait jamais rien de ce qui pouvait lui tomber dessus… Tu parles d'une ironie !

— Peut-être est-ce à cause du sang versé cette nuit-là qu'Ambala est devenu obsédé par la résurrection de l'Atlantide, songea Kétinée. Encore plus qu'auparavant, je veux dire… Entre la mort de Buraïli, le sacrifice de Kilma, la disparition de Déa et le massacre de quelques hommes-loups, beaucoup ont succombé, tandis que lui revenait du tombeau. De quoi se sentir obligé d'en faire encore davantage, de vouer son temps à une entreprise de résurrection, pour que justement toutes ces morts et ce chaos ne soient pas vains…

— Nous sommes tous ainsi, je pense, réfléchit Lise. À bouger en tous sens pour échapper au néant et à l'absurdité du monde… Car rien n'est plus épanouissant que de donner un sens à nos vies.

Kétinée laissa son regard sombre se perdre dans les flammes qui crépitaient et dansaient.

— Je commence à comprendre – et à admirer – ce que vous incarnez, votre groupe et vous, déclara-t-elle.

Elle commençait à mieux les cerner, ces deux représentantes des Corbeaux. Lise la secrète qui s'était affranchie de sa famille problématique, et Aloÿs, plus impulsive, mais forcée de réfréner son enthousiasme naturel, tant son apparence lui avait causé des désagréments. Au contact de leur intelligence respective, en leur compagnie agréable, elle sentait se développer une certaine communauté d'esprit. Qu'elle avait esquissée avec Louise, mais qu'elle n'avait jamais vraiment connue dans son adolescence. Sorcière, en marge de ses semblables sans capacités surnaturelles, Kétinée n'avait pas établi, à son grand regret, de fortes amitiés. Elle appréciait désormais de pouvoir parler rituels, artefacts et éléments de l'invisible avec d'autres personnes que celles de sa famille. Cette accointance privilégiée, partagée aussi avec Ernest, l'aidait à s'épanouir. Et elle soupçonnait également Lise comme Aloÿs de nourrir à son égard les mêmes sentiments.

*

Le lendemain matin, dès l'aube, les trois sorcières se remirent en marche au milieu des ruines et de la terre desséchée, en chassant, comme à leur habitude, quelques créatures hostiles sur leur chemin. Elles arriveraient, vers la mi-journée, aux cascades de Tialmoun. Qu'elles imaginèrent boueuses, épaisses. Comme tous les cours d'eau sinistres qui n'avaient pas bénéficié de leur sorcellerie.

Pourtant, lorsque les trois femmes gravirent ensemble un mont rocailleux, elles eurent l'immense surprise de découvrir un ensemble de chutes d'eau toutes plus splendides les unes

Chapitre XXVIII

que les autres, constituées d'un liquide parfaitement limpide qui s'écoulait joyeusement et se brisait sur les rochers en des milliers de gouttelettes étincelantes.

— Pincez-moi, je rêve ! s'écria Aloÿs.

— Qu'est-ce qui se passe ? On est encore victimes d'une illusion ? se méfia Lise.

— Je ne pense pas, rétorqua l'Ombredune. Parce que, alentour, tout reste gris et laid.

— Il n'y a qu'un seul moyen d'en avoir le cœur net ! s'exclama Kétinée.

Elle courut vers la cascade, bondissant d'une pierre à l'autre. Elle n'avait qu'une seule envie : filer sous l'eau.

Sauf qu'un homme s'y trouvait déjà. De dos, et complètement nu. Son corps pâle et musclé s'offrait à la douche naturelle et vivifiante.

Kétinée stoppa net. Marqua un temps d'arrêt devant le spectacle. Se reprit. L'inconnu pivota. Il était brun, les cheveux longs. Son regard bleu, lumineux, pénétrant, se fixa sur celui de la mambo. Aucun troisième œil ne se dessinait sur son front.

Sans cérémonie et sans gêne, l'inconnu s'avança, très calmement, à la rencontre de la jeune femme.

— Je t'ai sentie venir, lui avoua-t-il dans un sourire. En fait… j'ai repéré vos trois présences.

Il désigna les deux autres sorcières, encore lointaines, d'un mouvement de menton. Kétinée demanda :

— Qui êtes-vous ?

— Mon nom est Lythian, dit-il simplement. Par ailleurs, si mon… absence de tenue vous offense, je m'en excuse : ce n'est pas tous les jours que l'on rencontre ce genre de chute d'eau, dans le secteur. Difficile d'y résister.

D'un pas félin et décidé, il s'avança encore davantage vers la mambo. Jusqu'à toucher sa peau. En temps normal, Kétinée aurait reculé. Mais il existait chez cet homme un magnétisme animal auquel elle ne pouvait se soustraire. Bientôt, sa poitrine toucha celle de l'inconnu.

« Laissez-vous faire » lui dit une voix dans sa tête. Pour laquelle elle n'avait qu'une envie : céder. Le regard fixé sur les lèvres de Lythian, elle demeurait fascinée.

Arrivée dans son dos en compagnie de Lise, Aloÿs, interloquée, s'interrogea :

— Hé ! Ho ! C'est qui ce type ? Tu le connais, Kétinée ?

Non… Non, en fait. Elle ne le connaissait pas du tout. C'était même la toute première fois qu'elle le rencontrait.

Mais pourquoi n'arrivait-elle pas à le dire ? Pourquoi ses lèvres ourlées se trouvaient-elles autant attirées par sa bouche à lui ?

— C'est un vampire ! s'écria Lise. Il utilise ses pouvoirs de persuasion !

— Un vampire en plein jour ? Impossible !

— Et où vois-tu un soleil dans ce monde sorcier, Aloÿs ? Sans l'arbitrage de cet astre, les morts-vivants sont libres d'agir en toute impunité.

Elle leva la main pour générer un jet de flammes.

« Vous ne voulez pas faire cela », fit aussitôt une voix suave dans son esprit.

— Bien sûr que si, je le veux, persista Lise.

La traînée enflammée partit de ses doigts, que Lythian évita en reculant. Surpris et en colère, il révéla les crocs.

— Désolé, Longues Dents, lança Aloÿs. La suggestion mentale, on nous a appris à y résister.

À son tour, elle utilisa la sorcellerie. En faisant jaillir des plantes vivaces aux pieds du vampire.

Chapitre XXVIII

— Très bien, se renfrogna Lythian. Si vous le prenez ainsi…

Extrêmement véloce, il contourna les plantes avec aisance. Puis il fusa vers ses deux assaillantes. Lise lança un second jet de flammes, que la créature évita d'une torsion du buste. Avant d'envoyer la pyrokinésiste au loin d'un violent coup de griffes. Aloÿs voulut réagir à son tour : elle n'en eut pas le temps. Déjà, Lythian était sur elle. Il la mordit au cou.

Aloÿs ne put rien faire d'autre que pousser un cri aigu.

Les canines de l'immortel s'étaient plantées dans sa chair, et déjà absorbaient le sang.

Comme les deux membres des Corbeaux l'avaient arrachée à l'emprise du vampire, Kétinée, un peu plus lucide, voulut faire de même. La voix dans sa tête, si envoûtante, l'en empêcha.

« Pas besoin d'appeler à l'aide tes serviteurs, prêtresse vaudoue, lui suggéra le vampire à distance. Pour le moment, assieds-toi juste à terre. Profite du spectacle. »

Le spectacle en question, c'était voir Aloÿs s'effondrer en saignant abondamment du cou, puis le vampire nu se jeter sur Lise, l'immobiliser au sol tandis qu'elle se débattait.

Chaque fibre de Kétinée voulut hurler, se révolter, réagir.

Malheureusement, l'emprise du vampire était trop forte : elle ne put rien tenter. Juste regarder Aloÿs, dont le sang épais s'écoulait de son corps inerte, et Lise qui, à moitié assommée, n'avait plus assez de force pour invoquer le feu.

— Je vais en profiter pour me nourrir, lança le vampire à Lise. Surtout, n'y vois aucun mal : en ces terres arides, il est si difficile de subsister.

Les canines de nouveau s'apprêtèrent à entamer la chair offerte et palpitante. Kétinée s'attendit alors à voir ses deux nouvelles amies succomber sous ses yeux.

— Non… Non, prononcèrent lentement ses lèvres qui tremblaient.

Le reste de son corps, sa volonté et sa sorcellerie lui demeuraient inaccessibles.

Désespérée, elle ne put même pas pousser un cri.

Alors, surgie de nulle part, une lumière erratique fendit les nuages pour dessiner de multiples traits lumineux. Surpris, le vampire leva le nez.

— Des éclairs ? !

Il n'ajouta rien. L'un de ces éclairs lui était destiné. Frappé en plein torse, il décolla à trois mètres du sol. Avant d'être projeté avec une violence inouïe au-delà de buissons faméliques, à l'autre bout du paysage.

— Qu… ? Quoi ? bredouilla Kétinée.

Aux environs de la cascade parut Ambala. L'air déterminé, et la foudre au poing. Des dizaines d'étincelles bleutées parcouraient sa peau, ses habits, et électrisaient son regard.

— Kétinée, résonna sa voix grave et posée, est-ce que tu vas bien ?

Le vampire désormais neutralisé, la mambo fut capable de se relever d'un bond.

— Mon oncle ! s'écria-t-elle.

Rapidement, ils tombèrent dans les bras l'un de l'autre.

— Quel plaisir de te voir ! avoua Ambala. Je ne m'attendais tellement pas à te retrouver ici !

Son étreinte était si forte, quasi désespérée. La mambo lui trouva l'air fatigué, les yeux terriblement cernés. Comme s'il n'avait pas bien dormi depuis de très longues semaines.

— Depuis quand sais-tu manier la foudre ? lui demanda-t-elle, un peu perdue.

Chapitre XXVIII

— Oh, depuis mon retour d'entre les morts, en fait... Mais hors de l'Atlantide, je n'en avais pas eu l'occasion.

— Lise ! Aloÿs ! s'exclama une voix féminine.

Il s'agissait d'Idonéïs, fille d'André le Corbeau et sorcière aux yeux vairons. Elle se précipita vers ses amies tombées, vérifia qu'elles étaient toujours en vie. Napoléon Boussangué apparut sur ses talons.

— Hello Kétinée, la salua le musculeux Dogon, le regard chargé d'émotion.

Kétinée remarqua les cicatrices supplémentaires que Napoléon portait un peu partout. Comme s'il avait affronté une armée entière de manticores.

Pour compléter le tableau, Ramsès se manifesta à son tour, à la fois majestueux et famélique, égal à lui-même.

— On se retrouve enfin, Kétinée, sourit-il. Je suppose que pour votre groupe non plus le voyage n'a pas été de tout repos.

— Elles vont à peu près bien, annonça bientôt la voix de Napoléon, formel, juste au-dessus des filles secouées.

Idonéïs déchira un bout de tunique pour confectionner un pansement de fortune à Aloÿs tandis que Lise rouvrait les yeux en grommelant.

— Saleté de vampire ! On a cru y passer...

— Tu t'en sors bien, estima le musicien dogon. Des spectres m'avaient indiqué votre présence dans le secteur. De quoi remonter votre piste...

— Eh bien merci, soupira Lise d'une voix cassée. Sans vous, je ne sais pas trop si on s'en serait sorties.

— C'est grâce à Napo, ça ! s'exclama Idonéïs, ravie. Il est tellement plein de ressources !

Alors, à la surprise générale, la sorcière aux yeux vairons embrassa le musicien dogon à pleine bouche.

Cette image figea Kétinée, qui sursauta lorsque Ambala posa sa main sur son épaule.

— Tu es sûre que tu vas bien, ma nièce ?

— On ne vous attendait pas si tôt, avoua la mambo. Lise a parlé d'un cycle lunaire et…

Kétinée tomba en arrêt. Au milieu du front de son oncle venait de s'ouvrir un œil, aussi bleu que les autres.

— Euh… Ça aussi tu l'as depuis ton retour d'entre les morts ?

— Non, ça… C'est venu progressivement.

— Hum, toussa Ramsès. En fait, je crois comprendre… Toutes trois, vous êtes arrivées récemment en Atlantide, c'est cela ?

— Une douzaine de jours en fait… Pas vous ?

Elle posa la question, mais se doutait de la réponse. Le quatuor – à part Ramsès – avait profondément changé. Tous étaient marqués par les épreuves, les efforts continus qu'ils avaient dû fournir.

— Nous sommes ici depuis bien plus longtemps, avoua Ambala. L'Atlantide est tellement malade que les voyages pour y parvenir deviennent erratiques – d'où notre séparation.

— Mais plus longtemps… de combien ? interrogea Kétinée. Trois semaines ? Six mois ?

— Cela fait trois ans que nous sommes ici, révéla Ambala.

— Quoi ? !

— Cette cascade, demanda Lise, qui avait tout suivi, est-ce vous qui l'avez…

— Nous lui avons fait retrouver sa splendeur, sourit Ambala. Mais, s'il vous plaît, ne traînons pas. Notre altercation n'est pas passée inaperçue, j'en suis certain. En effet, notre groupe de voyageurs n'est pas le seul à arpenter les Terres Oubliées.

Chapitre XXVIII

— Les agents du Prince, devina Kétinée. Et le vampire…

— … en fait partie, oui… Nous les avons déjà croisés, au loin. Grâce aux sortilèges de protection de Ramsès, nous leur avons caché notre présence et nos pensées. Allez, venez ! Si ces tueurs nous tombent dessus, tout ce que nous avons déjà mis en place s'effondrera.

XXVIIII

Finement apprêté comme à son habitude, le Prince avançait, conquérant, le long d'un couloir lambrissé du Castel. Son couturier, échevelé, essoufflé, tentait de prendre des mesures tant bien que mal.

— Une minute, Votre Grandeur ! hoquetait-il en sautillant, puis en se saisissant d'une paire de ciseaux. Il y a encore un fil ou deux qui dépassent. Et le raccord au niveau de la jambe gauche est un peu trop visible. Quant au bas de votre pantalon, c'est terrible : il n'est pas totalement symétrique !

— Allons allons, je suis certain que tout sera parfait, signifia le Prince. Comme d'habitude avec vous, très cher.

Un garde du Castel s'inclina à l'approche du duo, tandis qu'un serrurier ouvrait une porte massive en bois de chêne. Le Prince et le couturier s'engagèrent dans un escalier, le premier songeant aux paroles qu'il allait prononcer, le second bondissant sur les différentes parois, sectionnant un fil au passage, terminant un raccord dans une cabriole insensée. Les derniers mètres, le long d'un corridor souterrain, furent pour l'artisan un moment de tension extrême. Il lui fallut ajuster un pli de pantalon sans entraver la progression du Prince. Deux ou trois fois, il le devança, se jeta à terre, passa sous lui, décousit, ajusta, recousit en un éclair.

Lorsque le Prince fut arrivé au seuil d'une dernière porte, matelassée de cuir celle-là, il jeta une œillade à son employé.

— Nous sommes arrivés. Et je ne voudrais pas que mes invités s'impatientent… Tout est en ordre, n'est-ce pas ?

Le couturier-acrobate se redressa, rejeta une mèche de cheveux gris en arrière, se drapa dans sa dignité et rétorqua, d'un air un peu hautain :

— Évidemment que tout est impeccable. Pour qui me prenez-vous ?

En guise de réponse, le monarque à la barbe taillée avec grand soin et à la tenue d'une élégance incomparable le gratifia d'un parfait sourire. Bientôt, il franchit la porte matelassée pour pénétrer dans un salon aménagé sous terre, sans fenêtres indiscrètes susceptibles de révéler l'identité de ses prestigieux invités. Lesquels s'étaient installés autour d'un vaste guéridon en merisier verni. De longues tentures de velours et des candélabres apportaient une touche de luxe et de secret.

— Mesdames, messieurs… et autres créatures, entonna le Prince, tout sourire, je suis positivement ravi de vous recevoir aujourd'hui. J'espère que je ne vous ai pas fait trop attendre.

Le Prince s'assit, chacun le fixa. Sur de splendides chaises à accoudoirs de style Louis XV, une poignée de personnages hauts en couleur le saluèrent tour à tour. Si certains d'entre eux auraient pu aisément se couler dans l'ambiance du Castel, et arpenter les allées fastueuses peuplées par les dames de cour et les généraux médaillés, d'autres eussent immédiatement attiré l'attention par leur aspect particulier. Leur apparence importait peu au Prince pourtant : seule comptait la zone d'influence que ces gens représentaient. Aux côtés d'une dame blonde au chapeau orné d'une rose, d'un sataniste barbu et dégarni à l'air revêche, on vit ainsi un roi gitan et borgne à la chemise ouverte, une femme qui portait un masque dogon, une Asiatique dotée d'une longue chevelure uniquement constituée de plumes bleues. Plus étonnants encore étaient cet individu nerveux parcouru de flammèches, ce personnage musculeux et bourru à la physionomie bovine, et ce moine silencieux à la peau brûlée.

Autour du guéridon, seul un siège était vide. Le Prince tira sur son cigare.

— Comme d'habitude, la Gardienne, invitée perpétuelle à cette table, n'a pas daigné répondre à nos sollicitations, et je le regrette.

— Vous espérez encore qu'elle se manifeste ? Vraiment ? s'amusa la dame blonde à chapeau. Allons, vous savez bien que ce genre de réunions ne l'intéresse guère.

— L'espoir fait vivre, sourit le Prince.

— Même si elle ne vient jamais, vous faites bien de l'inviter, estima le roi gitan. Car elle est à coup sûr l'une des personnes les plus intéressantes qui aient existé, de tout temps.

— Je suis certain que ce compliment ravirait la Gardienne, Vasco, si elle se trouvait parmi nous, résonna une voix qui provenait de la porte d'entrée. Tu me le fis encore, il y a peu. Mais je vois que tes intérêts ont changé depuis.

Autour du vaste guéridon, tous se montrèrent surpris. Personne, pas même le Prince, n'avait anticipé la venue de cette sorcière brune à la robe bleutée qui se tenait dans l'encadrement de la porte, un fume-cigarette en main.

— Il y a bien longtemps que je n'ai assisté à ce genre de réunion secrète, avoua Lucienne Arquenotte. Comme j'ai gardé la clé du Castel que vous me confiâtes, jadis, je me suis dit qu'il serait grand temps d'en profiter. Même si je n'ai pas été invitée. Cela ne vous dérange pas si je m'installe parmi vous, bien sûr ?

— Hum, toussa le Prince, qui pour une fois eut bien du mal à cacher sa gêne et sa surprise. Je vous en prie…

Le menton haut, Lucienne vint se placer sur le siège normalement réservé à la Gardienne, non loin de Vasco Pueblo, et juste en face d'une autre personne qu'elle connaissait bien.

— Chère Julie, bonsoir. Quel *plaisir* de te retrouver là.

Julie Arquenotte fixa un moment sa sœur, l'air renfrogné. Les deux femmes étaient jumelles, l'une aux cheveux sombres, l'autre aux cheveux clairs. L'assistance percevait l'incroyable tension entre elles. Un ressentiment lourd, presque palpable, qui datait de plusieurs décennies et qui pouvait se résumer en un seul nom : Ludwig.

Si Lucienne affichait un demi-sourire, Julie parut incommodée. Quant à Vasco Pueblo, il gratta les profondes cicatrices sous son œil blanc d'un geste nerveux. Pour détourner l'attention de cette discorde en pointillés qui happait tous les regards, le gitan lorgna vers les autres personnes présentes – et notamment la silhouette silencieuse, à la peau ravagée, qui appartenait aux moines de l'Obscur.

— Eh bien… quelle table incroyable nous avons aujourd'hui, tenta-t-il. À coup sûr, les échanges de ce soir s'annoncent… passionnants.

— Ils le seront, c'est certain cher ami, lui sourit Lucienne, d'un air qui signifiait : « Tu ne paies rien pour attendre. »

Chapitre XXVIIII

— Hum… J'ose surtout espérer qu'ils mèneront à une action concrète, ronchonna le sataniste à lunettes. Que je ne sois pas revenu d'Égypte pour rien…

— Monsieur Saisonnier, répondit le Prince, vous ne regretterez pas d'avoir quitté Saqqarah pour nous rejoindre, je peux vous le garantir.

— Si vous le dites…

L'air renfrogné, Archibald Saisonnier croisa les doigts dans une position d'attente. Lucienne Arquenotte se tourna vers l'élégant maître du Castel.

— Vraiment, tu as su réunir autour de toi des personnalités singulières, très différentes. C'est un de tes atouts, cher… *Prince*. Ce titre te sied à ravir, d'ailleurs.

Son interlocuteur tira sur son cigare, réajusta le nœud de sa lavallière et voulut reprendre la main.

— Je vous saurai gré de ne pas oublier l'étiquette, Madame Arquenotte, conseilla-t-il. Mettons donc de côté les familiarités, et comportons-nous en personnes du monde.

— À votre convenance, parut céder Lucienne. Loin de moi l'idée de vous déplaire, bien sûr…

— Excusez-moi, fit la dame asiatique à la chevelure de plumes. Quelqu'un peut me rappeler qui est cette… Lucienne Arquenotte, au juste ?

— Vous ne la reconnaissez pas, dame Xiae ? s'étonna la créature à tête bovine qui régnait sur les catacombes. Humfff. Il y a quelques siècles, elle se nommait Ludmilla. Vous savez bien : celle qui stoppa jadis l'invasion du pays de Rün.

— Ravie de vous l'entendre dire, cher Grand Taureau, le remercia Lucienne. De nos jours, on a plutôt tendance à penser qu'au contraire c'est moi qui avais invoqué les Okrys, et tous ces monstres venus d'ailleurs…

— Les gens sont parfois abrutissants de bêtise... ou assommants d'ignorance, au choix, estima Archibald Saisonnier avec dédain. D'ailleurs, il n'y a pas à tergiverser : la présence de celle qui jadis repoussa les légions de Rün est plus que légitime ce soir. Car c'est bien de la condamnation ou de la survie d'un monde sorcier dont il est question, aujourd'hui.

— En ce qui me concerne, humfff, vous connaissez tous mon avis, avança le Grand Taureau. Ces territoires gangrenés, vestiges d'une civilisation qui cessa d'être rayonnante il y a bien longtemps, sont obsolètes. Il est grand temps qu'ils disparaissent !

— Cher Grand Taureau, il s'agit tout de même de l'Atlantide ! objecta la sorcière dogon masquée, représentante de la société secrète des Masques. Difficile de faire plus prestigieux...

Lucienne Arquenotte considéra l'assistance.

— Comme je le suspectais, vous décidez ensemble, dans cette salle, du droit de vie et de mort de peuples entiers. Moi qui me pensais cynique, je suis décidément surclassée...

— C'est plus compliqué que cela, précisa le Grand Taureau. Lorsqu'une menace se profile, nous devons surtout déterminer son ampleur et son degré de dangerosité. Nous profitons tous de la sorcellerie. Mais si celle-ci devient malsaine, elle ne doit en aucun cas nous contaminer.

— Oh, je suis bien certaine que les extrémistes de la Forge approuveraient ce genre de raisonnement, persista Lucienne, provocatrice. C'est à s'étonner, presque, de ne pas les voir représentés ici, à cette table.

— Des ennemis de la sorcellerie parmi nous ? s'étouffa presque le Grand Taureau. Humfff, il ne manquerait plus que ça !

Le Prince exhala la fumée de son cigare.

Chapitre XXVIIII

— Voilà bien l'une des raisons pour laquelle je ne vous ai pas rappelée parmi nous, avoua-t-il à Lucienne. Par principe, vous allez vous opposer à toute action d'envergure en la caricaturant, n'est-ce pas ? Il ne s'agit pas d'un caprice de notre part, vous le savez très bien. Tout ce que nous voulons, c'est couper quelques branches pour que notre bel arbre commun s'épanouisse sans entraves.

— Alors, il s'agit juste de jardinage, ironisa Lucienne. Et pas du tout d'un jeu de pouvoir où chacun s'assure la meilleure place et où, tous autant que vous êtes, vous profitez de la fabuleuse énergie libérée lorsqu'un monde sorcier s'effondre. Surtout lorsqu'il s'agit d'un pays de cette envergure…

— Que vous soyez d'accord ou non avec nos méthodes, peu importe, jugea l'homme à la barbe et à la chevelure enflammés, qui s'exprimait avec un accent vaguement nordique. Au moins, nous avons le mérite de ne plus ignorer le problème ! Et je suis bien certain que tous les Ardantes que je représente sont d'accord avec moi !

— Comme sont d'accord les peuples souterrains, je suppose, quant à la destruction de la tour centrale d'Agartha ? Ce serait pourtant la première fois que les différents royaumes réussiraient à s'entendre sur un sujet…

— Je ne prétends pas représenter toutes les factions qui nous constituent, assura l'Ardante. Mais comme pour l'Atlantide, nous sommes nombreux à penser que la tour centrale d'Agartha a causé plus de larmes et de drames que nécessaire. Elle mettait surtout en péril l'équilibre des différents mondes sorciers par son gigantisme.

— Ainsi en est-il de toutes les tours de Babel conçues pour atteindre les dieux, intervint le Prince tout en hochant du chef. Car toucher le divin n'est pas affaire de mortels. Tout comme placer un pays hors du temps et de l'espace, d'ailleurs… En faisant cela, les Atlantes ont défié les dieux. Quelle hérésie !

— « Toucher le divin n'est pas affaire de mortels », répéta Lucienne. Mais peut-être de *Prince* ?

— Chère Lucienne ! s'amusa brusquement le monarque du Castel. Ma foi, j'avais oublié à quel point vous étiez unique !

Cette étincelle qui passa dans les yeux sombres du Prince était-elle feinte ? Son sourire à l'adresse de son invitée surprise, un peu trop appuyé pour être honnête ? Quel qu'ait été le degré de sincérité de cette posture, Lucienne en conçut un frisson qui lui parcourut l'échine. Cette sensation, inattendue, faillit presque la décontenancer. Éveiller en elle une quinte de toux qu'elle sentait monter. Pourtant, elle respira, réprima en même temps les symptômes de sa maladie et de son trouble. Sous ses airs désinvoltes et accusateurs, elle avait beaucoup à perdre ce soir. Surtout parmi des personnes si importantes qui se seraient délectées du moindre faux pas de sa part. Pour plus d'aisance, elle changea de cible, se tourna vers Julie.

— Mais si j'ai bien lu entre les lignes, certains ici n'étaient pas forcément d'accord avec cette décision de détruire Agartha, non ? Au passage : Gürwald te remercie, car il va beaucoup mieux.

Sa sœur, membre de l'ordre de la Rose-Croix comme monsieur de Féronnelle, la fixa en plissant les yeux.

— Je ne voulais pas détruire la tour d'Agartha *à n'importe quel prix*, nuança-t-elle. Tu sais comme moi que si Gürwald n'avait pas récupéré son fragment d'âme, si celui-ci s'était pulvérisé contre la tour centrale, il serait simplement devenu une bête sauvage, incontrôlable, bonne à abattre. Et d'ailleurs, toi, sa supposée compagne, tu n'as rien fait pour lui…

Chapitre XXVIIII

— Désolée si je ne possède pas ton aisance à voyager d'un monde à l'autre d'un claquement de doigts…

— Si tu l'avais vraiment souhaité, tu y serais parvenue, estima Julie. Tu ne te rends pas compte de la souffrance de Gürwald…

— Et depuis quand tu t'intéresses tant à Gürwald de Féronnelle, au juste ?

— Depuis que tu le délaisses, peut-être ? Mais pas comme tu l'insinues, Lucienne ! En collègue qui appartient au même ordre secret que lui. En amie sincère qui sait veiller sur ses intérêts. Comme il est malade, *lui aussi*, tu lui tournes le dos pour bientôt lui préférer quelqu'un d'autre. Ah ! Tout le monde sait bien comment tu fonctionnes, tiens !

— Tu es bien placée pour comprendre que nos relations les plus intenses deviennent souvent les plus compliquées, Julie… Et tu sais quoi ? Tu devrais pouvoir te détacher, toi. Oublier les êtres nocifs qui provoquent partout le chaos. La mort des gens, ou de nos proches qui ont le malheur de les approcher.

Cette fois, les larmes perlèrent au coin des yeux de Julie. Serrant les poings, elle luttait contre l'émotion qu'elle sentait monter. Elle fixa sa sœur, soutint son regard arrogant. Mais ne répondit rien. À l'autre bout de la table, le Grand Taureau, hilare, se délectait de la querelle :

— Humfff. Ça sent la vieille histoire de famille, tout ça, mugit-il.

— Ludwig n'est pas entièrement responsable de…, commença Julie – avant d'être interrompue par le Prince.

— Mesdames, ici n'est pas le lieu pour exposer vos griefs personnels, estima-t-il. Pour clore ce débat : Julie et moi avons fini par nous entendre, au sujet de monsieur de Féronnelle. Et je lui ai présenté mes excuses. Disons que le potentiel destructeur de votre ami commun est assez rare. Et très utile pour ce que nous devions entreprendre. De quoi avoir envie de l'utiliser même si lui ne prétend pas quitter Cracovie…

Lucienne Arquenotte enchaîna :

— Et des excuses, vous m'en présenterez aussi, peut-être, pour avoir ensuite accepté le présent de Vasco, qui vous a permis d'obtenir une arme plus puissante encore que la colère de Gürwald… mais aux dépens de ma famille ?

— Aïe, je savais que ça déraillerait, soupira Vasco Pueblo en se tenant le front de la main gauche.

— Eh bien, se gaussa le représentant ardante. On n'est pas venus pour rien, ce soir. Il y a du spectacle !

Lucienne s'adressa non seulement au noble d'Agartha, mais aussi et surtout, à l'assistance :

— Rassurez-vous, tous autant que vous êtes : je ne suis pas venue pour l'Atlantide. Je ne me battrai pas pour elle. En ce qui me concerne, le combat est ailleurs… Car pour ce continent malade, soyez francs avec moi : tout a déjà été décidé à l'avance entre vous avant cette prétendue réunion, n'est-ce pas ?

*

Le sang coulait le long de la lame de Zaphaïm. Un liquide épais, vermillon, qui souillait non seulement son épée, mais aussi ses habits. Sur sa tunique de cuir, les taches s'amoncelaient, se superposaient.

Elle ne savait plus combien de monstres, combien de zombies elle avait trucidés depuis son arrivée ici.

On ne lui avait pas menti : l'Atlantide était effectivement vérolée. Plus on s'enfonçait dans les terres, plus des créatures improbables vous tombaient dessus : serpents immenses, fauves volants, arachnides d'une étonnante rapidité. Et puis, des Atlantes qui sortaient de terre, certains aussi tenaces que des chiens enragés. Partout, la même folie contagieuse. Un océan de bâtiments autrefois splendides, en proie aux éléments, hantés par les parodies souffreteuses et malsaines de leurs anciennes populations.

Mais cet aspect-là n'était pas le pire. Ce que Zaphaïm détestait par-dessus tout, ici, c'était ce que devenait son équipe. Ce que cette expédition prolongée avait fait d'eux.

Certains avaient péri. Ainsi en allait-il de la vie des agents au service du Prince : le taux de mortalité s'était toujours révélé abominablement élevé.

Parmi ceux qui restaient, peu attiraient désormais sa sympathie. Elle ne reconnaissait plus ces jeunes recrues qui avaient fait leurs armes à ses côtés. Surtout les frères Villempré. Ils avaient débarqué, un matin de printemps, après une absence de quelques semaines, les yeux caves, le regard sombre. Zaphaïm avait deviné depuis longtemps qu'ils étaient frères. Elle n'avait pas évoqué cette ressemblance en leur présence cependant. Car on ne pouvait pas aborder les sujets personnels, quand on voyageait aux ordres du Prince.

Si la guerrière ardante ne savait pas au juste ce qui leur était arrivé récemment, elle avait deviné l'essentiel : un rituel les avait irrémédiablement transformés. L'un, le plus jeune, en machine de guerre cynique qui prenait un malin plaisir à torturer, tuer. L'autre, le plus âgé, en ombre mouvante qui ne souriait plus et qui parlait à peine, spécialiste des tempêtes et de la destruction.

— Vraiment, quel beau gâchis ! grommela Zaphaïm entre ses dents.

Malgré leur incroyable puissance, leur capacité à raser des villages entiers, Ernest et Serge se trouvaient encore sous ses ordres. Leurs appétits carnassiers les empêchaient en effet de faire preuve de clairvoyance. Aux côtés de Zaphaïm et Ishvara, *alias* Cinq et Six, il y avait un homme brun, vaporeux et muet qui se nommait Brume, mais qui ne répondait pas à leurs ordres. Celui-ci savait emmener tout le groupe d'un endroit à un autre juste en déployant son pouvoir. Une capacité fort utile qu'il utilisait avec parcimonie.

Comme à son habitude, Zaphaïm avait du mal à obéir aux ordres d'Ishvara. Elle le jugeait efficace et érudit certes. Mais agaçant, hautain, trop dirigiste, sans doute, pour qu'elle le supporte facilement.

Au beau milieu des Terres Oubliées, par-delà l'espace et le temps, le sortilège de confidentialité habituel avait tendance à s'effacer. Aussi les agents arrivés sur le continent exilé depuis une entrée secrète à Madurai, en Inde, avaient-ils pu se découvrir les uns les autres, et partager leurs doutes, leurs interrogations. Une expérience que Zaphaïm jugea plutôt agréable. Du moins, les premiers jours. Car cette expédition s'avéra très longue et pénible. Zaphaïm ne se considérait pas comme une sainte, loin de là : elle était devenue guerrière, et bras armé du Prince. Cependant, elle sentait cette ambiance corrosive qui suintait, lui collait à la peau, et tentait de la transformer. Seule la nature profonde de sa sorcellerie particulière lui permit de lutter contre la corruption. Tel n'était pas le cas de ses coéquipiers qui, l'un après l'autre, se rapprochaient de ce qu'étaient devenus les frères Villempré. Camille la lycanthrope, Glörk l'Orgone, Yuri et Miss Meuh-Meuh, mais aussi le terrible vampire, Lythian : tous s'étaient peu à peu trouvés poussés par leurs plus bas instincts. Assassins de profession, ils rivalisaient désormais de cruauté.

Zaphaïm n'aurait su déterminer si cette métamorphose était simplement due à ce pays maudit ou à la proximité constante des frères Villempré. Un mélange des deux facteurs, sans doute. Et puis, toutes et tous avaient commis l'imprudence de s'abreuver aux sources croupies qui s'écoulaient. Mais que faire d'autre pour survivre ici ?

Chaque fois qu'elle buvait, Zaphaïm sentait son corps et son esprit lutter contre ce mal qui s'emparait des autres. Brume et Ishvara étaient, avec la guerrière ardante, les moins atteints. Tous trois possédaient une volonté peu commune : ce n'était pas pour rien qu'ils étaient les chefs d'escouade.

Depuis plusieurs mois donc, les agents du Prince arpentaient les Terres Oubliées d'est en ouest et du nord au sud. Ils avaient traversé nombre d'imposantes cités fantômes. En évitant soigneusement Akkouraï, qui devait être l'ultime étape de leur périple. Ishvara se montrait formel : pour le rituel qu'il mettait patiemment en place, tout devait s'enchaîner logiquement. Plusieurs fois – elle ne pouvait s'en empêcher – Zaphaïm avait contesté ses ordres et son itinéraire. Elle lui avait demandé de mieux tenir les frères Villempré, surtout le plus jeune des deux. Tel un sale gamin, celui-ci prenait un malin plaisir à détruire les plus belles constructions atlantes – ou du moins, ce qu'il en restait.

Invariablement, l'Indien fixait alors sa subordonnée et lui répétait par-dessus ses lunettes :

— Tu préfères peut-être qu'ils passent leurs nerfs et leur soif de destruction sur nous ? Tu as vu de quoi ils sont capables, avant que nous arrivions en Atlantide. Tu as vu comment ils ont chassé les Hengrins de leur monde, aussi, avant qu'il ne se trouve réduit en cendres… Je les crois assez puissants pour nous tuer tous, s'ils le veulent. Surtout le cadet… Alors, laissons-leur du lest, veux-tu ? Ce sera mieux pour tout le monde.

Zaphaïm les observait à la dérobée, l'aîné et le cadet. Les taches sombres, marques du pancéum, s'étendaient sur leur corps. Une fois apparues, celles-ci ne pouvaient jamais s'effacer. Si le plus cruel des deux semblait être Serge, le plus atteint par le Mal était bien Ernest. Qui développait des réactions de moins en moins humaines. Éternellement silencieux, aux antipodes du type un peu maladroit et très attachant qu'elle avait brièvement connu. À l'origine, il possédait un singe minuscule, baptisé Noidkoko. Celui-ci avait déserté son sillage depuis un moment. Effrayé par la violence de son maître, il s'était réfugié dans le cou de Zaphaïm. Elle avait d'abord cherché à le chasser. Pour finalement accepter sa présence, comprendre et presque ressentir la douleur qui l'étreignait.Depuis, elle le nourrissait des précieuses gouttes fraîches et des rares fruits sains qu'elle pouvait dénicher.

La guerrière ardante ne s'était jamais liée avec un animal. Elle qui avait toujours vécu solitaire, elle prit soin de lui, le réconforta. Noidkoko vivait extrêmement mal la transformation d'Ernest. Invariablement, il voulait le rejoindre. Et manquait à chaque fois d'être embroché sur la pointe d'un couteau. Zaphaïm lui sauva la mise à plusieurs reprises, tandis qu'Ernest paraissait indifférent à son sort et que Serge, de plus en plus cruel, ne cherchait qu'à le tourmenter.

— Désolée, la bestiole, lui murmurait-elle. Je crois que ton maître est parti loin, trop loin pour que nous puissions y faire quoi que ce soit.

Chapitre XXVIIII

Au creux d'une nuit, tandis que leur groupe éreinté campait à la belle étoile, il avait semblé à Zaphaïm que Noidkoko pleurait. Son petit corps poilu, agité de sanglots, se trouvait campé à quelques mètres d'Ernest, qui l'ignorait comme à son habitude, et que le singe n'osait même plus déranger.

La scène secoua Zaphaïm, et brisa en elle ce cœur qu'elle ne pensait plus abriter. Aussi mit-elle un point d'honneur à assurer la survie de ce si petit ouistiti – aussi ridicule cela pouvait-il paraître aux yeux de ses collègues.

Seul Yuri Iegerov, peut-être, pouvait appréhender son obstination. Si l'agent russe n'était plus que l'ombre de lui-même, le lien entre sa panthère albinos et lui était demeuré intact. Faméliques et irritables tous deux, au moins, ils ne s'ignoraient pas. Et souffraient ensemble.

Au bout de toutes ces semaines de calvaire et de voyage sans dénouement apparent, Zaphaïm n'eut plus qu'une seule envie : regagner le Castel. Pourtant, comme Ishvara ne cessait de le répéter, tout quitter maintenant revenait à nier leurs efforts constants. Pour détruire définitivement cet horrible continent, il avait fallu poser des jalons. Des sortilèges endormis, comme de vastes bombes, placés aux bons endroits, avant d'enclencher la grande explosion.

Depuis qu'elle vivait et dormait ici, Zaphaïm en était persuadée : le pays devait bel et bien disparaître. Il n'y avait rien à en tirer.

Ces derniers jours, les agents du Prince, épuisés mais tenaces, virent se dessiner une lueur d'espoir : ils approchaient du but. Le long rituel mené par Brume et Ishvara touchait à sa fin. Pourtant, un doute persistait chez leur guide indien.

— Je ne sais pas pourquoi, avouait celui-ci : j'ai l'impression de louper quelque chose. Comme si l'alignement des jalons posés ne fonctionnait pas… Pourtant, le centre vital des Terres Oubliées devrait se trouver logé au niveau de la capitale, cela semble logique…

Face à ses doutes, Zaphaïm se montra particulièrement irascible.

— Je te préviens, Six. Si tu me dis qu'on doit tout recommencer depuis le début et se coltiner encore cette bande de tarés qui rasent et embrochent tout ce qui passe, je suis capable de t'enfoncer mon épée dans la gorge.

— Toujours aussi charmante, soupira l'Indien en levant les yeux au ciel.

Depuis une dizaine de minutes, Lythian le vampire s'était éloigné du groupe. Il avait paru aux aguets, comme s'il avait flairé du sang frais – des Atlantes encore à peu près sains d'esprit et dont il viderait les veines, peut-être…

Ishvara s'impatientait. Il demanda à Zaphaïm d'aller le chercher. En grommelant, en traînant les pieds, la guerrière ardante s'exécuta. Elle suivit simplement les traces de Lythian dans le paysage poussiéreux. À mi-chemin environ, elle perçut un drôle d'éclair au loin. Ce qui n'était pas inhabituel en soi. L'endroit était propice aux tempêtes.

À mi-chemin, Noidkoko commença à s'agiter sur son épaule.

— Eh bien, qu'est-ce que tu as, toi ? Tu sens quelque chose ?

Soudain, l'animal détala. Disparut derrière un mont. Zaphaïm gravit la pente à sa suite. Depuis ce promontoire, elle repéra un point minuscule qui devait correspondre au singe. Mais surtout découvrit les splendides cascades de Tialmoun. Elle était déjà passée dans le secteur quelques semaines plus tôt. Ne s'était pas attardée devant tous ces torrents de boue.

Chapitre XXVIIII

Aujourd'hui, c'était différent. Aujourd'hui, les cascades étaient splendides. Absolument grandioses. Comme une oasis improbable au milieu de ce désert de mort et de désolation.

— Tudieu ! s'écria la guerrière ardante. Mais c'est magnifique ! Et pas du tout possible ! Qu'est-ce qu'il se passe, ici ?

XXX

Depuis que le groupe des Dogons et des Corbeaux s'était reformé, le rythme de marche à travers les régions atlantes et les plateaux désertiques traversés s'était avéré ardu.

Avant même qu'il ne soit question des trois années écoulées pour certains d'entre eux, Ambala expliqua :

— Les agents du Prince ne parcourent ces terres que depuis quelques mois. Cependant, ils préparent un mauvais coup, c'est certain. Alors, ne traînons pas. Nous sommes si près du but qu'il serait vraiment dommage de tout gâcher par une confrontation avec eux.

Tout le long du trajet, Kétinée lutta contre son envie de quitter le groupe et d'aller au-devant du danger. Plutôt que de suivre les autres, elle eût préféré se rapprocher d'Ernest. Constater, de ses yeux, ce qu'il était vraiment devenu. Et puis le confronter.

Parfois, elle était prise de frissons : elle avait l'impression de l'abandonner. Cela lui rappela ce qu'elle avait ressenti dans les Limbes, lorsqu'elle n'avait su aider Déa.

Un souvenir abominable. Qui la hantait depuis.

— Tu vois l'intérêt des Terres Oubliées et, de ce point de vue, tu as sans doute raison, mon oncle, assura-t-elle à Ambala. Pourtant, plus le temps passe, plus Ernest s'enfonce dans les ténèbres… Et si, par mon inaction, je gâchais les maigres chances que je possédais encore de l'arracher à ces horribles personnes ?

— Sois raisonnable, je t'en prie, insista Ambala. Si nous affrontons maintenant les agents du Prince, au mieux nos rangs seront clairsemés. Au pire, nous mourrons tous… Je suis désolé : Ernest va devoir attendre. Leur présence est un couteau sous notre gorge, qui rend notre tâche plus compliquée… Heureusement que nous n'avons guère ménagé nos efforts, durant trois ans !

À contrecœur, Kétinée se laissa convaincre. Ce qui ne l'empêcha pas de pousser un profond soupir.

— Si nous croisons le chemin d'Ernest avant d'atteindre notre but, je ne pourrai rester inactive, mon oncle. Te voilà prévenu !

— Je suis bien désolé de t'en demander tant, avoua Ambala, l'air plus épuisé que jamais.

Il s'était tant adonné à sa tâche qu'il avait parfois l'air d'un cadavre ambulant, terriblement maigre et hagard. Tout en serrant les poings, et en tentant – sans aucun succès – de chasser le prestidigitateur de son esprit, Kétinée songea à l'étonnante relation de Napoléon et Idonéïs. Il était impossible de ne pas constater à quel point ces deux-là s'étaient rapprochés. La fille aux yeux vairons et le spirite dogon ne se quittaient plus, ils se tenaient la main et s'embrassaient souvent.

Parfois, en la présence de Kétinée, Napoléon paraissait gêné. Comme si ses sentiments passés à l'égard de la mambo, jamais avoués mais qu'elle avait devinés, le mettaient en porte-à-faux vis-à-vis d'Idonéïs. Laquelle ne se priva pas, avec son franc-parler habituel, pour lui en faire un jour une remarque.

— Eh bien quoi ? Pourquoi tu fixes Kétinée comme ça ? Moi aussi je suis bien contente de la revoir. Mais je ne reste pas plantée devant elle avec des yeux de merlan frit !

— Hein ? Allons, je ne fais pas du tout ça... Enfin, euh... Je ne crois pas.

La mambo se contenta de rire et de répondre :

— Vous êtes mignons, tous les deux. Et franchement, ça fait du bien de voir un peu de passion et de vie, par ici.

— Folle jeunesse ! commenta Ramsès. En ce qui me concerne, ce temps-là paraît évanoui depuis des siècles et des siècles...

— Peut-être parce que c'est effectivement le cas, cher souverain antique, le taquina Aloÿs.

D'heure en heure, Kétinée constatait à quel point les quatre compagnons dont elle s'était trouvée séparée pendant quelques jours pour elle, pendant trois ans pour eux, avaient été marqués par les épreuves. Osseux, épuisés, couverts de nouvelles blessures, ils étaient devenus les âmes errantes de l'Atlantide. Des idéalistes qui parcouraient le continent de long en large, sans vraiment de répit, et au mépris de leur santé.

Grâce aux fantômes qu'il invoquait chaque jour, Napoléon s'était renseigné sur le passé atlante, et avait ainsi guidé le groupe vers les sites recherchés. Leur survie était assurée par Ambala. En frappant le paysage de ses éclairs, il parvenait à libérer l'eau du ciel, dont chacun s'abreuvait. Pour consommer la viande et les plantes, si l'on ne voulait pas tomber malade, il fallait tout bouillir ou griller. Grâce aux enseignements de ses scribes-sorciers, Ramsès savait, en se concentrant, séparer les particules infectées des plus saines. Quant à Idonéïs, il lui était fréquemment arrivé de servir de véhicule quand il fallait franchir les gouffres, les montagnes.

Bientôt, Kétinée interrogea son oncle sur son troisième œil.

— Étonnant, n'est-ce pas ? dit-il. Il est apparu au fur et à mesure de notre progression. Ce qui confirme le côté atlante de notre famille. Celui que nous avons hérité de ma mère et de ta grand-mère : Likou. Celui que tu posséderas peut-être un jour.

— Un œil au beau milieu du front ? grimaça Kétinée. Hum… je ne suis pas certaine d'apprécier ça autant que toi.

— Si cela peut te rassurer : avec un peu de pratique, il est assez facile de l'effacer, de le faire revenir… Franchement, je ne vois que des avantages à son existence. Mes facultés mentales, ma sorcellerie s'en sont trouvées accrues. Grâce à lui, j'ai senti votre arrivée. Il y a quelques nuits, j'ai rêvé de vous, au pied des cascades de Tialmoun… En revenant du mont Kenntõ, nous nous y sommes donc rendus. Grand bien nous en a pris ! En chemin, nous avons évité de justesse les agents du Prince. Ah ! Je n'ose imaginer ce qui se serait passé, sans ce fossé temporel entre nous… S'ils étaient arrivés dans notre passé, tout était fichu. Réparer prend beaucoup, beaucoup de temps. Alors qu'il est si facile de détruire…

— Tu sembles plus investi que jamais dans la cause atlante…

— Avant de venir ici, j'ai toujours eu l'esprit nomade, avoua Ambala. C'est de famille, je pense – même si papa a changé, avec l'âge. Mon père est un Dogon, ma mère aimait beaucoup l'Inde, et puis il y a nos attaches françaises. Pourtant, je ne me suis jamais senti autant chez moi qu'ici. D'ailleurs, je ne te l'ai pas encore dit : j'ai rencontré des personnes qui ont croisé ma mère après qu'elle a disparu de nos vies…

Ambala évoqua un couple d'Atlantes du nord. Ceux-ci avaient connu Likou. Laquelle était revenue en Atlantide depuis l'Inde, à la fin de sa vie. La faute à un ancien ami, venu la voir en France, pour lui apporter des nouvelles de sa grand-mère Vellõna, mourante.

— Maman a suivi cet ami, et si elle a voulu nous envoyer un message pour nous prévenir, papa et moi, celui-ci s'est malheureusement perdu en route…

D'après les témoins qui avaient croisé Likou, celle-ci s'était ensuite enfoncée dans les forêts de Sartagg, là où résidait son aïeule. Une région particulièrement dangereuse à laquelle, malgré ses talents de guerrière, elle n'avait pas survécu. Likou était donc morte, en compagnie de sa grand-mère, de cette fièvre destructrice qui s'était emparée de son continent natal.

Les yeux pleins d'émotions, Ambala contempla l'horizon en songeant à sa mère.

— Je pense qu'elle serait fière de moi, déclara-t-il. De me voir me battre pour que son pays renaisse. Du moins, c'est ce que je veux croire…

Respectueuse de ce choix et du dévouement de son oncle, Kétinée se garda bien d'exprimer à voix haute ce qu'elle croyait, elle. Si Ambala dédiait maintenant sa vie à cette cause, c'était non seulement parce qu'il devait trouver un sens à sa résurrection au détriment de Kilma… mais aussi parce qu'il s'agissait d'un moyen détourné de se rapprocher de sa mère, qui était partie alors qu'il n'avait pas sept ans. Éradiquer le fléau qui avait rongé Likou permettrait sans doute, à ses yeux, de réparer plus d'une injustice.

— De toute façon, tu es non seulement atlante par hérédité… mais atlante de cœur, finit-elle par admettre. Pour s'en rendre compte, il suffit de regarder ton front.

« Et pendant ce temps, Ernest est le grand sacrifié de cette cause », songea-t-elle.

Le groupe des Dogons et des Corbeaux atteignit bientôt la fin des plateaux désertiques, qu'ils descendirent pour s'engager dans un défilé aux proportions gigantesques. Cette fois, Kétinée découvrit, émerveillée, un autre site majeur des Terres Oubliées : une ville aux temples et habitations creusés dans la roche, à ciel ouvert, et qui ne possédait pas d'équivalent dans le monde humain – à part peut-être certains aspects de la cité nabatéenne de Pétra, et des temples d'Abou Simbel.

Les statues colossales, au réalisme surprenant, ne représentaient pas seulement la trinité atlante divine habituelle, mais aussi tous les rois et les reines qui avaient officié ici. Ce peuple de pierre, aux dimensions cyclopéennes, toisait les visiteurs avec splendeur et gravité.

Cet endroit se nommait Basiléïa. Une cité grandiose, dont même le délabrement d'un continent entier n'avait su affadir l'impressionnante majesté.

— Tu es déjà venu ici, Napoléon ? demanda Kétinée.

— Et pas qu'une fois, avoua le musicien dogon. De toutes les merveilles atlantes, celle-ci est ma préférée. Attends un peu, tu n'es pas au bout de tes surprises…

— Basiléïa est l'ancienne capitale du continent, et véritable cœur de l'Atlantide, expliqua Ambala. Un lieu antique, abandonné depuis bien des générations à cause du désert alentour. Au fil des siècles, la vie plus moderne s'est développée en des endroits rendus plus confortables par les changements climatiques. L'ancienne capitale a ainsi été largement oubliée. Elle est devenue un mythe pour la plupart des Atlantes… La première fois que j'ai appris son existence, c'était dans les pages des carnets de Raoul Villempré. Puis cela m'a été confirmée par certains livres très anciens, détenus par Archibald Saisonnier. Sans les érudits qui m'en ont indiqué le chemin, sans les Atlantes qui m'ont accompagné jusqu'ici, je ne l'aurais jamais trouvée. Pourtant, l'endroit est essentiel à ce que nous sommes – enfin – sur le point d'accomplir. Je ne vous en dis pas davantage : très bientôt, vous allez comprendre.

Kétinée, Lise et Aloÿs connurent une première surprise de taille, sous la forme d'une nouvelle cité constellée de temples, parfaitement intégrés à une vaste jungle. Laquelle jungle ne correspondait en rien aux forêts déjà traversées. Chaque arbre qui la constituait, en effet, éclatait de verdure et de vie. Des milliers de feuillus, de palmiers, côtoyaient de splendides buissons odoriférants, eux-mêmes bordés par un océan de fougères.

— Pas mal, n'est-ce pas ? sourit Ambala. Inutile de vous dire que, lorsque nous sommes arrivés, tout était aride.

La succession de merveilles ne s'arrêta guère. Le groupe découvrit un arbre tellement vieux, tellement vaste, qu'il dépassait en taille et en ampleur n'importe quel bâtiment de Basiléïa. Une seule de ses feuilles, d'un vert éclatant, suffisait à englober plusieurs personnes.

Kétinée se laissa enivrer par les couleurs, les odeurs, la douce sensation de la mousse sous ses doigts. Autour du tronc, massif, s'étendaient des branches si épaisses et solides qu'elles supportaient de larges plateformes reliées entre elles. Dogons et Corbeaux descendirent un long moment jusqu'à la base de l'arbre, puis en suivant ses racines vigoureuses. Ensuite, il fallut s'enfoncer dans la jungle et se repérer aux temples majestueux qui dépassaient des vagues de verdure.

Sur les toits caracolaient de drôles de singes au pelage sombre, et dans les arbres se trouvaient perchés de multiples oiseaux colorés, entre l'aigle et le perroquet.

— Tendez l'oreille, indiqua Napoléon. Vous entendrez le bruit du fleuve.

Les nouvelles venues suivirent son conseil, puis se laissèrent guider vers un courant plus vivace encore que celui qui animait les cascades de Tialmoun.

Kétinée, Ambala, Napoléon, Lise, Aloÿs, Idonéïs et Ramsès remontèrent ce cours d'eau pour enfin atteindre une clairière somptueuse, délimitée par une douzaine d'autres statues colossales placées en position assise, qui dépassaient la cime des arbres. Tous ces géants de pierre paraissaient contempler un seul endroit : un monument identique à nul autre, le point d'où plusieurs rivières prenaient leur source. Kétinée reconnut immédiatement la structure de l'édifice pour l'avoir vue dessinée avec précision dans les pages d'un des carnets de Raoul Villempré : il s'agissait d'une pyramide à l'envers qui se trouvait – miracle absolu ! – en suspension dans les airs. La base en haut, la pointe en bas, ce bâtiment fabuleux surplombait un monument de taille beaucoup plus modeste, mais non moins splendide : la fontaine sacrée de Tenngalidji. De la fontaine s'écoulait une eau abondante et d'une clarté absolue, qui se dispersait en de multiples courants joyeux. Ceux-ci plongeaient vers la terre, en ruisseaux et cascades. Comme si cet endroit ancestral avait décidé d'abreuver à lui seul l'ensemble des Terres Oubliées.

En quelques mots, Kétinée exprima l'état de sidération des nouvelles venues :

— Cette pyramide au-dessus de nos têtes... c'est complètement dingue ! Comment ça peut tenir ?

Chapitre XXX

— Incroyable, pas vrai ? sourit Ambala. Cet endroit est unique. Baigné d'énergies qui, même moi, me dépassent. Celles des anciens souverains atlantes, dépositaires d'un savoir malheureusement perdu.

— Même du temps de mon règne, on ne comprenait déjà plus ce phénomène, ajouta Ramsès.

On ne se rendait pas compte d'emblée qu'il existait une seconde pyramide, à l'endroit et creusée dans la terre celle-ci, partiellement visible quand on s'approchait de la fontaine. L'eau ne se contentait donc pas de partir au loin : elle plongeait vers les entrailles du continent.

Kétinée dressa un parallèle entre la structure secrète et symétrique de Saqqarah, en Égypte, et celle de Basiléïa. Sauf qu'ici, si l'on avait pu extraire les monuments du paysage, on aurait obtenu un sablier géant, dont le centre était le plateau où trônait la fontaine.

— C'est parce qu'un tel endroit existe que le rituel de sauvegarde des Terres Oubliées est possible, signifia Ambala. Avoir revitalisé les principaux cours d'eau à partir d'ici est notre plus belle victoire.

Si le sorcier ressuscité s'était récemment éloigné de ce site réhabilité, c'était, selon lui, pour s'assurer de l'écoulement de toutes ces rivières loin de l'ancienne capitale. Désormais de retour, il comptait bien reprendre son sortilège en puisant dans les énergies résiduelles… et en amplifiant sa portée.

Il invita Kétinée, Lise et Aloÿs à se joindre à la dernière phase de restauration de l'Atlantide.

— Le métissage est richesse, justifia-t-il. D'ailleurs, si les Atlantes ont fini par dépérir, et n'ont su seuls guérir leurs terres, c'est surtout parce qu'ils se sont renfermés sur eux-mêmes.

— Nous savons tous ici que la sorcellerie permet de plier les lois du réel, fit remarquer Kétinée. Seulement... comment un changement d'une telle ampleur, et si durable, est-il possible ?

— En réalité, nous disposons de fabuleux outils, ma nièce... Et surtout, nous sommes bien plus nombreux que tu ne le crois.

Ambala esquissa un geste de la main : des hommes, des femmes venaient de sortir de l'un des temples abandonnés. Ils étaient une trentaine en tout. Des vieillards. Des adolescents. Des adultes responsables d'enfants. Aux silhouettes les plus diverses. À la peau noire, brune ou bleue. Toutes et tous possédaient un troisième œil. Ils étaient les survivants de l'Atlantide. Celles et ceux qui avaient résisté, dont la lignée avait traversé les siècles pour se rallier à la cause d'Ambala. Qui était avant tout la leur.

Kétinée put juger de la popularité de son oncle, accueilli avec emphase dans une langue chantante, par ces gens qui avaient dû traverser mille épreuves avant de se trouver les uns les autres. Le plus jeune d'entre eux n'avait pas un an. Il se nommait Télémaque. Une vieille Atlante vint le confier à Idonéïs, qui le prit dans ses bras, tandis que Napoléon lui caressa la chevelure.

— Non ! s'exclama Aloÿs, ne me dites pas...

— ... qu'Idonéïs et Napoléon ont eu un enfant ensemble ? la coupa Lise. Et pourtant si : s'ils sont ici depuis trois ans, c'est tout à fait possible. Et puis... il leur ressemble !

L'enfant métissé, dont aucun des parents n'était pourtant atlante d'origine, possédait un troisième œil.

— Comme il est né en terre atlante, il fait partie de ce peuple, expliqua Ramsès. Je l'ai même aidé à venir au monde !

Chapitre XXX

Les parents du plus jeune être de la troupe serrèrent leur progéniture avec force et tendresse.

— Comme tu nous as manqué, mon grand garçon ! déclara Napoléon, dont le regard débordait d'amour paternel.

— Espèce de cachottiers ! réagit Aloÿs, ravie pour eux. Vous auriez pu nous en parler !

— Et rater votre tête lorsque vous avez découvert Télémaque ? s'amusa son amie Idonéïs. Ah ça non, certainement pas !

Kétinée se tourna vers Ambala.

— Comment as-tu trouvé tous ces gens ? Petit à petit, je suppose.

— C'est exactement ça, acquiesça-t-il. Ils viennent des monts de Nalönda, du delta de Siekh… Tous ont des dons sorciers qui les ont aidés à survivre… Certains descendent d'une longue lignée de sages. D'autres, sans ascendance illustre, ont vu leurs dons extraordinaires se développer au cours de leur existence. D'autres encore sont simplement des survivants, et des idéalistes…

Kétinée contempla une fois de plus tous ces Atlantes en s'attardant sur les visages, jeunes ou burinés, encore harmonieux ou profondément marqués par les épreuves. Chacun possédait la même étincelle au fond des yeux : celle d'un espoir prêt à renaître. Ambala poursuivit :

— Pour dire vrai, il existe autant d'histoires fabuleuses que d'Atlantes impliqués. Malheureusement, je n'ai pas le temps aujourd'hui de tout te détailler. Je reviens d'un long périple, où j'ai posé les dernières semences de notre rituel. Pour la première fois, tout est en place : il faut agir !

En trois ans, tout ce qu'Ambala avait imaginé avait donc été accompli. Nombre de points d'eau, de cascades, de rivières, de sources avaient vu leur splendeur restaurée. Désormais, il fallait relier tous ces points, les abreuver de vie pour que surgisse la floraison. En prenant les agents du Prince de vitesse. Ambala les soupçonnait en effet de s'être lancés eux aussi dans une opération de grande envergure. Mais dans une dynamique opposée.

Une jeune femme à la peau bleue, aux longs cheveux blancs et à la longue robe s'approcha du groupe.

— *Nakeï Tab*, prononça-t-elle.

Ce qui signifiait : « Le moment est venu. »

Celui que toutes et tous avaient attendu, depuis qu'Ambala avait rallumé en eux la flamme de l'espoir.

La jeune Atlante portait un sac. De celui-ci, elle tira divers objets précieusement emballés dans des morceaux d'étoffe. Il s'agissait de talismans d'argent très anciens, tous porteurs d'un symbole unique plus ou moins identifiable.

Ramsès expliqua l'importance de ces objets.

— Dans ces artefacts, confiés à nos soins par les personnes les plus illustres ayant survécu jusqu'ici, se trouve concentrée la magie atlante. Celle qui jadis défia les dieux.

De ses doigts momifiés, il effleura les symboles quasi effacés, en épousa les courbes afin de dessiner là une clef, ici un sablier, autre part un œil. Ambala lui-même était détenteur d'un talisman représentant une vague, qu'il sortit de sa tunique.

— D'après la légende, ces artefacts ont appartenu, il y a des siècles et des siècles, aux fondateurs de l'Atlantide. Ils ont ensuite été portés par ceux qui l'ont déplacée dans l'espace et le temps.

— Donc, si je vous suis, ils ont appartenu à Tenngalidji, Gõthem, N'déwi… entre autres ?

Chapitre XXX

— Exactement, assura Ramsès. Désormais, c'est à nous que revient l'immense honneur - et la lourde tâche - de les utiliser, pour guérir l'Atlantide.

Ambala compléta :

— Ils sont le chaînon manquant et indispensable sans lequel ce que j'avais imaginé n'aurait pu s'accomplir.

Un second Atlante, tout aussi jeune que celle qui avait avancé les talismans, présenta une autre sacoche, qu'il déroula, et dont il dévoila le contenu à même le sol. Cette fois, il s'agissait de larges poignards ouvragés.

— Des couteaux sacrificiels, commenta Napoléon, visiblement concerné.

— Le sang est une donnée importante en sorcellerie, confirma Ambala.

— Euh… Rassurez-moi, se mit à douter Aloÿs. Vous n'êtes pas en train de mettre en place une cérémonie de type aztèque ?

— Je pense plutôt qu'il s'agit… d'une sorte de transfusion sanguine, se souvint Lise, qui avait longuement compulsé les notes d'Ambala avant son arrivée sur le continent perdu. Nous allons tous devoir donner notre sang.

— « L'eau deviendra de sang, et le sang sera eau », récita Kétinée.

Tout le monde se tourna vers elle.

— C'est un passage de la Bible ? demanda Lise.

— Plutôt une prophétie énoncée jadis par un devin.

Elle venait de citer les paroles de Kalion, résident des jardins de Babylone. La licorne visionnaire avait-elle anticipé ce que le petit groupe tenterait aujourd'hui ? Cela paraissait ahurissant. Et pourtant…

— Revenons aux couteaux, insista Aloÿs, toujours nerveuse. On ne va quand même pas devoir…

— … s'entailler les poignets ? Si, confirma Ambala. Verser dans la fontaine de Tenngalidji notre don à cette terre.

— Cela ne me choque pas, commenta Kétinée. La sorcellerie vaudoue exige des sacrifices bien plus forts, parfois.

— Si on était en train de célébrer une messe noire, intervint l'Ombredune, on ne s'y prendrait pas autrement…

Lise rassura son amie Aloÿs.

— Tout va bien se passer : c'est pour la bonne cause.

La cérémonie tant attendue, tant préparée, commença. Des plantes furent brûlées, des symboles tracés au sol. Les talismans furent disposés tout autour de la fontaine sacrée. Les Atlantes entonnèrent une mélodie, hymne à la terre de leurs ancêtres, au temps passé, à l'avenir qu'ils imaginaient radieux.

Les nuages s'écartèrent, le ciel s'éclaircit. Des rayons de lumière vinrent enrober la fontaine de Tenngalidji. Premier fruit de ce rituel de grande ampleur.

Ambala fut le tout premier à s'entailler les veines. Il prononça des prières en atlante. À l'exception des enfants, toutes celles et ceux qui avaient suivi le sorcier ressuscité imitèrent son geste, apportant leur contribution. Kétinée n'hésita pas longtemps : elle se joignit à ce que Lise avait appelé une « transfusion » de grande ampleur.

Napoléon Boussangué commença à parler avec des personnes absentes pour les autres, mais bien présentes pour lui.

— Je vous entends… Je sais que vous êtes autour de moi, répéta-t-il en jetant de très nombreux coups d'œil par-dessus son épaule.

— Oh là, mon amour ! On peut savoir à qui tu parles ? lui demanda Idonéïs.

Le musculeux sorcier dogon offrit à sa compagne un regard gagné par la fièvre.

Chapitre XXX

— Ils sont nombreux… Nombreux et très anciens. Autour de nous. Ils me parlent en atlante. Pourtant, leur langue est différente de tout ce que je connais. Bien plus ancienne… Leurs silhouettes ressemblent aux statues immenses qui nous entourent. J'ai comme l'impression qu'ils sont tous…

— … les fondateurs et les divinités de l'Atlantide ? tenta Lise Belmont. Ce serait incroyable !

À son tour, le regard bleu d'Ambala s'alluma.

— Si ce sont eux, leur présence nous indique que nous sommes sur la bonne voie, entonna-t-il, plein d'espoir.

— Ils paraissent si loin, analysa Napoléon, qui se concentrait sur ces formes évanescentes. Comme s'ils brisaient des siècles de silence pour la première fois…

Jamais le spirite n'avait vécu phénomène plus nébuleux… et plus intense. L'espace d'un moment de grâce, il eut même l'impression que douze spectres à échelle humaine, répliques des statues, le saluaient d'un mouvement coordonné.

Kétinée partagea brièvement la vision de Napoléon. Parmi ces apparitions, elle crut reconnaître le corps masqué de Tenngalidji, tel que Raoul Villempré l'avait dessiné. La souveraine divinisée parut la frôler.

Puis tous ces illustres personnages s'évanouirent.

À partir de cet instant inédit, tout fut beaucoup plus étrange. Et un peu flou. Comme tous les gens autour d'elle, Kétinée fut plongée dans une sorte de transe, où elle perdit la notion du temps.

Les couleurs se dissocièrent des formes. Les sons se fondirent dans la lumière. Les êtres devinrent les vaisseaux de puissances qui les dépassaient.

S'agissait-il des diverses sorcelleries mêlées et déployées ? De la puissance des artefacts assemblés ? De la justesse des paroles prononcées ? Ou bien tout était-il causé par ces plantes atlantes aromatiques qui sentaient fort et partaient en fumée ?

De la fontaine s'écoulait désormais un liquide rouge et épais. Celui-ci teinta les multiples rivières qui partaient dans toutes les directions. Au niveau du mur, même les statues gigantesques des divinités atlantes semblaient bouger.

— Hum, c'est moi, ou bien ces inhalations nous montent au cerveau ? s'enquit Ramsès. Pourtant, croyez-moi : j'en ai testé, des substances qui altèrent l'esprit.

— Nous nous trouvons juste dans un état second de conscience, résonna la voix toujours calme d'Ambala. Ce que nous vivons est unique. Nous ne pourrons plus jamais le reproduire… Tout est en train de basculer.

— C'est peut-être aussi la perte du sang, analysa Lise. Notre organisme flanche, il ne faudrait pas abuser…

Accompagnée d'Aloÿs, elle commença à soigner les plaies.

Kétinée elle aussi cessa de donner son sang. La mambo ressentit le besoin de s'asseoir. De faire le point. De respirer. Un nouvel équilibre se mettait en place.

— C'était… intense, avoua-t-elle.

— Pour moi aussi, compléta Napoléon, bouleversé. Tout mon corps en frémit encore… Le phénomène s'est dissipé. Pourtant… j'entends encore ces voix dans ma tête.

— Nous les avons tous entendues, je crois. De façon plus ou moins lointaine, résuma Ramsès.

— Hii hii ouh ! confirma une toute petite voix, qui résonna soudain dans la jungle.

Il s'agissait du cri d'un singe. Mais pas n'importe lequel. Un ouistiti pygmée, qui venait d'atterrir sur les épaules de Kétinée en quelques cabrioles. La mambo reconnut immédiatement son pelage caractéristique, ses mimiques, ses marques d'affection.

— Noidkoko ? ! prononça-t-elle, ébahie. Oui oui, moi aussi je suis heureuse de te revoir ! Mais si tu es arrivée jusqu'à moi, cela veut dire...

Atlantes, Dogons et Corbeaux furent saisis d'une même stupéfaction. De la jungle venait d'émerger un autre groupe. Un assemblage bardé de cuir, composé de personnalités hétéroclites prêtes à l'assaut.

Parmi eux, il y avait un Indien à lunettes. Une guerrière ardante. Un albinos et sa panthère. Une créature cornue armée d'une hache. Un vampire récemment remis d'un coup de foudre. Un être vaporeux et muet. Une lycanthrope. Mais aussi deux êtres qui se ressemblaient comme des frères. Le premier, le regard vide, l'expression neutre, fit bondir le cœur dans la poitrine de Kétinée. Le second, au visage souriant et cruel, prit vite la parole :

— Regardez-moi ça, s'amusa-t-il. Tout un groupe d'Atlantes. Et pas timbrés, ceux-là... Vu ce qu'on est venus faire ici, on va quand même pas les laisser filer, les gars !

Ambala, Napoléon, Lise et les autres n'eurent pas le temps de réagir. Et Kétinée ne put même pas accrocher le regard d'Ernest.

À vitesse supersonique, Serge Villempré jaillit tel un projectile en direction de la statue la plus proche, qu'il pulvérisa. Le monument millénaire se désagrégea aussitôt en une pluie de pierres qui s'abattirent sur les Atlantes et leurs alliés.

La plupart d'entre eux seraient morts sur le coup si de puissants sorciers n'étaient venus grossir leurs rangs.

Ambala fit tomber la foudre, désagrégeant immédiatement les rocs les plus menaçants. Kétinée en profita pour invoquer un lwa de pierre, lequel protégea tous ceux qui se trouvaient près d'elle. Les jets de flammes de Lise, les racines d'Aloÿs, les sarcophages de lumière de Ramsès se manifestèrent ensuite, limitant les dégâts à quelques blessures et ecchymoses.

Cependant, il ne s'agissait que du premier assaut.

— Le type qui a fait exploser la statue de Gõthem revient déjà vers nous ! observa Idonéïs.

— Saleté ! jura Napoléon Boussangué en protégeant son fils Télémaque. Qui c'est, ce type ?

Pour répondre à la curiosité du musicien dogon, Serge Villempré traversa le nuage de débris et de poussière pour atterrir brusquement, pieds nus, au milieu des Corbeaux, des Atlantes et des Dogons.

— Bien le bonjour, tout le monde, s'amusa le jeune homme. C'est donc vous le dernier espoir de l'Atlantide ?

Son regard s'arrêta sur Lise, qu'il reconnut aussitôt.

— Hé, salut Lise ! Alors, on a changé de bord ? Bon, tu ne m'en veux pas trop si je fais juste mon boulot en vous éliminant ?

Foudre, flammes, racines, lwa de pierre : tout était déjà parti en direction de Serge, qui se contenta de planter son épée dans le sol. Aussitôt, une onde de choc circulaire et silencieuse effaça tous les sortilèges, puis éparpilla les silhouettes assemblées telles des quilles. Même le lwa fut balayé.

La quarantaine de victimes atterrirent brutalement sur la roche au pied de la fontaine de Tenngalidji et parmi les sources. Cette fois, des os craquèrent.

L'onde de choc avait été si forte que même l'antique fontaine de Tenngalidji fut parcourue de profondes fissures.

Le premier des agents du Prince à rejoindre Serge fut Ernest. À la manière d'un aimant vissé au pôle qui l'attirait, il vola et atterrit aux côtés de son demi-frère. Son corps vibrait étrangement. Comme s'il se trouvait là. Soudain ailleurs. Et puis de nouveau là, incapable de se fixer. Il poussa une sorte de râle. Un cri animal. Kétinée, à terre, mais qui n'avait pas encore perdu conscience, fut effarée de la métamorphose de l'homme qu'elle aimait, de ses traits déformés, des larges taches sombres sur sa peau. Les autres sentirent surtout l'énergie débordante qui émanait des deux assaillants. Tellement oppressante qu'aucun d'entre eux ne put se relever.

Tandis que le son revenait, chacun s'attendait à ce que l'albinos et sa panthère, le vampire, la lycanthrope, l'Orgone et la créature vaporeuse viennent se joindre aux deux frères pour se jeter tels des fauves sur le groupe devenu proie.

Simultanément, Ishvara et Zaphaïm effectuèrent un bond prodigieux pour arriver à hauteur des frères Villempré.

Serge contempla ceux qui ne s'étaient pas évanouis et tentaient tant bien que mal de se remettre d'aplomb :

— Il y aura peut-être un peu de résistance, analysa-t-il. Mais rien de significatif... Tout devrait être fini d'ici quelques minutes.

Kétinée, Ambala, Ramsès, Napoléon, Lise, Aloÿs, Idonéïs et les Atlantes virent donc, impuissants, ces guerriers d'élite vêtus de noir, prêts à balayer leurs rêves d'un simple revers d'épée meurtrier.

— Salut Lise, dit à son tour l'Ardante. Comme on se retrouve...

— Comme je l'imaginais, tu nous cachais des choses, acquiesça Ishvara. Bon, ça ne change rien...

Il se tourna vers Zaphaïm :

— C'est maintenant qu'on s'y met, je suppose, Cinq.

— Heureux de te l'entendre dire, Six, répondit la guerrière.

Sous les yeux assemblés, ils échangèrent un baiser spontané, passionné.

Ensuite, tandis que l'Indien se jetait sur Ernest, la guerrière ardante, arme blanche au poing, effectua une rotation sur elle-même… puis planta son épée entre les omoplates de Serge Villempré. Qui n'avait rien vu venir.

Une gerbe de sang jaillit du torse du jeune homme tandis qu'il poussait un râle. Dans le même temps, Ernest et Ishvara roulaient à terre, le premier se débattant, le second cherchant à le neutraliser.

Dans un mouvement sec, Serge, toujours debout, tourna le cou à s'en démettre les cervicales et foudroya Zaphaïm de son regard fauve. Il en faudrait bien davantage pour le vaincre !

— *Pour… quoi* ? résonna sa voix devenue tellement rauque qu'elle en parut inhumaine.

La guerrière blonde ignora sa question et s'adressa au groupe atlante :

— Vous qui faites ressurgir la vie là où l'espoir n'était plus permis… vous nous avez convaincus : dépêchez-vous ! Relevez-vous et finissez votre rituel ! Pendant ce temps, nous, on s'occupe de ces deux fous qu'il faut séparer à tout prix ! Et tant pis si on doit les tuer !

Alors, dans un déchaînement d'énergie, Zaphaïm révéla sa force et son apparence d'Ardante. Poussée par une explosion enflammée, elle décolla à son tour dans les airs, emmenant Serge Villempré avec elle, pour disparaître dans la jungle. Simultanément, Ishvara entraîna Ernest dans la direction opposée. Il savait que séparer les frères était la clé de tout.

Les agents du Prince, déjà préparés à cette manœuvre, se scindèrent en deux groupes distincts pour soutenir chacun un meneur. Seule la créature nommée Brume demeura interdite, hésitant sur la marche à suivre.

Dogons, Corbeaux, Atlantes retrouvèrent leur liberté de mouvement. Malgré les blessures, les bras inertes, les chevilles en charpie, chacun répondit à l'appel impérieux de Zaphaïm et de tous ces alliés inespérés.

Il fallait en effet conclure le rituel.

— Kétinée ! appela Ambala. Je vais encore avoir besoin de ta sorcellerie vaudoue.

Un petit singe encore vaillant sur son épaule, la mambo échevelée se tourna vers le sorcier barbu. À cet instant, malgré la différence d'âge et leur physique si dissemblable, il était le portrait craché de son père, Babadji. Avec la même détermination insensée. Et les mêmes failles.

Un trait familial, bénédiction autant que malédiction, qui était également l'apanage de la mambo.

Kétinée secoua son épaisse crinière brune.

— Je t'avais prévenu, murmura-t-elle. Quel que soit son état, je ne laisserai pas tomber Ernest. Et je ne permettrai pas à nos nouveaux amis de le tuer… Prends soin de l'Atlantide, mon oncle !

Sur cette dernière phrase, un couteau sacrificiel à la main, elle s'enfonça à son tour dans la jungle.

XXXI

Au milieu d'un brouillard opaque, d'un écran de noirceur, de violence et de perceptions chaotiques, la conscience noyée d'Ernest vit peu à peu se dessiner une lueur diffuse mais constante. Comme un phare en pleine tempête.

On l'avait poussé dans une source. Le corps blessé, trempé d'eau et de sangs différents, il avait émergé de l'onde tel un animal agressé.

Son corps avait beau se débattre, ses poings distribuer les coups, ses pouvoirs sorciers déchaîner les sortilèges, la lueur apparue ne faiblissait pas. Elle prit bientôt la forme d'une jeune femme d'une vingtaine d'années, assise en tailleur, qui le fixait sur une rive de ses yeux sombres, tout en s'activant au-dessus d'une poupée de chiffon.

Alors, à la fois au centre et en périphérie de la tourmente, non loin de ces gens vêtus de cuir, anciens compagnons d'armes qui le malmenaient, le griffaient, le mordaient, parfois lui tailladaient la peau, la voix intérieure d'Ernest parvint à articuler ces mots.

Tu es venue...

Plus formidable encore : cette femme à la silhouette fine, à la peau brune, si calme au cœur de la tourmente, lui répondit :

Évidemment que je suis venue, Ernest. Tu t'attendais à ce que je te laisse tomber, peut-être ?

En parfaite dissociation avec son enveloppe charnelle, qui tel un animal sauvage distribuait les coups contre un Indien, une lycanthrope, un albinos et sa panthère, le magicien poursuivit le dialogue silencieux.

Comment nos esprits peuvent-ils communiquer ? Comment as-tu... ?

Au cas où tu l'ignorerais : je suis sorcière. Du genre à préparer mes rituels pour qu'ils gagnent en efficacité... Celui-ci, je le peaufine depuis plusieurs semaines. J'ai même confectionné une poupée à ton effigie. Et puis, ce n'est pas la première fois que je te sors du pétrin dans lequel tu t'es emmêlé. Et ce ne sera pas la dernière : j'en suis certaine.

Mon esprit est si loin. Je me sens étranger à tout...

Tu es victime d'un sortilège satanique, ça crève les yeux. Un noir procédé qui te lie à ton demi-frère. Ensemble, vous êtes vingt fois plus redoutables que séparément...

Je le sais, je le sens... Il se sert de moi comme d'une source d'énergie. En m'envoyant les tourments qui l'entravent. Et en se nourrissant de ce qui le fortifie en moi.

C'est le principe des vases communicants. Un procédé terriblement avantageux pour lui. Et profondément délétère pour toi. Mais vous n'êtes pas similaires. Les lwas me l'ont révélé : toi, tu te trouves juste dans un état second. Tandis que lui, c'est un assassin.

Un assaut particulièrement violent vint perturber l'échange psychique : Ernest venait d'assommer Ishvara. Tandis que

Chapitre XXXI

Camille la lycanthrope tentait de ceinturer Ernest et que Miss Meuh-Meuh le mordait au sang, Yuri l'albinos enchaînait les explosions localisées au niveau de son crâne.

Je suis condamné, Kétinée. Le pancéum ronge chaque cellule de mon être… Mon corps n'est plus qu'une plaie hideuse, un abcès gigantesque, un concentré de haine qui va finir par exploser…

Et pourtant, tu parviens à formuler une pensée cohérente. Si j'arrive à briser le lien qui t'unit à ton frère, tout devient possible…

Il n'existe aucun remède connu contre le pancéum, Kétinée…

Alors, il faudra en inventer un. Tu sais bien que nous, les Mountabila, nous accomplissons l'impossible.

Désormais doté d'une force phénoménale, Ernest parvint à se débarrasser de la panthère en la fracassant violemment au sol. Puis il fit passer la lycanthrope au-dessus de lui et l'envoya dans la direction de l'albinos, déséquilibré. Sans attendre que ces deux-là se relèvent, il fonça droit sur eux. De quelques coups bien placés, il leur brisa des côtes. Yuri et Camille suffoquèrent, crachèrent, sentirent qu'ils sombraient.

Le regard voilé de noir, Ernest écumait.

Son corps moins occupé ne laissa plus son esprit vagabonder à loisir. Il lança un regard haineux à l'envoûteuse qui cherchait à embrouiller ses sens.

Il n'y a plus que toi, désormais ! lui déclara-t-il en esprit et de vive voix.

Avant de courir dans sa direction.

Dans le but de se débarrasser d'elle, de la faire taire pour de bon. Car elle le liait à son humanité de manière insupportable.

Tandis qu'il fonçait vers elle tel un buffle furieux, Noidkoko surgit de derrière une épaule. Lorsque son regard se posa sur son ancien meilleur ami, devenu l'incarnation de la colère et de la violence, le ouistiti pygmée détala dans un cri paniqué.

Kétinée, elle, ne quitta pas son poste. Elle dégaina simplement une aiguille. D'un geste vif, elle la planta dans la poupée à l'effigie d'Ernest, au beau milieu de son cœur de chiffons.

Arrivé à quelques centimètres de la mambo, prêt à lui briser la nuque, le sorcier furieux se trouva brusquement fauché par une douleur atroce. Il s'étala de tout son long sur le sol, se tordant de douleur, parvenant à peine à respirer.

— Tes facultés nerveuses sont désormais inhibées, Ernest… Je possédais sur moi assez de phanères t'appartenant pour te neutraliser par le vaudou. Bien entendu, cela ne suffira pas, à long terme. D'ici quelques minutes, tu seras capable de te relever, de m'étrangler peut-être…

Aux pieds de la mambo, dans l'herbe, le magicien se débattait tel un dément, vociférant des insultes que celle-ci ignorait.

— Je ne prends pas ombrage de ta supposée colère, bien sûr. Parce qu'elle est juste une manifestation du sortilège qui t'entrave. Un sale tour que nous allons défaire, toi et moi. Tu le veux bien ?

Elle s'était de nouveau entaillé la peau. Sans lui laisser le choix, elle le blessa du tranchant de sa lame. Puis elle fit couler son sang sur le sien, et récita quelques prières méticuleusement choisies.

Ernest se tordit encore. Agité de soubresauts, il se débattait.

Kétinée poursuivit :

— Je sais pourquoi tu t'es laissé berner par le sortilège de Vasco Pueblo. Après avoir vu Déa, ton cœur de père s'en est trouvé meurtri, tu as été brisé de l'intérieur. Mais je suis là, à tes côtés, pour tout réparer.

Le visage du magicien où ruisselait l'hémoglobine se trouvait dangereusement près de la mambo, bouillonnant et terrible. De sa besace, Kétinée sortit une poudre qu'elle souffla au visage du possédé.

Ce fut comme un miroir que l'on brise : soudain, dans les yeux entièrement noirs d'Ernest, tout se fissura. La coque sombre qui les couvrait se fragmenta. Elle s'y dilua.

Si le sorcier grondait encore, Kétinée, elle, ne put contenir l'émotion qui la submergeait. Elle se jeta à son cou. Au mépris du danger, elle le serra entre ses bras.

Ses mains à lui, crispées, tremblantes, demeurèrent en suspension, prêtes à se tordre encore, à l'étrangler.

Peu à peu, elles perdirent de leur agressivité. Se détendirent en saccades incontrôlées. Elles finirent par toucher la peau de la mambo en une caresse fébrile, laquelle se mua enfin en étreinte partagée.

Un enlacement long de larmes, de sang, de vie. Au rythme de leurs deux respirations synchronisées.

De l'autre côté de la jungle, le sang coulait aussi. Des Atlantes et de leurs amis, toujours déterminés à sauver les Terres Oubliées. Des plaies de Serge également. Mais surtout de celles de Zaphaïm et de ses subordonnés, mis à mal par la résistance du jeune démoniste devant eux.

— *Du vil dø !* éructa Glörk, qui avait bondi juste avant de jeter son immense hache au visage de son adversaire.

— Inutile, jugea Serge en stoppant l'arme d'une seule main.

La hache demeura en suspension. Puis, sous l'impulsion du sorcier blond, elle repartit vers l'envoyeur. Avec une telle vélocité et une telle violence que l'Orgone la reçut en plein ventre. Dans un fracas, Glörk s'abîma parmi plusieurs palmiers déracinés sur le coup.

Le colosse cornu ne put se remettre d'aplomb et sentit des larmes perler au coin de ses yeux. Il jurait en norvégien, tâchait de ne pas perdre connaissance. Peine perdue. Ses entrailles se déversaient de son estomac perforé. Le regard de l'Orgone se voila. Il fit encore deux pas – les tout derniers – et s'écroula dans les fougères de la jungle, loin des steppes glacées qui l'avaient vu naître.

Seuls Lythian le vampire et Zaphaïm, sous sa forme ardante, se trouvaient encore debout face à Serge.

— Rappelle-moi pourquoi on se bat contre notre coéquipier plutôt qu'avec le sale type barbu qui a failli me faire frire en invoquant la foudre ? grogna le vampire en se tenant les côtes.

— Parce qu'on est complètement crétins, sans doute, soupira Zaphaïm en serrant les dents. Des crétins capables de s'émouvoir sur de l'eau qui coule, sur une plante qui pousse, alors que l'on passe notre temps à trucider ou bien vampiriser notre prochain…

— Tuer ne m'a jamais posé problème, confirma Lythian. Mais détruire une civilisation aussi ancienne que l'Atlantide, alors qu'elle pourrait subsister, c'est un sacré gâchis, en effet.

— C'est ce que je disais : nous sommes de grands sentimentaux, toi et moi… Allez, c'est pas tout ça. Maintenant, saigne-le à blanc pendant que je lui coupe un membre ou deux.

— Comme si j'allais vous laisser faire, souffla Serge qui, à la suite du baroud d'honneur de Glörk, avait eu besoin, lui aussi, de reprendre son souffle.

— Quand je pense que tu as été sous mes ordres et que je n'ai pas immédiatement senti ton potentiel destructeur, pesta Zaphaïm.

Chapitre XXXI

— Nous voyons ce que nous souhaitons voir, pas autre chose, répondit Serge. Moi aussi, je me suis trompé sur vous.

Zaphaïm avait retrouvé son épée souillée. Comme à son habitude, car elle n'avait jamais su s'avouer vaincue, elle repartit à l'assaut. En ayant conscience que cette fois il pouvait s'agir de son ultime combat.

À quelques centaines de mètres de là, au-dessous de la pyramide inversée, Napoléon Boussangué rattrapa Ambala, qui chancelait.

— Tu ne vas pas bien du tout, s'exclama le spirite en tenant son ami par les épaules. Tu as donné bien trop de sang.

— Je dois continuer, s'obstina Ambala en cherchant à le repousser. Le rituel n'est pas fini… Plus je donnerai, plus cela sera efficace.

— Mais à quoi tu joues ? s'emporta Napoléon. Aucun natif de cette terre ne s'est saigné autant que toi ! Et puis… les voix des divinités se sont tues depuis un moment !

Le musicien dogon disait vrai : malgré leur ferveur, les survivants des Terres Oubliées s'étaient déjà éloignés de la fontaine sacrée, et parmi eux plusieurs s'étaient évanouis.

— Arrête un peu de ressembler à ton père ! poursuivit Napoléon. Je te préviens : si tu cherches à rejoindre Kilma parce que tu culpabilises depuis ton retour d'entre les morts, je ne te laisserai pas faire !

— Encore quelques gouttes… insista Ambala. Quelques gouttes peuvent faire la différence.

— Elles ne feront rien du tout si tu meurs, intervint Lise Belmont.

La sorcière blonde soutint Ambala à son tour. D'autorité, attrapa son poignet pour stopper son hémorragie. À bout de forces, Ambala s'écroula sur elle.

De la fontaine, désormais, s'écoulaient des torrents épais de sang, partis abreuver durablement toutes les régions.

— Alors, et maintenant ? s'enquit Idonéïs, impatiente, le petit Télémaque dans ses bras. Qu'est-ce qu'il faut faire pour conclure ?

— Même si les plantes, par sorcellerie, s'épanouissent plus vite par ici, rien ne se fera instantanément, précisa Aloÿs l'Ombredune. Ainsi en est-il de toutes les choses essentielles si l'on souhaite qu'elles soient durables.

— Espérons que les semences aient au moins le temps d'éclore, intervint Ramsès. Parce que… Regardez. Quelqu'un sort de la jungle.

Les feuillages venaient de s'écarter, en effet, pour laisser apparaître une silhouette au visage pâle, aux cheveux clairs. Un soupir de soulagement général s'échappa dès lors qu'on sut qu'il ne s'agissait pas de l'un des frères Villempré.

Zaphaïm avait repris une forme plus humaine. Le regard droit, la démarche mal assurée et les mèches au vent, elle effectua quelques pas en direction de la fontaine de Tenngalidji.

— Je suis désolée, prononça-t-elle. J'ai combattu bien des salopards, dans ma vie… Mais celui-là, il est trop fort pour moi.

Elle ôta la main de son ventre. Au niveau de son torse s'étendait une large tache rouge. Avant que quelqu'un ne puisse lui porter secours, la guerrière tomba à genoux dans l'herbe.

— Ravie de vous avoir connus, même brièvement, soufflat-elle encore. Et désolée de vous laisser ce monstre sur les bras…

L'instant d'après, elle s'écroula à terre.

Et sur ses talons émergea Serge Villempré.

Chapitre XXXI

Blessé lui aussi, couvert de morsures, de cicatrices sanguinolentes, de plaies béantes depuis le sommet de son crâne jusqu'à ses pieds nus. Rien en revanche qui ne puisse l'arrêter durablement.

Devant le regard effaré des Corbeaux et des Dogons, il inclina la tête de côté et déclara laconiquement :

— Il est temps de finir le travail, je suppose.

*

Au beau milieu de la verdure atlante, Kétinée progressait avec le doux sentiment du devoir accompli. Ce qu'elle avait planifié depuis longtemps s'était déroulé comme prévu : à force de persévérance, elle avait arraché Ernest aux ténèbres. Elle le devinait encore malade, victime diminuée du pancéum. Cependant, grâce à ses efforts, il avait recouvré son libre arbitre.

— Je ne… me pensais pas capable de revenir jusqu'à toi, lui répétait-il, essoufflé.

— Et de nous deux, c'est toi qui es censé être le plus optimiste ? lui avait-elle répondu.

Kétinée soutenait Ernest. Lequel se trouvait toujours dans un état second, toujours maculé d'immondes taches. Mais plus proche, psychiquement, de l'homme dont elle était tombée amoureuse. Leurs corps enfin réunis après de longs mois de séparation et d'épreuves insensées cheminaient ensemble. Le futur du prestidigitateur restait sombre. Au moins goûtait-il à la satisfaction de serrer contre lui la femme qu'il aimait.

Ce répit fut de courte durée. La mambo sentit Ernest trembler.

— Quelque chose ne va pas, comprit-elle aussitôt.

— Le lien entre Serge et moi n'est pas totalement rompu, ressentit le prestidigitateur. Il est en train de se battre, je le sens.

Kétinée le sentait, elle aussi. Extrêmement perturbée, elle secoua la tête en tous sens.

— Ambala, Napoléon, les Corbeaux… articula-t-elle.

Elle pressa le pas, mais Ernest, à bout de forces, lui fit ralentir la cadence. Il se retint à un arbre : son arrachement au rituel de Vasco Pueblo l'avait vidé de son énergie.

— Continue sans moi… Je te rejoins, lui promit-il.

Kétinée se mit donc à courir. Se retourna, s'excusa, repartit :

— Pardon de te laisser… Je suis désolée… Je dois…

Soudain affolée, elle ne termina pas sa phrase. Et détala en direction de la pyramide inversée et de la fontaine.

Ses longues jambes la propulsèrent au-dessus des troncs couchés, par-delà les broussailles, au travers de plusieurs torrents de fougères. À mesure qu'elle progressait, des cris résonnaient. De plus en plus nombreux. De plus en plus déchirants.

Kétinée atteignit enfin la clairière centrale de Basiléïa. Pour débouler au cœur du massacre.

Aussitôt, elle poussa un cri d'horreur.

De multiples cadavres jonchaient désormais le sol. En accord avec les rivières alentour, de larges flaques rouges se déversaient sous les corps atlantes de tous âges. Certains, gravement blessés, agonisaient. Une jeune fille qui venait de perdre sa mère pleurait.

Serge Villempré était encore en train de se battre.

Autour de lui, des sorciers lançaient des sortilèges que lui neutralisait sans peine. Tout en repoussant les flammes générées par Lise, il para les attaques acrobatiques d'Idonéïs et encaissa la foudre d'Ambala.

Où donc étaient Aloÿs, Ramsès et Napoléon ?

Kétinée eut un nouveau haut-le-cœur.

Elle les localisa, le regard vide, le corps inerte.

Si Ramsès, les bras repliés sur le torse, paraissait dormir, les visages sans expression de Napoléon et de l'Ombredune, yeux grands ouverts, ne laissaient planer aucun doute sur leur état.

Morts tous les deux, à quelques mètres de l'affrontement.

— Non, c'est pas possible ! hurla Kétinée.

Aux pieds du cadavre de Napoléon Boussangué, le petit Télémaque sanglotait. Kétinée le prit dans ses bras. Voulut l'emmener loin de cet immonde spectacle, de tous ces gens assassinés.

Puis elle secoua la tête. Cela ne suffirait pas pour l'arracher à cet immonde cauchemar.

Elle le confia donc à l'un des Atlantes encore vivant. Avant de se jeter en direction de son oncle et des Corbeaux. Mais pas assez rapidement pour empêcher Serge de transpercer l'estomac d'Ambala de part en part avec son épée.

— Nooon ! hurla Kétinée tandis que son oncle, à son tour, mordait la poussière.

Alors, elle sentit deux bras lui saisir la taille. Elle sursauta : c'était Ernest.

— Attends, attends… Ne te fais pas tuer, lui souffla-t-il. J'ai besoin de toi…

— Ernest ! hoqueta la mambo. Ton frère a déjà assassiné Napoléon, Aloÿs… Mon oncle va…

— On va éviter tout ça, avança Ernest. Mais là je suis malade, trop faible. S'il te plaît, fais-moi confiance, d'accord ?

S'il te plaît, concentre-toi. Donne-moi tes forces. Poursuis ce que tu as commencé avec le rituel vaudou qui m'a ramené à toi.

— Mais… Il…

— Je peux tous les sauver si tu m'aides.

L'esprit de la mambo avait du mal à occulter les nouvelles tragédies qui se déroulaient juste sous ses yeux. Désormais, Serge s'en prenait à Lise, piétinait Ambala.

— Concentre-toi. Fais-le maintenant, s'il te plaît !

Il la savait capable de redoubler d'efforts dans l'œil même du cyclone. Elle lui faisait suffisamment confiance pour suivre cette directive aveuglément.

Alors, plutôt que de faire ce que son cœur lui commandait – voler au secours d'Ambala et de ses amies en train de mourir –, elle prit la tête d'Ernest à pleines mains. Et laissa couler son énergie vaudoue entre ses doigts sans se retenir, une dernière fois.

Tout près, Serge venait de saisir Lise, Ambala rendait son dernier soupir. Sur la chevelure et l'esprit d'Ernest, une énergie vert émeraude crépita.

— Retour en arrière, murmura le sorcier.

Le paysage zébré de sang, son frère meurtrier, les cadavres éparpillés : tout s'effaça.

Il arriva au moment où il avait vraiment repris conscience : quand son corps était blotti contre celui de Kétinée.

Auparavant, il avait laissé cet instant durer pour échanger des paroles chargées d'émotion.

Cette fois, à son grand regret, il coupa court aux effusions.

— Kétinée, oui, voilà, je… Je suis revenu… Tu es… phénoménale. Merveilleuse… Mais il y a mon frère… Nous avons un problème : Serge, je le sens, est en train de massacrer nos amis. Si nous n'agissons pas maintenant, *vraiment tout de suite*, ils vont tous y passer. Alors… accroche-toi à moi. *Vite !*

— Ah, euh… hésita Kétinée, qui ne s'attendait pas à une telle lucidité de la part de celui qu'elle venait tout juste d'arracher aux ténèbres. Tu as l'air sûr de toi, mais…

— Je ne suis sûr de rien. Par contre, je sais ce qu'on doit tenter.

Sans attendre davantage, il resserra leur étreinte. Puisa dans ce qui lui restait de forces pour décoller dans les airs. Sous l'effet de l'adrénaline et malgré son épuisement, il y parvint. Il savait quelle direction emprunter désormais. Et lutterait pour ne pas s'évanouir.

Accrochée à lui, Kétinée avait l'impression que les événements s'enchaînaient trop vite. Comme si elle avait raté des étapes. S'ils se sortaient de cette situation inextricable, Ernest se promit de tout lui expliquer plus tard.

— Invoque un lwa d'air, un colosse de terre… n'importe quoi ! réclama-t-il. Il faut empêcher mon frère de nuire. Et disperser les Atlantes.

À sa demande, la mambo se concentra. Dès qu'ils furent en vue de la clairière, Ernest pointa Serge du doigt : Zaphaïm tombée devant lui, il venait seulement de quitter la jungle, lui aussi. Tous les Atlantes étaient encore vivants.

— Pour le lwa, c'est maintenant ! indiqua Ernest.

Comme son oncle, Kétinée fit tomber la foudre. Cette attaque surgie de nulle part surprit Serge, qui ne put l'éviter.

Lise comme Ambala profitèrent de cette ouverture. Leurs attaques précédemment contrées trouvèrent dans ce nouveau scénario moins de résistance. Tandis que Kétinée atterrissait non loin de Serge, Ernest saisit son frère, le fit chuter, tête sur les rochers. À moitié assommé, surpris par l'attaque du seul allié qu'il pensait encore compter et cerné de toutes parts, le jeune homme aux pieds nus ne sut plus où donner du sortilège. La foudre, le feu s'abattirent de nouveau sur lui.

Cette manœuvre spectaculaire avait usé les maigres forces d'Ernest : après avoir bousculé Serge, il chuta sans pouvoir se relever.

Corbeaux, Dogons, Atlantes joignirent leurs forces. Et, sans le savoir, plus efficacement qu'ils ne l'avaient déjà fait.

Serge Villempré, débordé, chercha à puiser dans les forces vitales d'Ernest, comme il en avait l'habitude. Cette issue-là se déroba également sous ses efforts. Car en amont, Kétinée avait coupé le lien vénéneux entre les deux frères.

Les instants suivants se révélèrent cruciaux. Suivant l'intuition d'Ernest, la mambo dispersa les Atlantes qui ne savaient se battre. Plus libres dans leurs mouvements, les combattants des trois factions s'organisèrent. Ernest en profita pour se rapprocher de Kétinée en gardant suffisamment de recul pour ne pas finir assommé, tout en gardant un œil sur le combat en cours.

Lorsqu'un assaut tournait en défaveur de ses alliés, il demandait à Kétinée de l'aider à activer son pouvoir temporel.

L'arme s'avéra épuisante… mais redoutable. Une fois éliminés tous les scénarios dans lesquels Serge l'emportait, son demi-frère finit éreinté, débordé par des assauts répétés et parfaitement coordonnés. Comme si tous ces réfugiés et ces idéalistes s'étaient préparés ensemble pour cette confrontation.

Sonné, en bout de course, Serge Villempré, tel un lion blessé, tenta une ultime manœuvre. Il lança son habituel sortilège d'absorption des sons… avant de se ruer vers son frère en profitant de la confusion provoquée.

Chapitre XXXI

Dans le silence absolu généré par son pouvoir, il fonça sur Ernest tel un homme-obus, renversa tout sur son passage, le saisit par le col. Générant une poussée contraire, Ernest se débattit. Il avait tant abusé de son sortilège temporel qu'il était incapable de l'utiliser à nouveau, même aux côtés de Kétinée. Les deux frères effectuèrent une vrille aérienne incontrôlée. Ils s'envolèrent en direction de la pyramide inversée. Sous les regards stupéfaits, ils s'y abîmèrent, faisant voler en éclats un mur en suspension depuis des millénaires.

Au beau milieu des peintures encore vives et des bas-reliefs ouvragés de ce sanctuaire, Serge attrapa Ernest par le col et lui aboya sa déception.

— Je ne m'attendais pas à ce que tu me trahisses. Je te faisais confiance, mon frère !

Ernest Villempré laissa échapper un rire. Et de lui répondre, époumoné :

— Dans quelle espèce… de monde sorcier tu vis, Serge ? C'est toi… qui m'as trahi ! Toi qui m'as entraîné du côté des ténèbres contre mon gré, avec Vasco.

— Mais tu étais si timoré ! Si peu à l'aise avec ton potentiel et tes pouvoirs ! Tu n'as pas ressenti comme moi l'incroyable vent de la liberté ?

— Tu n'as pas remarqué que, depuis l'épisode de la Forêt-Noire, je vis telle une ombre dans tes pas ? Ne te moque pas de moi, Serge !

Le jeune homme crispa les mâchoires, secoua la tête.

— Tu ne te rends pas compte de la chance que nous avons, ensemble. Notre père, Raoul, n'a pas eu le choix, lui !

Un fracas interrompit l'explication des deux frères. Au seuil du temple profané apparut la silhouette de l'increvable Zaphaïm. Au torse souillé de sang. À la chevelure enflammée.

Et qui, comme à son habitude, était devenue plus résistante qu'en début de combat.

— C'est… charmant comme endroit, énonça-t-elle en grognant. Toutes mes excuses, les frangins… Bon, vous ne pensiez pas que j'avais rendu mon dernier souffle, quand même ? Il me fallait juste… un moment pour reprendre des forces.

D'un pas décidé, elle s'avança vers Serge, l'épée en main. Lequel n'était plus assez vaillant pour lui tenir tête. Le sortilège de Vasco qui le rendait si fort avait été brisé par Kétinée. Ses yeux, bruns et mobiles, plongèrent encore dans ceux d'Ernest lorsqu'il se décida, abruptement, à lui avouer :

— C'est moi qui ai tué notre père, à Toulouse… Je l'ai tant vu souffrir. Tant se transformer, pour le pire… Dans ses derniers moments il m'a supplié de l'aider. Alors j'ai opté pour la seule solution possible.

— Et voilà sans doute pourquoi rien ne tourne très rond chez toi, mon frère, comprit Ernest dans un souffle dépourvu de rancœur.

Désarçonné par cette réaction, Serge ne chercha même pas à esquiver l'assaut de Zaphaïm, qui venait de fondre sur lui.

Pour la seconde fois, elle planta son épée dans son corps.

— Ne m'en veux pas si je finis ce que j'avais commencé, lui asséna-t-elle avant qu'il ne sombre dans un nuage écarlate.

D'un mouvement de hanche, elle fit ensuite rouler le corps inconscient de son ancien subordonné dans un recoin de la salle sacrée. Ernest voulut objecter quelque chose. Mais il était si faible qu'en voulant prendre la parole il se mit à cracher du sang.

Sans perdre de temps, Zaphaïm brandit son épée avec le cou de Serge dans sa ligne de mire.

Chapitre XXXI

Pourtant, elle n'acheva pas son geste. Un brouillard venu de nulle part se déversa dans la pyramide inversée. Il enveloppa Serge pour le soustraire à la menace que représentait la guerrière ardante.

— Oh là ! Il se passe quoi, encore ? s'étonna Zaphaïm. Où est passé Serge ? Est-ce que ce serait l'un de tes tours… Brume ?

L'entité silencieuse qui avait, depuis leur arrivée en Atlantide, accompagné les agents du Prince venait en effet de rejoindre le trio dans la pyramide inversée. L'expression neutre et le regard impénétrable, Brume glissa en silence, ne livrant rien de ses pensées à la guerrière interloquée. De sa main droite, il effleura les parois de la pyramide. Qui sous cette puissante sorcellerie se mirent à scintiller.

Au pied de la pyramide inversée et soudain vibrante, les combattants restés au sol n'eurent pas le loisir de se demander ce qu'il était en train de se passer entre les deux frères et la guerrière opiniâtre. Un tremblement de grande envergure ébranla le paysage. On imputa le phénomène aux exactions de Serge. Jusqu'à ce que d'autres secousses, multiples et plus lointaines, se manifestent. Ce fut Lise Belmont qui comprit d'où partaient ces vibrations affectant la forêt tout entière.

— La fontaine de Tenngalidji, énonça-t-elle. Regardez, on dirait… qu'elle est en train de bouillir !

— Ça alors, mais c'est vrai ! s'écria Ramsès.

De la fumée commençait à s'échapper en effet du monument. L'eau ensanglantée y formait des bulles et des remugles, comme le liquide d'un chaudron qui atteint son point d'ébullition. Ambala observa le phénomène d'un air incertain. Avant de s'en alarmer franchement.

— Ce n'est… Ce n'est pas normal, exhala-t-il. Toutes les sources se mettent à chauffer elles aussi. Si cela continue ainsi…

— La végétation alentour va en pâtir, enchaîna Aloÿs, tendue. Et d'ailleurs… c'est déjà le cas.

L'Ombredune en liaison avec les forces végétales désigna d'abord les fleurs, les bourgeons, les pousses délicates. À vitesse accélérée, chacun les vit se racornir, brunir… puis se flétrir. Le phénomène s'étendit à toutes les feuilles, aux fougères. Pour bientôt attaquer les branchages.

— Ouh là, ça tourne mal, résuma Ramsès.

D'un palmier incandescent apparut Noidkoko, qui daigna revenir sur les épaules de Kétinée en enchaînant les cris paniqués.

— Ah, te voilà, toi. Oui, d'accord, tu as eu peur. Et maintenant, tu as trop chaud, mon pauvre… Comme nous tous !

— Je ne comprends pas, avoua Ambala qui, épouvanté, ne savait plus où donner du regard. Qu'est-ce qu'il se passe ?

Idonéïs étreignit son fils Télémaque, qui s'était mis à pleurer.

— Napoléon, appela la sorcière aux yeux vairons, tu ne peux pas faire quelque chose ? Reparler aux esprits, peut-être.

— Mais oui, tu as raison, opina son compagnon. Il faut que je me reconnecte avec les anciens.

— J'aimerais t'aider, avoua Kétinée, perdue elle aussi. Mais Ernest a disparu dans les hauteurs, et j'aimerais savoir…

À cet instant, une silhouette surgit de la pyramide inversée. Il s'agissait de Zaphaïm qui portait Ernest, à peine conscient. La guerrière atterrit au pied de la fontaine.

— Celui-là est à moitié dans les choux, indiqua-t-elle. Quant à l'autre, on va dire… qu'il a disparu.

Chapitre XXXI

Tandis que Kétinée se pressait à ses côtés pour enlacer Ernest, elle ajouta :

— Oh mais… C'est moi, ou la température ambiante a augmenté d'un coup ?

La guerrière ardante disait vrai : la chaleur était devenue à peine supportable.

Napoléon n'avait pas attendu Kétinée : il avait retrouvé la trace des anciens. L'instant fut cependant fugace. Et terriblement alarmant. Ces douze sages n'étaient plus que des émanations tourmentées. Des feux follets qui hurlaient leur douleur et leur désespoir.

— Eux aussi sont dépassés ! s'émut Napoléon. Ils ne savent plus comment nous guider !

Ambala, perdu, commença à tourner sur lui-même.

— Que se passe-t-il ? Qu'est-ce que j'ai bien pu rater ?

— Si ce n'est pas Serge le responsable de tout ceci, réfléchit Ramsès, effaré, alors qui… ?

Par réflexe, Zaphaïm revêtit sa forme ardante, bien plus confortable car la température grimpait encore.

— Ma parole ! s'exclama la guerrière. On se croirait en Agartha !

— Et voilà bien la clé du problème, déclara une voix qu'on n'avait pas entendue depuis un moment.

Atlantes, Dogons et Corbeaux désorganisés tournèrent le regard vers un Indien accompagné d'une lycanthrope et soutenu par un albinos, lui-même flanqué d'une panthère blessée.

— Ishvara ! s'exclama Zaphaïm. Ne me dis pas que tu sais de quoi il retourne. Et que c'est nous qui sommes responsables de…

— Quand nous sommes arrivés ici, nous avons nous aussi placé des jalons, lui rappela l'Indien. Un rituel à même de détruire l'Atlantide, pour de bon…

— Par les anciens ! Qu'avez-vous fait ? s'indigna Ambala.

— Quand nous avons découvert ce que vous aviez accompli ici, nous avons tout arrêté, se dédouana le meneur des agents du Prince. Moi non plus, je ne comprends pas…

— Le sang ! s'exclama soudain Lise Belmont qui, elle, venait de subir une révélation. Ton sang à toi, Ambala !

— Eh bien quoi, le sang d'Ambala ? réagit Ramsès. Il est miraculeux, non ? Capable de ressusciter ce qui fut mort !

D'un air profondément triste, accablé, Lise secoua lentement la tête.

— Nous avons tous été aveugles. Moi la première… Tu es revenu d'entre les morts, Ambala. Un acte qui n'est jamais, jamais sans conséquence… Ton sang est corrompu. Marqué par les ténèbres. Oh, et pourtant, j'ai tant étudié les écritures, les livres apocryphes… Comment ai-je pu me montrer si stupide ?

— Attends, réagit Kétinée. Je n'arrive plus à suivre, là. Tu veux dire que le sang de mon oncle…

— … au lieu de sauver l'Atlantide, a en réalité servi de détonateur pour notre rituel à nous, révéla Ishvara. Nous pensions agir dans des directions opposées. En réalité…

La suite de ses paroles s'étrangla dans sa gorge. Ce fut Ambala qui les formula le premier, d'une voix infiniment rauque et désabusée :

— En réalité, nous avons travaillé ensemble, gronda-t-il.

Avant de tomber à genoux, terrassé par cette terrible idée : tout ce qu'il avait accompli, tous ses efforts, tous ses sacrifices n'avaient jamais été destinés au succès.

Malgré le pancéum qui s'était emparé de la moindre de ses cellules, Ernest parvint à prononcer :

— Et ce sale Prince. Il avait tout prévu, bien sûr… Ce type n'a rien à envier à Ludwig…

Chapitre XXXI

— Mais alors ? intervint la guerrière ardante. Si le rituel commandité par le Prince prédomine, et si le sang d'Ambala est le détonateur… La bombe, ce serait quoi ?

Ishvara leva vers la guerrière un regard désolé.

— Oh… Tu ne devines pas le cadeau qui vient de chez toi, Zaphaïm ?

Des buissons, des arbres entiers s'embrasèrent. On eût dit qu'une partie des Enfers se déployait en Atlantide. Les moins résistants, au supplice, poussèrent des hurlements.

Alors, tout devint encore plus chaotique.

Tout se fendit, se cassa, se brisa. La cité perdue de Basiléïa, idyllique il y a peu encore, cauchemardesque désormais, fut parcourue d'un océan de failles, défigurée de gouffres abyssaux. Même le ciel s'ouvrait.

Si l'eau saignait, bientôt la lave s'invita. Et l'on vit sortir de terre, au loin, une structure colossale, issue d'un autre monde sorcier vers celui-ci, pour l'achever.

Le tremblement fut si violent que tous chutèrent. Et ne se relevèrent qu'à grand-peine.

— La tour centrale d'Agartha ! s'exclama Zaphaïm, qui venait de reconnaître le monument surgi des entrailles du continent perdu, tel un bélier immense. Mais qu'est-ce qu'elle fiche ici ? Comment un tel phénomène est possible ?

— Nous nous sommes bien déplacés dans le temps et dans l'espace, soupira Ishvara. Alors, pourquoi ne pas y emmener une arme de destruction avec nous ? Je suis tellement désolé…

Il fixa Ambala, qui paraissait brisé, terrassé par l'ignoble spectacle. En état de choc, il était incapable de réagir. Sa vie entière, la signification de son existence, se trouvait balayée tel un château de cartes, dont les fondations n'avaient jamais été conçues pour subsister.

Les survivants de l'Atlantide se regroupèrent. Chaque seconde, quelqu'un sauvait sans distinction la vie d'un Atlante, d'un agent du Prince blessé, d'un Dogon ou bien d'un Corbeau.

À la suite de la dernière secousse, particulièrement violente, une traînée de flammes s'était dessinée, qui semblait indiquer un chemin vers un endroit jusque-là préservé.

— Tous vers la clairière au sud-ouest ! proposa Zaphaïm. Là-bas, on a moins de chances de se prendre un arbre ou une statue sur la tronche. Et on s'organisera pour filer.

La proposition paraissait logique. Et cette voie bordée de feu toute tracée.

Les plus valides se saisirent des blessés. Zaphaïm emporta Ernest. Les bras et l'esprit libre, Kétinée se concentra sur son oncle, affaibli, dévasté. C'est alors qu'elle se remémora les paroles atlantes transcrites par Raoul Villempré, énoncées par la licorne Kalion.

Akkeïlo Madiem Teï'A Nao.

« N'emprunte pas la voie du feu. »

Trop préoccupé par les gouffres dans lesquels on pouvait chuter et par les éruptions de lave, aucun ne s'était intéressé à ce qui se jouait dans les hauteurs.

Kétinée fut donc la première à se rendre compte que la pyramide inversée de Tenngalidji vacillait. Qu'elle s'apprêtait à chuter sur le chemin que la cinquantaine d'être vivants avaient choisi d'emprunter pour survivre.

La mambo poussa un cri paniqué.

— Arrêtez-vous tous ! La pyramide va nous tomber dessus ! Revenez ! Vite !

Noidkoko émit un hurlement lui aussi. Si les personnes les plus proches entendirent ce double appel, le vacarme était tel que certaines coururent néanmoins vers le danger.

Chapitre XXXI

— Trop faible… Trop faible pour revenir en arrière, hoqueta Ernest.

Kétinée invoqua un lwa d'air, qui s'élança pour freiner la course des Atlantes.

Ambala et Lise joignirent leurs forces. La foudre et les traînées de feu qu'ils déployèrent attirèrent les regards les plus lointains. Jusqu'à Napoléon, Idonéïs et Télémaque – les tout premiers à s'être jetés dans le piège. La survie du groupe se joua en une poignée de secondes. Au moment où toutes et tous revenaient, la pyramide inversée, que l'on avait crue fixée pour toujours dans les airs, s'effondra en des millions de débris.

Puisant dans ses ressources, Ramsès généra la plus gigantesque des protections qu'il ait jamais conçue : une bulle d'énergie dorée capable d'abriter la cinquantaine d'âmes présentes de la pluie de rocs.

Zaphaïm, reconnaissante, pivota vers Kétinée.

— Tu nous as évité de finir tous ensevelis, lui dit-elle. Chapeau bas !

La jeune mambo secoua la tête : l'heure n'était pas aux louanges, mais à sauver ce qui pouvait encore l'être. Alors, elle demanda à quelques lwas de consolider la protection de Ramsès.

— On ne va pas tenir longtemps comme ça, jugea Lise en désignant la coque dorée, vaste mais terriblement mince, sous l'assaut de très lourds rochers et des jets de lave. Nous ne sommes que moustiques dans la tourmente…

— Ça je confirme, avoua Ramsès, éreinté. Il suffirait d'un souffle pour que tout s'écroule…

— Je peux m'envoler, emmener quelques personnes avec moi, indiqua Idonéïs, en train de devenir corbeau. Mais guère plus d'une dizaine.

— Moi aussi, je ferai de mon mieux, compléta Aloÿs.

— Cela fait encore plus d'une trentaine de personnes à sauver, calcula Lise. Comment… ?

— Là, regardez ! indiqua Zaphaïm.

Des débris de la pyramide tombée émergea une silhouette. Une créature nimbée de vapeur, qui avait en son temps transporté tous les agents du Prince sans effort.

— Brume ! appela Ishvara.

La créature ne lui répondit pas, trop occupée à aspirer en elle l'énergie colossale libérée par tant de destruction.

Quelques minutes auparavant, elle avait activé le sortilège de retour vers le monde humain, et comptait bien ne pas s'en aller les mains vides.

En un clin d'œil, Dogons, Corbeaux, Atlantes et autres furent arrachés au paysage. Ils s'envolèrent tels des débris pris dans un ouragan, entraînés vers cet être vaporeux qui happait tout. Bientôt, ils disparurent dans son corps, sorte de trou noir abyssal qui, en déformant l'espace, aspirait non seulement les êtres vivants… mais toute l'énergie générée par la destruction de l'Atlantide.

Ambala fut bientôt le seul à évoluer encore parmi l'apocalypse. Ses doigts enfiévrés s'enfonçaient dans la terre, cherchaient à s'y agripper, voulaient encore tout empêcher.

Pourtant, il n'était plus de taille à lutter contre l'ouragan furieux. Ses toutes dernières forces l'abandonnaient.

Il avait tout donné, s'était épuisé durant trois longues années.

Pour voir son œuvre soufflée en quelques instants, balayée par l'ambition d'un monarque qui depuis son Castel avait décidé, lui, de tout raser.

Chapitre XXXI

C'était l'histoire d'un peuple entier qui disparaissait pour toujours sous ses yeux accablés, et devant son âme à jamais meurtrie.

S'agissait-il d'une sorte de brouillard, tout autour ? Ou bien des larmes qui voilaient son regard et qui tombaient sur ses joues creusées ? Tout s'embrouilla pour le sauveur déchu.

Le feu, la lave engloutissaient chaque détail de la cité, avant de se propager aux quatre coins de ce continent condamné, jugé inutile par des gens qui n'avaient jamais compris sa splendeur, sa richesse folle, son utilité.

Les temples, les colosses de pierre, disparurent dans le chaos. La jungle se trouva déchiquetée en milliers d'îlots tortueux. Bientôt, la fontaine de Tenngalidji, secouée par trop d'éruptions, explosa pour de bon. Tandis que les détails de cette apocalypse s'effaçaient, tandis que tout se fondait dans la brume et les pleurs, les débris du cœur de l'Atlantide s'éparpillèrent dans le néant.

XXXII

Terres Oubliées

(chant atlante)

Je n'avais jamais vu ma terre de cette façon
Mon avenir, mon aube claire, mon horizon
L'avenir est un mystère dépourvu pour moi de raison
Un vent glacial traverse la plaine et mon sang

Mon avenir, mon aube fière, mon horizon
Tout d'un coup réduit en poussière, d'aucune raison

De ce monde, plus personne ne se souviendra
Des jardins, de la vie
À tout jamais mon pays sombrera
Dans les flots de l'oubli

SORCIERS

Dans ma ville à feu et à sang,
Il n'y aura plus jamais de saison
Le ventre nu, la chair de ma chair,
Plus de temps

De ce monde, plus personne ne se souviendra
Des jardins, de la vie
À tout jamais mon pays sombrera
Dans les flots de l'oubli.

XXXIII

Kétinée ouvrit les paupières. Par les rideaux entrebâillés d'une fenêtre aux très larges carreaux, un rayon lumineux s'était posé sur un tapis d'Orient, un guéridon de marbre, avant d'empiéter sur le lit. La main gauche et les ongles fins de la sorcière remuèrent, et elle contempla le ballet de poussière qui valsait sous ses yeux.

— Qu'est-ce que je fiche ici ?

Elle se redressa. Se cala sur le matelas. Constata qu'elle portait un élégant déshabillé de nuit, en soie noire et fuchsia, qu'elle ne se souvenait pas avoir enfilé. Ni même possédé.

La chambre elle-même, spacieuse, lumineuse, était décorée de peintures encadrées : délicate nuée de papillons ou portrait de biche. Un lustre, des candélabres d'argent agrémentaient un mobilier de style Empire, un papier peint aux motifs floraux ouvragés.

Lorsqu'elle se leva, que ses pieds nus rencontrèrent l'exquise sensation du moelleux des tapis, elle admira à loisir le grand lit à baldaquin, ses coussins et ses édredons, les voiles transparents tendus entre les colonnes de bois sculpté. Jamais elle n'avait séjourné dans un endroit aussi luxueux. Rien à voir avec la chambre exiguë et spartiate qu'elle occupait habituellement chez Babadji, ou encore la couche mangée aux mites de son ancienne roulotte, au cirque Palazzi.

Par la fenêtre, elle découvrit une forêt touffue, plantée de marronniers, de châtaigniers, de chênes : de celles que l'on trouvait en France et dans les régions tempérées.

Kétinée ne pouvait demeurer dans cette tenue trop légère : elle ouvrit une armoire massive en bois laqué. Elle y trouva de nombreuses robes. Plus somptueuses les unes que les autres : élégantes et droites, décolletées, ou encore parées de mille nœuds et d'incroyables falbalas. Elle opta pour la moins coûteuse de toutes : une tenue de cirque indécemment courte qu'elle enfila promptement. Elle poussa ensuite la porte rehaussée de dorures qui la mena d'abord sur un palier lui aussi doté d'épais tapis, puis vers un escalier ample, quart tournant, doté d'une rambarde de fer forgé.

Débouchant dans un hall aux très larges miroirs, au sol carrelé, elle s'approcha des fenêtres immenses qui mettaient en valeur la majesté de la forêt.

En cet endroit, tout était silencieux, superbe, et l'air ne résonnait que du chant des oiseaux qui pépiaient au loin.

La mambo poursuivit sa visite. Personne, absolument personne, ne croisa son chemin. Pourtant, on eût aisément imaginé un bal somptueux se tenir ici, ou bien la réception d'un quelconque empereur.

— Tu es arrivée au Castel, résonna une voix qu'elle connaissait bien.

Chapitre XXXIII

Sur l'un des confortables fauteuils de cuir, Ernest était assis. Avec à ses côtés le singe Noidkoko, et sur son épaule un épervier au regard vif, dont il était en train de gratter le dessous du bec.

— Je te présente Rodriguez. Tu te souviens, c'est mon ami Vicente qui me l'a confié… À quelque chose malheur est bon : depuis que je ne suis plus très en forme, il revient vers moi. Comme s'il sentait que j'avais besoin de réconfort.

Ernest portait une simple chemise blanche au col relevé et un pantalon noir. Sa silhouette maigre, sa peau constellée de taches sombres trahissaient sa mauvaise santé.

Le cœur de Kétinée se comprima dans sa poitrine. Elle n'appréciait pas de voir l'homme qu'elle aimait dans cet état.

Pourtant, la joie de le retrouver l'emporta sur le reste. Elle courut vers lui, le serra dans ses bras. Comme ils s'étaient serrés, dans la jungle de Basiléïa. Cette fois, cependant, ils prirent tous les deux le temps de prolonger l'agréable étreinte.

— C'est le monde du Prince, alors ? finit par murmurer Kétinée, la main droite sur la joue d'Ernest. C'est bizarre, j'imaginais cet endroit plus… peuplé.

— Ça l'est, en général, lui assura le magicien tout en lui rendant ses caresses. D'habitude, le hall et les salons sont bondés de courtisanes, de militaires, et de toute une myriade de personnages plus ou moins absurdes… Étrange, ce silence… En tous les cas, ça me fait plaisir de t'y voir, tu sais.

Il voulut se lever. Faillit s'écrouler aussitôt. Kétinée retint ce jeune homme devenu vieillard. Avec tendresse, elle guida ses pas vers l'intérieur du bâtiment désert.

Le magicien, la mambo, le singe et l'épervier progressèrent en direction d'une galerie des glaces, à la recherche d'un couloir qui aujourd'hui n'existait pas.

— C'est très bizarre, commenta Ernest. Pourquoi le Prince et toute sa cour se sont absentés ?

Brusquement, le singe Noidkoko éternua. Cela mit la puce à l'oreille de ses compagnons humains, qui tous deux repérèrent une odeur diffuse de tabac dans l'air. Ils remontèrent ces effluves veloutés et âcres jusqu'à une première, puis une seconde salle dotée de nombreuses tables de jeux.

Rodriguez déploya ses ailes pour se poser sur une poutre. Là, au milieu des roulettes et des billards, attablé à un guéridon en merisier, se tenait le Prince. Qui patiemment retournait et plaçait ses cartes à jouer, l'une après l'autre, en révélant les rois, les reines, les valets, tout en sirotant un verre de bourbon.

— Comme tout le monde semble parti, vous vous lancez dans une réussite ? lui demanda Ernest d'un ton neutre en s'asseyant juste en face de lui, le singe Noidkoko dans son cou.

— Mademoiselle Mountabila, Monsieur Villempré, bien le bonjour. J'espère que vous avez correctement dormi, leur sourit-il. Comme vous l'avez remarqué, j'ai fait place nette au Castel pour que nous soyons tranquilles, vous et moi… Ne me remerciez pas : je vous devais bien ça.

Il reposa ensuite les yeux sur ses cartes et ajouta :

— Je finis la partie et je suis à vous.

Kétinée, elle, ne s'était pas assise. Elle contemplait le monarque. Sentait la colère monter.

Pour qui se prenait-il, ce sorcier imbécile, qui accordait davantage d'importance à ses objets qu'à des êtres humains avec lesquels il venait de jouer ?

D'un geste abrupt, elle balaya les cartes devant le monarque. D'un côté puis de l'autre du guéridon.

Le Prince, mains levées, fut bien obligé de la regarder de nouveau. Il haussa les sourcils. Mais conserva son flegme.

Chapitre XXXIII

— Oh, eh bien, je suppose et j'espère… que ce geste vous a fait du bien.

La mambo n'en resta pas là. Cette fois, elle saisit les chaises inoccupées. Les envoya au loin, l'une sur un billard, l'autre sur une roulette qui se mit à tourner. L'instant d'après, elle renversa carrément le guéridon, et le verre de bourbon se brisa contre un mur.

— Vous n'avez guère froid aux yeux, Mademoiselle Mountabila, déclara le Prince, stoïque.

— Cette fille est un ouragan formidable, sourit Ernest.

— Vous avez désormais tout mon intérêt, assura le Prince. Puis-je donc savoir ce qui vous tourmente ?

— Ce qui me tourmente… *Ce qui me tourmente ?* répéta Kétinée, furibonde. Mais tout, bien sûr ! Tout me tourmente ! La façon dont vous traitez vos agents ! Toutes ces existences dont vous disposez selon vos souhaits ! Les gens que vous manipulez ! Et puis, le droit de vie et de mort que vous exercez sans vergogne. Sur des sorciers qui n'ont rien demandé. Sur des mondes pacifiques. Sur des peuples entiers. Vous vous êtes joué de mon oncle ! Vous avez profité de son idéalisme pour mener à bien vos affaires destructrices, votre volonté de pouvoir en vous réservant, j'en suis sûre, la part du lion ! Vous avez tué tant de gens ! Vous avez brisé Ambala. Et vous avez incarcéré l'homme que j'aime. Vous avez transformé mon doux Ernest en meurtrier, un être aux antipodes de l'homme aimant et souriant, tendre et sensible, dont j'étais tombée amoureuse ! Vous l'avez désintégré de l'intérieur. Physiquement. Mentalement. Je vous déteste, Prince, je vous déteste !

Au terme de cette tirade, Kétinée, tremblante mais le regard droit et fier, dut reprendre son souffle. Elle demeura debout, sans flancher, sans décolérer, face à l'incarnation de tout ce qui tournait mal selon elle dans les mondes sorciers.

— Vous avez terminé, cette fois ? demanda le Prince, toujours aussi calme. Vous me laissez répondre ?

Pour la première fois, il se leva. Réajusta sa lavallière et fixa Kétinée.

— J'entends bien, Mademoiselle Mountabila, tous les griefs que vous formulez. Seulement, chère amie, tout est question de point de vue. L'Atlantide n'est pas devenue une contrée oubliée sans raison. Orgueilleuse et hautaine, elle a insulté les sorciers en son temps de splendeur. Ceux-ci ont déjà, il y a bien des siècles, cherché à lui régler son compte... Afin de leur échapper, ils ont voulu plier les règles immuables du temps et de l'espace... Vous imaginez la dangerosité de la chose ? Les conséquences d'une telle hérésie ? Mon point de vue est le suivant : la sorcellerie doit être contrôlée, Mademoiselle Mountabila. Les Terres Oubliées étaient devenues dangereuses. Comme le pays de Rün en son temps, elles menaçaient de revenir vers notre époque, d'envahir et puis de détruire tous les autres royaumes en déversant sur nous ses hordes mortes-vivantes... Il en va de même avec Agartha, qui avec cette tour démesurée risquait de briser le fragile équilibre de notre univers... Vous qui avez sympathisé avec les Corbeaux, vous comprenez la notion d'équilibre, pas vrai ? Nous ne sommes pas si différents, eux et moi. Voilà pourquoi je les respecte. Voilà pourquoi je pense que toutes les personnes atlantes qui méritaient d'être sauvées ont tout à fait leur place dans ce que vos alliés appellent leur Nid.

De sa poche, le Prince sortit un miroir. Il invita Kétinée et Ernest à le contempler un moment.

Chapitre XXXIII

L'envoûteuse et le magicien observèrent la jungle, les girafes, le roc taillé au sommet duquel trônait une maison aux multiples chambres, flanquée de dépendances et d'une serre. Dans cette serre, ils virent Aloÿs l'Ombredune s'occuper de plantes venues d'Atlantide. Puis il y eut Lise, Ramsès, et même le jeune Simon Saisonnier, qui ensemble bâtissaient une extension à leur auberge, aidés par une trentaine de réfugiés atlantes. Au premier plan, Télémaque, dernier enfant de l'Atlantide, courait dans tous les sens et s'amusait, entouré par Napoléon et Idonéïs, ses parents.

— Vous les espionnez, remarqua Ernest.

— Seulement quand cela est nécessaire, lui assura le Prince. Et il m'a semblé essentiel de vous montrer cela… En tous les cas, vous voyez bien que je ne leur voulais aucun mal. Gageons qu'ils seront plus heureux au Nid qu'ils ne le furent au cœur d'un continent malade.

— Un continent malade que mon oncle était en train de guérir, avança Kétinée, les joues toujours en feu et les lèvres pincées.

— De cela, laissez-moi douter, rétorqua le Prince. Et nous ne le saurons jamais vraiment.

— À cause de vous, insista la mambo.

Qui venait de repérer Ambala, parmi les Corbeaux. La silhouette voûtée. Le regard absent. S'il aidait au chantier de construction, son regard bleu paraissait dramatiquement éteint.

— Je n'ai pas voulu l'amener au Castel, avoua le Prince. J'ai bien peur qu'il lui faille un peu de temps pour faire le deuil de son rêve admirable mais – je vous l'assure – invivable.

— Vous me racontez ce qui vous arrange, poursuivit Kétinée. Comme vous disposez, sans vraiment de scrupules, des sorciers enrôlés par vous. Regardez donc Ernest : cela fait à peine un an et demi qu'il se trouve sous vos ordres. Et vous voulez qu'il tire cinq ans à votre service ? D'ici la fin de son contrat, il ne restera rien de lui.

— J'avoue… que je ne suis pas au meilleur de ma forme, parvint à plaisanter le magicien, que chaque respiration faisait souffrir.

— Je ne l'ai pas ménagé, c'est certain, avoua le Prince.

Kétinée s'apprêta à lui lancer une nouvelle réplique cinglante. Le sorcier architecte leva la main.

— Pourtant, poursuivit-il, s'il a servi mes intérêts, j'ai gardé à dessein les siens propres.

À cet instant, le Prince se tourna vers Ernest.

— Si je vous ai poussé dans vos retranchements, Monsieur Villempré, c'est parce que je savais à qui j'avais affaire.

Le prestidigitateur réprima un tremblement.

— Hum, sauf votre respect… vous vous fichez de moi ? Personne ne peut guérir du pancéum.

— Ah, mais vous ne souffrez pas du tout du pancéum, cher ami.

— Quoi ? ! Non, mais qu'est-ce qu'il ne faut pas entendre !

— Votre condition actuelle n'est en aucun cas permanente, prétendit le Prince. Elle résulte simplement du rituel qui vous liait à votre demi-frère. D'un effet secondaire que vous subissiez à sa place… Actuellement, vous êtes simplement épuisé. Mais ça va aller beaucoup mieux dans les jours à venir. N'avez-vous pas remarqué que les taches sur votre peau diminuent à vue d'œil ?

— Je… Hein ?

Ernest Villempré contempla sa main droite. Il se souvenait que son pouce était entièrement voilé d'une tache. Laquelle en cet instant ne couvrait plus que les deux tiers du doigt.

Chapitre XXXIII

Il localisa ainsi d'autres endroits de son corps où la couleur originelle de sa peau était revenue.

— J'ai été le tout premier, je le crois, à déceler votre potentiel et à vous en parler, lui rappela le Prince. Vous vous en souvenez ? Ce pouvoir insensé, qui vous fait plier les lois des possibles, agit – et agira toujours, je le pense – comme un précieux remède pour contrer votre hérédité.

Kétinée avait du mal à croire ces déclarations. Toujours méfiante, elle demanda :

— Et… qu'est-ce qui nous prouve que vous ne mentez pas ?

— Mais quel intérêt aurais-je à vous mentir, voyons ? Surtout que si je vous dupais, vous ne manqueriez pas de déchaîner toutes les divinités vaudoues majeures contre moi, Mademoiselle Mountabila ! De toute façon, vous serez vite fixés tous les deux… Et satisfaits.

— Mais… comment avez-vous deviné cela ? s'enquit alors Ernest, abasourdi. En plus d'être monarque et parfois avocat, vous êtes médecin ?

— Comme tous les sorciers d'une certaine envergure, je sais surtout cerner les possibles. Lors de vos séjours nocturnes au Castel, j'ai fait effectuer des prélèvements sanguins par mes médecins personnels… sans forcément vous en avertir. Chacun d'entre eux s'est montré rassurant. Vous le voyez : je n'ai pas agi par hasard.

— Par hasard, non, releva Kétinée, la bouche en coin, mais sans certitude absolue.

— La vie n'est jamais exempte de risques, assura le monarque. Mais les risques, eux aussi, se calculent…

La mambo n'était pas dupe. Elle faillit de nouveau attaquer verbalement le Prince. Celui-ci, très habile, ne lui en laissa pas le temps.

— Et sinon, cher Monsieur Villempré, pour continuer dans les bonnes nouvelles, et pour me faire pardonner un peu de ces désagréments… j'ai une surprise pour vous.

Par-dessus son épaule, il indiqua une pièce annexe, dont opportunément une porte s'ouvrit.

En sortit une silhouette d'enfant de huit ou neuf ans. Aux longs cheveux châtains. Aux yeux voilés de blanc.

— Déa ? ! s'exclamèrent ensemble Ernest et Kétinée.

Kétinée et Ernest en furent estomaqués. Ils fixèrent la fillette, les yeux ronds, incapables d'articuler une phrase compréhensible.

— Bonjour Kétinée, prononça-t-elle. Bonjour… papa.

Après un an et demi passé dans les Enfers, la jeune enfant avait grandi. Elle portait une élégante robe bleue, et arborait de nouveau une apparence humaine. Sa forme démoniaque tout comme sa fureur semblaient n'avoir jamais existé.

Pour autant, aucune joie ne transparaissait sur son jeune visage. Ernest se leva, s'avança vers elle en titubant. Kétinée se joignit au mouvement. Mais n'osa pas intervenir dans la réunion du prestidigitateur et de sa fille.

Comment celle-ci allait-elle réagir, cette fois ?

Ernest Villempré plaça un genou à terre.

— J'y crois pas ! Déa ! Déa ! C'est bien toi ? !… Oh, ma chérie !

Spontanément, il prit l'enfant entre ses bras. La serra tendrement. Tandis que Noidkoko se lançait dans un ballet enthousiaste, les larmes le gagnèrent.

— Je suis si désolé de n'avoir pu t'approcher la dernière fois ! De ne pas avoir su te sauver. Je m'en suis tellement voulu. Mais tellement, tellement, tellement… Je n'en dormais plus…

Chapitre XXXIII

Et tu m'en as voulu aussi, bien sûr ! Mais tu as l'air d'aller mieux. C'est à peine croyable ! Comment ? Comment... ?

Si, dans un premier temps, la fillette ne réagit pas à cet élan d'affection, elle finit par avouer :

— J'ai été très en colère, c'est vrai, papa. Mais j'ai fini par comprendre que tu n'y pouvais rien et que je ne devais pas t'en vouloir... Dans les Enfers, on perd facilement le sens des réalités, tu sais... On devient facilement un monstre. Surtout que j'en suis un, et depuis très longtemps.

Ernest, bouleversé, prit cette fois Déa par les épaules.

— Tu n'es pas un monstre, déclara-t-il. Tiens, qu'est-ce que je devrais dire, moi ? Tu as vu dans quel état je suis ?

— Mais toi, ça va aller, papa. Tandis que pour moi, rien n'est résolu. Et rien ne le sera jamais. Parce que, même si j'ai voulu l'oublier lors de mes précédents séjours sur Terre, j'ai fait beaucoup de mal... C'est comme ça. Je dois l'accepter.

En son for intérieur, Ernest n'arrivait pas à associer tout ce qu'il avait vu dans les Enfers, et l'enfant dans ses bras. Lui-même savait ce qu'elle pouvait être. Et Déa le savait aussi. Cependant, pour l'un comme pour l'autre, mieux valait se taire sur le sujet.

À son tour, Kétinée voulut prendre Déa dans ses bras. Ce fut plus difficile. Elle ne voyait pas seulement en elle la petite fille, mais le démon réincarné dans une enfant, capable d'assassiner des innocents.

— Ça ne fait rien, tout ça, leur murmura Déa. Parce que le Prince m'a bien aidée... Il m'a trouvée, il m'a rassurée. Il a su faire taire la colère. Il m'a montré que l'on pouvait se mentir, que ça pouvait aider... Ne t'inquiète pas. Je ne vous ferai plus peur. Toi et moi, *papa*, on fera juste comme si tout allait bien...

Et sur ces mots troublants, qui déchiraient le cœur, Ernest et Kétinée voulurent prendre congé du Prince. Retourner à Paris. Panser leurs blessures dans un autre endroit. Voir s'il était possible de vivre de nouveau aux côtés de Déa.

En comparaison de tout ce qu'ils venaient d'affronter, la présence d'Helena, élément de tumulte presque rassurant dans leur vie, ne les dérangeait plus.

« On trouvera bien une solution », songea Ernest dans un bel élan d'optimisme – et, en même temps, il se demandait déjà s'il allait laisser Déa approcher de Flavie…

Le magicien prit la main de sa fille adoptive. En faisant mine de ne pas craindre sa réaction.

Juste avant qu'ils ne partent, le monarque sorcier produisit un large médaillon rehaussé de dorures et de nombreux entrelacs lumineux. Celui-là même que Kétinée était allée chercher, aux abords des Enfers.

— C'est avec ceci que j'ai ramené Déa, révéla-t-il. Grâce à ce précieux artefact, j'ai affronté le feu, les visions, les tourments. Passé toutes les épreuves. Et arraché notre jeune amie à son passé délétère… Gageons que le résultat de ces tribulations vous convient : cela est le gage de mon indéfectible gratitude à votre égard. Ah ! Tant que nous y sommes…

D'un secrétaire, il tira un papier officiel sur lequel étaient inscrits quelques chiffres.

— Voici de quoi récupérer à la Banque de France le montant de ce que vous avez gagné, expliqua-t-il. Toute peine mérite salaire. Et à peine ardue, salaire élevé, cela va de soi…

D'après la somme indiquée, le Prince s'était montré généreux. Ernest hésita entre déchirer le papier… ou bien le conserver précieusement. Si le document était bien réel, jamais de sa vie il n'avait possédé autant d'argent. Il le mit donc dans sa poche, pas encore décidé sur la question.

Kétinée vint se placer en face du Prince. Elle le regarda dans les yeux.

— Je vois que Lucienne Arquenotte a tenu parole.

— Attendez… De quoi s'agit-il ? s'enquit Ernest, perdu.

— De la monnaie d'échange que Mademoiselle Mountabila a eu l'idée de me faire parvenir en vue de votre libération, cher ami. En d'autres termes : tandis que vous serviez sous mes ordres, elle s'est démenée pour vous arracher au Castel.

— Tu as… Tu as fait ça ? comprit Ernest, soudain ébloui de reconnaissance et d'admiration.

Le Prince s'adressa à la mambo :

— Votre nouvelle amie me connaît depuis bien longtemps. Oui, elle avait vu juste : cette merveille de médaillon, en effet, est à mes yeux plus précieux que trois ans et demi de la vie d'Ernest Villempré – même si je tiens celui-ci en très haute estime. Peu d'objets aussi puissants existent, qui permettent à qui sait s'en servir d'accéder aux différents cercles des Enfers en toute impunité. Ces Saisonnier… ils sont si étonnants !

— Amusez-vous bien avec ça, signifia la mambo d'un air glacial. Le contrat, maintenant…

Du même secrétaire, le Prince tira un long parchemin cacheté, au bas duquel s'étendait une signature couleur sang qu'Ernest reconnut aussitôt. Sans un seul mot, il craqua une simple allumette. Laissa les flammes lécher le parchemin. Et puis jeta le tout dans une coupelle.

— Vous voyez que je suis beau joueur, Mademoiselle Mountabila, lui sourit-il avant de se tourner vers Ernest. Un conseil, Monsieur Villempré : une femme comme elle, faites tout ce que vous pouvez pour la garder. Car j'ai rarement rencontré panthère aussi mordante et élégante.

Ernest ne s'y attendait pas. Il secoua plusieurs fois la tête.

— Alors cela veut vraiment dire… que je suis libéré ?

Pour souligner cette déclaration, Rodriguez l'épervier quitta les hauteurs. Au terme d'un vol très court, il regagna l'épaule du prestidigitateur, du côté de Déa. Comme si le volatile se sentait délivré, lui aussi, de cette grande cage en or qu'il ne supportait plus.

Kétinée n'avait rien raté de la disparition du contrat. Elle n'avait même pas cligné des yeux, soupçonnant un tour de dernière minute. D'un ton cassant, elle déclara :

— Et maintenant, je ne veux plus jamais vous voir.

— Si vous le dites, concéda le monarque.

Pour résumer ce qu'il avait à déclarer au Prince lui aussi, le singe Noidkoko, sous l'impulsion d'Ernest, se posta sur le secrétaire puis tira la langue.

— Excusez-le, signifia le prestidigitateur. Il est vraiment très mal élevé.

Sur ces paroles, il tourna les talons, emmenant avec lui sa compagne, sa fille retrouvée et ses animaux. Dans son dos, pourtant, résonna une dernière fois la voix du Prince.

— Juste avant que vous ne quittiez le Castel, une toute dernière chose… *Déa* ?

Immédiatement, la fillette aux yeux blancs tira la manche de son père adoptif.

— Papa… Moi, il faudra que je revoie le Prince de temps en temps.

— Quoi ? Hein ? Mais… non ! Non, tu n'y penses pas, ma chérie. Pourquoi tu voudrais…

Chapitre XXXIII

— Parce que j'en ai besoin. Parce que je sais qu'il peut m'aider. À assumer ce que je suis. À ne pas tout détruire… Tu me promets, d'accord ? Sinon, mieux vaut que je ne rentre pas à la maison avec vous.

Elle trembla, Ernest bredouilla. Lui et Kétinée se regardèrent. Puis leurs yeux revinrent sur le Prince. Chargés de surprise, de colère et de noirs reproches.

Assis de nouveau derrière une table de jeu, le Prince fit mine d'ignorer cette animosité silencieuse et leur déclara :

— À mon humble avis, il est tout à fait dans le domaine du possible de redonner le sourire à cette enfant… On se voit le mois prochain, sans doute ?

*

Au deuxième étage d'une grande propriété de Cracovie, au milieu d'un domaine boisé, une sorcière brune très élégante, à son balcon, tirait sur son fume-cigarette en observant les ouvriers qui mettaient la dernière main au réaménagement d'une grande roseraie. Parmi eux se tenait un gentilhomme de haute stature, aussi élégant que maniéré, lequel ne cessait de changer d'idée pour placer telle espèce de rose à la place de telle autre, afin d'assurer la meilleure harmonie possible à son jardin.

— Si tu te montrais aussi délicat envers ta compagne qu'avec tes satanées fleurs, cela se passerait peut-être mieux entre nous, lui reprocha Lucienne Arquenotte d'un air hautain.

Agacée, elle finit par fermer la fenêtre avant de sortir de sa chambre et d'emprunter les escaliers.

Aujourd'hui, elle se sentait plus en forme que les jours précédents. Elle ne devrait sans doute pas rester alitée.

Pourtant, entre ses incessantes quintes de toux et ses vertiges, tout devenait beaucoup plus compliqué, ces derniers temps.

Ces satanées marches en colimaçon, par exemple, avaient-elles besoin de se trouver aussi éloignées les unes des autres ? Et comment ne pas s'agacer de cet arrêt nécessaire à mi-parcours pour reprendre son souffle ? Laissant la nausée se déployer, puis se dissiper, Lucienne exhala très lentement, et repartit enfin.

Ça irait mieux demain. Il fallait l'espérer.

Arrivée à l'air libre, sur une vaste terrasse aménagée, elle aperçut, au-delà d'une arche de pierre, un couple tendrement enlacé. Il s'agissait de son fils, Serge Villempré, en compagnie d'une jeune gitane, la belle Maria Pueblo. Ils se murmuraient des mots tendres, s'échangeaient des promesses d'avenir, s'imaginaient heureux jusqu'à la fin des temps.

« Belle illusion de la jeunesse, songea Lucienne. On en reparle d'ici quelques années, on verra où ils en seront… Surtout avec leur héritage et leurs capacités respectives… Deux jolies bombes à retardement ! »

Cynique quant à leur futur proche, une part d'elle, cependant, les trouvait attendrissants.

Ce bonheur présent, que chacun d'eux goûtait avec délice, elle en était la principale architecte. Tout comme elle avait obtenu la rupture du contrat d'Ernest Villempré en s'associant avec la mambo, qui lui avait amené sur un plateau la monnaie d'échange idéale, elle venait de récupérer Serge. De se réconcilier avec son fils, qui s'était rendu compte, à la suite des événements survenus en Atlantide, qu'il n'avait été qu'un pion pour ceux qu'il considérait comme ses bienfaiteurs. Car, comme le Prince s'était servi de sa puissance destructrice tout en ménageant les coéquipiers qui l'avaient pourtant agressé,

Chapitre XXXIII

Vasco avait profité de lui pour s'inviter à la table du monarque, et enfin évoluer, comme il le souhaitait depuis toujours, parmi les sorciers les plus influents de ce monde.

— Je suis la seule à me soucier de ce que tu ressens, et non de ce à quoi tu pourrais me servir, lui avait affirmé sa mère.

C'était vrai. Lucienne avait pris le risque d'inviter chez elle Maria Pueblo, le seul être qu'elle savait capable de redonner le sourire à ce fils convalescent, qui se sentait trahi de toutes parts.

Au fond d'elle, elle savait que Serge pouvait basculer de nouveau. Se retrouver peu à peu ivre de puissance, dans une logique de terreur et de meurtre. Cela ne l'empêchait pas de croire en lui, à la possibilité d'un très grand avenir le concernant. En attendant ces jours rêvés où la chrysalide deviendrait papillon, elle passerait donc le temps qu'il faudrait à veiller sur lui, à panser ses blessures, à patiemment lui construire un cocon.

Il était son fils. L'un des seuls descendants qu'elle n'avait pas encore perdu. Malade, tout comme elle, mais pas encore assez atteint pour souffrir physiquement.

Avec un peu de chance, cela ne viendrait pas avant plusieurs décennies.

Certes, il avait profité d'Ernest pour développer des capacités destructrices. Certes, il se trouvait hanté par la mort de son père qu'il avait provoquée. Mais il était celui qui lui ressemblait le plus, avec sa fougue, ses impulsions, ses contradictions.

Elle songea à Louise, condamnée à ne plus revoir la lumière du jour. Elle songea à Kali, au corps et à l'esprit diminués dont il ne restait rien de la splendeur passée. Elle songea à tous ses enfants disparus, assassinés.

Elle songea au Prince, enfin. Quatre cents ans plus tôt, la chute du pays de Rün les avait hissés, elle et lui, parmi les grands. Que cette époque pleine de promesses lui semblait lointaine, désormais. Et que le fossé entre elle et lui s'était creusé…

Surtout ces derniers temps.

Depuis qu'il était devenu le Prince, seule lui importait sa réussite. Son ambition, toujours plus grande. Sa stupide destinée de « vaisseau des dieux ».

Avec la chute de l'Atlantide, il était devenu plus puissant encore. Indécemment bien placé sur le grand échiquier des sorciers. Respecté par ses pairs les plus dangereux, craint par les autres qui le savaient désormais capable d'aller au bout de ses aspirations démesurées.

Maintenant que Lucienne se voyait condamnée, maintenant qu'elle souffrait de ce sale pancéum, que restait-il du cœur de sa vie, à part Serge ? Même l'homme qu'elle aimait encore, le seul qu'elle n'avait pas oublié malgré ses amants successifs, ne lui appartiendrait jamais. Car celui-ci s'était évanoui, pour devenir Le Prince.

En proie à ses remords et à ses fantômes, Lucienne regarda de nouveau Serge et Maria.

Que connaissait-il d'elle ? Que connaissait-elle de lui ? Ils pensaient se comprendre et tout se donner. Mais Lucienne devinait déjà l'avenir qui les séparait.

*

Et maintenant, il est question de tarots.

Des cartes jetées sur le sol, entassées sur les meubles, éparpillées dans toutes les pièces d'un appartement.

Chapitre XXXIII

Il ne s'agit pas d'un seul jeu. Mais de centaines et de centaines de cartes qui jonchent chaque recoin du boudoir, du salon, qui envahissent chaque marche de l'escalier, qui viennent s'inviter sur les lits, les tapis, les coussins. Il s'en cache sous les couvertures, dans les vêtements oubliés à terre, derrière les rideaux. Elles viennent s'immiscer jusque dans la cuisine, dans les pages des livres tombés de la bibliothèque, entre les lattes du plancher. Elles sont innombrables, armée silencieuse et terrible qui en quelques jours a colonisé l'espace pour y instaurer la loi du désordre.

Les figures du tarot de Marseille se sont depuis bien longtemps effacées. Leurs encres et leurs figures se sont muées en arcanes nouveaux, représentations trait pour trait de personnages qui foulent cette Terre et dont dépend le sort d'un monde fragmenté.

Ces arcanes incarnés sont sorcières et sorciers. Figures prédestinées d'un vaste jeu dont les règles ont été écrites à l'aube de l'humanité, et qui mèneront la danse vers l'Apocalypse.

Dans l'obscurité de ce tableau déconstruit, une voix résonne :

— L'Ermite est un cœur pur venu des montagnes.

« La Force, une exilée qui ne sait renoncer.

« Le Soleil, celui qui redonne sa chance aux défunts.

« La Justice, un être brisé dont la terre s'est effondrée. »

Au milieu de ces visages de carton se tient une femme à la peau très pâle. Morte depuis longtemps, qui comme ses semblables à longues dents s'accroche à l'existence sous la lune complice.

Elle se nomme Louise Balsia.

Sa silhouette fine se découpe dans l'obscurité de cet endroit aux volets clos, qu'elle ne quitte plus.

Ses lèvres bleutées récitent cette litanie :

— L'Impératrice rêve de sa grandeur passée.

« L'Empereur est aveuglé par la prestance qui le guide.

« Le Chariot au moment opportun sait déployer ses ailes.

« La Mort est celui qui a survécu. »

Quelque temps plus tôt, en Égypte, Louise s'est trouvée confrontée à un sataniste en colère qui, s'il ne l'avait pas trouvée insignifiante, l'aurait évidemment tuée.

Il l'a juste laissée pour morte. Mais morte, Louise l'était déjà. Contrairement au jeune sorcier replet prénommé Simon qui, grâce à sa filiation avec leur adversaire, avait été épargné.

Depuis, Louise Balsia a regagné Paris et son appartement près de la cathédrale Notre-Dame, rue Séguier. Un endroit où elle recevait ses clients pour évoquer leur avenir.

Il n'y a plus aucun client, désormais. Juste un chaos de cartes dont elle énumère, sans fin, les titres et les fonctions.

— La Maison Dieu bouleverse ce qui ne doit pas l'être.

« L'Éther est le liant des souvenirs perdus.

« La Tempérance, un feu qui sait se ménager.

« Le Jugement est celle qui hait la sorcellerie. »

Louise se balance d'avant en arrière. Telle une enfant agitée par ses cauchemars. Tel un esquif ballotté entre les vagues démesurées d'une tempête. Telle une marionnette désarticulée, agitée par un vent sépulcral.

Ses yeux bleus sont cernés, écarquillés. Ses cheveux désorganisés. Son corps, à moitié nu parmi les courants d'air qu'elle ne ressent plus. Seules comptent ses paroles :

— Le Pape prévoyant ne se fixe aucune limite.

« La Papesse répare les erreurs d'autrui.

« Le Secret se révèle quand se prépare le crépuscule.

« Le Bateleur se pense égoïste mais donne sa vie. »

Chapitre XXXIII

Le responsable de son état, à la peau calcinée, à la robe de bure, au regard d'ombre se trouve assis, tout près de Louise.

Quelque temps plus tôt, cette créature des ténèbres s'est penchée à son oreille pour évoquer l'énigme des arcanes, ce mystère qui obsédait la vampire depuis des mois, et dont il lui a gracieusement livré la clé.

C'est elle qui l'a invoqué. En connaissant pertinemment le risque qu'elle encourait s'il répondait à sa supplique.

Depuis, il vient la voir de temps en temps. Savourer le tourment qu'il a instillé en elle – car telle est sa nature. Sous le poids d'autant de révélations, l'esprit fragile de Louise ne pouvait que plier.

L'être qui est à la fois le bienfaiteur et le bourreau de Louise s'appelle Secret. Un moine de l'Obscur, l'un de ces gardiens des Enfers qui lui tient compagnie tandis qu'elle ahane sans cesse :

— Le Diable est celui dont la sombre mélodie envoûte.

« La Lune, une inconsciente écrasée par la connaissance.

« La roue de la Fortune est l'essentielle goutte d'eau.

« La détresse des Amoureux secoue la réalité. »

Et voilà un tableau presque complet.

Parce qu'à part Louise Balsia et Secret, il existe quelqu'un qui les observe. Un homme ou peut-être une femme. Un personnage aux cheveux verts. Qui aime se placer en dehors de l'histoire. Mais qui prend un malin plaisir à s'y inviter aux moments les plus inattendus et les plus cruciaux.

Comme cet instant où Louise chante :

— L'Étoile est métissage, guide entre l'invisible et le vivant.

« Le Pendu est une pierre qui renverse l'ordre des choses.

« Le Monde, une enfant blessée plus vieille que quiconque.

« Le Fou est celle ou bien celui qui me regarde en cet instant. »

Et c'est vrai que je la regarde, à travers la fenêtre close, depuis le toit au sommet duquel j'ai grimpé.

Car j'aime prendre de la hauteur. Un peu de recul sur les événements pour mieux les comprendre. Pour mieux les disséquer. Pour plus aisément en saisir toutes les composantes.

Ainsi, quand j'agirai, ce sera en connaissance de cause.

Pour balayer, bouleverser, rebattre le jeu.

En attendant cet instant, depuis le sommet du toit où je stationne, je regarde Louise la lunaire, donc. Mais aussi Secret, cet être qui m'a vu, qui me connaît. Comme je scrute le Monde entouré de l'Étoile et du Pendu. Comme j'analyse tous ces passionnants arcanes qui ne savent pas encore ce qui les attend.

Car toutes et tous seront réunis, bientôt.

Chacun jouera son rôle.

En un magnifique instant de folie, suspendu dans le Temps.

Fin du deuxième tome

GUIDE DES MONDES SORCIERS

* : Lieu, passage ou monument

** : Territoire

*** : Pays ou vaste domaine

**** : Continent ou très vaste domaine

***** : Insondable

- Agartha (Royaumes du centre de la Terre) (****)

  Tour sacrée du centre d'Agartha (**)

- Alexandrie, Passage secret de (Égypte) (*)

- Antéchrist, Église de l' (Forêt-Noire, Allemagne) (*)

- Atlantide (ou Terres Oubliées : continent disparu) (****)

  Akkouraï (capitale atlante) (**)

  Basiléïa (berceau de la civilisation atlante) (**)

  Cialnad, Gorges de (**)

  Kenntõ, Mont (**)

  Mõt'lao, Terrasses de (**)

  Nalönda, Monts de (***)

  Sartagg, Forêts de (**)

  Siekh, Delta de (***)

  Tenngalidji, Fontaine de (*)

  Tialmoun, Cascades de (*)

  Vliddi, Monolithes de (*)

SORCIERS

- Babylone, Jardins suspendus de (Mésopotamie) (***)
- Besiberri, Massif de (terres gitanes des Pyrénées) (***)
- Castel, le (France et environs) (**)
- Catacombes de Paris (**)
- Dame Xiae, Domaine de (Asie) (**)
- Din, Temple (Tibet) (**)
- Dogon/Corbeaux, Pilier (sous-sol, rue du Dragon, Paris) (*)
- Enfers, les (*****)
- Fée, Grotte de la (Pyrénées) (*)
- Féronnelle, Caveau secret des (Cracovie) (*)
- Gardienne, Domaine de la (Arles) (***)
- Harponneurs du Nord, Monde des (Nord-Est du Groënland) (****)
- Hengrins, Domaine des (?) (**)
- Horn Knot (Llangrannog, pays de Galles) (**)
- Inselbrünn, Lac de (Alpes Suisses) (**)
- Limbes, les (*****)
- Madurai, temple de (Mînâkshî Temple, Inde) : accès en Atlantide (*)
- Mistral, Domaine des Adoratrices du (?) (***)
- Moines de l'Obscur (domaine des) (****)
- Nid, le (repaire des Corbeaux, Provins) (**)
- Ombredunes, Domaine des (détruit) (***)

Guide des mondes sorciers

- Ramsès II, Tombe secrète de (vallée des Rois, Égypte) (*)
- Roi Clochard, Monde du (abords de Verdun) (**)
  Isabelle, Monde d' (**)
  Linda, Monde de (**)
  Sacha, Monde de (**)
- Rün, Pays de (monde disparu, pays de Galles) (***)
- Saisonnier, Archibald, Maison de (traboule de la rue Tramassac, Lyon) (*)
- Saqqarah, Pyramide inversée de (Égypte) (*)
- Société secrète des Masques (Falaises de Bandiagara, pays dogon) (**)
  Tentations, Passage des (pays Dogon) (**)
- Terres Oubliées, voir Atlantide (***)
- Yurugu (ou le Renard Pâle), Territoire de, (falaises de Bandiagara, pays dogon) (**)

GUIDE DES PERSONNAGES

Acacia : amie de jeunesse de Babadji, Monsieur Tan, Kali, Kilma.

Acrobate aux cheveux verts : personnage androgyne qui apparaît et disparaît aux moments les plus inattendus.

Agathe : enfant enlevée à Verdun.

Amma : dieu suprême de la mythologie dogon.

« Amical » : personnage ordurier, néanmoins sympathique, membre du Castel.

André : père d'Idonéïs, membre défunt des Corbeaux.

Ardantes, les : peuple souterrain des domaines d'Agartha, situés sous la croûte terrestre.

Ardante, Seigneur dissident : haut dignitaire d'Agartha, présent à la Table du Prince.

Arquenotte, Lucienne : sorcière brune d'apparence jeune malgré son grand âge, grande fumeuse, prévoyante et cynique.

Arquenotte, Julie : sœur blonde de Lucienne, chevalier Rose-Croix.

Atlantes, les : population du continent perdu de l'Atlantide.

Balsia, Louise : vampire taromancienne, ancienne bohémienne.

Baron Samedi : esprit de la mort dans le culte vaudou.

Guide des personnages

Békello, Édouard : sorcier éminent rencontré par Aloÿs Vallée, à Rennes.

Beldani, Mamy : grand-mère paternelle d'Ernest Villempré.

Belmont, Lise : pyrokinésiste à la chevelure blond platine, membre de la famille Saisonnier et des Corbeaux.

Bëruhn : roi de l'Atlantide.

Boussangué, Napoléon : vigoureux sorcier dogon, joueur de gomboy qui converse avec l'invisible.

Brume : personnage vaporeux et muet, membre du Castel.

Buraïli : devin et guerrier atlante, membre défunt des Corbeaux.

Camille : jeune lycanthrope au service du Prince.

Cinq : a. Femme quinquagénaire au visage barré d'une longue balafre / b. Voir Zaphaïm.

Corbeaux, les : énigmatique groupe de sorciers.

Couturier du Prince : artisan virtuose capable de concevoir un costume en toutes circonstances.

Dogons, les : peuple d'Afrique de l'Ouest dont est issue la famille Mountabila.

Elgëath : sujet atlante du roi Bëruhn.

Élisabeth : biche vivant dans les bois du Castel.

Felipe : meneur des agents du Prince, aperçu à San Gimignano.

Féronnelle, monsieur de, ou Gürwald de : Chevalier Rose-Croix passionné d'horticulture, souffrant de troubles de la personnalité.

François : parent évoqué par Serge.

Freda, Erzulie : déesse vaudoue du désir.

Fu-Hsi : ancien empereur de Chine, spectre invoqué par Napoléon Boussangué.

Galzéoc'h : démon gallois à tête de bouc.

Gardienne, La : sorcière absente de la table du Prince.

Gaïa : créature antédiluvienne teintée de ténèbres, qui se réincarne sur Terre.

Giacomo, Raquel : guérisseuse gitane.

Giacomo, Remedios, dite Mamà : aïeule de la famille gitane Giacomo-Rodriguez, amie de Louise Balsia.

Gibus : personnage borgne et charmeur du bas Moyen Âge, spectre invoqué par Napoléon Boussangué.

Gillikin, colonel de : noble invité du Castel, en provenance du pays d'Oz.

Gioberti, Pietro : propriétaire d'une villa de Toscane, dans les environs de San Gimignano.

Glörk : personnage démoniaque et bon vivant, issu du monde des Harponneurs du Nord.

Gõthem : dieu atlante de la terre.

Grand Taureau, le : créature hybride et querelleuse qui préside la fête du Bœuf Gras, dans les catacombes de Paris.

Günther : serviteur simple d'esprit de Sigmund Hohentall.

Harponneurs du Nord : musculeux personnages vivant dans de lointaines contrées glaciaires.

Hengrins : lézards humanoïdes chassés par les agents du Prince.

Hohentall, Sigmund : prêtre démoniste de la Forêt-Noire.

Hugo : enfant enlevé à Verdun.

Hugo, Victor : écrivain célèbre, spirite occasionnel et client de Babadji Mountabila.

Hybrides : créatures humanoïdes possédant la faculté de se métamorphoser en animaux à tout moment de l'année (loups, ours, etc.).

Guide des personnages

Idonéïs : sorcière métamorphe et agile, membre des Corbeaux.

Iegerov, Yuri : albinos vénal au caractère affirmé, partage son esprit avec sa panthère, Miss Meuh-Meuh.

Irina : flirt commun de Kilma Mountabila et Monsieur Tan.

Isabelle : déité qui se délecte de la peur.

Ishvara : chef d'équipe indien et moustachu au service du Prince, (voir Six).

Itsy, vieille souris blanche, compagne de Léopold Sabérian

Joueur de Trompe : soldat du Castel qui annonce les invités.

Kalion : licorne grise dotée du don de divination.

Karade, Daniel : hypnotiseur et psychokinésiste, au regard magnétique.

Lahnaé : jeune licorne curieuse et bavarde.

Legba, Papa : intermédiaire de l'invisible, messager des dieux dans le culte vaudou.

Létie : servante de Louise Balsia.

Linda : déité qui se pare de folie.

Ludmilla : voir Arquenotte, Lucienne.

Ludwig : dangereux adversaire de Lucienne Arquenotte, prisonnier des mondes du Roi Clochard.

Lythian : vampire séducteur, membre des agents du Prince.

Maîtresse Delai : entité vaudoue qui veille sur les musiciens.

Mantegna, Kali : sorcière âgée et tatouée d'Afrique du Nord, amnésique et fantasque.

Maria : gitane amante de Serge.

Médiatus : licorne à la robe bordeaux, contaminée par la folie humaine.

Miss Meuh-Meuh : panthère albinos qui partage son esprit avec Yuri Iegerov.

Moines de l'Obscur : puissantes sentinelles qui évoluent aux abords des Enfers.

Monsieur Dufoin : cheval de trait au caractère affable.

Mountabila, Ambala : sorcier ressuscité, érudit et aventurier au grand sens moral, fils de Babadji et Likou, oncle de Kétinée.

Mountabila, Babadji : vieux boutiquier d'origine dogon installé à Paris.

Mountabila, Likou : épouse disparue de Babadji, d'origine atlante.

Mountabila, Kétinée : jeune sorcière vaudoue déterminée qui commande aux lwas.

Mountabila, Kilma : sorcier marabout roublard et bougon.

Muronova, Comtesse de : membre de la cour du Prince, d'une rare élégance.

N'déwi : déesse atlante de l'espace.

Nelja : jeune femme atlante, sujet du roi Bëruhn.

Noidkoko : ouistiti pygmée d'Ernest Villempré.

Novotni, Amélie : défunte épouse de Raoul Villempré, mère d'Ernest.

Okrys, Les : émanations fantomatiques et zombies du pays de Rün.

Ombredunes, les : personnages elfiques à très longues oreilles, au front tatoué.

Orgones, les : créatures démoniaques vivant dans les territoires des Harponneurs du Nord.

Palazzi, Guido : patron de cirque tyrannique.

Pauline : enfant enlevée à Verdun.

Philosophes, les : trinité adepte de la logorrhée vide de sens, membres du Castel.

Guide des personnages

Prince, Le : mystérieux monarque manipulateur, amateur de cigares et de bourbon. Entouré d'une cour absurde, il préside le Castel.

Pueblo, Vasco : chef de meute gitan et démoniste, ennemi de Vicente Rodriguez.

Quatre : Voir Zaphaïm.

Ramsès : ancien souverain égyptien, membre des Corbeaux.

Rodriguez : épervier offert par Vicente Rodriguez à Ernest Villempré.

Rodriguez, Vicente : patriarche de la famille Giacomo-Rodriguez. À cause d'une malédiction, il ne peut quitter les Pyrénées.

Roi Clochard : personnage d'aspect négligé, en charge des mondes de Linda, Sacha et Isabelle.

Sabérian, Léopold : jeune sorcier enlevé à Verdun, s'est lié d'amitié avec Kétinée Mountabila.

Sacha : déité qui affectionne le mensonge.

Saisonnier, Anthelme : patriarche défunt d'une grande famille démoniste.

Saisonnier, Archibald : démoniste joueur de violon, au code moral discutable.

Saisonnier, Catherine : défunte sœur jumelle d'Archibald.

Saisonnier, Sangolth : inventeur de génie.

Saisonnier, Simon : à la fois tavernier, jeune démoniste des Corbeaux, et fantôme enfantin hantant la maison de son oncle Archibald.

Salvatore : peintre virtuose du Castel.

Secret : membre énigmatique et peu loquace des Moines de l'Obscur.

SORCIERS

Serge : jeune recrue du Prince qui sympathise avec Ernest Villempré.

Shannon : sorcière aux yeux cernés, experte du fouet.

Silène, Helena : ex-trapéziste du cirque Palazzi.

Six : voir Ishvara.

Société secrète des Masques : groupe de sorciers dogons spécialistes du passage entre les mondes, représenté par une sorcière à la table du Prince

Tan, Monsieur : grand prêtre du temple Din, ami de Babadji.

Télémaque : jeune enfant atlante.

Tenngalidji : divinité du temps dans le panthéon atlante.

Vallée, Aloÿs : Ombredune botaniste, membre des Corbeaux.

Vellõna : grand-mère atlante de Likou, ancêtre d'Ambala et Kétinée Mountabila.

Villempré, Déa : jeune sorcière aveugle liée aux Enfers, fille adoptive d'Ernest Villempré.

Villempré, Ernest : prestidigitateur optimiste ami des animaux, agent secret au service du Prince.

Villempré, Flavie : fille d'Ernest Villempré et d'Helena Silène.

Villempré, Raoul : archéologue, aventurier et voyageur, rédacteur de nombreux carnets, père d'Ernest.

Vouivre, la : créature sous-marine carnassière du lac d'Inselbrünn.

Wata, Mamy : divinité aquatique du culte vaudou.

Waddo, Ayida : déesse vaudoue du ciel et des tempêtes.

Xiae, Dame : souveraine sorcière asiatique aux cheveux de plumes, aperçue à la table du Prince.

Yurugu, alias le Renard Pâle : dieu dogon du désordre.

Zaphaïm : guerrière opiniâtre et féroce, au service du Prince.

Le tarot des Sorciers

On fait remonter l'apparition du jeu de tarot vers le XVe siècle, en Italie.

Certains historiens ou chercheurs lui esquissent une origine bien plus reculée : bohémienne, indienne ou même égyptienne.

Le tarot de Marseille, tel qu'utilisé par Louise Balsia, se divise en deux grandes catégories de cartes :

• Quatre familles de quatorze cartes à jouer.

• Vingt-deux atouts numérotés, également appelés lames ou arcanes, hautement symboliques.

Ils sont fréquemment utilisés pour la divination, et se déclinent ainsi :

SORCIERS

0. Le Fou (ou le Mat)
1. Le Bateleur
2. La Papesse
3. L'Impératrice
4. L'Empereur
5. Le Pape
6. L'Amoureux (ou Les Amoureux)
7. Le Chariot
8. La Justice
9. L'Ermite
10. La Roue de la Fortune
11. La Force
12. Le Pendu
13. La Mort
14. La Tempérance
15. Le Diable
16. La Maison Dieu
17. L'Étoile
18. La Lune
19. Le Soleil
20. Le Jugement
21. Le Monde

Le Tarot des Sorciers

Ces vingt-deux figures sont les sujets d'interprétations sans fin.

Cependant il est dit qu'un œil initié saura en percer la signification véritable.

On raconte qu'à l'origine il existait d'autres atouts, enlevés du jeu pour d'obscures raisons. Quelques variantes en portent la trace, tel le tarot Visconti-Sforza qui parle de « Foi », d'« Espérance » ou de « Charité ».

D'autres sources, versées dans l'occulte, prétendent qu'un jeu parfait doit présenter autant d'arcanes que d'heures dans une journée. Car les tarots cachent plus d'un Secret…

Un peu d'histoire secrète et sorcière

Des terres oubliées. Bien au-delà du temps qui passe. Des impressions, des sentiments, des personnes. Des événements.

Quelles civilisations évanouies n'avons-nous pas fantasmées ? Quels peuples ont disparu à jamais de notre histoire ?

Des terres oubliées, enfouies, ensevelies, anéanties, cachées, inondées, abandonnées.

Quelle part de notre enfance avons-nous mis de côté ?

Des terres oubliées de ne pas avoir été cultivées dans nos esprits.

Ces terres-là, celles de l'imagination, je ne peux me résoudre à les oublier.

Alors, de leur souvenir, j'ai créé un univers à partager.

Rom

Le monde de «Sorciers» est né quelque part dans la baie de Somme, l'été de l'année 1997, autour d'une table et d'un lot de dés à huit ou douze faces.

À l'époque, influencés par « les livres dont vous êtes le héros » de Steve Jackson et Ian Livingstone, ou encore par le monde de *L'Œil noir* d'Ulrich Kiesow, nous passions une bonne partie de nos après-midi à inventer de nouveaux jeux de rôle.

L'un de ceux qui nous enthousiasmaient le plus, inventé par Romain, se déroulait vers la fin du XIXe siècle, époque charnière où les superstitions cèdent durablement la place à la science. Notre admiration pour cette période particulière doit beaucoup à l'unique et fabuleux film réalisé par Walter Murch, *Return to Oz*, adaptation bien plus sombre et fidèle aux romans de Lyman Frank Baum que la célèbre comédie musicale située dans le monde onirique de Dorothy Gale.

Rêvant depuis ma petite enfance de devenir magicien, j'ai imaginé le personnage d'Ernest Villempré, responsable d'une véritable ménagerie ambulante et père de la mystérieuse Déa – deux personnages respectivement inspirés du Raphaël de Valentin d'Honoré de Balzac (*La Peau de chagrin*) et de la Déa de Victor Hugo (*L'homme qui rit*).

En compagnie de Benoît Chapron, qui incarnait le truculent Kilma Mountabila, nous avons été les tout premiers acteurs de «Sorciers», rejoints par nombre de joueurs et joueuses enthousiastes. Nos parties acharnées, qui nous ont amenés au bout de plusieurs nuits blanches, et aux frontières de nos imaginaires mêlés, ont duré plus de vingt-cinq ans. Et durent encore à ce jour, entre fascination, véritable frayeur ou fous rires.

J'ai toujours voulu adapter «Sorciers». Partager l'extraordinaire inventivité de Romain avec le plus de monde possible. Car je suis tombé amoureux de cet univers, dès notre première partie, cette visite unique du monde de Linda, aux accents de Lewis Carroll et de David Lynch, sur fond musical de Vangelis puis de Dead Can Dance.

J'aime cette idée fabuleuse de mondes dans le monde, véritable mise en abyme de nos parties de rôlistes. J'aime l'immense galerie de personnages conçus par Romain, attachants, hilarants, tragiques et hauts en couleur.

Il était envisageable de ne creuser qu'une partie de cet univers foisonnant et génial.

Mais j'ai plutôt souhaité rendre justice à sa passionnante complexité, en ajoutant Kétinée, conçue à l'origine pour une histoire plus ancienne encore.

Discutant de chaque étape, Romain et moi avons voulu garder la saveur de nos parties préférées… et même conserver quelques anachronismes, témoignages de nos échanges à la charnière des XXe et XXIe siècles.

Je voudrais remercier toutes celles et ceux qui sont partis en voyage, loin, très loin, au-delà des rêves et des cauchemars, en compagnie du Prince et de son Castel, des gitans des Pyrénées, des Corbeaux vêtus de nuit.

Bienvenue dans ces mondes-poupées russes, qui sont désormais aussi les vôtres.

Bienvenue chez les Sorciers !

MAX

MAXIME FONTAINE

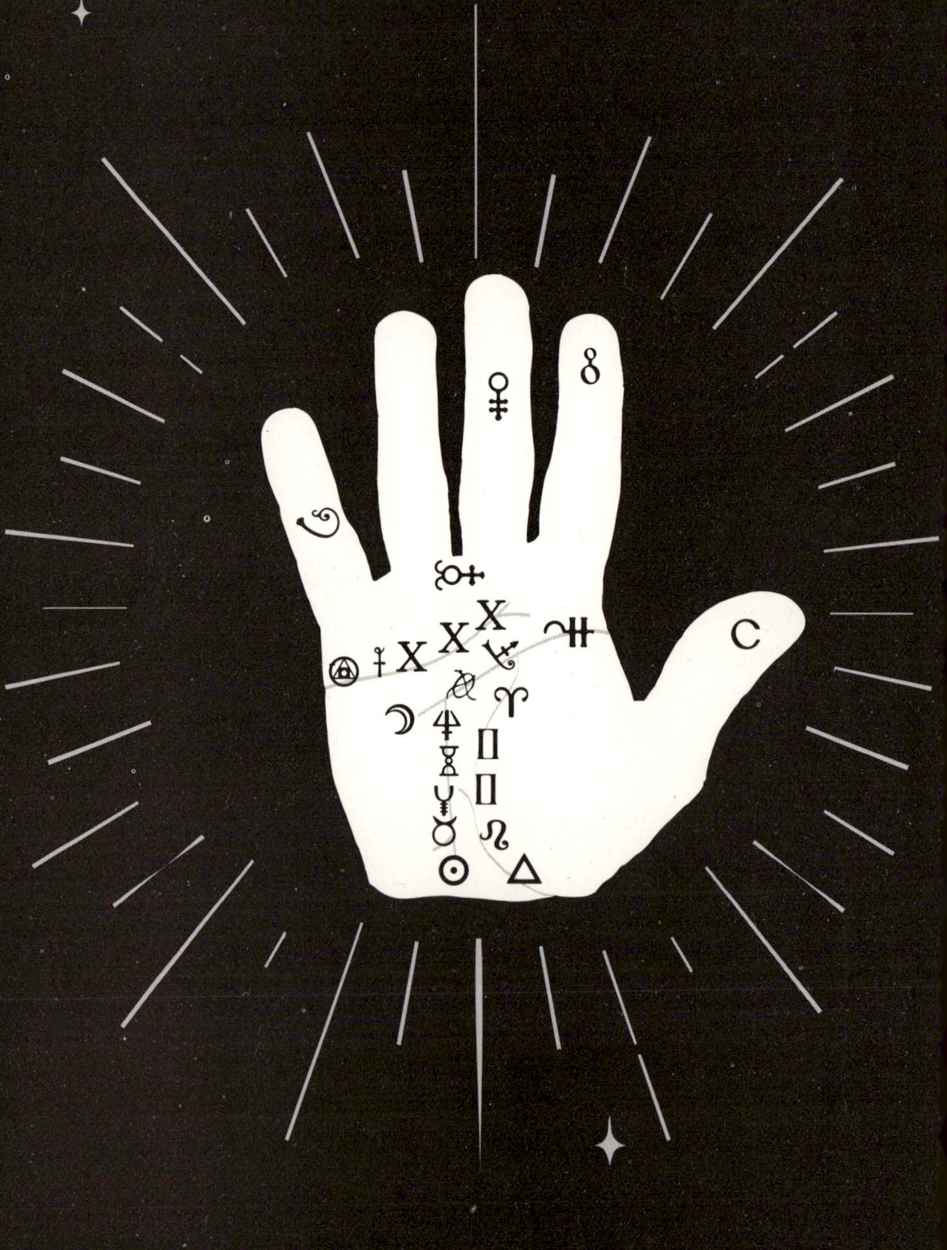

Ligne de cœur

X X X amour non partagé

ɫ se fait quitter

⊛ coup de foudre réciproque inespéré : JACKPOT !

Ligne de tête

☽ imaginatif

☊ hyperactif

♈ enthousiaste

♓ désordonné

Ligne de destin

♆ imagine Kétinée et Ernest

⧗ rédige *Mes vies à l'envers* pour Gulf stream éditeur

♅ publie « Les 100 visages de Soryan Nesh »

♉ invente « Chance et Celsius » avec Sophie Noël et Yllya

⊙ écrit « Sorciers » avec Romain Watson

Ligne de vie

♈ 1 enfant

♊ 2 enfants

♊ 3 enfants

♌ 4 enfants

△ faudrait peut-être songer à s'arrêter là !

Signes distinctifs

♋ indisposition au bricolage

♀ cale de l'écrivain

♂ tourneur de pages

C précision du dessinateur

☿ rêverie du rôliste

ROMAIN WATSON

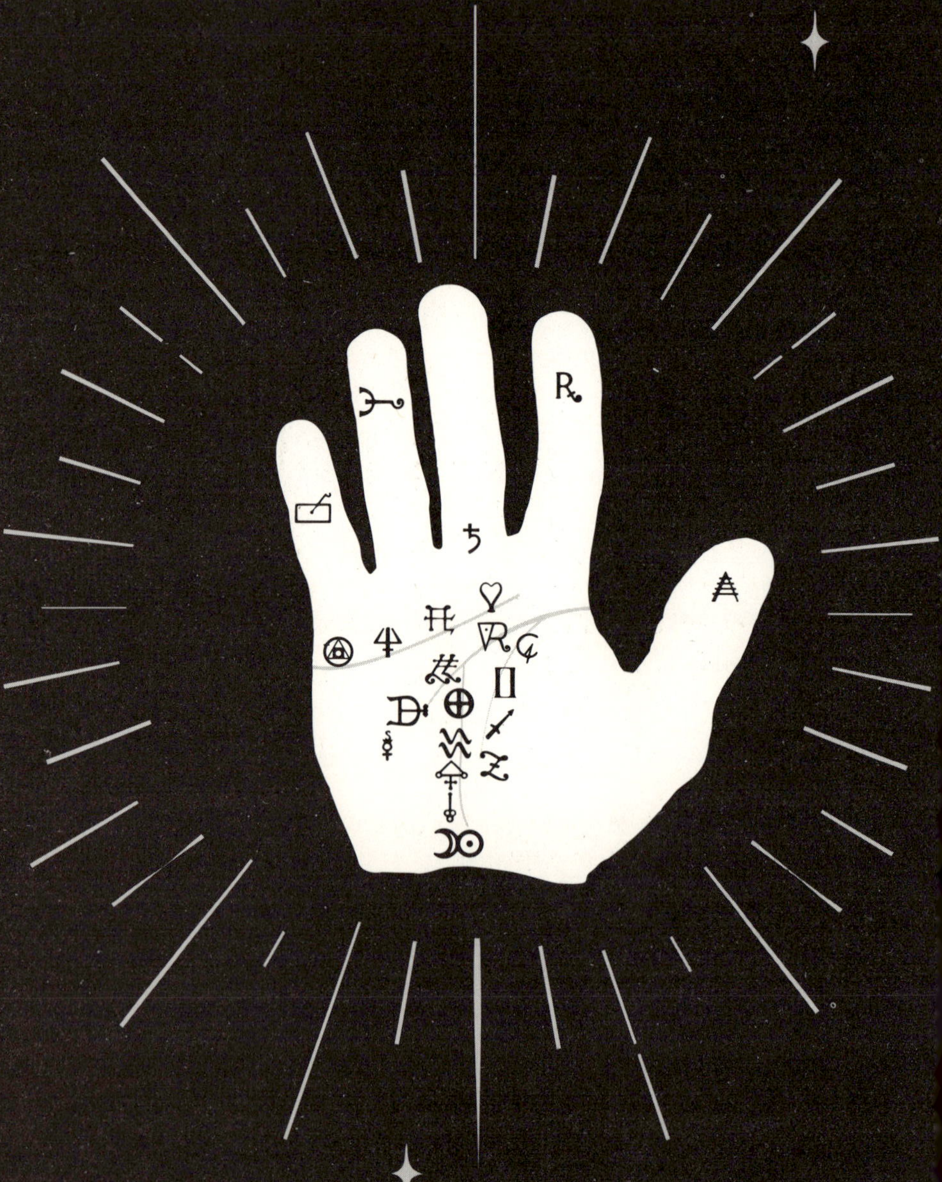

Ligne de cœur

- jeune bourreau des cœurs
- premières blessures
- rencontre d'une vie
- alchimie artistique

Ligne de tête

- secret
- énergique
- à fleur de peau
- créatif

Ligne de destin

- invente le monde de « Sorciers »
- le met parfois en musique avec Atlantys
- déchaîne son énergie sur scène avec Watson Klub
- compose et chante avec Old Tree'z, de la folk tribale électro
- répond aux défis sur YouTube pour son projet solo

Ligne de vie

- enfance au sein d'une fratrie
- cocréateur de vie
- choix de la reine
- redécouverte du sommeil

Signes distinctifs

- toucher du pianiste
- talent de compositeur
- traces du monteur vidéo
- marques du gratteur de cordes
- manipulations de maître du jeu

Reproduit et achevé d'imprimer en septembre 2022 (1er tirage)
par Abedik, en Pologne,
pour le compte de Gulf stream éditeur
31 rue Alfred-Riom, 44100 Nantes
www.gulfstream.fr
Dépôt légal 1re édition : novembre 2022